KB181312

한민족 문화권의 문학 2

새미

한민족 문화권의 문학 2

머리말

『한민족 문화권의 문학』을 엮은지 3년만에 다시 동일한 제목의 책 제2권을 엮어 상재한다. 제1권은 미국, 일본, 중국, 구소련 등 4개 지역의 재외한인문학, 곧 해외동포문학을 대상으로 필자와 함께 대학원 학위과정에서 연구하는 신진 학자들의 글을 수록했다. 참으로 감사하게도 이 연구서의 성과가 학계에 인정되어 대한민국예술원의 우수도서로 선정되는가 하면, 초판이 전량 매진되는 결과를 보였다.

지금은 그 때에 비하여 국내외적 상황이나 학계의 연구동향이 많이 달라졌다. 처음 이 분야의 연구를 시작하고 '한민족 문화권'이라는 용어 개념을 구체화 할 무렵만 해도, 해외동포문학에 대한 인식이나 연구가 그다지 활발하지 못했다. 그러나 이제는 이 분야가 한국문학의 외연을 확장하고 민족적 정체성을 포괄적으로 확립하는 데 중요한 역할 및 기능을 예고하고 있으며, 그것은 또한 동시대 문학 연구자들이 끌어안고 있는 책임의식과도 관련이 있다.

더욱이 국가간 커뮤니케이션과 이동 수단의 눈부신 발달로 세계가 지구촌화 한 오늘날, 한 민족 문화의 지역별 분포는 그 근본적 동질성에 비해 훨씬 부차적인 개념이 되었다. 지난 3년간 필자가 미국 · 캐나다 등 미주의 한인문학, 일본의 조선인문학, 중국의 조선족문학, 카자흐스탄 · 우즈베키스탄 등 중앙아시아의 고려인문학이 창작되고 있는 현지를 국제세미나 및 강연을 계기로 방문하는 동안, 그러한 변화를 실증적으로 체감할 수 있었다. 동시에 국내에서의 연구 인력 확장 등 연구 분위기도 많이 성숙되었으며, 필자가 적을 둔 경희대학교에서는 '재외한인문학연구센터'를 설립하여 향후의 연구를 본격화하기로 했다.

이번의 제2권은 각기 지역 문학의 역사적 형성 과정과 작가·작품의 개괄을 다룬 제1권의 기초 조사연구에 이어, 그 문학적 실상이 어떤 형태의 의미를 생산하며 어떤 민족 공동체적 성과에 이르고 있는가를 다룬 글들을 한데 묶었다. 작가·작품론도 보다 구체적인 접근을 통하여 촘촘하게 다룬 글을 선정하는 등, 전반적으로 제1권의 심화편으로 볼 수 있다. 대상 지역은 제1권의 4개 지역에 호주 지역을 추가했다. 수록된 글의 필자도 문호를 넓혀서 국내에서 이 분야에 유수한 연구실적을 가진 분은 물론 해외 현지에서의 연구로 이름을 얻은 분들도 포함시켰다. 게재를 허락해 주신 분들께 이 자리를 빌어 다시금 감사드린다.

재일 조선인문학은 그 역사적 특수성이 작용하는 가운데 일본어로 쓴 문학과 조선어, 곧 한글로 쓴 문학으로 나뉜다. 김사량, 김달수, 김석범, 이회성, 이양지, 유미리 등 일본 문단 내에서 일정한 주목을 받아왔으며 한국에도 번역되어 소개된 일본어 문학이 한 축이라면, 재일본조선인총연합회(총련) 산하 재일본조선문학예술가동맹(문예동) 소속 작가들이 창작한 조선어 문학이 다른 한 축을 이룬다. 이 책에서는 북한문학과 밀접한 연관성을 지니며, 한국에서는 그 연구가 아직 미미한 재일 조선인 조선어 문학을 중심으로 하였다. '문예동'소속 시인인 손지원의 글은 해방 이후 현재까지 조직적으로 이루어진 국문문학운동의 전개 과정 및 작가들의 창작 활동을 시기별로 나누어 문학사적으로 고찰하고 있으며, 문예동 소속 소설가 강태성의 글은 소설문학을 중심으로 재일 조선인 조선어 문학의 특징적 면모를 밝히고 있다. 이밖에도 재일 조선인 조선어 문학을 시와 소설로 나누어 주제별로 개관하였으며, 대표적 시인, 작가들인 김학렬, 리은직, 량우직의 작품을 중점적으로 연구, 고찰하였다.

재미 한인문학은 최근 들어 체계적으로 자료를 수집, 정리하고 그 문학적 성과를 분석적으로 연구하고자 하는 시도들이 선보이고 있다. 「재미 한인문학 연구의 현단계」에서는 이러한 재미 한인문학 연구 현황을 통시적으로 고찰해 보고자 했다. 이와 더불어 현지 재미 한인의 관점에서 바라본 「이산적 정체성과 한국계 미국작가의 문화 읽기」를 통해 향후 연구의 과제와 전망을 모색해 보았다. 개별 작가론과 작품론에 있어서, 소설에 비해 비교적 비평적 조명이 미진한 시와 동화 장르에도 주목했는데, 이민자의 삶의 갈등과 내면의식을 핍진하게 형상화하고 있는 고원과 마종기의 시론 및 한국의 전통문화와 역사를 전 세계에 알린 동화작가 린다 수 박(Linda Sue Park)의 작품론 등이 그것이다. 한편 탈식민주의와 다문화주의가 쟁점화 되고 있는 오늘날, 「종군 위안부 : 노라 옥자 켈러와 이창래의 고향의식」은 이산적 정체성과 역사의식이라는 주요한 문제에 접근하고 있어 주목을 요한다.

중국 지역에서는 중국 조선족문학의 전반적인 흐름을 짚어보고, 의미망을 제시하는 글 두 편을 서두에 실었다. 여기에서는 중국 조선족문학의 이중적 성격이 역사적 흐름과 밀접한 상관성을 갖는 것임을 보여줌으로써 그것이 어느 범주에 귀속되는가의 문제에서 벗어나 근대 문학의 범주를 넓히고 현재적 의미를 재발견하는 데로 나가야 할 것임을 밝히고 있다. 그리고 중국 조선족문학과 한국문학의 교류가 활발해지고 그 양자간의 상호관계를 통해 우리 문학 세계화의 한 방향성을 모색하려는 지금, 중국 조선족문학의 개혁 개방 시기에 대한 소설 연구는 그 문학적 향방을 비교적 소상히 전해준다. 제1권에서 미처 손이 닿지 못했던 비평과 아동문학에 대한 연구도 다루었다. 중국 조선족문학 비평에 관한 연구는 중화인민공화국 성립 이후 조선족문학의 당면 과제와 방향을 구체적으로 보여준다. 아동문학 개관은 조선족 아동문학 연구자의 글로 한국에 좀처럼 알려지지 않았던 중국 조선족 아동문학의 실상을 파악하는 길잡이의 역할을 해 줄 것으로 기대한다.

중앙아시아 고려인문학의 경우는 근래에 세계 문단의 주목을 받는 작가들이 등장하고 있다. 한국에서는 아나톨리 김과 미하일 박을 주축으로 하여 고려인문학에 대한 연구가 상당한 수준으로 진행되어 왔다.

그런데 이들의 문학은 그 문학적 성과에도 불구하고 러시아어를 통한 창작과 모호한 민족적 정체성으로 인하여 '민족문학'의 범주 문제에 대한 부분적인 논란의 여지를 남겨두고 있다. 여기에서는 이들 중에서도 제1권에서 다루지 못한 작가들에 대한 연구를 수록하고 있다. 중앙아시아 고려인문학에 대한 전반적인 상황과 함께 라브렌띠 송·김 준·김 세일의 작품 세계에 대한 심도있는 논의를 볼 수 있다. 이는 작가와 작품의 중요성에도 불구하고」 그동안 체계적으로 이루어지지 못한 연구를 보완하고 있으며, 자료를 구하기 어려운 상황 속에서 현지와의 직접적인 교류를 통해 이끌어낸 성과라는 점에서 큰 의의를 가진다.

호주 지역에 대한 연구는 아직 미미한 상태이나 의미있는 논문이 있어 한데 묶었다. 「호주한인문학연구」는 호주 지역 한인문학의 실체를 점검하고 바람직한 한인상을 정립하는 데 일조하려는 목적으로 쓰여졌다. 호주 한인의 운문문학은 이민에서 비롯된 심리적 공황과 정착의 과정을 호주 사회의 특수성에 의탁해 내성적으로 형상화하고 있다. 이는 호주 한인의 삶이 정착 과정에서 드리워진 어두운 그림자를 해소하면서 점차 적응의 단계로 들어서는 도정에 위치하고 있음을 보여준다. 호주 한인의 산문문학은 운문문학의 서정성을 보다 역동적으로 전환시키면서 다양한 삶의 편린들을 보여주고 있으나, 소박한 일상성의 굴레에서 벗어나 '서사적 허구'의 세계로 접어들지 못하는 한계를 지닌다.

지금까지 언급한 재외 한인문학은 한국문학의 비주류적 그늘 아래 있었던 것임을 부인할 수 없다. 그럼에도 불구하고 이들의 문학은 한국문학의 주류에서 논의되어 온 민족문학, 근대문학이라는 거대한 담론의 틀을 재조명할 수 있는 타자의 자리를 제공한다. 우리는 안과 밖에 있는 문학적 주체의 시선이 교차하는 과정에서 그 새로운 시각이 배태되기를 바라 볼 수도 있다. 이 또한 이 책이 편찬되어야 할 당위성에 한 힘을 보태는 형국이라 하겠다. 어려운 중에서도 이처럼 귀한 책으로 묶어주신 국학자료원과 편집 과정에서 애쓰고 수고한 몇 분에게 깊이 감사드리며, 이 책이 제1권과 더불어 재외 한인문학 연구와 그 확산에 유용한 길잡이가 되었으면 한다.

2006년 청명한 가을
편자 김종회

차례

재중 조선족 문학비평 연구

중국 조선족 아동문학 개관   김만석

중국 조선족의 애환의 삶 그리기

역사적 미학관과 민족정신의 반영

구소련지역

구소련지역 고려인문학의 형성과 작품세계

고려인 문학의 의의와 작품의 성격   김종회

미주 지역

재미 한인문학 연구의 현단계

박연옥[*]

1. 머리말

한 세기를 관통하는 한국인의 미국 이민사(移民史)는 1903년 1월 13일 93명의 노동자가 하와이의 사탕수수 농장에서 일하기 위해 호놀룰루에 상륙한[1] 것으로부터 시작되었다. 많은 한국인들이 미국으로 건너가 새로운 삶을 개척하게 되면서 미국 땅에서도 한국인에 의해 창작된 문학작품들이 나오게 되었다. 이른바 재미 한인문학이다. 재미 한인문학의 역사는 "초창기 재미 한인들의 문화적 역량을 집결한 『신한민보』에서 꾸준하게 한국어 작품들을 게재한 것을 계기로 출발"[2]하여 어느덧 한 세기가 넘는 연륜을 갖게 되었다.

재미 한인문학의 역사를 일별(一瞥)해 보면, 1928년에는 최초로 영어로 씌어진 한국계 미국 소설인 류일한의 『나의 한국 소년 시절』(When I Was A Boy In Korea)이 발표되었고, 1931년에는 강용흘의 『초당』(The Grass Roof)이 미국 문단에도 소개되어 호평을 받았다. 이후 『꽃

---

* 경희대 대학원 국어국문학과 박사과정
1) 이광규, 『재미한국인(在美韓國人)』(일조각, 1989), pp.22-25 참조.
2) 이동하, 「20세기 초와 20세기 말의 재미한인 소설」, 이동하·정효구, 『재미한인문학연구』 (월인, 2003), p.296.

신』(The Wedding Shoes, 1956)의 김용익, 『순교자』(The Martyred, 1964)의 김은국 등 이민 1세대 작가들이, 그리고 『딕테』(Dictee, 1982)의 차학경, 『토담』(Clay Walls, 1986)의 김난영 등 이민 1.5세대와 2세대 작가들이 미국 주류 문단에서 긍정적인 평가를 받으며 미국 내 소수민족 문학으로 그 기반을 다졌다. 1990년대는 발표되는 작품의 수준과 양에 있어서 놀라울 만큼 향상된 기량을 보여주어 "한국계 미국작가(Korean-American) 르네상스 시대"3)라고 불리기도 하는데, 대표적인 작가로 『네이티브 스피커』(Native Speaker, 1995)의 이창래, 『나의 유령 형님의 기억』(Memories of My Ghost Brother, 1996)의 하인즈 인수 펭클, 『종군위안부』(Comfort Woman, 1997)의 노라 옥자 켈러, 『외국인 학생』(Foreign Student, 1998)의 수잔 최 등을 꼽을 수 있다.

영어로 창작하는 작가들이 한국계 미국작가로 불리며 미국 주류 문단의 진입을 지향하고 있다면, 한국어로 창작하는 작가들은 한인 문예지를 중심으로 문학 활동을 전개해 나가고 있다. 1973년에 출간된 『지평선』은 비록 3집을 발간하고 사라졌지만 재미 한인 문단에서 나온 최초의 동인지로, "1940년대 초 만주에서 나온 『재만조선인시집(在滿朝鮮人詩集)』 이후 두 번째로 재외 한인 문단에서 발간된 동인지"4)라는 문학사적 의의를 갖고 있다. 이와 함께 『지평선』은 1982년 창간호를 출간한 이래 현재까지 발간되고 있는 『미주문학』의 모태가 된 것으로도 그 의의를 갖는다. 현재 『미주문학』을 비롯하여 『뉴욕문학』, 『워싱톤문학』, 『시카고문학』, 『크리스찬문학』, 『문학세계』, 『한돌문학』 등 다양한 문예지들이 발간되고 있는데, 이들은 등단 절차와 문학상 제도를 마련하는 등 현지 한인 문단을 형성하고 있다.

---

3) 유선모, 『미국 소수민족 문학의 이해―한국계 편』(신아사, 2001), p.150.
4) 정효구, 「재미한인 동인지 『지평선』의 양상과 그 의미」, 이동하·정효구, 앞의 책, pp.85-86.

1990년대 이전까지 재미 한인문학에 대해 관심을 표명하는 국내의 연구5)는 매우 소략한 형편이었다. 그러나 1990년대에 들어서면서 한국 사회가 탈냉전과 민주화, 전지구화를 동시적으로 경험하면서 재외 한인 문학에 대한 재인식을 가져오게 되었다. 우선적으로 실재하는 재외 한 인문학에 대한 평가가 이루어져야 하지 않은가 하는 당위적인 문제제 기6)와 함께 자료 수집의 필요성이 거론되기 시작하였다. 이에 따라 미 국 주류 문단에서 주목받는 작가와 작품에 대한 단평7)(短評)과 현지 문 학 활동의 경향과 현황에 대한 개괄적인 분석8)이 분산적으로 이루어졌

5) 길현모의 「『오·마이코리아』를 읽고: 俗되고 感情적인 歷史意識」(『신동아』, 1966. 4월호), 유병천의 「이민 작가의 한계와 문학전통—강용흘, 김용익, 김은국씨의 경우」(『신동아』, 1966. 11월호), 이보영의 「奇妙한 宿命—김은국론」(『현대문학』, 1969. 9월호), 김윤식의 「유년시절을 그린 두 개의 소설— <초당>과 <압록강은 흐른다>」(『사상계』, 1970. 3 월호), 김병익의 「작은 始作의 意味, 김은국작 빼앗긴 이름」(『문학과지성』, 1970. 11), 이창배의 「韓國詩譯上의 問題點: 강용흘 · 고원의 譯詩集을 놓고」(『문학과지성』, 1971. 9), 최일남의 「최일남이 만난 사람—재미작가 김용익」(『신동아』, 1983. 9월호), 김효원의 「이미륵과 James Joyce에 비추어 본 강용흘의 소설세계」(『論文集』 7호, 한림대학교, 1989. 12) 정도 찾아볼 수 있다.

6) 임헌영의 「해외동포 문학의 의의」(『한국문학』, 1991. 7월호), 윤명구의 「재미 한인의 문 학활동에 대한 연구 」(『인하대인문과학연구소문집』 19호, 1992), 김용직의 「문학을 통 해 본 재외동포들의 의식성향 고찰」(『서울대인문논총』 29호, 1993. 6) 홍기삼의 「재외 한국인 문학 개관」(유종호 · 김윤식 · 백낙청 외, 『한국 현대문학 50년』, 민음사, 1995), 이건종의 「재미교포 문학연구 이루어져야」(『문화예술』 246, 2000. 1) 등이 있다.

7) 임영천의 「신의 죽음의 문학과 우상파괴 정신」(『열린문학』, 1995. 11), 임진희의 「아시 아계 미국문화에 나타난 언어의 재정의를 통한 탈식민적 정체성 추구」(『영어영문학』 45권 3호, 1999), 민은경의 「차학경의 Dictee, Dictation, 받아쓰기」(『비교문학』, 1999. 12), 김준길의 「한국인이 영어로 쓴 소설 이야기」(『월간조선』, 2000. 7월호), 구운숙의 「여성 의 몸, 국가 권력과 식민주의/민족주의」(『영어영문학』 47권 2호, 2001. 6), 장경렬의 「정 체성의 위기, 언어의 안과 밖에서: 이창래의 소설 『네이티브 스피커』읽기」(『문학판』, 2002 여름호), 고부응의 「이창래의 『원어민』: 비어있는 기표의 정체성」(『영어영문학』 48 권 3호, 2002 가을호), 최혜실의 「식민자/피식민자, 남성/여성, 부자/빈자—노라 옥자 켈 러의 『종군위안부』를 중심으로」(『여성문학연구』 7권, 2002. 6) 등이 있다.

8) 윤양산의 「재미 교포 시인들의 시에 나타난 지역정서」(『현대시학』, 1995. 12월호), 표언 복의 「미주유이민문학연구」(『목원어문학』 15호, 1997), 조규익의 「재미한인 이민문학에 반영된 자아의 두 모습」(『숭실대논문집』, 1999), 최혜실의 「하버드에서의 한국(문)학 연 구 및 교육 현황」(『비평문학』, 1999. 7), 유희석의 「한국계 미국 작가들의 현주소」(『창 작과비평』, 2002 여름호), 김종회의 「미주 한국문학의 어제 · 오늘 · 내일」(『한국문학평 론』, 2003 가을 · 겨울호), 홍경표의「미주 이민문학의 현황과 전망」(『국제한인문학연구』,

다. 조규익의 『해방전 재미한인 이민문학』[9](1권의 연구서와 5권의 작품집, 1999)의 출간으로 재미 한인문학 연구는 새로운 전환점을 맞게 되는데, 유선모의 『미국 소수민족 문학의 이해』(2001), 이동하·정효구의 『재미한인문학연구』(2003), 임진희의 『한국계 미국 여성문학』[10](2005) 등 본격적인 연구서의 등장이다. 이들 또한 시론적(試論的) 연구와 자료의 일차적 검토 차원을 넘어선 체계적이고 분석적인 연구 성과를 제시하지 못하는 한계점을 갖고 있지만, 이후 지속적인 논의의 확산과 심화에 있어 생산적인 토대를 마련하고 있다는 점에서 주목을 요한다.

본고에서는 재미 한인문학 연구 현황을 국문 작품과 영문 작품으로 나누어서 점검해 봄으로써 현재까지 집적된 연구 성과를 정리해 보고자 한다. 그리고 이를 통해 남겨진 재미 한인문학 연구의 과제와 전망을 제시하는 데 본고의 연구 목적이 있다.

재미 한인문학은 "출발지의 입장에서 보면 한국문학의 일환으로 볼 수 있고, 도착지의 입장에서 보면 미국문학의 일환으로 볼 수 있는 이중성"[11]을 갖고 있다. 이런 이중성은 재미 한인문학의 개념과 범주의 정의에 있어 창작 주체의 언어와 국적, 민족의 구분이 명확하지 않은 모호함을 내재하고 있다. 본고에서는 재미 한인문학 연구사 고찰에 앞서, 잠정적으로 "미국에서 거주하고 있는 한인계 작가들이 창작한 문학 작품 일반"[12]으로 재미 한인문학을 정의하고자 한다.

2004) 등이 있다.

9) 조규익, 『해방전 재미한인 이민문학』(월인, 1999)

10) 임진희, 『한국계 미국 여성문학』(태학사, 2005)

11) 조규익, 앞의 책.

12) 채근병, 「재미 한인문학 개관 Ⅰ」, 김종회 편, 『한민족 문화권의 문학』(국학자료원, 2003), p.17.

2. 국문 - 재미 한인문학 연구 검토

조규익의 『해방전 재미한인 이민문학』은 해방 전에 발표된 국문 재미 한인문학을 정리하고 있는데, 1권의 연구서와 5권의 자료집으로 구성되어 있다. 5권의 자료집에는 해방 전 주요 발표매체였던 『신한민보』에 수록된 작품을 대상으로 시가, 소설, 평론, 희곡으로 나누어 게재하고 있다. 이를 통해 이 시기 재미 한인들에 의해 창작된 국문 작품 전반에 대한 파악이 용이하게 되었다.

조규익은 이 시기 재미 한인들의 시문학에서 민요, 가사, 창가, 시조 등 전통 장르를 계승하는 한편, 미국의 새로운 장르 - 찬송가, 포크송, 민요 등을 접하면서 새로운 시 형식을 실험하고 장르를 새롭게 확대시키는 "조정의 의지"13)를 가지고 있었다고 평가하고 있다. 그리고 내용적 측면에서는 일제에 대한 저항 의식과 독립에의 염원, 식민지적 현실에 대한 반성과 비판, 이민 생활의 애환과 고국에 대한 그리움이 주제적 경향을 이루었다고 분석하고 있다.

조규익은 이 시기 소설을 삼일운동 이전의 것과 삼일운동 이후의 것으로 구분하고, 그 양자 사이에서는 의미심장한 차이가 발견된다고 지적하고 있다. 삼일운동 이전의 소설들은 주로 낭만적 애국주의가 주제 의식의 중심을 형성하고, 삼일운동 이후의 소설들은 좀더 차분한 계몽 의식과 함께 애정 등 인간의 심리나 현실 문제에 대한 추구 등으로 구체적인 변화를 보인다는 것이다.

이동하는 『재미한인문학연구』에서 소설문학에 한정하여 조규익의 평가는 "지나치게 후한 태도로 일관하고 있다"14)고 비판하면서, "냉정하게 말해서, 해방 전 재미 한인 소설의 세계는 처음부터 끝까지 소박한

---

13) 조규익, 앞의 책, pp.48-49.
14) 이동하, 「20세기 재미한인 소설의 전개양상」, 앞의 책, p.344.

아마추어리즘으로 일관되었다는 사실을 부인할 수 없다"고 반론을 제기하고 있다. 그러면서 이동하는 영문 소설에 비해 국문 소설의 수준이 떨어지는 것은 "국문으로 창작하는 당대 한인들의 의식이 미국 땅을 영구 정착지가 아닌 일시적 체류지로 인식하게 됨에 따라, 전문적인 수준의 작품을 탄생시킬 만한 토양을 갖추지 못했기 때문"15)이라고 추론하고 있다. 이동하는 이러한 한계점을 극복하기 위한 대안을 모색하기 위해 미국 현지와 국내 문단에서의 활동을 병행하는 작가들에 주목한다. 김용익, 박시정, 김지원, 송상옥 등 국내 문단에서 등단 절차를 마친 재미한인 작가들을 통해 현지 한인 문단 또한 전문성과 작품성을 견지하게 되리라 전망16)하고 있다.

『재미한인문학연구』의 공저자 정효구는 시기적으로 조규익의 연구 이후의 국문 시작품을 대상으로 재미 한인 시에 나타난 의식의 변천과 정을 언어, 자아 정체성, 조국, 도시 문명, 종교적 측면에서 고찰하고 있다. 그리고 재미한인 문단 최초의 동인지 『지평선』에 주목하여 그 특성을 분석하고 있는데, 『지평선』은 이민 1세대 이민자들이 겪어야 할 생존과 적응의 힘겨운 현실과 정체성 위기와 확립의 문제를 절실하게 다루었다는 특징이 있고, 어머니, 고향, 조국과 같은 과거의 삶에 대해서는 비판적 시선보다는 그리움의 대상으로 그려지고 있으며 기독교와 우주적 사유를 통해 "이민자로 감당해야 할 세속사의 어려움을 초월하고자 하는 태도"17)를 보이고 있다고 조리 있게 논의를 전개하고 있다.

정효구는 박남수의 시세계를 <떠돌이 의식>과 <회귀의식>, <도시문명의 모순에 대한 비판>이라는 관점18)에서 밝히고 있고, 고원의

---

15) 이동하, 위의 글, p.347.
16) 이동하, 위의 글, pp.347-366 참조.
17) 정효구, 「재미한인동인지 지평선의 양상과 그 의미」, 앞의 책, pp.85-124.

시에 나타난 의식의 변모과정을 <개척자 의식>, <민주투사 의식> <자연과 우주의식>, <기독교 의식>[19]으로 분석하고 있다. 그리고 마종기의 시를 분석함에 있어 그의 시에서 드러나는 <외국인 의식>, <한국인 의식 혹은 민족의식>, <망명자 의식 및 도망자 의식>, <소수민 의식>[20] 등은 이민 1세대에게 보편적으로 나타나는 의식이라고 밝히면서, 재미 한인문학에서 마종기 시가 갖는 중요성을 강조하고 있다.

『재미한인문학연구』에서 이동하는 최근 현지 문단에서 활약하고 있는 김혜령, 한영국의 작품[21]을, 정효구는 1997년에 『미주 한국일보』로 등단한 임혜신의 시[22]를 고찰하고 있는데, 이를 통해 현재 진행중인 현지 한인 문단에까지 연구 범위를 확장시키고 있다.

김종회 편 『한민족 문화권의 문학』에서는 한민족 문화권의 문학을 네 지역으로 권역별로 구분하고, 이에 대한 개관과 주요작가·작품에 대한 각론을 함께 수록하고 있는데, 현재까지 진행된 연구의 집적을 요약적으로 제시해 주고 있다. 본고의 연구대상인 재미 한인문학의 경우 해방을 기점으로 해방 이전과 이후로 나누어 정리하고 있는데, 해방 이후 현지 한인 문학 단체의 현황에 대한 자료 수집과 정리가 제시되어 있어[23] 이전까지의 연구의 성과를 이어받으면서 점진된 연구 성과를 보여준다. 그러나 주요작가·작품을 점검하는 각론에서는 새롭게 발굴된 자료와 작가에 대한 접근이 이루어지고 있지 않는 점이 한계로 지적된다.

---

18) 정효구, 「박남수 시에 나타난 미국」, 위의 책, pp.162-198.
19) 정효구, 「고원 시에 나타난 의식의 변모과정」, 위의 책, pp.199-232.
20) 정효구, 「마종기 시에 나타난 이민자 의식」, 위의 책, pp.233-266.
21) 이동하, 「20세기 초와 말의 재미한인 소설」, 위의 책, pp.305-341.
22) 정효구, 「임혜신의 시집 『환각의 숲』」, 위의 책, pp.267-292.
23) 이소연, 「재미 한인문학 개관 II」, 김종회 편, 앞의 책, pp.43-46.

1965년 미국 이민법의 결과로 1960년대 말 한국인의 미국 이주가 대규모로 진행되면서 이 시기 이민자들이 현재 미국 한인사회의 주류를 형성하고 있다. "이들은 하와이 노동 이민으로 미국에 들어온 초기 이민자들과는 달리 교육수준이 매우 높으며, 경제적으로도 안정되어 있고 국내와의 교류도 활발하다."24) 이들이 현지 한인 문단의 중심을 이루고 있는데, 이들의 문학 활동에 대해 앞에서 언급한 이동하와 정효구뿐만 아니라 여러 국내 연구자들의 관심25)이 확대되고 있는 실정이다.

현지 한인 문단 활동이 원활해지면서, 그 내부에서도 자신들의 문학에 대한 평가가 이루어지고 있으며, 재미 한인문학의 가치에 대한 새로운 인식을 제기26)하는 등 재미 한인문학 연구의 새로운 전기를 마련하고 있다. 대표적인 예가 시인과 비평가로 활동중인 박영호의 활약이다. 박영호는 국문 재미 한인문학을 아마추어리즘으로 평가한 이동하의 견해에 대해 "이민문학의 특수한 시대적, 사회적, 역사적 배경을 고려하지 않고, 국내 문학의 연장선에서 비교 평가되는 데는 문제점이 있다"27)고 반론을 제기하고 있다. 그리고 자신의 반론에 대한 검증 작업으로 현지인의 관점에서 해방 전 재미 한인문학사를 기술하였는데, 이는 조규익의 것과 비교해 크게 차이점이 부각되어 있지는 않다. 그러나

---

24) 송명희, 「미 서부 지역의 재미작가 연구」, 『비평문학』 16호, 2002. 7. p.131.

25) 이일환의 「재미 한국계 작가 연구」(『어문학논집』 21권, 2002), 김운규의 「재미 한인 이민소재 소설의 갈등구조」(『문학과 언어』 24집, 2002), 현길언의 '이민문학'의 새로운 지평을 위하여: 미주 한국소설가협회 18인 소설집 『사막의 소리』」(『미주문학』, 2002 가을호)와 「현대 한국소설의 경향과 이민소설의 위치」(『미주문학』, 2002 가을호), 김종회의 「두 개의 꿈, 한국문학과 미주한국문학을 보는 눈」(『미주한국문학의 어제와 오늘』, 해외동포문학선집 편찬을 위한 학술대회 자료집, 2004) 등이 있다.

26) 송상옥의 「이주민의 정서와 갈등의 소산」(『미주문학』, 2001), 정용진의 「이민 100주년'을 맞이한 미주문단의 어제와 오늘」(『미주문학』, 2002), 한영국의 「미동부의 한국 문인들」(『미주문학』, 2002 여름호), 박영호의 「재외 동포문학의 가치에 대한 새로운 인식」(『미주문학』, 2003 가을호), 「미주 한국 이민소설의 실상—'미주이민 100주년 기념 미주작가 대표 소설집'3권을 중심으로」(『미주문학』, 2004 봄호) 등이 있다.

27) 박영호, 「미주 한국 이민소설의 실상—'미주이민 100주년 기념 미주작가 대표 소설집' 3권을 중심으로」, 위의 책, p.246.

현지 문단 내부에서 이러한 움직임이 진행되고 있는 것은 재미 한인문학의 현지화[28]라는 측면에서 큰 의미를 가진다고 할 수 있다.

2005년 재외동포문학사업추진회에서 펴낸 『해외동포문학 재미 한인 소설 I · II · III』[29]과 『해외동포문학 재미 한인 시 I · II · III』[30] 작품집 6권은 현재 현지에서 활동하고 있는 작가들의 실제 작품들과 그 해설을 수록하고 있다. 이는 재미 한인문학 연구에 있어 자료로서 큰 가치를 가질 뿐만 아니라, 국내 독자들이 번역을 통하는 거리감 없이 재미 한인문학의 실체를 느낄 수 있게 되었다는 점에서도 긍정적인 평가를 내릴 수 있다.

3. 영문 - 재미 한인문학 연구 검토

한국계 미국작가의 작품을 대상으로 자료를 수집 · 정리하고 있는 유선모의 『미국 소수민족 문학의 이해: 한국계 편』은 재미한인문학 연구의 정지작업(整地作業)으로 그 의의를 갖는다. 『미국 소수민족 문학의 이해』는 한국계 미국소설 전반에 걸쳐 자료를 검토하여 1930년대/ 1960년대/1980년대/1990년대의 시기 구분에 따라 대상작품을 분류하고

---

28) 현지 한인 작가들 사이에는 일정한 지형도가 그려지는데, 이에 대해 송상옥은 한국에서 등단했거나 활동하다가 미국으로 이주한 경우(A그룹)와 국내에서 등단 기회를 잡지 못한 채 미국으로 이주한 경우(B그룹)로 나누고 있다. A그룹은 시인으로 박남수, 고원, 마종기, 김용팔, 황갑주, 이세방, 김송희, 김정기, 김호길, 이승자, 배미순, 최연홍, 전달문 등이 있고, 소설가로 김용익, 최태웅, 송상옥, 김지원, 박시정, 신예선, 이덕자 등이 있고, 그리고 평론가로 명계웅, 최금산, 수필가 이계향, 최백산, 위진록 등이 있다. B그룹은 본국 문단에서 등단 절차를 밟지 않았더라도 현지에서 비교적 작품 활동을 활발히 전개하는 작가들로, 시인은 김병현, 권순창, 송순태, 유장균, 이성호, 오문강, 염천석, 강옥구, 박신애, 정용진 등이 있고, 소설가는 김광주, 김유미, 김혜령, 송재천, 박경숙, 조정희, 정규택 등이 있다. (송상옥, 앞의 글 참조)

29) 재외동포문학사업추진회 편, 해토, 2005.

30) 재외동포문학사업추진회 편, 위의 책.

있다. 그리고 작품의 내용을 간단하게 요약·정리하고, 더불어 현지 작가들과의 인터뷰 내용을 수록하여 자료의 활용도를 높였다. 유선모는 한국계 미국작가들의 작품에 나타나는 주제를 세대별로 구분해서 정리하고 있는데, 다음과 같다. 제1세대 작가들은 대체적으로 조국의 이야기 또는 조국의 향수와 애국심에서 나온 '집단적 자아'에 관하여 이야기하고 있고, 1.5세대들은 자신의 체험을 통해 자신의 이야기를 꾸며가며 '세계 속의 자아'에 관하여 이야기하고 있고, 2세대 작가들은 이민의 경험을 통해 얻은 '소외된 인간의 자아'를 이야기하고 있고, 3세대 작가들은 다시 이민 1세대인 조부모의 이야기로 되돌아간다[31] 특징을 갖고 있다는 것이다.

이후 유선모가 펴낸 『한국계 미국 작가론』[32]은 『미국 소수민족 문학의 이해』의 개정증보판에 해당한다. 유선모는 자료 수집을 더욱 보강하여, 1990년대 이후 양적으로 팽창한 작품들을 주제별로 더욱 세분화[33]해서 정리하고 있다.

임진희의 『한국계 미국 여성문학』은 차학경의 『딕테』, 김난영의 『토담』, 노라 옥자 켈러의 『종군위안부』를 중점적으로 고찰하면서, 『조이럭 클럽』의 에이미 탠, 『2세 딸』의 모니카 소네, 『여인무사』의 맥신

---

31) 유선모, 앞의 책, P.38.

32) 유선모, 『한국계 미국 작가론』(신아사, 2004)

33) 『미국 소수민족 문학의 이해』와 『한국계 미국 작가론』을 비교해 보면 다음과 같은 차이점을 갖는다. 전자에서는 '1990년대의 작가들의 경향'이란 소제목 아래 (1)1.5세대 작가들의 미국의 꿈과 정체성-K. Connie Kang, Helie Lee, Joe Porcelli, Heinz Insu Fenkl, Chang Rae Lee (2)1.5세대의 최대 이슈: 종군위안부의 악몽-Nora Okja Keller, Therese Park (3)2세대 작가들의 자아 정체성 탐구-Margaret K. Pai, Susan Choi, Mira Stout, Richard S. Hahn, Marie G. Lee, Leonard Chang으로 정리하고 있다. 그리고 후자에서는 여기에 ①입양 작가들: 이산의 한과 뿌리찾기-Link S. White, Thomas Park Clement, Katy Robinson ②혼혈 작가들: 소외된 인간들의 보편성 탐색-Elizabeth Kim ③1세대 이산의 작가들-Donald K. Chung, Ty Pai, Sook Nyul Choi ④3세대 작가들: 이민사회의 고난/이방인의 의식-Gary Yong Ki Pak, Don Lee, Willyce Kim ⑤아동 작가들: 한국 문화와 고향의 꿈-Min Paek, Lina Sue Park을 추가하여 정리하고 있다.

홍 킹스턴 등 중국과 일본의 아시아계 여성 작가들도 함께 다루고 있다. 임진희는 탈식민주의의 관점에서 '한국계 미국 여성문학'은 서구인들이 창조한 타자로서의 동양인에 대해 획일적으로 고착화된 전형을 해체하려고 노력해 왔다고 진단한다. 그는 한국계 미국 여성문학 속에서 인종·성·국가라는 쟁점이 한국 고유의 특징과 어떻게 어우러지는가를 살펴봄으로써 궁극적으로 "한국과 한국인, 그리고 한국성에 대한 이해를 확장하려는 데 연구 목적"[34]이 있다고 밝히고 있다.

김욱동의 『강용흘: 그의 삶과 문학』[35]은 국내에서 최초로 단행본의 형태로 발표된 한국계 미국작가론이다. 연구서에서 김욱동은 강용흘의 생애와 영향 관계를 전기적으로 고찰하고, 『초당』, 『동양인 서양에 가다』(East Goes West, 1937) 그리고 아직 출간되지 않은 장막 희곡 『궁정의 살인』(Muder in the Royal Place)[36]을 분석함과 동시에 강용흘과 한국문학의 관계를 조명하고 있어, 강용흘 문학의 전체적인 양상을 체계적으로 정립하고 있다.

유선모와 임진희, 김욱동의 연구를 제외하고 현재까지 진행된 영문 재미 한인문학 연구는 작가와 작품에 대한 해설과 비평을 위주로 한 단편적인 논의가 주류를 이루고 있다. 전반적으로 재미 한인의 정체성·한국계 미국작가의 정체성에 초점을 맞추고 있는데, 이 가운데 비중 있는 견해들을 살펴보면 다음과 같다.

---

34) 임진희, 앞의 책, p.18.

35) 김욱동, 『강용흘: 그의 삶과 문학』(서울대학교출판부, 2004)

36) 『궁정의 살인』이 정확하게 언제 창작되었는지는 아직 밝혀지지 않고 있다. 처음에는 단막극으로 창작되어, 1964년 10월 뉴욕주 롱아일랜드에 있는 미네올라에서 지방 연극단에 의해 초연(初演)되었다. 그후 강용흘은 이 작품을 4막의 장막극으로 개작하였으나, 1972년 사망할 때까지 이 작품의 출간을 미룬 채 계속 수정을 거듭하였다. 이 작품이 국내에 소개된 것은 1974년 『문학사상』에 이근삼이 번역하면서부터이고, 1974년 3월 1일부터 5일까지 문학사상사와 민예극단의 공동 기획으로 명동 예술극장에서 공연되었다. (김욱동, 위의 책, pp.258-259 참조)

이동하[37]는 강용흘의 작품에 대해, "보편적인 차원에서의 근대성에 대한 관심"이 높아지면서 민족주의를 압도하게 되었다고 분석하면서, 역사적으로 서양과 동양의 만남이 이루어지는 과정에서 파생하는 제국주의 담론에 대한 인식의 부족으로 서구 백인 중심의 정체성에 동화되는 양상을 보인다고 지적한다. 그리고 『초당』이 보여주고 있는 세계는 서양의 입장에서 동양을 바라보는 오리엔탈리즘의 시선으로 한국의 전통 문화와 풍습을 전유[38]하고 있는 것은 아닌가 하는 회의적인 문제의식을 드러내고 있다.

송창섭[39]은 김은국이 향토성을 국제성의 이항 대립적 개념으로 파악함으로써, 향토성을 비판하고 서구 중심적 보편주의, 특히 카뮈의 실존주의 사상으로 자신의 작품 세계를 구현하고자 하였다고 밝히고 있다. 그러나 카뮈의 실존주의 사상의 골격만 이식하여 보편적 인도주의라는 추상적 이념에 경도된 나머지 역사적 시공간을 구체적으로 재현하는 데도 실패했다고 한계점을 제시하고 있다.

김승희[40]에 따르면 차학경의 『딕테』는 "제3세계 언어를 쓰다가 늦은 나이에 남의 언어체계 안으로 들어온 이민자라는 소외감과 영원히 타자인 여성으로서 남성 중심적 언어체계 안에서 말해야 하는 이중의 소외감을 겪는 이중의 타자"인 아시아계 이민자 여성을 재현하고 있다. 고부흥·유충현[41]은 차학경이 한국 사람도 미국 사람도 아닌 자신의 정체성을 추적하며 결국 언어·민족·역사에 의해 형성된 정체성을 해

---

37) 이동하, 「강용흘의 『동양선비 서양에 가시다』와 민족적 정체성 문제」, 앞의 책.
38) 이동하, 「재미한인 소설을 통해서 본 한국문화와 미국문화의 만남」, 앞의 책, p.377.
39) 송창섭, 「민족 정체성과 실존적 개인」, 김현택 외, 『재외한인작가연구』(고려대학교 한국학연구소, 2001)
40) 김승희, 「차학경의 텍스트『딕테』 읽기」, 『서강인문논총』 13집, 2000, p.56.
41) 고부흥·유충현, 「차학경의 『딕테』읽기─자기 정체성 해체」, 『인문학연구』 34집, 2002, p.69.

체하게 되는데, 이것이 실험적이고 형식 파괴적 글쓰기로 나타나고 있다고 본다.

권택영[42]은 노라 옥자 켈러의 『종군위안부』와 이창래의 『제스처 라이프』(A Gesture Life, 1999)에 나타난 고향의식을 비교하고 있는데, 이창래의 동양적인 감수성이 그리 만족스럽지 않다는 견해를 피력하고 있다. 켈러는 자신이 어릴 적에 한국인 어머니의 문화를 감추려 했던 것을 후회하면서 작품 속에서는 거침없이 어머니 문화를 수용하는 데 반하여, 이창래의 작품 속에서는 종군위안부의 정치적 의미가 약화되고 주인공의 정체성을 찾는 과정의 일부로 축소되는 듯한 인상을 주기 때문에 한국 독자들로서는 섭섭함을 느끼게 한다고 지적하고 있다.

김학면[43]은 이창래의 글쓰기에 나타난 고통에 대한 인식이 민족주의적 담론이 지닌 협소한 현실 고발에서 벗어나 광범위하고 보편적인 인간 존재 방식의 확인에 있다고 자신의 견해를 밝히고 있다. 한편 하인즈 인수 펭클[44]은 이창래의 작품에 대해 "작품에 전용한 한국적 문화에 대해 상호 보상적인 책임을 지지 않은 채 자신들이 지닌 한국적 성격을 성공을 위해 이용"한다고 비판하면서, 그것은 결국 스스로가 속한 소수 민족적 배경에 부정적인 영향을 미칠 것이며 궁극적으로는 미국에 동화되는 이데올로기에 봉사하게 될 것이라고 문제의식을 드러내고 있다. 이는 앞에서 이동하와 송창섭이 언급한 강용흘·김은국의 근대적 보편주의 지향성과 상관관계를 갖는 문제의식으로 치밀한 논의와 검증작업이 전개되어야 하는 재미 한인문학 연구의 중요한 과제라고 판단된다.

일레인 킴[45]은 한국적 정체성과 미국적 정체성의 관계에서 재미 한

---

42) 권택영, 「종군 위안부: 노라 옥자 켈러와 이창래의 고향의식」, 『국제한인문학연구』, 2004.

43) 김학면, 「이창래 소설에 나타난 '고통'의 의미」, 『국제한인문학연구』, 2004, p.94.

44) 하인즈 인수 펭클, 「아시아계 미국 문학과 한국 문학: 세계 문화의 시각에 본 공동의 문제점과 도전」, 『외국문학』, 1995 가을호, pp.44-48.

인의 정체성을 조명해온 기존 논의들과 달리 백인과 흑인(아프리카계 미국인)의 사이 혹은 아시아계 미국인과 아프리카계 미국인의 관계 속에서 재미 한인의 정체성을 탐구하고 있어 정체성 논의에 새로운 방향을 제시해주고 있다. 일레인 킴은 미국 사회의 인종 차별, 특히 아프리카계 미국인에 대한 차별이 갖는 복합적인 의미를 이해해야 유색인종 이민자의 정체성을 파악할 수 있다는 전제 아래, 강용흘의 『동양인 서양에 가다』와 하인즈 인수 펭클의 『나의 유령 형님의 기억』과 패티 킴의 『릴라이어블이라는 이름의 택시』(A Cab Called Reliable, 1997)를 분석함으로써 아프리카계 미국인들과 한국인들과의 관계, 혹은 미국적 정체성 문제에 접근하고 있다. 그에 따르면, 백인 중심의 정체성 속에서 자신을 이해하려 했던 강용흘과 달리 하인즈 인수 펭클과 패티 킴은 합리적 진보에 대한 계몽주의적 신념에 반대하고, 서구적 백인을 가치 판단의 기준으로 삼는 것에 반항함으로써 미국 신화의 허구성을 드러내고 있다는 것이다.

박진영은 "한국계 미국작가, 나아가 다양한 양상의 한민족 이산문학 읽기 작업은 그들이 한국문학이냐, 아니면 이산되어 있는 지역 국가의 문학이냐 라는 이분법적인 분류와 닫힌 사고를 넘어서 이산문학 자체가 말해주는 '우리'의 정체성, 그리고 이산된 정체성으로서의 민족개념을 환기하는 장이 되어야 한다."[46]라고 발언하고 있다. 이것은 최근 거론되고 있는 디아스포라와 탈식민주의 논의의 연장선상에서 모국과 거주국의 관점에서가 아니라 '이산적 정체성' 그 실체에 집중하여 재미 한인문학의 정체성을 탐색되어야 한다는 문제제기를 하고 있다.

---

45) 일레인 킴, 「한국계 미국문학 속의 흑인(성)과 미국인의 정체성」, 김우창 외, 『경계를 넘어 글쓰기』(민음사, 2001), pp.413-435.

46) 박진영, 「이산적 정체성과 한국계 미국작가의 문학 읽기」, 『창작과비평』, 2004 봄호, p.316.

4. 맺음말 : 과제와 전망

이상과 같이 현재까지 진행된 재미 한인문학 연구의 현황을 검토해 보았다. 이후 계속되는 자료의 발굴과 실증적 연구를 통해 그 결과물은 더욱 집적되어야 할 것이다. 해방 이전의 반강제적 이민과 해방 이후의 자율적인 이민, 한국어와 영어의 이중 언어 사용, 한국적 정체성과 미국적 정체성, 세대간의 문화적 차이 등 재미 한인문학은 여러 차이들을 내재하고 있으며 차이들 간의 갈등이 그들 문학작품의 표층구조를 이루고 있다. 차이들 간의 갈등이 재미 한인문학의 특성을 선명하게 부각시키고 있지만, 현재까지 진행된 연구는 그 차이의 본질을 구명하기에는 역부족이다.

홍기삼은 「재외 한국인 문학 개관」[47]에서 재외 한인문학의 개념과 성격을 규정하면서 "그 작가들이 한국인이며 동포라는 사실"을 강조하며, '한민족 문화권'이라는 포괄적인 개념 아래 재외 한인문학의 성과를 적극적이며 능동적으로 수용해가야 할 것이라고 제안하고 있다. 김종회[48] 또한 "모국어가 아니더라도 한국문학의 일반적인 주제와 정서 및 분위기 등을 끌어안고 있는 작품"을 한국문학에 포함시켜야 할 것이라는 의견을 제출하고 있다. 재외 한인문학을 한국문학으로 수용하려는 입장은 출발지와 도착지, 두 기원을 갖는 재외 한인문학의 이중성을 인정하면서도, 한국적 정체성 혹은 민족 동질성에 방점을 두고자 한다.

민족 정체성이 구심력으로 작용하는 이러한 시선으로 재외 한인문학에 접근하는 입장에 대해 오창은[49]은 반론을 제기한다. 그는 탈식민주의의 혼종성을 들어 재외 한인문학에서 나타나는 이질성과 차이는 지

---

47) 홍기삼, 앞의 글.

48) 김종회, 「두 개의 꿈, 한국문학과 미주한국문학을 보는 눈」, 앞의 책.

49) 오창은, 「이주문학에 나타난 정체성 변화에 대한 고찰」, 『국제한인문학연구』, 2004, p.370.

속적으로 변화해가는 "변화하는 정체성"을 재현하고 있다고 밝히면서, 변화하는 정체성을 민족이라는 고정된 정체성으로 재단하는 것은 모순적일 수밖에 없다고 지적한다. 그는 과도한 민족문학 중심주의에서 벗어나 논의의 확장이 필요하다고 자신의 견해를 명확하게 제시하고 있다. 최원식[50] 또한 한국문학은 해외동포문학을 거울로 민족주의적 함몰로부터 벗어나야 한다고 제안하면서 "차이에 저항하지 않으면서 그럼에도 차이에 투항하지 않는 황금의 고리는 어디에 있을까?"[51]라는 비유적인 표현을 통해 토박이와 이방인의 경계가 사리지는 상호 이해의 지점을 탐색하고 있다. 이러한 견해들은 민족이라는 동일성 일색의 시각이나 재미한인이라는 개별적 특수성 중심의 논의를 넘어서 이질성과 동질성을 통합적으로 해명하려는 시각을 내포하고 있다.

연구사 검토를 통해 재미 한인문학의 정체성 논의가 재미 한인문학 연구의 중심축을 이루는 부분임을 확인할 수 있었다. 한국적 정체성/미국적 정체성이라는 이분법적 사고에서 벗어나 미국적 정체성이 갖는 복잡한 관계망에 대한 이해의 필요성이 제기되었고, 한국적 정체성 또한 서구적 시선의 배치 속에서 전유되고 자본의 전지구화 전략과 공모 관계를 맺고 있는 것은 아닌지 검증의 필요성을 인식하게 되었다. 그리고 상호 이해를 전제로 한 다문화주의의 관점에서 이산적 정체성에 대한 핍진한 논의가 지속적으로 개진되어야 할 것이다. 곧 한국계-미국인(재미 한인)의 정체성을 기호화하고 있는 '연자부호'(하이픈)에 관심을 집중하는 것을 말한다.

재외 한인문학은 한국문학의 변방에 위치해 있다. 주변부의 탈중심화된 사고는 한국문학의 새로운 가능성을 잠재하고 있다. 전지구화가 가속화되면서 한국 사회는 다양한 소수자들—탈북자, 해외동포, 동남아시

---

50) 최원식, 「민족문학과 디아스포라: 해외동포들의 작품을 읽고」, 『창작과비평』, 2003 봄호,
51) 최원식, 위의 글, p.39.

아 이주노동자의 주거와 노동의 공간이 되고 있다. 한국 내 주변부에서 다양한 소수자들은 자신의 정체성을 재현하고 있다. 이들의 정체성을 수용하는 문제가 곧 한국문학의 당면과제로 떠오를 것이라고 예상된다. 이 문제의 해법 또한 우리는 재미 한인문학 안에서 찾을 수 있지 않을까 전망해 본다.

참고문헌

1. 단행본

김욱동, 『강용흘: 그의 삶과 문학』, 서울대학교출판부, 2004.
김종회 편, 『한민족 문화권의 문학』, 국학자료원, 2003.
김현택 외, 『재외한인작가연구』, 고려대학교 한국학연구소, 2001.
유선모, 『미국 소수민족 문학의 이해-한국계 편』, 신아사, 2001.
_____, 『한국계 미국 작가론』, 신아사, 2004.
유종호 외, 『한국 현대문학 50년』, 민음사, 1995.
김우창 외, 『경계를 넘어 글쓰기』, 민음사, 2001.
이광규, 『재미한국인(在美韓國人)』, 일조각, 1989.
이동하·정효구, 『재미한인문학연구』, 월인, 2003.
이영옥, 『젠더와 역사』, 태학사, 2005.
임진희, 『한국계 미국 여성문학』, 태학사, 2005.
조규익, 『해방전 재미한인 이민문학』, 월인, 1999.
재외동포문학사업추진회 편, 『해외동포문학 재미한인소설 Ⅰ·Ⅱ·Ⅲ』, 해토, 2005.
재외동포문학사업추진회 편, 『해외동포문학 재미한인시 Ⅰ·Ⅱ·Ⅲ』, 해토, 2005.

2. 논문 및 평론

고부응, 「이창래의『원어민』: 비어있는 기표의 정체성」,『영어영문학』제48권 3호,
    2002 가을호.

고부흥・유충현, 「차학경의『딕테』읽기-자기 정체성 해체」,『인문학연구』제34집,
    2002.

구운숙, 「여성의 몸, 국가 권력과 식민주의/민족주의」,『영어영문학』제47권 2호,
    2001. 6.

권택영, 「종군 위안부: 노라 옥자 켈러와 이창래의 고향의식」,『국제한인문학연구』,
    2004.

길현모, 「『오・마이코리아』를 읽고: 俗되고 感情적인 歷史意識」,『신동아』, 1966. 4
    월호.

김병익, 「작은 始作의 意味, 김은국작 빼앗긴 이름」,『문학과지성』, 1970. 11.

김승희, 「차학경의 텍스트『딕테』읽기」,『서강인문논총』제13집, 2000.

김용직, 「문학을 통해 본 재외동포들의 의식성향 고찰」,『서울대인문논총』제29호,
    1993. 6.

김운규, 「재미 한인 이민소재 소설의 갈등구조」,『문학과 언어』제24집, 2002.

김윤식, 「유년시절을 그린 두 개의 소설-『초당』과『압록강은 흐른다』」,『사상계』,
    1970. 3월호.

킴 일레인, 「한국계 미국문학 속의 흑인(성)과 미국인의 정체성」, 김우창 외,『경계를
    넘어 글쓰기』, 민음사, 2001.

김종회, 「미주 한국문학의 어제・오늘・내일」,『한국문학평론』, 2003 가을・겨울호.
_____, 「두 개의 꿈, 한국문학과 미주한국문학을 보는 눈」,『미주한국문학의 어제와
    오늘』, 해외동포문학선집 편찬을 위한 학술대회 자료집, 2004.

김준길, 「한국인이 영어로 쓴 소설 이야기」,『월간조선』, 2000. 7월호.

김학면, 「이창래 소설에 나타난 '고통'의 의미」,『국제한인문학 연구』, 2004.

김효원, 「이미륵과 James Joyce에 비추어 본 강용흘의 소설세계」,『論文集』제7호,
    한림대학교, 1989. 12.

민은경, 「차학경의 Dictee, Dictation, 받아쓰기」,『비교문학』, 1999. 12.

유병천, 「이민 작가의 한계와 문학전통―강용홀, 김용익, 김은국씨의 경우」, 『신동아』, 1966. 11월호.

박영호, 「재외 동포문학의 가치에 대한 새로운 인식」, 『미주문학』, 2003 가을호.

_____, 「미주 한국 이민소설의 실상―'미주이민 100주년 기념 미주작가 대표 소설 집'3권을 중심으로」, 『미주문학』, 2004 봄호.

박진영, 「이산적 정체성과 한국계 미국작가의 문학 읽기」, 『창작과비평』, 2004 봄호.

송명희, 「미 서부 지역의 재미작가 연구」, 『비평문학』, 16호, 2002.

송상옥, 「이주민의 정서와 갈등의 소산」, 『미주문학』, 2001.

송창섭, 「민족 정체성과 실존적 개인」, 김현택 외, 『재외한인작가연구』, 고려대학교 한국학연구소, 2001.

오창은, 「이주문학에 나타난 정체성 변화에 대한 고찰」, 『국제한인문학연구』, 2004.

유희석, 「한국계 미국 작가들의 현주소」, 『창작과비평』, 2002 여름호.

윤양산, 「재미 교포 시인들의 시에 나타난 지역정서」, 『현대시학』, 1995. 12월호.

윤명구, 「재미 한인의 문학활동에 대한 연구」, 『인하대인문과학연구소문집』 제19호, 1992.

이건종, 「재미교포 문학연구 이루어져야」, 『문화예술』 246, 2000. 1.

이보영, 「奇妙한 宿命―김은국론」, 『현대문학』, 1969. 9월호.

이소연, 「재미 한인문학 개관II」, 김종회 편, 『한민족 문화권의 문학』, 국학자료원, 2003.

이일환, 「재미 한국계 작가 연구」, 『어문학논집』 제21권, 2002.

이창배, 「韓國詩譯上의 問題點: 강용홀·고원의 譯詩集을 놓고」, 『문학과지성』, 1971. 9.

임영천, 「신의 죽음의 문학과 우상파괴 정신」, 『열린문학』, 1995. 11.

임진희, 「아시아계 미국문화에 나타난 언어의 재정의를 통한 탈식민적 정체성 추구」, 『영어영문학』 제45권 3호, 1999.

임헌영, 「해외동포 문학의 의의」, 『한국문학』, 1991. 7월호.

장경렬, 「정체성의 위기, 언어의 안과 밖에서: 이창래의 소설 『네이티브 스피커』 읽기」, 『문학판』, 2002 여름호.

정용진, 「'이민 100주년'을 맞이한 미주문단의 어제와 오늘」, 『미주문학』, 2002.

조규익, 「재미한인 이민문학에 반영된 자아의 두 모습」, 『숭실대논문집』, 1999.

채근병, 「재미 한인문학 개관Ⅰ」, 김종회 편, 『한민족 문화권의 문학』, 국학자료원, 2003.

최원식, 「민족문학과 디아스포라: 해외동포들의 작품을 읽고」, 『창작과비평』, 2003 봄호.

최일남, 「최일남이 만난 사람—재미작가 김용익」, 『신동아』, 1983. 9월호.

최혜실, 「식민자/피식민자, 남성/여성, 부자/빈자—노라 옥자 켈러의 『종군위안부』를 중심으로」, 『여성문학연구』 제7권, 2002. 6.

_____, 「하버드에서의 한국(문)학 연구 및 교육 현황」, 『비평문학』, 1999. 7.

표언복, 「미주유이민문학연구」, 『목원어문학』 제15호, 1997.

펭클 하인즈 인수, 「아시아계 미국 문학과 한국 문학: 세계 문화의 시각에 본 공동의 문제점과 도전」, 『외국문학』, 1995 가을호.

한영국, 「미동부의 한국 문인들」, 『미주문학』, 2002 여름호.

현길언, 「'이민문학'의 새로운 지평을 위하여: 미주 한국소설가협회 18인 소설집 『사막의 소리』」, 『미주문학』, 2002 가을호.

_____, 「현대 한국소설의 경향과 이민소설의 위치」, 『미주문학』, 2002 가을호.

홍경표, 「미주 이민문학의 현황과 전망」, 『국제한인문학연구』, 2004.

홍기삼, 「재외 한국인 문학 개관」, 유종호 외, 『한국 현대문학 50년』, 민음사, 1995.

이산적(離散的) 정체성과 한국계 미국작가의 문학 읽기[*]

박진영^{**}

1. 들어가는 말

2003년으로 한국인의 미주 이민이 백년을 맞았다. 하와이 사탕수수 밭으로 백여명의 한국인이 1903년 처음으로 이주한 후 한 세기가 지난 것이다. 백년을 계기로 다시 한번 한국계 미국인의 정체성과 그 의미에 대해, 그리고 그에서 파생되는 민족, 국가, 그리고 개인의 정체성 등의 다양한 문제들에 대해 생각해보는 것은 오늘의 한국과 '우리'를 이해하는 데 그 나름의 역할을 하지 않을까 한다. 국제화·세계화라는 지난 수년간의 한국사회의 진언(眞言)을 생각해보아도 이러한 작업은 의미있을 수 있다. 한국 내의 외국인 노동자의 법적 문제, 중국 조선족의 국적문제, 최근 송두율 교수 사건이 가지고 있는 명암 등을 통해서 볼 때도 한국사회는 더이상 닫혀진 민족주의를 기존 체제의 유지나 사회의 화합을 위한 이데올로기로 사용할 수 있는 단계가 지났음을 암시하고 있다. 이런 맥락에서 한국계 미국인 작가들의 문학은 우리에게 무엇

---
* 『창작과비평』, 2004 봄호.
** 미국 아메리칸대학 철학과 교수

을 말해줄 수 있는가. 한국문학과 미국문학에서 그 의미는 어떻게 규정될 수 있는가? 또한 이들과의 만남은 한국인의 정체성 형성에 어떤 의미를 지니는가? 이 글은 이러한 질문들에 대한 한 단상이다.

2. 역사, 전제, 그리고 흔적

한 작가 혹은 한 문학작품의 정체성(正體性)이란 문자 그대로 그 작가와 문학작품의 참모습을 말함이다. 정체성의 영어표현인 아이덴티티 (identity) 역시 그러하다. '같음'이라는 뜻을 나타내는 아이덴티티라는 단어가 "한 개인을 타인들과 구분짓는 특성"이라는 의미로 사용되는 것 역시, 한 개인을 타인과 구분짓는 '다름'이 그 개인이 스스로의 참모습이라고 생각하는 그것과 '같음'이라는 의미일 것이다. 우리는 이를 '바른(正) 몸체(體)'라고 하여 '정체(正體)'라고 부르고 영어는 이를 '같음' 이라 한다. 서양 사고에서 최고의 존재인 신을 '진리'나 '바름'이라고 부르지 않고, "자기와 동일한 자"(I am who I am)라고 규정하는 것과 같은 맥락이라 볼 수 있다. 또한 서양철학에서 오랜 동안 진리를 주체(마음)와 객체의 동일화, 혹은 주체가 가지고 있는 지식과 객체의 사실의 동일화로 규정해온 것과 유사한 양상이기도 하다.[1] 동일성이 바로 진리의 모습이며 한 개인의 참모습이라면, 정체성에 연자부호(連字符號, 즉 하이픈)를 가지고 있는 한국계 미국인(Korean-American) 그리고 한국계 미국인의 문학이란, 그리고 그 문학의 정체성이란 바로 정

---

1) 마르틴 하이데거는 특히 그의 후기 철학에서 이러한 'veritas'에 근거한 진리의 동어반복성과 무근거성을 비판하고 존재와의 만남의 진리 즉 'aletheia'를 주장한다. Martin Heidegger, "The Anaximander Fragment"(1946), Early Greek Thinking, trans. David Farrell Krell and Frank A Capuzzi, HarperSanFrancisco 1975, pp.13-38; "The Origin of the Work of Art," Poetry, Language, Thought, trans. Albert Hofstadter, New York: Harper & Row, 1971, pp.15-87 참고.

체성에 대한 반란이다. '동일성'을 참 진리로 따지는 논리에서 진리란
연자부호로 연결될 수 없다. 그러한 정체성은 정체성의 불가능성을 상
징하기 때문이다. 이러한 논리를 따라가면, 한국계 미국인이라는 정체
성은 분열된 자아의 시초이다. 정체성의 불가능성, 분열된 자아의 정체
성은 곧 그들이 갖는 사회에서의 위치 즉 주변인이라는 모습으로 현실
화된다.

  인천항을 떠나 최초로 한국계 미국인이 된 한인들은 한국사회의 주
류에 있던 사람들은 결코 아니었다. 그들은 한반도의 북부를 휩쓴 기근
으로 먹을 것을 찾아 한국을 떠난 사람들이며, 유교사회의 가부장제를
거부하고 한국을 떠난 여성들이다.[2] 그들은 이땅에서 '한국인'으로서의
한계를 안고 떠났지만, 결코, 쉽게 '미국인'이 되지도 못했다.[3] 한국인
도 아니고 미국인이 되지도 못한 이들은 결국 '아무도 아닌 자'가 된
다. 이민자들의 존재에 관한 명상인 『우리 안의 이방인』이라는 저서에
서 쥘리아 크리스떼바는 묻는다. "분열된 정체성, 정체성의 만화경(萬華
鏡): 미쳤다거나, 거짓말이라는 말을 듣지 않고 우리 이방인들의 전설
을 우리는 말할 수 있을까?"[4]

  정체성의 무정체성화(無正體性化) 현상은 한국계 미국작가의 문학 형
성과 그 문학 읽기의 전제조건이다. 정체성의 무정체성화는 그러나 한
국계 미국인 자신들의 사회적·경제적 지위에 의해서만 형성되는 것은

---

2) 신성려 「하와이 사탕밭에 세월을 묻고—한국여성 북미 초기 이민 실화」, 『창작과비평』
   1979년 봄호 pp.269-97.

3) 같은 글 참조; 더불어 Daisy Chun Rhodes, Passages to Paradise: Early Korean Immigrant
   Narratives from Hawai'i, Los Angeles, CA: Keimyung University Press 1998; Wayne Patterson,
   The Korean Frontier in America: Immigration to Hawaii, 1896-1910, Honolulu: University of
   Hawai'i Press 1995; Wayne Patterson, The Ilse: First Generation Korean Immigratns in Hawai'i,
   1903-1973, Honolulu: University of Hawai'i Press 2000 참조.

4) Julia Kristeva, Étrangers à nous-mêmes, Paris: Gallimard 1988, p.25; 영어 번역본은 Strangers
   to Ourselves, trans. Leon S. Roudiez, New York: Columbia University Press 1991, p.14.

아니다. 무정체성화의 과정은 기존가치의 내재화와 내재화된 가치의 잔재 혹은 흔적을 자양분으로 성장한다. 그러므로 정체성의 문제는 한국계 미국작가들의 주요 주제일 뿐 아니라 정체성에 '연자부호'를 가진 작가들의 공통된 현상으로 나타난다.5) 한국계 미국문학 형성의 문턱에서 강영흘(Younghill Kang, 1899~1972 혹은 1903~1972)은 『동양이 서양으로 가다』(East Goes to West, 1937)라는 제목을 통해 이미 한국계 미국작가들의 문학에서의 정체성 분열이 반복적인 주제일 것임을 보여주었다. 강영흘의 다음 세대라 할 수 있는 김은국(Richard Kim, 1932~)의 작품은 강영흘과 달리 전적으로 한국을 배경으로 하고 있다. 그러나 그에게 역시 정체성, 특히 잃어버린 정체성은 작품 『잃어버린 이름』(Lost Names, 1970)의 제목이 암시하듯이 그의 문학의 주요주제가 된다. 김은국은 말한다.

> 나는 '잃어버린'이라는 표현을 좋아한다. 이는 나의 세대에 대한 나의 이해와 많은 관련이 있기 때문이며, 또 현재의 나와 같기도 하다. 나는 소속된 곳이 없다. 한국에서 태어나 만주로 이주하고 다시 북한으로 그리고 남한으로 나는 그 어느 곳에도 속하지 않는다. (중략) 특히 우리 세대의 한국인들은 다른 시대들 사이에 존재했다. 일본의 점령……, 그 얼마 지나서는…… 조국의 분단……, 그리고 이주(移住)…… 다시 길을 잃은 거죠. (중략) 그리고 이제는 황량한 슈츠베리 같은 곳에서 리차드 같은 이름을 가진 신세가 되었다. (중략) 나는 잃어버렸다. 두 문화 사이에서, 두 세계 사이에서, 남한도 아니고 북한도 아니고, 한국도 아니고 미국도 아닌.6)

---

5) 아프리카계 미국문학의 형성기에 나타난 흑인 문학의 대표적 작품으로 리차드 라이트(Richard Wright)의 Native Son(1940), 랠프 엘리슨(Ralph Ellison)의 Invisible Man(1952) 등이 그들의 정체성 문제를 다루고 있다는 것은 주목할 만하다.

6) Kathleen Woods Masalski, "History As Literature, Literature as History: An Interview with Lost Names Author Richard E. Kim," Education about Asia, vol. 4, no. 2(1999년 가을), p.25. 김은국은 그가 처음 미국에 왔을 때, 자신의 대학교 학장이 그의 한국이름을 발음하기가 힘들어서 둘이서 전화번호부를 보고 영어이름을 살펴보다 '사자왕 리차드'라는 표현에서 리차드란 이름을 알았기에 자신이 그 이름을 선택했다고 바로 직전에 말했다.

여기서 김은국이 지적하고 있는 분열된 정체성은 한국계 미국작가라는 이중성조차 얼마나 단편적인 일반화인가를 절실히 암시해준다. 그에게 분열된 정체성 혹은 방황하는 자아는 단지 통합적 한국과 총체적 미국 사이에만 존재하는 것이 아니고 20세기 한국사에 존재하는 일본, 중국, 그리고 남북한의 분단사를 총괄한 것이며, 또한 이는 미국으로 이주온 김은국 개인의 역사일 뿐 아니라, 근현대 한국사를 살아온 한민족의 분열된 정체성인 것이다. 이런 의미에서 김은국의 말은 최근 논의되고 있는 이산적(離散的) 정체성, 혹은 다이아스포라(diaspora)의 정체성을 그대로 반영한다.[7]

김은국의 다음 세대로 그보다 30년 후에 작품을 발표한 이창래 역시 정체성은 그의 문학의 주요 주제이다. 미국학계와 문단에서 한국계 미국문학이라는 개념을 형성하는 데 가장 큰 공헌을 했다고 해도 과언이 아닌 그의 『모국어 사용자』(Native Speaker, 1995)에서[8] 작가는 주인공을 사립탐정으로 설정함으로서 정체성의 무정체성화를 상징적으로 보

---

7) 사회학자 존 리는 이산적 정체성에 관한 글에서 한국계 미국인 혹은 일본계 미국인이라는 일반화된 정체성의 문제를 첨예하게 지적한다. John Lie, "Diasporic Nationalism," Cultural Studies <—> Critical Methodologies, vol. 1, no. 3(2001), pp.355-62.

8) 한국계 미국작가의 효시라 할 수 있는 강영흘이 1930년대부터 작품을 발표했지만, 미국 학계와 문단에서 한국계 미국문학이라는 개념이 형성되기 시작한 것은 훨씬 후의 일이다. (유선모는 한국계 미국작가의 효시를 류일한(1895~1971)의 When I was a boy in Korea(1928)로 잡고 있다. 『미국소수민족 문학의 이해: 한국계편』, 신아사, 2001, pp.42-52 참조). 동양계 미국문학 연구의 선구자적 역할을 하는 일레인 김(Elaine H. Kim)의 저서 Asian American Literature: An Introduction to the Writings and Their Social Context (Philadelphia: Temple University Press 1982)를 보면 한국계 미국작가의 작품은 강영흘의 『초당』(The Grass Roof, 1931), 『동양이 서양으로 가다』(East Goes West, 1937)와 김기중의 단편 「귀향」(A Homecoming, 1973)뿐이다. 이보다 10년 후인 1993년에 출판된 싸우-링 씬씨아 옹(Sau-Ling Cynthia Wong)의 Reading Asian American Literature (Princeton, NJ: Princeton University Press 1993)에서 역시 논의된 한국계 미국작가의 작품은 강영흘의 『동양이 서양으로 가다』, 차학경(Theresa Hakkyung Cha)의 『딕테』(Dictee, 1982), 그리고 김란영(Ronyoung Kim)의 『토담』(Clay Walls, 1986)뿐이다. 한국계 미국작가 작품에 관한 개관으로 Elaine H. Kim, "'These Bearers of a Homeland': An Overview of Korean American Literature, 1934-2001," Korea Journal 2001년 가을호 pp.147-97 참조.

여줄 뿐 아니라, 정체성의 유동성과 겉으로 들어난 정체성의 가면적 성격을 보여준다. 작품의 끝부분에서 주인공 헨리 박은 생각한다.

> 얼굴에서 잠을 쓸어내며 나는 내가 어린시절 한동안 새벽이 오기도 전에 잠에서 깨어나 밖의 베란다로 나가곤 했음을 기억해냈다. 그럴 때면 세상은 마치 나 이외에는 아무도 존재하지 않는 듯 완전한 적막과 어둠에 싸여 있었다. 한국인 아버지 어머니도 없고, 나를 조롱하는 아이들도 없고, 내 영어 이름을 어떻게 발음해야 하는지 가르쳐주려는 미국인 선생님들도 없는 듯. 그럴 때면 나는 곧 안으로 뛰어들어가 거울을 들여다보곤 했다. 그 고독한 한순간이나마 진정한 나는 누구인가 그 모습을 잠깐이라도 보고 싶은 처절한 희망을 가지고. 그러나 거울에 비친 나는 이전보다 조금도 더 분명하지 않은, 그 알아차리기 힘든 얼굴 모습에 붙박인 듯이 잠겨 있는 언제나와 똑같은 소년이었다.[9]

한국계 미국작가들의 호칭에 운명처럼 따라다니는 연자부호, 그리고 그 부호가 상징하는 이중적 정체성은 한국과 미국을 연결하는 단선(單線)이 아니다. 단선의 부호는 시각적 환영일 뿐이며, 그 하이픈은 사실상 상하좌우로 다른 선이 얽힌 복합체라는 현실이 한국계 미국작가의 문학 읽기를 연자부호가 없는 문학 읽기와는 다르게 만든다. 독자와 비평가의 위치에 따라 이들 문학 읽기의 해석학적 지평은 복잡해지고, 그에 따라 이 문학 읽기의 외연은 확대되기 때문이다. 한국계 미국문학 읽기는 (1) 한국계 미국작가의 한국과 미국 사이에서 선 이중적 정체성, (2) 한국독자가 읽는 한국계-'미국작가'와 미국독자가 읽는 '한국계'-미국작가, (3) 한국계 미국인 독자가 읽는 '한국계 미국작가'라는 복합적 구조를 가지고 있다. 이 구조의 외연의 양상을 살펴보기 위한 한 예로 유희석의 말을 인용해본다.

---

9) Chang-rae Lee, Native Speaker, New York: Riverhead Books 1995, pp.300.

한국에서 이들 작가[한국계 미국작가]를 읽는 경험이 남다를 수밖에 없는 것도 (역사의 가해자이면서도 가해의 과정에서 스스로에게도 불행을 자초한 일본과 미국의 존재가 배후에 어른거리는) 식민지근대라는 한반도의 '현재적 과거'가 독서과정에서 끊임없이 환기되기 때문이다.

　　(중략)

　　한국의 독자들이 이런 한국계 미국작가를 동포의 애정으로써 읽는 행위가 간단하달 수는 없다. 남의 나라 이야기로 돌리기 힘든 곡절이 켜켜이 쌓여 있기는 하지만 번역으로 접하기 마련인 대다수 독자에게 이들 작품은 영어라는 장벽이 가로놓인 엄연한 외국문학이다. 동시에 이들의 이질적 근대체험은 동포니까 이해하고 포용한다는 자세 정도로는 올바로 수행하기 어려운 '독법'을 요구하기까지 한다.[10]

　　미제국주의의 존재와 언어의 장벽, 그리고 다른 삶의 체험이 한국독자에게 한국계 미국작가의 작품을 쉽게 읽을 수 없게 한다는 말은 한국계 미국작가의 정체성에 내재한 '연자부호' 그리고 그 연자부호에 대한 독자의 위치를 고려하지 않고는 충분히 설명될 수 없을 것이다. 우리에게 미제국주의의 현실을 기억시켜주는 것은 꼭 한국계 미국작가의 문학만은 아니기 때문이다. 또한 우리의 문학 읽기에서 번역서로 다가오는 것이 한국계 미국작가의 작품만은 아니며 삶의 다른 체험을 그리는 문학이 꼭 한국계 미국작가의 작품만은 아니기 때문이다. 그러나 한국계 미국작가의 작품을 읽을 때 우리가 이러한 요소들을 굳이 인식하는 것은 그들이 '한국'계 '미국'작가이기 때문이다.

　　이 맥락에서 우리는 다음과 같은 질문을 던질 수도 있다. 한국 부평에서의 삶을 다룬 하인즈 인수 펭클의 『유령 형에 대한 기억』(*Memories of My Ghost Brother*, 1996)을 한국어로 번역했을 경우 어느만큼 언어의 장벽이 있을 것인가? 혹은 미국 이민사회를 다룬 이문열의 『추락하는

---

10) 유희석 「한국계 미국작가들의 현주소: 민족문학의 현단계 과제와 관련하여」, 『창작과 비평』 2002년 여름호 p.268, p.270.

것은 날개가 있다』(1988)나 김한길의 『낙타는 따로 울지 않는다』(1989)를 한글로 읽었을 때는 왜 미제국주의적 역사의 흔적이 문제가 되지 않는가? 조해일의 중편 「아메리카」(1972)의 영어번역을 읽으면 어떠한 효과가 나타날 것인가.[11)

『유령 형에 대한 기억』에서 펭클은 부평 기지촌의 삶을 그리고 있다. 한국에서 '헬로'라고 불리는 미군과 '양색시' '양공주' '양갈보'라고 불리는 미군의 배우자, 아이노코, 혼혈아, 튀기라고 불리는 이들 사이에서 태어난 아이들의 삶, 용산 미군기지와 PX, 도깨비 시장으로 알려진 미제상품의 암시장. 미군의 한국주둔과 더불어 형성된 우리 사회의 한 단면인 기지촌의 삶에 대해 한국어로 출판된 어떤 소설도 펭클의 작품만큼 잘 그린 경우는 없다. 1960년대와 70년대의 한국을 알고 양색시·양공주·튀기라는 표현의 사회적 의미를 아는 사람이라면 펭클의 작품을 읽으면서 이 작품은 영어로 쓰였으니 한국문학이 아니라고 하기에는 무엇인가 시원하지 않은 점이 있음을 느낄 것이다. 마치 우리동네 뒷골목에서 일어난 일을 지구의 반바퀴를 돌아와서 들은 것 같은 아이러니를 느낀다고나 할까. 펭클의 소설을 읽고 나서 독자는 한동안 그 소설을 영어로 읽었는지 한국말로 읽었는지 혼란스러울 정도다. 그만큼 작품의 내용이 한국사회와 친숙하다.

한국문학에서도 기지촌 문학은 있었다. 앞서 언급한 조해일의 중편 「아메리카」 같은 작품을 들 수 있다. 기지촌 문학은 한국 현대사에서 도시화와 근대화의 어두운 일면을 담은 호스티스 문학 혹은 창녀 문학과 형태상 유사한 맥락에서 이해될 수 있다. 1970년대 호스티스 문학의 대표작품인 최인호의 『별들의 고향』(1973)이나 조해일의 『겨울 여자』(1976) 등의 작품은 내용의 선정성과 신문연재 소설이라는 이유로

---

11) 조해일 「아메리카」의 영어번역판으로 안정효 옮김 America(동서문화사 1990)가 있다.

대중소설이라는 비난을 받기도 했지만, 호스티스 문학은 그 성격에 있어서 사회고발 문학으로 시작됐다. 이 점에서 호스티스 문학은 근대화를 노동자의 입장에서 본 조세희의 『난장이가 쏘아 올린 작은 공』(1978) 같은 노동자 문학과 사회참여적 의미에서 통하는 면이 있다. 기지촌 문학 역시 같은 맥락에서 이해될 수 있다.

조해일의 「아메리카」는 한미관계의 예속성, 미국과 미군의 비인간성을 고발한다. 그러나 「아메리카」에서 주인공은 동두천 기지촌 내부의 사람이 아니라 어쩔 수 없이 그 사회에 들어가게 된 외부인이다. 작품의 처음부터 작가는 외부인으로 기지촌에 들어간 제대병 김효석과 그 기지촌에서 일하는 양공주들의 모습을 대비시킨다. 전자가 정상인이라면 후자는 일탈된·왜곡된 인물로 묘사된다. 기지촌 문학은 흔히 비정상적인 삶과 타락의 상징으로 기지촌을 그리면서도 그곳에서 매춘으로 생계를 유지하는 사람들의 순수성을 강조함으로써, 성적으로 타락된 사회와, 매춘으로 생계를 유지하는 사람의 순수함이라는 이원론적 정석을 통해 이들이 사회의 희생자라는 메씨지를 전한다. 그리고 작품의 끝에서 사회의 희생자들인 매춘부나 기지촌 사람들은 대체로 자살이나 죽음 같은 비극적 종말을 맞는다. 그러나 이는 작가나 작품 내의 주인공의 정체성 추구라는 주제와는 거리가 있다. 작가들은 대부분 근대화가 한국사회에 불러들인 비인간화, 한국전쟁과 미군의 한국 주둔이 낳은 삶의 어두운 면을 지식인의 양심으로 고발한다.

이러한 점은 펭클의 작품이나 노라 옥자 켈러의 두번째 소설 『여우 소녀』(Fox Girl, 2002)에서 기지촌이라는 배경이 사회고발과 거리가 있는 것과 좋은 대조를 보인다. 이들 작품이 기지촌 삶의 어두운 면, 그리고 그 삶의 도덕적 의미를 전적으로 무시하고 있는 것은 아니다. 『유령 형에 대한 기억』에서 주인공 인수는 미국인 아버지가 같은 미국인인 그의 부하와 느끼는 그러한 친밀감조차 아버지에게서 느낄 수 없는 현실을 본다. 더욱이 미국과 한국이라는 정치적 질서가 아버지와 아들이라는 인간질서보다 우선권을 행사하기도 한다는 것을 배운다. 또한 펭클은 기지촌 삶의 암담함 때문에 자살을 하는 여성의 모습도 보여준다. 기지촌의 삶을 사는 사람들이 자신들의 아이까지 포기하고, 혹은 그 아이들을 죽음으로 몰고 가면서까지 미국이라는 신화(神話)를 위해 살고 있는 암담한 현실을 작가는 외면하지 않는다. 작품의 끝부분에서 주인공 인수는 회상한다.

> 십년이 지난 후 생각해볼 때도 나는 제임스의 비극이 그의 아버지가 흑인이라 데 있었다는 점을 알지 못했다. 제임스의 어머니가 한 행동과 장미의 어머니가 한 행동 사이의 모순과 균형을 이해하기 위해서는 이십년이라는 세월이 흘러야 했다. 그 두 행위의 균형은 얼마나 현실적이었던가. 새로운 백인 남편을 얻기 위해 흑인 혼혈아 아들을 죽인 제임스의 어머니, 그리고 새로 얻은 흑인 남편과의 관계를 유지하기 위해 흑인 혼혈아를 임신하려고 계획을 꾸몄던 장미의 어머니. 자신들의 복락과 아들을 물물교환한 것이다. 피의 규칙에서 한 어머니가 자신의 아들을 다른 사람의 아들과 바꾸는 것을 허락하지 않는다는 것은 얼마나 불행한 일인가. 그럴 수만 있다면 유령과 기억의 슬픈 영역에서가 아니라 살아 있는 사람들의 세계에서 대차대조표를 유지할 수 있을 텐데. 나는 여자들이--심지어 지극한 어머니들조차--아메리카라는 환상적 약속을 위해 자신의 아이들을 매매했다는 것을 결국은 알게 되었다. 그 서방국가의 해변에서 그들은 모두 후회에 젖어서 과거를 뒤돌아보고 있을 것이다.12)

이처럼 지극히 비도덕적이라고 여겨지는 이들의 모습을 펭클은 정상인(혹은 지식인)이라는 외부인의 고발 형식으로 그리지는 않는다. 기지촌은 작가가 사는 사회의 타락상이나 일탈적 양상이기에 앞서, 주인공,

---

12) Heinz Insu Fenkl, Memories of My Ghost Brother, New York: Dutton Book 1996, p.232.

그리고 기지촌 안에서 살고 있는 사람들의 실존적 현실이기 때문이다. 그러므로 인수의 입을 빌려 작가는 말한다.

"뒤돌아보면---아니 심지어 지금도--내가 [제임스의 어머니에 대해] 복수심을 느끼고, 그녀에게 저주를 퍼부었다면, 그럼으로써 그 사건에 종말을 고할 수만 있다면 상황은 훨씬 쉬웠을 것이라는 생각이 든다. 그러나 그 당시 내 마음 속에 느꼈던 것은, 그리고 지금도 느끼는 것은, 단지 커다란 공허감뿐이었다. (중략) 나는 제임스의 어머니를 비난할 수도 있었을 것이다. 그러나 그것은 그녀의 행위에 대한 너무도 단순한 처사일 뿐이다. 결국 비난은 없다. 단지 인고가 있을 뿐이다.13)

'기지촌'에 대한 접근방식의 차이는 작품의 결론에서도 잘 나타나 있다. 한국에서 발표된 문학에서 사회적 부조리의 희생자로 묘사된 호스티스나 기지촌의 삶을 사는 주인공들은 결국 그들의 죽음 혹은 자살을 통해 사회의 문제를 지적한다. 이와 달리 펭클과 켈러 작품의 주인공들은 기지촌 삶을 '살아 내고' 그 사회에서 벗어날 뿐 아니라 그 삶을 작품화하기에 이른다. 전자가 기지촌 삶의 당사자들을 삶의 수동적 희생자로 보는 반면, 후자는 능동적 극복을 통해 기지촌 삶의 가장 어두운 면으로부터 심연의 바닥을 딛고 떠오르는 인간의 삶의 가능성을 보여준다.

이러한 삶의 공간에 대한 시야의 차이는 한글로 작품활동을 하는 한국계 미국작가의 작품에서도 볼 수 있는데, 변수섭의 『장군의 딸들』(1999)이 그 예다. 1980년대 미국으로 이민온 세 자매의 이야기를 통해 이민사회를 그린 이 작품은 한국에 있는 작가들이 그린 이민사회의 부정적 모습을 떠나 이민사회 공간을 현실의 공간으로 읽어내고 있다. 지

---

13) 같은 책 p.232.

금까지 한국 문학작품이나 영화에서 미국의 한인 이민사회는 흔히 타락이나 도피의 공간으로 투사되어왔다. 이문열의 『추락하는 것은 날개가 있다』(1988)는 파티성 동물로써 교포의 삶을 그렸다. 김한길의 『낙타는 따로 울지 않는다』(1989)는 라스베이거스에서 도박에 삶을 거는 한국인을 중심으로 부정적으로 한인사회의 모습을 보여준다. 두 작품이 모두 주인공의 죽음으로 작품이 끝난다는 것은 이민사회에 대한 이들 작가들의 부정적 관점을 입증한다.

이에 비해 변수섭의 소설 『장군의 딸들』에서 이민사회는 긍정이나 부정을 떠나 하나의 현실공간으로 투사된다. 또한 한국의 역사현실을 삶에 각인하고 방황하던 세 여인이 자신들의 삶을 바라볼 기회를 마련한다는 점에서 이 소설은 이민사회를 문학적 상징공간으로도 사용한다. 어설픈 정치가 흉내를 내는 남편 순태와의 삶에 종말을 고하고, 일본인 실업가 쓰루와 재혼하는 은영의 삶은 그녀가 장군인 아버지와 군사독재사회의 영향을 극복하고 새로운 삶을 시작함을 상징한다. 또한, 한때 복수의 대상이던 민상겸 의원의 아들 민석천과의 계약결혼을 진정한 결혼으로 이끈 미영의 삶은 이제 그녀가 현실에 대한 복수와 반항을 넘어서 좀더 자유로운 삶을 구가할 것임을 보여준다. 작품의 마지막에서 술잔을 들고 건배하는 세 자매 커플은 이제 새롭게 시작될 세계에 대한 가능성의 시사이기도 하다. 1980년대 군사정권 하에서 권력을 가진 '장군'의 딸로서 시작된 이들 세 자매의 삶은 그 사회의 한계와 문제점을 짊어안으면서도 새로운 삶을 향해 발을 내디딘다. 『장군의 딸들』의 이러한 결론은 『추락하는 것은 날개가 있다』나 『낙타는 따로 울지 않는다』에서의 비극적 종말과 큰 대조를 이룬다. 『장군의 딸들』에서 작가가 희망적인 미래를 기약하며 끝맺었다고는 해도 작가가 현실을 낭만화한 것은 결코 아니다. 이는, 한국계 미국인들에게 미국이라는 공간은 꼭 조국에서 떨어져나온 비정상적 사람들의 사회가 아니라, 그 나름의 삶의 공간이라는 것, 그리고 삶은 한번의 죽음으로 끝나는 비극이 아니라 진실로 죽음을 맞을 때까지 많은 죽음을 견디어내야 하는 현실적 여정임을 보여주는 것이다. 삶은 달다고 해서 꿀떡 삼키거나, 쓰다고 해서 당장 뱉을 수 있는 그 무엇이 아니다. 우리의 모국어 역시 그러하다.[14] 그리고 민족이라는 단어로 표현되는 그 무엇 역시 그러할 것이다.

3. 연자부호의 반정체성

이산적 한국문학에 대한 글에서 김기중은 영어권 한국계 미국인 작가의 작품에 대해 한국어로 씌어지지도 않았고, 한국에서 씌어진 것도 아니며, 한국에서의 삶과는 거의 관련이 없을 수도 있는 주제를 다루는 문학작품을 어떠한 근거에서 '한국적'이라고 규정할 수 있는지 묻는다. 나아가 이산된 한민족의 자손들은 어느 단계에서 이산적 정체를 벗어나 그들이 새로 정착한 나라의 시민이라고 말할 수 있는가, 한민족의 이산문학은 언제 그들이 새로 정착한 나라의 문학이 되고 더이상 한민족의 문학이 되지 않는가라고 묻는다.[15] 한국계 미국작가 작품의 '국적'문제는 이들 문학에 대한 논의에서 항상 중심이 되어왔다. 이 맥락

---

14) 그러므로 한글권 한국계 미국시인인 김윤태는 그의 시 「모국어」에서 말한다. 빛을 주면서도/소리를 내지 않는/ 긴 하루/ 해같이// 너의 본색은/ 청색의 구슬이거나/ 자태가 우아한/침묵// 애비가 품고 온/ 모국어를/ 아이들은 떠다밀어도// 소리없이 기다리는/ 먼 나라/ 이조의/손님// 가야산 기슭/하늘 고인 샘물같이/ 한송이 꽃을 꽂은/ 대기실의 신부같이// 웃으며 기다리는/ 만고의 여인// 죄가 있어도/ 물을 수 없는/어머니의//목숨이여. 김윤태 「모국어」, 『아사달』(영하, 1994), pp.32-33.

15) Kichung Kim, "Affliction and Opportunity: Korean Literature in Diaspora, a Brief Overview," Korean Stuides, vol. 25, no. 2(2002), pp.272-73

에서 우리는 다음과 같은 질문을 해볼 수 있다. 한국계 미국작가 작품의 국적문제는 '현실적'(혹은 규범적) 질문인가 '관념적' 질문인가. 해외동포라고 불리는, 외국에 거주하는 한국인의 국적은 '현실적' 문제이며 동시에 '관념적' 문제다. 이중국적을 인정하지 않는 대한민국의 제도에서, 미국에서 태어난 한국인의 2세들 그리고 그곳에서 시민권을 얻은 재미 한국인들은 미국국민이다. 그러나 이러한 사실이 이들을 해외동포, 혹은 가상적·관념적 공간에서 '한국인'이라는 개념에서 제외시키지는 않는다. 한국계 미국작가의 작품의 국적문제 역시 이러한 이중성을 가지고 있다.

문학작품의 국적을 따지는 데 가장 많이 거론되는 것은 작품에 사용된 언어다. 그리고 작품의 주제이다. 우리는 앞에서 『유령 형에 대한 기억』을 통해 언어적 분류가 가지고 오는 한계를 보았다. 주제 선정 역시 그러하다. 지금까지 알려진 한국계 미국작가의 대표작으로 꼽히는 작품이 한국과의 관계가 전혀 없는 경우는 거의 없다.

이창래의 두번째 소설 『제스처 인생』(A Gesture Life, 1999)과 노라 옥자 켈러의 『종군 위안부』(Comfort Woman, 1997)의 경우를 보아도 그렇다. 두 작품은 한때 정신대라고 불린, 2차대전 중 일본군의 성노예로 이용당한 한국인 종군위안부 문제를 다루고 있다. 종군위안부 문제는 1992년 유엔인권위원회에 의해 조사가 제기되고, 1993년 비엔나에서 열린 국제인권위원회가 "전쟁중 여성의 권리침해는 인권의 침해에 해당한다"는 판결을 내림으로써 국제사회의 주목을 받았고 미국사회에도 알려지기 시작했다. 그후 10년도 지나기 전에 한국계 미국작가의 대표작품 중 두 작품이 이 주제를 다루고 있다는 점은 영어권 한국계 미국작가들의 주제선정과 작품세계에 대해 시사해준다. 이는 한국에서나 미국에서 이 주제를 다룬 한글로 씌어진 장편이 큰 주목을 받지 못했다

는 것과 대조를 이룬다.16) 이창래의 『제스처 인생』은 종국위안부를 돕
지 못한 한 일본인의 도덕적 자책감이 줄거리로 되어 있다. 켈러의 『종
군위안부』는 과거의 유령을 극복하지 못하고 과거와 현실을 무당이라
는 매개를 통해 왕래하는 종군위안부였던 어머니와, 그러한 어머니를
이해하려는 딸을 그리고 있다. 펭클과 켈러의 기지촌에 대한 접근처럼
종군위안부를 다룬 작품에서도 우리는, 이를 사회 고발적이기보다는 개
인 삶의 아픔으로 다루고 있다는 점을 볼 수 있다.

　한국적인 주제와 한국을 배경으로 씌어진 작품이 아니라 미국에 사
는 한국계 미국인의 이야기를 담은 작품에서도 국적 정의가 쉽지 않다
는 것은 곧 알 수 있다. 김란영의 『토담』(Clay Walls, 1987), 그리고 미
라 스타우트(Mira Stout)의 『천 그루의 밤나무』(One Thousand Chestnut
Trees, 1999)는 이를 잘 말해준다.

　1920년대에서 1950년대 사이 캘리포니아에 사는 한국인 가정의 삶
을 그린 『토담』은 한국 양반집 딸인 '해주'가 일본인 때문에 미국으로
망명해야 하는 남편을 따라 로스앤젤레스로 이주한 직후의 이야기로부
터 시작된다. 전셋집을 보러 다니면서', 해주는 자신이 어느 지역에서
나 살 수 있는 것이 아니고 '동양인'에게 전세를 주는 일정 지역에만
살 수 있다는 것을 알게 된다. 남편의 사업이 번창하면서 해주는 남편
과 함께 집을 사러 나서게 되고, 그들은 이번에는 '동양인'은 집을 소
유할 수 없다는 것을 알게 된다. 결국 그들은 남편의 미국인 동업자의
이름으로 집을 사야만 했다. 이같은 차별대우를 받으면서도 해주는 미
국에서 태어나 미국국적을 가진 자신의 아이들에겐 그런 일이 없을 거
라고 믿는다. 그러나 아이들을 사립학교에 보내려 할 때 '동양인'은 받

---

16) 종군위안부에 대한 주제를 다룬 한국작가의 작품으로 윤정모 장편 『에미 이름은 조
　센삐였다』(당대 1997), 정현웅 장편 『그대 아직도 거기 있는가』(대산출판사 1999), 그
　리고 이영희 단편 「아빠까바르 마마」(『파두』, 하늘재 2003) 등을 들 수 있다.

지 않는다는 것을 알게 된다. 일본의 진주만 폭격 후 해주의 아들 해럴드는 군에 지원하겠다는 결심으로 장교시험을 치른다. 그러나 그의 성적이 상위권 10%안에 들었음에도 불구하고 '동양인'은 장교로 채용하지 않는다는 불문율에 의해 그는 장교시험에서 낙방하고 사병으로 입대하게 된다. 해주는 딸 화이에게 그녀의 가장 친한 친구인 제인의 집에서 식사하는 것을 금지한다. 제인이 일본인이라는 이유 때문에. 결국 해주 가족은 미국에서 살지만 한국인이라는 현실에서 벗어날 수 없는 것이다. 해주처럼 한국과 한국문화를 알고 의식적으로 한국인의 본질을 고수하려는 부모의 세대나, 미국에서 태어나 미국국적을 가지고 있고, 단지 반년 동안 한국을 방문한 것 외에는 별로 한국에 대해 직접적으로 아는 것이 없는 해주의 아이들 세대에도 이는 마찬가지이다. 내부적 의지에 의해서건 외부적 환경에 의해서건 한국계 미국인들은 (그리고 그러한 의미에서 어떠한 개인의 정체성도) 개인이 선택한 하나의 '순수한' 정체성만을 유지하지는 않는 것이다. 결국 정체성에서의 이중성이란 한국계 미국인만이 벗어날 수 없는 것이 아니라, 우리 각자에 때로는 보이게, 때로는 보이지 않게 존재하는 삶의 흔적이 아니겠는가.

『천 그루의 밤나무』의 주인공 아나는 백인이 주로 사는 미국 동북부 지방인 버먼트에서 음악가인 한국인 어머니와 화가인 백인 아버지 밑에서 자란다. 소설의 도입부에서 아나는 어린시절에 자신이 한국말 배우기를 거부했으며, 어머니에게서 듣는 서울에 관한 이야기는 동화에 나오는 이야기보다 더 비현실적으로 들렸고, 자신은 그러한 한국 이야기를 기억에서 의도적으로 차단해왔다고 고백한다. 미국에서 성장하는 한국인 2세대 대부분이 겪는 한국적 정체성에 대한 부정과 간과인 것이다. 이러한 아나의 의도적인 미국적 삶에 조금씩 한국이 들어서기 시작한 것은 그의 외삼촌 홍도가 미국으로 유학와 방학 동안 아나의 집에 머물면서다. 아나는 한편으로는 의도적으로 다른 한편으로는 언어장벽을 구실로 외삼촌의 행동을 관찰만 할 뿐 그에게 접근하지 않는다. 외삼촌과 어머니가 한국말로 대화를 나눌 때 그들의 언어와 목소리는 아나에게 딴 세상의 소리처럼 들렸다. 그로부터 10년이 지난 후 대학을 졸업하고 성인이 된 아나는 뉴욕에서 생활하며 외삼촌 홍도와 가끔 뉴욕 한인거리의 한국식당에서 불고기 상추쌈을 한입 가득히 물고서 한국이라는 것의 정체를 문득 느끼게 된다. 아나는 자신의 삶에 빈 공간이 있음을 느끼기 시작한다. 채워지지 않는 그 무엇, 완전하지 않은 그 어떤 느낌. 그리고 막연하게 한국에 가보면 삶의 빈 공간을 채울 수 있으리라는 생각을 하기에 이른다. 결국 아나는 한국행을 단행하게 되고, 한국계 미국인이라는 자신의 정체성을 이십세기 한반도 역사를 더듬으며 찾아나간다.

한국계 미국작가의 작품 중 가장 많이 연구대상이 된 차학경(Theresa Hakkyung Cha 1951-1982)의 『딕테』(Dictee, 1982)에서 역시 우리는 근현대 한국사가 한국계 미국작가의 정체성 추구와 그들의 문학형성에 끼친 영향을 볼 수 있다. 시와 산문, 편지와 탄원문, 영어, 불어, 한자, 글과 그림과 사진, 유관순과 잔 다르끄와 안중근, 그리스 신화의 여신과 작가의 어머니, 그리고 작가 자신 등 의사소통수단을 다양한 방식으로 나열, 접목하여 기존의 글쓰기 개념에 도전함으로써 포스트모던 소설의 진수를 보여주었다고 인정받는[17] 이 작품에서 차학경은 자신의 존재에 대한 질문을 한국 근대사와 접목시킨다. 차학경의 『딕테』는 쥘리아 크리스떼바가 말한 '이방인의 토카타와 푸가'인 것이다.[18] 유관순

---

17) 예를 들어 Juliana M. Spahr, "Postmodernism, Readers, and Theresa Hak Kyung Ch'a Dictee," College Literature, vol. 23, no. 3(1996. 10), pp.23-43. 한글 논문으로 조영희 「형식 파괴를 통한 저항적 글쓰기: 차학경의 『딕테』를 중심으로」, 김종회 엮음, 『한민족문화권의 문학』(국학자료원, 2003) pp.84-105.

과 안중근의 의미, 1905년 7월 하와이 한국인을 대표해 로즈벨트 대통령에게 보낸 이승만의 편지, 3 · 1운동과 한반도의 분할 등 한국의 역사를 "받아쓰며"(*Dictee*) 작가는 한반도의 역사를 자신 안에 새기고, 분산시키고, 그리고 테두리 없이 분산된 그 역사로 자신의 무정체의 정체성을 만들고 있다.

한국계 미국작가에 대한 우리의 근심은 문학의 수단(언어)이나 내용자체가 불러일으킨 문제이기에 앞서 울타리를 쌓는 데 익숙해온 우리의 습관이 낳은 것인지도 모른다. 이는 마치 미국에서 1875년까지는 이민법 같은 것이 없었으며 미국시민이 아니어도 참정권까지 있었는데, 20세기의 미국에서는 이민법으로 소수민족을 규제하고 특정 계급이나 민족의 권력, 특권을 유지하려 한 것과 유사한 양상이다.[19] 이러한 울타리 쌓기라는 담론의 구조를 볼 때, 우리는 미국계 ─ 한국인의 문학 읽기가 한국인과 한국문학 그리고 미국사회와 문학에 미치는 영향의 성격을 통찰할 수 있을지도 모른다. 한국계 미국인의 무정체성 그리고 이중적 정체성을 가진 모든 존재의 무정체성은 정체성의 부재일 수는 없기 때문이다. 오히려 그들의 정체성은 정체성을 고정화하는 제도와 사회에 반기를 드는 반정체성(反正體性)으로 읽어야 할 것이다.

4. 이산적 정체성과 열린 사회

이중적 정체성이라는 담론이 미치는 영향 중 가장 보편적인 것 중 하나는 기존 '분류법'에 제동을 거는 것이다. 이 분류는 문학에서의 장르(시 · 소설 · 전기 등)일 수도 있고, 학문 내에서의 분류 (문학, 철학, 사

---

18) Julia Kristeva, 앞의 책 pp.9-60, 특히 11면(영어번역본 1-40면, 특히 p.3) 참조.
19) John Lie, 앞의 글 p.357.

회학등)일 수도 있으며, 또한 정체성(한국인, 미국인 등)의 분류일 수도 있다. 동양사상에 대한 서구 학계에서의 분류를 그 한 예로 들 수 있다. 유교/유가, 도교/도가, 불교/불가 같은 동양 사상은 미국의 철학과와 종교학과에서 모두 강의되고, 『바가바드 기타』(Bhagavad Gita) 같은 작품은 세계문학 시간에도 읽힌다. 그러므로 동양사상은 철학·종교·문학 등의 복합적 정체성을 가지게 되는 것이다. 분류방식에 제동을 거는 것은 단순히 형식의 문제에만 제한된 것이 아니다. 특정 담론이 특정 사회에서 특정 이름, 예를 들어 철학, 소설 혹은 민족문학으로 분류된다면 거기에는 그 사회가 철학, 소설 혹은 민족문학의 '참모습'[正體]이라고 규정한 내용이 있다. 기존사회의 분류법에 연자부호를 불러들여 철학−종교, 소설−수기와 같이 애매모호한 정체성을 형성하는 것은 그 자체로서 이미 기존 사회가 정한 '참모습'의 한계를 가시화하는 일이다.

한국계 미국작가들의 미국문학과의 관계에서 우리는 이 현상을 볼 수 있다. 동양계 미국작가의 대표작품으로 알려진 맥신 홍 킹스톤의 『여전사』(Woman Warrior)가 1976년 미국 비평가 동아리상(National Book Critics Award)을 수상했을 때, 이는 소설부문이 아닌 비소설부문이었다. 물론 25년이 지난 지금 킹스톤은 전기작가가 아니라 소설가로 알려져 있으며 『여전사』는 서점의 소설부문에 꽂혀 있고, 우리도 그렇게 분류를 한다. 이와 반대되는 상황으로 하인즈 인수 펭클의 『유령 형에 대한 기억』은 처음부터 출판사에 의해 자서전적 '소설'로 분류, 광고되었다. 펭클 자신은 이 글을 '회상록'(Memoir)으로 출판하려고 했지만, 출판사에서는 시장성을 문제삼으며 소설로 출판할 것을 주장했고, 그렇게 출판됐다고 한다. 출판사가 말한 '시장성'의 문제는 다음과 같은 논리에 근거한다. '회상록'이란 유명한 사람이 쓰는 것이고, 그래야 또한 독자가 관심을 가지고 사서 읽는 것이지, 당시의 펭클처럼 전혀 알려지지 않은 사람이 쓴 것을 출판해봐야 읽을 독자가 없다는 것이다.[20] 회상록이 유명한 사람의 전기라는 관념은 거대담론을 통해 삶을 획일화하려는 시대의 산물이다. 유명한 사람의 삶은 흥미로울 뿐 아니라 우리가 부러워하고 따라해야 할 삶이며, 그 삶을 문자화하고 출판해서 읽을 만한 가치가 있다는 논리인 반면, 유명하지 않은 사람의 삶은 어떤 것인지는 모르지만 알 필요도 없고, 따라서 글로 쓸 필요도 없으며, (굳이 써서) 출판을 해도 관심을 끌 수 없다는 뜻이기도 하다. '유명하지 않은' 많은 사람들은 대중이라는 이름으로, 노동자란 이름으로, 소수민족이라는 이름으로, 그리고 여성이라는 이름으로 삶의 주변을 맴돌도록 강요당하며 살아온 이들이다. 백인 남성 중심의 미국사회에서 백인이 아닌 다른 인종이 그리고(또는) 남성이 아닌 여성이 그 삶을 기록해 그 삶에 의미를 부여한다는 것은 그 자체가 기존 권력구조에 대한 반란인 동시에 그 한계성을 입증하는 행위이다.[21] 이는 또한 특정 담론, 특정 집단의 삶만 특권화하여 거대담론을 형성한 시대를 마감하고자 하는 시도이기도 하다.

민족문학 담론은 거대담론(meta-narrative)이면서 국소담론(les petits recits)이라는 이중성을 가지고 있다.[22] 민족이라는 단위는 개인을 넘어

---

20) Heinz Insu Fenkl, "Future of Korean American Literature," Hahn Moo-Sook Colloquium on One Hundred Years of Korean American Literature, George Washington University, Washington DC, USA, 2003년 10월 25일.

21) 김란영의 『토담』에 관한 글에서 제인 필립스는 『토담』이 1986년에 발표된 이후 주목을 받기까지 왜 그리 오랜 시일이 걸렸는가 묻는다. 필립스는 김란영의 소설이 흔히 소수민족 소설의 전형을 탈피했기 문이라는 지적과 더불어, 결국은 동양계 미국인이라는 그녀의 인종과 여성이라는 그녀의 성별을 주요 원인으로 지적한다. Jane Phillips, "'We'd be rich in Korea': Value and Contingency in Clay Walls by Ronyoung Kim," Melus, vol. 23, no. 2(1998년 여름호), 특히 p.177.

22) 거대담론과 국소담론은 쟝-프랑쑤아 리오따르의 용어이다. 그의 탈현대철학에서 리오따르는 근대를 거대담론이 지배한 시기로, 그리고 탈현대를 국소담론의 시대로 설명하고 있다. Jean-François Lyotard, The Postmodern Condition: A Report on Knowledge(1979), trans. Geoff Bennington and Brian Massumi , Minneapolis: Univ. of Minnesota Press 1984 참조.

서지만 타민족들과의 관계에서는 특정 민족의 담론이기 때문이다. 민족
담론의 이러한 이중성을 간과하고 국소 담론을 거대담론으로 포장할
때 일어나는 제국주의라는 역사를 우리는 보아왔고 여전히 목격하고
있다. 민족에 대한 애정이 국수주의나 제국주의를 정당화하지 않는 것
처럼, 국소담론의 인정, 그리고 세계시민주의(Cosmopolitan)의 인정이
꼭 민족개념의 해체와 동일한 것은 아니다. 차라리 세계시민주의 시대
의 민족문학은 결국 열린 민족문학, 열린 사회로의 길을 의미하며, 여
기서 우리는 탈현대시대의 민족주의는 '하나'와 '여럿'을 다 인정하는
불교적 세계관과 만날 수 있음을 볼 수 있다.

한국계 미국작가의 작품의 국적에 대한 논의는 그 국적을 확정할 수
없다는 바로 그 현실, 아니, 국적의 논의를 불러일으킨다는 그 자체로
의미를 갖는다. 이는 우리의 닫힐 수도 있는 민족주의 개념에 제동을
걸고 있기 때문이다. 한국계 미국작가의 작품을 한민족의 문학으로 인
정할 수 있는가 하는 논의 자체는 번번이 민족에 대한 재성찰을 요구
하며, 민족개념의 이산성을 확인시키기 때문이다. 그런 의미에서, "'민
족'을 염두에 두면서 미국의 한인작가들을 읽는 것 자체가 민족문학에
대한 진지한 '의심'과 그 시효만료 운운하는 논자들에 대한 도전의 성
격을 겸하는 것"이라고 한 유희석의 말은 깊이 새겨볼 만하다.[23] 최원
식 역시 이산문학에 대해서 그 맥락을 같이한다.

> 한국문학은 해외동포문학을 거울로 민족주의적 함몰을 해독하고 또 후
> 자는 전자를 거울로 탈민족주의적 탈주를 돌아보는 상호균형을 위해 더
> 늦기 전에 만날 때가 되었다. 차이에 저항하지 않으면서 그럼에도 차이에
> 투항하지 않는 황금의 고리는 어디에 있을까?[24]

---

23) 유희석, 앞의 글 p.271.
24) 최원식 「민족문학과 디아스포라: 해외동포들의 작품을 읽고」, 『창작과비평』 2003년
    봄호 p.39.

한국계 미국작가, 나아가 다양한 양상의 한민족의 이산문학 읽기 작업은 그들이 한국문학이냐, 아니면 이산되어 있는 지역국가의 문학이냐라는 이분법적인 분류와 닫힌 사고를 넘어서 이산문학이라는 현상 자체가 말해주는 '우리'의 정체성, 그리고 이산된 정체성으로서의 민족개념을 환기해줄 수 있는 장(場)이 되어야 한다. 고착된 질서에 제동을 거는 것이 문학의 근본적 성격이라면, 그러므로 데리다가 말하듯, 문학은 "문학은 무엇인가"라는 정의에 근본적으로 반란을 하는 반정체성(反正體性)을 그 정체성으로 삼는다면[25] 한국계 미국작가들의 작품 읽기는 한국문학 혹은 미국문학이라는 기존 개념을 넘어 문학이 가진 반정체성의 재확인일 수 있다.

사고양식의 다양성 그리고 삶의 방식의 다양성에 대한 인정, 나아가 이를 지향하려는 태도는 현 단계 한국사회가 가장 절실히 요구하는 항목 중 하나다. 한국계 미국작가의 문학 '읽기'의 현상학은 이런 맥락에서 우리에게 열린 사회로의 길을 제시하는 여러 가능성 중의 하나로 이해될 수 있다. 열린 사회는 개인의 정체성과 민족개념의 열림 없이는 불가능하며, 그 열림은 삶에 존재하는 다양성을 고정된 가치의 부재에 의한 허무주의로가 아니라 삶에서 부단한 창조를 가능하게 하는 희망으로 바라볼 때 가능하다. 쥘리아 크리스떼바의 말처럼 "이방인은 우리 안에 산다. 이방인은 우리 정체의 숨겨진 얼굴이며 우리 거처의 갈라진 공간, 그리고 우리의 이해와 공감이 비틀거리는 그 순간에 존재한다. (중략) 타자와 나 사이의 이질성에 대한 인식이 생겨날 때 이방인은 우리에게 나타나고, 연대와 사회의 요구에 따르기 힘든 우리를 발견할 때

---

25) Jacques Derrida, "This Strange Institution Called Literature: An Interview with Jacques Derrida," Derek Attridge (ed.), *Acts of Literature*, New York, London: Routledge, 1992, p.33-75 참조. 이는 시적 언어를 기존 질서에 대한 반란으로 보는 크리스떼바의 시론에서도 나타난다. Julia Kristeva 『La révolution du langage poétique: L'avant-garde à la fin du XIXe siècle: Lautréamont et Mallarmé』 (Paris: Éditions du Seuil, 1974) 참조.

이방인은 사라진다."[26] 우리는 사회와 공동체의 연대를 거부하는 이방인과 이산자를 민족적 연대의 적으로 볼 수도 있다. 그러나 사회와 민족적 연대가 요구하는 것이 누구의 기준에 의해 만들어졌는가를 생각해보면, 그리고 그 요구의 부조리성에도 불구하고 생존이라는 현실 때문에 그것과 더불어 삶을 살아가는, 그리하여 스스로의 사회에서 이방인이면서도 이방인임을 인정할 수 없는 다수의 '우리'를 생각하면, 이방인은 오히려 우리 자신이 된다.

한국계 미국작가들의 문학은 한민족의 이산문학일 뿐 아니라, 미국사회와 미국인의 이산적 정체성을 증언하는 소리이기도 하다. 이런 의미에서 한민족의 이산문학 읽기는, '이산'이라는 현상의 지정학적, 역사－사회학적 의미와 더불어 한국사회 안에서의 이산적 정체성과 연결될 때 새로운 민족문학의 가능성을 제시하는 하나의 디딤돌로 떠오를 수 있을 것이다.

---

26) Julia Kristeva, 앞의 책 p.9, (영어번역본 p.1).

고원 시에 나타난 의식의 변모과정[*]

정효구^{**}

1. 문제제기

高遠(1925~)은[1] 1952년 章湖, 李民英과 함께 『시간표 없는 정거장』을 출간하면서 본격적인 시인의 모습을 우리 시단에 드러내었다. 이른바 전후시인으로 불리는 고원이 지금까지 출간한 한글시집으로는 방금 언급한 3인의 공동시집 『시간표 없는 정거장』을 포함하여 『이율의 항변』, 『태양의 연가』, 『눈으로 약속한 시간에』 등 12권이 있다.[2]

* 이동하·정효구, 『재미한인문학연구』(월인, 2003)
** 충북대 국어국문학과 교수

1) 고원(高遠)의 본명은 高性遠이다. 그는 1925년 충북 영동군 학산면에서 출생하였으며, 혜화전문학교를 거쳐 동국대학 전문부 문학과를 졸업하였다. 이후 동국대학교 영문학과를 졸업하였으며, 도미 후에는 아이오와대학에서 문예창작 전공으로 영문학 석사학위를, 뉴욕대학에서 비교문학 박사학위를 취득하였다. 캘리포니아 주립대학교 등에서 학생들을 가르쳤으며 문예종합지『문학세계』를 창간, 발행, 편집하기도 하였고, 로스엔젤레스에 <글마루 문학원>을 창립하여 지금까지 문학/문예창작 지도를 하고 있다.

2) 고원이 지금까지 출간한 시집은 다음과 같다: 『시간표 없는 정거장』(부산: 협동문화사,1952), 『이율의 항변』(시작사, 1954), 『태양의 연가』(이문당, 1956), 『눈으로 약속한 시간에』(정신사, 1960), 『오늘은 멀고』(동민문화사, 1963), 『속삭이는 불의 꽃』(신흥출판사, 1964), 『미루나무』(뉴욕: 해외한민보사,1976), 『북소리에 타는 별』(뉴욕: 해외한민보사, 1979), 『물너울』(창작과비평사, 1985), 『다시 만날 때』(범우사, 1993), 『情』(둥지, 1994), 『무화과나무의 고백』(창작춘추사, 1999). 이 이외에 시조집으로『새벽별』(태학사, 2000)이 있고, 영시집으로 The Turn of Zero(NY: Cross-Cultural Communitions, 1974)와 Some Other Time(LA: Bombshelter, 1990)이 있다.

그는 1964년 제 6시집 『속삭이는 불의 꽃』을 출간하고는 곧바로 미국 유학길에 오른 이후 고국으로 돌아오지 않고(못하고) 현재까지 미국에 살고 있다.[3] 그는 미국에 거주하는 동안에도 열정적으로 시작활동을 전개하여 여러 권의 한글시집은 물론 영시집까지도 적극 출간하였다. 고원이 1964년에 한국을 떠나 미국으로 갔으니, 그의 미국 생활은 2003년 현재로 40년 가까이 되는 셈이다. 그런가 하면 그가 1925년생이니까 그가 한국에서 모낸 세월 역시 40년 가까이 되는 셈이다. 결국 고원은 그의 인생 절반 정도를 한국에서, 그리고 나머지 절반 정도를 미국에서 산 셈이다.

이런 고원에겐 방금 앞에서 언급한 바와 같이 총 12권의 한글시집이 있다. 그리고 이 이외에 한글시조집 1권과 영시집 2권이 있다.

필자는 본고를 통하여 이와 같은 고원의 한글시집 12권을 대상으로 삼아 그의 시세계가 의식의 측면에서 어떤 양상을 변모·전개돼 나왔는가를 살펴보고자 한다. 고원의 시집 12권을 통독하다 보면 그의 시에 나타난 의식의 세계가 대략 4단계로 나누어지는 것을 볼 수 있다. 의식적 측면에서 보여주는 그 4단계의 변모 및 전개과정을 살펴나가다 보면, 고원이 시를 쓰며 각 단계마다에서 어떤 면에 역점을 두었는지가 자연스럽게 밝혀질 것으로 여겨진다.

고원의 시에서 의식상의 변모과정을 살펴보는 것이 중요한 까닭은 그로 하여금 50여 년 동안 지치지 않고 시를 쓰도록 만든 원천이 바로 각 단계마다에서 분명하게 나타나는 이 의식의 힘에 놓여 있다고 판단되기 때문이다. 그리고 한 시인이 시작의 초기에서부터 후기에 이르기까지 내외적 정황에 의하여 어떤 영향을 받으며 어떻게 그 내면이 달리지고 있으며, 그가 지닌 각 단계의 의식 세계에 따라서 그의 시세계

---

3) 그는 현재 미국의 캘리포니아주 노스리지(Northridge)에 살고 있다.

가 어떻게 달라지는지를 알 수 있기 때문이다.

지금까지 고원 및 고원의 시세계에 대한 연구는 거의 이루어지지 않은 셈이다. 필자가 찾아낼 수 있었던 글은 보편적인 고원론이라기보다 그의 시집 서두에 붙은 비교적 자유분방한 해설류가 다소 있을 뿐이다. 이러한 데에는 그나름의 이유가 있을 터인데 그 중 가장 큰 이유는 아직 소위 1950년대 시인들 일반에 대한 연구가 우리 학계에서 제대로 이루어지지 않고 있다는 점과, 특별히 그가 일찍이 미국으로 삶의 터전을 옮긴 탓에 그에 대한 자료뿐만 아니라 관심이 적어졌다는 점 때문이라고 보인다. 따라서 필자의 본 논문은 고원의 시세계에 대한 본격논문의 형식을 가진 것으로는 맨 처음이 아닌가 한다.

2. 고원 시에 나타난 의식의 변모과정

1) 개척자 의식

1950년경부터 시를 발표하기 시작한 고원은 1952년도에 출간된 3인 시집 『시간표 없는 정거장』의 후기에서 다음과 같이 의미심장한 말을 토로하고 있다.

> 가기는 가야 할 길이요 또 가지 않고서는 견디지 못할 거의 생리적인 욕구에서 우선 '시간표 없는 정거장'에 나서 보았습니다. 허다한 문제가 소홀히 버려진 채 어수선합니다. 우리는 여기 출발 이전의 과업을 보았습니다.[4]

1950년 6월 25일, 이른바 6.25 한국전쟁을 맞이한다. 그리고 그 전

---

4) 고원, 『나그네 젖은 눈』(혜원출판사, 1989), p.19. 『나그네 젖은 눈』은 고원의 시선집이다.

쟁은 1953년 7월 27일 휴전협정을 맺기까지 계속된다. 그 전쟁으로 인하여 한국 땅은 김윤식의 표현대로 다방면에서 <0도의 좌표>5) 위에 서게 된다. 정치적, 경제적, 사회적, 문화적, 정신적 측면의 어느 방향에서 보더라도 전쟁으로 폐허가 된 한국 땅은 그야말로 <0도의 좌표>에서 다시 시작해야 하는 무의 지점에 처하고 만 것이다. 위의 인용문은 바로 이와 같은 상황인식 속에서 탄생한 것이라 보아야 한다.

그렇게 볼 때, 앞의 인용문을 통하여 필자는 <개척자 의식>이라고 부를 만한 어떤 정신을 발견한다. <0도의 좌표> 위에서 어디론가 방향을 잡고 가기는 가야겠는데, 그 방향을 잡기가 어려운 상황 속에 앞 인용문 속의 시인은 서 있다. 그렇다고 어디론가 가지 않을 수는 없는 것, 이런 인식 위에서 그는 어디론가 가야한다는 것을 의무의 차원을 넘어 <생리적인 욕구>와 같은 것으로 자각하고 있다. 그런 자각은 마침내 그로 하여금 어디론가 길을 떠나게 하였던 것, 그리하여 그는 <시간표 없는 정거장>이지만, 기약 없는 버스를 기다리며 떠나기 위하여 정거장을 향해 발걸음을 옮기고 있다. 필자는 여기서 그가 <시간표 없는 정거장>과 같은 현식 속에서도 어디론가 떠나 무엇인가를 만들고 건설하기 위하여 정거장을 향해 발걸음을 옮기고자 하는 것, 이것을 가리켜 <개척자 의식>이라 지칭하여 무리가 없다고 보는 터이다.

<시간표 없는 정거장>에 서 있는 자에겐 언제 버스가 도착할지 기약이 없다. 그러나 정거장이 있는 한 버스가 올 것을 기대하고, 그 정거장으로 발걸음을 옮기는 것이다. 6.25 한국정쟁 속에서 혹은 그 직후에 수많은 사람들이 패배주의에 빠지지 않고 작은 희망이나마 키워가기 위해서는 이렇게 <개척자 의식>을 가지고 <시간표 없는 정거장>이라 할지라도 그곳을 향하여 나아갈 수밖에 없었던 것이다. 고원은 그

---

5) 김윤식, 『한국현대문학비평사』(서울대학교 출판부, 1982), p.271.

런 당시의 현실을 적절하게 보여주고 있는 셈이다.

아무래도 기어이
무슨 큰 일을 저지를 듯한
이제는 필경
떠나고야 마리라는 하늘 아래
바다는 무늬 어린 청춘의
마지막 남겨 둔 낭만이더냐.

서로들 금시 미워지는 마음속엔
무겁게 내리박힌 닻줄이 녹슬고
썩는 항구에 물가지수가 번식하는데,
멀리 지친 등대의
밀선(密船)에게 보내는 윙크가 누렇다.
저마다 하나의 심장 가운데
따로 태양 하나를 돌려놓고
빛깔의 예의에 익숙한
정녕 해파리, 해파리들끼리,
삼면 기사가 예사로운 신경은
아무리 바다로 던져지는
무기명 투표를 읽으려 하지 않았다.

수평선 아득히
그 너머 날씨야 알아볼 것 없이
인정과 같은 것을 색칠하는 고동 소릴랑
이젠 그만 이름도 버리고 타국에서나
타국에서나 들어야겠다는구나.

아무래도 기어이
무슨 큰 일을 저지를 듯한 취한 파도야,
여기 애틋한 방탕을 설계하는 푸른 오만을 밀고 가라.
　　　　　　　　　　　　　－「바다의 설계」의 전문6)

위 인용시 속엔 어디론가 떠나고자 하는, 무엇인가를 추구하고자 하는 시인 혹은 화자의 의지가 강하게 배어 있다. <아무래도 기어이/ 무슨 큰 일을 저지를 듯한>, <이제는 필경/ 떠나고야 하리라는 하늘 아래>, <밀선(密船)에게 보내는 윙크>, <저마다 하나의 심장 가운데/ 따로 태양 하나를 돌려놓고>, <이젠 그만 이름도 버리고 타국에서나/ 타국에서나 들어야겠다는구나>, <여기 애틋이 방탕을 설계하는/ 푸른 오만을 밀고 가라> 등과 같은 표현이 모두 시인 혹은 화자의 떠나고자 하는 의지와 무엇인가를 추구하고 설계하고자 하는 의지를 보여주는 것들이다. 이런 의지를 <개척자 의식>의 한 모습이라고 본다면 위 인용시 속의 핵심을 이루는 부분은 바로 이 개척자 의식이라고 할 수 있다.

앞의 인용시「바다의 설계」에서 시인 혹은 화자는 기어이 무슨 큰 일을 저지르고 말 듯한 의지를 지니고 있다. 그것이 비록 <방탕>의 기운을 얼마간 지니고 있는 것인지 모른다는 점을 알면서도 그는 자신의 의지를 철회하거나 그런 계획 앞에서 후회하고 싶은 생각을 갖고 있지 않다. 오히려 그는 <푸른 오만을 밀고 가라>는 구절이 시사하듯이 오만에 가까운 요기를 동원하여 뭔가 앞을 향해 전진하고 그 속에서 무엇인가를 추구하고자 다짐을 하는 것이다.

고원의 <개척자 의식>은 그의 제2시집『이율의 항변』에 와서도 동일하게 나타난다. 그는 이 시집 속의 작품을 통해서도 끊임없이 어디론가 떠나 무엇인가를 추구하고 이룩하고자 하는 의미를 보여준다. 가령 그의 작품「그날」같은 것을 보면, <그 날 내가 새까만 드레스로 내 창문을 두들겼을 때/ 나는 새까만 정거장에서 차표를 끊고 있었더란다>라는 구절이 나온다. 차표를 끊어 어디론가 출발하려는 의지, 그

---

6) 고원,『나그네 젖은 눈』, pp.46-47.

출발에의 의지 속에서 폐허가 된 이 땅에 새로운 세계를 건설하려는 소망, 이것이 바로 방금 인용한 구절 속의 속내용인 것이다.

고원은 그의 제1시집과 제2시집에서 이런 개척자 의식을 보여주며 한 시대를 건설적으로 창조해보고자 애를 쓴다. 그에겐들 왜 불안과 허무와 좌절의 유혹이 다가오지 아니하였을까마는 그런 모든 것들을 극복하고 어떻게 해서든지 개척의 앞날을 만들어가고자 하는 것이 고원의 의식에서 밑바탕을 이루고 있는 것으로 보인다. 이런 개척자 의식은 고원의 시적 출발을 이루는 기본 의식이다.

2) 민주투사 의식

1956년에 발간된 고원의 제3시집 『태양의 연가』로 오게 되면 고원의 정신은 이전과 조금 다른 곳으로 옮겨간다. 그것을 가리켜 필자는 <민주투사 의식>이라고 명명하고자 한다. 이 의식은 크게 보면 앞장에서 다룬 <개척자 의식>과 맥락을 같이하는 내용이 될 수 있지만, 좀더 세밀하게 살펴보면 그와 분명한 차이점을 갖고 있다.

우선 고원은 개척자 의식에 젖어 있을 때 6.25 한국전쟁 이후의 폐허지대를 넘어서고자 하는 의욕으로 가득 차 있었다. 그러던 그가 대한민국 정부가 수립된 이후 이승만 대통령에 의하여 나라가 운영되는 동안, 그에 의한 국정운영이 마침내 극단의 파행성을 드러내는 1956년 무렵으로 오게 되면 당대의 정치, 사회, 역사의 모순에 대한 보다 날카로운 비판의식을 갖게 된다. 이런 그의 비판의식을 <민주투사 의식>이라고 불렀던 것인데, 그는 이런 점을 자신의 제3시집 『태양의 연가』후기에서 시보다 먼저 진술의 언어로 다음과 같이 시사하고 있다.

안일한 고독과 굴욕, 그리고 부당한 빈곤과 무지로부터 인간은 마땅히 해방돼야 했다. 여하한 형태의, 또는 여하한 종류의 폭력이나 독재도 과감히 배격하는 양식(良識)의 질서가 있어야 했다. 여기서 우리는 시의 기능을 검토했다.[7]

위 인용문에서 핵심을 이루는 것은 <해방>과 <양식(良識)의 질서>라는 두 가지 말 속에 들어 있다. 그렇다면 고원은 왜 이런 말을 그의 시집 후기에서 강조한 것일까? 이 점에 대하여 필자는 앞에서 1956년 무렵의 한국 사회상에 대해 얼핏 언급하였다. 그것을 여기서 조금 더 자세하게 언급하자면, 이승만 대통령은 제2대 대통령 선거를 앞두고 1952년 대통령 국민투표안을 내용으로 하는 개헌안을 제출하였다. 야당에서는 이 개헌안에 적극 반대하였지만 결국 이승만 대통령의 주장대로 제2대 대통령 선거는 국민투표로 하도록 헌법이 개정되었다. 이승만 대통령은 이른바 발췌 개헌안으로 불리는 이 안을 계엄 하에서 통과시킴으로써 정치적 파동을 일으켰다. 그런데 설상가상으로 그는 다시 1954년에 사사오입 개헌안을 통과시켜 대통령의 중임제한을 폐지시켰다. 이렇게 이승만 대통령은 독재정권의 확립을 향하여 제도개혁을 착실하게 진행시켜 나갔거니와, 그런 가운데 한국사회는 불신과 모순, 폭력과 억압으로 얼룩진 파행사회가 되고 말았던 것이다.

앞의 인용문에서 보이는 고원의 민주투사 의식은 이와 같은 당시의 사회상 및 정치상 아래서 탄생한 것이라 볼 수 있다. 그는 안의 인용문에 그대로 나와 있듯이 모든 국민이 <안일한 고독과 굴욕, 그리고 부당한 빈곤과 무지로부터> 해방되어야 한다고 믿었으며, <여하한 형태의, 또는 여하한 종류의 폭력이나 독재도 과감히 배격하는 양식(良識)의 질서> 속에 있어야 한다고 부르짖었던 것이다.

---

7) 위의 책, p.69.

① 그늘은 태양이
갈망에 겨울 세월 위에 던지는 시니시즘이었다.
그늘 속에는 이름만의 공화국처럼 서운한 얼굴들이
그날 그날 휴식을 구하는 풍속이 있었다.

도피와 굴복의 창백한 그늘에 엎뎌
처참한 자학의 숨소리가
어느 식민지 유행가를 닮아 갔고,
이따금 비라도 내릴 때면
서글픈 자기 기만을 위안삼았다.
비굴한 고독.

그러나 태양은 그늘이
끝내 갈망의 머리를 드는 표적이었다.
뜨거운 가슴 파랗게 트인 나의 사랑,
자유의 해변에서 너는 내 보람을 영도했다.

······너는 나의 혁명이었다.
　　　　　　　　　　　　　　　－「너는 나의 혁명」의 전문8)

② 그러나 시인은
가슴마다 눈마다
양식(良識)과 인정을 심어 놓고 떠나는 나그네.
준엄한 세대의 한 모퉁이에서
인류의 유산을 보태는 이마 위에
영광이 있으라, 복이 있으라.

검은 연대를 감시하고
세기의 봄을 소리쳐 부르면서

---

8) 위의 책, 75면.

타협이 없던 사나이는
오만하리 만큼 젊음을 지켰더구나.
　　　　　－「오만한 영원－고(故) 박인환(朴寅煥)에게」의 부분9)

　　인용시① 속에선 <그늘>과 <태양>이 대비를 이룬다. 여기서 그늘
은 도피, 굴복, 자학, 자기기만, 고독, 비굴 등과 같은 말이 의미하는
부정적 세계를 뜻하고, 태양은 이런 부정적 세계를 극복하고자 하는 혁
명의 뜻을 담고 있다. 시인은 우리가 처한 당시의 현실이 <그늘>이
의미하는 바와 같다고 생각하며 민주투사 의식을 가지고 혁명을 위한
갈망을 노래한다.

　　인용시②를 보아도 시인의 민주투사 의식이 작품의 저변을 이룬다.
고원은 시인 박인환의 죽음 앞에서 쓰여진 이 작품을 통하여, 시인이야
말로 <가슴마다 눈마다/ 양식(良識)과 인정을 심어 놓고 떠나는 나그
네>라고 규정짓는다. 그런가 하면 시인이야말로 <준엄한 세대의 한
모퉁이에서/ 인류의 유산을 보태는>사람이라고 규정짓는다. 시인의 사
명이 이러하듯이, 고원은 박인환을 가리켜 당신이야말로 진정 시인답게
<검은 연대를 감시하고/ 세기의 봄을 소리쳐 불면서/ 타협이 없던 사
나이>였다고 찬사를 보낸다.

　　그리고 이어서 당신이야말로 <오만하리 만큼 젊음을 지켰>던 사나
이라고 다시 찬사를 보낸다. 요컨대 고원은 시인의 임무로서, 그리고
박인환의 시작행위로부터 민주투사 의식을 읽어냈던 것이다.

　　고원의 민주투사 의식에 대한 집착은 1960년 5월에 발간된 그의 제
4시집 『눈으로 약속한 시간에』로 오면 더욱 강화된다. 그는 이 시집의
후기에서 다음과 같이 자신의 속마음을 털어놓고 있다.

---

9) 위의 책, p.76.

전보다도 더 부끄러운 생각으로 내놓는 이 책은 다들 '눈으로 약속한 시간에' 나가지 못했던 내 자신에게 스스로 불을 붙여 보는 엄숙한 순간, 젊은 희생자들의 기념비에 드리는 한 송이 헌화였으면 할 따름이다.[10]

위 인용문을 보면서 금방 생각해낼 수 있는 것은 1960년도에 발생한 3.15 부정선거와 그에 촉발되어 이승만 대통령의 독재에 항거한 4.19 혁명이다. 고원은 이와 같은 격동의 시대 속에 온몸으로 뛰어들지 못한 것을 부끄럽게 생각하며 그의 제4시집 『눈으로 약속한 시간에』를 내어놓는다고 실토하는 터이다.

'이름뿐인 공화국의 폭군은 물러가고'
'소름겨운 경찰국의 사병(私兵)들 물러가고'
'먹고 살 권리와 배울 자유를 달라!'
'말할 권리와 선택의 자유를 달라!'

이렇게 밀고드는
몰고 나가는
진리와 정의의 대열을 향해
원수는 일제히 총부리를 겨누고
추악한 방아쇠를 거침없이 당겨
겨레의 등불 젊은 심장을
강도의 탄알로 마구 쏘았다.
(중략)
별이 나면 더 푸른 하늘 아래
별이 져도 해일은 굽이굽이 시체를 넘어
한결같이 원수의 아성을 휩몰아쳤다.
항쟁의 아침 4월19일,
승리의 저녁 4월 19일,

---

10) 위의 책, 79면.

사기의 밀수범도
야욕의 충견도
암살의 하수자도, 나치스보다 더한
끔찍스런 대량학살의 총지휘자도
마침내 피의 진격에 손을 들었다.

아, 자유인민의 기수들이여,
이제 그대들 가고
여기 서울은
정의의 수도로 남아 있어,
형제자매 다 함께 손을 모아
세기의 재단에 향을 올린다.

라일락 한창일 때 고운 피로
새로운 공화국의 터를 닦은 날,
1960년 4월 19일!
인류 역사는 이 날을 길이
4월 혁명의 거룩한 이름으로
뭇 사람의 가슴 속에 기념하리라.
　　　　　　　　　　－「욕된 목숨 이어 온 우리들 여기」의 부분11)

　1960년, <사월혁명 희생 학도 추도시의 밤>을 위해 쓰여진 위 시
는 고원의 의식세계를 단적으로 보여주는 실례이다. 고원은 위 인용시
를 통하여 이승만 대통령 정부를 <이름뿐인 공화국의 폭군>으로,
<소름겨운 경찰국의 사병(私兵)들>로 몰아붙이고, 그에 대항하여 자유
와 민주의 이름을 지키려고 하는 자신과 4.19 동지들의 위엄을 기억하
고자 한 것이다. 구체적으로 고원은 엄청난 피와 죽음 위에서 성취된
4.19 혁명의 승리를 <새로운 공화국의 터를 닦은>것으로, 그리고 인

---

11) 위의 책, pp.112-115.

류 역사가 몇 단계 비상한 것을 평가하고 있는 바이다.

고원의 이런 민주투사 의식은 1962년도에 출간된 그의 제5시집 『오늘은 멀고』에 와서도 좀처럼 수그러들지 않는다. 그는 4.19혁명 1주년을 맞이하여 쓴 자신의 작품 「사월의 성좌 아래」에서 이런 점을 아주 분명하게 보여주고 있거니와, 시집 제목이자 작품 제목이기도 한 「오늘은 멀고」 12)에서도 역시 그와 같은 의식을 저변에 깔고 있다.

1964년이 되면 고원은 제6시집 『속삭이는 불의 꽃』을 출간한다. 1964년은 고원에게 아주 중요한 해가 되는 바, 그것은 이 해에 이르러 그가 미국의 아이오와로 유학을 떠나기 때문이다.13) 미국으로의 유학은 그로 하여금 조국과 물리적 거리를 갖게 하는 일이지만, 역으로 심리적 친밀성을 더욱 깊이 느끼게 하는 일이기도 하다. 어쨌든 그는 제6시집 『속삭이는 불의 꽃』을 출간하고 미국으로 유학길에 오르게 되거니와, 그의 제6시집 역시 근본적인 기조에 있어서는 그가 지닌 민주투사 의식을 그대로 지니고 있다. 이런 점은 6.25 한국전쟁 13주년을 맞이하여 그가 쓴 시 「총에서 해방되라」 14)와 같은 작품을 보면 아주 쉽게 발견될 수 있다.

고원의 제7시집 『미루나무』는 그가 1964년 유학을 떠난 이후 12년 만에 출간된 시집이다. 그런 만큼 이 시집 속엔 여러 가지 유형의 작품이 들어 있는데 그 하나는 지금까지 필자가 논의해온 민주투사 의식

---

12) 위의 책, p.121.

13) 고원은 1965년 미국 아이오와대학에서 문예창작 전공으로 영문학 석사학위를 받았다. 그리고 1974년 뉴욕대학에서 비교문학 박사학위를 받았다.

14) 이 작품의 전문은 다음과 같다 : "사람이나 짐승이나/눈망울마다 총알로 보이곤 하던/매정한 시절의 풍토에서는/해도 별도 이지러진 달까지도/총부리의 과녁이 되기만 했다.//애정과 우정이/그리고 조국의 영상이/사정거리 안에서 맴돌고,/총구에 자꾸만 눈물이 빛을 뿜으며 감돌던 강산.//자유는 여전히 철조망에 걸려 있어/화약고의 맘에다 총을 박은 자들아,/이제는 다 스스로 총에서 해방되라!/그래서 깨끗이 눈을 씻어/맑은 눈을 눈으로만 보고 살자." 고원, 앞의 책, p.147.

을 담은 작품이 들어 있고, 그 둘은 미국현대문명에 대한 비판의식을
보여준 작품이 들어 있으며, 그 셋은 우주적 존재와의 교류 및 대화관
계를 말해주는 작품이 들어 있다. 근 12년만에 나온 시집이고 보니 그
속에 이런 변화가 내재돼 있다는 것은 크게 놀라운 일이 아닐 수 있
다. 그런데 필자는 논의의 편의를 위하여 이 시집 속에 들어있는 민주
투사 의식에 대한 논의를 중점적으로 하고자 한다. 필자가 이렇게 하는
데는 방금 말한 바와 같이 논의의 편의를 위한 것도 있지만, 그 이후
에 출간된 고원의 시집을 보면 바로 이 민주투사 의식이 한동안 핵심
적인 작용을 하면서 계속하여 등장하고 있기 때문이다.

우선 고원은 그의 제7시집 『미루나무』 속의 작품 「주문(呪文)」(1975
년 작), 「남녘 구도(構圖)」(1976년 작), 「바다의 통곡」(1976년 작), 「꽃
다발로 모셔 오세」(1976년 작)등에서 그의 강렬한 민주투사 의식을 보
여주고 있다. 그는 이 작품들을 통하여 자신의 몸은 미국이란 나라에
와 있지만 두고 온 조국의 사회적, 정치적 현실을 그냥 두고 볼 수 없
다는 마음으로 지속적인 현실참여의 목소리를 내고 있는 것이다. 방금
언급한 4편의 작품은 모두 다 인상적이다. 그러나 굳이 한 작품만 거
론한다면 그 가운데서 「꽃다발로 모셔 오세」가 가장 적절하다.

> 해나 달이 지나가는
> 발자국 소리 들리는가.
> 별의 이슬 내릴 때면
> 목마름이 가시는가.
> 일찍이 저 민족의 원수가 세운 감옥에
> 우리 민주투사들이
> 갇혀서 싸우시네.
>
> 숨막히게 솟은 담을

앞가슴으로 쳐부술까.
욕된 철창 자물쇠를
피로 녹여 길을 틀까.
낮과 밤 따로 없이
겨레의 운명 걱정해
벽사이로 통하는 말
암호를 보내시네.

눈보라 울어울어
하늘이 무너져도
아, 정의의 상징
영웅들은 굳세구나.
감옥 문을 우리가 열어
꽃다발로 모셔 오세.

　　　　　　　　　　－「꽃다발로 모셔 오세」의 전문[15)

　　1960년에 4.19 혁명이 일어나지만, 그것은 지속적인 발전과정을 걷
지 못하고, 마침내 1961년도의 5.16 군사쿠데타에 의하여 무력화되고
만다. 5.16 군사쿠데타에 의하여 실질적인 국사수반으로 등장한 박정희
는 1963년도에 대통령에 당선됨으로써 이 나라를 통치하는 명실상부한
대표자가 되고, 이후 대한민국은 박정희 대통령의 통치 아래 긴 세월을
보낸다. 위 인용시를 두고 이와 같은 말을 꺼낸 것은 위의 인용시를
이해하기 위해서는 이런 토대 위에서 형성된 박정희 대통령 시절의 정
치적 독재와 억압상을, 그 가운데서도 1972년도의 유신헌법 제정에서
부터 비롯된 그의 정치적 횡포를 상기해야만 하기 때문이다.
　　고원은 18년간 지속된 박정희 대통령 시절의 통치에 강한 저항과 비

---

15) 위의 책, pp.183-184. 이작품은 고원의 제9시집『물너울』(창작과비평사, 1985) 속에도 재
　　수록돼 있다.

판의 목소리를 낸 시인이다. 그의 민주투사 의식이 이런 일을 가능하게 하였거니와, 그런 의식에 근거해서 볼 때 당시의 감옥 속에는 앞의 인용시 「꽃다발로 모셔 오세」 속에 들어 있는 것처럼, 그야말로 꽃다발로 모셔와야 할 이른바 <민주투사>가 엄청나게 갇혀 있었던 것이다. 고원은 그렇게 갇혀 있는 억울한 민주투사들을 존경하고, 자랑스러워하면서 그들이 감옥에서 나올 날을, 아니 그들을 감옥에서 나오게 해야 할 날을 꿈꾸고 있는 것이다. 1970년대의 고원은, 이렇게 박정희 대통령의 정치적 독재와 맞서 그것을 바로잡기 위한 노력으로 시를 써왔다고 볼 수 있는 터이다.

이런 고원의 1970년대상을 보여주는 또 한권의 시집이 그의 제8시집인 『북소리에 타는 별』이다. 그는 이 시집 속에서도 민주투사 의식을 조금도 약화시키지 않고 견지해 나아가는 데 그런 사실은 실제 작품으로도 얼마든지 입증될 수 있으나 이 시집의 서문을 보면 더욱 분명하게 입증된다. 그는 제8시집 『북소리에 타는 별』의 서문에서

> 우리 조국이 오늘날 처해 있는 상황에서의 시의 사회적 기능은 대단히
> 커야 한다고 믿습니다…… 한(恨)에서 거부로, 거부에서 건설로 전진할 수
> 밖에 없는 것이 우리의 현실이기 때문입니다.[16]

라고 썼다. 이렇듯, 시의 사회적 기능을 강조하면서 조국의 건강한 발전과 진전을 도모하고 기대했던 고원은 바로 그가 쓴 여러 작품들에서 이러한 그의 생각들을 구체화시켰던 것이다.

1979년 10월 26일, 박정희 대통령은 비극적인 종말을 맞이한다. 그러나 이후 대한민국은 또다른 암담한 고통 속으로 들어가고 만다. 그것은 주지하다시피 1979년의 이른바 12.12 사건과 1980년의 5.17 쿠데타

---

16) 위의 책, p.193.

로 권력을 장악한 전두환 정권이 시작되었기 때문이다. 고원은 이러한 조국의 현실을 고스란히 직시하며 민주투사 의식을 가진 시인으로서의 그의 역할을 충실히 수행해내고 있다.

그는 1985년도에 제9시집 『물너울』을 출간하는데, 이 시집 속엔 박정희 대통령의 작고와 더불어 찾아온 소위 <80년의 봄>을 기대하는 민주투사의 소망과 더불어 이런 소망을 짓밟은 터전 위에서 1980년대의 수년간을 지속해온 전두환 대통령 시절의 왜곡된 정치사와 사회사 그리고 시대사를 격한 음성으로 고발하는 모습이 들어 있다.

구체적으로 「80년의 봄」[17]이란 제목을 가진 작품은 박정희 대통령 시절, 그러니까 약 18년간의 겨울 같은 시절을 보내고, 드디어 그의 작고와 더불어 찾아온 이 땅의 봄과 같은 시대를 결코 소홀히 흘려보낼 수 없는 결의를 다진 작품이며, 「물길」, 「땅 속의 빛」 등과 같은 작품은 광주민주화투쟁 같은 엄청난 피흘림 속에서 끝까지 민주의 시대를 갈망하는 고원 시인과 조국의 시민들의 갈망을 표현한 작품이다.

지금까지 살펴본 바와 같이 고원의 민주투사 의식은 그의 제3시집 『태양의 연가』에서부터 시작하여 제9시집 『물너울』에 이르기까지 지속적으로 나타난 의식이다. 그는 한국에 머물 때나 미국에 머물 때나 한결같이 한국의 정치적, 사회적, 시대적 현실을 직시하는 가운데 한국사회가 진정한 민주사회 및 자유사회로 탈바꿈하기를 소망하며 고발과 비판의 목소리를 낮추지 않았던 것이다.

요컨대 1950년대 이승만 대통령 시절부터 시작하여 1980년대 전두환 대통령 시절에 이르기까지 한국사 속에 펼쳐진 수많은 왜곡상과 모

---

17) 이 작품의 전문은 다음과 같다 : "참 모처럼 오다 말고/ 이번에도 저만치 물러선 봄을/ 피가 나게 벼른 우리의 봄을/ 또 그대로 보낼 수는 없다.// 70년의 어둠에/ 18년 굳은 얼음에/ 겨울이 새로/ 칼날을 세웠다면/ 오다 만 몸짓을 탓하겠는가?// 마지막까지 갈아야지./ 언 땅을 몽땅 뒤엎어야지./ 저만치 멈춘 우리 봄을/ 80년엔 그대로 보낼 수 없다." 이 작품은 고원이 1980년에 쓴 것이다. 위의 책, p.206.

순상은 그를 괴롭히는 원인이 되었고, 그는 민주투사 의식을 가슴속에
지닌 채 이 왜곡상과 모순상의 시정을 위하여 적극 발언하였던 것이다.
따라서 고원의 시작생활 속에서 그가 민주투사 의식으로 무장한 채 활
동해온 기간은 매우 긴 셈이다. 거의 30여 년을 그는 이 의식을 지닌
시인으로 살아온 것이다.

3) 자연과 우주의식

고원은 1993년에 제10시집 『다시 만날 때』를 출간한다. 이 시집을
보면 그의 시세계가, 특히 그의 의식세계가 이전과 아주 달라졌다는 것
을 금방 알아차릴 수 있다. 그리고 그의 달라진 의식세계는 이후 1994
년에 출간된 제11시집 『情』에 이르러 더욱 본격적인 모습이 드러난다
는 것을 알 수 있다.

그렇다면 고원이 약 30여년 동안 지녀온 민주투사 의식을 접고, 좀
거칠게 말하자면, 1990년대에 들어와 새롭게 보여주기 시작한 의식세
계는 어떤 것인가. 필자는 그것을 <자연의식과 우주의식>이란 말로
표현하고자 한다. 그는 이 시기에 와서 지금까지 관심을 가졌던 역사,
사회, 정치, 시대 등으로부터 물러나와 여태껏 살피지 않았던 자연과
우주를 새롭게 발견하여 탐구하고 있는 것이다. 인간이 살아가는 데는
인간이 인간을 위하여 만들어가는 역사, 사회 정치, 시대 등과 같은 것
도 어마어마하게 중요하다. 그러나 이와 더불어 인간과 함께하면서도
인간을 넘어서 있거나 인간 이전 혹은 인간 이후에까지 지속되는 자연
과 우주의 세계 역시 어마어마하게 중요하다. 한 인간은 필요에 따라
이들 두 가지 중 어느 한가지에 더 큰 관심을 보일 수가 있는데, 고원
은 그 동안 전자에 더 큰 관심을 보여오다가 그의 제10시집 『다시 만
날 때』에서부터 후자에 보다 큰 관심을 기울이기 시작하였다.

그렇다면 고원이 이와 같은 변화를 보여준 원인을 어디서 찾아야 할까.

이 물음 앞에서 두 가지 정도의 답을 내어놓을 수 있을 것 같다. 우선 그 하나나는 한국시단에서도 그러한 현상이 나타났듯이 1987년도의 이른바 6.29 선언 이후, 한국 땅에 점차적으로 민주화의 시대가 도래하면서 고원도 역사, 사회, 시대, 정치 등의 문제로부터 좀 자유롭게 되었다는 것이다. 기나긴 투쟁 끝에 맞이한 독재정권의 항복은 이렇게 고원에게까지 시적 관심사를 다른 곳에서 찾도록 여유를 갖게 하였던 것이다. 다음으로 나머지 하나는 1925년생인 고원의 연령으로 보아 이제 자연과 우주를 발견하고 그것을 탐구할 만한 시점이 되었다는 점이다. 고원의 시는 제10시집 『다시 만날 때』에서부터 투쟁가로서의 면모보다는 사색가로서의 면모를 보여주고 있는데, 이 점 역시 앞의 두 가지 사실과 깊은 연관을 맺고 있는 것으로 보인다.

이제 이와 같은 이해 위에서 고원 시에 나타난 자연의식과 우주의식의 실상을 만나보기로 하자.

① 복숭아 하나
자두 두 개.

먹다 말고 놀라서
눈여겨 바라보면
눈에 밟히는 달빛.

누리 가운데 자다가
자두 복숭아
우주의 씨 세 개가
벌룽벌룽

남은 복을 누리나 보다.

ㅡ「우주 골짜기」의 전문[18)

② 달 드는 뜨락
환한 정에
바람이 살살 빨려 들고

사람 가슴 비다 비다
아주 비면
푹 패어서
달 드는 마당.

ㅡ「달마당」의 전문[19)

　인용시①은 복숭아 하나와 자두 두 개를 앞에 놓고 시인이 보여준 사색의 내용이다. 그는 이 세 개의 과일 앞에서 우주의 기운을 느끼고, 마침내는 이들을 <우주의 씨>라고 부른다. 우주의 씨는 그것이 눈을 틔우고 성장하면 온전한 하나의 우주적 존재가 된다. 그 우주적 세계에 참여하는 한 존재임을 실감한다.

　인용시②도 고원의 의식세계를 잘 보여주는 경우이다. 달이 드는 뜨락의 풍경, 그 뜨락으로 바람이 불며 스며드는 풍경, 그것을 바라보는 한 사람의 빈 가슴으로 달이 깊이 들어앉은 풍경, 이런 모든 풍경들은 시인이 간직한 우주적 사색의 결과물들이다. 여기서 그의 우주의식의 일단을 볼 수 있거니와, 그것은 달과 뜨락과 바람과 인간의 교감과 합일이 이루어지는 모습이다.

　방금 논의한 인용시②의 경우는 고원의 다른 작품 「달꽃」을 보면 더욱 실감있게 다가온다. 그는 이 작품에서 <철들어 여태까지/ 땅에는

---

18) 위의 책, p.16.
19) 위의책, p.12.

달빛만/ 깔린 줄 알고 살았더니/ 그게 아니네./ 땅에도 달이 떴어.// 어느새 내가/ 그 달 속에 들어가 있네./ 대낮에도 달 속에 사네.// 하늘과 땅을/ 달이 이어놓고는/ 달 속에서 꽃이 피네.// 달꽃이/ 달아오르네.// 새빨간 분홍/ 달꽃이 밝아/ 달뜨락/ 하늘만하네.>[20]라고 쓰고 있다. 얼핏 보아서도 알 수 있듯이, 이 작품 속에서 대지와 달과 시인과 하늘, 다시 말하자면 달을 중심으로 한 삼라만상의 우주적 상호조응이 일어나고 있는 셈이다.

한 존재를, 그리고 한 인간을 이처럼 우주적 합일과 상호조응의 장 속에 놓을 수 있을 때, 한 존재는 그리고 한 인간은 개체로서의 특성을 지니면서도 그것을 넘어선 자리에서 새로운 존재로 태어날 수 있다.

> ① 속으로 타다 타다
> 땅속의 불이 튀어나왔나.
> 활짝
> 홍당무가 된 샐비아,
> 딴 세상이라 끼리끼리
> 수줍은 게지,
> 무안한 게지,
>
> 윗입술은 꽃잎 두 개,
> 세 조각으로 아랫입술,
> 동아리, 동아리
> 불 붙은 입술끼리
> 무슨 말을 저렇게
> 주홍 빛깔로
> 태우고만 있을까.
>
> ―「샐비아」[21]

---

20) 위의 책, pp.36-37.
21) 위의 책, pp.26-27.

② 주물럭 주물럭 날마다
거머쥐고 쓰다듬고 바수고
물을 주고 또 주고
한참씩 흙하고 지내다보면

허허 허공에
피어나는 꽃.

허공꽃 아찔하게
빛이 곱다.

밤이 멀어 먼 허공에다
빈 잠을 꽂아놓은 밤에도
맨발로 흙을 만지면

손바닥 가득
묻어나는 꽃,
색깔이 따뜻하다.

—「흙」의 전문[22]

위에 인용한 2편의 시는 모두 고원의 자연의식을 보여주는 작품이
다. 먼저 인용시①을 볼 것 같으면 고원은 이 시에서 샐비아를 앞에
놓고 여러 가지 상상과 사색에 잠겨 있다. 그가 샐비아라는 자연 앞에
서 상상하고 사색한 내용은 샐비아야말로 땅속의 불이 튀어나온 것 같
다는 것, 그 샐비아는 불붙은 것 같은 입술을 모으고 서로 무슨 말을
저렇게 주고받는지 신기하다는 것 등이다. 어찌보면 어린아이의 동시적
상상력을 그대로 옮겨놓은 것 같은 느낌을 주기도 하지만, 그럼에도 불

---

22) 위의 책, pp.60-61.

구하고 이 작품은 고원의 자연친화적 태도가 언떤 것인가를 알아보는 데는 말할 나위없이 적합한 경우이다.

인용시 ①에서 샐비아라는 자연과의 대화와 만남을 이룩한 고원은 인용시 ②에 와서 자연으로서의 흙과 만남을 이룩하고 대화를 계속한다. 그가 자연으로서의 흙과 대화를 하고 만남을 이룩한 점은 군이 설명을 하지않아도 쉽게 이해할 수 있는 것이지만 논의의 편의를 위해 인용시 ②의 구절을 빌려 설명을 가하고자 한다.

고원은 인용시 ②에서 흙을 <거머쥐고 쓰다듬고 바수고>, 그에 <물을 주고 또 주고> 하면서 흙과 시간을 보낸다. 그렇게 흙과 보내는 시간을 고원은 <맨발로 흙을 만>지는 시간으로 생각한다. 말하자면 흙과 한몸이 되어 합일의 상태 속에서 들어가 있는 것이다. 이런 시간을 보내면서 고원은 몇 가지 신비를 경험한다. 그것은 흙만 보아도 <허공에/ (꽃이) 피어나는> 것이 보인다는 것, 그런 꽃의 색깔이 아찔할 정도로 곱게 여겨진다는 것, 흙을 만진 손마다 꽃이 가득 피어오르는 게 느껴진다는 것, 그리고 그렇게 피어오른 꽃에서 따뜻한 색깔을 느낀다는 것이다. 이렇게 보면 고원은 흙 속에서 진정한 우주적 몽상을 즐기는 셈이다. 군이 꽃을 보지 않아도 우주의 원형인 대지 속에서 그는 피어나는 꽃과, 그 꽃의 빛과 색, 그리고 그 꽃의 생장을 함께 보고 있는 것이다.

원의 이런 우주의식과 자연의식은 그로 하여금 이 우주와 자연 속에서 그들과 함께 어울려 뒹굴면서 살게 만든다. 그는 자신과 자연 그리고 우주가 서로 벽을 쌓아놓고 단절돼 있는 상태를 거부하고 그들 사이의 경계를 허물며 그 경계를 넘어서서 서로 깊이 침투하고 조응하는 유기적 삶을 살아가고 있는 것이다.

고원은 그의 제11시집 『情』으로 오면서 그가 가졌던 이와 같은 자연의식과 우주의식을 보다 확대시켜 나아간다. 그리고 자연 하나하나를 보던 그의 눈은 자연과 우주의 운형을 포착하는 데로 나아가고 있다. 구체적으로 그는 그의 제11시집 『情』에서 <산>과 <돌>과 <물>을 자연과 우주의 원형으로 설정하고 다른 것을 이들 아래 포함시키고 있다. 여기서 필자는 산과 돌과 물만으로도 그가 하고 싶은 자연과 우주에 대한 상상과 사색과 발언을 충분히 할 수 있다는 판단이 이런 그의 태도 아래 암암리에 숨겨져 있는 것이 아닌가 하는 생각을 하게 된다. 어쨌든 그는 제11시집 『情』의 제1부를 <산>이라고 명명하고, 제1부를 <돌>이라고 명명하고, 제3부를 <물>이라고 명명한 후, 그의 시를 정리했던 것이다.

이처럼 자연과 우주의 원형을 본 사람은 자연과 우주의 근원을 본 것이나 마찬가지이다. 그러니까 고원은 19990년대에 이르러 자연과 우주의 근원을 천착하는 데로 나아온 것이다. 그가 약 30여 년 동안 민주투사 의식을 토대로 정치와 역사에 관심을 갖느라고 잠시 소홀히 한 자연과 우주를 그는 이때에 이르러 그 본질적인 모습까지 발견해내게 된 것이다.

이렇게 1990년대에 와서, 달리 말하면 제10시집 『다시 만날 때』와 제11시집 『情』애 이르러 자연의식과 역사의식의 심층부에까지 내려간 고원은, 이전과 달리 <그리움>과 <정>의 중요성을 강조하고 있다. 이것은 비판과 고발의 언어로 일관됐던 이전의 민주투사 의식을 지녔을 때와 구별되는 것으로, 투쟁보다 화합을, 비판보다 포용을, 배격보다 만남을, 분노보다 연민을 중요시한 그의 모습을 반영한 것이라 볼 수 있다. 그는 이런 점을 그의 제10시집 『다시 만날 때』의 <책머리에>에서 다음과 같이 알려주고 있다.

나는 지금 다시 만날 때를 생각하고 있다.

이 다음 어디서 또 만날 때까지, 우리에게는 그리움이 있다.

정(情)의 향기가 그리움이다.

그래서 그리움은 인간을 성장시키고, 마음의 공간을 내내 더 확대해준다.

다시 만날 때까지 기다리는 심정은 기도하는 정성으로 이어진다. 포기가 아니라 적극성을 지녔다.[23] 이렇듯, 고원은 부드러워졌다. 뿐만 아니라 그의 시야는 더 넓어졌고, 그의 정신은 더 깊어졌다. 어찌 보면 고원은 시의 사회적 기능을 특별히 의식하지 않은 상태에 오게 되면서 이런 장점은 물론 자유분방한 상상력과 사색으로 자연과 우주의 깊은 속까지도 만날 수 있게 된 것이라 여겨진다.

자연과 우주를 발견하거나 탐구하지 않고도 한 시인의 생애는 그 속에서 깊이를 더해가며 빛을 발휘할 수 있다. 그러나 사회는 물론 자연과 우주까지도 발견하고 탐구할 수 있을 때, 그리고 한 시인이 어떤 시대나 사회의 직접 혹은 간접적 강요로부터 자유로워져 구속 없는 상상력을 다채롭게 구사할 수 있을 때, 그리고 한 시인이 어떤 시대나 사회의 직접 혹은 간접적 강요로부터 자유로워져 구속 없는 상상력을 다채롭게 구사할 수 있을 때, 그 시인은 보다 행복하고 풍요로운 세계를 만들어낼 수 있을 것이라 생각한다. 고원이 1990년대에 이르러 자연의식과 우주의식을 갖게 된 것은 이런 점에서 행운이라 보는 것이 마땅할 것이다.

4) 기독교 의식

고원이 언제부터 기독교 신자가 되었는지 확실하게 알 수는 없으나,

---

23) 위의 책, <책머리에> 중 일부.

그가 적어놓은 연보를 보면, 그는 1988년도에 <나성 새소망장로교회>의 협동장로가 되었다. 그가 교회에서 이런 중책까지 맡고 있는 것을 보면 그의 기독교 신자로서의 신앙심은 대단한 것으로 짐작된다.

그런데 흥미로운 것은 고원의 시에 기독교 신앙과 관련된 시가 거의 눈에 띄지 않는다는 점이다. 그가 개척자 의식을 갖고 시를 썼던 그 이후의 시에서도 거의 이런 성격의 시를 찾아보기 어렵다. 다만 그가 자연의식과 우주의식을 기저로하여 시를 썼던 제 10시집 『다시 만날 때』와 제11시집 『情』으로 오게 되면 기독교 신앙과 관련된 시가 몇 편 발견된다. 예를 들면 작품 「종소리-정일종 목사님을 추모하며」, 「문이 열렸습니다-나성영락교회 헌당에 부쳐」, 「별빛에 솟은 감람나무-송기성 목사님께」, 「갈보리 십년-글렌데일 갈보리 장로교회 창립 10주년에」, 「나봇의 포도원」, 「무화과나무」등이 고원의 제10시집 『다시 만날 때』와 제11시집 『情』에서 발견되는 것들이다.

이런 점을 염두에 두고 본다면, 고원의 기독교 의식은 그가 자연의식과 우주의식에 근거하여 시를 주로 쓰던 1990년 경부터 그 모습을 드러내기 시작한 것이라 할 수 있다. 그러나 앞의 예에서도 보았듯이 그가 이때 쓴 기독교 관련 시편들은 대부분 기념시 내지는 행사시의 성격을 띤 것이 많다. 그런 점에서 볼 때 그의 기독교 의식이 보다 본격적으로 시인의 마음을 사로잡고 그것이 시로 표출된 시기는 그의 제12시집 『무화과나무의 고백』이 출간된 1999년 무렵에서부터라고 보는 것이 자연스럽다.

고원은 그의 제 12시집 『무화과나무의 고백』 속에 들어있는 <책머리에>에서 이전과 구별되는 내용의 글을 쓰고 있다.

아픈 영혼의 고백이 이 열두번째 시집의 큰 부분을 차지합니다. 놀라운 체험과 발견에 대한 고백도 있습니다. 감사와 사랑이 같이 따라 갑니다.

나와 내 속에 있는, 혹은 있었던 또 하나 다른 내가 충돌하는 소리, 모순과
갈등의 처절한 외침이 메아리치기도 합니다.[24]

건설도, 시대도, 사회도, 역사도, 정치도, 자연도, 우주도 아닌 <영혼
의 고백>이란 말이 위 인용문 속에 들어 있다. 그리고 그리움이니 정
이니 하는 인간적 감정보다 더 종교적 색채가 강한<감사>와<사랑>
이란 말이 위 인용문 속에 들어 있다. 뿐만 아니라 외부로 돌려졌던
시선을 자신의 내부로 돌림으로써 가능해진 자기탐구의 <처절한 외
침>소리가 위 인용문 속에 들어 있다.

필자는 고원의 시적 전개과정 속에서 나타나는 이런 변화는 매우 중
요한 의미를 갖는다고 생각한다. 그리고 이와 더불어 그의 기독교 의식
에 관하여 살펴보는 일도 매우 중요한 의미를 갖는다고 생각한다.

고원은 그의 제12시집 『무화과나무의 고백』 속의 맨 앞에 수록된
작품 「거듭난 나뭇잎」에서 다음과 같이 자신의 심경을 고백하고 있다.

교회 마당 도토리나무 아래
곱게 곱게 누워있는 잎들을
아내가 반가워 집어 왔다.
성경책 갈피에 빛이 번진다.
뒤집어 보면 다른 빛이 훤하다.
끝장난 낙엽이 아니라
청춘 한 장
불그스레
햇볕에 살짝 탄게
더 이쁘다.
연한 초록도 더 이쁘다.
나무를 떠나더니

---

24) 고원, 『무화과나무의 고백』, <책머리에> 중 일부.

숨겼던 제 기가 피어났나.

가지에 매달린 때를 보내고
땅에 닿은 몸이 제대로
새로
한세상 살려나 보다
가까이 내놓고
마른 잎을 만지는 이가 같이
거듭나려나 보다.

　　　　　　　　　－「거듭난 나뭇잎」의 전문[25]

　시인이 위 인용시를 통하여 고백하고 싶은 것은 나뭇가지에서 떨어진 나뭇잎이 <끝장난 낙엽>으로 끝나는 것이 아니라 <숨겼던 제 기가 피어>나는 중생의 삶을 사는 것처럼 늙음의 시간을 맞이한 시인 자신도 거듭난 인생을 살고 싶다는 것이다. 여기서 거듭난다는 것은 위 인용시 속의 <교회 마당>, <성격책>등과 같은 말과 관련시켜 볼 때, 기독교적 중생의 의미를 띠고 있다. 이와 같은 기독교적 중생의 입장에서 보면 종말로서의 죽음이란 존재하지 않고 모듬 존재는 기독교적 신의 손길에 의하여, 또는 기독교적 신앙심에 의하여 영원히 새로운 존재로 거듭날 수 있다.

　고원은 이와 같은 중생의식과 더불어 죄의식을 갖고 있다. 스스로를 죄인으로 규정짓곤 하는 고원은 이 죄인으로서의 자리를 벗어나기 위하여 안간힘을 쓴다. 사실 기독교는 자기자신이 <죄인>이라는 죄인으로서의 자기규정으로부터 출발한다. 그리고 그 죄인으로서의 자기자신을 온전히 치유된 하나님의 자녀로 거듭나게 함으로써 종교적 성취를 이룬다.

---

25) 위의 책, p.15.

고원은 그의 시 「바울 생각」에서 <남의 얘기가 아니다. 네 몸 안에 그게 도사리고 있다. 별들도 모르는 새에 살아서 살금살금 커가고 있었다. 죄의 열매다. 그런 열매가 마음에도 주렁주렁 매달려서 번졌을 게다.>[26]라고 말하면서 그가 <죄의 열매>를 간직한 자임을 고백하고 있다. 또는 그는 다른 작품 「베다니의 나사로에게」의 일부에서 <-나사로야, 나오라. 무덤에서 나오라는 명령을 어느 누가 할 수 있나요, 나사로여, 당신은 당신이 누구의 아들인지 잘 압니다. 무덤 속에서 냄새가 나다가 살아났으니 누구보다도 더 잘 알겠지요. 이 죄인도 압니다.>[27]라고 말함으로써 자신이 <죄인>이라는 사실을 고백하고 있다. 바로 이와 같은 자기규정은 고원으로 하여금 그가 간직했다고 믿는 <죄의 열매>를 던져버리고자, 그가 <죄인>이라는 사실을 넘어서고자 애를 쓰게 만드는 원천이다.

그러면 그는 어떤 방법으로 <죄의 열매>를 던져버리고, <죄인>이라는 사실을 넘어서고자 하는 것일까. 그의 제12시집 『무화과나무의 고백』 속의 여러 작품을 보면 기독교 성경 속의 여러 작품을 보면 기독교 성경 속의 여러 성인들의 삶을 음미하고 그와 더불어 기독교의 중심인 하나님과 예수에 대한 전폭적인 신뢰를 통하여 그는 그가 목적하는 바에 도달하고자 한다.

가령 그의 작품 「병든 양」을 보면 그는 자신을, 또는 우리들을 한 마리의 <병든 양>으로 규정짓고, 그런 병든 양들이 건강한 존재가 되기 위해서는 전적으로 <그날>과 <하늘>을 믿고 기다릴 수밖에 없다는 이야기를 한다. 그리고 그의 다른 작품 「베다니의 나사로에게」를 보면 예수의 지극한 사랑으로 인하여 죽은 나사로가 살아나는 광경을 모사함으로써 예수에 대한 전적인 신뢰와 그의 사랑만이 죽은 나사로를

---

26) 위의 책, p.149.
27) 위의 책, p.148.

살리듯 죄인인 우리들을 살려서 영원히 살게 할 수 있다는 암시가 들어 있다. 끝으로 그의 또 다른 작품 한 편을 보기로 하자. 그것은 「베드로 생각」이라는 작품이다. 고원은 이 작품을 통하여 죄인에 불과한 자기자신이지만, 그렇기에 더욱더 베드로의 삶을 닮고 싶다는 소망을 피력한다. 우리가 알다시피 베드로는 예수 앞에서 닭이 울기 전 세 번이나 거짓말을 한 고기잡이꾼에 불과하지만, <통곡>으로써 회개한 후 하나님과 예수의 진정한 자녀가 되어 중생의 아름다운 삶을 살았던 인물이다. 고원은 이런 사실을 시 속에 재현하면서 <베드로에 비할 수 없게 수없이 끝없이 속이고 살아온 자가 여기 혼자 서성거린다. 통곡을 하고 싶다. 하늘이 찢어지게, 바다가 깨지도록, 소리 소리 목이 터지게 울고 싶다>28)고 고백한 후, 그렇게 한다면 아마도 자신 역시 베드로처럼 새사람이 되어 베드로가 어망을 둘러메고 즐겁게, 기쁘게 바다로 갔던 것처럼, 그도 기쁨 속에서 <믿음의 물, 구원의 물이 출렁이는 바다로>29)나갈 수 있게 될 것이라고 기대한다.

지금까지 논의한 내용만으로도 고원의 죄의식과 그것의 극복을 위한 노력이 어떤 모습을 띠고 있는지에 대해 충분히 이해가 갔으리라 생각한다.

이제 그런 이해 위에서 고원이 기독교의 하나님에 대해 얼마나 큰 믿음과 사모의 마음을 느끼고 있는지에 대해 살펴보기로 한다.

> 맘 놓고 얘기할 사람,
> 화를 참게 해주는 사람.
> 믿고 싶지 않은가.
> 한집안 식구,

---

28) 위의 책, p.150.
29) 위의 책, p.150.

하나 밖에 없으니
하나님이다.
우주 하나 가득 커서
하나님이다.

-「일곱가지 변호」의 부분30)

위 인용시를 보면 기독교의 하나님은 <맘 놓고 얘기할(유일한) 사람>이다. 그리고 자신의 악을 이기고 승화시키게 해주는 유일한 존재이다. 뿐만 아니라 그는 한집안 식구처럼 함께 살아가는 존재이다. 그는 우주에 가득하여 어디서나 만날 수 있고 볼 수 있고 느낄 수 있는 존재이다.

고원은 어린아이처럼, 그가 믿는 기독교의 하나님 앞에서 완전히 무장을 해제한다. 그리고 그에게 신뢰와 사모와 찬양과 경탄의 마음만을 보낸다.

결국 1925년생인 고원이 70이 넘은 나이가 되어 이토록 기독교 세계 속에 흠뻑 빠져드는 것은 그의 생을 기독교적 세계관 아래서 사랑하고 감사하는 삶으로, 다시 말하면 구원받은 삶으로 만들고 싶다는 소망 때문일 것이다.

한 사람의 일생이 이런 사랑과 감사의 삶을 살고자 하는 것으로 종결된다는 것은 그것의 시적 성취와 관계없이 그 사람을 행복으로 이끄는 하나의 방법이라고 본다. 그 누구도 죽음 앞에서 자유로울 수 없고, 그 누구도 인간조건 앞에서 갈등을 느끼지 않을 수 없으며, 그 누구도 죄의식으로부터 완전한 해방을 이룩할 수 없다면, 고원과 같은 기독교 의식을 갖고 인생을 영위하는 것도 좋은 방법이라고 여겨진다.

---

30) 위의 책, pp.155-158.

3. 결어

고원이 시를 쓰기 시작한 지 50년이 넘었다. 그 동안 고원은 쉬지 않고 꾸준히 시 창작에 전념해 왔다. 그는 1964년 미국으로 떠나기 이전에도, 그리고 미국으로 삶의 터를 옮긴 이후에도 열정적으로 시 창작에 매달렸다. 그 결과 한글시집만 해도 12권이 되며, 이 이외에도 한글시조집이 1권 있고, 영어시집이 2권 있다.

이와 같은 고원의 시 작업 가운데 한글시집만을 대상으로 하여 살펴본 그의 정신세계는 크게 보아 4단계로 구분되며 그 변모과정을 보여주는 것으로 드러났다.

첫 번째 단계는 <개척자 의식>이라고 부를 만한 것으로 그의 제1시집 『시간표 없는 정거장』과 제2시집 『이율의 항변』이 이런 특징을 담고 있는 경우이다. 고원은 1950년 6.25 한국전쟁을 겪으면서 소위 <0도의 좌표>라고 부를 만한 폐허의 땅에서, 이 나라의 국민이자 지식인으로 개척자 의식을 가슴에 품고 시작활동에 나섰던 것이다. 그의 개척자 의식은 건설과 창조 그리고 모험과 용기라는 주제를 시 속에 담아내도록 하였다. 이른바 전후의 한국사회에서 자칫하면 허무주의와 패배주의에 빠지기 쉬운 것이 사실이지만, 그는 이와 같은 유혹으로부터 용케도 벗어나 있었다.

개척자 의식에서 시를 쓰기 시작한 고원은 이후 한국의 시대적, 정치적 변화상에 따라 민주투사 의식을 키우고 발휘하는 쪽에서 시를 써나아갔다. 그의 이러한 의식은 매우 직설적으로, 그리고 적극적으로 표출되었을 뿐만 아니라 한국 땅에 민주화가 오기까지 근 30여 년간 지속적으로 계속하여 나타났다. 이렇게 볼 때, 특히 이 단계에서의 그의 시쓰기는 한국의 사회적, 시대적 정황과 함께 동행하며 이루어졌다고 말하는 것이 좋을 것 같다. 고원의 민주투사 의식은 그로 하여금 이루어졌다고 말하는 것이 좋을 것 같다. 고원의 민주투사 의식은 그로 하여금 이승만 대통령 시절부터 박정희 대통령 시절을 거쳐, 전두환 대통령 시절에 이르기까지 발생한 이 땅의 온갖 사회적, 정치적, 시대적 모순상에 저항하는 심정을 시로써 발언하게 만들었으며, 비록 1964년의 미국 유학 이후 그의 몸은 미국 땅에 머물러 있었지만, 거의 시쓰기는 마치 그가 한국사회에 머물고 있었던 것처럼 한국 사회상과 더불어 이루어졌던 것이다.

약 30여 년간 이렇듯 민주투사 의식을 지니고 사회적 존재로서의 사명감을 다하며 시를 쓰다보니, 고원의 나이는 어느새 회갑을 넘어서게 되었다. 그는 이쯤해서부터 그가 잊거나 억압시켜온 자연과 우주를 오랜만에 발견하고 탐구하기 시작한다. 구체적으로 그는 그의 제 10시집 『다시 만날 때』와 제11시집 『情』에서 이런 면모를 확연하게 보여준다. 자연과 우주를 자신의 시적 시야 속으로 끌어들인 고원은 자연 하나하나와의 만남과 교감을 이룩하거나 그들을 응시하고 찬미하며 그들과 더불어 사색하는 시간을 갖는다. 그리고 모든 존재를 우주적 관점에서 바라보기 시작함으로써 그는 우주사의 원형을 만나고 보다 자유분방한 상상력을 발휘하게 된다. 사회와 시대를 보느라고 잊었던 자연과 우주의 발견은 고원의 정신세계를 한결 넓고, 깊고, 풍요롭게 해주는 원천이 되었다고 판단된다.

끝으로 고원은 기독교 의식에 침잠하게 된다. 그는 이미 1988년도에 기독교 교회의 장로가 된 사람이지만, 실질적으로 그의 시 속에 기독교와 관련된 시편들은 거의 나타나지 않았다. 그러던 고원이 제12시집 『무화과 나무의 고백』에 와서는 이전과 상당히 다른 면모를 드러낸 것이다. 그것은 바로 이 시집에서 그의 기독교 의식을 매우 비중있게 담아내었다는 점이다. 고원의 기독교 의식은 기독교에 대한 특별한 해석을 갖고 있지 않지만, 기독교 일반에서 보편적으로 믿는 기독교 교리에 대한 그의 몰입과 그것의 체화 정도는 대단하다고 말하지 않을 수 없다. 고원은 기독교 의식을 통하여 그의 인간관과 세계관, 우주관과 생사관 등을 정리하려고 하는 듯하다. 그는 자신을 죄인으로 규정지은 후 기독교적 구원을 핵심적인 자리에 놓고, 그의 삶이 사랑과 감사 위에서 이룩되기를 기대한다.

한 사람의 생애가 구우너을 희구하는 가운데 사랑과 감사를 화두로 삼아 이루어진다는 것은 그것이 소박한 것이든, 수준 높은 것이든, 그의 삶을 긍정과 행복 속에서 영위되도록 이끄는 원천이다. 그런 점에서 고원이 기독교 의식을 생의 저변에 깔고 있으며 그것에 의하여 생을 영위해나간다는 것은 그의 삶을 긍정과 화해로 매듭짓게 하는 요인이라 할 수 있다. 그런데 필자는 이쯤해서 문득 이런 생각을 해본다. 고원이 개척자 의식을 갖고, 민주투사 의식을 갖고, 마침내 자연의식과 우주의식을 가지며 생을 긍정적으로 개척해온 것은 그 이면에 기독교 의식이 보이든 보이지 않든 간에 암암리에 내재돼 있었기 때문일지도 모른다고 말이다. 비록 그의 기독교 의식이 그의 나이 70이 넘은 때에 와서 눈에 뜨일 정도로 시의 형태를 취하고 나타났지만, 그것은 이미 오래 전부터 현재까지 그를 지탱해주고 이끌어주고 밀어주는 힘이 되었을 것이라는 추측이 가능하다.

참고문헌

고　원, 『시간표 없는 정거장』, 협동문화사, 1952.
_____, 『이율의 항변』, 시작사, 1954.

_____, 『태양의 연가』, 이문당, 1956.

_____, 『눈으로 약속한 시간에』, 정신사, 1960.

_____, 『오늘은 멀고』, 동민문화사, 1963.

_____, 『속삭이는 불의 꽃』, 신흥출판사, 1964.

_____, 『미루나무』, 뉴욕: 해외한민보사, 1979.

_____, 『북소리에 타는 별』, 뉴욕: 해외한민보사, 1979.

_____, 『물너울』, 창작과비평사, 1985.

_____, 『나그네 젖은 눈』, 혜원출판사, 1989.

_____, 『다시 만날 때』, 범우사, 1993.

_____, 『情』, 둥지, 1994.

_____, 『무화과나무의 고백』, 창작춘추사, 1999.

_____, 『새벽별』, 태학사, 2000.

_____, 『The Turn of Zero』, NY: Cross-Cultural Communitions, 1974.

_____, 『Some Other Time』, LA: Bombshelter, 1990.

김윤식, 『한국현대문학비평사』, 서울대학교 출판부, 1982.

이민의 삶의 갈등과 내면적 자유에 이르는 여정

– 마종기론

김기택[*]

1. 머리말

마종기의 삶과 시에서 가장 중요한 특징을 이민, 의사, 교양[1]으로 압축한다면, 이 중에서 가장 두드러지는 요소는 이민의 삶이라고 할 수 있다. 그 이유는 그의 시에서 이민의 삶을 드러낸 시가 압도적으로 많기 때문이며, 그가 유년과 청년기를 한국에서 보내고 이십대 후반에 도미한 이후 외면적으로는 이민자로서 충실하게 살면서도 내면적으로는 한국인이라는 의식을 가짐으로써 그의 삶과 시에서 이 두 상반된 의식이 격렬하게 부딪치고 갈등하면서 시적 긴장을 유지하는데 큰 영향을 주었기 때문이다. 이런 이유 때문에 마종기 시에 대한 논의는 유랑민 의식이나 이민자 의식을 직접 다루거나 부분적으로 연계시킨 것이 대부분이다.

김현은 마종기의 시를 '외국에서 부유하게 사는 사람이 고향을 건너

---

* 시인, 경희대 강사

1) 정현종, 「삶의 어둠과 시의 등불」, 정과리 편, 『마종기 깊이 읽기』(문학과지성사, 1999), pp.177-178.
   마종기·정과리(대담), 「시의 진실과 진실한 시」, 위의 책, pp.26-28.

다보며 한가롭게 내뱉는 감상적인 말들의 단순한 모음이 아니라, 고향에서 떨어져나와 외국 땅에 자리잡은 사람이 과연 떠돌이가 아닌가라는 물음에서부터 사람의 삶 자체가 그런 떠돌이의 삶이 아닌가라는 성찰을, 아니 차라리 떠돌고 있는 내 존재의 근거는 무엇인가라는 물음을 진솔하게 제시하는 흔치 않은 시[2]로 요약하였다. 성민엽은 '이민 문학'의 창작이 '한국인 이민의 삶의 의미를 묻고 거기에 한국어에 의한 문학적 형태를 부여하려는 노력이라는 점에서, 그리하여 그것이 한국인의 보편적 삶에 대한 문학적 탐구로까지 확대될 수 있으리라는 점에서 깊이 있게 수용되어야 한다'고 전제한 뒤, 마종기의 시집 『모여서 사는 것이 어디 갈대들뿐이랴』을 "이민의 삶에 대한 문학적 자기 성찰이 한국인의 보편적 삶에 대한 성찰로 확대되는 한 모범적인 예"로 평가하였다. 이어서 그는 마종기의 시가 "이민의 삶을 유랑민의 삶으로 인식"하였으며, 그 삶은 "민족 공동체로부터 떨어져 나와 외국 땅에서 유랑하는 자의 삶"이라고 설명하였다.[3] 조남현은 마종기가 해외로 이민 가서 살면서도 국내 문단과 끊임없이 연락하며 모국어로 시를 쓰는 것을 특수한 경우로 보고, 그의 시는 "소극적 니힐리즘의 유혹에서 자신을 견뎌내는 방법의 하나"이며 그의 시 쓰기 행위는 "그가 미국식 생활에 아무 주체 의식 없이 함몰되어 버릴 가능성을 막아내는 효능"을 지닌다고 설명하였다.[4] 오생근은 마종기가 미국에서 의사로서 영어를 일상어로 사용할 수밖에 없으면서도 "조국의 언어로 끊임없이 시를 쓴다"는 점과 '이 땅에서 열심히 시를 쓰는 사람들 못지않게 젊고 살아있는 언어를 구사할 뿐 아니라 시를 통해 계속 변모하는 정신을 보여준다'는 점을 들어 그를 높이 평가하고, 그의 시 작업이 갖는 의미를 '일상

---

2) 김　현, 「유랑민의 꿈」, 위의 책, p.132.
3) 성민엽, 「유랑민, 중산층의 삶」, 위의 책, p.143.
4) 조남현, 「마종기론」, 위의 책, pp.165-173.

의 삶의 구속으로부터 자유인이 되기를 꿈꾸는 자의 기록', '자신의 삶을 돌아보고 현실에 대한 인식을 게을리 하지 않으면서 이웃의 삶도 함께 생각하는 진실한 성찰의 반영', '자신의 꿈과 사유를 통해 내면의 삶을 풍성하게 만드는 마음의 자장'으로 요약하여 정리하였다.[5] 이동하·정효구는 마종기 시에 나타난 이민자 의식을 외국인 의식, 한국인 의식 및 민족의식, 망명자 의식 혹은 도망자 의식, 떠돌이 의식, 소수민 의식 등으로 세분하여 각각의 의식이 이루어진 원인과 의미를 분석하였다.[6]

이러한 논의들은 공통적으로 이민의 삶이 그의 시에 미치는 영향이 매우 컸음을 말해주고 있다. 아울러 그의 시가 이민의 삶의 갈등과 애환을 시로 쓰는 과정에서 고국에 대한 향수나 이민 생활의 아픔에 함몰되지 않고 그것을 진지하게 성찰하면서 그가 고뇌한 문제가 이민자의 그것을 뛰어넘어 보편적인 삶의 문제와 존재의 근거에 대한 절실한 물음으로 확장되고 있다는 점도 시사하고 있다. 모국어를 접할 기회가 상대적으로 적고 외국어를 쓰면서 생활하는 이민자로서의 그의 시적 성취가 국내에서 활동하는 시인 못지않을뿐더러 오히려 그것을 뛰어넘는 것으로 평가받는 것도 이런 점과 무관하지 않을 것으로 생각된다. 그러나 마종기 시에 대한 그간의 논의가 대부분 특정 시집의 해설이나 서평으로 이루어져 특정 시기의 일면을 잘 살펴볼 수는 있으나 시의 변화 과정이나 그의 시와 삶을 관통하는 일관된 흐름을 전체적으로 살펴보기에는 충분하지 못하였다.

이에 본고에서는 이러한 논의를 바탕으로 이민의 삶과 관련한 마종기 시의 특징과 변화 양상을 살펴보고자 한다. 특히 영어를 쓰는 미국인—의사로 생활하는 이민의 일상과 모국어의 시 쓰기 사이의 고뇌와 갈등, 그리고 이를 극복해 나가려는 시인의 태도에 초점을 맞추어, 도

---

5) 오생근, 「한 자유주의자의 떠남과 돌아옴」, 위의 책, pp.149-151.
6) 이동하·정효구, 『재미한인문학연구』(월인, 2003), pp.233-266.

미 후의 마종기 시 전체를 관통하는 내면 의식을 구체적으로 밝혀보고
자 한다. 텍스트로는 마종기 시인이 도미한 후에 발간된 3인 공동 시
집『평균율 2』(현대문화사, 1972)와 그 이후에 발간한『변경의 꽃』(지
식산업사, 1976),『안 보이는 사랑의 나라』(문학과지성사, 1980),『모여
서 사는 것이 어디 갈대뿐이랴』(문학과지성사, 1986)『그 나라 하늘빛』
(문학과지성사, 1991),『이슬의 눈』(문학과지성사, 1997),『새들의 꿈에
서는 나무 냄새가 난다』(문학과지성사, 2002) 등 6권의 개인 시집, 그
리고『마종기 시전집』(문학과지성사, 1999) 등의 작품집을 대상으로 하
였다.

2. 두 개의 일상 - 이민의 삶의 고뇌와 갈등

이동하 · 정효구가 언급한 바와 같이 이민자로서의 마종기의 시에는
미국에 살면서도 자신을 미국인으로 여기지 않고 한국을 조국으로 가
진 외국인으로 여기는 '외국인 의식'이 분명하게 드러난다. 즉 외면적
으로는 미국인으로 생활하지만, 내면적으로는 "온전히 미국인이 될 수
없으며 심층에는 자신이 한국인이라는 의식"[7]이 서로 부딪치며 갈등한
다. 이 갈등은 여러 시에서 다양하게 나타난다.

　　가끔 당신을 만나요
　　먼 나라 낯선 도시에
　　나를 찾아온 환자 중에서도
　　비슷한 윤곽, 안경과 대머리
　　당신은 미소하겠지만
　　나는 말없이 반가워서 속으로 울어요

---

7) 이동하 · 정효구, 위의 책, pp 235-249.

가끔 당신을 만나요
　　외국어로 대화를 나눌 수밖에 없고
　　가끔 당신의 살이 더 희어지고
　　눈이 파래지더라도
　　당신이 환자들의 고통과 두려움 사이로
　　대견하게 나를 보시는 마음 알아요

－「善終 이후 4」 부분

　　의사인 이 시의 화자는 아버지와 외모가 비슷한 미국인 환자의 모습
에서 아버지를 떠올린다. 이때 화자가 마음으로 떠올려 대화를 나누는
아버지는 한국인 아버지의 모습이 아니라 외국어를 하고 흰 피부를 가
지고 있고 눈이 파란 백인의 모습이다. 화자는 그렇게 변형된 아버지에
게서 "대견하게 나를 보시는 마음"을 알아보고 "귀에 익은 목소리"를
듣는다. 화자의 내면에 아버지의 외모는 변형되어도 아버지에 대한 그
리움의 정서는 원형 상태로 남아있다. 외국어를 쓰고 흰 피부와 파란
눈을 가진 미국인과 아버지의 목소리를 가진 한국인이 화자의 내면에
서 서로 갈등하고 있는 것이다. 「證例 1」에서는 시적 화자가 미혼의
백인 남자의 시신을 검진하면서, "당신이 살았을 때/ 말하고 웃을 때/
나는 몸에 큰 가운을 입고/ 김치생각을 했다./ 당신이 살았을 때/ 블론
드의 애인 사진을 자랑할 때/ 나는 어머니 생각을 했다."고 진술한다.
의사로서의 일상적인 업무 속에서도 화자의 내면에서 한국인과 미국인
은 대립된 채 공존하고 있는 것이다.

　　음지의 작은 나라 노란둥이도
　　인파 속에, 환호 속에, 색종이 날림 속에
　　눈을 크게 뜨고 당신을 보았다.
　　양지의 미소를, 오픈 카 퍼레이드를

토요일 오후에 도착해서
나도 당신의 손을 쥐어 보았다.
수백 년 당쟁과 석 자 수염의 얼굴로
허리가 꾸부러진 코리언이
악수를 나누고 우주를 생각했다.
대원군을 생각했다.
남원 효기리를 생각했다.

　　　　　　　　－「인사－우주인 닐 암스트롱에게」 부분

　시적 화자는 스스로를 "음지의 작은 나라 노란둥이"라고 부른다. 이 호칭에는 한국인임에도 불구하고 미국인으로서 생활하는 자신에 대한 자기 비하의 어조가 들어있다. 이 비하의 어조에는 미국인으로 살아야 하는 시적 자아에 대한 경멸과 경계가 자리 잡고 있다. 그가 '노란둥이'로서 달에서 귀환한 닐 암스트롱과 악수할 때, 그는 국적은 미국인일지라도 자신의 뿌리, 자신의 원형은 결코 미국인이 될 수 없음을 의식한다. 그때 그의 내면에서는 첨단 우주과학이 이룬 최고의 성과와 전혀 어울리지 않는 "수백 년 당쟁"과 "석 자 수염", "대원군"과 "허리가 꾸부러진" 조상의 피가 흐르는 낯선 코리언이 미리를 든다. 그리고 이 갈등은 홍수에 죽고 병에 죽은 아이들을 놔두고 미국으로 뺑소니쳤다는 반성과 "바보야, 삼천리 강산에도 말라비틀어진 어린 바보야."라는 자책으로 이어진다. 이 자책은 시적 자아가 아직도 자신이 한국인임을 자신으로부터 승인 받는 최소한의 방식이라고 할 수 있다. 결국 닐 암스트롱과의 악수는 "피할 수 없는 고통"의 인사가 된다. 원형은 한국인이지만 외형은 '노란둥이'인 화자의 이중성의 갈등은 서양의 미술 작품을 감상할 때나 음악을 듣는 일상 속에서도 나타난다. 「미술관에서」에서는 화자가 나신의 조각 작품을 감상할 때, "많이 젖은 눈동자의 물무늬"와 "젊은 뇌파"가 출렁거리더니 "엉성한 60년대 초반에 피던/ 신

촌 등성이의 여름 들꽃,/ 들꽃의 몸부림"과 같은 고향에 대한 그리움의
정서가 개입한다. 화자는 예술 작품을 예술 작품으로 보고 즐기는 것이
아니라 한국인의 내면 의식을 통해 그것을 고향의 이미지로 "착각"해
서 보는 것이다.

> 익숙지 못한 저녁 이후에는
> 커피잔에 뜬
> 바흐의 음악을 마신다.
>
> 서양에 몇 해 와서야
> 진미를 감촉하는
> 요원한 거리.
>
> 그만한 거리를 두고
> 가물에 피부가 뜬
> 전라도 한 끝의 전답이 살아나와
> 갑자기 내 형제가 된다.
>
> 죽으나 사나 형제여,
> 당신의 그림자는 길고 여위다
> 그 변치 않는 그림자를
> 황급히 주머니에 쑤셔넣고
> 천장이 높은 파티에 참석한다.
>
> ―「두 개의 일상」 부분

　이 시에서도 서양의 이미지인 커피와 바흐의 음악이 그것들과 전혀
어울리지 않는 "가물에 피부가 뜬 전라도 한끝의 전답"을 환기시킨다.
화자는 환기된 풍경에서 형제애를 느끼지만, 미국인으로서의 그의 일상
은 그것을 억제해야만 한다. 그는 길고 여윈 전라도 전답의 그림자를

황급히 주머니에 쑤셔 넣고 그것과 전혀 어울리지 않는 서양식 파티에 참석한다. 그림이든 음악이든 일상생활이든 화자의 내면에서 튀어나와 수시로 화자의 생활에 개입하는 한국인의 정서와 그것을 억제하고 외국의 생활에 자신을 맞춰야 하는 일상은 곧 미국인으로서의 화자의 생활이다. 이어서 같은 시에서 화자는 이렇게 고백한다.

> 밤에는
> 구겨진 내 그림자를 꺼내어
> 잊어버린 깃발 같이
> 흔들어 본다.
>
> 두툼한 부피의 주머니를
> 내 그림자의 음악을
> 요즈음은 불편하도록 실감한다.

화자가 주머니에 구겨 넣었던 고국에 대한 그리움이나 형제애의 정서를 마음껏 향유할 수 있는 시간은 밤이다. 낮은 미국인으로 살아야 하는 시간이지만, 그런 생활로부터 자유로운 밤은 온전히 한국인으로서의 의식을 회복하는 시간이다. 그래서 화자는 미국인-의사로서 생활하는 낮의 시간과 한국인의 의식으로 돌아오는 밤의 시간을 '두 개의 일상'이라고 부른다.

> 다시 밤잠을 못 자게 해다오.
> 손에 땀을 쥐고 기대하던 열망으로
> 잠을 못 이루던 때의 얼굴을.
>
> 쉽게 잠들지 못하던 밤에
> 눈앞에 구슬같이 모이던 나라,

문학도 흙도 당신도
다시 살아나 은밀하게 말을 거는
귀중한 생각의 시간을 돌려다오.

돌려다오, 우리가 늙지 못하던 시간을,
머리 위에서는 한 실상이 되어 끓는
뜨거운 변화의 황홀을 돌려다오.

계산기로는 간단히 결산되는 이름,
그 이름의 배경을 빠져나오는 미분자,
불면의 밤의 꽃들을 돌려다오.

-「불면의 시절」 전문

"문학도 흙도 당신도 다시 살아나 은밀하게 말을 거는 귀중한 생각의 시간"인 밤을 잠으로 흘려보낼 수 없기에, 화자는 차라리 밤잠을 못 자게 해달라고 애원한다. 그 시간은 시간이 가는 줄도 몰라 늙지 않는 시간이며, 상상으로만 보던 고국의 모습이 실상이 되어 끓는 "뜨거운 변화의 황홀"의 시간이다. 이민으로 상실된 소중한 고국과 고향의 황홀한 경험이 재현되는 시간이다. 그러므로 화자가 이 시간에 잠을 못 자게 해달라고 비는 것은 그가 얼마나 한국인 의식을 소중하게 여기며, 그 의식을 잃지 않기 위하여 얼마나 애쓰고 있는가를 생생하게 반증하는 것이다. 그래서 시인은 「밤의 사중주」에서 "밤에는 바람의 색깔이 달라진다."고 말하며, 「밤 노래 1」에서는 "내가 한국의 시인이라면/ 웃기지 말라고 피해가는/ 영어를 잘하는 내 아들이 잠든 밤은/ 즐거워라./ 가진 것에 약한 아내가 잠든 밤,/ 계산의 주판이 잠든 잠은/ 즐거워라/ 줄 것도 받을 것도 없이 털어버린/ 단출한 행장이 즐거워라.// 모든 인연에서 떨어져나올수록/ 내게 더 가까이 다가오는 피부의 밤."이라고

기꺼이 고백한다. 그러나 「밤 운전」에서는 시인에게 매우 귀중한 밤의
시간과 외국 고속도로의 폭력적인 시간과의 갈등이 격렬하게 나타난다.

> 그냥 지나간다.
> 외국의 고속도로의 밤,
> 정지도 커브도 불가능한
> 일직선상의 속도
>
> 토끼를 보고 깔아뭉갠다.
> 운전 좌석의 미미한
> 진동감, 미미한 감동.
> 다시 또 한 마리.
>
> 그냥 지나왔다.
> 친구도 고국도 문학도,
> 서울 골목길을 지나가는
> 범상치 않은 아우성도
>
> 그냥 지나왔다.
> 나침반을 단 내 자동차.
> 그래도 종신의 방향까지
> 때때로 헷갈리는
> 한 세계의 무의미.
> (중략)
> 초등학교 시절 성균관 뒷산에 살던 어린 반딧불은 밤 드라이브의 차창에
> 무진으로 부딪혀 죽고 이스트 바운드 5마일의 표지판. 실용적일 수 없는
> 성균관 뒷산의 짧고 빛나던 즐거움이 외국의 속도에 죽고 내가 쉴 곳은
> 아직도 보이지 않는다.

이 시에서 성균관 뒷산의 반딧불은 곧 화자가 밤에 재현하는 고국의 황홀한 경험의 기억이다. 그것은 "실용적"이지는 않지만 "짧고 빛나던 즐거움"이 있는 시공간이다. 반면에 외국의 고속도로는 "정지도 커브도 불가능한 일직선상의 속도"의 시간이다. 이 시간은 토끼 한 마리의 죽음 정도는 대수롭지 않은 폭력적인 시간이다. 이 폭력적인 시간 앞에서는 친구도 고국도 문학도 그냥 지나칠 수밖에 없다. 그것은 화자에게는 무의미한 세계의 시간이다. 이 두 시간의 만나는 지점에서 조국과 고향의 등가물인 반딧불들은 차창에 무진으로 부딪혀 죽는다. 화해와 조화가 없고 오로지 부딪침과 죽음 밖에 없는 두 시간의 충돌 앞에서 시인은 "비교할 것은/ 내게 이미 없다./ 남은 것은 단수의 세계,/ 단수의 조국, 단수의/ 가족"이라고 선언한다. 겉으로는 미국인으로 살지만, 내면에 있는 조국은 하나일 수밖에 없음을 단언한 것이다.

마종기 시인에게 두 개의 일상은 생활에서나 내면에서나 언제나 부딪친다. 이 부딪침은 그가 겉으로는 외국에서 외국어를 하면서 외국인으로서 생활하면서도, 내면으로는 단수의 조국만을 인정하기 때문에 필연적인 것이다.

이를 닦는다.
지난밤을 닦아낸다.
경황 없이 경험한 꿈들을
하얗게 씻어낸다.
모든 밤의 장식을 씻어낸다.

밥상 앞에서도
허황하지 않기 위해
몇 번이고 되풀이하는 동작으로
숟가락에 담는 현실.

출근, 출동 혹은 충돌!

−「아침 출근」 부분

　밤의 시간이 시인이 내면으로 돌아가 단수의 조국을 향유하는 시간, 곧 한국인으로서의 시간이라면, 낮의 시간은 미국인-의사로서의 일상으로 돌아가는 시간이다. 이 두 개의 시간이 부딪치는 지점이 아침이다. 시적 화자는 이 둘의 경계에 분명하게 선을 긋는다. 아침에는 낮의 시간에 밤의 시간이 남아있지 않도록 그 흔적을 깨끗이 제거하는 작업을 한다. 밤 시간의 한국인의 감정이 미국인-의사라는 생활에 부정적인 영향을 주는 것을 엄격하게 차단하는 것은 그가 밤 시간 못지않게 의사와 미국인으로 생활하는 낮 시간도 소홀히 하지 않는 그의 엄격한 태도를 나타내는 것이다. "돈을 쉽게 벌지는 말기./ 땀 흘려 한철의 식단을 마련하기./ 때 묻은 재산은 많이 가질 수 없기."(「日記, 넋놓고 살기」)라는 생활신조에서 그의 이런 태도를 확인할 수 있다. "출근, 출동 혹은 충돌!"은 발음의 유사성을 이용하여 밤 시간에서 낮 시간으로의 변화에 따른 화자의 태도 변화를 집약적으로 보여준다. 출근은 단순히 직장으로 가는 일상적인 행위가 아니라 내면에 단수의 조국을 가진 화자가 자신의 몸과 생각을 미국인으로 바꾸어 미국인의 생활로 나가는 행위이며, 그래서 이것은 전쟁에 나가는 것에 비유되는 "출동"의 의미를 갖는 것이다. 또한 출근은 낮 시간 동안 화자의 내면에서 끊임없이 두 개의 일상이 갈등하면서 부딪치는 고통을 수반하기에 "충돌"을 의미하기도 하는 것이다.

　다시 저녁 찬비가
　온몸 안으로 내린다.

규칙적인 생활인의
규칙적인 심장이
빗물에 씻겨서 눈을 들 수 없다.
죽어서도 비를 맞고 있는
서서 죽은 나무 앞에
죽어서 또 오래 서 있는
팔 벌린 한 남자를 본다.

－「日記, 넋놓고 살기」 부분

언제부턴가 매일 흐릿한 새벽 추운 창문가에 와서 내 잠을 깨워주는 아침 새여. 귀환의 날을 놓친 후부터 삐삐삐 단조한 울음으로 하루의 시작을 알려주는 새여. 형상할 수 없는 고통을 대신 울어주는, 울어서 얼어붙은 하늘로 날려보내 구름을 만드는 새여. 나는 너를 볼 수가 없어. 무너지는 모든 것을 혼자 힘으로는 감당할 수 없어.

－「외지의 새」 부분

낮 시간의 생활은 "규칙적"인 것이며, 그것은 "정지도 커브도 불가능한 일직선상의 속도"를 상기시킨다. 자신의 내면을 돌아보지 않고 생활을 위하여 앞으로만 나아가는 삶을 화자는 죽은 것이라고 표현한다. 미국에서 미국인으로서 사는 화자 자신은 "죽어서 또 오래 서있는/ 팔 벌린 한 남자"의 모습이다. 이 죽음의 자세는 십자가에 못 박혀 죽은 성인을 환기시킨다. 이것은 부양가족의 생계를 책임지는 가장으로서, 미국인으로서 살기 위하여 죽은 한국인 의식에 대한 상징이 아닐까? 「외지의 새」에서 화자는 "귀환의 날을 놓친 후부터" 시작된 고통에 대해 절규하고 있다. 그 절규의 시간은 아침의 시간, 즉 밤 시간과 낮 시간이 서로 부딪치는 시간이다. "무너지는 모든 것을 혼자 힘으로는 감당할 수 없다"는 절규는 미국인의 외양과 한국인의 내면의 충돌과 갈등, 그 고뇌와 좌절의 울부짖음이다.

3. 쓰러짐과 다시 쌓기 - 고통에 대한 응시와 반성

마종기 시인은 이민자로서 겪는 고뇌와 좌절에 대해 한탄하거나 절규하기는 하지만, 항상 이와 같은 수동적인 태도로 일관하는 것은 아니다.

> 목판을 사서 페인트 칠을 하고 벽돌 몇 장씩을 포개어 책장을 꾸몄다.
> 윗장에는 시집, 중간장에는 전공, 맨 아랫장에는 저널이니 화집을 꽂았다.
> 책을 뽑을 때마다 책장은 아직 나처럼 흔들거린다. 그러나 책장은 모든
> 사람의 과거처럼 온 집안을 채우고 빛낸다.
>
> 어느 날 혼자 놀던 아이가 책장을 밀어 쓰러뜨렸다. 책장은 희망 없이
> 온 방에 흩어지고 전쟁의 뒤끝같이 무질서했지만 그것은 더 이상 흔들리지
> 않는 가장 안전한 자세인 것을 알았다. 그러나 우리는 안전하지 않다.
>
> 나는 벽돌을 쌓고 책을 꽂아 다시 책장을 만들었다. 아이는 이후에도
> 몇 번 쓰러뜨리겠지. 나는 그때마다 열 번이고 정성껏 또 쌓을 것이다.
> 마침내 아이가 흔들리는 아빠를 알 때까지, 흔들리는 세상을 알 때까지.
>
> ―「책장」 전문

책장은 시집과 전공 서적 그리고 저널이니 화집 등 화자의 내면적인 삶과 일상적인 삶, 한국인의 삶과 미국인의 삶이 공존하는 공간이라는 점에서 이민자의 이중적인 삶의 상징이라고 볼 수 있다. 책을 뽑을 때마다 흔들릴 뿐 아니라 아이의 약한 힘으로도 쉽게 쓰러지는 책장은 또한 시적 자아의 허약함을 암시하기도 한다. 물론 그 허약함은 내면의 허약함이다. 미국인으로서의 삶과는 상반되게 단수의 조국을 지향하는 화자의 삶의 갈등은 고뇌와 좌절로 인하여 쉽게 흔들리고 쓰러질 수 있는 상태인 것이다. 그런데 화자는 책장이 쓰러져 책이 흩어지고 온 방이 전쟁의 뒤끝같이 무질서할 때가 역설적으로 "가장 안전한 자세"

라고 말한다. 이것은 밤 시간에 미국인으로서의 일상에서 벗어나서 한 국인으로 돌아와 고국에 대한 향수나 외로움, 고독 등으로 밤잠을 자지 못할 때가 정서적으로 가장 안전한 상태라는 의미이다. 그러나 시적 자아는 아무리 그 시간이 정서적으로 안정되더라도 그런 상태를 방임할 수 없고 늘 그런 감정에 일방적으로 매몰될 수도 없다. 쓰러진 책장을 다시 쌓아 허약하게 흔들리는 상태라도 서 있는 자세를 유지해야 한다. 그래서 화자는 이 책장이 아이가 건드릴 때마다 몇 번이고 쓰러지겠지만, "그때마다 열 번이고 정성껏 쌓을 것"을 다짐한다. 그것은 아침이 되면 불면의 시간을 보내던 밤의 흔적을 지우고 이민자 생활인으로서의 일상으로 돌아가서 출동이나 충돌과 다름없는 출근을 하는 시적 자아의 태도를 그대로 보여주는 것이다. 무너지고 쌓고 다시 무너지고 또 다시 쌓는 일은 아이가 "흔들리는 아빠", "흔들리는 세상"을 알 때까지 계속 반복될 것이다. 이 시에서 중요한 점은 갈등으로 인해 무너지는 자아를 "열 번이고 정성껏" 또 쌓겠다는 화자의 의지이다. 이 의지에는 이민자의 일상적 생활과 내면과의 갈등을 속으로 삭히면서 견디려는 화자의 태도가 담겨 있다. 화자는 이런 자신이 헛되이 바위를 치는 파도처럼 미련하다고 자책한다. "미련한 파도야/ 이 해변에 깔린 큼직한 바위들/ 밤낮 네 가슴으로 치고 울어보아야/ 하얀 피의 포말만 흩어질 뿐인데./ 한 삼백년은 지나고 나야/ 네 몸 굴리면서 간지러움 즐길/ 흰 모래사장이라도 되어줄 텐데./ 그때가 되면 누가 너를 기억하겠니."(「파도」)라는 책망 속에는 그 고통을 피할 다른 길은 없다는 허무적인 태도가 내재되어 있지만, 동시에 파도처럼 우직하게 그런 삶을 견디겠다는 의지도 작용하고 있다.

「책장」에는 이민자의 고뇌와 좌절에 대한 기본적인 태도가 나타나 있지만, 마종기의 시에서 쓰러진 책장을 다시 쌓으려는 시도는 보다 다양하게 나타나 있다. 본고에서는 이를 세 가지 유형으로 요약하였다. 첫 번째 유형은 자신이 이민자로서 겪는 고통이 과연 진정한 고통인가를 회의하고 반성하려는 태도이다. 이 반성은 우선 그가 사는 나라인 미국이 고국이나 또는 그보다 못한 여러 나라들보다 잘 사는 나라라는 점과 그의 직업이 경제적으로 안정되고 사회적으로도 존경받는 의사라는 점과 관련이 있는 것으로 보인다. 즉 자신보다 훨씬 어려운 처지에서 고통 받고 있는 사람들의 시각에서 보면 자신이 싸우고 있는 고통은 배부른 자의 허영이나 과장된 제스처로 보일 수도 있기 때문이다.

안락한 소파에 틀고 앉아
안락하지 못했던 동학의 전기를 읽는다.
헐벗은 백년 전 전라도, 충청도 땅에
볼품없이 씻겨가는 인골을 본다

외국에 나와서 보면 더욱 힘들다
삿대 없이 흐르던 가난한 나라,
흙먼지에 얼굴 덮인 죽창의 눈물,
그 날의 선조가 야속한 관군이 아니고
감투 눌러쓰고 돌아앉던 양반이 아니기를.
한 여름 냉방 장치의 응접실에서
문득 얼굴에 흙칠을 하고 싶다.
돌아앉아 숨죽이던
그 양반의 버선짝 냄새.
－「일상의 외국 2」 전문

초저녁에 잠든 아기와 아내를
새벽녘에 돌아와 보면
문득 가여워진다.
허나 살아있는 자의 가여움은

백 번을 당해도 허영인 것을,

　　　　　　　　　　　　　　　　　—「편지 2 —동규에게」 부분

　앞의 시에서 화자는 고국의 역사적 사건인 동학을 읽으면서 그들의
고통을 자신의 처지와 은연중에 비교한다. 우선 동학에 참여한 이들이
처한 현실－가난한 나라, 흙먼지에 얼굴 덮인 죽창의 눈물 등－을 읽
고 있는 자신은 "안락한 소파"와 "한 여름 냉방 장치의 응접실"에 있
음을 부각시킨다. 이때 안락함은 갑자기 불편함이 되고, 이 불편함은
갑자기 동학에 참여한 사람들처럼 자신의 얼굴에도 흙칠을 하고 싶다
는 생각으로 발전한다. 이런 생각은 화자로 하여금 자기가 처한 고통의
무게가 상대적으로 사소하게 느껴지게 하고 그래서 자연스럽게 그것을
경감시키는 효과를 낳는다. 그러므로 화자가 동학을 읽는 것은 고국에
대한 향수나 뿌리에 대한 호기심을 넘어 자신의 고통을 냉철하게 응시
하고 반성하게 함으로써 그 고통과 객관적인 거리를 갖게 하는 행위하
고 할 수 있다. 뒤의 시에서는 이민자로 사는 아기와 아내에게 연민을
느끼다가 문득 죽은 이들에게 생각이 미치고 이런 생각은 더 가혹하고
모순된 삶을 살다 죽은 수많은 타인들의 죽음과 비교하면 자신들의 고
통은 "백 번을 당해도 허영"이라는 깨달음으로 이어지고, 동시에 화자
의 고통의 강도도 그만큼 약화된다.

시인의 용도는 무엇입니까.
에티오피아에서, 소말리아에서
중앙아프리카에서
굶고 굶어서 가죽만 거칠어진
수백 수천의 어린이가 검게 말라서
매일 쓰레기처럼 죽어나고 있습니다.
캄보디아에서, 베트남에서

오늘은 해골을 굴리며 놀고
내일은 정글 진흙탕 속에 죽은 어린이.
(중략)
하느님, 시인의 용도는 무엇입니까.
남들의 슬픔을 들으면
눈물이 나고 가슴이 아프고
남들이 고통 끝에 일어나면
감동하여 뒷간에서 발을 구릅니다.

—「시인의 용도 1」 부분

하느님, 내가 고통스럽다는 말 못 하게 하세요
어두운 골방에 앉아 하루종일 봉투 만들고
라면으로 끼니를 잇는 노파를 아신다면,
하느님, 내가 외롭단 말 못 하게 하세요
(중략)
고통도, 사랑도, 말 못 하는
섭섭한 이 시대, 시인의 용도는 무엇입니까.

—「시인의 용도 2」 부분

시인은, 왜 시를 쓰는가, 시인의 쓰임새는 무엇인가라는 근본적인 물음을 통해 그 동안 자신을 괴롭혀왔던 고통이 어떤 것인지 냉철하게 응시한다. 「시인의 용도 1」에서는 대단히 비인간적인 환경에서 살아가는 어린이들의 불행한 삶과 죽음을 상기하면서 "시인의 용도"가 무엇인지 묻는다. 이 물음 속에는 이 어린이들의 처지와 비교할 수 없을 정도로 편하고 안정된 생활을 하는 자신의 고통에 대해 괴로워하고 한탄하던 시인의 태도에 대한 반성적 비판이 들어 있다. 이런 인식은 「시인의 용도 2」에서 "고통스럽다는 말 못 하게" 해달라는 애원으로 이어진다. 자신의 처지보다 훨씬 불행한 삶을 사는 노파의 고통을 떠올리면서 시인은 다시 시인의 용도가 무엇인지 묻는다. 그 질문은 하느님에게 하는 것이 아니라 바로 화자 자신에게 하는 것이다. 이 반성적인 질문의 의도는 자신의 고뇌와 고통을 타인의 시각으로 냉정하게 점검해 보고, 그 고통을 허영이나 과장된 제스처의 수준으로 격하시킴으로써 그것으로부터 자신을 벗어나려는 데 있다고 할 수 있다.

두 번째 유형은 자신이 혼자라는 인식에서 벗어나 내 안의 민족을 찾아서 그들과 내면적으로 연대함으로써 '나'가 아니라 '우리'의 시각으로 자신의 삶과 고통을 보려는 태도이다.

> 이국에 도착했을 때
> 내게 남은 것은 흔들리는 몸뿐이었네.
>
> -「6월의 형식」 부분

> 한 그루 나무를 그린다. 외롭겠지만
> 마침내 혼자 살기로 결심한 나무.
>
> -「그림 그리기 4」 부분

> 하늘을 보면 언제나 보인다.
> 한 떼의 새가 날아간 자리에
> 혼자 있구나, 하고 써 있는 게 보인다.
>
> -「무너지는 새」 부분

마종기 시인의 이민자 의식에는 자신이 낯선 땅에서 혼자 있다는 인식이 깔려 있었다. 도움을 받을 가족이나 친구도 없는 외국에서 가장으로서 부양가족을 거느리고 살아야 하는 삶이기에 '혼자'라는 인식은 더욱 크게 느껴졌을 것이다. 이런 인식은 멀리 떨어진 고국으로부터의 단절감, 상실감에서 온 것이며, 현실적으로는 달리 해결할 방법이 없으므

로, 시인은 모국어로 시 쓰기를 통해 그 돌파구를 찾는다. 마종기 시의
특징의 하나는 시에 '대화의 공간'을 갖는다는 것인데[8], 시에서 청자를
상정하거나 대화를 한다는 것은 그의 시가 기본적으로 '혼자'보다는
'우리'를 지향한다는 점을 시사하는 것이다.

> 밤에 별이 많으면 새가 되어 날고
> 별까지 날아가는 새가 되어 떠나고
> 쉬어갈 곳이 없는 낯선 하늘에서도
> 목성은 어쩐지 정이 가지 않겠지.
> (이리 와, 내 말을 들어봐)
> 나무도 나무를 만나야 속사정을 털고
> 풀도 풀을 만나야 어깨를 기대는 거지.
> 확실한 것은 그것뿐이다.
> 보이지 않게 밤마다 떠나는 우리들,
> 보이지 않는 세상에서 밤마다 돌아오는 우리들.
>
> —「밤 노래 2」 부분

> 모여서 사는 것이 어디 갈대들뿐이랴
> 바람 부는 언덕에서, 어두운 물가에서
> 어깨를 비비며 사는 것이 어디 갈대들뿐이랴.
> 마른 산골에서는 밤마다 늑대들 울어도
> 쓰러졌다가도 같이 일어나 먼지를 터는 것이
> 어디 우리나라의 갈대들뿐이랴.
>
> —「밤 노래 4」 부분

　「밤 노래 2」에서 화자는 가상의 청자에게 별도 새도 떠나 정이 가

---

8) "마종기의 전체 시편 수는 약 284편에 이르고 있는데 그 중 명시적으로 청자를 <형>
한 화자의 말은 25%를 넘는다. 게다가 <~하네>, <~군>, <~지> 등의 어미로 잠재
적 청자를 향한 시편 수까지 합치면, 그의 시의 <대화적 공간>적 특성을 보이는 시
들은 전체의 60%를 넘고 있다." (이승은, 「마종기 시 연구―어조를 중심으로」, 연세대
대학원 석사논문, 1999. p.2.)

지 않는 "낯선 하늘"에서 사는 방법을 "나무도 나무를 만나야 속사정을 털고/ 풀도 풀을 만나야 어깨를 기대는 거"라고 말한다. 나무와 나무의 만남과 소통, 풀과 풀의 만남과 기댐은 그것이 같은 민족끼리의 소통을 의미한다고 볼 수 있다. 그러나 화자가 항상 만나는 이들은 외국인이다. 화자가 같은 핏줄과 접촉하는 방법은 "밤"에 "보이지 않는 세상"에서 만나는 것뿐이다. 그것은 모국어로 읽기와 쓰기를 통한, 또는 마음의 대화와 꿈꾸기를 통한 만남과 소통일 수밖에 없는데, 그것이 곧 조국과의 만남이며 민족과의 내면적인 소통이다. 이런 만남은 「밤노래 2」에서 더욱 확대된다. 연약한 갈대들이 바람 부는 언덕이나 어두운 물가나 늑대 우는 산골에서 사는 방법은 "모여서 사는" 것이다. 모여서 삶으로서 그들은 "쓰러졌다가도 같이 일어나 먼지를 터는" 힘을 갖게 되는 것이다. "우리나라 갈대"라는 구체적인 언급은 바로 조국 또는 같은 민족과의 심리적, 내면적인 소통을 의미한다. 시적 자아는 미국인으로 사는 낮 시간에는 혼자이지만, 한국인으로 사는 밤 시간에는 "우리"가 되는 것이다. 마종기의 시에서 '우리'라는 인식은 첫 번째 유형의 태도와 함께 '타자의 새로운 발견'이며, 이 발견을 통해 그의 시선은 나에서 '만인·만물로 확대'[9] 된다.

> 바다가 희게 일어선다.
> 몇 번이고 일어서서 고함치며 달려나와
> 일상의 생활에서 탈출하려는
> 바다의 끝없는 몸부림의 힘
> 그래서 바다의 얼굴은 젊겠지.
> (중략)
> 잭슨 폴락의 회색빛 무지개가 서고

---

9) 정과리, 「유랑·고난 혹은 운명의 궤적—안팎에서 본 시인의 생애」, 정과리 편, 앞의 책, pp.91.

파도가 지나간 땅은 단단하고 평화롭다.
이제는 혼자라고 말하지 않아도 된다.
다시 만개로 부서지는 그대의 꿈,
그 살결에 붙어 있는 바다의 많은 상처들.

―「바다의 얼굴」 부분

화자는 밤에 '우리'라는 의식을 회복하지만, 낮이 되면 다시 '혼자'
라는 의식으로 되돌아간다. 혼자임을 느끼는 일상의 생활에서 탈출하여
'우리'에 이르려는 화자의 몸부림은 파도의 운동을 환기시킨다. 그러나
화자의 성실한 몸부림 때문에 "파도가 지나간 땅" 즉 화자의 내면은
단단하고 평화로워진다. 그때 그는 "혼자라고 말하지 않아도 된다". 그
러나 "우리"라는 의식은 파도와 같이 끊임없이 생겼다가 부서지는 불
안정한 것이다. 그것은 꿈인 동시에 상처이다. 그런 점에서 파도의 운
동은 곧 쓰러지는 책장을 다시 쌓는 태도와 다르지 않다. 그러나 파도
가 끊임없이 부서지고 생성되는 바다의 얼굴은 젊다. 그것은 살아있는
정신이며, 두 개의 일상의 갈등에서 오는 고뇌와 좌절을 견디고 극복하
게 하는 동인이다.

우리들의 평화가 가깝게 다가와서
형제들의 물살과 서로 섞이는구나.
엉기고 뒹굴면서 하나가 되는구나.

―「늦가을 바다」 부분

서울의 달과 평양의 달이
함께 떠서 놀고 있는 빈터,
세계의 먼 곳에서 만나자.
그 땅의 밤은 열려 있어야 밝다.
내 눈이 네 눈에 들어가 쉬고

네 손이 내 가슴이 되어 뛴다.
밤새도 새를 만나서 즐겁고
마른 개도 개를 만나서 즐겁고
사람은 사람을 만나서 그냥 반가운
개포동, 이태원, 청진동, 묵동……
라만차 언덕에서 만나자

　　　　　　　　　　　　　　　　　－「日記, 넋 놓고 살기」 부분

물이 깨어져서
많은 물방울이 된다.
물이 깨어져서
많은 자식이 된다.
물방울은 작지만
많은 자리가 넘치게 차고
색이 온몸에 번진다.
자식은 부모보다
빛나고 아름답다.
물의 아버지가 깨어지지 않으면
빛나는 것은 태어나지 않는다.

　　　　　　　　　　　　　　　　　　　　－「물빛 6」 부분

　「늦가을 바다」에서는 화자가 자신의 삶에서 발견한 민족의식이 "우리"와 "형제"와 "하나"라는 말 속에 추상적으로 드러나 있다. 그러나 「일기, 넋 놓고 살기」에서는 서울, 평양, 개포동, 이태원, 청진동, 묵동 등 한반도의 지명과 라만차의 언덕 등을 거론하면서 구체적으로 나타나 있다. 특히 이 시에서는 화자의 어조가 다른 시들과는 달리 만남의 기쁨에 들떠 매우 밝고 희망적이고 명랑하다는 점이 눈에 띈다. 앞의 두 시가 타인들과의 횡적인 관계를 보여준다면 「물빛 6」은 아버지와 나와 자식으로 연결되는 종적인 관계로서의 '우리'를 보여준다. 즉 시적 자아는 아버지라는 물방울이 깨져서 형성된 여러 자식 중의 하나이며, 또한 자신도 깨져서 많은 자식이 되므로 자신은 결코 혼자가 될 수 없다는 인식에 이르게 된다. 물론 아버지와 자식들과 만남과 대화 역시 밤에 보이지 않는 세상에서 이루어진 것이라는 점에서는 조국 또는 민족과의 만남과 같다.

세 번째 유형은 내면의 갈등과 고뇌를 어둠으로 보고 시 쓰기를 통해 그것을 빛과 물로 전환시키려는 태도이다. 앞에서 인용한 바 있는 「아침 출근」에서 시인은 이렇게 진술한다.

> 출근, 출동 혹은 충돌!
> 하루의 모든 충돌이
> 빛이 되기를 기대한다.
> 상처가 만져지기 시작하는
> 우리들 나이의 이마.
> 피 흘리지 않고 모든 충돌이
> 불이 되어주기를 기대한다.

화자는 낮 시간의 일상과 밤 시간의 내면 의식의 충돌이 야기할 피와 상처를 예감하고 있다. 많은 갈등과 고뇌와 아픔을 겪은 화자는 이제 내면에서 흘린 피의 상처가 이마에 만져지는 나이에 이르렀다. "충돌 사고와 행인의 피는/ 자꾸 흘러서 우리들 사이에 엉기고/ (혹은 사람들이)/ 결국 싸움은 말렸지만/ 그는 계속 피 흘리고 있었다./ (혹은 사람들이, 사람들이, 사람들이!)"(「무반주 소나타 1」)라는 진술은 화자의 이런 내면 의식을 보여주는 것이다. 그래서 화자는 모든 충돌이 내면에서 "빛"이 되고 "불"이 되기를 기대하는데, 그 수단은 시 쓰기라고 할 수 있다.

구름이 또 아우성치면서 어둡게
비를 쏟고 있었다. 그 위에
기억하세요? 오래 전이긴 하지만,
구름 위로 우리가 올라왔을 때
모든 아우성이 빛이 되던 것을,
모든 소리가 빛이 되던
눈부시던 신비를 기억하세요

　　　　　　　　　　　　　　　－「무반주 소나타 2」 부분

구름이 구름을 갑자기 만나면
환한 불을 일시에 켜듯이
나도 당신을 만나서
잃어버린 내 환한 불을 다시 찾고 싶다.

　　　　　　　　　　　　　　　　　　　－「비 오는 날」 부분

　　인용한 시들에서 시인의 내면은 무겁고 어두운 구름이나 비의 이미
지에서 빛이나 불의 이미지로 변화한다. 「무반주 소나타 2」에서는 그
구름 위로 올라가면 구름과 비가 만들어 내던 아우성이 빛으로 변화
하는 신비로운 경험을 진술하고 있다. 이것은 유년이나 청년기 조국에
서의 밝은 기억이 화자의 어두운 내면을 환하게 밝혀주던 경험의 비
유로 보인다. 「비 오는 날」에서는 구름이 부딪쳐서 만드는 번개의 불
과 같이 자기의 내면에서 환한 불을 찾고 싶다는 소망을 밝히고 있다.
이것은 내면의 상처들을 시적으로 승화시켜 환한 불로 전환시켜보려는
의지로 해석된다. 삶의 어둠을 밝은 빛으로 변화시키려는 의지가 "우
리", "당신"과 같은 '타자와의 관계 속'[10]에서 나타난다는 것도 특기
할만하다.

---

10) 이승은, 앞의 글, p.49.

아빠는 그럼 사랑을 기억하려고 시를 쓴 거야?
어두워서 불을 켜려고 썼지.
시가 불이야?
나한테는 등불이었으니까.
아빠는 그래도 어두웠잖아?
등불이 자주 꺼졌지.
아빠가 사랑하는 나라가 보여?
등불이 있으니까.
그래도 멀어서 안 보이는데?
등불이 있으니까.

-「안 보이는 사랑의 나라」 부분

　이 시에서 조국은 등불과 동일체라고 할 수 있다. 그러나 그 조국은 실제의 조국이 아니라 화자의 내면에 있는 조국이다. 이 희망의 등불은 항상 켜져 있는 것이 아니다. 물론 화자는 이 등불이 항상 켜져 있기를 바라지만, 화자의 내면은 허약한 책장처럼 쓰러지고 다시 쌓거나 파도처럼 약하고 헛된 운동만 반복하는 불안정한 상태다. 그러므로 등불은 자주 꺼질 수밖에 없다. 화자는 책장이 쓰러지면 다시 쌓듯이, 미련한 파도가 바위를 치고 나서 산산이 부서지듯이, 그렇게 등불이 꺼지면 키고 또 꺼지면 다시 키는 작업을 반복적으로 하고 있다. 빛과 불의 이미지는 내면화된 조국, 즉 '안 보이는 나라'를 지향하는 시인의 의식을 드러내는 바, 이것은 다음 장에서 구체적으로 살펴볼 것이다.
　따라서 화자가 자신의 처지보다 훨씬 어려운 사람들을 보며 자신의 고통을 반성적으로 응시할 때에나, 혼자라는 생각에서 벗어나기 위해 밤마다 보이지 않는 세상에서 조국과 동포와 내면적인 소통을 하며 '우리'라는 의식을 회복할 때에나, 어두운 내면에서 빛과 불을 찾으려 할 때에나, 화자의 기본적인 태도는 쓰러지는 허약한 책장을 다시 쌓는 것이다. 왜냐하면 화자의 내면은 두 개의 일상으로 늘 갈등하는 불안정한 상태이기 때문이며, 화자의 꿈은 동시에 상처이기도 하기 때문이다. 열 번 쓰러져도 다시 정성껏 쌓는 태도만이 이런 불안정한 내면의 상태를 견디고 희망을 갖게 하는 원동력이다.

4. 보이는 나라에서 안 보이는 나라로 – 내면화된 조국과 자유

마종기의 시에서 조국에 대한 태도는 후기로 올수록 점차 변화하게 된다. 초기의 시들에서 조국은 구체적인 장소나 사람, 유년기와 청년기의 시간과 경험, 여행 등을 통해 시에 자주 나타났고 아울러 그런 조국과 먼 거리에 있는 화자의 외로움이나 그리움도 드러났지만, 나이가 들고 영구 귀국에 대한 희망이 사라지면서[11] 조국은 하늘이나 별 같이 내면과 소통되는 곳으로 점차 바뀌게 된다. 그것은 눈에 보이는 나라에서 안 보이는 나라로의 이동이다.

오랫동안 별을 싫어했다. 내가 멀리 떨어져 살기 때문인지 너무나 멀리 있는 현실의 바깥에서, 보였다 안보였다 하는 안쓰러움이 싫었다. 그러나 지난 여름 북부 산맥의 높은 한밤에 만난 별들은 밝고 크고 수려했다. (중략) 그 여름 얼마 동안 밤새껏, 착하고 신기한 별밭을 보다가 나는 문득 돌아가신 내 아버지와 죽은 동생의 얼굴을 보고 반가운 이야기를 나누기도 했다.

---

11) "이 해부터 80년대초까지 나는 여러 번 영구 귀국을 계획하고 모교에서도 고맙게 자리를 주겠다고 약속해주었지만 번번이 그리고 이상하게 내 귀국은 연기되고 취소되었다. 물론 제일 큰 이유는 내 우유부단한 성격이었겠지만 70년대에는 동생들이 미국에 이민을 오겠다고 하고 그 뒤를 보아주라는 어머니의 부탁이 있었고, 그 후 어머니까지 은퇴를 하신 뒤에 아들 옆에서 살겠다고 미국에 오셨던 이유도 컸을 것이다." (마종기, 「의사로도 시인으로도」, 정과리 편, 앞의 책, p.60.)

사랑하는 이여.
세상의 모든 모순 위에서 당신을 부른다.
괴로워하지도 슬퍼하지도 말아라
순간적이 아닌 인생이 어디 있겠는가.
내게도 지난 몇 해는 어렵게 왔다.
그 어려움과 지천의 몸에 의지하여 당신을 보느니
별이여, 아직 끝나지 않은 애통한 미련이여,
도달하기 어려운 곳에 사는 기쁨을 만나라.
당신의 반응은 하느님의 선물이다.
문을 닫고 불을 끄고
나도 당신의 별을 만진다.

  　　　　　　　　　　　—「별, 아직 끝나지 않은 기쁨」 부분

　　한 때 화자가 "별을 싫어했다"고 고백한 것은 별이 자신으로부터 너
무 멀리 떨어져 있고 낮(현실)에는 안보였다가 밤(꿈)에만 종종 보여서,
그것이 외로운 자아를 환기시키기 때문이었다. 그러나 이민의 갈등과
고단한 삶, 아버지와 동생의 죽음 등 "세상의 모든 모순"을 겪으며 많
은 괴로움과 슬픔을 지나, 내면의 어둠이 빛과 불을 지향하는 불면의
밤의 시 쓰기를 지나, "어려움과 지친 몸"이 되어서야 화자는 비로소
"맑은 별들의 숨소리"를 듣게 되고, 거기서 돌아가신 아버지와 죽은 동
생을 만나 이야기도 나누게 된다. 별은 '보이는 나라'와는 달리 "문을
닫고 불을 끄고" 들어가는, '안 보이는 나라'이며, 현실의 몸으로는 만
날 수 없는 고인들과도 자유롭게 대화하는 내면적이고 정신적인 나라
이다. 그래서 별을 보고 별과 소통하는 것은 "도달하기 어려운 곳에
사는 기쁨"이 되는 것이다.

　　'고국에 묻히고 싶다' —교포 신문의 큰 제목
　　병고에 시달리는 재미 교포 노인의 호소

그러나 노인은 고국의 땅값을 잊은 모양이지.
수십 년 노동으로 사놓은 때전 그 집 팔아도
고국의 땅을 몇 평이나 살까, 몸이나 눕힐까.
쓸데없는 욕심입니다 ―신문 던져버렸는데
며칠째 그 노인의 누운 사진이 눈에 번진다.
(중략)
―자네는 내 말을 잘못 알아들었군.
나는 고국의 비싼 땅에 묻히려는 게 아니고
그 나라 푸른 하늘 속에 묻히고 싶다는 말일세.
고국에 비가 오면 나도 같이 젖어서 놀고
비 그치고 무지개 펴면 나도 무지개를 타겠지
그 나라 하늘빛에 묻히고 싶다는 말일세.
또 언젠가 깨어나서 그 하늘 한'이 된다면
고국의 산천은 언제나 눈앞에 서 있지 않겠는가.
더 이상 사무치지 않아도 되지 않겠는가.
그런데 참, 선생은 그 나라 하늘빛을 아시는가.

―「그 나라 하늘빛」 부분

　고국에 묻히고 싶다는 재미교포 노인의 신문 기사를 보면서 화자는
경제적인 문제, 수속 절차의 문제, 고국 주민들의 텃세 등을 거론하며
쓸데없는 욕심이라고 무시해 버린다. 이런 태도는 화자 자신도 그런 욕
심이 있었으나 여러 현실적인 문제로 이제는 생전이건 사후건 내심으
로 귀국을 포기했음을 암시하는 것이다. 그러나 노인의 입을 빌려 정말
묻히고 싶은 곳은 고국의 비싼 땅이 아니라 "푸른 하늘 속"이며 "그
나라 하늘빛"이라는 자신의 속내를 드러낸다. 그곳은 물리적, 지리적인
땅으로서의 조국이 아니라 내면적인 조국이며, 몸만 묻히는 조국이 아
니라 마음과 정신까지 온전히 묻혀 부모의 품처럼 따뜻하게 쉴 수 있
는 정신적인 조국이다. 그러므로 푸른 하늘 속에 묻히겠다는 말은 내면

적, 정신적인 조국에 안김으로써 생전에 못 이룬 영구 귀국과 고국과의 진정한 합일을 사후의 세계에서라도 이루겠다는 열망의 표현이다. 따라서 시인에게 물리적, 지리적인 조국이 갖는 의미는 점점 약화된다.

> 네가 잠들고 있는 곳은 너무 멀어서
> 외국 땅에 너를 묻고 이를 물지만
> 땅이야 뭐 다를 리가 없겠지
> 질소와 탄소와 뭐 그런 것들—
> 그러나 어째서 네가 땅만이겠느냐.
>> —「동생을 위한 弔詩—외국에서 변을 당한 壎에게」

화자에게 동생이 외국 땅에 묻힌 것은 안타깝기는 하지만, 그것이 큰 의미를 갖는 것은 아니다. 동생이 묻힌 곳이 땅만이라면 그것은 화자에게 대단히 큰 절망감을 안겨주었겠지만, 그곳은 동생과 내면적으로 소통할 수 있는 '안 보이는 나라'이므로, 육신이 외국 땅에 묻히는 의미의 중요성은 상대적으로 약화된다.

> 나라야 많은데 나라가 뭐가 중요해?
> 할아버지가 계시니까.
> 돌아가셨잖아?
> 계시니까.
> 그것뿐이야?
> 친구도 있으니까.
> 지금도 아빠를 기억하는 친구 있을까?
> 없어도 친구가 있으니까.
> 기억도 못 해주는 친구는 뭐 해?
> 내가 사랑하니까
>> —「안 보이는 사랑의 나라」 부분

화자에게 조국이 중요한 이유는 그곳에 (아들의) 할아버지와 친구가 있기 때문이다. 즉 화자가 태어난 장소, 화자의 핏줄이 이어지는 장소이기 때문이 아니라, 화자와 사랑으로 연결된 사람들이 있기 때문이다. 지리적인 장소로서의 조국은 할아버지가 죽고 화자를 기억하는 친구가 없어지면 그 의미를 상실하게 된다. 그러나 사랑으로 연결된 나라에서는 그들이 몸이 없어져도 그 의미가 전혀 퇴색하지 않는다. 그러므로 화자의 조국은 보이는 나라가 아니라 "안 보이는 사랑의 나라"가 되는 것이다.

> 일찍 내린 저녁 산 그림자 걸어나와
> 폭 넓은 저문 강을 덮기 시작하면
> 오래된 강 물결 한결 가늘어지고
> 강의 이름도 국적도 모두 희미해지는구나.
>
> 국적이 불분명한 강가에 자리 마련하고
> 자주 길을 잃는 내 최근을 불러 모아
> 뒤척이는 물소리 들으며 밤을 지새면
> 국적이 불분명한 너와 나의 몸도
> 깊이 모를 이 강의 모든 물에 젖고
> 아, 사람들이 이렇게 물로 통해 있는 한
> 우리가 모두 고향 사람인 것을 알겠구나.
> (중략)
> 세상의 모든 것은 하나였다. 다를 수가 없었다. 그래서 나는 크고 작은 것의 차이에서 떠나기로 결심했다. 보이는 것과 안 보이는 것의 차이에서 떠나고, 살고 죽는 것의 차이에서 떠나기로 결심했다. 그것은 내게도 어려운 결심이었다.
> ―「이 세상의 긴 강」 부분

강에 산 그림자가 덮여 어두워지면 그 강의 이름이 무엇이고 그 강의 국적이 무엇인지는 불분명해진다. 어두운 강에서 중요한 것은 오직 물이 있고 물소리가 들리고 그 물소리에 화자의 마음이 젖는다는 사실뿐이다. 화자는 국적이 희미해진 강가에서 국적이 불분명한 사람들끼리 깊이 모를 강의 물소리를 함께 들으며, 물리적인 조국이나 고향의 있고 없음, 그 곳에 가까이 있고 멀리 있음, 그 곳의 국적에 속해 있거나 그렇지 않음 따위에 너무 연연하여 그것 때문에 상심하고 외로워하고 갈등했던 자신을 반성한다. 지리적인 고향은 같더라도 터 잡고 산 사람과 이민자와는 서로 소통할 수 없다면 고향 사람이라고 할 수 없지만, 내면적 · 정신적으로 소통하는 사람은 국적과 관계없이 진정한 고향 사람이 되는 것이다. 따라서 화자는 조국과 외국, 고향과 타향, 보이는 것과 안 보이는 것, 삶과 죽음 따위의 크고 작은 차이에서 떠나기로 결심한다. 내면적 · 정신적으로 연결되어 있는 안 보이는 나라에서는 모든 것이 "하나"이기 때문이다.

여기서 한 가지 주목해야 할 사실은, 마종기의 시에서 물리적인 조국, 지리적인 고향, 보이는 나라가 갖는 의미가 약화되었다고 해서 그의 조국을 향한 그리움이나 외로움의 정서가 약화된 것은 아니다. 그의 후기시에서도 그리움이나 외로움의 정서는 여전히 나타난다. 그러나 그리움이나 외로움의 대상이 보이는 나라에서 안 보이는 나라로 변형되면서 그의 시에서 나타난 뚜렷한 변화는, 그가 안 보이는 아버지나 친구, 조국의 산천이나 하늘 등을 마음대로 불러내어 만나고 품고 대화하게 되면서 스스로 자유로워졌다는 점이다. 안 보이는 나라에서 마음껏 해방감을 느끼면서 보이는 나라에 매여 있던 마음에 대한 통제력이 생긴 것이다. 그러므로 그가 '국적'이 '불분명'해졌다는 것은 물리적이고 현실적인 조국이나 고향에 대해 가졌던 심리적인 구속을 상당히 극복했다는 것을 의미한다. 내면적으로 충분히 자유로워지고 강해졌기 때문에 보이는 나라에 대한 태도 역시 그만큼 넉넉해지고 여유가 생긴 것이다. 이때 그의 조국에 대한 그리움이나 외로움은 오히려 즐거움과 기쁨의 정서로 상승된다.

> 보이는 것을 바라는 것은 희망이 아니므로,
> 피붙이 같은 새들과 이승의 인연을 오래 나누고
> 성도 이름도 포기해버린 야산을 다독거린 후
> 신들린 듯 엇싸엇싸 몸의 모든 문을 열어버린다.
> 머리 위로는 여러 개의 하늘이 모여 손을 잡는다.
> 보이는 것을 바라는 것은 희망이 아니므로,
> 보이지 않는 나라의 숨, 들리지 않는 목소리의 말,
> 먼곳 어렵게 헤치고 온 아늑한 시간 속을 가면서.
> —「보이는 것을 바라는 것은 희망이 아니므로」 부분

> 부르는 이름은 영원한 이름이 될 수 없고
> 보이는 몸은 영원한 몸이 될 수가 없다.
> —「열매」 부분

보이는 것을 바라는 것이 희망이 아님을 깨달으면서 그의 내면은 보이는 것으로부터 해방되고, 내면적·정신적 자유에 이르게 된다. 보이는 것뿐만 아니라 부르는 이름, 보이는 몸으로부터도 해방되어 걸림이 없는 자유에 이른다. 이런 자유 속에서는 이민의 삶이나 외국어로 말을 하고 외국인들과 생활하면서 모국어로 시를 쓰고 꿈을 꾸는 모순은 서로 갈등하지 않는다. 이런 자유의 상태에서는 일상이 더 이상 구속이 되지 못하므로 화자는 "보이지 않는 나라의 숨"을 쉬고 "들리지 않는 목소리의 말"을 듣게 되며, 그래서 "신들린 듯 엇싸엇싸 몸의 모든 문

이" 열리게 된다. 이때 마종기는 진정한 의미에서 자유인이 된다. 모든 물리적인 차이와 경계를 떠나, 이민의 삶이 억누르는 갈등과 고뇌를 떠나 내면적·정신적 자유에 이른 시적 자아는 이제 "도달하기 어려운 곳에 사는 기쁨"을 이렇게 말한다.

> 마침내 내 살까지도 살아 숨쉬고 있는 것을 알 수 있었다. 숨쉬는 몸이, 불안한 내 머리의 복잡한 명령을 떠나자 편안해지기 시작했다. 어깨가 가벼워지고 눈이 밝아지고, 나무 열매가 거미줄 속에 숨고, 곤충이 깃을 흔들어내는 사랑 노래도 볼 수 있었다. 나는 세상의 모든 것이 하나가 되어 움직이고 있는 것을 드디어 알게 되었다.
> ─「이 세상의 긴 강」부분

5. 맺는말

마종기의 시를 이민의 삶과 떼어놓고 논하기는 매우 어렵다. 그의 시적 이력은 이민의 삶에서 온 갈등으로부터, 조국과 아버지의 상실과 절실한 그리움으로부터 부단히 벗어나고 해방되려는 노력의 과정이기 때문이다. 도미 후부터 그의 많은 시들은 두 개의 일상인 미국인─의사로서의 생활과 한국인 의식 사이의 갈등과 고뇌를 보여준다. 그는 일상적으로는 외국어를 쓰는 미국인으로서 생활하지만, 밤이 되면 내면으로 들어가 단수의 조국을 가지고 모국어로 소통하는 한국인이 되므로, 이 두 대립적인 일상은 매일 반복적으로 충돌하고 갈등할 수밖에 없다. 아침은 그 두 일상이 가장 첨예하게 부딪치고 갈등하는 시간이다. 그래서 그는 자신을 죽은 채 서 있는 나무처럼 느끼며 좌절한다. 이때 그의 내면 상태는 벽돌과 나무로 쌓아서 책을 꺼낼 때마다 흔들리고 아이가 밀어도 쓰러지는 책장처럼 허약하다. 그렇다고 그가 항상 수동적으로 좌절하고 한탄하는 것은 아니다. 쓰러진 책장은 더 무너질 수 없는 가장 안전한 상태, 즉 그가 밤마다 모국어로 조국과 소통하여 정서적으로 가장 안정된 상태이지만, 그는 그 상태로 자신을 고립시키지 않고 아이가 책장을 밀어 쓰러뜨릴 때마다 그 책장을 다시 쌓으려 한다. 이것이 그가 이민의 삶을 견디고 지탱하는 가장 기본적인 태도이다.

그가 이민의 삶의 갈등과 고뇌로부터 벗어나려는 노력은 세 가지 유형으로 요약할 수 있다. 첫째는 자신의 고통이 허영이나 과장된 제스처가 아닌지 회의하고 반성하는 태도다. 그는 동학이나 고국의 할머니나 아프리카나 아시아의 후진국 어린이들의 극단적인 고통의 삶을 떠올리면서 그들의 시각으로 안락한 중산층인 자신의 고통을 바라보며 시 쓰기가 무엇인지 근본적인 물음을 묻는다. 이때 그의 고뇌와 갈등의 고통의 무게는 훨씬 가벼워진다. 둘째는 자신이 혼자가 아니라 '우리'라는 인식을 갖는 것이다. 그는 밤 시간에 조국과 가족과 친구와 내면적으로 소통하면서 민족의식을 갖게 되며, 그 의식은 쓰러지고 다시 쌓는 책장이나 헛되이 바위를 치는 파도 같은 허약하고 불안한 자신의 삶의 바닥을 단단하고 평화롭게 다지는 기능을 하게 된다. 셋째는 자신의 내면을 어둠으로 보고 시를 통해서 그것을 빛과 불로 승화시키려는 태도이다. 이런 태도는 물리적이고 지리적인 조국의 의미를 내면적, 정신적인 영역으로 확장시킨다. 이에 따라 초기에 물리적인 조국에 연연하여 그먼 거리의 단절감 때문에 외로워하던 그는 조국을 하늘이나 별과 같이 내면적이고 정신적인 대상으로 보게 된다. 이때 조국은 조국/외국, 고향/타향, 멀고 가까움 같은 차이에서 벗어나 언제나 들고 나오고 보고 만지고 대화할 수 있는 대상으로 변화한다. 보이는 나라에 연연하여 슬퍼하고 괴로워하던 시인은, 자신의 내면에서, 안 보이는 나라, 사랑으로 연결되어 물리적인 영역을 초월하여 그 의미가 무한히 확대되는 나라를 발견하게 된다. 이때 시인은 비로소 이민의 삶의 갈등과 고뇌의 구속으로부터 해방되어 진정한 자유인의 의식을 경험하게 된다.

이렇게 본다면 마종기의 시는 이민으로 단절되고 상실된 조국, 즉 '보이는 나라'에서 내면으로 자유롭게 소통하는 '안 보이는 나라'로 상승시켜 나가는 여정이라고 거칠게 요약할 수 있다. 보이는 나라에 대한 외로움과 그리움 같은 심리적 결핍으로 인해 괴로워하던 화자가 그것을 별이나 하늘과 같이 내면적으로 소통하고 대화하는 안 보이는 나라로 변형시킬 수 있었던 것은 모국어로 시 쓰기를 통해서이다. 이때 그의 내면의 어둠은 빛과 불로 변화되고 부정적인 정서들도 밝은 기쁨으로 상승되어 충만해진다. 그러나 화자가 소통하는 대상이 안 보이는 나라도 변화되었다고 해서 단절된 조국에 대한 심리적인 결핍이 해소된 것은 아니다. 다만 보이는 나라에만 연연해서 제어하지 못한 부정적인 정서를 통제할 수 있는 내적 역량이 강화되어 대상을 보는 눈이 넉넉해지고 자유로워지게 된 것이다.

본고는 마종기의 이민의 삶과 관련한 시의 특징과 변화 양상을 밝혀보는 것을 목적으로 하였으므로, 그의 시를 이민의 삶으로 인한 갈등과 부정적인 정서가 긍정적으로 변화의 과정을 추적하였다. 그러나 마종기의 시를 이민의 삶과 외국인 의식으로 한정하여 고국에 대한 향수나 고독 등의 부정적인 정서에 초점을 맞추어 보는 작업은 그의 시세계를 표피적으로 보고 도식적으로 단순화시킬 위험이 있다. 그의 시는 이민의 삶이라는 특수한 현실 경험을 소재로 하고 있기는 하지만, 그것 때문에 그의 시적 성취가 돋보이는 것은 결코 아니다. 그의 문학적 성취의 가장 빛나는 부분은 이런 현실 경험을 통해서 헤아리기 어려운 존재의 근원적인 슬픔과 고독을 맑고 밝은 미적 체험으로 승화시킨 시적 언어의 깊이에 있다. 따라서 그의 시는 우리 문학사에서 이민의 삶의

현실을 서정적인 어조와 잘 육화된 모국어로 형상화시킨 이민 문학의
특별한 성과로 기억될 것으로 믿는다.

참고 문헌

1. 기본 자료

마종기·황동규·김영태, 『평균율 2』, 현대문학사, 1972.
마종기, 『변경의 꽃』, 지식산업사, 1976.
_____, 『안 보이는 사랑의 나라』, 문학과지성사, 1980.
_____, 『모여서 사는 것이 어디 갈대뿐이랴』, 문학과지성사, 1986.
_____, 『그 나라 하늘빛』, 문학과지성사, 1991.
_____, 『이슬의 눈』, 문학과지성사, 1997.
_____, 『마종기 시전집』, 문학과지성사, 1999.
_____, 『새들의 꿈에서는 나무 냄새가 난다』, 문학과지성사, 2002.

2. 단행본 및 논문·평론

김 현, 「유랑민의 꿈」, 『마종기 깊이 읽기』, 문학과지성사, 1999.
성민엽, 「유랑민, 중산층의 삶」, 『마종기 깊이 읽기』, 문학과지성사, 1999.
오생근, 「한 자유주의자의 떠남과 돌아옴」, 『마종기 깊이 읽기』, 문학과지성사, 1999.
이승은, 「마종기 시 연구-어조를 중심으로」, 연세대 대학원 석사논문, 1999.
이동하·정효구, 『재미한인문학연구』, 월인, 2003.
조남현, 「마종기론」, 『마종기 깊이 읽기』, 문학과지성사, 1999.
정과리, 「유랑·고난 혹은 운명의 궤적-안팎에서 본 시인의 생애」, 『마종기 깊이 읽기
       』, 문학과지성사, 1999.
정현종, 「삶의 어둠과 시의 등불」, 『마종기 깊이 읽기』, 문학과지성사, 1999.

종군 위안부 : 노라 옥자 켈러와 이창래의 고향의식[*]

권택영[**]

1. 서론

세계 제2차 대전이 끝나고 독일 나치당이 유태인에게 저지른 만행은 널리 폭로되고 그에 따른 재판과 처벌이 이어졌다. 그리고 그 이후 유태인 학살을 다룬 문학이나 영화는 계속 이어지면서 한 세기의 패러다임을 형성한다. 이에 비하여 일본이 중국과 한국에 저지른 만행은 잘 알려지지 않는다. 그 이유는 여러 가지 측면에서 생각될 수 있을 것이다. 피해국들의 정치적인 혼란으로 조직적인 저항과 폭로가 약했던 것, 일본이 핵폭탄의 피해국이 되어 처벌 보다 동정심을 유발했다는 것, 서구가 세계를 이끄는 중심세력이었다는 것 등이다. 그럼에도 불구하고 일본의 잔악한 행위는 지나칠 정도로 조명 받지 못했다. 그 가운데 하나가 종군 위안부 문제이다. 최근 종군 위반부에 관한 소설로 화제가 되었던 노라 옥자 켈러(Nora Okja Keller)의 말을 따르면 자신이 그 사실에 대해 처음 들은 것은 실제 피해자로 살아남은 황금주(Keum Ju Hwang)씨가 미국의 각 대학을 돌며 그 사실을 알렸던 1993

---

*『국제한인문학연구』, 국제한인문학회, 2004.

** 경희대 영어영문학과 교수

년이었다 (Keller 5). 이 시기에 와서야 비로소 억압받은 인종들의 정체성 찾기가 문화의 중심이 되었던 것이다. 1960년대부터 시작된 포스트모더니즘이라는 서구중심주의 비판은 그 후 30년이 흘러서야 '다문화주의' Multi-culturalism로 발전되고 소수인종 문화는 창작의 핵심 주제가 된다.

대략 80년대부터 미국에 불기 시작한 소수민족들의 정체성 찾기와 탈식민주의, 그리고 아시아계 미국문학의 바람을 타고 한국계 미국작가들은 한국의 전통과 문화를 찾게 된다. 이때 "종군 위안부" 문제가 대두되고 이 충격적인 소재는 한국의 과거를 통해 제국을 고발하는 미학적 장치가 된다. 예를 들어 한국계 두 작가, 이창래(Chang-Rae Lee)와 노라 옥자 켈러는 바로 이 주제로 소설을 써서 주목을 받는다.

한 살 때 부모를 따라 미국으로 이민 간 이창래는 첫 소설,『네이티브 스피커』(Native Speaker, 1995)에서 성공을 거두고 두 번째 소설인 『제스쳐 인생』(A Gesture Life, 1999)에서 그보다 더 큰 호평을 받는다. 세 살 때 미국으로 건너간 노라 옥자 켈러 역시 그녀의 데뷔작 『종군위안부』(Comfort Woman, 1997)로 아시아계 미국작가로서 순조롭게 출발한다. 분명히 종군위안부는 충격적인 소재요 작가가 첫 발을 내딛는데 주목을 받을 수 있는 주제다. 더구나 제국의 폭력을 고발하는 정치성이 주목을 받는 다문화주의 문학에 잘 맞아 들어가는 역사적 자료다. 그러나 문학은 그런 충격적인 소재만으로 성공하는 것은 아니다. 그 소재를 어떻게 다루었는가에 따라 미학성과 정치성이 조화를 이루며 성공하기도 하고 실패하기도 한다. 이런 가운데 한 가지 주목할 만한 것은 이창래의 성공과 켈러의 성공이 지닌 차이다. 이창래는 미국에서 크게 주목받는 것에 비해 고국이나 미국에 거주하는 한국인들에게서는 그리 달갑게 여겨지지 않는다. 반면에 켈러는 비교적 그런 반응의 차이를 보이지 낳는다. 그동안 이창래는 한국인들에게 "겉은 노랗고 속은 하얀 바나나 작가"라든가 한국의 전통보다 미국을 더 높이 평가한다는 비판을 심심치 않게 받는다. 예를 들면 하인즈 인수 펭클이나 월터 K. 류 같은 사람은 이창래의 작품이 미국의 상업주의와 결탁하여 사실을 왜곡하면서 홍보되는 것을 비판한다. 그 이전에 한국계 미국작가의 작품들이 많이 있는데 마치 『네이티브 스피커』가 한국계 미국작가의 최초 작품인 양 광고하고 이창래 자신도 그것을 정정하려하지 않았다는 것이다.

> …이창래는 자신의 작품이 미국의 주요 출판사에서 출판된 최초의 한국계 미국소설이라는 잘못된 보도를 묵과하여 결과적으로 그 동안 알차게 쌓여왔던 미국계 한국작가들의 문학사가 그늘에 가려지게 만들었다(펭클 46).

같은 글에서 펭클은 또한 이창래의 소설에 문화적, 언어적 오류가 있다고 지적한다.

> 한편 리의 소설에서는 주인공이 사실상 '네이티브 스피커(모국어 사용자)'로 묘사됨에도 불구하고 소설의 '내레이터'가 묘사하는 내용에는 적잖은 문화적, 언어적 오류들이 있다. 이창래나 마가렛 조같은 이들은 스스로가 작품에 전용한 한국적 문화에 대해 상호보상적인 책임을 지지 않은 채 자신들이 지닌 한국적 성격을 성공을 위해 이용했다. 그들은 본인들이 깨닫지 못한 사이에 (어쩌면 스스로 주의하지 조차 않고) 상품 시장을 겨냥한 백인들의 방송국 스튜디오나 출판사에 발탁된 것이며 스스로가 속한 소수 민족적 배경에 반하면서 궁극적으로는 미국에 동화되는 이데올로기에 봉사한 것이다(펭클 47).

이창래에 대한 이런 부정적인 반응은 한 미국인 연구자의 글에서도 나타나는데 예를 들면 엥겔스(Timothy D. Engles)는 이창래가 한국문화를 단점으로 부각시켜 무의식중에 백인문화의 지배 욕망을 돕는다고 비판했다(89). 이창래가 미국문단과 출판시장에서는 비교적 환영받지만 고향의식이 약하다는 비판을 받는 반면에, 켈러에 대한 반응은 그리 차이를 드러내지 않는다. 여성작가로서 여성의 피해를 그렸기 때문인가. 그녀 역시 『종군위안부』로 <아메리칸 북어워드>를 수상했다. 이창래가 순수한 한국인임에 비해 켈러는 한국인 어머니와 독일인 아버지 사이의 혼혈아인 것을 생각해보면 이창래가 미국에서 겪는 소수인으로서의 갈등이 더 클 것이다. 실제로 켈러는 아시아계인종이 우세한 하와이에서 살았기에 반'의 피는 오히려 사회로부터 부러움을 샀다고 말한다.

> 하와이 용어로 혼혈이라는 뜻인 "하파"는 정상인으로 여겨질 뿐 아니라 오히려 축하받는다. 내게는 혼혈이 아닌 친구들이 있었는데 그 애들의 목표들 가운데 하나는 자신들이 성장하면 꼭 하파 아이들을 낳는 것이었다. 재미있는 것은 내가 한번도 그들이 그렇게 말하는 것을 이상하다고 느낀 적이 없다는 것이다(켈러 4).

미국에 사는 아시아인으로서 느낀 소외감은 켈러보다 이창래의 경우가 훨씬 더 심했을 것이다. 그런데 왜 그에게는 고향의식이 약하다는 비난이 쏟아질까. 그런 비판이 나오는 이유가 작품 어딘가에 있는 것인가.

이 글은 "종군 위안부"라는 같은 소재를 이창래와 켈러가 어떻게 다루는지 살펴보는 것이다. 그들은 미국인으로서 한국의 모습을 어떻게 재현하는가. 두 작품의 궁극적인 주제는 무엇인가. 이창래가 비판받는 이유는 과연 타당한가. 고향을 잘 그려주는 것이 반드시 좋은 작품은 아니다. 때로 정말 좋은 작품은 고향을 반성하는 문학일 수도 있다. 그러나 그럴 경우, 고향에 대한 사랑과 어느 정도 정확한 인식이 바탕으로 자리 잡아야할 것이다. 그리고 문학이 지닌 보편성의 문제가 미학적 거리와 함께 어우러져야 한다. 문학은 아무리 그것이 한국계 미국 작품이라 해도 한국인의 문제이면서 동시에 모든 인간의 문제가 되어야 하기 때문이다. 이제 두 작품의 형식과 내용 속으로 들어가 보자.

2. 은유로서 '종군 위안부'

이창래의 『제스처 인생』의 화자는 프랭클린 구로하타이다. 그는 동부의 중산층들이 사는 작은 마을, 베들리 런에서 의료기구상을 했다. 공손하고 성실하고 매사에 신중하고 절제하는 그에게 사람들은 "굳 닥터 하타"라고 부르며 존경을 표했다. 의료기구상 주인을 의사라고 높여서 불러주는 사람들에게 하타는 모범적인 일본계 미국 시민이다. 그러나 어느 덧 70이 넘은 노인이 되어 그는 자신의 삶이 그들에게 보여진 것과 달리 실패했다고 느낀다. 고독한 노인이 혼자 살기에 너무 큰집을 친구인 리브와 레니는 팔라고 하지만 그는 그러지 못한다. 고등학교를 채 마치지 않고 가출하여 돌아오지 않는 딸 써니를 기다리고 있기 때문이다. 평생을 바쳐 일한 의료기구상도 히키 부부에게 팔았는데 상점이 잘 되지 않자 히키는 그를 의심하고 그의 아내, 앤 히키는 여전히 공손하고 이해심이 많지만 심장병으로 병원에서 사는 아들의 입원비를 내지 못해 고통 받는다. 집을 나갔다가 돌아온 써니는 그에게 알리지도 않고 시내의 쇼핑 몰에서 일한다. 그 소식을 듣고 찾아간 그에게 써니는 흑인사이에서 나온 아들 토마스에게 할아버지라는 사실 조차 알리지 못하게 한다. 입양한 딸을 위해 평생 독신으로 살던 그가 50대에 사귄 메어리 번즈도 암으로 병원에서 죽을 때 다정하게 손목조차 잡아주지 못했다. 성실하게 열심히 살았지만 무엇이 그를 실패한 고독한 노인으로 만들었는가.

일인칭 서술로 진행되는 이 소설은 대략 3겹의 서술 층위로 이루어진다. 가장 겉이 현재 노인의 고독한 삶이다. 그리고 그 다음 서술이 50대에 써니를 키우던 시절과 번즈를 사랑하던 때의 경험이다. 가장 마지막에 깊숙이 묻힌 서술이 그가 젊은 시절 군에서 겪은 경험이다. 현재 그는 집에 불이 나서 병원에 입원해있다. 그는 미국으로 이민 와서 살면서 한국의 고아를 입양했다. 그가 바란 것은 순수한 한국의 피를 가진 여자아이였다. 그러나 기부금을 내면서 얻은 아이는 흑인의 피가 섞인 혼혈아였다. 그는 그 아이를 위해 평생 혼자 살 결심을 하는데 언젠가 번즈가 말한 것처럼 여자아이는 어머니가 있어야한다는 말이 옳았다. 아이에게 피아노를 치게 하고 자신은 집안일을 다해치우며 무슨 일이든 그 아이가 원하는 것은 다 들어줄 듯이 대한다. 무조건 순응하는 하타의 이런 자세에 대해 번즈는 마치 써니에게 빚진 것이라도 있어 갚으려는 듯이 대한다고 말한다. 그리고 번즈 자신도 그렇게 힘들게 의무처럼 사랑하지 말라고 충고한다. 하타의 이런 부적응은 이창래가 그의 첫 번째 소설 『네이티브 스피커』에서 한국의 관습을 상징하는 화자의 아버지가 자식을 대하는 희생적 자세를 연상시킨다. 하타와 써니의 관계는 여순경 코모와 그녀의 딸 베로니카의 동등하고 자연스런 관계와 대조된다. 그들 모녀는 서로 똑같이 일을 나누어했고 서로 사랑하지만 독립적으로 자기 일에 책임을 지며 늘 친구처럼 대화를 나눈다. 그러나 침묵과 희생을 미덕으로 삼는 한국의 전통을 상징하듯이 하타는 써니와 그런 관계를 갖지 못했다. 미국의 문화와 한국의 문화는 이렇게 대조되고 갈등을 빚는다.

써니는 미국인 아버지들와 다른 그를 오해하고 드디어 반항하기 시작한다. 부모의 책임이라고 믿고 하타는 써니가 흑인불량배들과 어울리는 것을 참지 못한다. 하타는 써니의 성적인 방종과 과거 어떤 사건을 연결시킨다. 젊은 시절 미얀마에서 군대와 여자들의 매춘을 떠올리며 하타는 써니가 임신하자 강제로 절제수술을 시킨다. 하타는 진정으로 써니의 행복을 위한다고 믿지만 써니는 그런 간섭을 참지 못하며 그가 자신을 자식으로 대하지 않고 과거 누군가에 대한 속죄를 위해 선택된 것 같다고 느끼는 것이다. 그런지도 모른다. 그는 써니가 순수한 한국 피가 아닌 것에 실망했을 것이고 그것을 어린아이가 느꼈을 것이다. 그리고 이제 그는 써니의 성적 방종 뿐 아니라 그녀가 흑인들과 접촉하는 것을 원치 않는지도 모른다. 써니는 바로 하타의 그런 부분에 정면으로 저항하고 있는 것이다. 순수한 피는 미국인들 보다 동양인, 특히 일본인이나 한국인에게 중요했다. 과거 한국전쟁 후 혼혈아에 대한 차별이 그것을 말해주고 그 이후 오늘날까지도 혼혈아에 대해 한국인들은 그리 너그럽지 못하다.

써니는 하타에게 누구의 대용품인가. 하타는 왜 실패한 삶을 사는가. 서술은 그의 마음속에 자리 잡은 가장 깊은 심연, 마을 사람들이 전혀 모르는 과거의 상흔을 향해 다가간다. 이차대전의 막바지 1944년 가을. 버마의 미얀마 지역, 젊은 중위 하타는 오노 대위의 진료소에서 일을 돕는다. 그때 조선여자들이 위안부로 오게 되고 일본군 엔도 상사는 그 가운데 한 여자를 죽인 죄로 처형된다. 그는 평소에 여자들의 사진을 보면서 성적만족을 누리던 군인인데 막상 위안부들과의 성적 쾌락을 거부한다. 그에게 사진 속의 여자들은 사랑의 대상이었다. 그러나 눈앞에서 본 여자들은 그런 환상이 제거된 짐승이었고 그는 그것을 참을 수 없었다. 그의 죄목은 살인죄가 아니라 국가의 재산을 손상시켰다는 죄였다.

왜 하타의 기억 속에서 엔도의 일이 먼저 떠오르는가. 엔도의 살인
은 현재 집에 불이 나서 화상을 입고 병원에 누운 이 노인의 기억 속
의 상흔과 어떤 관계가 있는가. 엔도에게 사랑이 없는 성이란 짐승의
행위이고, 사랑은 환상의 베일이 없이는 느낄 수 없는 감흥이었기에 그
는 사랑을 위하여 여자를 죽이고 자신도 처형된다. 이 일은 그다음에
벌어지는 하타와 K 라는 조선여자와의 사랑과 대조된다. 하타는 오노
의 명령으로 진료소에 검은 깃발을 올리고 그 여자의 순결을 보호하는
일을 맞게 된다. K는 일본이 치루는 범아시아 통일 전쟁의 목적인 고
귀한 혈통이었기에 오노는 그녀의 순결한 피를 보호하려한다. K는 조
선시대 말기, 일본대사를 지낸 양반의 가문에서 태어났지만 "끝애"라는
이름이 상징하듯이 아들을 위해 희생된 딸이다. 그녀는 아들의 신변을
보호하기 위해 일본의 공장에 보내지고 정신대로 끌려왔으나 독학으로
공부하며 미래를 꿈꾼 열정을 지닌 여자였다. 오노는 그녀를 일본이 지
켜야할 고귀한 피라고 보았다(268). 여기에서 이창래는 일본의 파시즘
이 범아시아의 순결을 지키려는 배타성에서 나온 것이라고 암시한다.
검은 깃발은 하타에게도 배타성을 암시했다. 구로하타가 자랐던 일본의
마을에서는 전염병이 돌면 외래인의 출입을 금지시키는 의미로 마을에
검은 깃발을 올렸다. 그러나 그는 과연 검은 깃발이 상징하듯이 순수한
피를 지닌 일본군 중위인가. 그는 누구인가. 노인의 기억은 상흔의 핵
심을 쫓아 파고든다.

하타는 K를 보호하면서 그녀의 고귀함과 삶의 열정을 사랑하게 된
다. 그리고 전쟁이 끝나면 그녀와 행복하게 살 미래를 꿈꾸며 그녀에게
사랑을 호소한다. 그러나 조선말이 유창한 그에게 K가 "당신은 조선
사람이지요?" 라고 물었을 때 그는 아니라고 부정한다(234). 그는 거짓

말을 한 것이다. 아니 진실이기도 하고 거짓이기도 했다. 하타는 조선에서 태어났으나 고아로 일본에 입양되어 일본 군인으로 길러진 이중의 정체성을 지녔기 때문이다. 그는 가짜였다. 그는 조선인으로 K를 사랑한다고 믿었으나 사실은 일본군인으로 K를 보았고 그 환상이 K를 구원하지 못한다. 그는 K처럼 피지배자였으나 지배자의 위치에서 사랑했기에 그녀를 이해할 수 없었다. K는 사랑을 느끼고 미래를 꿈 꿀 수 있는 위치가 아니었다. 그녀는 환상을 가질 수 없었다. 어느 순간이든지 검은 깃발이 내려지는 순간 정욕의 노예가 되어 짐승으로 전락할 몸이었다. 이것을 당시의 젊은 하타는 이해하지 못했고 그 이후 노인이 될 때까지 이해하지 못했고 이제 자신의 삶이 실패했다고 깨닫는 순간에야 비로소 상흔(trauma)을 만지게 된다. 상흔의 실체는 무엇이었을까. 검은 깃발이다.

이창래는 이 소설에서 검은 깃발을 서술이 진행되면서 변모하는 환유로 쓰고 있다. 하타의 고향에서 그것은 외래인의 출입을 금지하는 배타성을 상징했다. 오노의 진료소에서 그것은 K의 혈통을 보전하려는 금지였다. 그런데 세월이 흐른 어느 날, 미국에서 그것의 의미는 달라진다. 할로인 데이에 어느 남학생이 여학생을 자꾸만 괴롭혔다. 그러자 그녀는 검은 보자기를 얼굴에 뒤집어쓴다. 남학생은 얼굴이 없는 그녀를 보고 질겁하여 달아난다. 검은 보자기는 자신을 없애므로서 상대방을 겁주는 방어행위였다(222).

검은 보자기는 자신을 제거하여 상대방으로부터 놓여나는 탈출의 수단이었다. K가 간절히 원했던 것은 오노의 보호도 아니고 하타의 사랑도 아닌 죽음이었다. 스스로의 얼굴을 검은 보자기로 씌워 지워버림으로서 적의 손에서 탈출하고 자유를 얻으려는 막다른 골목의 방어였다. K는 환상이 제거되고 미래가 없는 짐승이었기 때문이다. 지배자도 파지배자도 아닌 어중간한 잿빛 정체성, 호미 바바(Homi Bhabha)의 표현대로 두개의 문화가 덧칠해진 혼혈성(hybridity)의 하타는 이미 제스처 삶을 살았던 것이다. 그런데 어떻게 범아시아인의 동질화를 꿈꾸는가. 일본 제국주의는 이미 그 안에 얼룩덜룩한 정체성을 품고 있었고 이것이 그들의 일사분란한 제국의 꿈을 안에서 전복하는 동인이 된다(바바 123-138).

하타가 과거의 기억을 통해 만진 것은 죽음을 상징하는 검은 깃발이었다. 상혼은 캐시 크러스(Cathy Crauth)가 말했듯이, 아니 프로이트가 이미 밝혔듯이 죽음의 자유를 향한 이탈이었다. 깃발은 순수혈통을 지키는 것이 아니라 죽음과 탈출을 의미했다. 그것은 정욕의 노예가 된 K가 제국의 소유와 지배를 벗어나는 유일한 길이었다. 그러나 하타는 K를 보호하려했고 다른 모든 남자들처럼 그녀를 소유하려했다. "사랑이라구요? 당신은 다른 남자들과 똑같이 나의 섹스를 원하는 것 뿐이다." K는 죽여 달라는 청을 거부하는 하타에게 소리친다. K는 오노의 칼날에서 하타를 구했지만 하타는 K를 구하지 못한다. 바로 그 다음순간 정욕에 굶주린 수십 명의 군인들은 그녀를 윤간하고 시체를 풀밭에 버린 것이다. 이것이 그가 기억한 가장 깊숙이 묻힌 상혼이다.

이제 그는 깨닫는다. 그동안 상자 속에 간직해온 검은 깃발의 의미가 달라진 것이다. K에 대한 이루지 못한 그리움과 죄의식 대신에 자신에 대한 반성과 인간의 환상이 지닌 한계를 본 것이다. 그가 써니를 입양할 때 순수한 조선여자의 혈통을 원했던 것, 써니를 위해 평생 의료기구상에 혼신을 쏟은 것, 번즈와 앤 히키에 끌린 것 등 그의 전 생애는 K라는 상실한 이마고를 되찾으려는 무의식적 방어였다. 그리고 그것은 실패하기 마련이었다. 순수한 정체성이란 존재하지 않았고 삶은 이미 제스쳐이기 때문이다. 이제 그는 집과 가게를 써니에게 물려주려던 계획 대신에 암으로 죽은 앤 히키의 아들을 돕는데 사용하고 써니가 없는 먼 곳으로 떠난다. 그에게 "집"이란 고정불변의 은신처요 자식에게 물려줄 소유물이었다. 그러나 이제 그는 정체성이 잿빛이듯이 소유의 한계를 깨닫는다. 집은 안에서 보면 친숙한 나만의 장소이지만 밖에서 보면 낯선 곳이었다. 같은 맥락에서 간직해온 검은 깃발을 허공이 내건다. 집의 의미가 달라지듯이 검은 깃발의 의미도 달라진다.

친숙한 집을 떠나면서 새로운 집을 얻고 폐쇄적이고 고정 불변의 정체성을 버림으로서 새로운 정체성을 얻는 것이 하타가 소설의 마지막에 얻는 다문화적 가치관이다. 이창래에게 하타는 어느 곳에도 속하지 못하는 이중적 정체성이었고 종군위안부도 짐승이며 연인이었던 이중의 정체성을 상징한다. 하타는 그녀를 숭고한 연인으로 보고 사랑했다. 조선의 고귀한 혈통은 젊은 하타가 지켜내야 할 자아 이상이었다. 그러나 K는 그런 환상을 가질 수 없는 짐승의 삶이었다. 그녀를 사랑하는 길은 단 하나 그녀를 죽이고 자신도 처형되는 것이었다. 이것이 엔도 상사가 선택한 사랑이었다. 그러나 하타는 자기중심적이고 이기적이었다. 상상계(The Imaginary)에서는 조선인이었으나 상징계(The Symbolic)에서는 일본인이었던 하타는 간절히 그녀를 구하여 함께 살고 싶었으나 제국의 입장으로 사랑했을 뿐이다. 그는 K에 대한 사랑과 죄의식을 그 후의 삶에 그대로 투사했다. 그녀는 그의 삶을 끌어간 동인이며 욕망의 대상이었다. 이것이 그가 실패한 원인이다. 그렇다면 K는 아시아계 미국인이 스스로를 되돌아보게 만드는 미학적 장치가 아닐까. 종군위안부는 소설의 핵심에 위치한 하타의 상흔이고 실패의 원인이고 작가 이창래가 현재 자신의 입장을 돌아보는 은유라는 것이다. 이것이 그의 소설이 종군위안부에 대한 애도가 충분치 않고 한국에 대한 숭배가 석연치 않은 인상을 주는 이유다. 만일 그의 소설이 이런 깨달음을 넘어서 인간의 보편적인 아픔을 짚어주지 못했다면 그는 고향의 상처를 고발하는 대신에 그 상처로 자신의 입장을 이야기했다고 질책 받을 수도 있을 것이다.

종군위안부와 제스쳐 인생 사이에는 큰 거리가 있다. 인물의 심리를 파헤치며 화자의 내면을 파고드는 이창래의 기법으로는 결코 자신이 종군위안부라는 과거의 여성이 될 수 없는 것이다. 그리고 그의 서술기법은 마치 정신분석에서 분석자 담론을 연상시키듯이 겹겹이 파고들면서 독자의 분석을 요구하는 형식이다. 그러므로 그에게 종군위안부는 범아시아인의 순수혈통의 보전이 환상이었음을 드러내는 보편성을 향하게 된다. 우리는 모두 잿빛 정체성을 지니고 살면서 순수를 지향한다는 깨달음이다. 이것은 분석담론일 뿐 아니라, 정신분석과 정체성을 연결시킨 프란츠 파농이나 호미 바바의 이론과 흡사하다(권택영 246). 이것이 종군위안부의 정치성을 희생시키고 이창래가 얻어낸 문학적 보편성이다. 이것이 고향 사람들에게는 섭섭하고 미국인들에게는 환영받는 『제스쳐 인생』이다. 이제 노라옥자 켈러가 종군위안부를 다루고 있는 방식과 내용을 알아보자.

3. 언어의 힘 : '정신대'

『제스쳐 인생』이 K 라는 종군위안부를 사랑했던 하타의 비밀과 그것을 기억하는 과정을 통해 깨달음에 이르는 일인칭 소설이라면 노라옥자 켈러의 『종군 위안부』는 어머니와 딸의 서술이 교차되면서 발견과 깨달음에 이르는 소설이다. 어머니의 이야기를 엮는 최종화자 베카는 하와이 신문사에서 부음을 고지하는 란을 맡아 일하고 있다. 죽은 자의 신상을 적으면서 그 사람의 일생을 상상해보곤 하는데 막상 자신의 어머니가 죽었는데 아무것도 알지 못하는 것에 당황한다. "아키코"라는 이름의 어머니는 베카가 두려워하고 보살펴야하는 일생의 짐으로 밖에는 상상되지 않았기 때문이다. 귀신을 보고 죽은 자들과 소통하여 며칠 씩 몽환에 빠지던 어머니는 집을 나가 살던 베카가 단 하루 집에 들르지 못한 날, 애인이 왔던 날, 죽은 것이다. 베카는 어머니가 남긴 작은 상자 속에서 그녀의 진짜이름이 "김순효"이고 그녀가 숨겨온 비밀을 알게 된다.

소설은 이런 사실을 알게 된 딸이 어머니의 삶을 기억하고 재구성하면서 모녀관계를 회복하는 과정을 서술한다. 그리고 그것은 곧 한국과 한국인의 피를 인정하는 과정이기도하다. 베카는 작가 자신처럼 미국인 아버지와 한국계 어머니 사이에서 난 혼혈아이기 때문이다. 소설은 아버지의 제사를 준비하며 어머니가 딸에게 "내가 네 아버지를 죽였지."(1)라고 말하는 데서 시작한다. 5살 때 죽은 아버지는 베카가 언제나 어머니가 몽환에 빠져 귀신을 볼 때마다 도와달라고 빌던 천국의 천사였다. 그런데 이 느닷없는 어머니의 말이 베카는 무슨 뜻인지 모른다. 독자 역시 그 말을 그냥 흘려듣게 된다. 소설을 다 읽고나서 곰곰이 생각해야 그것이 서술의 실마리였음을 알게 된다. 소설은 바로 그 수수께끼 같은 말을 풀어가는 과정이다.

하와이에 정착한 아키코는 레노 아줌마의 식당에서 일을 하다가 몽환에 빠지고 그것을 알게 된 실리적인 레노는 그녀가 신들린 동양의 유명한 점쟁이였다고 사람들에게 알려 아키코가 돈을 벌게 도와준다. 이런 내막을 모르는 베카는 신들린 어머니를 두려워하고 친구들 앞에서 숨기고 싶어 한다. 아키코는 12살 때 언니의 결혼 지참금을 위해 일본 군인들에게 팔려 위안소로 가게 된다. 그곳에서 처음에는 청소나 빨래 등 잡일을 했지만 일본군에 저항하다 죽은 "미친" 위안부 인덕의 이름, "아키코 41"을 물려받아 종군 위안부가 된다. 인덕은 일본군인에게 욕을 하고 자신이 한국인, 그리고 여자임을 부르짖다가 끌려 나가 시체가 되어 돌아온다. 그러나 아카코는 인덕은 미친 게 아니라 스스로 죽음을 택하여 지옥으로부터 탈출한 것임을 곧 깨닫는다. 그것이 종군 위안부의 마지막 자존심임을 깨달은 아키코는 인덕의 이름만 물려받는 게 아니라 그녀의 혼을 몸 안으로 끌어들인다. 그 이후 그녀의 삶은 인덕의 혼이 간섭하고 이끌어가는 삶이었다. 인덕의 시체는 자신의 몸이었다. 마침내 아키코가 아기를 유산시키고 피 흘리며 탈출을 할 때, 얄루 강물 위에서 그녀는 얼굴이 없는 자신을 본다. 이름과 얼굴을 잃고 인덕의 혼이 되어 살아가는 삶이다. 위안소의 상혼은 그녀의 몸과 영혼을 죽인 것이다.

그녀는 탈출하여 평양에 주둔하던 미국선교사들에게 발견되고 그곳에서 보호를 받다가 전쟁이 끝나자 본국으로 돌아가는 선교사의 아내가 된다. 자신이 고향으로 돌아가도 위안부였다는 사실 때문에 인간 대접을 받지 못할 것이라고 생각했기 때문이다. 미국의 물질적인 풍요 속에서 선교사부인이 된 그녀는 남편과 지방을 순회하고 딸을 낳고 살지만 진정으로 그를 사랑하지 못한다. 그녀는 기독교인이 되기에는 한국의 혼을 상징하던 인덕의 혼령을 믿었고(92) 한국적 무속과 친근했다. 그리고 위안소의 경험은 남편의 정욕을 예민하게 알아채어 그의 위선을 드러내고 원만한 사랑을 가로막는다. 그녀는 자신이 한국을 떠날 때 흙을 먹었듯이 베카를 낳자 흙을 끓여서 입에 대준다. 동양의 사상에서 흙은 만물이 생성하는 모태요 뿌리였기 때문이다. 베카가 회상하듯이 집안에는 언제나 만신아줌마, 삼신 할매, 저승신 등이 아버지보다 더 큰 자리를 차지했다.

아키코는 자신의 과거를 딸에게 감추었고 참혹한 기억에서 벗어나지 못했기에 딸을 지나치게 간섭하고 보호하려했다. 레노가 말하듯이 그녀는 신과 소통하는 신비한 능력을 지녔지만 질투도 강했다. 딸이 자신보다 아버지를 더 좋아하기 때문에 남편을 질투했던 것이다. 그러나 그녀가 자신의 전통을 딸에게 강요할수록, 딸을 보호하려할수록, 딸은 점점 더 멀어져갔다. 어머니의 과거를 모르기에, 그녀의 신들림을 이해하지 못하기에, 딸은 어머니를 남들 앞에서 거부한다. 학교에 이상한 모습으로 나타난 어머니를 아이들이 미친 여자라고 손가락질할 때 베카는 당당히 자기 어머니라고 주장하지 못한다.

> 바로 그 순간 나는 내 어머니라고 주장해야했다. 그러나 나는 도망쳤고
> 내가 어머니로부터 멀어질수록 나는 점점 더 작아져서 마침내 어머니가
> 악귀의 살을 몰아낼 때 태우곤 했던 값 싼 쑥뜸 뭉치들 보다 더 작고 더
> 얇팍해졌다(89).

이처럼 아키코의 고통은 과거의 경험뿐 아니라 현재 딸이 자신을 거부하는 것에 있다. 그녀는 그럴수록 더 과거에 매달리고 인덕을 찾는다. 인덕은 어느 덧 그녀에게 고향의 만신을 대표하는 혼령이 된다.

> 나는 천국을 그렸다. 그곳은 천사들이 일본군의 시체들로 가득 찬 강물
> 위로 걸어가는 해방된 조국이었다. (기독교) 신에 대해 나는 아무런 그림을
> 그릴 수 없다. 그러나 가장 어두운 밤에 내 기도들이 알알이 맴돌 때 내가
> 부르짖고 더듬던 얼굴은 언제나 인덕의 얼굴이었다(92).

어머니가 과거의 상흔이요, 현재의 고향인 인덕의 혼에 사로잡힐수록 딸은 도망치고 그럴 수록 어머니의 질투와 집착은 강해져서 "내 딸, 내 피부"에 대해 거의 강박적이 된다. 이것은 마치 토니 모리슨(Toni Morrison)의 소설 『빌러비드』(*Beloved*)에서 딸에 대한 어머니의 집착을

연상시킨다. 어린 딸이 노예상에게 팔려가는 것이 싫어서 그 애를 죽인 어머니는 딸이 환생하여 함께 산다. 그리고 둘은 서로 집착하고 소유하여 한 덩어리가 된다. 물론 복수하듯이 어머니를 소유하는 빌러비드와 달리, 베카는 소유로부터 도망치지만, 어머니의 집착은 그럴수록 강하다. 다시 말하면 종군위안부의 상흔인 인덕은 어머니를 미국 문화 속에서 소외시키고 딸과의 정상적인 삶을 방해한다.

이처럼 종군위안부의 기억은 아카코의 정상적인 삶을 방해하지만 동시에 한국의 전통과 문화를 주장하는 은유로 발전된다. 아버지가 상징하는 서구문화의 대안으로 한국과 동양의 문화를 상징하는 것이다. 켈러의 소설에서 종군위안부는 이중적 의미로 발전되는 서사의 모티브이다. 그것은 한국의 수치스런 과거요, 일본제국주의의 만행이요 동시에 아카코에게 이국의 문화에 동화될 수 없게 만드는 고향의식이다. 인덕은 아카코로 하여금 정상적 삶을 누리지 못하게 하는 상흔이지만 다른 한편으로 자신의 문화와 정체성을 지켜주는 수호신이다. 아카코가 딸에게 햄버거 대신 한국의 나물을 먹게 하고 갈비와 김치를 먹게 하려는 노력은 딸이 아버지의 문화인 미국문화만을 무조건 따르는 것을 막으려는 것이다.

이처럼 이창래의 소설보다 켈러의 소설에서 종군위안부는 훨씬 더 분명하게 유령으로 나타나 그녀의 삶을 지배하고 동시에 이끌어 간다. 서술이 발전될수록 그것은 이중적인 의미로 발전된다. 인덕은 아카코의 상흔이면서 동시에 그녀의 삶을 올바르게 끌어가는 한국의 자존심이 된다는 것이다. 이에 비하여 이창래의 소설에서 종군위안부는 하타의 실패한 삶을 반성하는 동인이다. 주인공이 자신의 정체성을 감추고 이편도 저편도 아닌 거짓 인생, 텅 빈 인생을 이끌어가는 서술의 감추어진 실마리다. 위안소의 K는 하타의 제스처 인생의 희생자요, 그 이후의 K는 하타의 삶을 지배하는 근원적 이마고요, 소설의 마지막에 K는 하타가 그런 잘못을 깨닫는 숨겨진 서술의 핵이다. 비록 종군 위안부의 참혹함이 엔도 상사의 환멸과 처형으로 암시되지만 그것은 지극히 암시적이다. 켈러의 경우처럼 직접적으로 서술을 지배하지 못하고 오히려 K라는 여성을 통해 미화되는 느낌이 있다. 그러므로 K는 하타의 이중적 정체성에 의해 희생되지만 다시 한번 이창래의 미학적 의도에 의해 희생되는 느낌이 든다. 그것은 남성 화자가 여성의 성적 희생을 다루는 한계요, 미국인으로 동화되고자 하는 작가의 의도 때문이다. 자신의 말처럼 그는 종족의 문제보다는 그것을 넘어 모든 인간의 문제를 다루고 싶은 것이다. 게다가 이창래가 하지 못하는 또 다른 한 가지를 켈러의 소설이 해낸다. 종군위안부의 또 다른 의미로 모성의 대화를 통해 여성들의 결속을 암시하는 페미니즘이다.

4. 안녕, 나의 어머니가 나를 부른다

남성 작가로서 이창래의 소설에서 찾을 수 없는 또 다른 정치성이 켈러의 소설에 있는데 그것이 여성적 감수성이다. 제스쳐 인생에서도 K를 통해 조선시대 가부장제 이데올로기가 반영되기는 한다. K는 조선 말기 일본대사를 지낸 집안의 딸로 태어났지만 아들을 지키려는 부모에 의해 위안부로 온다. 그리고 여자에게는 교육을 시키지 않는 관습에 저항하여 혼자 독학으로 글자를 배우고 꿈을 지녔던 열정의 여성이다. 만일 그녀가 고귀한 영혼이 아니었으면 오노가 보호하려하지 않았을 것이고 하타가 사랑하지 안았을 것이고 하타의 이기심을 짚어줄 지적 혜안을 갖지 못했을 것이다. 하타의 이마고가 되지 못했을 것이다. 한국의 여성에 대한 전통적 차별을 이창래는 이런 정도를 넘어서 재현하지는 않는다. 그리고 이런 재현은 자기 반성적이기에 고향을 더 긍정적으로 그리지 않는다는 오해를 받을 수 있다. 그러나 여성 작가요, 모녀가 서술의 화자들인 켈러의 소설에서 페미니즘은 훨씬 더 적극적이다.

베카는 생전에 어머니에 대해 몰랐던 자신을 탓하며 어머니가 모시던 삼신 할매의 선물들 밑에서 보석 상자를 발견한다. 그 안에서 그녀는 "김순효"라는 어머니의 진짜 이름과 할머니가 일제강점기 3.1운동에 참가했던 사실을 알게 된다. 할머니는 당시 교육받은 신식여자였다. 그러나 일본경찰의 검거에서 살아남기 위해 신분을 감추고 시골의 남자와 강제로 결혼한다.

> 그녀는 씻을 시간도, 먹을 시간도, 그리고 신랑 집의 예물로 마련되어야
> 했지만, 어머니가 입던 붉고 푸른 예복을 입어볼 시간이 없었다. 그저 장차
> 의 시부모가 들려주는 훈계 외에는: 결혼은 사랑을 위한 것이 아니라, 아들
> 을 낳기 위한 의무요, 가문의 명예를 지키기 위한 의무다(180).

할머니에게는 이름이 없었다. 아키코에게도 이름과 얼굴이 없었다. 할머니는 조선의 남아선호 사상 때문에 이름이 없었고 아카코는 일본의 제국주의 때문에 얼굴과 이름을 상실했다. 그리고 미국에 와서도 여전히 아카코는 이름을 찾지 못했다. 지배적인 미국문화에 의해 여전히 억압된 것이다. 그래서 죽은 후 딸에게 자신의 이름과 얼굴을 찾아줄 것을 원했던 것이다. 상자 안에는 "김순효"와 베카의 한국식 이름인 "백합"이라는 글자가 들어있었다. 이런 의미에서 소설은 한국의 이름과 얼굴을 찾아가는 과정이고 종군위안부는 그것을 이루어주는 서술의 실마리다. 상실이며 동시에 회복이다. 어째서 회복인가.

상자 안에는 곡(Kok), 염(Yom), 한(Han) 제사(Chesa) 등 한국의 말들이 적혀 있고 그런 말들은 생전의 어머니가 늘 하던 말들이었다. 그러

나 이제 베카는 한 단어에 머물고 그것은 "정신대" 라는 이상한 글자였다. 한번도 그녀가 듣지 못했던 단어였지만 베카의 억압된 기억을 떠올리게 하는 그 단어는 곧 바로 아버지의 죽음과 연결된다. 베카가 5살 때 어느 날 밤 아버지와 어머니는 정신대 문제로 싸움을 했고 그때는 그 의미가 무엇인지 몰랐다. 아버지는 그 후 병원에 입원하여 충격으로 죽는다. 이것이 그 단어를 보고 아버지의 죽음의 원인과 어머니가 평생 딸을 위해 감추었던 비밀을 알게 되는 실마리다. 제삿날 느닷없이 얘기했듯이, 어머니는 아버지를 본의 아니게 죽였던 것이다. 그리고 결국은 한 권의 소설이 탄생하는 계기가 된다. 종군위안부인 인덕은 할머니, 어머니, 김순효, 그리고 베카에 이르는 모계를 이어주고 만물의 뿌리가 되는 흙과 삼신 할매로 연결된다.

어머니가 죽은 날은 베카가 연인인 샌포드와 만났던 날이다. 직장의 상사인 샌포드는 유부남이었다. 베카는 그 이전에도 어머니의 혼이 부적절한 연인관계를 막았던 기억이 있다. 이번에도 어머니는 신들린 사람으로 베카의 잘못된 성관계를 간섭한 것이다. "물고기에게 자전거가 필요하든? 여자에게 남자란 바로 그런 거야." 어머니는 그렇게 말하며 베카의 성적 욕망을 막아 주었다. 그녀는 성이 무엇인지 정욕이 무엇인지 위안소에서 보았기에 무절제한 정욕을 막아주려 한 것이다. 이처럼 어머니는 딸을 보호했고 마침내 딸은 그런 어머니의 아픔을 수용하게 된다.

5. 정치성인가, 미학성인가 : 이창래와 켈러

종군위안부는 성의 본질이 폭력이고 그것이 사랑과 연결되지 낳고, 제국이 전쟁을 수행하는데 이용되었을 때 가장 추악한 인간성의 말살이라는 예를 보여주는 충격적인 사건이다. 그것은 나치의 유태인 학살보다 더 잔혹할 수도 있다. 인간의 가장 내밀한 성을 가장 잔인하고추한 방식으로 드러내기 때문이다. 그러므로 서구인들에게 동양의 숨겨진 죄악을 고발하여 사회적인 물의를 일으킬 수 있는 적절한 문학적소재이다. 그러나 문학으로 승화될 때 종군위안부의 정치적 고발이 약화되고 한 단계 더 나아가 작가가 처한 다문화적 상황을 재현하면서주인공의 정체성을 찾는 과정의 일부로 축소되기 쉽다. 이것은 문학 언어가 지닌 어쩔 수 없는 한계이다. 그러면서도 그것이 지나치게 축소될때 고향사람들은 섭섭하지 않을 수 없다. 특히 이창래의 경우는 더욱그런 인상을 주는데 이것은 그가 남성이기에 여성 피해자의 입장이 되기 어려운 점도 있고 그가 미국인으로 미국에서 적응하는데 겪는 어려움을 한국의 관습과 문화로 느끼기 때문이기도 하다. 그리고 무엇보다다음과 같은 인터뷰에서 드러나듯이 그는 한국계 미국작가가 아니라한국의 소재를 사용하지만 보편적인 작가, 즉 특정인종을 초월한 작가가 되려는 욕망을 가지고 있다.

> 나는 영어로 글을 쓰는 작가이다. 아마 이 사실이 나를 영어권 작가 또는
> 미국작가가 되게 하는 셈이다. 그러므로 나는 미국정서를 가지고 한편으로
> 는 미약하나마 한국정서를 가지고 소설을 쓴다. 그러나 내가 지닌 한국적
> 정서가 진정으로 한국적인지에 대해서는 잘 모르겠다. 나는 한국에서 살아
> 본 적도 없고 한국은 이곳과 상당히 다른 곳이라고 알고 있기 때문이다
> (성우제 107).

이것은 『제스쳐 인생』이 출판된 직후, 1999년 9월 30일, 『시사저널』에 실린 이창래의 인터뷰 내용이다. 1995년, 펭클의 글이 암시하듯이 『네이티브 스피커』는 미국 출판계와 비평계의 호의적 반응과 달리 한국

계 미국인이나 한국인들에게는 부정적으로 비쳤다. 그가 한국의 전통을 잘 모르고 한국의 문화를 폄하하고 미국 출판 상업주의와 손잡고 동족들의 그동안 작업에 무감하다는 비난이다.(이 소설을 읽노라면 "존 쾅"이라는 인물의 성은 "강" 씨가 아닐까 하는 느낌이 들기도 한다.) 이런 분위기를 이창래 자신이 모를 리 없다. 게다가 그는 종군위안부에 관한 자료를 한국에 와서 취재했음에도 직접 다루기보다 우회했고, 그 우회가 너무 멀리 돌았다는 느낌을 주었으니 이 문제에 자신이 민감했을 것이다. 이창래는 비슷한 시기에 다른 인터뷰에서도 미국의 흑인 작가, 제임스 볼드윈이 흑인의 문제만이 아니라 인간의 문제를 다루듯이, 자신도 한국적 작가의 범위를 넘어선 인간 보편적 문제를 다루는 작가임을 강조했다(아마존 1999년 9월 7일).

우리는 그의 작품을 한국을 넘어 보편적인 주체와 기법에서 볼 것인가. 아니면 한국적인 정서로서 볼 것인가. 미국의 백인들은 랄프 엘리슨(Ralph Ellison)의 『보이지 않는 인간』(The Invisible Man, 1947)을 가장 잘 쓰인 흑인 작품으로 평가하지만 흑인들은 그가 미국문화에 편승했다고 비난했다. 정치성을 강조하다 보면 미학성이 죽고 미학성을 강조하다 보면 정치성이 죽는다. 이 둘의 조화를 이루기란 쉽지 않다. 그러나 우리는 흑인 여성 작가 토니 모리슨이 이 둘을 잘 조화시켜 백인과 흑인 모두에게서 호평 받는 것을 안다. 이창래가 이 두 가지를 조화하여 양쪽의 호평을 받으려면 시간이 더 필요한지도 모른다. 아니면 한국적인 것을 희생하고서라도 미국작가가 되기를 원하는 그에게 "이창래"라는 한국이름을 위해서 여전히 박수를 보낼 것인가.

한국인이요, 한국의 성을 지닌 이창래가 미국인으로 살기 위해 겪는 소외를 현대인의 소외로 승화하는 것에 비해서, 독일 성을 가지고 별로 소외를 겪지 않았던 켈러는 이런 비난에서 자유롭다. 이것이 두 작가가 같은 소재를 다루는 데서 보여주는 아이러니다. 이창래가 종군위안부로 대표되는 한국의 아픔과 문화에 인색하게 접근하는 것에 비해 다른 성을 가진 켈러는 오히려 적극적으로 수용한다는 것이다. 예를 들어 이창래는 K를 현재 일본인으로 살면서 겪는 한국인 하타의 소외를 설명하는 동인으로 삼는다. 그리고 과거의 기억을 통해 이기적인 자아를 깨닫고 호미 바바가 말했던 "집 아닌 집"을 수용하는 결론을 맺는다. 그리고 순수와 배타적인 문화를 벗어나 타자를 받아들이는 결론을 맺는다. 서술의 방식도 일인칭 화자인 구로하타가 기억을 더듬어 자신의 삶을 반성하는 자기 반성적 서술이다. 한국인으로 태어나 일본에서 자랐으나 일본인 행세를 했던 그가 평생의 이마고는 종군위안부인 한국인 여자였다. 그러나 그는 거짓 정체성으로 그녀를 집착했고 지금도 여전히 그렇게 살아왔다는 것이다. 그리고 결국은 어느 쪽도 될 수 없는 자신의 정체성을 받아들이는 쪽이다. 우리는 모두 혼혈적 문화 속에 살고 그런 정체성을 벗어날 수 없다.

이창래의 민감한 망설임에 비해서 켈러는 자신이 어릴 적에 아버지의 서구 문화를 따르고 어머니의 한국 문화를 감추려했던 것을 후회하면서 거침없이 어머니 문화를 수용한다. 아키코가 마지막에 선택한 집은 동양의 혼을 상징한다. 서술에서도 김치, 만신, 삼신할매, 제사 등 한국의 전통적인 말들을 그대로 표기하고 한국을 대표하는 인덕의 혼을 딸이 이해하고 영원히 피 속에 간각하는 결말을 이룬다. 그야말로 어머니의 문화를 폄하했던 자신을 반성하고 어머니에 대한 이해와 사랑을 딸의 입장에서 그리는데 바로 그 어머니가 인덕의 영혼인 종군위안부였으니 얼마나 딱 들어맞는 주제요 설정인가. 이런 맥락에서 그녀는 이창래보다 행운아다. 다문화적인 작품이 각광을 받는 시대에 자신이 감추려했던 한국문화를 자신있게 수용하고 게다가 소재가 여성의 아픔이기도 하니 페미니즘까지도 곁들일 수 있는 것이다. 물론 이런 적합한 소재를 어떻게 잘 엮어 한권의 소설로 만드느냐는 별개이고 켈러는 여기에서도 성공하고 있다. 대화적으로 엮어가면서 암시와 발전과 이중적 의미, 그리고 보편적인 인간의 이해 등을 담고 있기 때문이다. 종군위안부, 어머니, 할머니, 딸의 관계는 만물의 뿌리인 흙과 자연으로 연장되어 동양적 맥락에서 페미니즘을 암시하기 때문이다. 정치성과 미학성은 비교적 잘 어우러진다. 다만 주제가 딱 들어맞는 만큼 가끔 너무 도식적이라는 인상을 주는 흠을 배제할 수 없지만.

6. 맺음말

지금까지 이창래와 켈러가 종군 위안부를 어떻게 달리 다루며 고향의식이 어떻게 다른지 살펴보았다. 우리는 여기에서 다문화주의 작품들을 다룰 때 두 작가의 입장을 이해하지 못하면 많은 오해를 불러일으킬 수 있다는 예를 본다. 고향을 사랑하는 방법은 입장에 따라 다르게 나타난다는 것이다. 우리는 이창래가 한국의 입장을 좀 더 적극적으로 이해하고 수용해주기를 바라지만 그것은 그가 지닌 작가로서의 소신과 개성과 연륜과도 관계가 된다. 나이가 들면 고향이 더 그리워질 것이고 그러다보면 한국문화에서 고쳐야 하는 부분도 많지만 좋은 부분도 있다는 것을 그가 더 발견할 것이라고 소박하게 믿어보는 것이다. 중요한 것은 그들을 바라보는 우리의 주관적인 시각이다. 우리는 미국에서 한국의 성을 가진, 혹은 혼혈아가 한국에 대해 말해주기를 바란다. 그것은 다문화주의라는 문화적 흐름의 일부이지만 당연히 그리 되어야 할 것이어야 했다. 그들의 고향 의식은 분명히 부정적인 측면과 긍적적인 측면을 동시에 지닐 것이다. 아마 이창래와 노라옥자 켈러의 중간 어디

쯤에 좀 더 정확한 고향의식이 존재하는 것은 아닐까. 그리고 우리는 이것에 지나치게 민감해서는 안 되지 않을까? 문학은 어디까지나 문학이기 때문이다. 잘 쓰인 작품은 토니 모리슨의 경우처럼 저항과 반성이 동시에 맞물리고 인간의 보편적인 문제로 승화되기 마련이다. 그러므로 침착하게 그들의 활동을 지켜보면서 평가를 뒤로 유보하는 자세가 더 필요할 것이다.

탈식민주의와 다문화주의라는 최근의 패러다임은 세계 각국에 흩어진 이민자들의 2세들로 하여금 초기의 단순한 노동자나 기술자의 영역을 넘어서 다양한 직업을 선택할 수 있는 문을 열어놓았다. 켈러자신이 말하듯이 작가라는 직업은 이민 온 부모가 자녀에게 결코 권하지 않았던 직업이다. 그러나 이창래와 켈러의 경우는 부모들의 걱정이 기우였음을 보여준다. 그들은 미국의 각종 문학상을 수상하고 판매실적에서도 성공을 거둔다. 그러나 이것이 다문화주의라는 하나의 현상에 따른 유행으로 출판사들이 그런 작품을 찾고 홍보하는 데 힘입은 것이라면 작가로서의 생명은 유행이 끝나는 시점에서 멈추고 말 것이다. 그들은 아직 "한국계"라는 상표를 앞에 붙인 미국작가들이다. 페미니즘, 탈식민주의, 다문화주의등 시대적 패러다임은 그것을 초월하는 보편성을 지녀야 살아남을 수 있다. 민하(Trinh T. Minh-ha)가 언급하듯이 앞의 꼬리표를 떼어 버릴 수 있을 때 정말 잘 쓰는 작가가 될 것이다. 그녀는 여성작가들이 정말 잘 쓰기 위해서 그들 자신을 잊어야한다고 말한다. 작가 앞에 "여성"이라는 단어를 떼버릴 수 있는 미학적 거리를 두어야 한다는 것이다(27). 사실 요즈음 미국에서의 혼혈에 대한 사회적 인식은 인정을 넘어 켈러의 말처럼 동경에 이를 만큼 순수에 대한 열정은 사라지고 있다. 그러나 무의식에 새겨진 인종 차별은 그리 쉽게 사라지지는 않는다. 인간의 이성은 동등함을 목표로 하지만 감성은 내밀히 차

등을 원하기 때문이다. 예를 들어 미국에는 아시아계 인종들, 그 가운데 중국, 일본, 한국 등이 하나의 그룹을 형성하고 다른 인종들과 다른 자신들의 정체성을 주장한다. 이때 그룹 안에서 중국과 일본의 미묘한 대립, 그리고 일본과 중국이 한국을 정복자의 위치에서 볼 때 느끼는 우리들의 분노는 백인을 향한 것보다 더 클 때가 많다. 역사는 쉽게 지워지지 않는다. 그리고 인종간의 갈등은 인간의 갈등만큼이나 끈질기다. 부모에게 금속활자를 조상들이 만들었다고 배운 중국인 이민자들이 한국인 이민자들과 접촉하면서 갈등을 일으킨다. 한국인들이 자신들의 유물이라고 주장하기 때문이다. 그들은 다시 부모에게 듣는다. 그것은 중국이 한국을 지배할 때 만들어졌기에 중국유산이라고 가르친다는 것이다(O'Hearn 212). 이런 글을 대하면 한국계작가들이 미국에서 느낄 인종적 차별이란 단순히 백인이나 서구의 문화에 의한 억압보다 아시안인들 사이에서 느끼는 경쟁과 차별까지도 포함되므로 겹겹이다. 우리는 그들이 고향을 잘 모르거나 때로 왜곡하더라도 인내심을 가지고 기다려야 할 것이다. 그리고 그들에 대한 관심이 일회성이 아니라 꾸준히 조심스럽게 이루어져야 한다고 믿는다. 지나친 관심이나 비판보다 "조용한 이해"와 따뜻한 조언이 궁극적으로 한국의 이미지를 높이는 데 더 보탬이 되지 않을까 생각해 본다.

참고문헌

권택영, 「응시로서의 『제스처 인생』: 이창래와 라캉의 다문화적 윤리」, 『영어영문학』 48권 1호, 2002년.
성우제, 「어떤 언어를 쓸까 과도하게 집착한다」, 『시사저널』, 1999. 9. 30.

펭클 하인즈 인수, 「아시아계 미국 문학과 한국 문학: 세계 문화의 시각에서 본 공동의 문제점과 도전」, 『외국문학』. 44권, 1995년 가을호.

Amazon. com. 인터넷 인터뷰, 1999. 9. 17.

Bhabha, Homi K. *The Location of Culture*. London: Routeledge, 1994.

Crauth, Cathy. *Unclaimed Expeience: Trauma, Narraive, and History*. Baltimore: Johns Hopkins Univ., 1996.

Ellison, Ralph. *The Invisible Man*. New York: New American Library. 1947, 1948, 1952.

Engles, Timothy D. *Invisible Adjectives: Whiteness and Cultural Identity in the Works of Chang-rae Lee, Gloria Naylor, and Don DeLillo*. Diss. U of Georgia, 1998.

Fanon, Frantz. *Black Skin, White Masks*. New York: Grove Weidenfeld, 1967.

Keller, Nora Okja. *Comfort Woman*. Penguin Book, 1977.

_____, "A Penguin Reader's Guide to Comfort Woman." *Comfort Woman*, 부록.

Lee, Chang-rae. *Native Speaker*. New York: Riverhead Books, 1995.

___, *A Gesture Life*. New York: Riverhead Books, 1999.

Minh-ha T. Trinh. *Woman, Native, Other: Writing Postcoloniality and Feminism*. Bloomington: Indiana Univ. Press, 1989.

Morrison, Toni. *Beloved*. New York: Alfred A. Knopf, 1987.

『사금파리 한 조각』에 나타난 인물과 공간 구조

신정순*

1. 들어가는 말

근래에 들어와 활약이 두드러지게 나타나고 있는 재미 한민족 동화 작가들이 많지만[1] 그중 가장 두각을 나타낸 작가는 린다 수 박(Linda Sue Park)이라고 할 수 있다. 린다 수 박은 『널뛰는 아가씨』(Seesaw Girl, 1999년), 『연싸움』(The Kite Fighter, 2000년), 『사금파리 한 조각』(A Single Shard)』(2001년), 『내 이름이 교코였을 때』(When My Name is Called Keoko, 2002년), 『비빔밥』(Beebimbob, 2005년)을 차례로 발표했는데 그 중 『사금파리 한 조각』으로 2002년 미국 아동 문학상 중에 가장 권위 있는 상이라고 할 수 있는 <뉴베리 메달 상>을 수상하였다.

『사금파리 한 조각』은 고려 시대의 한 고아 소년, '목이'의 이야기를 그린 것이다. 목이는 청자를 굽는 마을인 줄포라는 마을에서 한 쪽 다리를 잃었지만 인정 많고 지혜롭기 그지없는 '두루미'라는 별명을 가

---

* 경희대 강사

[1] 최근 미국 아동 문학 문단에는 린다 수 박(Linda Sue Park) 외에도 최숙렬, 안나(An Na), 최양숙, 혜미 벨거시(Haemi Balgassi), 마리 리(Marie G. Lee) 등이 활약하고 있다.

진 거지 아저씨와 함께 살게 되면서 인간이 갖추어야 할 덕목을 배우며 자라난다. 또한 그 마을에서 가장 뛰어난 도공인 민영감의 집에서 일하게 되면서 자신도 도공이 되고자 하는 꿈을 키워나간다. 그러던 어느 날 민영감을 대신하여 그의 매병 청자를 왕실 감도관에게 보여주기 위하여 송도까지 운반하는 일을 하다가 도중에 강도를 만나 매병이 그만 깨어지고 만다. 하지만 목이는 이에 절망하지 않고 깨어진 도자기의 사금파리를 들고 감도관을 만나 마침내 도자기 주문을 성공적으로 받아내고 다시 줄포로 돌아온다. 이를 기화로 목이는 친 아들을 잃어버린 민영감의 아들로 입양이 되고 도공으로서의 꿈을 키울 수 있게 된다.

이러한 서사구조를 가진 『사금파리 한 조각』 외에도 린다 수 박의 작품들은 대부분 한국 전통 문화나 역사에 관한 것이다. 『널뛰는 아가씨』와 『연싸움』은 조선 시대를 배경으로 각각 널뛰기와 연날리기를 둘러싸고 전개되는 이야기이며, 그림 동화 형식으로 발표된 『비빔밥』은 한국 고유 음식에 관한 것이다. 이렇듯 집요할 정도로 한국 전통 문화에 천착한 작품 세계를 보여주는 린다가 이제까지 지내온 교육 환경은 아이러니칼하게도 미국적 문화가 지배적이었다. 린다 수 박의 부모님은 1950년에 미국으로 유학을 와서 1960년에 린다를 낳았다. 린다가 제2세대 재미교포로서 일리노이 주에서 자랄 때에 린다의 부모님은 린다가 한국어를 배우면 영어습득에 어려움이 있을 것으로 예상하고 집에서도 영어만 쓰게 하였다. 린다는 스탠퍼드 대학과 더블린 대학에서 각각 영어학과 영문학을 공부하고 석사학위를 받았다.

이같이 미국적, 혹은 영문학적 분위기 속에서 자라온 린다가 한국에 대한 새로운 인식을 한 것은 결혼 후, 자신의 자녀들을 갖게 되면서부터였다. "내가 내 아이들을 갖게 되어서야 나는 아이들에게 한국에 대해 많은 걸 들려 줄 능력이 없다는 걸 알았다. 그래서 한국의 역사와 문화에 대한 글을 읽기 시작했다. 그 덕분에 매우 흥미로운 내용들을 새로 알게 되었고, 다른 미국인들도 이를 알고 싶어 할 거라는 생각이 들었다."[2] 이러한 린다의 고백은 린다의 동화가 한국의 핏줄을 받은 자들은 물론이고 그렇지 않은 일반 미국인 독자들에게 한국의 전통문화를 알리기 위하여 작품을 썼다는 것을 말해주고 있다.

린다의 책들 중, <뉴베리 메달 상>을 받은 『사금파리 한 조각』은 한국어 뿐 아니라, 세계 여러 나라의 언어로 번역되어 한국의 전통 문화와 역사를 소개하는 역할을 하고 있다. 그런데 이같이 한민족의 긍지를 심어준 린다 수 박의 작품들에 대해서는 미국뿐만 아니라 한국에서도 김신정의 「다문화성과 한국계 미국문학의 의미망: 린다 수 박의 작품을 중심으로」[3]을 제외하고는 이렇다 할 연구가 없는 실정이다. 김신정의 연구 논문도 린다 수 박 작품에 대한 내적 분석보다는 세계에서의 한국 문학의 가능성, 즉 '다문화성'의 맥락에서 접근하고 있기 때문에 작품 외적 비평으로서는 가치를 지니지만 작품 내적 구조나 미학적 관점에서는 거의 다루어지지 않고 줄거리에 대한 소개 정도에 머물러 있다. 이에 본고에서는 『사금파리 한 조각』에 나타난 <인물>, <공간 구조>라는 관점에서 작품을 구체적으로 분석하고 이들의 통합적 의미를 추출하여 그 구조적, 심미적 특성을 드러내고자 한다.

2. 인물 분석

소설의 구성 요소로 보통 인물, 사건, 배경을 든다. 이 세 가지 요소

---

2) 린다 수 박,『사금파리 한 조각1·2』(서울문화사, 2002), <머리글>.

3) 김신정,「다문화성과 한국계 미국문학의 의미망: 린다 수 박의 작품을 중심으로」,『한국문학연구학회』, 2005, pp.231-259.

는 따로 떨어져 있는 것이 아니라 서로 끊임없이 관련을 맺으면서 소설이라는 하나의 세계를 만들어 간다. 이 구성 요소 중에서 가장 중요한 것이 바로 인물이라는 요소다. "누가 무엇을 어떻게 했다"로 하나의 이야기를 요약한다고 할 때 '무엇을'과 '어떻게'는 '누가'라는 요소를 설명해 주기 위한 것이다. 소설의 다른 구성 요소인 구성도 인물을 위한 구성이라고 할 수 있으며, 주제 역시 인물을 통해서 구현된다. 또 사건도 사건 그 자체로서 존재하는 것이 아니고 구체적인 인물들의 움직임을 통해 존재한다.[4]

이러한 구성 요소 개념은 모든 소설에서 다 해당하는 것은 아니다. 특히 20세기 이후에 유행하고 있는 포스트모더니즘 소설에서는 이러한 전통적 구성 요소 개념이 현저히 무너지고 있는 것도 사실이다. 하지만 대부분의 전통적 개념의 소설에서 구성에 있어 인물의 중요함은 아무리 강조하여도 지나치지 않다. 또한 동화는 소설과 똑같은 장르는 아니지만, 동화의 구성 요소 중, 인물이 중요한 몫을 차지하는 것은 두 말할 필요도 없다. 이런 맥락에서 『사금파리 한 조각』의 주요 인물을 살펴보는 것은 이 작품의 구성 요소를 드러내고 창의성을 엿보는 데 기본이 되는 일이므로 작품에서 가장 많이 등장하는 주요 인물들을 목이, 두루미 아저씨, 민영감, 민영감의 부인 차례로 살펴보고자 한다.

1) 고아 소년 목이

미국 작가인 피츠제럴드가 이름으로 잘 쓰지 않는 명사나 동사를 사용하여 색다른 이름을 지은 것[5]처럼 린다 수 박도 사금파리 한 조각에

---

4) 신춘자, 『현대소설의 이론』(이회문화사, 2000), pp.59-60.

5) 안임수, 「피츠제럴드의 이름짓기 취향」, 『미국소설학회 제5회 정기학술 발표대회 발표 논문집』, 미국소설학회, 2006, p.2. 안임수는 피츠제럴드가 "Brick", "Buzz", "Frog", "Midget", "Spud", "Trombone" 등, 이름으로 잘 쓰이지 않는 동사나 명사를 사용하여 특별한 별명

서 주요 인물들에 특이한 이름을 붙인다. 주인공 소년의 이름인 '목이 (Tree-ear)'[6]는 "죽은 나무나 쓰러진 나무의 썩은 낙엽 속에서 저절로 자라는, '귀처럼 생긴 목이버섯'에서 따온 이름"[7]이다. 누가 붙여줬는 지도 정확히 모르는 목이라는 이름은 목이 소년의 운명과 성격을 분명 하게 보여준다. 죽은 나무나 쓰러진 나무에서 자란다는 말은 부모가 없 는 고아임을 상징하며 저절로 자란다는 말은 혼자서 운명을 개척해나 가는 용기와 지혜, 담대함을 가지고 있다는 뜻이다. 또한 '귀'처럼 생겼 다는 것은 본문 중에 '듣는 정보'가 뛰어난 아이라는 것을 상징한다[8] 고도 볼 수 있다. 따라서 '목이'라는 이름은 비극적 운명이라는 부정적 측면과 개척정신, 그리고 듣는 지혜를 지닌 자라는 긍정적 이미지를 동 시에 가지고 있다고 할 수 있다. 이러한 목이는 한국의 전통적 성격이 라고 보기에는 어려운 몇 가지 특성을 가지고 있는데, 이것은 린다 수 박의 다른 동화에도 잘 나타나는 특성[9]이기도 하다.

먼저, 목이는 두루미 아저씨와의 관계에서 장유유서나 격식보다는 스 스럼없는 친구 관계를 유지하며 농담을 자주 한다는 특징이 있다. 작품 의 첫 대목부터 목이가 "장난스레 말을 비틀어서" 두루미 아저씨와 인 사를 나누는 것으로 시작하는가 하면, 전체 작품 속에서 목이와 관련한 웃음이나 두루미 아저씨와 농담을 나누는 장면은 대략 스물세 번이 나 온다. 부자간이라 해도 될 만큼 나이 차이가 많은 이 둘의 관계가 얼

을 창조했다고 말한다.

6) Linda Sue Park, 『A Single Shard 』, Clarion Books & New York, 2001, p.3.

7) 린다 수 박, 앞의 책 1권, p.21.

8) 린다 수 박, 위의 책 1권, p.100. "다른 사람들은 목이의 존재를 완전히 무시하는 편이 었고, 어쩌다가 목이가 가까이 있는 걸 알아챘을 때에도 마치 목이가 없는 듯이 얘기 를 나누곤 했다. 목이는 그렇게 얻은 잡다한 소식을 두루미 아저씨에게 전했고"라는 대목에서 볼 수 있듯이 목이는 귀 정보에 밝은 아이라 할 수 있다.

9) 린다 수 박의 『널뛰는 아가씨』나 『내 이름이 교코였을 때』에 나오는 여주인공들은 각 각 당시 시대의 전통적 아이들과는 달리, 생각이 자유로우며 자기 주장이 강하고 실천 력이 뛰어나며 지적인 면을 강하게 드러낸다.

마나 격식이 없는지 전혀 말을 과장되게 할 줄 모르는 민영감조차 목이와 두루미 아저씨 사이를 친구 사이라고 부른다.

또한 목이는 질문을 하도 잘 해서 "질문 던지는 귀신"10)이라는 별명까지 얻게 된다. 그리고 목이의 호기심과 직접 관계되면서 펼쳐지는 중요한 장면이나 사건이 일곱 번이나 나타내고 있는데 이러한 특징들은 목이라는 인물이 반드시 한국적 전통적 인물은 아닌 것처럼 느끼게 한다.

또한 "혼자서(라도) 논쟁"11) 벌이기를 즐겨하며, 다른 사람들과 토론하기를 재미있어하는 목이는 매화 꽃병에 실제로 매화 가지를 꽂음으로써 매병이 어떻게 쓰이는가를 실제로 보여준다. 이는 명백히 실용주의적인 발상이라고 할 수 있으며 작가가 미국에서 태어나고 미국에서 자랐기에 한국적 전통을 소재로 한 작품을 쓸 때에도 다분히 미국적인 인물을 투입한 것에서 비롯된 것이라 할 수 있다. 즉 목이는 한복을 입고 한국적 도예를 배우고자 하는 한국 아이지만 동시에 미국적 현대적 사고방식을 따르기도 한다는 점에서 순수한 한국 전통의 아이가 아니라 시공을 넘나들며 창조된 퓨전 스타일의 아이라 할 수 있다.

이러한 인물 설정은 리얼리즘이라는 관점에서 볼 때, 다소 진실성 부족이라는 느낌이 없잖아 들 수도 있다. 하지만 목이가 주는 현대적 성격의 신선감은 동화 공간 내에서 서사 구조를 흥미롭고 박진감 있게 이끌어 가는 원동력이 되며 다음 서사 단계로 이어가는 발전 요소가 된다는 점을 고려해 볼 때 반드시 부정적으로만 작용하는 요소라고는 할 수 없다. 만약, 당시 사회적 관습을 그대로 따르는 인물을 설정한다면 현대의 아동 독자들에게 지루한 작품이 될 수도 있기 때문이다. 역

---

10) 린다 수 박, 앞의 책 1권, p.139.
11) 린다 수 박, 위의 책 1권, p.124.

사적 전형적 성격을 뛰어넘는 서사적 인물들이 우리 고전 문학에서도 얼마든지 있을 수 있음[12]과 삼성문학상을 수상한 이경순의 『찾아라, 고구려 고분 벽화』[13]에서 현대의 아이가 컴퓨터를 하다가 옛날의 시공간으로 들어가면서 이야기가 전개되는 형식을 취하여 작품을 박진감 있는 성공적 동화로 이끌고 있음을 고려해 볼 때 목이와 같이 시공을 초월하는 창의적 인물은 높이 평가되어야 한다고 생각한다. 사실, 작가의 구상물인 문학이 독자의 심리에 영향을 미치는 원인은 "그것이 실제 일어난 일이어서가 아니라 허구를 조합해 놓은 구조 속에서 작가의 욕망과 충동의 기제를 함께 경험할 수 있기 때문이라는 것"[14]을 인정한다면, 다소 시대적 상황과 맞지 않는 인물이라고 할지라도 문학적 성취를 이루는 데 있어서는 그리 문제될 것이 없다고 본다.

2) 두루미 아저씨

목이에게는 아버지에 해당되는 사람이 세 종류로 나타난다. 목이를 낳아준 죽은 친 아버지는 과거형 아버지이며 상실된 아버지이다. 두루미 아저씨는 유아기와 소년기 전반부의 정신적 아버지이면서 작품이 끝나기 직전까지의 아버지이다. 그런가 하면, 민영감은 목이의 후반부 소년기, 혹은 작품이 끝날 즈음에 목이와 부자지간의 관계를 맺는 아버지이다.

이중 고아인 목이를 실제로 보살피며, 유아기의 정신적 아버지라고 할 수 있는 두루미 아저씨는 "날 때부터 오그라들고 뒤틀린 종아리와

---

12) 예를 들어 『박씨전』, 『백학선전』, 『홍계월전』과 같은 여성영웅소설들은 한국 전통적 여성성에서 벗어난 인물들이며 나약한 여인상이 아닌 적극적이며 진취적인 모습을 드러내고 있다는 것을 들 수 있다.

13) 이경순, 『찾아라, 고구려 고분 벽화』(문학사상사, 1997)

14) 양윤희, 「Jane Smiley의 A Thousand Acres: 플롯을 위한 읽기」, 『미국소설학회 제5회 정기 학술 발표대회 발표논문집』, 미국소설학회, 2006, p.11.

발"15)을 가진 사람이다. "다리 하나만으로 살아가는 걸 보고 사람들은 두루미 같다"16)고 해서 두루미란 별명을 가지게 된 두루미 아저씨는 항상 농담을 즐겨하며 웃음과 해학이 뛰어난 자이다. 그리고 늘 번득이는 예지를 가진 이야기꾼으로 목이의 인생관을 형성하는 데 가장 큰 영향력을 끼친 인물이다. 하지만 두루미 아저씨는 목이가 민영감의 아들로 입양되기 바로 직전, 다리에서 떨어져 죽게 되는 비극적 존재이기도 하다.

이러한 두루미 아저씨의 이미지를 단적으로 말한다면 '날개를 가진 존재'라고 할 수 있다. 날개는 자유와 불안이라는 이중적 가치를 지닌다. 이런 의미에서 두루미 아저씨는 공중에서 마음껏 나는 자유라는 희망적인 것과 땅으로 다시 내려와야 하는 억압감을 동시에 지닌 존재라고 할 수 있다.

3) 민영감

민영감은 "신들린 사람처럼 눈빛이 무섭게 이글"17)거리면서 청자를 굽는 장인으로서 진정한 고려 시대의 예술가이다. 완성도에 이르지 못한 작품은 집어던지며 일 년에 열 작품 정도만 만드는 느림으로 대표되는 인물이다. "완벽한 작품만 내놓는 걸 고집했기 때문에 보수가 좋은 주문을 많이 놓쳤다. 구매자들은 약속 날짜가 몇 달씩 지나서야 완성되는 작품을 기다리는데 지쳤고, 결국 단골 도공을 다른 사람으로 바꾸었다."18) 이런 문장에서 볼 수 있는 '느림'은 민영감의 장인정신을 극대화해서 보여준다. 또한 민영감은 한 번도 크게 소리 내어 웃질 않

---

15) 린다 수 박, 앞의 책 1권, p.21.
16) 린다 수 박, 위의 책, p.22.
17) 린다 수 박, 위의 책, p.166.
18) 린다 수 박, 위의 책, p.103.

고 근엄하며 고아를 천시하는 계급 사회적 존재에서 벗어나지는 않는 지극히 전통적인 인물에 속한다고 할 수 있다.

하지만, 목이가 민영감이 "두루미 아저씨하고 눈이 비슷해"[19] 혹은, "채근하는 그 목소리는 민영감의 목소리와도 비슷했다"[20]라고 느끼는 것을 통하여 전혀 닮지 않은 두루미 아저씨와 민영감이 목이에게는 같은 이미지로 다가올 것을 암시한다. 즉, 두루미 아저씨가 대신해 준 아버지의 자리를 민영감이 이어 받게 된다는 것을 미리 보여주는 것이다.

4) 민영감의 부인

민영감의 부인은 처음부터 목이를 죽은 자기 아들 대하듯 하는 어머니의 대체 존재로서 등장한다. 목이에게 밥을 제공하는 방식이 어머니가 아들에게 하듯 다정하며, 친 아들이 살아있을 때 주려고 만들었다가 아들이 죽어 버려 그냥 옷장에 남아 있던 "세상에서 가장 따뜻한 옷"[21]을 목이에게 입혀줌으로써 어머니의 이미지를 갖게 된다. 또한 결말 부분에는 민영감이 목이를 아들로 입양함으로써 실제로 목이의 어머니가 되는, 시종일관 성격이 변치 않는 평면적 인물이다. 그리고 목이가 실수로 바가지를 부인 쪽으로 날렸을 때 버릇없다고 야단을 치는 대신 "날아다니는 바가지!"라는 우스개를 하는 여인으로 린다 수 박의 대부분의 동화에 나오는 여자들처럼 따뜻한 성격의 소유자이다. 그러나 남편과의 관계에서는 순종만 하는, "부인의 소망은 남편의 소망"[22]이 되는, 자기가 없는 삶을 통하여 역설적으로 자기 삶의 완성을 이루는, 당시 전형적인 순종적인 여인상[23]이기도 하다.

---

19) 린다 수 박, 위의 책, p.71.
20) 린다 수 박, 위의 책, p.178.
21) 린다 수 박, 위의 책, p.121.
22) 린다 수 박, 위의 책, p.17

이상과 같은 주요 인물들을 표로 분석해 보이면 다음과 같다.

<표>

인물 명	두루미 아저씨	목이	민영감 부인	민영감
성격의 구체적특징	①농담을 즐겨하며 웃기를 잘 함. ②목이와 나이 차이에도 불구하고 목이를 친구처럼 대함.	①고아라는 비극적 운명에 굴복하지 않고 자신이 하고 싶은 일을 이루기 위해 적극적으로 자기 길을 개척해 나감. ②호기심이 강하며 웃기를 잘 하며 용기가 있고 실천력이 뛰어남.	①사람의 신분의 높고 천함보다도 따스한 휴머니즘 정신에 따라 행동함. ②남편에게 순종적이며 절대 불평하지 않는 인종의 미덕을 실천하며 때로 웃기를 잘함	①장인정신에 뛰어나며 좀체 실패를 받아들이지 않는 완성도를 추구하며 완성도에 미치지 못 하는 도기들을 집어던져 부숨. ②화를 잘 내는 편이며 죽은 아들에 대한 정을 끊지 못 하고 목이를 입양하기까지 시간이 많이 걸림.
성격의 유형	가장 현대적인 인물	현대적 인물	전통적 인물	가장 전통적인 인물

위의 표에서 분석한 것과 같이, 두루미와 목이는 현대적 성격의 인물이며, 둘 다 작품 배경이 되는 고려라는 시대 상황과는 맞지 않는 개성적 인물에 속한다고 볼 수 있다. 또한 민영감 부인과 민영감은 둘

23) 린다 수 박의 작품에 나오는 여자 아이들은 지혜를 가지고 세계와 대결하는 의지를 보여주는 개성적인 인물인데 반하여 이 동화에서 민영감 부인은 기존 가치 질서에 순응하는 인물로 나온다. 어려운 상황 속에서도 불평하지 않고 남편에게 복종하며 헌신적이며 억센 생활력을 보여주는 가부장적 질서의 전형적 인물로 나온다. 『내 이름이 교코였을 때』에 나오는 어머니와 같은 이미지를 지닌다.

다 보수적인 전통적인 인물에 속하는데 민영감 부인은 때때로 웃기도 하고 사람의 신분보다는 인간 대 인간의 정을 강조하여 다소 보수적 위계질서를 벗어나고 있다. 하지만 민영감은 인간관계에서 수직적 혈통 질서를 많이 강조하며 느림과 순도 높은 완성 미학을 통한 장인정신을 구현함으로써 부인보다 더 극심한 전통적 성격의 인물이라고 할 수 있다. 또한 이러한 표를 통하여 린다 수 박이 추구하는 작품의 인물 구성에는 전통적 성격과 현대적 성격이 적절히 균형을 갖추며 녹아있다는 것을 알 수 있다.

3. 공간 이동을 통한 서사 구조 분석 : 집 찾기 구조

『사금파리 한 조각』은 표면적으로는 한국 전통 예술로서의 청자를 만드는 도공과 도자기를 운반하는 일에 얽힌 이야기인 것 같지만, 내면적으로 집 없는 자가 집 있는 자가 되어가는 과정을 다룬 '집 찾기 이야기'이며 도공이 될 수 없는 아이가 도공이 되는 길로 들어서기 위한 문에 다다르는 구조를 가진 이야기라 할 수 있다. 즉, 이 작품은 전체적으로 고아인 목이라는 아이가 어떻게 가족을 이루며 꿈을 이루어 나가게 되었는가를 공간을 이동하며 보여주는 데에 초점이 있으며 여기에 작품 구조의 미학이 있는 것이다.

집은 가까움과 따스함을 맛보는 곳이다. 이곳에서 인간은 타인을 만나고 타인과 친밀한 관계를 갖는다. 인간은 거주를 통해 위협적인 주변 세계로부터 자기 자신을 보호한다.[24] 고아인 목이에게 집 찾기란 다시 말하면 가족 찾기라는 것을 의미한다. 또한 이러한 가족 찾기는 바로 그의 도공이 되고자 하는 꿈과도 밀접하게 연관되는데 이것은 당시의

---

24) 엠마뉘엘 레비나스, 강영안 역, 『시간과 타자』(문예출판사, 1996), pp.132-133.

도공은 아들이 아니면 도자기 만드는 기술을 온전히 전수하지 않는 관습이 있었기 때문이다. 목이의 이 같은 집 찾기와 도공으로의 꿈은 공간이 이동되면서 여러 전환기를 맞이하게 되는데 먼저 작품의 주요 배경이 되는 줄포라는 마을을 검토한 후, 시간 진행에 따른 순차적 공간의 이동을 살펴보고 각 공간이 갖는 전체 작품 구조 안에서의 상징성을 분석하기로 한다.

1) 줄포

작품의 주요 공간적 배경이 되는 '줄포'라는 마을은 "뒤쪽에 산이 있고 이어 붙인 듯 산뜻하게 강물이 마을을 두르고 있어 아름다운 청자를 만들어 내기에 알맞은 곳"[25]이다. 이곳에서 물빛을 담은 아름다운 청자를 만들어낸다는 것은 생명을 만들어내는 것을 의미한다고도 할 수 있다. 또한 이 줄포라는 마을은 "어느 마을보다 쉽게 북쪽 바닷길로 들어가 중국을 상대로 대량 무역이 가능"[26]하다고 설명하는데 이는 목이의 인생이 줄포라는 마을에만 국한되지 않고 그 영역을 넓히며 살아가게 될 것이라는 것을 암시하는 것이기도 하다.

2) 강가 다리 밑 집

목이가 고아가 된 후, 두루미 아저씨와 함께 봄, 여름, 가을을 함께 보내는 강가 다리 밑 공간은 작품에 본격적으로 나오는 목이의 첫 번째 집이다. 보잘 것 없고 추위조차 제대로 막을 수 없는 불안한 공간이지만 부정적 요소만 가지고 있는 것은 아니다. 다리를 지붕 삼고 강

---

25) 린다 수 박, 앞의 책 1권, p.31.
26) 린다 수 박, 위의 책, pp.31-32.

을 눈앞에 두고 있는 이 집은 모태의 양수가 갖는 물의 이미지와 자궁이 갖는 아늑한 어둠의 이미지를 갖는다. 특별히 천장을 이루는 다리는 비바람을 막아주는 역할을 하면서도 그 기다란 모양새는 강물과 함께 수평적 미래에 대한 꿈을 키우기에 알맞은 물질적 상상력을 제공한다.

또한 목이와 두루미 아저씨가 이곳에서 돌맹이로 물수제비를 띄우는 것은 돌이라는 무게에도 날개를 달아줌으로써 비상화 하려는 역동적 상상력을 보여준다. 즉, 물수제비는 중력에 의해 가라앉을 수밖에 없는 불안을 가지고 있지만 물 위에 뜰 수도 있다는 가능성을 보여주는 것이다. 이러한 물수제비는 고아인 목이의 삶과 한 쪽 다리밖에 없는 두루미 아저씨의 삶이 갖는 운명적 어둠과 성격적 밝음의 양면성을 상징하는 것이기도 하다.

3) 땅 속 구덩이 집

강가 다리 밑 집이 수평적 공간이라면 목이와 두루미 아저씨가 겨울을 보내기 위해 들어가는 땅 속 구덩이 집은 수직적 공간에 해당한다. 강이나 다리가 미래의 꿈을 키우는 수평적 상상력을 자극하는 것이라면 구덩이는 나중에 나오는 낙화암과 함께 불안감이나 억압감을 조성하는 수직적 상상력을 자극하는 공간이라고 할 수 있다. 이 구덩이 집은 목이가 무척이나 싫어하는 집인데 밖에서 바람을 맞으며 자는 것보다 낫기에 할 수 없이 지내는 곳이다.[27] 이 수직적 공간에서는 "다리 밑에서 지낼 때와 달리 갇힌 상태"[28]에 있게 되는데 이 공간의 이미지를 다소 비약한다면, 수직적 질서체계의 억압을 상징한다고도 볼 수 있다.

---

27) 린다 수 박, 위의 책, p.120.
28) 린다 수 박, 위의 책, p.120.

4) 가마로 표상되는 집

도자기를 굽는 가마는 그 자체로도 불의 이미지를 가지고 있지만 작가는 이 작품에서 다음 예문과 같이 의도적으로 불의 이미지를 더욱 강조하고 있다.

> "마을 한가운데를 막 벗어나 산허리에 가마가 있었는데, 진흙을 굳혀서 길쭉하고도 좁은 굴처럼 만들어져 있었다(중략) 등불을 든 목이가 지켜보는 가운데 민영감이 가마 속으로 기어 들어갔다(중략) 작은 등의 불꽃이 꺼질 듯 말 듯 깜박여서 꽃병을 자세히 살펴보기는 힘들었다. 흔들리는 불빛 속에서도 상감 장식만큼은 두드러져 보였다(중략) 민영감은 등불을 들고 목이는 조심조심 수레바퀴를 굴려서 집으로 돌아갔다. 조용한 밤이었다."[29]

가마에 들어설 때 민영감과 목이의 거리는 그 어느 때보다도 좁혀지는데 이는 바로 민영감과 목이가 친밀한 관계가 될 것임을 암시한다고도 볼 수 있다. 그리고 못생긴 진흙 덩어리에 생명을 불어놓는 공간인 가마는 아버지의 이미지를 가지고 있으며 진흙과 같은 존재인 고아 목이가 불과 만남으로써 온전한 작품으로 탄생될 것을 암시한다. 이처럼 가마는 미완성품이 완성품이 되는 공간이며 가족이 없는 자가 가족을 얻게 된다는 완성지향의 이미지를 암유하고 있는 공간이기도 하다.

5) 실패의 공간, 낙화암

부여 낙화암은 목이에게 특별한 장소로 나타난다. 이곳은, 목이가 몸이 약한 민영감을 대신하여, 민영감의 걸작인 매병을 왕실 감도관에게

---

29) 린다 수 박, 위의 책, pp.169-172.

보여주기 위해 들고 가다가 그만, 강도를 만나고 매병이 박살남으로써 "가장 수치스러운 실패"[30]를 맛보는 곳이다. 즉, 낙화암의 역사가 원래 그러한 것처럼 이 작품 속에서도 실망과 절망의 장소로 나타난다. 목이가 민영감의 작품을 등에 진다는 것은 그냥 작품만 등에 지고 간 것이 아니다. 민영감의 정신을 등에 지고 간 것이며 자신은 깨닫지 않고 있었겠지만 앞뒤 정황을 미루어 볼 때, 민영감과 부자지간이 될 가능성을 지고 간 것이다. 또한 도공이 될, 자신의 희망과 미래를 지고 간 것이기도 하다. 이런 맥락에서 목이가 민영감의 작품을 운송하면서 강도를 만나 매병이 사금파리로 조각이 난 것은 어쩌면 가능태가 현실태가 되기 위해[31] 당연히 감수해야 할 고난이기도 하고 통과제의라고도 볼 수 있다. 그리고 이곳은 목이가 깨어진 사금파리 조각 하나를 가지고 왕실 감도관을 찾아가고자 하는 용기를 가진 곳이기도 하며, 사금파리가 깨어진 존재가 아니라 미래를 향한 가능태의 존재로서 변화되는 곳이기도 한다는 점에서 절망과 희망의 이중적 가치를 지닌 장소이기도 하다.

6) 재생의 공간, 송도

고려의 수도인 송도는 목이가 친부모와 함께 짧게나마 살았다고 믿어지는 장소이며 현재의 집, 줄포와 가장 거리가 먼 곳에 위치한다. 그리고 이곳은 목이가 사금파리를 들고 왕실 감도관을 찾아가 주문을 받게 됨으로써 목이가 자기 성취를 이루는 곳이며 이 작품이 통과제의적 성격을 가진다는 것을 인정할 때에 송도는 통과제의가 마지막으로 이루어지는 장소라고도 할 수 있다. 또한 이 부분에 이르면 사금파리는 깨어진 도자기 조각일 뿐 아니라 바로 부모를 상실한, 깨어진 존재인

---

30) 린다 수 박, 앞의 책 2권, p.91.
31) 장영란, 『아리스토텔레스, 가능성』(산해, 2001), pp.11-39.

목이라는 인물을 상징한다는 것을 알 수 있다.

7) 민영감의 집

민영감의 집은 이 작품에서 가정의 원형을 제공하는 집으로서의 가치를 지닌다. "아담한 집", "진흙과 나무로 지은 그 집"[32]이며 "못난이 덩어리"[33]인 진흙 덩어리에서 우아한 도자기를 만들어 내는 집이기도 하다. 즉, 못난 것에서 우아한 완성품으로 만들어내는 것은 이 작품에서 고아라는 결함이 있는 존재가 부모와 함께 사는 안정된 가족원이 되는 것을 상징하기도 한다. 그런데 여기서 눈여겨 볼만한 것은 목이가 민영감의 아들이 되기 위한 절차가 대부분 목이의 전적인 노력에 의한 것이라는 점이다. 민영감의 작품은 곧 민영감의 분신이라고 할 수 있고 그 분신을 목이가 목숨을 걸고 운반한다는 것은 곧 민영감에 대한 봉양이 되므로, 이는 곧 효(孝)[34]의 상징적 의미를 갖는 것이 된다. 즉, 목이가 먼저 효를 행했기에 민영감이 목이를 아들로 받아들이게 된다는 것을 말한다. 아이들의 생각이나 행동이 어른들보다 나을 수 있다는 것은 린다 수 박의 다른 작품에서도 자주 발견되는 특징인데, 목이의 민영감에 대한 사랑 표현은 특히 『내 이름이 교코였을 때』에 나오는 .

---

32) 린다 수 박, 앞의 책 1권, p.27.
33) 린다 수 박, 위의 책, p.29.
34) 김정혁, 「효의 본질」, 『오늘의 충효교육』(민중서관, 1977), p.91.
孝는 子息이 老人을 업고 있다는 土(老)와 子의 결합으로 成立되고 있는 바 이는 年下子가 年上子를 받든다는 관계를 나타내고 잇으며 그와 같은 相互性의 始原은 어버이와 子女間 (親子之間)에 形成되는 關係로부터 出發하여 그 關係를 規律하는 秩序를 가리켜 孝라고 한다. 이러한 孝에는 能養, 弗辱, 尊親 세 等次가 있다. 能養은 父母의 육체를 돌보는 일이며 弗辱은 精神的인 면을 돌보는 것이기도 하다. 또한 弗辱은 자식이 父母에게 辱이 돌아가지 않게 言行을 謹愼할 뿐 아니라 父母가 잘못하는 일이 있으면 옳은 길로 인도하는 것같은 것이고 尊親은 이른바 몸을 바로 세워 眞理를 實踐한 다음 後世에 이름을 남겨 父母를 榮光되게 하는 것, 이것이 孝로서의 최종 목표요 孝의 終點이다. 이를 大孝라 하였다. 목이가 매병을 운반한다는 것은 효의 불욕과 존친을 실천한 것이라고 볼 수 있다.

태열의 효정신과도 흡사하다.

4. 인물과 공간 이동의 통합적 의미

아리스토텔레스는 가능태란 현실태를 이루기 위해 나아가는 아직 이루어지지 않은 변화의 원천이라고 설명하고 있다. 또한 가능태는 궁극적으로 인간의 최고 목적인 행복으로 나아가는 것을 의미하며 이러한 가능태가 현실태가 되기 위해서는 이상적 세계 자체의 도래가 오는 것을 기다리는 자세가 아니라 인간 자신이 변화하거나 자신을 치료하여야 한다고 말한다.[35]

이 작품에서는 목이라는 인물의 공간이동은 단순한 배경의 이동이 아니라 인물의 특징과 맞물려지면서 독특한 성격을 지니게 된다. 곧, 통과제의적 성격이 바로 그것이며 꿈을 상실한 자가 꿈을 얻는다는 동화적 목표 달성이 바로 그것이다.

목이는 어려서부터 거지 노릇을 하며 이미 가정을 상실한 자이다. 즉 비극적 존재이다. 하지만 목이는 자신의 운명에 주저앉는 것이 아니라 도공으로서의 꿈을 가진다. 이러한 꿈은 두 가지의 장애에 의해 좌절된다. 첫째는 민영감의 아들이 아니기 때문에 당시 아들에게만 전수될 수 있었던 도자기 만드는 법을 배울 수 없다는 관습적 장애이고, 둘째는 민영감의 매병을 송도로 운반하던 도중 강도에 의해 매병이 깨져 버렸기에 다시 온전한 것으로 되돌릴 수 없는, 사고에 의한 우연 발생적 장애이다. 이 두 가지 장애는 목이가 처음 줄포에서 송도까지 가는 도중에서 일어나는 장애들이다. 하지만 이러한 실패와 좌절은 목이가 송도에 도달하여 다시 줄포로 돌아오면서 모두 해결된다. 즉, 사

---

35) 장영란, 앞의 책, pp.11-39.

금파리만으로도 완성품에 진배없는 검사를 마칠 수 있었다는 것이고 민영감의 양자로 입양이 되면서 도자기 만드는 법을 전수받을 문이 활짝 열린 것이다. 이러한 성공적 결과는 그냥 이루어진 것이 아니다. 도공 민영감이 만든 매병을 송도까지 운반하는 작업은 생명을 건, 극히 위험한 일이다. 하지만 목이는 가능태를 현실태로 변화하기 위해 자신을 크게 변화시킨다. 이런 의미에서 목이는 가능태를 현실태로 이루기 위해 개척정신을 유감없이 발휘하는 실천력에 뛰어난 아이라고 할 수 있고 줄포에서 송도까지 다시 송도에서 줄포로 이동한 것이라 할 수 있다.

여기서 한 가지 짚고 넘어가야 할 것은, 바로 두루미 아저씨의 죽음이다. 두루미 아저씨의 죽음은 목이의 성공이 절정에 달했을 때, 즉, 무사히 줄포로 다시 돌아와 민영감의 양자가 되기 직전 발생된다. 이 죽음은 온통 밝은 빛으로만 채색해야 한다는 일반적 동화의 비사실주의적 속성에 의한 것만은 아닌 듯싶다. 두루미 아저씨의 죽음은 다리를 건너다 발생한 추락 사고에 의한 것이다. 다리라는 공간은 한 공간에서 다른 공간으로 이어주는 과도기적 공간이다. 두루미 아저씨가 삶의 일반적 지혜를 주는 아버지라면 민영감은 예술적 장인 정신과 기술을 가르쳐 주는 아버지이다. 따라서 목이가 먹고 살기 위해 구걸해야 하는 유년기에서 예술적 삶을 살아가는 소년기로 접어들기 위해서 두루미 아저씨의 죽음은 어쩌면 필연적인 사건이라고도 할 수 있다. 즉, 두루미 아저씨의 죽음은 비극적 유년기와의 이별을 의미하는 것이고 본격적인 장인의 세계로 진입하는 시점에서 버려져야 하는 과거인 것이다.

5. 맺음말

현대 한국의 동화 시장은 외국 문화를 담은 외국 동화의 흡수로 우리 전통 문화를 소개하는 동화가 다소 도외시되고 있는 형편이다. 이러한 시점에서 미국에서 태어나고 미국에서 자란 린다 수 박이 오히려 역으로 우리의 전통 문화를 소재나 주제로 하여 세계에 알리고 있다는 것은 자랑스러운 일이 아닐 수 없다. 『사금파리 한 조각』의 문학적 매력은 무엇보다 현대의 아동 독자들이 지루하지 않도록 고려 시대를 살면서도 현대적 감각을 가진 아이를 등장시키거나 전통적 인물과 현대적 성격을 가진 인물들을 다채롭게 등장시켜 이야기를 박진감있게 진행하고 있다는 데 있다. 또한 이 동화는 도공이 되고자 하는 꿈을 꾸는 소년의 모험담이라는 형식적 구조를 가지면서 동시에 고아 소년 목이가 도공으로서의 새 삶을 찾고, 보다 안정된 또 다른 가족을 찾아가는 집 찾기 구조로 공간이 이동되고 있다는 것에 초점을 둘 때에 그 미학적 구조가 확연히 드러난다.

린다 수 박의 작품의 가장 큰 가치는 무엇보다도 이러한 전통적 소재를 인간성 회복이란 보편적 주제와 결합하면서도 교훈성을 흥미성과 결합하여 보여주는 데 있다. 단순히 고려 청자를 지적으로만 소개하지 않고 현대 아동들의 관심거리가 되는 호기심과 결합하고 중도에 포기하지 않는 인내심과 남을 돕는 휴머니즘을 모험적인 여행과 맞물리게 함으로써 아동 독자들을 긴장시킬 수 있는 것이다.

하지만 이 작품은 미국에서 태어난 작가의 작품이기에 실증적 리얼리즘의 관점에서 보면 다소 한국 역사나 사회적 상황 인식 부족이 엿보이는 부분이 없잖아 있긴 하다. 민영감 부인이 목이에게 쌀밥에 생선구이가 나오는 밥상을 차려주었을 때 당시 시대적 배경과 관련하여 보면 고아 소년에게 베풀어진 밥상치곤 너무나 풍성한 호화로운 밥상이었음에도 불구하고 목이가 "조촐한 밥상"36)이라고 한 것은 다소 작가가 한국에 대해 오랫동안 배우지 못 하고 단지 조부모님이나 부모님으로부터 들은 이야기, 혹은 책을 통한 자료 조사에서 시작하였기37)에 오는 불찰에서 기인한 것이 아닌가 짐작된다. 하지만 이러한 불찰이 전체 작품의 가치를 훼손한다고 단정하기는 어렵다. 좀 더 충실한 자료 수집이 토대가 되었으면 하는 아쉬움은 여전히 남지만 이러한 흠이 되는 부분도 역사적, 실증적 측면을 제외한다면, 전체 서사 구조 속에서는 어색함 없이 흐르고 있다고 말할 수 있기 때문이다.

사실, 린다 수 박 외에도 미국에서 활동하는 재미 한인 동화 작가가 적지는 않다. 이 중에는 한혜영과 같이 처음부터 한글로 쓰고 한국에서 작품을 출판하는 작가가 있는가 하면, 린다 수 박, Marie G. Lee, Patti Kim처럼 미국에서 자라 영어로 쓰고 미국에서 먼저 출판하는 작가들도 더러 있다. 하지만 이제까지 린다 수 박처럼 한국적 정서와 전통을 직접적으로 세계에 알린 작가는 없었다. 이에 국내에서도 린다 수 박의 작품이 갖는 의미와 위상, 미학적 체계를 밝히는 연구가 활발히 전개되어야 할 것이다.

참고문헌

1. 기본 자료

Park, Linda Sue, 『A Single Shard』, Clarion Books & New York, 2001.

____, 『Beebimbob』, Clarion Books, 2005.

---

36) 린다 수 박, 앞의 책 1권, p.78.
37) 린다 수 박, 위의 책, <머리글>.

____, 『Seesaw Girl』, Randaom House Children's Books, New York, 1999.

____, 『The Kite Fighter』, Dell Yearling Books, New York, 2000.

____, 『When My Name is Called Keoko』, Clarion Books, 2002.

린다 수 박, 『사금파리 한 조각1・2』, 서울문화사, 2003.

2. 단행본 및 논문・평론

김신정, 「다문화성과 한국계 미국문학의 의미망: 린다 수 박의 작품을 중심으로」, 『한
　　　국 문학 연구학회』, 2005.

김정혁, 「효의 본질」, 『오늘의 충효교육』, 민중서관, 1977.

신춘자, 『현대소설의 이론』, 이회문사, 2000.

이경순, 『찾아라 고분벽화』, 문학사상사, 1997.

안임수, 「피츠제럴드의 이름짓기 취향」, 『미국소설학회 제 5회 정기학술 발표대회 발
　　　표논문집』, 미국소설학회, 2006.

양윤회, 「Jane Smiley의 A Thousand Acres: 플롯을 위한 읽기」, 『미국소설학회 제 5회
　　　정기학술 발표대회 발표논문집』, 미국소설학회, 2006.

장영란, 『아리스토텔레스, 가능성』, 산해, 2001.

레비나스 엠마뉘엘, 김영안 역, 『시간과 타자』, 문예출판사, 1996.

일본 지역

재일동포국문문학운동에 대하여[*]

손지원[**]

1. 재일조선인운동과 재일동포국문문학

오늘 세계에는 600여만의 조선해외교포들이 있으며 그중 일본에는 약 64만명이 살고 있다.[1]

해외교포들이 정든 고향을 떠나게 된 원인은 서로 다르고 해외교포문제의 발생원인도 서로 달라도 그들속에서 력사적으로 중요한 문제로 제기되여온 것은 주체를 세우고 민족성을 고수하며 동화를 막는 것이다.

해외교포문제는 본질에 있어서 해외동포들의 민족적자주성을 옹호하고 실현하는 문제이다.

---

* 손지원, 「재일동포국문문학운동에 대하여」, 『재일조선인 조선어문학의 현황과 과제』, 2004년도 제2회 조선문화연구회 학술대회 자료집, 2004년 12월, pp.1-18.
** 재일본조선문학예술가동맹 소속 시인
(편집자 주: 본고는 문예동(재일본조선문학예술가동맹)소속의 재일조선인 필자의 논문이므로 맞춤법 및 용어 선택에 있어서 다소 한국적 상황에 맞지 않는 부분이 있다. 하지만 독자의 명확한 이해를 돕기 위해서 임의로 수정하지 않고 본문을 그대로 살려서 실었다.)
1) 2003년 7월 현재의 지역별 해외조선동포인구수. 구주지역:65만 2천 131명. 중동지역:6천 599명. 아프리카:5천95명. 미주지역:243만 3천 262명. 아주지역:297만 9천 736명. 그중 일본:63만8천546명.≪연합뉴스≫ 2004년 8월 4일부에서.

재일조선인들의 문제는 지난 날 우리 나라에 대한 일본제국주의의 식민지통치의 후과로 말미암아 생겨난 문제이다.

재일조선인운동은 재일동포들의 민주주의적민족권리를 옹호하고 그들이 자기 민족과 조국을 위해 복무하도록 하는 민족적애국운동이다. 재일조선인운동은 재일동포들의 민주주주의적민족권리를 옹호하고 조국의 륭성번영과 민족의 자주적평화통일을 위하여 투쟁하는 것을 기본임무로 한다.

따라서 재일조선인운동은 이 운동의 주인들인 광범한 동포군중을 묶어세워 그들을 민족적애국운동에로 힘있게 불러일으켜야 원만히 실현된다.

재일조선인운동에서 재일동포국문문학운동은 중요한 역할을 놀고 있다.

해외교포문학으로서의 재일동포국문문학은 민족적자주성을 지키기 위한 교포들의 모습을 형상함으로써 그들이 조선민족의 한 성원된 자각을 가지고 자주적이고 창조적인 생활을 누릴수 있도록 하는데 복무하고저 하는 문학이다.

2.재일동포국문문학의 발생과 발전

1) 광복후 조련결성과 국문문학운동

1945년 조국광복은 재일조선동포들의 생활과 활동에서 근본전환을 가져온 획기적인 사변이였다. 광복후 많은 재일조선동포들이 귀향의 길에 올랐다.[2]

---

2) 1945년 8월 15일, 광복을 맞은 재일동포들은 광복의 기쁨과 환희로 들끓었다. 많은 동포들이 새생활창조의 꿈을 안고 귀향의 길에 올랐다. 자료에 의하면 당시 약 240만명이나 있었던 재일동포들이 1946년 3월에는 64만 명으로 줄어졌다.

조국광복은 재일동포들과 함께 재일조선작가예술인들의 생활에서도 근본전환을 가져온 력사적사변이였다. 광복전 말과 글을 빼앗겨 제대로 글도 쓰지 못하였던 재일조선작가들은 해방의 감격에 목메였다.[3]

광복직후 새 조국건설에 이바지하기 위하여 투쟁하는 재일동포들의 애국적조직이며 각계각층의 광범한 동포대중을 망라하는 민주주의적인 해외교포조직인 '재일조선인련맹(략칭 조련)'[4](1945.10)이 결성되였다.

조련은 광복직후의 복잡하고 어려운 정세속에서 동포들의 귀국보장과 일본에 계속 체류하게 된 동포들의 생활안정을 위한 사업을 벌렸으며 교육과 계몽사업에 큰 힘을 돌렸다.

재일동포국문문학은 해방후 나라를 되찾은 기쁨을 안고 새 생활창조와 동포계몽운동에 나선 지식인들과 조련에 망라된 견실한 활동가들에 의해 고고성이 울렸다.

광복후 착잡하고 어려운 환경속에서도 지식인들과 활동가들은 동포들이 사는 곳곳에 설치된 국어강습소에서 아이들에게 조선 말과 글을 가르치는 한편 등사판으로 교과서를 만들고 문예잡지도 펴내였다.

그리하여 동인지 발간사업이 활발하게 벌어지는속에서[5] 국문문학운동이 전개되여나갔다.

---

3) 광복전 말과 글을 빼앗겨 제대로 글도 쓰지 못하였던 시인(정백운)은 해방의 감격을 다음과 같이 썼다. "…이 모든 저주받은 운명을 청산하는 날이 왔다. 력사적민족의 8월 15 일. 이날부터가 진리에 부딪칠려는 운명을 창조할수 있는 자유가 왔다. 얼마든지 쓰고 얼마든지 말하고 얼마든지 시 발표할수 있는 시대의 문이 열리였다."(≪해방신문≫, 1948.1.10호)

4) 1945.10.10 결성된 재일동포들의 첫 통일전선조직. 조련은 동포들의 조국에로의 귀국보장, 생활안정을 위한 사업과 함께 민족교육사업에 각별한 힘을 넣었다. 1948년 현재로 초등학원 566교, 중학교 7교, 청년학교 33교, 합계 606교를 꾸리고 거기에 약 6만명의 학생을 망라하였다.

5) 광복직후 인쇄조건이 어려운 속에서 등사판으로 국문동인지 『인민문화』(인민문화사)가 발간되였다. 그리고 국문잡지들인 『朝連文化』(조련중앙 문화부), 『朝連靑年』(조련산하단체 민청), 아동국문잡지들인 『어린이통신』(조련중앙 문화부), 『우리 동무』(우리 동무사), 시잡지 『朝鮮詩』, 기타잡지 『高麗文藝』, 『白民』 등이 발간되였다. 일본인민들에게 조선을 더 잘 알리기 위한 월간일문계몽잡지 『民主朝鮮』도 발간되였다.

1945년 10월 ≪민중신문≫의 발간은 국문문학운동을 활성화하는데서 중요한 의의를 가진다.6)

광복후 동인지발간을 통하여 문학운동을 벌려나간 문학인들은 다양한 문학단체를 무어 조직적인 활동을 벌려나갔다. 그 과정에서 1948년 1월 '재일조선문학회'가 결성되었다.7)

광복의 기쁨은 추상적인 개념이 아니다. 그것은 구체적인 사상감정의 표현이다. 이 시기 작가들은 일본제국주의의 멍에서 벗어난 환희와 빼앗긴 말과 글을 도로찾고 새 생활창조에로 나선 동포들의 생활을 작품에 담았다.8)

1948년 9월 조선민주주의인민공화국 창건의 소식은 재일조선동포들과 작가예술인들을 한없이 격동시켰다. 공화국창건은 이 시기 재일동포 국문문학의 새로운 묘사대상이 되었다.9)

재일동포들의 민족교육은 해방직후부터 전동포적인 애국사업으로 줄기차게 벌어졌으며 미일정부당국의 방해책동을 과감히 짓부시고 민족교육의 권리를 지키기 위한 피어린 투쟁속에서 발전하였다.

---

6) 1945년 10월 10일 '조선민중신문사'가 창립. ≪민중신문≫발간(현재의 ≪조선신보≫). 1946년 9월 제호를 ≪해방신문≫으로 바꿈.

7) 광복후 재일조선작가예술인들이 단체를 무어 활동을 하였는바 1946년 3월 도꾜거주의 작가예술인들의 첫 조직인 '재일조선예술협회'가 무어졌다. 그후 '조선문학자회', '조선예술가동맹', '백민동인회', '조선신인문학회', '청년문학회' 회원들이 모여 그 조직들의 발전적해산밑에 '재일조선문학회'가 결성되었다. 일본에서 활동하는 재일조선문학인의 집결을 위하여 새 출발을 하게 된 '재일조선문학회'에는 21명의 회원이 망라되었다. 강령을 채택하고 기관지 『조선문학』을 창간하였다.

8) 임의의 례로 광복의 기쁨을 노래한 시 「손」(1946.허남기), 빼앗겼던 말과 글을 되찾은 감격을 읊은 시 「국어강습소」(1947.남시우), 「싸움의 서곡」(1947.강순), 소설「일군들」(1948.리은직), 시 「또다시 돌아온 8.15」(1949.리진규) 등이 있다.

9) 조선민주주의인민공화국창건축하 재일동포축하단의 감격을 노래한 가사 「조국으로 가는 길」(1948.태백수), 공화국창건의 소식을 듣고 기쁨에 설레이는 재일동포들의 심정을 읊은 시 「붉은별의 찬가」(1948.남시우), 국기를 띄우고 국경절대회를 가지는 것을 방해해 나선 일본경찰들의 폭거를 단죄한 정론시 「국기」(1948.허남기), 국기를 게양하고 조련회의를 진행하게 된 감격을 읊은 즉흥시 「새 국기를 휘날리며」(1948) 등은 대표적작품들이다.

이 시기 민족교육을 지키기 위한 투쟁을 형상한 작품들이 적지 않게 창작되었다.[10] 또한 일제주구를 규탄하는 작품도 창작되었다.[11]

재일동포국문문학운동의 초창기로 불리우는 이 시기는 과거 일제식 민지통치로 인하여 빼앗긴 말과 글을 도로찾고 국문문학운동의 새 출발을 지향한 시기이다. 이 시기 『조련문화』에 망라된 작가시인들의 국문창작활동은 중요한 위치를 차지한다. 그들은 광복의 기쁨과 교육권옹호를 비롯한 동포들의 생활과 지향을 담은 작품들을 적지 않게 창작하였다.

'조련'의 강제해산과 국문문학운동

1948~9년 당시 재일조선인운동은 재일동포들에 대한 미일당국의 로골적인 탄압으로 심각한 사태에 놓였다. 1948년에 '4.24교육투쟁'[12]이

---

10) 임의의 실례로 한 시인은 시 「아이들아 이것이 우리 학교다」에서 다음과 같이 읊었다.
"아이들아 / 이것이 우리 학교다 / 교사는 아직 초라하고 / 교실은 단 하나뿐이고 / 책상은 / 너희들이 마음놓고 기대노라면 / 삑 하고 금시라도 찌그러질것 같은 소리를 내고 // 문창엔 유리 한장 봉지를 못해서 / 긴 겨울엔 / 사방에서 / 살을 베는 찬바람이 / 그 틈으로 새여들어 / 너희들의 앵두같은 두뺨을 푸르게 하고 // 그리고 비오는 날에는 비가 / 눈내리는 날엔 눈이 / 또 1948년 춘삼월엔 / 때아닌 모진 바람이 / 이 창을 들쳐 / 너희들의 책을 적시고 뺨을 때리고 / 심지어 공부까지 못하게 하려 들고 / 그리고 두루 살펴보면 / 백이 백가지 무엇 하나 / 눈물 자아내지 않는것이 없는 / 우리 학교로구나 // 허나 / 아이들아 / 너희들은 / 니혼노 각고오요리 이이데스 하고 / 서투른 조선말로 / ―우리도 앞으로 / 일본학교보다 몇배나 더 큰 집 지을수 있잖느냐고 / 되여 / 이 눈물 많은 선생을 달래고 / 그리고 / 또 오늘도 가방메고 / 씩씩하게 이 학교를 찾아오는구나 // 아이들아 / 이것이 우리 학교다 / 비록 교사는 빈약하고 작고 / 큼직한 미끄럼타기 그네 하나 / 달지 못해서 / 너희들 놀곳도 없는 / 구차한 학교지마는 / 아이들아 / 이것이 단 하나 / 조국 떠나 수만리 이역에서 / 나서자란 너희들에게 / 다시 조국을 배우게 하는 / 단 하나의 우리 학교다 / 아아 / 우리 어린 동지들아"(1948년 4월 15일 도꾜 교바시 공회당에서 열린 조선인교육불법탄압반대 학부형대회에서. 허남기작)

11) 단편소설 「개새끼」(1948.리은직)는 해방전 일제헌병의 앞잡이노릇을 하던 한 사나이가 광복후에도 그 런줄로 특배물자를 얻어 신문사 사장자리에 앉으면서 동포들을 꾸짖고 탄식하는 '신사'의 몰골을 풍자야유하였다. 시 「鄕愁斷片」(1948.리진규)에서도 시인은 일제에 빌붙어 갖은 수작을 한 친일주구를 단죄하였다.

일어났다. 1949년 9월 8일 일본당국은 조련을 강제해산시키고 활동가들과 인테리들을 공직에서 추방하는 폭거를 감행하였다. 그리고 조선인학교에 대한 '폐쇄령'을 내렸다. 1950년 8월에는 ≪해방신문≫을 강제폐간시켰다.

이는 광복의 기쁨에 메이면서 견실한 지식인들과 활동가들이 청소한 토대우에서나마 새 출발을 뗀 재일동포국문문학운동에서도 큰 손실이였다.

조련이 강제해산당한 이후 재일동포들은 1951년 '재일조선통일민주전선(민전)'을 결성하고 조국방위투쟁을 힘있게 벌리였다. 조련이 해산된 다음에도 재일조선애국자들과 동포들은 공화국을 옹호하며 민주주의적민족권리를 쟁취하기 위한 투쟁을 멈추지 않았다. 민전시기 재일조선애국자들과 재일동포들은 또한 민족학교를 거점으로 다양한 군중문화활동을 벌렸다. 영화『향토를 지키는 사람들』의 필림을 조국에서 넘겨받고 상영하는 사업을 비롯한 애국적문화활동을 벌렸다. 그러나 이 시기 민전의 상층부에 들어앉은 일부사람들은 재일조선인운동을 극좌모험주의의 길로 끌고갔다. 그리하여 이 시기 재일조선인운동에서 주체를 세우지 못함으로 하여 애국운동은 위기에 처하게 되었다.[13]

민전시기 문학운동 역시 주체를 상실하고 그 기틀이 허물어지게 되였으니 국문문학운동에 미친 후과는 막심하였다.[14]

---

12) 1948년 4월 阪神지역에서 힘차게 벌어진 재일동포들의 민족교육옹호투쟁. 미점령군(GHQ)과 일본정부는 1948년 1월 조선학교들에 대한 '폐쇄령'을 공포. 재일동포들은 '조선인교육대책위원회'를 조직하고 재일조선인교육의 자주권을 보장할데 대한 요구조건을 제기. 4월에 들어서서 투쟁은 고조. 미국은 4월 24일 '비상사태'를 선포. 도꾜를 비롯한 일본각지에서 투쟁이 벌어짐. 한신지역에서는 수많은 동포들이 투쟁에 참가. 끝끝내 교육을 지켜냄. 연 110만명이 참가. 한 조선인학생이 희생되고 많은 조선인이 부당하게 체포. 교육투쟁은 동포들의 애국적기개를 보여주었다.
13) 당시 사대주의, 민족허무주의에 사로잡힌 일부 지도간부들은 조선인운동을 일본의 민주화운동의 일환으로 종속시키려고 하였다.
14) 조국이 전쟁의 포화속에 잠기고 있을 때 일본에서의 문학운동앞에는 무엇보다 조국

재일동포국문문학이 동포들에 대한 사상교양의 무기로서의 기능을
제대로 수행하지 못한 이 비정상적인 상태는 공화국의 존엄있은 해외
공민단체인 '재일본조선인총련합회(총련)'가 결성됨으로써 비로소 바로
잡게 되었다.

2) 총련결성 후 문예동의 결성

1955년 5월 총련결성은 재일동포들의 국문문학운동에서 커다란 하나
의 사변이였다.

총련이 결성됨으로써 이국에서 창작의 바른 길을 찾지 못하던 재일
조선작가들에게도 조국과 민족, 동포들을 위해 복무하는 진정한 문학창
작의 길이 활짝 열렸다.

총련은 강령 4항[15)에서 주체적인 문화활동을 벌려나갈데 대하여 규
정하였다.

총련은 강령에 의거하여 문화방침을 제시하여 민족문화사업을 정상
궤도우에 올려세우도록 하였다. 총련은 무엇보다도 주체적문예사상의

을 지키고 우리 인민들과 재일동포들의 다양한 생활과 그들의 투쟁을 묘사할 것을
요구하였다. 그러나 당시 사대주의, 민족허무주의에 물젖은 일부 문학인들은 조국과
동포들을 위해 복무하는 문학인으로서의 사명을 인식하지 못하고 문학활동을 애국운
동과 밀접히 결부시켜나가지 못하였다.

당시 일부 작가들은 일본문학단체에 소속하면서 활동하였다. 문학활동에서 주체를 세
우지 못한 표현은 창작활동에서 뚜렷이 표현되었다. 무엇보다도 국문창작을 줄기차게
벌리지 못하였다. 례를 들어 1953년 한해에 조선문학회에 망라된 48명의 회원들이 창
작발표한 작품(시, 소설, 희곡, 동화 등)은 총 81편이다. 서정시 29편창작중 15편은 일
문창작이다. 소설 12편중 9편은 일문창작이다. 그해 발행된 국문작품집은 동요집 『봄
소식』(남시우)한권뿐이다.

재일동포문학에서 이 시기 주체를 확립하지 못함으로 하여 국문창작이 경시되었다.
애족애국을 위해 헌신하는 동포생활을 반영한 작품을 많이 창작하지 못하였다. 또한
작가후비도 제대로 키우지 못하였다.

15) "우리는 재일동포자제들에게 모국어와 글로써 민족교육을 실시하며 일반성인들속에
남아있는 식민지노예사상과 봉건유습을 타파하고 문맹을 퇴치하며 민족문화의 발전
을 위하여 노력한다.(강령 4항)"고 규정.

기치를 높이 들고 공화국의 문예성과에서 배우며 작가예술인들의 혁명화를 다그칠데 대하여서와 창작가들이 동포들속에 깊이 들어가 그들의 요구를 귀담아듣고 그들을 애국운동과 나라의 평화적통일위업에로 힘있게 고무하는 창작활동을 벌릴데 대하여, 그리고 민족의 얼이 깃든 조선말로 창작활동을 하며 사회주의적사실주의창작방법을 고수함으로써 민족적주체가 확고히 선 창작공연활동을 통하여 동포들을 애국화하며 그들의 민족문화정서교양에 힘있게 이바지할데 대하여 제기하였다.

총련은 결성후 지난 시기의 문화사업에서 나타난 결함들을 찾고 견실한 문예일군대오를 꾸리기 위한 사업을 적극 추진하는 한편 문학운동에서 주체를 확립하기 위한 활동16)을 적극 벌려나갔다.

이 시기 조국의 각별한 배려와 조치17)는 총련결성 이후 주체확립을 위한 문학인들의 활동을 크게 고무하였다.

주체확립을 위한 사업을 힘있게 벌리는 과정18)에 총련의 지도밑에

---

16) 1955년 5월 21일 재일본조선문화단체총련합(문단련)에서 확대상임위원회를 열고 지난 시기의 문화령역에서 나타난 결함들을 지적하고 재일조선인운동전환에 따르는 문화령역에서의 의사통일을 보게 됨으로써 총련결성대회에 자기 대표를 보낸 것은 그 뚜렷한 표현으로 된다.
총련은 흩어져있던 문학예술인들을 찾아내면서 문학예술인대렬을 튼튼히 꾸리는 사업에 선차적관심을 돌렸다.
1955년 6월 26일에 열린 문단련 제2차 전체대회에서 총련의 새로운 방침에 따라 지난 시기 문화사업을 총화하면서 문화령역 각 부문의 독자적활동을 강화하기 위하여 재일본조선문화단체총련합(문단련)을 발전적으로 해소하고 총련의 문선부에 직결되는 재일조선인문화단체협의회(문단협)를 결성할 것을 결의한 것은 이것을 잘 말하여준다.
총련은 그후 조선대학교에 예술학원을 내오고 새로운 문예일군후비육성사업을 체계적으로 진행하여나갔다.
17) 이 시기 조선작가동맹을 통한 조국의 배려는 각별하였다. 제2차 작가대회(1956.9)는 재일 조선작가들에게 초청장을 보냈다. (일본당국의 방해로 실현되지 못함). 제2차 작가대회 1일째보고에서 「재일조선작가들과 더욱 련계를 강화하자(송영)」를 진술. 1957년 정월 조선작가동맹에서 재일조선문학회에 신년축사를 보내옴. 또한 ≪문학신문≫, 잡지 『조선문학』, 『아동문학』 등을 보내옴. 재일조선작가 3명 (허남기, 남시우, 김민)이 처음으로 조선작가동맹에 가맹. 재일조선작가들의 작품이 조국의 출판물과 방송을 통하여 널리 소개. 재일조선작가들의 작품집이 조국에서 출판.
18) 문학운동에서 주체를 확립하기 위한 투쟁은 재일조선문학회 제6차대회(1956.4)와 재일조선문학회 제7차대회(1957.7)를 통하여 한층 심화되어나갔다.

작가예술인대오가 튼튼히 다져지고 1959년 6월 7일 '재일본조선문학예술가동맹(문예동)'이 결성되었다.

문예동의 결성은 재일조선문학예술운동에서 실로 중요한 의의를 가진다.

문예동은 강령에서 김일성주석께서 항일무장투쟁시기에 이룩하신 혁명적문예전통을 계승해 나갈데 대하여 밝히고 주석의 문예교시와 조선로동당의 문예정책을 깊이 학습하고 사회주의적애국주의로 튼튼히 무장하며 사회주의적사실주의기치를 높이 들고 문예분야에서 온갖 불건전한 사상을 반대하여 투쟁한다는 것을 문학건설의 필수적요구로 제기하였다.

문예동결성을 계기로 종래의 협의체로 되여있던 문화단체는 하나의 지도체계를 갖추게 되고 문학, 음악, 연극, 영화, 미술, 무용, 사진 등 7개 부문을 망라한 재일조선작가예술인들의힘있는 동맹체로 발전하였다.

문예동은 결성후 관하 맹원들을 튼튼히 다지는 사업을 주선으로 틀어쥐고 나갔다. 또한 작가예술인들을 문학예술작품창작에로 힘있게 불러일으켰다.

기관지『문학예술』이 창간되었다. 문예동은 기관지 『문학예술』에 김일성주석의 문학예술로작과 공화국의 문예작품을 널리 소개하는 한편 매 시기 동포생활을 반영한 재일조선작가들의 작품을 적극 발표하였으며 그것을 널리 보급하여나갔다.

재일조선문학회 제6차대회에서는 조국문화운동이 부르는 길에 튼튼히 집결할데 대한 문제와 문학예술들이 시야를 더 넓혀 동포들의 애국적감정을 자기것으로 할것과 현실이 제기하는데 관심을 돌려 창작사업을 적극적으로 진행하여 나갈데 대한 문제가 토의되었다. 제7차대회에서는 작가들의 혁명화문제를 비롯하여 주체사실주의에 철저히 의거하여 창작사업을 진행할데 대하여서와 모국어로 창작을 벌릴데 대한 문제 등 문학예술분야에서 주체확립을 위한 중요한 문제들을 토의결정하고 재일동포들을 애족애국운동에로 불러일으키기 위한 작가들의 과업을 제기하였다.

3) 1960년대 재일동포국문문학운동

1960년대 앙양된 재일조선인운동을 반영하여 이 시기 재일동포국문문학운동도 활기를 띠게 되였다.

조선민주주의인민공화국이 천리마조선의 위용을 떨치게 되고 1959년 12월부터 시작된 귀국운동이 성과적으로 추진되여나갔다. 일본땅 동포사는 곳곳에 총련의 본부와 지부, 분회조직이 꾸려지고 분회마다에서 '모범분회창조운동'이 힘있게 벌어짐으로써 조직은 튼튼히 다져졌다. 민족교육사업이 가일층 발전하고 초급학교로부터 대학에 이루는 정연한 교육체계를 갖추게 되였다. 조직이 튼튼히 다져지고 교육사업이 발전하는데 따라 문화사업에 대한 재일동포들의 요구는 한층 높아졌다.

총련은 제7차 전체대회(1964.5)에서 문화사업을 군중화할데 대한 방침을 내걸어 문학예술이 일부 전문가들뿐아니라 전동포적인 범위에서 벌어지도록 하기 위한 대책들을 적극 세워나갔다. 이시기 재일조선예술단이 민족가무단으로 개편되고 동포계몽운동의 기동선전대인 조선지방가무단이 9개 무어졌다. 또한 조선말로 연극운동을 벌리는 재일조선연극단이 결성(1965.1)되여 각지에서 공연하였다. ≪조선민보≫가 ≪조선신보≫로 개칭되고 일간화되였으며 조선대학교에 예술학원이 부설됨으로써 예술인후비들을 배출하게 되였다.

문학예술의 군중화가 실현되여나가는 속에서 재일조선작가들은 애국운동을 고무추동하는 창작을 활발히 벌려나갔다.

첫 귀국선이 니이가다항을 출항한 력사적시기에 『문학예술』 창간호를 세상에 내놓게 된 작가들은 '귀국특집'을 짜서 련일 신문잡지들에 작품을 발표하였으며 1962년 4월에 작품집 『찬사』를 펴내기 위한 창작활동을 벌렸다. 또한 1965년 총련결성 10돐기념 작품집 창작, 1966년 재일조선인중등교육실시 20돐경축 대음악무용서사시 대본창작을 힘있게 벌렸다. 작가들은 이 시기 공화국 체육인들을 열렬히 환영하는 동포들의 모습, 모범분회창조운동에 나선 동포들, 총련결성 10돐을 뜻깊게 맞이한 각계층 동포들과 청년학생들의 기쁨, 조국왕래실현을 위하여 나선 동포들, 그리고 사회의 민주화와 민족통일을 위해 나선 남녘형제들을 지원하는 작품과 '한일조약'을 반대하는 작품도 창작하였다. 그리하여 60년대 앙양된 재일조선인운동을 매 시기 반영한 재일동포국문문학은 그 창작성과로 문예동결성 10돐(1969.6)을 맞이하였다.

1960년대문학의 특징

첫째, 작가대오의 강화.

이 시기 재일동포국문문학의 특징은 무엇보다도 작가진이 강화된 것이다.

우선 문학인들속에서 주체적문예사상학습이 진행되었다.

작가들은 김일성주석의 로작 「천리마시대에 맞는 문학예술을 창조하자(1960.11.27)」, 「혁명적문학예술을 창작할데 대하여 (1964.11.7)」에 대한 학습을 벌려 공화국의 문예정책을 깊이 연구하였다.

60년대 초기 중견적역할을 놀던 작가, 예술인들이 귀국실현으로 20여명이나 공화국으로 귀국을 하였으나 재일조선문학인들은 문예동조직에 뭉쳐 그 대렬을 확대하여나갔다.

또한 그 이전 일본어로 창작하던 작가들이 주체를 세워 국문창작활동을 적극 벌리게 되었다.

또한 작가들은 들끓는 현실을 체험하기 위하여 동포대중속에 깊이 들어가서 창작을 벌렸다.[19]

---

19) 문예동은 매 시기 매 단계마다 작가예술인들의 현실체험을 위하여 애국운동이 벌어지고있는 여러 지방으로 작가들을 파견하였던바 1961년 10월에도 작가들을 현지파견하는 조치를 취하였다.

그리하여 재일조선작가작품집들에 그 창작성과가 집대성되고 개인작품집들도 발간되였으며 신문, 잡지들에 작품들이 많이 발표되였다. 또한 창작을 고무추동하고 그 사상예술적수준을 높이기 위한 평론활동이 이 시기 활발히 진행되였다.

조국의 거듭되는 배려와 신임은 국문문학운동을 책임진 재일조선작가들의 긍지와 자부심을 비상히 높여주었다.

조선작가동맹에서 재일조선작가들의 창작을 고무하는 편지가 보내여왔다. 『조선문학』, 『문학신문』을 비롯한 공화국의 문학잡지와 신문에 재일조선작가들의 작품이 발표되였다.

조선작가동맹의 위임에 의하여 아세아 아프리카 작가대회 도꾜대회(1961.3)에 문예동의 작가 대표가 공화국위임대표로 참가하게 되였다. 이 시기 문예동 문학부맹원들속에서 허남기, 남시우, 김민이 조선작가동맹원으로 가맹되였다.

주체가 서고 문예동조직에 작가들이 뭉치게 된 것은 60년대 재일동포국문문학운동의 중요한 특징이다.

둘째, 애족애국운동을 반영한 왕성한 작품창작.

1960년대 국문문학운동의 특징은 다음으로 애족애국운동을 반영한 작품들이 왕성히 창작된 것이다.

우선 애국운동과 동포사회현실을 반영한 다양한 주제작품이 창작되였다.

자기 령도자에 대한 흠모, 사회주의조국에 대한 동경, 조국선수단 맞이, 각지에서 벌어진 모범분회창조운동, 꽃피는 민족교육, 조선국적되찾기와 재일동포 권익옹호, 조국왕래요청, 1965년 '한일회담' 반대, 1960년 4월 인민봉기와 남녘형제들의 민주화운동 지지, 다년간 재일동포들에 대한 숙망이였던 귀국실현 등은 이 시기 중요한 주제적과업으로 되였다.

또한 이 시기 다양한 형태의 작품이 창작되였다.

현실을 민감하게 반영한 시, 가사가 매 시기 창작발표되고 각계층 동포생활을 그린 단편소설이 창작되였다. 그리고 국문으로 창작된 희곡이 재일조선연극단에 의해 상연되였다. 또한 영화문학 『우리에게는 조국이 있다』[20]가 공화국에서 예술영화로 제작되여 일본에서 상연되였으며 대음악무용서사시[21]가 창작공연되었다.

작가들의 창작품은 『조선신보』, 『조선청년』, 『조선상공신문』을 비롯한 여러 기관지들과 정기적으로 발간된 『문학예술』지에 발표되였다.

이 시기 성과작들은 『찬사』(1962), 『풍랑을 해치고』(1965), 『조국의 해빛아래』(1965)를 비롯한 작품집들에 집대성되었다.

또한 『현대조선시선』(1960), 장편소설 『고향(리기영작)』(1960)을 비롯한 조선의 명작들과 고전작품들이 일문으로 번역출판되여 일본사람들속에 널리 보급되였다.

셋째, 문예동지방조직강화와 후비육성.

1960년대 문학의 특징은 다음으로 문예동의 각 지방조직이 강화되고 후비들이 자라난 것이다.

---

20) 조선예술영화, 허남기 씨나리오, 박학 연출, 1968년 조선영화촬영소 제작. 영화는 재일조선동포들의 지난 날의 비참한 생활처지와 광복후의 투쟁모습을 그려내고 있다. 작품은 징용으로 일본에 끌려온 남편을 찾아 21살에 현해탄을 건너온 주인공 옥순의 수난에 찬 로정을 재일조선인이 걸어온 력사적 흐름속에서 보여준다. 작품은 광복후 공화국창건의 격동된 소식에 접하고 총련이 결성된후 귀국실현까지를 그려내였다. 작품은 공화국의 당당한 해외공민으로서의 다함없는 긍지와 자부심을 안고 민주주의적 민족권리를 지키며 통일을 촉진시키기 위하여 억세게 투쟁하는 재일동포들의 생활과 투쟁을 폭넓게 보여주고 있다.

21) 재일조선인중등교육실시 20돐을 맞으며 1966년 음악무용서사시 『조국의 해빛아래』가 도꾜도체육관에서 공연되였다. 출연자 재일조선예술인들과 학생 3천여명. 9경 26장. 인민상계관작품. 작품은 재일동포들의 조국에 대한 무한한 사랑, 민족적긍지, 조국의 영예를 더욱 빛내이려는 일치한 념원을 서사시적무대화폭을 통하여 반영하였다. 5만여명의 관객을 동원하였다.

이 시기 도꾜, 조선대학교, 가나가와, 이바라기, 도까이, 교또, 오사까, 효고, 간몬지방에 문예동지부조직이 결성되였다. 이는 군중문화사업을 발전시켜 나갈데 대한 시책의 결과이다. 동포들이 많이 거주하는 거점 총련본부들에 문예동의 지부조직이 꾸려짐으로써 지방문예운동을 활성화시켜 나갈수 있는 담보가 마련되였다.

또한 이 시기 지방문예조직에 망라된 문학인들에 의하여 문예지가 창간되였다.

『조대문학』(조선대학교 문학부학생문집), 『조선문예』(문예동 가나가와지부), 『효고문예통신』(문예동 효고지부)등이 발간된 것은 대표적 실례들이다.

이 시기 후비육성에서 중요한 의의를 가지는 것은 조선대학교 문학부에서 국어교원과 함께 작가 후비를 해마다 배출하게 된 것이다.

또한 기관지 『문학예술』에 1세들뿐아니라 2세작가들의 작품을 게재하였다. 그리고 문학교실을 통한 신인육성이 진행되고 문학작품현상모집(1959.9~)이 실시되였다.

1960년대는 문예동결성을 계기로 하나로 뭉친 재일조선작가들이 대렬을 강화하여 애족애국운동에로 동포들을 불러일으키는 창작을 왕성히 벌리고 지방조직을 확대하고 후비를 육성함으로써 국문문학을 발전시켜 나갈수 있는 굳건한 토대를 닦은 기간이다.

4) 1970년대 재일동포국문문학운동

1970년대초 내외의 새로운 정세하에서 추진된 재일조선인운동은 주체사상을 애국활동의 모든 분야에 구현하여 자체사업을 한단계 심화발전시켜나갔다.

이 시기 재일조선동포들의 권익옹호확대와 귀국사업의 재개, 조국왕래의 확대 등 귀중한 전진이 이룩되였다.

또한 이 시기 세대교체가 진행된 새로운 환경에 맞게 새 세대동포들을 애국운동의 주인으로 내세우고 광범한 동포들을 단결시키기 위한 분회와 지부 강화운동이 벌어졌다.

또한 력사적인 7.4남북공동성명 발표후 조국통일운동이 한층 고조되여나갔으며 70년대 후반기 남녘의 반파쑈민주화투쟁을 적극 지지성원하는 기운이 한층 높아졌다.

또한 일본인민을 비롯한 세계 평화애호인민들과의 련대성이 더욱 강화되고 조선의 민족통일을 지지하는 여론이 더욱 높아졌다.

변화발전하는 재일조선인운동을 반영하여 재일동포국문문학은 자체발전의 토대가 구축된 60년대 성과에 의거하여 70년대 빛나는 발전기를 열어놓았다.

70년대 재일동포국문문학운동발전에서 중요한 의의를 가지는 것은 작가예술인들의 사회주의조국방문이다.

왕래자유권리를 획득한 작가예술인들은 1974년 3월 처음으로 공화국을 방문하였다. 김일성주석께서는 1974년 6월 27일 재일조선예술인들과 한 담화 「재일 조선예술인들은 사회주의적민족예술을 발전시켜야 한다」를 발표하시였다.

공화국을 방문한 작가들은 조선작가동맹 작가들과 교류를 깊이고 창작강습을 받게 되였다. 그리고 조국의 방방곡곡을 찾아 작품을 써나갔다.

70년대 재일조선문학발전에서 의의를 가지는 것은 또한 국립평양만수대예술단을 비롯한 공화국의 작가예술인들의 일본방문과 공연, 그들과의 교류이다.

재일조선작가들은 주체문학예술의 성과작인 혁명가극 『꽃 파는 처녀』

와 음악예술공연을 감상하고 작가예술인들과의 교류를 깊였다.

이 시기 재일조선동포들속에서 애국운동의 변화와 날로 높아가는 동포들의 사상미학적요구를 충족시키기 위한 군중문화사업이 크게 발전하였다.

'금강산가극단'(1974.8)이 결단(전신은 재일조선중앙예술단)되고 가극단은 그 사상예술적수준을 높여 1974~1977년 사이에 579회 공연, 96만 7천여명의 관객들을 동원하였다. 12개로 불어난 조선지방가무단은 1974~1977년 사이에 2357회 공연, 66만 4천 여명의 관객을 동원하였다.

광복후 일관하게 재일조선동포들의 생활을 영상으로 기록하여온 기록영화 ≪총련시보≫는 1973년에 100호를 세상에 내놓았으며 기록영화에 대한 수요가 높아짐에 따라 그 기능과 역할을 높이기 위하여 '영화제작소'(1974)가 설립되었다.

이 시기 작가들은 재일조선인운동의 요구와 애국동포들의 지향과 념원, 그들의 생활을 담은 작품을 창작하기 위하여 노력하였다.

작가들은 특히 세대가 교체된 동포사회의 현실속에 깊이 들어가 창작을 벌렸으며 변화발전하는 통일정세에 민감하게 대처한 작품을 제때에 창작해나갔다. 그리하여 1974~1977년 사이에만 하여도 1천여편의 문학작품을 창작함으로써 문학창작을 통하여 동포들을 고무해 나가는 애국애족운동의 기수로서의 역할을 해 나갔다.

문예동은 관하 맹원들을 뜻깊은 4월의 봄명절(1972)과 총련결성 20돐(1975), 공화국창건 30돌(1978), 문예동결성 20돌(1979)을 창작성과로 맞이하기 위한 작품창작과제를 내세웠다.

특히 문예동은 매 시기 문학작품현상모집을 실시하여 1세작가들과 함께 2세작가들을 새로 발굴하며 그들이 재일조선문학인으로서 조선말과 글을 옳바로 배우고 쓰는 기수로서의 역할을 잘해나가도록 하였다.

이 시기 재일조선작가들은 민주화를 위하여 싸우는 김지하, 량성우, 장기표를 비롯한 남녘의 작가, 시인들을 지지하는 글을 쓰고 민족통일을 념원하는 창작활동을 벌렸다.

또한 이 시기 문예동맹원들은 각 지역들에서 '모범문예집단창조운동'을 힘있게 벌렸다.

1973년 배를린 제10차 세계청년학생축전에 참가한 재일조선청년예술인대표가 재일조선작가들의 작품을 창작공연하여 상을 받은것도 특기할 일이다.

1970년대문학의 특징

첫째, 주체의 문예사상, 리론연구.

70년대 재일동포국문문학에서의 특징은 무엇보다도 작가들속에서 주체의 문예사상, 리론학습이 심화되고 그를 지침으로 창작활동을 벌려나가게 된 것이다.

작가들은 무엇보다도 1974년 6월 27일 담화학습을 통하여 사회주의적이며 민족적인 문학예술로서의 재일동포국문의 성격을 깊이 새기게 되였다.

작가들은 또한 이 시기 인간학리론과 종자론 및 속도전의 리론을 배우고 그것을 창작에 구현해나갔다. 특히 작품의 핵으로서 작가가 말하려는 기본문제가 있고 형상의 요소들이 뿌리내릴 바탕이 있는 생활의 사상적알맹이로서의 종자리론을 체득하여 창작실천에 옮기도록 노력하게 되였다.

둘째, 다양한 주제의 작품창작.

재일동포국문문학의 성격을 깊이 인식하고 창작리론학습을 깊여나가는 속에서 작가들이 시대가 요구하는 다양한 주제의 작품을 창작하게 된 것은 이 시기 또하나의 특징이다.

령도자와 어머니조국을 칭송한 송시, 송가가 창작되고 주체의 기치 따라 발전하여온 해외교포조직인 총련찬가와 꽃 피는 민족교육, 애국의 자랑 안고 이국의 하늘아래 상부상조하면서 살아가는 각계층동포생활을 다양하게 형상하게 되였다.

이 시기 재일동포국문문학이 일관하게 틀어쥐고 나가야 할 조선사람 찾기주제작품이 많이 창작된 것은 귀중한 성과이다.

또한 7.4 남북공동성명 지지와 조국통일 5대강령 지지실현작품, 조국통일대행진에 떨쳐나선 동포형상작품, 그리고 이남땅의 민주화를 요구하는 민주인사들과 애국적시인들의 투쟁지지작품이 창작됨으로써 주제령역이 더욱 넓어졌다.

이 시기 문학형태도 다양하게 발전하였다.

송시, 송가가 발전하고 시초형태의 조국찬가가 많이 창작되였으며 장시도 창작되였다.

단편소설에서는 「동포」, 「고향손님」을 비롯한 재일동포상을 보여주는 의욕적인 작품이 1세작가들에 의하여 창작되였다.

영화문학과 희곡이 왕성히 창작되고 영화문학 『은혜로운 해빛은 여기에도 비친다』가 조국에서 예술영화로 제작되여 일본에서도 상영되였다.

재일조선가무단의 무대공연대본인 노래이야기가 또한 많이 창작되였다.

시가작품들이 제때에 출판물에 발표되고 단편소설이 ≪조선신보≫에 련재되여 독자들의 이목을 끌었다. 성과작들은 매 시기 『문학예술』지에 발표되였다.

또한 산문집 『영광의 한길에서』, 『재일조선인단편집』과 『충성의 노래』, 『조국하늘 우러러』, 『은혜로운 해빛아래』를 비롯한 종합시집들이 발간되었다. 가사는 작곡이 되어 창작가요집 『영광의 그날을 생각하며 는』을 비롯한 여러 창작곡집에 수록되었다.

오랜 시인들인 허남기, 한덕수와 김두권, 김학렬의 개인시집이 출판 되고 2세 젊은시인인 최영진, 로진용의 개인시집이 출판되었다.

조선작가동맹이 매 시기 실시한 현상모집에 작가들이 다수 입선하였으 며 1975년 조선로동당 창건 30돐기념 현상모집에는 17명이 입선하였다.

이처럼 시대가 요구하는 다양한 주제의 작품의 활발한 창작은 개화 기를 맞이한 재일조선민족문학의 사상예술적 높이를 보여준다.

셋째 후비육성과 2세작가의 진출.

1970년대 후반 민족교육을 체계적으로 받은 2세 신진작가시인들의 대두는 이 시기 문학의 또하나의 특징이다.

신진작가후비육성에서 중요한 의의를 가지는 것은 조선대학교 문학 부에서 국어교원과 함께 작가후비를 배출하게 된 것이다.

또한 후비육성을 위한 각종 강습체계가 꾸려진 것이다.

1979년부터 2세신진작가들을 포함한 평양에서의 창작강습이 시작되 였다. 또한 '재일조선인문학통신교육'(1979.11~)이 실시되고 도꾜와 오 사까를 비롯한 지방문예동조직들에서 '문학교실'이 개강되였다.

신진작가들의 작품을 묶은 '신인작품집'이 발간되였다. 특히 70년대 수차례에 걸쳐 진행된 문학작품현상모집은 신인작가후비들의 문학적소 질을 찾아내고 창작의욕을 돋구는 중요한 마당이 되었다.

1978년부터 민족학교 초중고급학생들을 대상으로 한 국문작품현상모 집인 '꽃송이 현상모집'이 실시된 것은 후비육성에서 중요한 의의를 가 진다.

이 시기 진출한 2세 신진작가들은 1세작가들의 창작기풍과 성과를 적극 따라배우면서 국문창작을 왕성히 벌리게 되었다.

이는 70년대에 대를 이어 재일동포국문문학을 발전시켜 나갈 력량이 마련되여 나갔다는 것을 말하여준다. 그리하여 재일조선작가대렬이 더욱 튼튼히 다져지게 되였다.

넷째 문학운동의 활성화.

70년대 문학의 특징은 다음으로 문학운동이 활성화되여나간것이다.

작가들의 식견과 기량을 높이기 위한 강습이 여러 지역들에서 다양하게 진행되였다.

재일조선작가예술인 조국방문귀환공연과 보고모임을 비롯한 여러 마당들에서 작가들은 조국의 문학성과를 따라배우게 되였다.

이 시기 문예동의 각 부문과 지부들에서 '모범문예집단 창조운동'이 활발히 진행되였다.

문예동지방조직이 더 튼튼히 꾸려지고 지방문예지들인 『새 싹들』(문예동도꾜지부), 『령마루』(문예동가나가와지부), 『불씨』(문예동오사까지부), 『문예효고』(문예동효고지부)가 발행되였다.

시인들과 작곡가들이 힘을 모아 가요창작운동을 벌리고 현대조선명곡을 듣는 모임과 창작품감상모임, 소음악회가 활발히 진행되였다.

또한 '싸우는 남조선인민들을 지원하는 재인조선시인 사랑송모임'(1979), '귀국실현 20주년 시와 노래의 모임'(1979)들이 성과리에 진행되였다.

'조일우호전'(가나가와)를 비롯하여 각 지방들에서 조일친선 대외문화모임도 성대히 진행되였다.

이처럼 재일조선작가들이 창작기량을 한층 높이고 다양한 주제의 작품이 창작되고 후비육성과 문학운동이 활성화되여감으로써 1970년대 재일조선민족문학은 빛나는 발전기를 마련하게 되였다.

5) 1980년대 재일동포국문문학운동

1980년대 변화발전하는 재일조선인사회와 격동하는 조국통일정세속에서 재일동포국문문학은 작가대오를 확대강화한데 기초하여 창작활동에서 자랑스러운 앙양기를 맞이하였다.

1980년대 재일동포사회에서는 뚜렷한 변화가 일어났다.

무엇보다도 재일동포들속에서 세대교체가 이루어지고 지난 날 나라 잃고 망국노의 운명을 직접체험한 1세동포의 비중은 감소되고 일본에서 나서 자란 2세, 3세들이 압도적비중을 차지하게 되였으며 그들이 재일조선인운동의 주역으로 등장하였다. 또한 재일동포들의 계급구성에서도 변화가 일어나 동포들의 절대다수가 령세하기는 하지만 상공인으로 되였으며 그들이 기본군중으로 되여나갔다.

이 시기 통일정세도 변하였다. 고려민주련방공화국창립방안을 비롯한 공화국의 통일방안을 실현하기 위한 운동이 전 동포적으로 전개되였다. 또한 광주인민봉기를 계기로 세차게 타오른 남조선인민들의 반미자주화투쟁과 반파쑈민주화투쟁을 적극 지지성원하는 운동이 동포사회에서 세차게 벌어졌다.

또한 이 시기 일본당국에 의한 반'공화국'책동과 총련파괴책동이 로골화되여나갔다. 재일동포들은 날로 우심해지는 정세속에서 공화국에 대한 적대시정책과 재일조선인에 대한 인권침해와 총련파괴책동을 그만둘 것을 요구하여 투쟁하였다.

이런 속에서 문예동조직에 망라된 작가예술인들은 동포교양에 실질적으로 이바지할수 있는 창작활동을 적극 벌려나갔다.

작가들은 특히 1982년에 맞이한 2월명절과 4월명절, 그리고 1985년 총련결성 30돐, 1988년 공화국창건 40돐, 1989년 문예동결성 30돐을 창작성과로 맞이하기 위하여 힘을 기울였다.

80년 년초에 재일조선작가들의 문학운동을 힘있게 고무하여준 것은 평양에서 열린 '제3차 조선작가대회'소식이였으며 대회에 보낸 서한[22]이였다.

그리고 총련결성 25돐(1980.5)에 즈음하여 문예작품 창작상, 공연상을 줄데 대한 총련중앙상임위원회 결정이였다.

이 시기 문학운동을 고무하여준 것은 또한 80년대 중엽이후 평양에서 개최된 주요문예행사였다. 1986년 3월 평양에서 진행된 문예총 제6차대회에 재일조선문학예술인대표가 초청을 받고 자기 대표를 보냈으며 축하연설을 하였다. 그해 9월에 평양에서 진행된 '자주, 친선, 평화를 위한 투쟁에서 현대문학에 관한 국제토론회'[23]에 재일조선작가대표가 또한 참가하여 연설하였다.

또한 1989년 제13차 세계청년학생평양축전에 재일조선청년작가대표가 참가하여 평양문학창작실에서 창작을 하였다.

이 시기 군중적인 민족문학예술창작과 공연이 활발히 진행되였다.

1982년 2월명절과 4월명절을 경축하는 음악무용종합공연이 성대히 진행되고 1985년 총련의 30년로정을 자랑하게 수놓은 음악무용서사시 『5월의 노래』공연이 성과리에 진행되였다. 또한 동포사회의 숨은 애국자를 형상한 공화국과의 합작예술영화 『은비녀』가 제작되고 일본에서 상영되였다.

이 시기 또한 군중문화활동을 위한 예술소조가 각지에 무어지고 대중가요운동이 활발히 벌어졌다.

---

22) 김정일국방위원회 위원장이 1980년 1월 평양에서 진행된 제3차 조선작가대회에 보낸 서한 「현실발전의 요구 맞게 작가들의 정치적식견과 창작적기량을 높일데 대하여」
23) 1986.9.29 평양에서 진행된 국제문학토론회. 국제토론회와 함께 아세아, 아프리카작가협회 집행리사회의가 진행. 김일성주석께서 문학토론회와 집행리사회 회의참가자들을 환영하는 연회에서 '현대문학의 사명'에 대하여 연설. 재일조선작가대표단이 참가. 단장이 연설.

광주인민봉기의 의로운 투쟁을 지지하는 '조-일 시와 노래의 밤'이 진행되고 가극 『어머니의 소원』이 창작되어 금강산가극단이 무대에 올렸다.

민족단합사업이 강화되는 속에서 23년만에 민단영향하 예술인들과의 '8.15 조국해방 40주년기념 예술공연'이 진행되고 조일예술인들에 의한 '2월 예술의 밤'이 진행되었다.

1980년대 후반 민족작가대회소집에 관한 격동적인 소식에 접한 문학인들은 1989년 2월 북과 남 해외동포작가회의소집을 지지하는(문예동 위원장) 담화를 발표하였다.

1980년대 문예동은 작가대렬을 튼튼히 다지고 문학의 선도성을 높여 그 기능을 높이기 위하여 부위원회를 강화하였다. 시분과위원회, 산문분과위원회, 아동문학분과위원회, 번역평론분과위원회를 조직하였으며 각 부의 역할과 기능을 한층 높여 조직의 체모를 일신하여나갔다.

결성초기 7개지부 200여명의 맹원으로 출발한 문예동의 문학예술인대렬은 이 시기 확대되어 1984년(4반세기동안)에 8개 지부와 8개반에 600여명의 맹원을 망라하였다. 또한 4개의 2중모범문예창조집단과 13개 모범문예창조집단 창조대렬을 가지게 되였으며 문예총산하에 90여명의 맹원이 등록되고 '금강산가극단'과 10개의 지방가무단에 200여명의 예술인들 두고 '조선레코드사'와 '조선문예사'도 가지게 되였다. 그리하여 재일동포문학은 이 시기 자랑찬 앙양기를 맞이하였다.

1980년대 문학의 특징

첫째, 시대가 요구하는 문학창작을 위하여.

재일동포문학인들이 시대가 요구하는 문학창작을 위하여 힘있게 나선 것은 이 시기 중요한 특징의 하나이다.

평양국제문학토론회 (1986.9) 참가자들의 연회에서 하신 김일성주석의 연설 「현대문학의 시대적사명」과 제3차 조선작가대회(1980.1)에 보낸 서한은 이 시기 재일조선작가들의 정치적식견을 높여주고 창작의욕을 북돋아주는 계기를 마련하였다.

평양국제문학토론회 참가자들앞에서 한 연설 「현대문학의 시대적사명」에서는 문학을 '주체의 인간학', '인간문제에 해답을 주는 생활의 철학'이라고 정식화하였다. 또한 작가대회 서한에서는 현실발전의 요구에 맞게 작가들의 정치적식견과 창작적기량을 부단히 높여나갈데 대한 문제들이 지적되었다.

이 연설과 서한은 조국을 멀리 떠나 이국에서 국문문학운동을 벌려나가고있는 재일조선작가들에게 중요한 리론실천적문제들을 제기하였다.

문예동은 재일동포문학인들의 토론회와 문학심포쥼을 가지고 변화발전하는 시대와 애국현실이 요구하는 문학창작을 위하여 문학의 선도성을 더 높이며 작가들의 정치적식견과 창작적기량을 결정적으로 제고하도록 하였다.

특히 재일조선작가들이 세대가 교체되고 계급구성에서 변화가 일어난 동포사회현실을 깊이 체험할데 대하여, 재일동포들의 자주적인 삶을 개척하는데서 사회적으로 의의있는 문제를 제기하고 그에 예술적해답을 줄데 대하여, 진실한 동포상을 추구하고 새 세대동포들의 민족적자존심을 높여주는작품을 창작할데 대하여 확인하였다.

재일동포작가들이 시대가 요구하는 문학을 지향하는 과정에서 다양한 주제작품들이 창작되었다.

1982 년 뜻깊은 2월명절과 4월명절경축작품, 국경절 40돐기념작품, 제13차 세계평양청년학생축전작품, 30년의 년륜을 새긴 총련찬가, 새 세대동포들에게 동화의 길이 아니라 애족의 길로 나가도록 이끌어주는

작품, 2세동포주인공들이 애국의 대를 잇는 작품, 조국과 민족을 위하여 몸바쳐 일하는 숨은 애국자 형상작품들, 광주인민들의 의로운 투쟁을 지지하는 작품, 고려민주련방공화국창립방안 실현을 위해 나선 동포형상작품, 서승형제와 그의 어머니를 형상한 가극, 1세들의 애향심을 노래한 작품 등이 창작된 것은 재일조선작가들의 노력의 결과이다.

둘째, 왕성한 창작과 작품집 발간.

80년대에 들어서서 해마다 많은 작품들이 창작되고 작품집도 적지 않게 출판되었다.

1988년 한해에만도 단편소설 66편, 시 208편, 가사 83편, 수필 120편, 평론해설 75편, 희곡 12편 합게 564편이 창작되고 각종 출판물에 발표되었다.

이 시기 국문작품집만으로도 30 여권이 발간되었다.

문예동결성 30돐에 력대 명시들을 묶은 『재일조선시선집』이 발행되고 총련결성 30돐에 즈음하여 시집 『해와 별 우러러』, 작품집 『입선작품집』, 1987년에 종합시집 『봄빛속에서』가 발행되었다.

이 시기 또한 문예동지방조직이 확대되고 지방문예지들인 『산울림』(문예동도꾜지부), 『뭇별』(문예동교또지부), 『봉화』(문예동이바라기지부)가 발행되었다.

또한 1세대작가들인 리은직, 김민, 박종상, 소영호, 서상각의 개인단편집이 출판되고 오랜 시인들인 허남기, 남시우, 한덕수, 강순, 정화흠, 정화수, 김두권, 김윤호, 김학렬, 류인성, 오상홍의 개인시집이 출판되고 박영일작품집이 나왔다.

그리고 2세 시인들인 로진용, 손지원, 박호렬 시집과 녀류시인 허옥녀시집, 그리고 최용진동시집이 출판되였으며 극작가이며 영화문학작가인 김수중의 영화문학작품집이 출판되었다.

이 시기 허남기의 일문서사시 『화승총의 노래』와 리은직의 일문소설 『탁류』가 남조선에서 수십년만에 국문으로 번역출판되었다.

셋째, 대중가요창작.

1980년대 국문문학운동의 중요한 특징의 하나는 동포생활을 반영한 가사창작이 활발해지고 대중가요가 창작보급된 것이다.

이 시기 광범한 동포들속에 조선의 명곡을 널리 보급하는것과 함께 동포들의 지향과 요구에 맞는 여러 가지 대중가요를 창작보급하는 것은 중요하게 제기되었다.

재일동포작가들은 동포사회에 언제나 건전한 민족적정서가 지배하도록 하기 위한 대중가요창작운동을 벌려 수많은 가사를 창작하였다. 그리고 작곡가들의 힘을 빌려 대중가요를 훌륭히 창작하고 널리보급하였다.

「충성의 총련대오」, 「희망의 길」, 「출발의 아침에」, 「길동무」들은 새 세대들에게 조준을 맞춘 참신한 노래들이다. 「구름 타고 갈가요」, 「통일의 아침에」, 「희망의 길」 등은 새 세대들의 통일지향과 념원을 노래한 작품들로서 동포들과 청년들의 사랑을 받고 있다. 이 시기 창작된 대중가요들은 대중가요집들인 『300 곡집』, 『길동무』, 『우리는 언제나』 그리고 개인가요집들에 수록되어 널리 보급되었다.

6) 1990년대 재일동포국문문학운동

1990년대 재일동포국문문학은 격동하는 정세속에서 시련을 이겨내는 동포들의 생활을 반영하여 발전하였다.

정세는 말그대로 준엄하였다.

1980년대 말~90년대초 일련의 사회주의나라가 좌절되고 재일동포들은 1994년 김일성주석이 불의에 서거하시였다는 소식에 접하였다. 90년대 중엽 공화국에서 전례없는 자연재해가 휩쓸고 공화국인민들은 간고한 고난의 행군을 하게 되었다.

설상가상으로 1995년 1월 재일동포들은 한신아와지지역을 휩쓴 대지진으로 많은 희생자를 내게 되었다. 이 시기 일본당국은 반'공화국', 반'총련' 캄펜을 대대적으로 벌렸다. 일본당국의 총련탄압책동이 최고절정에 달하고 일본각지에서 재일조선녀학생들을 겨냥한 '치마저고리사건'이 련이어 일어났다.

그러나 재일동포들은 슬픔을 힘과 용기로 바꾸어 시련을 이겨내였다. 공화국에서는 한신아와지대진재시 위문전문과 위문금을 보내주었고 총련결성 40돐에 즈음하여 서한을 보내주시여 재일조선인운동을 새로운 높은 단계에로 발전시켜나갈데 대하여 가르치시였다. 재일동포들은 90년대후반 국경절 50돐을 맞는 뜻깊은 시기에 김정일지도자께서 공화국 국방위원회 위원장으로 추대되였다는 소식에 접하였다.

재일동포작가들은 90년대초 주체문학의 백과전서인 저서 『주체문학론』(1992.김정일)과 문예로작 『총련의 예술은 자기 특성을 살려야 한다.』(1992.김정일)를 접하여 저서와 로작에 대한 학습을 심화시키고 그를 창작에 구현해 나갔다.

이 시기 총련은 정세가 준엄할수록 작가예술인들이 재일동포들의 애국지향과 슬기로운 생활을 형상한 작품을 더많이 창작하며 총련의 특색이 뚜렷하고 그들의 사랑을 받는 창작사업을 적극 밀고나갈데 대하여 (1992년 16차 전체대회), 새 세대를 주역으로 내세우며 민족을 사랑하고 민족성고수를 위한 민족성계몽사업을 적극 벌려 작가예술인들이 민족문화운동의 기수가 될데 대하여(1998년 제18차 전체대회) 제기하였다.

문예동관하 재일동포작가들은 이 시기 문화방침을 받들고 주체성과 민족성을 고수하고 문학의 선도성을 보장하기 위하여 노력하였다. 작가들은 반총련책동의 칼바람이 휘몰아치는 속에서도 마음의 기둥을 튼튼히 세워주는 작품, 동포들의 슬기로운 생활을 형상한 작품, 새 세대청년들의 생활감정과 정서에 맞는 작품창작을 지향하였다.

이 시기 『문학예술』 100호(1991)가 발간되었다. (109호까지 발간) 문예동의 기관지 『문학예술』 100호발간은 재일조선민족문학운동에서 특기할 일이다.

1960년 1월, 재일동포들의 귀국의 배길이 열린 시기에 창간된 『문학예술』이 40여년의 년륜을 새겨 100호를 기념하게 된 것은 또한 해외교포민족문학운동력사에서 류례가 없는 일이라 하겠다. 『문학예술』에는 음악, 무용, 미술, 영화, 연극, 사진, 서예의 창작품과 활동내용들이 반영되였다. 100호까지에 문학작품 1500여편이 실렸다. 또한 322명의 작가들이 글을 썼다.

작품들은 재일동포들을 계몽하고 애국운동에로 불러일으키는데 적지 않은 기여를 하였다. 대표적인 작품들은 조국의 출판물들에도 소개되였다. 또한 작품이 창작되고 기관지에 게재되는 과정에 수많은 작가들이 자라났다. 문예동은 1991년 7월 27일 축하모임을 가졌다. 축하모임에서 소개된 조선문학예술총동맹 중앙위원회 축전[24]은 문예동이 민족문학예술을 발전시켜 동포대중을 조국의 자주적평화통일을 위한 투쟁을 비롯한 제반 애국과업수행에로 불러일으키는데 크게 기여하였다는데 대하여 지적하였다.

1990년대문학의 특징

첫째, 애국의 뜨거운 정을 보여주는 작품창작.

---

24) "문예동은 『문학예술』을 통하여…주체적인 문예사상과 리론을 널리 해설선전하며 내외 반동들의 반공화국, 반총련 책동을 반대배격하면서 문학예술에서 주체를 확고히 세우고 민족적특성을 살려 참다운 민족문학예술을 발전시켜 동포대중을 조국의 자주적평화통일을 위한 투쟁을 비롯한 제반 애국과업수행에로 불러일으키는데 크게 기여하였습니다."(1991. 6월 27일)

이 시기 문학의 특징은 무엇보다도 어려운 환경속에서도 애국의 정을 안고 사는 동포형상작품이 창작된 것이다.

재일조선작가들은 이 시기 음악무용서사시들인 『수령님의 환한 웃음속에 우리 행복 꽃핍니다』(1992), 『주체의 해발따라』(1995)를 창작하였다. 또한 김일성주석추모작품(1994), 한신아와지대진재시 위문전문과 위문금 감사작품(1995), 재일동포들에 대한 일본당국의 탄압박해를 규탄단죄하는 작품 등을 창작하였다. 또한 세계탁구선수권대회에서 패권을 쥔 코리아탁구선수단 응원작품(1991)과 조국통일을 위한 전민족대단결 10대강령 지지실현작품(1993), 1995년을 통일원년으로 하기 위한 통일기원작품을 창작하였다. 1998년 국경절 50돐경축작품도 창작되였다.

작품들에는 준엄한 시련의 시기 마음의 기둥을 튼튼히 세우고 총련의 지붕아래 해외공민으로 억세게 살아갈 변함없는 결의가 담겨있다.

또한 민족통일에 특색있게 이바지해 나가는 재일동포들의 생활이 반영되였다.

둘째, 새 세대의 지향과 요구를 반영한 작품창작.

이 시기 문학의 특징은 다음으로 새 세대동포청년들의 지향과 요구를 담은 작품을 적극 창작하게된 것이다.

작가들은 3세대 4세대들의 요구와 심리에 맞는 작품과 민족자주의식을 심어줄수 있는 작품창작을 지향하였다. 이에 있어서 내용에서는 우리의것을 쥐고나가면서도 형식은 일본에서 생활하는 동포들과 청년들의 감정정서에 맞게 창작해 나가도록 하였다. 이 시기 단편소설 「우리의 소원」, 가사 「조선의 꽃으로 너를 피우리」를 비롯한 재일동포 3, 4세들의 생활을 반영한 특색있는 작품들이 창작되였다. 작품들에는 애국의 업적과 전통을 계승해 나갈 새 세대동포들의 생활이 진실하게 반영되였다.

셋째 중, 장편소설창작.

이 시기 문학의 특징은 다음으로 중, 장편소설이 창작되고 출판된 것이다.

소설분야에서 단편소설의 창작경험이 축적되고 작가들의 창작기량이 높아지는 속에서 90년대에 국문장편소설과 중편소설이 출판된 것은 이 시기 문학의 중요한 성과이다.

60년대 이후 단편소설을 위주로 써오던 작가 량우직이 장편소설『비바람속에서』(1991)를 출판하였다. 이 소설에는 해방후 재일동포들이 미국와 일본당국의 탄압을 박차고 민주주의적민족교육의 권리를 옹호하여온 과정이 그려졌다. 작가는 이어서 속편들인『서곡』(1995),『봄잔디』(1999)(평양 문예출판사)를 출판하였다. 또한 오랜 소설가인 리은직의 중편소설『성미』(1992)가 출판되었다.

이 시기 13편의 작품이 수록된 재일조선작가단편집『우리의 길』(1992)과 총련결성40돐기념 문학작품집『사랑은 만리에』(소설편. 7편)가 평양 문예출판사에서 출판되였으며 박관범, 김영곤 단편소설집, 그리고 정구일작품집이 출판되였다.

넷째, 동요동시창작.

이 시기 특징은 다음으로 아동문학작가들에 의한 동요동시창작이 활성화된 것이다.

1992년에 문예동 문학부 아동문학분과에서 묶어낸 계간지『동심』의 창간으로 동요동시창작이 활성화되고 아동문학작가들이 '동요동시부르기운동'을 제창하였다.

이 시기 개인동요동시집들이 적극 출판보급되였다. 김아필의 동요집『무지개다리』(1991),『예나 제나』(1996), 동요집『꽃망울』(1999), 가요선곡집『사랑의 품』(1995) 그리고 리방세동시집『하얀 저고리』(1992),

최영진 동시집 『이역의 영웅』(1992), 고봉전 동요동시집 『해님궁전』 (1998), 김홍수그림이야기 『돌아온 홍길동』(1996)등이 나왔다.

아동문학에서 중요한 성과의 하나는 재일조선작가동요동시집의 출판이다. 1997년에 『우리 마음 조국에로』가 광복후 처음으로 평양에서 출판되였다. 동요동시집에는 작가 33명의 도합 86편의 작품이 수록되였다.

다섯째, 다양한 시집들의 출판.

이 시기 특징은 다음으로 다양하고 특색있는 시집들이 출판된 것이다.

재일조선인시집 『따르는 한마음』(1992)에 시인들의 성과작들이 수록되고 재일녀류 3인시집 『봄향기』(1998)가 출판되였다. 또한 김학렬, 김정수, 강명숙, 홍순련, 로진용, 한룡무, 리귀영, 오홍심, 오순희의 개인시집들이 출판되였다.

또한 장윤식, 김리박, 정운경들의 특색있는 시집들도 출판되였다.

80년대에 활발히 진행된 대중가요창작은 이 시기에도 벌어지고 성과작들은 가요선곡집 작곡집들에 수록되였는바 애창가요집 『길동무』 (1994), 한덕수작사가요집 『우리의 미래는 찬란하다』(1999), 전춘복작곡집 『한길』(1994)들은 그 대표적 가요집들이다.

3. 6.15 공동선언과 재일동포국문문학의 현황

1) 6.15 공동선언발표와 문학운동

새 세기 재일조선동포들을 둘러싼 정세에서는 커다란 변화가 일어나고 있다.

세기를 이은 조미대결전은 총결산을 위한 중대한 극면에 들어서고 있다.

조일수뇌회담(2004.5)은 평양선언리행과 두 나라간의 신뢰를 회복하고 아시아와 세계의 평화와 안전을 도모하는데서 중요한 의의를 가지는 사변으로 되었다.

2000년 6.15북남공동선언발표에 따라 북과 남, 해외의 '우리 민족끼리', 민족공조의 방향으로 전환되여나가고 조국통일운동이 새로운 단계에서 힘차게 벌어지고 있다.

6.15 공동선언발표를 계기로 북과 남 사이의 대화와 접촉이 이루어지고 정치인, 경제인, 언론인들뿐아니라 예술인들의 교류와 접촉이 추진되였다. 특히 분단 59년만에 북과 남 해외의 작가들이 한자리에 모이는 민족작가대회가 일정에 올랐다. (2004.8 예정, 제반 사정으로 연기)

공동선언을 리행하기 위한 북남상급회담의 합의에 따라 남조선의 비전향장기수 63명이 공화국으로 귀환하였다. 비전향장기수 귀향주제작품을 써온 이남의 녀류시인과 문예동의 작곡가, 그리고 공화국의 가수가 합작으로 씨디앨범을 제작[25]하였다.

또한 우리 문학운동사상 처음으로 문예동에 소속된 재일교포 1세 현역작가들이 '총련동포고향방문단'의 성원으로 고향땅을 밟고 작품을 창작하였다.

2000년 6월이후 공동선언을 지지환영하는 재일동포들의 다양한 문학예술행사가 일본 전국각지에서 성대히 진행되고 있다.

2000년 1월 재일동포들의 가슴속에 애국애족의 민족정신과 조국통일의 종소리를 울려주기 위하여 시인들이 '<종소리>시인회'를 뭇고 시지 『종소리』를 발간하였다.

---

25) 이남의 녀류시인 류춘도씨가 02.6 미군장갑차 녀학생살인사건을 계기로 일어난 초불시위 주제가사를 창작, 재일동포예술가 전춘복씨가 작곡, 공화국 영화 및 방송음악단 가수 리경희씨가 노래를 부름. 씨디앨범의 제목은 『달맞이꽃—효순이, 미선이를 추모하여』

2000년 5월 새 세기의 도도한 민족의 흐름에 발걸음을 맞추어나가며 젊은 문필가들에게 발언하는 마당을 제공하기 위하여 『겨레문학』(문예동 문학부)이 창간되었다.

2000년 이후 재일동포사회에서 민족문화운동을 전 동포적으로 힘있게 벌려나가기 위한 재일조선작가들의 노력의 열매인 국문작품집이 계속 출판되고 있다.

총련결성 45돐기념문학작품집 『풍랑을 헤치며』(2000)가 발간되고 장편소설들이 계속 출판되고 있다. 1950년대 재일조선인민족교육문제를 취급한 장편소설 『봄비』(박종상.2001), 애국적인 동포상공인을 형상한 장편소설 『한 동포상공인에 대한 이야기』(리은직.2002), 한신아와지대진재를 다룬 장편소설 『지진』(량우직.2003)이 평양 문학예술종합출판사에서 출판되었다.

오랜 시인들인 정화흠, 김두권, 고봉전의 개인시집과 한명석시집, 오두흡한시집이 출판되고 박재로집필집, 리덕호와 류창하의 작품집 그리고 김두권작가작곡집이 나왔다. 또한 문예동문학부에서 오향숙, 손지원, 서정인의 개인시집이 출판되었다. 그리고 리승순, 김리박, 박재수의 시집과 작품집들이 출판되었다.

2) 재일동포국문문학의 현황

오늘 재일동포사회를 둘러싼 정세는 의연히 착잡하다.

2002년 9월 이후 일본의 우익세력과 반동적언론들이 랍치문제를 걸고 반공화국, 반총련, 반조선인책동을 광란적으로 벌림으로써 애족애국운동앞에는 엄혹한 사태가 벌어지고 있다.

오늘 재일동포사회에서 초미의 문제의 하나는 민족성을 고수하는 문제이다.

동포들속에서 세대교체가 완전히 이루어지고 이제는 3. 4세들이 재일동포들의 반수를 넘었다. 또한 재일동포수가 감소되고 그중에서도 특별영주자가 2002년에는 48만 5천여명으로 되였다. 일본국적취득자와 '국제결혼'이 늘어나고 동포사회가 다층적이며 복잡한 양상을 띠게 되면서 재일동포사회에서는 종래 없었던 심각한 문제들이 나서고 있다.

민족성을 고수하는데서 민족교육을 고수발전시키는것과 함께 재일동포국문문학을 발전시키는 것은 중요하게 제기되고 있다.

새 세대를 비롯한 광범한 동포들에게 민족자주정신을 심어주고 민족적소양을 지니도록 하는데서 우리 문학이 놀아야 할 역할은 자못 크다.

재일동포작가들앞에는 새 세대동포들의 생활을 반영하고 그들이 요구하고 그들이 지향하는 작품을 더 잘 창작함으로써 주체적인 민족애국운동에 실질적으로 이바지하는 작품창작이 절실히 요구되고 있다.

한편 재일동포국문문학앞에는 해결해야 할 문제들도 적지 않다.

무엇보다도 창작의 질을 결정적으로 높이고 창작가들의 력량을 계속 강화하는 문제가 중요하게 제기되고 있다. 특히 새 세대작가들을 확대하여야 할 과업이 나서고 있다.

다음으로 독자대상을 확대하는 문제가 제기되고 있다. 조선의 말과 글을 모르는 새 세대동포들이 많아지고있는 현 실정에서 독자대상확대문제는 중요한 과제이다.

또한 출판사정도 어렵게 제기되여있다.

오늘 재일동포사회에서는 민족문화사업이 광폭의 동포운동으로 힘있게 벌어지고 있다.

민족문화를 폭넓게 보급하는 거점으로서의 민족문화쎈터와 민족문화교실이 개설되고 다양한 강좌와 교실이 운영되여나가고 있다. 그러한 속에서 우리 문학작품을 더 소개선전하고 보급해 나가야만 한다.

문예동 16차대회(2004.6)에서는 "동포들의 가슴을 움직이고 민족애를 안겨줄수 있는 작품이 있어야 한다"고 지적하면서 문예동의 작가들예술인들이 민족문학운동을 힘있게 벌려 나갈수 있는 명작품창작운동을 벌릴데 대하여 제기하고 맹원들이 기량을 더 높일데 대하여 지적하였다.

또한 조일친선과 조국통일에 이바지하는 창작과 공연에서 더 큰 전진을 이룩할데 대하여 지적하였다.

재일동포국문문학운동은 새 세기에도 동포생활과 재일조선인운동을 진실하게 반영하여 동포들의 마음속에 애족애국의 불씨를 심어나갈 것이다.

재일 조선인 조선어 소설문학*

강태성**

문학은 언어예술이다.

따라서 일본이란 환경에서 국문학은 심한 제약을 받지 않을수 없다.

특히 일본에서 창작되고있는 산문문학, 그중에서도 소설은 가장 심한 제한을 받는다.

이러한 조건에서 국문소설을 쓰는 작가란 광복후를 통털어놓고 보아도 얼마 안되며 직업적인 작가라고 할수 있는 사람, 말하자면 국문소설을 써서 생활을 유지하고있는 작가란 한사람도 없다.

광복이후 수편이상 소설을 쓴 사람들을 꼽아보면 김민, 리은직, 박원준, 박영일, 박종상, 소영호, 량우직, 박관범, 서상각, 김춘지, 김송이, 리량호, 남상혁, 박순영, 강태성, 김금녀, 리상민, 고을룡...... 등으로서 스물남짓한 사람밖에 안된다.

그중 1세대 작가는 김민, 류벽, 윤광영, 리은직, 박원준, 박영일, 박

* 강태성, 「재일 조선인 조선어 소설문학」, 『재일조선인 조선어문학의 현황과 과제』,
   2004년도 제2회 조선문화연구회 학술대회 자료집, 2004년 12월, pp.1-10.
   (편집자 주: 본고는 문예동(재일본조선문학예술가동맹)소속의 재일조선인 필자의 논문
   이므로 맞춤법 및 용어 선택에 있어서 다소 한국적 상황에 맞지 않는 부분이 있다. 하
   지만 독자의 명확한 이해를 돕기 위해서 임의로 수정하지 않고 본문을 그대로 살려서
   실었다.)
** 재일본조선문학예술가동맹 문학부장

종상, 소영호, 량우직, 박관범, 서상각, 리량호 등 절반을 차지하고 나머지 2세대, 3세대들은 모두 조선대학교, 조선고급학교에서 배운 사람들이다. 1세대들중에도 박종상과 같이 어릴 때 일본에 들어와서 광복후 조선학교에서 배워 국문소설을 쓰게 된 사람도 있다.

이와 같이 소설창작과 민족교육은 뗄레야 뗄수 없는 관계에 있으며 소설을 조선고급학교, 대학 등 민족교육을 모태로 발생하고 발전하였다고 해도 과언이 아니다.

문학이 일본에서 운동형태로 맨 처음 발생한것도 도꾜조선고등학교의 문학동인 '수림'에서 연유된것을 보아도 뚜렷하다.

1세작가들중 김민, 류벽, 윤광영, 박원준, 박영일, 소영호는 이미 작고하였고 그 외에도 병중에 신음하고있거나 다 고령이다.

앞으로 소설문학발전에서 조선대학교, 고급학교의 위치와 역할이 더욱 중요하다.

다행히 조선대학교출신의 젊은 20대 청년으로서 문학, 그중에도 국문소설을 쓰겠다는 사람이 적지 않게 나오고 있는 것은 대단히 기쁜 일이라 하지 않을 수 없다.

1. 광복후 국문문학, 국문소설창작활동정형

재일작가들은 광복후 동포들속에서 급격히 앙양된 민족의식, 민족자주의 풍조속에서 국문으로 소설을 쓸 노력을 기울였다.

그러나 광복은 되였어도 일본에서 국문소설이 발전할수 있는 바탕도 조건도 대단히 미약하였다.

국문으로 작품을 써도 발표할 마당도 없었고 읽어줄 대상도 없었다.

광복당시 일본에는 일제의 조선민족말살정책에 의하여 조선글활자는 한자도 없었고 국문출판사는 설립될 조건이 전혀 없었다.

일제의 동화정책으로 재일동포들은 거의 국문을 해독하지 못하는 문맹이였다.

작가를 지향하는 젊은 지식인들과 문학애호가들은 민족앞에 지닌 사명감에 불타 다른 인테리들과 더불어 조선인련맹의 호소에 호응하여 문맹퇴치운동에 떨쳐나섰다. 그들은 조선어강습소, 조련초등학원, 조선소학교, 중학교의 강사, 교원이 되여 청소년학생들과 동포성인들에게 우리 말과 글, 우리 민족의 력사와 문화를 가르치고 민족적자각을 키우는데 이바지하였다.

이러한 활동속에서 처음에는 짤막한 작품을 써서 등사판인쇄로 작품을 몇십부씩 찍어 학교에서 교재로 쓰기도 하고 국문을 해독하는 동포들에게 나누어주기도 하였다.

재일작가들이 작품을 발표할수 있는 마당으로서 처음에 등장한것은 조련에서 갖은 고생 끝에 국문활자를 마련하여 발행하게 된 ≪해방신문≫(오늘의 ≪조선신보≫, 당시는 주간)이였다.

1948년 리은직이 쓴 첫 국문소설 「승냥이」가 ≪해방신문≫에 실린 것이 첫 국문소설로 될것이다.

재일동포들속에서 국문문학이 운동형태로 일어난것은 1948년 1월 재일조선인문학회가 결성된 때부터였다. 조련에 의한 민족교육사업으로 초등교육의 토대가 이루어지고(당시 초등학원이 일본전국에 600개소) 1946년 도꾜조선중학교가 창립되였으며 이어 1948년 10월 고등학교가 설립된것과 깊이 관련된다.

도꾜조선중고등학교가 설립된 이듬해인 1949년 9월 조련이 강제해산 당하고 10월, 일본당국에 의한 조선학교폐쇄령이 나오자 이를 반대하고 학교를 지키기 위한 투쟁이 세차게 벌어지는 속에서 문학을 애호하는 학생들로써 국문문학운동의 불길이 타올랐으며 1950년 10월 고등학교 창립 2주년을 계기로 동인지『수림』을 발간하였다.

그것은 학생들이 몇푼씩 돈을 모으고 학생들이 철필로 인지를 긁어서 반지에 등사판으로 인쇄하여 간단히 접은 100% 손으로 만든 소박한 책자였다.

문학동인지『수림』은 동인들이 중고등학교를 졸업한 후에도 활동을 계속하였으며 1956년까지 12호를 발간하고 폐간되었다.

동인지『수림』에는 오늘도 활동하고 있는 박종상의 첫 단편인「불꽃」,「불량인」, 박동수의 단편「학생빨찌산」등 학생들이 쓴 모두로 7~8편의 단편소설들이 창작발표되었다.

이상에서 보는바와 같이 재일동포들의 민족교육은 일본에서의 국문학운동 특히 국문소설운동의 모태로 되였고 그 발전을 담보하는 토대로 되고있다.

일본에서의 조선문학운동의 발전에서 떼여놓을수 없는 것은 조련의 기관지였던 ≪해방신문≫이다.

≪해방신문≫은 조련의 동포계몽사업의 확대발전과 더불어 독자수를 늘이였으며 주간신문으로부터 3일간으로 발전하고 배포체계도 정연하게 꾸려져갔다

≪해방신문≫은 목적의식적으로 필자를 동원하여 문학적인 산문, 수필이라든가 수기라든가 단상, 짤막한 소설이라든가를 쓰이고 지면에 반영하였다.

그러나 총련이 조직되기전(1955년 5월)까지는 모처럼 일어난 민족운동이 미군과 일본당국에 의하여 탄압되고 비합법으로 몰리운 조선인조직(민전)이 좌경을 범하고 ≪해방신문≫도 일시 정간당하였으며 조선학교도 대부분 일본공립학교형태를 강요당하여 민족교육이 크게 제한

을 받는 등 우여곡절을 겪는 가운데 국문문학운동, 소설운동은 동인지 『수림』 등이 근근히 움직였을 따름이고 극히 미약했으며 발표된 몇몇 작품들도 수준이 매우 어리였다.

일본에서 국문소설문학이 급속이 발전하게 된 것은 1950년대 중반기 총련이 결성되고 동포들에게 일본에서 살지언정 조선사람으로 살아야 하며 민족자주의식을 똑똑히 가지고 조국과 모든 조선민족이 나아가는 길을 함께 걸어가야 한다는 민족주체의 로선을 뚜렷이 밝힌 이후부터였다.

1955년 총련결성직후에 민족예술단인 재일조선중앙예술단(오늘의 금강산가극단)이 결성되고 조선문학을 지향하는 열성적인 작가들로써 재일조선인문학회가 새로운 주체적인 활동방침을 가지고 재건되었다.

조선문학회는 기관지 『조선문학』을 발간하였다. 『조선문학』은 2호까지 그 후는 『조선문예』로 개칭하여 9호까지밖에 발간되지 않았지만 재일조선문학청년들의 관심을 집중시켰고 그들의 창작의욕을 크게 북돋아주었다.

그러나 당시 재일동포문학예술단체들은 일본예술단체의 영향밑에서 활동하던 시기의 버릇을 버리지 못하고 민족문학예술운동을 표방하면서도 하나로 힘을 합치지 못하고 각기 뿔뿔이 놀았다.

이런 형편에서 뜻있는 작가, 예술인들이 협의를 거듭하여 1959년 6월 재일조선문학예술가동맹을 결성하였다. 이후 문학예술 각 단체들과 작가예술인들은 하나의 조직에 통합되게 되었다.

문예동은 결성당시 문학, 음악, 미술, 연주, 영화, 무용의 각부 5, 6백 명의 맹원을 망라하였고 일본전국에 9개의 지부를 가지는 커다란 문예단체였으며 기관지 『문학예술』을 계간으로 발간하였다.

이러한 비등된 분위기속에서 소설문학운동은 급격이 발전하였다.

그것은 문예동의 통일적인 꾸준한 지도와 더불어 1956년에는 민족교육의 최고학부인 조선대학교가 창립되고 ≪해방신문≫이 ≪조선민보≫ (격일간)를 거쳐 일간신문 ≪조선신보≫(1961년)로 발전하게 되었으며 이들은 기관지 『문학예술』과 더불어 소설작품의 수요를 급격히 확대하였기 때문이다.

문예동 각 지부들에서 1960년 이후 재일조선작가들에 의한 소설문학은 끊임없는 발전의 일로를 걸어왔다.

『문학예술』은 2000년까지 40년간에 걸쳐 109호까지 발행하였으며 수많은 소설작품, 그후는 문예동 문학부기관지로 개편되어 『겨레문학』이 현재까지 7호 발간되어 신인작가들에게 수련마당을 제공하고 있다.

2. 재일작가들에 의한 국문소설작품

재일동포작가들의 소설작품에서 공통적인 특징은 작품의 대부분이 재일동포들과 그 생활을 형상화하는데 바쳐지고있다는 점이며 또하나는 주로 긍정적인 인물을 주인공으로 민족교육, 조국통일, 민족권리, 차별반대, 조일우호친선 등의 주제로 재일동포들인 주인공이 광복전의 동포들과 얼마나 달라졌는가 하는 점을 부각하여 광복후의 새로운 동포상의 전형을 창조하는데 많은 힘을 기울이고 있다는 점이다.

이것은 일본글로 쓴 소설작품과 대조적이라고 할수 있다.

여기서는 그중 특징적인 몇몇 작품들을 소개하려고 한다.

장편소설 『한 상공인에 대한 이야기』는 리은직이 1980년대에 쓴 작품인데 2002년 1월에 조선문학예술종합출판사에서 출판되었다.

이 소설은 재일작가의 몇편 안되는 장편소설중의 하나로서 작가 리은직이 실재한 재일동포상공인을 모델로 한 성과작이다.

조봉우는 경상북도의 한 농촌에서 일제식민지치하의 날로 쇠퇴되여 가는 고향마을에서 살래야 살길을 찾지 못하고 절망하여 10대 청년시절에 탈가하여 기따규슈에서 탄광로동을 하는 외삼촌을 의지하여 밀선을 타고 파도사나운 현해탄을 건너 일본으로 온다.

소설은 조봉우가 차별과 학대에 시달리면서 쌈쟁이가 되고 놀음쟁이가 되고 죽을 고비, 아슬아슬한 고비들을 수없이 겪으면서 보따리장사, 야미장사, 술장사, 고철장사…… 궂은일 마른일 다 해보고 파란만장의 인생행로를 통하여 민족적자각이 높아지고 조국과 민족을 위하여 살아가게 되는 재일동포상공인의 일대기적인 작품이다.

작가 리은직은 이외에도 중편소설 『성미』, 단편소설집 『임무』가 출판되여 애독되고 있으며 그 외에도 많은 단편소설들이 있다.

리은직의 작품에서 특징은 단편이나 장편이나 복잡한 구성체계가 없이 단선으로 이야기를 끌고 나가면서 주인공의 인간성격을 부각하는데 있다고 생각한다.

김민은 조선문학회와 문예동의 결성을 위하여 선두에서 노력한 재일동포문학운동의 초기활동가의 한사람이다. 그는 조선문학지상과 문학예술지상, 그리고 ≪조선신보≫에 여러 단편작품들과 수필, 평론을 남기였다.

그의 서거후 유고작품들은 문예동중앙이 수집, 정리편집하였으며 1986년에 조선문학예술종합출판사에서 단편소설집 『이른 새벽』을 간행하였다.

여기에는 「이른 새벽」, 「어머니의 력사」 등 8편의 단편이 수록되여 있다.

단편소설 「이른 새벽」은 1960년대초 작가가 문예동 사무국장으로 일하던 시기의 작품이다.

일본 혹가이도의 산골탄광에서 쫓겨나 아오모리의 시골에서 돼지를 먹이며 50 평생을 차별과 가난 속에 살아가는 주인공 어머니는 아들이 집 가까이에 있는 일본소학교, 중학교 다닐 때는 학교주변에도 얼씬거리지도 못했었다. 그 아들이 도꾜에 설립된 조선대학에 입학하고 난 뒤로는 궁금한 마음을 참지 못하여 머나먼 조선대학을 찾아간다.

작품은 난생 처음 보는 일본땅에 세워진 조선학교, 조선대학을 찾아가서 하루밤을 기숙사에서 아들과 함께 지내면서 주인공 어머니가 느끼고 맛보는 생신한 놀라움과 감동, 민족적 자부심과 긍지를 생동하게 그리였다.

장편소설 『봄비』는 1950년대 재일동포사회를 배경으로 민족교육문제를 다룬 박종상의 첫 장편이다.

광복직후에 결성된 '조선인련맹'(조련)은 재일동포들의 권익옹호와 귀향사업, 민족교육의 실시 등 많은 일을 하였으나 조련이 이북을 지지하게 되자 일본을 기지로 조선전쟁을 획책하려는 미국과 일본당국에 의하여 1949년 9월에 강제해산당한다. 그 후 결성된 '재일조선통일민주전선'(민전)은 미군과 일본당국의 탄압을 반대하여 싸우면서 점차 좌경모험주의에 빠지게 되며 이로 인하여 재일동포들은 시련을 겪게 된다.

장편소설 『봄비』는 기쁨과 흥분 속에 들떠 있었던 광복직후와는 달리 혹심한 미, 일 당국의 탄압과 민족말살·동화정책 밑에 갈 길을 잃고 헤매이던 복잡한 환경 속에서 총련을 결성하고 민족교육을 꿋꿋이 지키고 발전시켜나가는 과정을 주인공 김춘석이 부임한 가와하라조선초급학교를 무대로 생동하게 그려내였다.

소설은 일본당국이 재일동포들에 대하여 집요하게 동화책동을 강요하면서 조선민족의 명맥을 지켜나가기 위한 민족교육을 거듭거듭 혹독하게 탄압하는 속에서 민족교육이 어떻게 오늘까지 지켜지고 발전할수 있었는가 하는 문제를 제기하고 예술적으로 해답하였다.

작가는 작품을 통하여 조선학교는 일본 당국의 선심이나 몇몇 사람들의 힘에 의해서가 아니라 광범한 동포들의 피와 땀에 의하여 동포들의 헌신적인 노력과 희생에 의하여 지켜지고 발전하여 왔다는 것을 생동하게 그려내고 있다.

작품에서는 주인공 김춘석교원과 혜련의 애정관계, 주인공과 동포들과의 깊은 결합관계, 구자룡, 천불이와의 갈등 등 인간관계를 심화시키면서 1950년대 재일동포민족교육의 위기를 이겨내던 시기 그 앞장에서 투쟁한 청년교육자의 전형을 뚜렷이 부각하였다.

작가는 소설에서 조국에서 보내준 교육원조비와 장학금을 민족교육을 소생시킨 생명수로, 가물에 논벌을 포근히 적셔주는 봄비로 비유형상하였다.

단편소설집 『고향손님』은 소영호의 작품들을 엮은 것이다.

단편소설 「고향손님」은 소영호의 대표작이다.

작품은 남조선고향에서 일본에서 사는 아들집에 다니러 온 할아버지의 체험을 통하여 재일조선동포들이 일본에서 살지만 아이들을 조선사람으로 교육하기 위한 민족교육이 얼마나 중요한가 하는 것을 주제로 한 작품이다.

남조선고향에서 일생 살다가 아들을 찾아 일본땅에 온 강로인은 일본말밖에 모르고 조선말을 알아듣지도 말하지도 못하는 아들의 가족 며느리와 손자들에게 혈육의 정이 통하지 않고 고독감을 느낀다. 그러다가 어느날 조선치마저고리를 입고 다니는 소녀를 만나 너무나 반가와 그와 친숙해지며 그를 통하여 일본에 조선학교가 있고 총련 조직이 있으며 조선사람들이 일본에 있으면서도 조선민족의 자각을 가지고 서로 돕고 이끌면서 떳떳이 살아가고 있다는 것을 알게 된다.

그리하여 강로인은 동족을 외면하고 일본사람처럼 살아가려는 아들의 잘못을 깨우쳐주고 손자아이들을 조선학교에 보내고 조선사람답게 살아나가도록 진심으로 타이르고 이끌어준다.

단편소설집 『원앙유정』은 1989년에 조선문학예술종합출판사에서 간행된 재일작가 박종상의 단편집이다. 여기에 수록된 단편소설 「원앙유정」은 1983년에 발표된 그의 대표적인 단편소설이다. 광복후 이북에서 창작된 단편소설의 성과작들을 묶은 『조선단편집』에도 수록되었고 조선문학사에도 등장하며 문학교재로도 쓰이여 이북에서도 재일동포들속에서도 많이 읽힌 작품이다.

작품은 국토의 분단과 민족분렬로 인하여 젊은 신혼부부가 37년간이나 이남의 고향과 일본땅에 갈라져 장벽아닌 장벽에 막히여 머리가 백발이 되도록 생리별하지 않으면 안되였던 비극적인 운명을 그리면서 표면상 평화롭고 무사태평하게 보이는 재일동포들의 평화와 행복이 결코 진정한 평화와 행복도 아니며 나라와 민족의 통일없이는 참답게 행복할수 없다는 것을 강하게 호소하고 있다.

분렬상태가 오래 지속되여 통일을 갈망하던 동포들의 마음속에 어느덧 자리잡기 시작한 체념과 권태증에 경종을 울린 작품이다.

조선신문사 효고지국장인 정택호는 50대 중반의 나이로 초로의 경지에 들어선 오랜 총련의 전임활동가다. 그는 광복후 30년 이상이나 줄곧 홀로 산다. 가까운 친구들이나 동포들이 홀아비생활을 하는 그의 처지를 보다못해 재취를 권하지만 그는 그때마다 "나도 고향에는 처가 있고 통일되면 가정을 이루어 잘 살 것이다"하며 거절한다.

18살 때 헤여진 신부가 만들어준 원앙침거죽을 누렇게 색이 바래고 천이 삭아져가는 오늘까지 고리짝에 소중히 간수하고 있는 것이다. 그것은 그의 가슴속에 고이 간직된 아름다운 처 순이의 모습이였던 것이다.

그런 그가 오랜 친구의 권유로 만난 해연이란 녀자에게 마음이 끌린다.

그 녀자의 분위기가 고향에 두고 온 자기 처와 어디라 없이 비슷함을 느낀것이였다.

그러던 차에 밀선을 타고 자기를 찾아오던 안해가 오오무라수용소에 갇혔다는 소식을 받고 찾아가 37년만에 안해를 만난다. 새 색시때 그렇게나 곱던 안해가 머리칼은 삼실같이 세였고 농사일에 시달린 얼굴은 말린 가오리가죽같이 검고 깊은 주름에 싸여있었다.

(이 사람이 37년동안 원앙침과 함께 가슴에 소중히 간직했던 나의 안핸가?!)

그는 자기 앞에 나타난 안해의 모습을 통하여 분단의 37년간의 세월을 실감하였으며 분렬이 자기 집에 빚어낸 상처의 깊이를 절감하고 통일을 다짐한다.

남상혁이 쓴 단편소설 「증언」은 1980년대 한 재일조선학생이 고향인 이남에 모국류학하였다가 군사정권의 정보기관의 모략에 걸려 시련을 겪는 속에서 생활의 진리를 깨닫고 민주, 통일을 위한 투쟁에 각성되여가는 과정을 그린 민주화투쟁주제의 작품이다.

재일조선학생 박철남은 아버지의 소원에 따라 장차 아버지의 고향에서 농업을 일으킬 희망을 안고 서울에 있는 대학에 '모국류학'을 하게 된다.

그가 4년간의 류학을 거의 끝내고 졸업을 앞둔 어느날 그는 뜻밖에 수사당국에 끌려가 문초를 받게 된다. 미국에 실질적으로 예속된 군사정권의 강압하에서 황폐화된 남조선농업의 실태를 분석비판한 그의 졸업론문이 걸렸던 것이다.

그런데 그것은 구실이고 그 구실밑에 그는 정보부가 날조한 '학원침

투간첩단'사건에 말려들게 된다.

그가 고문에 못이겨 무의식결에 이름을 낸 친우들이 '간첩'으로 몰려 체포되고 철남은 그 친우들의 간첩혐의의 증언자가 될 것을 강요당한다.

무서운 시련과정에 철남은 진실에 눈뜨고 단련되며 재판정은 민주화투쟁에 나선 이남의 학생들을 재판하는 마당이 아니라 미국에 추종하여 나라의 자주권을 외세에 팔아넘기며 인민들을 억압하는 부패한 정권당국자들을 단죄하는 심판장으로 변하고만다.

단편소설 「길목」은 리량호가 1980년대초에 쓴 작품이다.

작품은 한 청년학교 처녀강사가 과거의 자기나 오빠와 같이 조선사람이라는 것을 감추고 일본학교나 일본사회에서 매몰되여 살아가는 청년들을 찾아내여 청년학교에서 가르쳐 민족적 자각을 안겨주는 '조선사람찾기'주제의 작품이다.

청년학교 처녀강사인 김인숙은 청년학교사업에 모든 청춘정열을 다 바친다. 그는 일본인폭주족패거리들속에 휩쓸려다니는 박준일을 여러번 찾아가 청년학교에 나오라고 권하지만 박준일은 나오겠다고 약속하고도 나오지 않는다.

그는 준일이네가 소속하고 있는 폭주족 패거리들속으로 위험을 무릅쓰고 찾아들어가 조선사람이라고 깔보는 그들과 맞서 준일이의 민족적 량심을 불러일으켜 그를 청년학교에 참가시키고만다.

작가는 이밖에도 조선사람찾기를 주제로 여러 작품을 발표하였다.

작가 박순영은 녀성다운 섬세한 필치로 재일동포들의 평범한 일상생활에서 생기는 일들을 소재로 여러편의 단편소설을 발표하였다.

단편소설 「귀착」도 일본의 어느 도시에서나 있을 수 있는 재일동포가정이 일상적으로 직면하는 자그마한 사건을 소재로 민족차별이라는 커다란 사회적문제를 날카롭게 고발하고 있는 재일동포권리옹호주제의 작품이다.

성학은 조선학교를 졸업하고 조선사람이란 것을 감추어 전기설계사무소에서 '시간근무사원'으로 일한다. 그에게는 안해와 어린 딸이 있다.

그가 조선사람이란 것을 눈치챈 과장은 그의 태도를 떠보기 위해 말레이시아에 출장갔다오라니 필리핀에 갔다오라니 한다. 갔다오면 정식사원으로 채용될수 있다는 것이다. 조선국적인 그가 외국출장을 갈수 없다는 것을 알면서... 일자리를 떼이면 당장 세식구가 어떻게 살아가는가... 그는 답답한 김에 빠찡꼬점에 들어가 용돈을 몽땅 잃고만다.

부아김에 귀화라도 해버릴가고 한마디 했다가 부부싸움이 터졌다. 안해는 일자리를 떼였으면 떼였지 어떻게 조국을 버릴수 있는가, 그런 용렬한 소리를 하면 못쓴다고 화를 내였다.

동생이 결혼하여 세집을 얻으려는데 집은 많이 있어도 조선사람에게 세내주겠다는 집은 없었다.

분회장의 협력으로 동생집문제를 해결하고나서야 그는 소원하게 대해오던 재일동포사회를 몸가까이 느끼고 오래간만에 외국인등록법의 개정을 요구하는 대회장에 나가 뒤늦게나마 민족의 존엄을 지키기 위한 투쟁대오에 다시 서게 된 기쁨과 동포속에 싸여 사는 안온감을 느낀다.

김금녀는 단편소설 「갈림길」을 비롯하여 문제성있는 여러편의 단편소설을 내놓았다. 그는 40대의 어머니지만 20대, 30대 나이였던 80년대로부터 90년대에 걸쳐 동포사회모습, 일본안에서 모대기며 조선민족으로 살아가는 동포들의 모습을 진실하게 그려내고 있다. 그의 작품은 인물성격을 부각하는데 집중하여 계산된 째인 구성에 있다.

단편소설 「갈림길」은 일본사회의 재일동포들에 대한 뿌리깊은 차별과 멸시가 정책에 의하여 제도적으로 만들어진것임을 보여주는 심각한 사회적문제를 주제로 일인칭형식으로 씌여진 작품이다.

일본대학을 졸업하고도 조선사람인 탓으로 취직을 단념한 주인공인 나는 작가가 될 것을 결심하고 악전고투끝에 어느 문예잡지의 신인상을 받게 된다. 일본사회의 조선동포들에 대한 부당한 차별과 박해를 작품을 통하여 고발하리라고 마음먹은 것이다.

그러나 주인공은 작품을 써나가는 가운데 일본인독자들의 비위를 생각하게 되고 그 대리인인 잡지사 편집장의 요구를 받아들여 '팔리기 위한 작품'에 머리를 쓰던 나머지 어느새 초심은 흐려졌다.

잡지사 편집장의 평가를 받는 반면 주인공은 속을 서로 주고받는 절친한 친구로부터는 네가 쓰고싶다던 그런 소설과는 다르다고, 네가 쓴 작품에 등장하는 조선사람은 죄다 무맥하고 가련한 그런 인간들뿐이 아닌가, 작품에서 감동은커녕 울분을 금치 못한다고 힐책을 당한다.

그러나 주인공인 나는 친구의 힐책을 터무니없는 중상으로, 문학을 모르는 탓으로 한 말로 일축해버린다. 소설이란 읽혀야 하는것이고 읽히자면 재미있어야 하는것이고 그러자면 생활을 그리되 재미있게 꾸며야 하지 않는가 하며 그는 자기 소행을 정당화한다.

잡시사의 권유로 그가 써낸 장편이 단행본으로 되여 책방에 나온 후그는 그 원고료와 인세로써 집을 사서 시골에 외롭게 사는 어머니와 함께 살수 있게 된 기쁜 소식을 가지고 어머니를 찾아간다. 어머니는 읽어주는 사람이 있어 이미 그 소설의 내용을 알고 있었다.

오래만에 아들을 대한 어머니는 기뻐할 대신 눈물을 흘리면서 슬퍼했고 마지막에 "제 아비를 그렇게 너절하게 그려놓고도..."하며 추상같은 기상으로 아들을 호통치며 그 더러운 돈으로 사들인 집에서 이 에미가 살것 같으냐고 노발대발하였다.

그 소설은 세상을 떠난 아버지를 모델로 한것이였다. 그는 이것을 완성하는 과정에 "...조선인의 생활이 이렇게 밝을수야 없지 않느냐..."하는 편집장의 충고를 여러번 받아 수정에 수정을 거듭하였던 것이다. 더 높은 평가를 받기 위해서.

그러나 어머니의 추상같은 노여움과 눈물에 젖은 얼굴앞에서 그는 제 정신을 차리고 돌아선다.

작가 리상민은 조선대학교를 졸업하고난 뒤 쉰나이가 된 오늘까지 조선중고등학교, 조선대학 등 조선학교의 교원생활을 하면서 이따금 소설을 쓴다. 그의 작품으로 발표된 것은 「초석」, 「상모」 등 몇편이 있으나 민족교육의 교원문제를 다룬 「초석」이 대표작이라고 할수 있는 작품이다.

단편소설 「초석」은 우에서도 말한바와 같이 재일동포들의 민족교육 특히 교원문제를 다룬 출색의 작품이다.

주인공인 김성진은 조선대학교를 졸업하고 재일동포들의 민족애국운동이 요구한다면 직종도 지방도 가리지 않겠다는 자기 결심대로 총련조직의 요구에 따라 나서자란 'ㅅ'시에서 멀리 떨어진 'ㅂ'시에 있는 'ㄷ'조선초중급학교에서 사업한다.

그에게는 애인이 있다. 2년전에 그 애인과 약혼하였다. 그후부터 그가 방학에 집에 돌아오기가 무섭게 'ㅅ'시의 학교로 직장을 옮기라는 독촉이였다. 그러나 지방학교는 교원이 부족하였다. 게다가 한 중견교원이 어려운 학교사정을 알면서 가정사정으로 교원을 그만두고 장사일을 한것을 비난하고 교육자가 학생들을 두고 어떻게 그럴수가 있는냐고 심히 나무람한 처지에 자기 결혼문제로 학교를 떠나 'ㅅ'시의 학교로 가겠다는 소리를 그는 량심상 할 수가 없었다.

더욱이 학기도중에 그만둔 교원의 뒤자리를 나이많은 그 과목전문이 아닌 교원이 자진하여 맡아나서고있는 것을 보고서야....

이리하여 그는 약혼녀와의 약속을 차일피일 미루어오고 있다. 어느날 그 열성적인 중견교원의 부친이 세상을 떠났다. 고별식에 참가한 그는 고인이 '강제련행'에 의해 일본에 끌려와서 얼마나 고통을 당했으며 광복후 동포들을 위해서 얼마나 헌신적으로 일했으며 일생을 값있게 살았는가를 알게 되여 큰 충동을 받는다. 그는 자기도 동포들을 위하여, 학생을 위하여 흔들림없이 량심껏 살리라 결심한다.

어느날 'ㄷ'학교에 소식없이 찾아온 약혼녀를 보고 그는 깜짝 놀랐다. 결판을 지으러온것이라고 생각한 것이다.

그러나 실상은 그런 것이 아니라 약혼녀자신이 조직에 제기하여 이곳 'ㅂ'시의 청년학교강사로 배치되여온것이였다.

작품은 재일동포 1세대가 이루어놓은 업적과 거기에 깃든 1세대의 애족애국의 정신과 념원을 이어가야 한다는 작가의 강한 미학적리상이 반영되여있다.

재일 조선인 조선어 시문학의 주제 변모 양상

— 총련 결성 전후를 중심으로

이재훈*

1. 서론

외교통상부의 올해 발표에 따르면, 현재 우리나라의 전체 재외국민 수는 660만이 넘고, 그 중 재일동포의 수는 90만이 넘는다.1) 재일동포 라는 용어 속에는 현재 일본에서 거주 중인 모든 사람들이 포함된다. 하지만 그 중에서 유학생 정도를 제외한다면 대부분의 거주민이 일제 강점기에 강제 이주된 동포들이거나 그 후속 세대라는 것을 추측하기 란 어렵지 않다.

재일조선인들은 이국땅에서 힘든 삶을 살면서도 스스로의 민족성을 지켜내려 무던히 애를 써왔고, 그중에서도 민족어를 지켜내려는 '국문 문학운동'은 매우 중요한 역할을 했다. 그러한 문학운동의 구체적 실천 이 바로 조선어로 문학작품을 창작하는 행위라는 것은 당연한 사실이 다. 그러나 북한에 비해 남한에서는 재일조선인들에 대한 관심의 정도

---

* 경희대 대학원 국어국문학과 석사과정

1) 이는 전체 재외동포 중 중국, 미국에 이어 세 번째로 많은 수치다. 또한 일본으로 귀 화하는 동포들의 수가 최근 몇 년간 급속히 늘어났음을 확인할 수 있다.
    외교통상부 홈페이지(http://www.mofat.go.kr) 참조.

가 매우 낮았다. 특히 재일조선인 시문학에 대해서는 선행 연구자료가 전무에 가까운 상황이다.[2] 여기에는 조선어로 작품을 창작해온 재일조선인들 대부분이 '재일조선인총련합(조총련)'의 하부조직인 '재일본조선문학예술가동맹(문예동)' 소속 작가이기 때문이라는 이유가 있다. 그러나 진정한 의미의 통일문학론 서술을 위해서라면 재일조선인 또한 같은 민족임을 인정하고, 동시에 이들의 작품을 연구 대상으로 포섭하려는 시도는 반드시 필요하다 하겠다.

본 연구는 재일조선인들에 의해 씌어진 조선어 시문학의 주제가 어떻게 변모되었는지를 개괄적으로라도 살피는데 그 목적이 있다. 특히 북한으로부터 주체사상이 유입되기 이전과 그 이후의 시들이 어떻게 변화되었는지 주요 시인들을 중심으로 살펴보았다.

재일조선인 문학 전체가 그렇듯 시문학 역시 1955년 총련이 결성되고, 이어 59년 문예동이 결성되면서 주체사상이 유입되고 중대한 변화를 맞이한다. 때문에 본고에서는 해방 후에서 총련 결성 이전의 시기를 하나의 시대적 단위로 설정한다. 또한 총련 결성 이후부터 2세 시인들[3]이 등장하기 전까지, 주체사상의 영향을 강력히 받고 있는 이 시기를 다른 하나의 시대적 단위로 설정한다. 그리고 그 이후 세대가 교체되면서 최근까지, 재일조선인으로써의 현실적 삶에 비교적 충실히 다가간 작품들을 살펴보았다.[4]

---

2) 실제로 현재 국내에서는 재일조선인 문학에 대해 개괄적으로 검토한 자료조차 찾기 힘들며, 시문학의 경우 2002년 발표된 심원섭의 「재일 조선인 시문학에 나타난 자기 정체성의 제양상」(『국문학논총』제31집)정도가 유일하다.

3) 손지원, 「재일동포국문문학운동에 대하여」, 『재일 조선인 조선어문학의 현황과 과제』 (학술대회자료집, 2004) 에서는 2세 시인들로 로진용, 손지원, 박호렬 등을 들고 있다.

4) 시대구분은 10년을 단위로 나누는 것이 일반적이며, 김학렬의 연구(「재일 조선인 조선어 시문학 개요」)도 이를 따르고 있지만, 문예동 결성을 기점으로 전후맥락을 살피는 것이 주제론적으로 접근하기에 효율적일 것이라는 나름의 판단이다.

2. 재일조선인 시문학의 변모 양상

1) 3인시대 - 해방 후에서 총련 결성 이전까지

김학렬은 이 시기를 '시문학 역량의 형성'된 시기이자 '3인 시대'라고 부른 바 있다.[5] 여기서의 3인은 남시우, 허남기, 강순을 말하는 것으로써 이들은 그 이후로도 꾸준한 창작 활동을 해오고 있다. 김학렬이 '3인 시대'라 불렀을 만큼 이 시기에 세 시인들의 활동은 거의 절대적이었다. 세 시인 모두 각별한 시적 개성을 지니고 있었지만 문학성의 측면에서는 강순의 초기 시들이 주목할 만하다.

강순의 해방 직후 시들은 '채송화 피듯 피듯/정분이 련달아 다정한 곳'(「생철 지붕 아래」)과 같은 표현에서 보여지 듯, 기법적인 측면에 있어서 감각적 비유와 산뜻한 음악성을 효율적으로 사용하고 있다. 그런 면에서 김학렬이 이 시기 강순의 작품을 소개하며 '경이적인 수준을 담보한 성과작'이라고 다소 과장된 어조로 말한 것[6]도 이해할만 하다. 다른 시인들과 비교했을 때 강순의 시들은 현대시적 기법을 세련되게 사용하고 있을 뿐 아니라 내용적인 측면에서도 이역살이의 어려움을 현실적으로 그려내고 있는 점이 특징이다.

> 식전 모닥불 가에 옵네 갑네/동네 여자들의 아이 걱정 돈 걱정이 길고/밤
> 이면 모깃불 가에 모여 앉아/동네 사내들이 정견 다툼이 높아 가는 마당//마
> 당은 동네 신문이요 사교의 자리/여기에서 기쁨과 설음이 교환되는 마당.
> ㅡ「동네 마당」中

> 쓰레기통 둘째 대신까지 하고 보니 허드렛물이 좔좔 흐르지 못 하던 우

---

5) 김학렬, 「재일 조선인 조선어 시문학 개요」, 『재일 조선인 조선어문학의 현황과 과제』
(학술대회자료집, 2004), p.4.
6) 위의 자료, p.4.

리 부락의 시궁창 바닥.

-「시궁창」中

떨쳐 나와/다름질쳐/좁은 문을 나서니/여기/람빛 하늘 아래/어린 햇빛이
노래하는 광장이 있구나

-「지하행을 벗어나서」中

인용된 시들 중 앞의 두 편을 보면 재일조선인들의 이역살이의 모습
이 실감나게 드러난다. 특히 「시궁창」의 경우, 재일조선인 부락의 문제
였던 막힌 시궁창을 뚫는 일을 부락민들의 협동을 통해 해낸 후의 기
쁨을 표현하고 있다. 구체적 삶에서 소재를 이끌어냈겠지만 '시궁창'이
라는 부정적인 시적 소재와 대비되는 협동을 통해 문제를 해결하는 희
망적 모습은 이역살이의 문제 역시 협동을 통해 해결할 수 있다는 비
유로도 읽힌다.

「동네 마당」과 「지하행을 벗어나서」를 통해서는 시적 공간의 문제
를 생각해 볼 수 있다. 「동네 마당」의 '마당'이 재일조선인들 사이에
서 '신문이요 사교의 자리'인 공간이라면, 「지하행을 벗어나서」의 '광
장'은 어둡고 막막한 지하라는 공간을 지나고 나와 마주치게 되는 '어
린 햇빛이 노래하는' 공간이다. 재일조선인이라는 시인의 상황에서 '공
간'은 구체적이면서 동시에 추상적이기도 하다. '마당'은 동네 여자들
의 이런 저런 걱정들이 오가고, 동네 사내들의 다툼도 높아가는 구체
적인 삶의 터전이지만, '광장'은 '람빛 하늘 아래' 펼쳐져 있는 희망의
공간이다. 삶의 터전으로서의 재일조선인 부락과 벗어나고픈 재일조선
인 부락이 공존하고 있는 것 자체로 시인이 처한 상황을 짐작해 볼
수 있다. 이처럼 「지하행을 벗어나서」는 현재의 답답한 삶에서 벗어나
고픈 소망을 노래하고 있지만 강순의 초기시에서 이런 주제의식이 흔

한 것은 아니다. 보통은 「동네 마당」이나 「시궁창」처럼 구체적 삶에 그 뿌리를 두고 '지금 여기서' 어떻게 살아갈까에 대한 현실인식이 눈에 띤다.[7]

이 시기 강순의 시에서는 그의 민족의식을 엿볼 수 있는 시들도 있는데, 특이한 점은 악기를 그 소재로 하고 있다는 점이다. '피리'는 '할아버지의 할아버지 적부터/대대의 감정을 흠뻑 담으며/전해 온다는 피리'(「피리」)이고, '날나리'는 해수병앓이 할아버지가 물고 구슬펐다(「날나리」)는 날나리이다. 악기를 소재로 했지만 두 편의 시에서는 악기를 통해 직접적으로 청각적 심상이 환기되지 않는다. 대신 피리와 날나리는 한(恨)이라는 역사적 민족정서를 불러일으키는 일종의 객관적 상관물로 작용하고 있다. 이러한 기법은 다른 시인들의 시에 비해 강순의 시가 보다 서정적으로 읽히는 이유이기도 하다.

반면 이 시기 허남기의 시들에선 서정적인 면을 찾아보기 힘들다.

> 아이들아/이것이 우리의 학교다/비록 교사는 빈약하고 작고/큼직한 미끄르마기 하나, 그네 하나/달지 못해서/너희들 놀 곳도 없지마는/아이들아/이것이 단 하나/조국 떠나 수만리 이역에서/나고 자란 너희들에게/다시 조국을 배우게 하는/단 하나의 우리 학교다
> —「아이들아 이것이 우리의 학교다!」中

> 아이들아/양버들처럼 너희들 자라라/너희들의 아버지 어머니의 나라/조선의 강기슭에 선/양버들처럼 너희들 자라라
> —「양버들처럼」中

> 너희들/이국에서 나고/이국에서 자라/조국어는 하나도 못 하는 어린이들

---

7) 대그믐 밤에도 일을 하러 나가서 돌아오지 않는 아버지를 통해 일본 내에서의 재일조선인 차별 문제를 언급한 「대그믐 밤」이라는 시 역시 구체적 경험에 기반하고 있는 것으로 보인다.

/허나 오늘부터는 조국어를 배우고/너희들의 길은/이 학교를 통해서/먼 조
국의 어린이들 속으로 이어진다

—「바람 속에서」 中

읽고 쓰고 배우자!/이것은 우리 녀맹 생활 학교의 기치고/수 많은 어머니
들의 구호고/그리고 모든 적을 우리 강토에서 쫓아 내기 위한/우리들 절체
의 구호다!

—「녀맹 생활 학교 포스타에 쓴 노래」 中

김학렬의 지적처럼 허남기의 시들은 이미 처음부터 '예술성을 추구
하기보다 도리어 도외시하는 경향'[8]을 보이고 있다. 때문에 시의 기법
적인 측면에서는 이렇다 말할 부분이 거의 없다.

주제적인 측면을 보면 대부분이 '민족교육'의 문제를 다루고 있다.
「녀맹 생활 학교 포스타에 쓴 노래」에서는 구체적으로 나와 있지 않지
만 다른 시들을 보면 '아이들', '너희들', '어린이들' 이라는 구체적 독
자 대상을 염두에 두고 시가 씌어졌음을 알 수 있다. 물론 「녀맹 생활
학교 포스타에 쓴 노래」 역시 굳이 그 구체적 대상을 드러내지 않았을
뿐이다. 이렇듯 '민족교육을 통한 계몽'이라는 주제를 반복하고 있는
허남기의 초기시들에서 시적 화자는 선생님이고, 그 독자 대상은 아직
계몽되지 않은 아이들이라는 체계가 이미 잡혀 있다. 때문에 이 시기
그의 시들은 뚜렷한 주제의식을 강인한 남성적 어조로 표현하고 있다.

남시우의 시에서 발견할 수 있는 특이점은 무엇보다 그가 동요 및
동시들을 많이 썼다는 것이다. 남시우는 1953년에 『봄소식』이라는 개
인 동요집을 내기도 했다. 초기에 동요나 동시를 많이 썼던 것에서 알
수 있듯이 그의 시에서 남성적 어조를 찾아보기는 힘들다. 말하자면 이
시기의 그의 시도 다소 서정적인 면을 갖추고 있다고 할 수 있다. 하

---

8) 김학렬, 앞의 자료, p.4.

지만 그것은 강순의 시에서 느낄 수 있는 것과는 다르다.

> 옷고름 시쳐주며/가는 바람에/산 넘어 언니 소식/물어 봤더니/새 버선 새
> 옷 입고/춤을 추면서/새로 배운 우리 노래/배운다나요
>
> —「봄소식」中

> 우리 말이/이처럼/그리운 줄도//우리 글이/이처럼/탐탐한 줄도/예전엔/정
> 말 알지 못했어요//우리 말로 길을 걷고/우리 말로 동무를 부르고/우리 말
> 로 책을 읽는 것이/이처럼/착한 일인 줄도/예전엔/정말 알지 못했어요
>
> —「여기가 바로 우리 고향입니다」中

같은 '민족교육'의 문제를 다루고 있지만 허남기의 시와는 전혀 다른
분위기라는 것을 알 수 있다. '~요'로 끝을 맺는 유순한 어조 자체가
시의 분위기 전체를 부드럽게 만들며, 정형적인 운율이 주는 리듬감 또
한 그런 역할을 하고 있다. 동요 혹은 동시인 만큼 남시우 역시 독자
대상을 어린이들로 생각하고 있지만 허남기와는 어떻게 보면 정반대의
기법을 사용하고 있다고 할 수 있다. '남시우조라 불리울만치 유순한
음악성을 지닌 멋있는 률조'[9]가 섬세하게 전개된다는 것이 이 시기 남
시우 시의 전반적 특징이라 할 수 있다. 그러나 앞의 두 시인에 비해
주제의식이 뚜렷하게 드러나지 않는 것도 사실이다. 또 다른 동시들인
「소낙비」나 「구름」 같은 경우, '소낙비'와 '구름'이라는 자연현상 혹은
자연물을 동심어린 눈으로 바라보고 있을 뿐이다. 동시라는 장르적 특
성만을 고려한다면 이러 부분은 이해할 수도 있다. 하지만 '슬픈 고향
생각은 없습니다. 하늘을 쳐다보고 한숨 속에 우리나라를 찾지는 않습
니다.(「여기가 바로 우리의 고향입니다」)'라는 시구에서 볼 수 있듯이
시인은 이역살이의 고통을 노래하기보다는 주어진 조건에서 새 삶을

---

9) 위의 자료, p.5.

찾으려는 경향이 있었던 것으로 보인다.

2) 총련의 결성과 주체사상이 확립된 시기

이 시기 재일조선인 시문학 연구를 위해서는 같은 시기 북한 시문학 연구를 선행하는 것이 도움이 된다. 총련 결성 이후 재일조선인 문학이 북한의 문학 강령에 맞추어 작품을 창작하게 되기 때문에, 어찌 보면 이 시기의 재일조선인 문학은 북한 문학의 또 다른 이름으로까지 볼 수 있기 때문이다. 북한에서는 김정일에 의해 1967년 이후로 모든 문학이 주체문학으로 전일화 되었다. 하지만 '본격적인 주체사상은 67년에 발표되었다 하더라도, 변화의 조짐은 50년대 말부터 형성되고 있었다고 보아야 한다.[10]'는 의견에서 볼 수 있듯이 북한에서의 주체문학이 형성되기 시작한 시기와 문예동이 결성된 시기는 거의 일치하고 있다. 또한 이러한 흐름은 70년대 이후까지도 변함없이 이어진다.

이 시기 북한 시문학의 주제들을 살펴보면 이렇다. 1)사회주의 건설의 이념성 추구 내용, 2)당과 김일성을 찬양하는 내용, 3)항일 빨치산 이념 계승의 내용, 4)남한 혁명과 조국통일에 대한 내용.[11] 같은 시기 특히 1)과 2)의 주제를 가진 시들을 재일조선인 시문학에서 찾기란 어렵지 않다.

> 때문에 만약 나의 시행속에/오늘의 행복이 담기여있다면/그것은 조국에
> 대한 감사/경애하는 그이께 드리는 마음이거니
>
>   - 남시우, 「나의 노래」 中

---

10) 노희준, 「해방 후 60년까지 북한문학의 흐름」, 김종회 편, 『북한문학의 이해』(청동거울, 1999), p.48.

11) 정유화, 「60년대 북한 시문학 특성과 전개 양상」, 이명재 편, 『북한문학의 이념과 실체』(국학자료원, 1998), p.159.

경애하는 수령님의 초상 높이 모시고 ...... 조국이여! 사회주의 공산주의 위해/오늘은 철벽으로 무장한 조국이여!

　　　　　　　　　　　　　　　　－ 남시우, 「생활에 대하여」 中

김일성 원수 거느리시는/로동당 시대의 하늘 밑/바야흐로 솟아오르는 새 해의 빛/온 몸에 받고

　　　　　　　　　　　　　　　　－ 허남기, 「룡마의 노래」 中

　여성적 어조를 강하게 지니고 있던 남시우의 시들도 강인한 구호조로 변했음을 확인할 수 있다. 또한 이 시기 누구의 시를 보더라도 '김일성 원수'라거나 김일성에 대한 비유적 표현인 '그이', '그분'이라는 표현이 등장하고 있는 것도 확인할 수 있다. 60년대 후반 이후 이러한 경향이 더욱 강화되지만 이미 그 전부터 재일조선인들 사이에서도 주체문학의 기틀이 잡혀가고 있었다.

　이 시기 북한 시문학의 특징과 비교해봤을 때, 재일조선인 시문학은 여러 특징들을 공유하고 있다. 북한 시문학은 60년대 말에 '송가서사시'와 '혁명사적비 헌시'라는 형태가 추가로 탄생되어 시문학의 장르는 일대 개화기를 맞는다.12) 또한 주체문학 성립이후, 개별적이며 ·분산적으로 창작되던 송가시문학이 그 내용과 형식에 있어서 일대 전환을 이루면서 집체창작의 경향을 띠게 된다.13) 이러한 특징들은 그대로 70년대 재일조선인 문학의 특징으로 자리 잡는다. 손지원은 70년대 재일조선인 문학을 개관하는 글14)에서 '령도자와 어머니조국을 칭송한 송시, 송가가 창작되고 주체의 기치 따라 발전하여온 해외교포 조직인 총련 찬가와 꽃 피는 민족교육, 애국의 자랑 안고 이국의 하늘아래 상부상조

---

12) 위의 자료, p.157.
13) 위의 자료, p.178.
14) 손지원, 앞의 자료, p.7.

하면서 살아가는 각계층동포생활을 다양하게 형상하게 되었다'고 쓰고 있다. 또한 김학렬의 연구[15]에서도 '집체시를 자주 함께 썼던 정화수, 홍윤표, 김학렬'이라는 표현이 나오는 것으로 보아 이 시기 북한 시문학과 재일조선인 조선어 시문학은 송가, 송시의 발달, 집체창작이라는 특징을 함께 하고 있다는 것을 확인할 수 있다. 집체창작 시들은 국내 자료로는 한계가 있다. 하지만 총련 결성 후인 6~70년대에 쓰인 송시, 송가 형태의 시들은 기존의 3인 시인 외에 이 시기부터 왕성한 창작활동을 시작한 시인들[16]의 시에서도 어렵지 않게 찾아볼 수 있다.

　나의 심장 바로 우엔/우리 수령 초상 밧찌 모셔졌도다//삼천만의 자애로운 어버이시며/력사에 길이 빛날 령도자이신/그이와 같이 살자―/한량 없는 마음이 친근히 모셨도다/장백의 령봉에서/얼어 붙는 만주벌 눈 바람 속에서/조국의 자유 행복 광복을 위한/영용한 그 걸음/우리 이어 밟으려 맹세로 모셨도다

―「나의 심장 바로 우엔」 中

　아, 민족의 태양/김일성원수님의 사랑의 빛발은/이역만리에도 환히 비쳐/60만도 세상에 부럼없는 행복의 노래/목청껏 부르옵니다

―「행복의 노래」 中

　목숨은 버리어도 저버리지 못할/어버이수령님의 크나큰 사랑/길이길이 전하렵니다//해와 달이 다하도록 충성하는 길에서/너무나도 꿈만같은/이날의 이 감격, 이 사랑을/대대손손 길이길이 노래하렵니다

―「감격의 이날」 中

---

15) 김학렬, 앞의 자료, p.9.
16) 김학렬은 앞의 자료에서 60년대 각기 성과작을 들고 등장한 시인들로 김두길, 정화수, 김윤호, 정화흠, 김학렬, 오상홍, 리금옥, 고봉전, 박례서, 리성조, 서화호, 최설미, 류인성, 홍윤표 등을 들고 있다.

노래여, 주체의 우리 예술이여/정녕 그것은 조국!/내 눈앞에서/폭포같이 쏟아지는 눈물앞에서/힘차게 힘차게 높뜀은/하늘 치닫는/불요불굴의 기개!//그것은 경애하는 수령 김일성원수님께서/우리의 가슴에도 꽃피워주시는/랑만에 찬 사랑의 꽃무늬!/아, 나는 울고 또 운다/새힘이 용솟음치고 용솟음친다!

─「노래여, 주체의 우리 예술이여!」

위 시들은 모두 비슷한 시기에 창작된 것으로 각각 정화수, 오상홍, 정화흠, 김학렬의 시들이다. 김일성과 조국에 대한 무한한 감사와 충성을 다하는 공통의 주제를 가진 이 시편들은 작자가 누구인지 상관없을 정도로 주제의식과 어조면에서 흡사하다. 이런 점에서 볼 때 이들이 썼을 집단창작 시 역시 어떠한 모양새를 했을지 짐작할 수 있겠다.

이 시기에는 이처럼 다양한 시인들이 등장했음에도 불구하고 대부분의 창작이 주체문학의 강령 하에서 이루어지고 있었기 때문에 시인들 사이의 뚜렷한 개성을 찾기가 쉽지 않다. 다만, 인용한 시들처럼 김일성과 사회주의 조국을 찬양하거나, 민족교육의 중요성을 부각시키거나, 민족통일을 염원하거나, 혹은 전형적 인물을 창조하려는 시들로 큰 주제들을 나눌 수 있다. 이때 전형적 인물은 북한의 경우 '흔히 공적 의무감과 생산의 의욕에 불타는 노동자와 농민으로 설정되었'[17]던 것과는 달리 재일조선인 시문학에서는 '분회장'이라는 직함의 계몽적 투사의 이미지가 짙다.[18]

그리고 같은 시기에 문예동에 소속되지 않은 시인인 김윤의 활동도 주목할만하다. 김윤의 시들은 사상적인 측면에 매여 있지 않았기 때문에 기법적인 측면이나 어조가 보다 자유로운 경향을 띤다.

---

17) 오상호, 「북한 시의 형성과 전개」, 목원대학교 국어교육과 엮음, 『북한문학의 이해』, (국학자료원, 2002), p.99.
18) 이를 가장 구체적으로 명시하는 시로 강순의 「우리 분회장」을 들 수 있다.

슬픈 景致와 빛깔이/아까운 나날을 좀먹는/그러한 暮景을 등지고/해는
지는데

— 「暮景」 中

와자작 시끄럽다가도/둥글게 삭아져가는 파도 꼭대기에선/愁情이 꽃잎
처럼 피었다 진다.//멀리서 가물가물 가물거리다가도 저버리는 것은/마치
고향처럼도 했다.

— 「바다」 中

인용한 시들에서 볼 수 있듯이 그의 시는 애잔한 정서를 그 기조로
한다. 문예동에 소속되어 있지 않은 시인으로서 재일조선인이라는 상황
은 이역살이의 고달픔과 고향에 대한 그리움으로 점철되고 있다. 이러
한 모습은 강순과 같은 시인이 주체문학으로 노선을 바꾸기 전의 모습
과도 흡사하다.

나는/그리움을 간직해둘/그런 체온을 유지할 수가 없었다.//숨가쁜/異域
에서의 멍든 사철만이/셋방살이라는 무거운 지붕아래서/염치없이 궁글고//
나날은/나를 위해서/오고/지지는 않했다.//記憶은/그런 속에서/씻을 수 없
는/망향의 상흔으로/싯퍼렇게 멍들고//날더러/지나간 날들을 전해달라는/
엄청난 과제를/소리쳐 와도/나는/잃어버린 말과 풍습을/외워보는/시간이/
무엇보다도 귀중할 수밖에 없었다.

— 「멍든 季節」 전문

위의 시에서 시인은 이역살이의 고달픔 속에서 민족성을 지켜내려는
모습을 보여주고 있다. 시인에게 '지나간 날들을 전해달라는' 과제는
엄청난 것이 되어 소리쳐 오지만 시인은 문예동 소속의 시인들처럼 불
굴의 투쟁정신을 외치지 않고 다른 방법을 택한다. 그것은 조국의 '말
과 풍습을 외워보는 시간'을 갖는 것이다. 이러한 모습의 화자는 문예

동 소속 시인들에게 나약하다거나, 패배주의적이라는 비판 또한 받았을 것으로도 보인다.

3) 새로운 세대의 등장과 최근의 경향

북한에서 발행된 『조선문학사』를 보면 북한에서는 70년대를 북한 문학의 전성기로 보고 있으며, 80년대의 시문학은 김일성 수령과 김정일을 형상화하는데 바쳐진 시들이 두드러진다고 평하고 있다. 이처럼 북한에서는 주체문학의 강령이 폐쇄적인 환경 속에서 오랫동안 지속되었다. 하지만 자본주의 국가의 일부에서 하나의 부락을 형성하며 살고 있던 재일조선인들의 환경은 보다 개방적이다. 새로운 세대가 등장하면서 총련의 결속력이 조금씩 와해된 것도 사실이다. 게다가 일본으로 귀화하는 인구도 점차 늘고 있는 실정이다. 때문에 최근의 재일조선인 시문학은 강령 중심에서 벗어나 자신들의 현실 생활을 돌아보기 시작했다. 자료의 부족으로 세심하게 살필 수는 없겠으나 비교적 최근의 몇 작품을 통해 간헐적으로라도 이러한 사실을 확인해 볼 수 있다.

> 몇분 안되는 사이/다시 휴대전화에로 교수를 찾으니/<아이구, 선생님!/ 참 반갑습니다>//산너머 바다너머/인차 밝은 웃음소리/서로 안면도 없는 사이건만/더운 정이 오간다
>
> ―「휴대전화」中

김학렬의 시인 「휴대전화」는 그 소재부터 이미 현대적이다. 물론 '휴대전화'는 단순한 문명의 이기가 아니라 일본에 있는 시인과 서울의 교수 사이에 거리감을 일축해주는 소재이다. 시인은 전화 통화를 통해 조심스레 통일의 염원을 내비치며 끝을 맺고 있다. 이처럼 김학렬의 최

근 시들은 구호적 어조를 찾아보기 힘들고, 일상의 경험을 소재로 통일의 염원을 드러내는 방식을 택하고 있다.[19]

> 오늘은/우리의 귀여운 3세인/처녀사진사가/시집 가는 날//어제까지만도/
> 이 자리에서/행복한 새 짝의 모습을 찍고/동포들의 기쁨을 찍던 사진사
> ─「처녀사진사」中

'처녀사진사'의 결혼을 축하하며, 새로운 세대와의 어우러짐의 풍경을 묘사한 이 시는 정화수의 작품이다. 이 시만 통해서 본다면 주체사상의 영향은 전혀 찾아 볼 수 없다. 정화수는 이밖에도 부산아시안게임을 소재로 한 「부산 시초」를 쓰기도 했다.

김학렬과 정화수의 경우만 보아도 최근 재일조선인 시문학에서 주체사상을 강조하는 모습은 많이 줄어든 것을 알 수 있다. 대신 실재의 소소한 경험에서 그 시적 소재를 발견하여, 민족통일의 대염원을 바라는 내용의 시들이 주로 쓰이고 있다. 이러한 경향은 보다 젊은 시인들에게서 더 두드러진다.

> 하루일을 마치고 돌아온 나를/문가에서 맞아준 된장국냄새/이것 하나 있
> 으면 더 필요없다신/아버지의 미소가 안겨오듯//밥상에 마주앉아 숟가락을
> 드니/어느새에 배웠는가 어머니의 된장맛/돌아가신 부모님생각이 깊어져/
> 눈앞은 흐려지고 코등이 저려오네
> ─「된장국」中

> 덜커덩덜커덩/학교 가는 전차간/오늘도 일찍이/소조련습으로 가는 영순이

---

19) 남북 대표자회의의 감격을 다룬 「격동의 그 소식」, 왜곡 보도를 일삼는 텔레비전에 대한 부정적 시선을 보여주는 「테레비」, 남한에서 발생한 효순이 미선이 사건을 애도하는 「초불이 지나간다」 등 김학렬의 시들은 그 소재면에서도 다양성을 확보하고 있을 뿐 아니라, 서정시로써의 시적 정형도 갖추어진 모습이다.

//전차가 갑자기/멈추는 바람에/매달린 손이 빠져/앉은 손님의 이마빡에 쿵!
―「하얀 저고리」中

　오늘은 아들의 축구시합날/이른아침 전차 타고 뻐스를 타고/최동포는 대
학을 찾아왔는데//축구시합날에는 날씨도 좋아라/일본서도 이름난 대학과의
시합이라/구름 한점 없는 가을하늘아래/경기장을 일찍부터 둘러싼 관중들
―「축구시합」中

　된장국을 먹으며 들었던 부모에 대한 그리움이 통일에 대한 것으로
확대되는 모습을 그린 로진용의 「된장국」에서는 저녁식탁의 모습을 별
다른 꾸밈없이 보여주고 있다. 부부 사이에 오가는 대화를 시에 인용함
으로써 현실감을 더하고 있다. 리방세의 「하얀 저고리」는 등굣길의 전
차에서 영순이와 재일조선인 사이에 벌어지는 코믹한 에피소드를 시로
쓴 것이다. 손지원의 「축구시합」은 일본 대학과의 축구시합을 통해 하
나의 민족으로 뭉치는 재일조선인들의 모습을 그리고 있다.

　이들의 시는 한결같이 실생활의 소소한 단면들을 보여주고 있다. 재
일조선인 시문학이 다소 관념적이었던 주체문학의 노선에서 사실주의
적 노선으로 변화하고 있음을 알 수 있다. 이러한 사실주의 노선을 기
법적으로 완성시키고 있는 것은 낯익은 장면에 대한 세밀한 묘사와 대
화의 효과적 사용에 있다.

3. 결론

　해방 이후 총련과 문예동이 결성되기 이전까지, 다시 말해 북한의
주체문학 사상이 재일조선인 시인들에게 영향을 주기 전까지 시기에는
강순, 허남기, 남시우 등의 시인들이 각자의 개성을 살려 활동했다. 그

러나 총련 결성 이후 재일조선인 시문학은 북한의 시문학과 마찬가지로 정해진 강령에 의해 창작되기 시작했으며 이 시기에는 많은 시인들이 등장해 활발한 시작 활동을 벌였다. 하지만 이 시기의 시들은 지나치게 이념지향적이고, 김일성과 김정일을 찬양하는 시, 사회주의의 건설이념을 추구하는 시, 민족통일을 염원하는 시, 민족교육의 중요성을 부각하는 시 등 몇 개의 큰 주제 아래 포섭할 수 있어 문학성은 다소 떨어진다 할 수 있다. 그러나 최근 재일조선인 시인들은 보다 현실적인 장면들의 묘사를 통해 사실주의적인 시를 많이 쓰고 있다.

지금까지 해방 이후 재일조선인 조선어 시문학에 대하여 살펴보았다. 선행 연구자료의 절대 부족은 이 방면 연구에 있어서 큰 문제점이다. 헐겁더라도 우선은 이러한 개괄적 검토부터 시작하는 것이 필요할 것으로 보인다. 이러한 방식의 연구를 토대로 각 시인들의 개성을 세밀하게 살펴나가는 방법을 기대해 볼 수 있을 것이다. 한때 북한 문학의 영향 아래 이념성이 짙은 시문학을 창작해오던 재일조선인 시문학도 시대 변화에 맞추어 변하고 있다. 이러한 상황에서 남학의 문학계에서도 이들 문학의 변모 양상을 꾸준히 지켜보면서, 보다 넓은 지평의 통일 문학 서술을 기대해야 할 것이다.

참고문헌

강태성, 「재일 조선인 조선어 소설문학」, 『재일 조선인 조선어문학의 현황과 과제』(학술대회 자료집), 2004. 12.

김종회 편, 『북한문학의 이해』, 청동거울, 1999.

김종회 편, 『북한문학의 이해2』, 청동거울, 2002.

김정희, 「재일한국인문학」, 『숭실대학교 논문집-제29집』, 1999.

김윤, 「민족분단과 이념의 갈등 : 재일본 동포문단」, 『한국문학』204호, 1991.

김인덕, 『식민지시대 재일조선인운동 연구』, 국학자료원, 1996.

____, 『우리는 조센진이 아니다』, 서해문집, 2004.

김학렬, 「재일 조선인 조선어 시문학 개요」, 『재일 조선인 조선어문학의 현황과 과제』 (학술대회 자료집), 2004. 12.

목원대학교 국어교육과 엮음, 『북한문학의 이해』, 국학자료원, 2002.

박유하, 「<재일문학>의 장소와 교포 작가의 <조선> 표상」, 동국대학교일본학연구 소·왕이호일본학연구재단, 『일본학』제22집, 2003. 12.

손지원, 「재일동포국문문학운동에 대하여」, 『재일 조선인 조선어문학의 현황과 과제』 (학술대회 자료집), 2004. 12.

송혜원, 「재일 조선인 문학의 조선어로의 창작 활동의 변화(1945-1970)」, 『재일 조선 인 조선어문학의 현황과 과제』(학술대회 자료집) 2004. 12.

서종택, 「민족정체성과 실존적 개인」, 『한국학연구』11, 1999.

설성경 외, 『세계 속의 한국문학』, 새미, 2002.

송혜원, 「재일 조선인 문학을 위해 :1945년 이후의 재일 조선인 문학 생성의 장」, 민족문학 작가회의, 『(내일을여는) 작가』 통권 30호, 2003. 봄.

심원섭, 「재일 조선인 시문학에 나타난 자기 정체성의 제양상」, 한국문학회, 『한국문학 논총』제31집, 2002. 10,

이명재 편, 『북한문학의 이념과 실재』, 국학자료원, 1998.

유숙자, 『재일한국인 문학연구』, 월인, 2000.

____, 「1945년 이후 재일한국인 소설에 나타난 민족적 정체성 연구」, 고려대 박사학 위 논문, 1997.

이회성, 「일본 속의 한국문학과 문학인」, 『한국문학』, 1996, 겨울.

이한창, 「재일교포문학의 작품성향 연구:정치의식 변화를 중심으로」, 중앙대 박사학위 논문, 1996.

____, 「해방 전 재일조선인 사회주의자들의 문학활동 :1920년대 일본 프로문학 잡지 에 발표된 작품을 중심으로」, 한국일어일문학회, 『일어일문연구』제49집 2

권-일본문학·일본학 편, 2004. 5.

재일본조선문학예술가동맹 중앙상임위원회 문학부, 『겨레문학』, 2000-2001.

한덕수, 『주체의 해외교포운동 사상과 실천』, 구월서방, 1986.

해외동포문학편찬사업추진위원회, 『해외동포문학전집:일본지역』, 2005.2.

저항과 모색의 서사로서의 재일 조선인 문학

윤송아*

1. 재일 조선인 문학 연구의 당위성

재일 조선인문학은 크게 일본어로 쓴 다수의 문학과 일본 내에서 한글로 쓴 소수의 문학으로 나뉜다. 현재 재일 조선인문학으로 통칭되면서 일정한 문학적 성과를 보여주고 있는 작품들은 대부분 재일 조선인 일본어 문학에 속한다. 김사량, 김달수, 김석범, 이회성, 이양지, 유미리 등의 일본어 문학작품들이 일본 문단 내에서 지속적인 주목을 받아왔으며 이들 문학에 대한 연구가 재일 조선인 문학에 대한 기존 연구의 대부분을 차지한다. 주로 '재일본조선문학예술가동맹(이하 문예동)' 소속 작가들에 의해 창작된 조선어 작품들은 일본이나 한국에서 거의 연구가 이루어지지 않은 상태이다. 식민지 시대의 억압적 차별 의식이 암묵적으로 통용되는 일본 내에서 민족적 정체성을 수호하고 민족의식을 고취하기 위한 수단으로 조선어 창작을 고집하는 문예동의 작가들이나, 일본 문단 내에서 일정한 성과를 내옴으로써 재일 조선인이라는 존재를 환기시키는 재일 작가들의 노력 모두 우리가 주목해야 할 문학적 행보들이라 할 수 있다. 일본에 거주하면서 재일 조선인으로서의 민족

* 경희대 강사

적 정체성을 고민하고 재일 조선인의 삶과 역사를 문학적으로 형상화한 작가들의 작품들을 '재일 조선인문학'이라는 범주 아래 아우른다면, 일본어나 조선어라는 언어의 구분에 상관없이 적극적인 검토와 연구가 이루어져야 함은 당연한 이치다. 하지만 지금까지 한국 문학의 테두리 안에서 이루어진 재일 조선인문학에 대한 구체적인 연구 성과는 그리 많지 않은 상황이다. 이는 우리 사회에 드리워진, 채 극복되지 못한 과거 식민시대의 역사와 분단 현실에 기인할 터이다.

'재일 조선인'의 현실은 한반도와 일본의 관계를 반영하는 오래된 거울과 같다. 독도 영유권 분쟁이나 종군 위안부 문제 등 미완의 과제로 남아있는 한일 관계 청산 문제, 그리고 남북통일의 평화적 실현 등, 일제 식민시기를 거쳐 해방과 남북 분단의 기나긴 역사의 터널을 지나오면서 남한과 북한, 그리고 일본 사이에 미처 해결되지 못한 산적한 문제들은 그대로 '재일 조선인'의 현실을 읽는 불편한 코드로 작동한다.

재일 조선인의 삶을 규정하는 사회 역사적 배경의 복잡성 및 차별적 인식은 국적 문제에 있어서부터 확연히 드러난다. 재일 조선인의 국적은 '한국', '조선', '일본'의 세 가지로 크게 나누어지는데 이는 분단된 한반도 및 일본의 틈바구니에서 고통받아왔던 재일 조선인의 신산한 삶의 궤적들을 드러내는 단적인 예라 할 수 있다. 해방 이후에도 피지배 민중의 삶을 강요당하면서 온갖 차별과 민족적 멸시를 감내해 온 재일 조선인들의 삶과 투쟁의 현장을 겸허히 고찰하는 과정이야말로 한국 근현대사의 올바른 역사 기술을 위한 현안 과제일 것이다. 더불어 이러한 역사적 과정을 처절한 육성으로 증언해 내고 있는 재일 조선인 문학을 꼼꼼히 짚어보는 것 또한 한국 문학 앞에 놓인 미룰 수 없는 숙제라 할 수 있다.

2. '재일 조선인'의 고난과 차별적 현실의 형상화

한글 창작을 하는 재일 조선인작가들의 소설작품에서 공통적인 특징은 작품의 대부분이 재일 조선인들과 그 생활을 형상화하는 데 바쳐지고 있으며, 긍정적인 인물을 주인공으로 내세운다는 점이다.[1] 본문에서 다룰 재일 조선인 조선어 소설에도 재일 조선인들이 겪는 차별적이고 고통스러운 생활상과 이를 적극적으로 극복해 가려는 긍정적 주인공의 행로가 다양하게 형상화되고 있다. 부당한 인권유린의 현실 속에서도 민족 교육을 통해 민족의 말과 글, 정체성을 잃지 않으려고 고군분투하는 모습, 차별철폐와 권익수호 운동을 통해 정당한 자신들의 권리를 쟁취해 가는 과정이 작품 전면에 드러나 있다. 재일 조선인의 역사는 각 세대별로 인식과 실천면에 있어서 꾸준한 변화지점들을 보여주는데, 일제 강점시기에 일본으로 건너갔던 재일 1세대들이 언젠가는 통일된 고국으로 돌아간다는 고국 지향 의지와 비영주 의식을 드러냈다면[2], 그들의 자손인 재일 2, 3세대들은 일본에서의 생활을 자신의 현실로 받아들이면서 적극적으로 일본 사회 안에서 생존해 나가는 길을 모색하게 된다.

재일 조선인의 불평등한 법적 지위와 일본 사회 깊숙이 박혀있는 차별 의식을 생동감 있게 형상화하고 있는 박순영의 「귀착」[3]은 재일 조선인에게 강요된 차별적 현실의 부당성을 인권의 측면에서 제기하고 있다. 조선 사람이라는 것을 숨긴 채 일본인 회사에서 계약직 임시사원으로 근무하는 성학은 자신이 조선인이기 때문에 맞닥뜨리게 되는 현

---

1) 강태성, 「재일 조선인 조선어 소설문학」, 『재일 조선인 조선어문학의 현황과 과제』, 제2회 조선문화연구회 학술대회 자료집, 2004년 12월 11일.

2) 이한창, 『재일 교포문학의 작품성향 연구』, 중앙대 일어일문학과 박사학위 논문, 1996 참조.

3) 박순영, 「귀착」, 재일조선작가단편집 『우리의 길』(평양 : 문예출판사, 1992.)

실의 장벽 앞에서 좌절하며, 자신의 민족적 정체성에 대해 끊임없이 회의한다. 회사에서 제안한 해외 출장 문제를 두고 성학은, 마음대로 국내외를 오갈 수 없는 '조선' 국적을 지닌 자신의 신분이 탄로날까봐 전전긍긍한다. 앞서 살펴본 대로 '조선 국적'의 재일 조선인은 사실상 무국적 상태라 할 수 있다. 예외적으로 조선민주주의인민공화국의 여권을 취득한 사람도 있지만, 일반적으로 볼 때 여행, 유학, 상용 등의 목적으로 일본 국외에 나갈 때는 여권이 없는 채로 일본이 발행하는 '재입국허가증'만을 가지고 출국하게 된다. 만약 해외에서 불의의 사고나 사건을 당해도 외교상의 보호권을 행사해 줄 나라는 존재하지 않는다.[4] 이 문제로 성학은 일본으로의 귀화까지 생각하게 되지만 결국 그것은 부당한 현실에 굴복한 채 자신의 민족적 정체성을 저버리는 행위에 지나지 않는다는 것을 깨닫게 된다. 이처럼 조선인의 신분으로는 마음대로 직장을 구할 수도 없고, 해외로 나갈 수도 없으며, 단지 조선인이라는 이유만으로 신혼집을 구하지 못하거나, 16살이 되면 "본래 죄인에게만 시킨다는 지문을 찍"고 외국인등록갱신을 해야만 하는 현실을 형상화함으로써 작가는 "생활의 고비 고비에서 사람들에게 들씌우는 고통 속에서 맥맥히 숨을 이어가고 있는" 인간차별, 민족차별의 부당성을 고발한다. 그리고 결국에는 이러한 인권 유린의 역사가 "인간의 권리를 호소하는 사람들의 강한 힘에 의하여 반드시 없어지고야 만다는 것을 확신"함으로써 재일 조선인 사회의 긍정적이고 낙관적인 미래상을 강하게 부각시킨다.

재일 조선인의 엄혹한 현실은 때론 가난의 문제, 혹은 절대적 생존의 문제와도 직결된다. 림경상의 「생명」[5]은 일본 중소기업체의 노동

---

4) 서경식, 「디아스포라 기행」, 인터넷 신문 《프레시안》, 2005년 7월 28일자 연재글.

5) 림경상, 「생명」, 재일조선작가소설집 『조국의 빛발아래』(평양 : 조선문학예술총동맹 출판사, 1965.)

착취 현장과 극심한 가난으로 아이조차 키울 수 없어 뱃속의 아이를 유산시키고자 하는 재일 조선인 노동자의 참혹한 현실을 보여준다. 조선인이라는 이유로 부지런한 숙련공임에도 대기업체에 취직하지 못하고 영세한 중소기업체에서 과중한 업무에 시달리는 조선인 직공 창구는 자신의 터무니없이 적은 월급만으로는 병든 노모와 아내를 건사하는 것조차 힘에 부친다. 이런 현실 속에서 창구는 아내 뱃속의 아이를 먹여 살릴 재간이 없어 어쩔 수 없이 인공 유산시킬 결심을 한다. 모욕과 비웃음을 감수하며 병원비용을 마련한 창구는 그러나 결국 자신의 어리석음을 깨닫고 "일하는 사람은 모든 걱정 없이 잘 살 수 있다"는 북반구 조국으로 가기 위해 조선말과 글을 배우기로 결심한다. 결말이 다소 비약적인 낙관론에 치우쳐 있긴 하지만, 「생명」은 당시 재일 조선인의 엄혹했던 생활상과, 조국 지향 의지를 잘 보여준 작품이라 할 수 있다.

　「귀착」과 「생명」이 현실적 어려움 속에서도 자신의 민족적 정체성을 재인식하고 각성하는 과정을 그리고 있다면 박종상의 「회한」6)은 일본인 행세를 하며 철저하게 일본인으로 살아가려던 한 재일 조선인이 결국에는 일본에 동화된 가족의 배신 속에서 파멸의 나락으로 떨어지는 과정을 그리고 있다. 가난한 소작농의 아들로 거짓 <모집> 광고에 속아 일본에 건너온 최봉도는 해방될 때까지 근 10년 동안 탄광에서 착취당하면서 결국엔 돈이 최고라는 인식을 갖게 된다. 돈을 벌기 위해 갖은 방법을 동원하고 일본인 처까지 얻게 된 최봉도는 카바레와 빠징꼬점을 운영하면서 재산을 불려나간다. 하지만 결국 자신이 조선인이라는 이유로 아들이 파혼당하면서 위태하게 유지해 왔던 자신의 공든탑이 허상에 불과했다는 것을 깨닫는다. 자신이 교통사고를 당해도

6) 박종상, 「회한」, 『원앙유정』(평양 : 문예출판사, 1989.)

철저하게 외면하는 가족의 모습과는 대조적으로 헌신적인 보살핌과 동포애를 보여주는 총련 소속의 고향친구 철수의 행동은 최봉도에게 새로운 삶의 길을 제시한다. 값비싼 희생을 치르면서 얻어낸 뼈아픈 반성과 새로운 삶에의 희망은 이처럼 민족적 정체성의 확인과 민족의식 속에서 꽃피우게 된다. 이밖에도 박관범의 「꽃피는 길」[7]은 한 취주악부 학생의 시각을 통해 <조국왕래자유실현 요청 오사까-도꾜간 도보행진단>의 여정을 보여줌으로써 조국에조차 마음대로 왕래할 수 없는 재일 조선인의 상황과 이를 타개해 나가려는 재일 조선인들의 분투의 과정을 형상화하고 있다.

3. 민족 교육에의 헌신과 '조선사람 찾기' 주제의 형상화

후쿠오카에 의하면 재일 조선인 청년의 민족정체성은 일본사회로부터의 차별이나 불평등에 의해 수동적으로 규정되지 않고 독자적이고 자생적으로 형성된다고 한다. 특히 성장한 가정 내의 민족적 정통성, 본인의 학력, 민족단체에의 참가 경험 등이 중요하고, 그 중에서도 민족교육이 다른 모든 요인들을 압도할 정도로 민족적 정체성 형성에 커다란 영향을 미친다.[8] 해방 이후 재일 조선인들이 가장 중요하게 여겼던 민족 사업은 단연 민족의 동질성과 정체성을 회복하고 민족통합의 밑거름이 되는 민족교육 사업이었다. 일본정부의 강압적인 동화교육과 탄압 속에서도 조선말과 글, 조선의 역사와 문화를 가르치는 민족학교, 민족학급을 끝까지 사수하는 것이야말로 재일 조선인들이 자신의 민족

---

7) 박관범, 「꽃피는 길」, 재일조선작가단편집, 앞의 책.

8) 福岡安則·金明秀, 『在日韓國人靑年の生活と意識』, 日本 : 東京大學出版會, 1997.(윤인진, 『코리안 디아스포라』(고려대학교 출판부, 2004), p.191.에서 재인용)

정체성을 보존하고 회복하는 최후의 방법이었던 것이다. 이러한 민족교육의 중요성은 문학작품 안에서도 공공연히 강조된다.

김민의 「이른 새벽」[9]은 철없던 청년 근호가 조선대학교에 입학하면서 변모해 가는 과정을 그 어머니의 시각에서 그린 작품이다. 고등학교까지 인근 일본학교에 다닌 근호는 양돈업을 하는 자신의 부모를 내심 부끄러워하면서 돼지우리 근처에는 얼씬도 하지 않던 철없는 아들이었다. 수줍음 많고 게으른 생활습관을 갖고 있던 근호는 조선대학교에 입학하여 조선식 교육을 받아가면서 점차 자신의 게으름과 철없음을 반성하고 새로운 일꾼의 모습으로 거듭난다. 자신이 힘들게 조선어를 배운 과정을 거울삼아 방학에도 학교에 남아 모국어습득을 위한 모범분조운동을 전개하고, 자식들을 키우느라 고생하면서 이른 새벽부터 돼지먹이를 구하기 위해 어두운 길을 떠나는 부모를 생각하며 새벽 네 시에 일어나 공부를 하는 모범적인 학생으로 변모한 것이다. 이처럼 민족교육은 조선인으로서의 자긍심과 보람을 일깨우고, 자신의 전세대가 짊어졌던 고난에 동참하면서 새로운 미래를 개척하기 위한 발판을 마련하는 초석이 된다.

소영호의 「고향손님」[10] 또한 민족교육의 중요성을 강조한다. 재일조선인 강경철은 남한에 있는 아버지를 만나기 위해 민단의 요구대로 총련에 소속되어 있는 동향인 권상도와의 거래를 끊고 아이들을 조선학교에 보내지도 않는다. 아들을 방문하러 일본에 온 강노인은 조선말을 전혀 하지 못하는 며느리와 손자들을 보면서 답답함을 느낀다. 그리고 고향 사람인 권상도의 딸이 조선학교에서 조선교육을 받고 조선 문화를 배우는 과정을 지켜보면서 자신의 손자에게도 조선교육을 시킬 것을 아들에게 간곡하게 당부한다. 남북 간의 분열 상황을 그대로 반영

---

9) 김 민, 「이른 새벽」, 『이른 새벽』(평양 : 문예출판사, 1986.)
10) 소영호, 「고향손님」, 『고향손님』(평양 : 문예출판사, 1985.)

하는 민단과 조총련의 대립 안에서 민족교육에 대한 여러 가지 입장이 존재해 온 것이 사실이나, 결국 민족의 정체성을 지켜나가기 위한 가장 기초적인 작업으로서의 민족교육의 수립은 정치적 입장 차이에 상관없이 누구나 인식해야 할 기본 원칙이 되는 것이다.

리상민의 「초석」[11]에서도 민족교육과 교원의 문제가 제기되고 있다. 조선대학교 문학부를 졸업하고 "사업초소와 지방을 가리지 말자"는 조직의 요구를 누구보다도 먼저 받아들여 자신의 고향인 'ㅅ'시에서 멀리 떨어진 'ㅂ'시의 'ㄷ'조선초중급학교에서 교편을 잡고 있는 교원 김성진은 자신의 결혼 문제 때문에 현재의 학교를 떠나야 하는 상황에 직면하게 된다. 그러나 결국 자신의 가르침을 고대하는 어린 학생들의 바람과 조직의 요구에 헌신적으로 복무하는 동료교원인 남혁과 그의 아버지의 삶을 알게 되면서 'ㄷ'학교를 떠나려던 자신의 결심이 개인적인 안위만을 생각한 잘못된 결정이었음을 깨닫는다. 이처럼 재일 조선인들에게 있어 민족교육의 문제는 단순히 교육의 차원을 넘어 조선인으로서의 정체성과 자긍심을 이후 세대들에게 전승하려는 조직적 과업으로 부각되고 있다.

이와 같이 민족의식을 고취하고 일본 사회 안에서 당당한 조선인으로 살아가기 위한 노력으로 헌신적인 민족교육에의 복무는 일차적인 과제로 제기된다. 더불어 자신이 조선인임을 숨기고 일본 사회에 동화되거나 매몰되어 살아가는 재일 조선인들을 적극적으로 찾아나서서 그들의 민족혼을 일깨워주려는 노력들이 조직적으로 제기되는 데 이를 '조선사람 찾기'주제[12]의 작품에서 살펴볼 수 있다.

리량호의 「길목」[13]은 청년학교 강사 김인숙이 조선인으로서의 자신

---

11) 리상민, 「초석」, 재일조선작가단편집, 앞의 책.

12) 강태성, 앞의 글.

13) 리량호, 「길목」, 재일조선작가단편집, 앞의 책.

의 정체성을 부인하며 일본 사회 안에서 방황하는 박준일이라는 청년을 청년학교로 이끄는 과정을 그리고 있다. 자신이 조선인으로 태어난 것을 원망하며 자신을 멸시하는 일본인 폭주족 패거리들과 어울려 다니던 박준일은 끊임없이 자신을 청년학교로 이끌며 민족적 자각을 일깨우고자 하는 김인숙과 조직 구성원의 헌신적인 노력으로 마침내 조선청년으로서 자신이 걸어가야 할 길을 되찾게 된다. 또한 리은직의 「임무」[14]에서는 ○○고급학교 ○○통학반 학생인 김기태가 조청사업의 일환인 미조직 가정 방문 사업을 홀로 수행하면서 겪게 되는 어려움과 그 과정에서 얻게 된 성과들을 꼼꼼히 그려내고 있는데, 스스로를 일본 사회에 동화시킴으로써 민족적 정체성을 부정해왔던 조선인들이 끊임없는 교화와 조직화 사업을 통해 자신이 조선사람임을 인정하게 되는 과정은 '조선사람 찾기'주제에 잘 부합한다고 볼 수 있다.

4. 공존과 연대의 한민족 문학을 위하여

이밖에도 조국으로의 귀향을 통해 새로운 삶을 모색하고 조국의 품 안에서 자랑스럽게 살아나가는 재일 조선인의 모습을 그린 량우직의 「태양의 품」[15], 박순애의 「리별의 끝」[16], 고찬유의 「배길」[17], 그리고 조국통일에의 염원을 형상화한 강태성의 「물길 백리, 꿈길 만리」, 박종상의 「원앙유정」[18], 마지막으로 남한 사회의 반민주적이고 반민중적인

---

14) 리은직, 「임무」, 『임무』(평양 : 문예출판사, 1984.)
15) 량우직, 「태양의 품」, 재일조선작가작품집 『조국은 언제나 마음속에』(평양 : 문예출판사, 1979.)
16) 박순애, 「리별의 끝」, 재일조선작가단편집, 앞의 책.
17) 고찬유, 「배길」, 조선민주주의인민공화국창건 스물다섯돐기념작품집 『영광의 한길에서』(재일본조선문학예술가동맹, 1973.)
18) 박종상, 「원앙유정」, 앞의 책.

행태들을 비판적으로 고발한 박종상의 「하늬바람」19), 서상각의 「동트는 거리」20)등의 작품을 주제별로 살펴볼 수 있다.

아직까지 재일 조선인 조선어 문학에 대한 체계적인 자료 정리와 연구 작업은 거의 이루어지지 않은 상태이다. 이는 재일 조선어 문학이 대체로 조총련 소속의 문예동 작가들에 의해 창작됨으로써 분단 상황에 놓여 있는 한국 현실에서 자유로이 연구 작업을 진행하기에는 아직까지 정치적 장벽이 높게 존재하는 탓이다. 그러나 결국 재일 조선인문학을 한국문학의 범주 안에서 고찰하고자 한다면 좀더 적극적이고 과감한 연구 성과들이 쏟아져 나와야 함은 두말할 필요가 없을 것이다. 재일 조선인문학 작품을 통해 재일 조선인의 삶을 조명하고 더 나아가 그들과의 민족적 연대의식을 강화하면서, 재일 조선인의 정당한 인권의 보장과 정치, 경제적 측면에서의 기본 생활권을 확보하기 위한 투쟁에 함께 나서는 것, 이것이 바로 재일 조선인문학이 우리 사회와 적극적으로 조응하는 지점일 것이다.

---

19) 박종상, 「하늬바람」, 위의 책.
20) 서상각, 「동트는 거리」, 재일조선작가작품집, 앞의 책.

재일 조선시와 조국의 노래

― 김학렬의 시 세계를 중심으로[*]

홍용희[**]

1. 재일조선시의 형성과 성격

일본 사회 속에서 폐쇄적인 민족적 주체성을 고수하며 우리말과 글로 무려 반세기에 이르도록 문예창작을 지속해온 문학 단체가 있다는 사실은 새삼 놀라운 일이 아닐 수 없다. 그러나 이것은 분명한 역사적 사실로서 친북조직인 재일조선인총련합회의 산하단체에 해당하는 1959년 6월 7일 창립된 '재일본조선문학예술가동맹'이 그것이다. 이미 1955년에 결성된 조총련의 창립 강령의 4항에는 "우리는 재일동포자제들에게 모국어와 글로써 민족교육을 실시하며 일반 성인들 속에 남아있는 식민지노예사상과 봉건적 유습을 타파하고 문맹을 퇴치하며 민족문화의 발전을 위하여 노력한다."고 적고 있다. 조총련의 강령에서 밝히고 있는 "모국어"를 바탕으로 "민족문화의 발전을 위하여 노력한다"고 할 때 민족문화를 문학예술의 범주에서 구체적으로 실천하는 단체가 재일본조선문학예술가동맹(약칭 문예동)인 것이다. 그래서 문예동에서의 문예창작은 주로 한글로 이루어진다. 이점은 친남한 계열에 해당하는 재일대한민국민단(약칭 민단)이 많은 경우 일본어로 창작 활동을 하는 경우와 선명하게 구별된다. 따라서 '재일 조선인'문학이란 민단 측의 '재일 한국인'과 변별되는 조총련계의 문예동의 문학으로서 주로 한글로 창작된 문학을 가리킨다.

한편, 문예동 결성을 계기로 종래의 협의체로 되어있던 문화단체는 "하나의 지도체제를 갖추고 문학, 음악, 연극, 미술, 영화, 무용, 사진 등 7개 부문을 망라한 재일조선 작가, 예술인"[1]들의 동맹체로 발전하였다. 그리하여 재일본조선문학예술가동맹(약칭 문예동)은 창설이래 지금까지 "동포들 속에서 문학예술활동을 벌리는 한편 일본을 비롯한 세계인민들에게 우리나라 주체문학예술을 소개 선전"하는 데 주력해 왔다. 다시 말해, 이 단체는 '일본 속에서의 북한문학'이라는 배타적인 마이너리티의 문학 영역을 지속적으로 창작, 지도, 관리해 온 것이다.

문예동의 대표적인 기관지는 『문학예술』이며 그 아래에 지방문예지들이 산발적으로 분포되어 있다. 『조대문학』(조선대학교 문학부), 『조선문예』(문예동 가나가와지부), 『효고문예통신』(문예동 효고지부) 등이 그것이며, 이들 잡지를 통해 신인 작가, 시인들이 비교적 활발하게 배출되어 왔다. 물론, 이들 잡지 역시 『문학예술』과 마찬가지로 김일성의 교시와 주체문예의 성과를 직접 소개 선전하고 아울러 그 방법론에 따른 재일조선인들의 창작 세계를 수록하고 있다. 이와 같이 문예동이 일본 속에서 북한문학을 지속적으로 견지할 수 있었던 것은 북한과의 긴밀한 관계성을 바탕으로 한다. 김일성은 1967년 11월 재일동포 대표를 최고인민회의 대의원으로 선출하기도 했으며, 문예동의 일원들을 수차례에 걸쳐 초청하여 강령적 교시를 내리고 주체문학의 창작성과를 학습시키기도 했다. 1970년대 초반에 이미 문예동의 30%에 해당하는 성

---

* 홍용희, 「재일 조선시와 조국의 노래―김학렬의 시 세계를 중심으로」, 『재외한인문학 연구의 현황과 과제』, 국제한인문학회 제3회 전국학술대회 자료집, 2005. 5. pp.87-93.
** 문학평론가. 경희사이버대 문예창작학과 교수
1) 손지원, 「조국을 노래한 재일 조선시 문학연구」, ≪겨레문학≫, 창간호, 2005. 5.

원들이 북한을 방문한 것으로 알려져 있다.

문예동을 중심으로 전개해온 재일조선시문학사는 크게 세단계로 나누어진다. 첫 단계는 공화국 창건이후 총련이 결성되기 이전까지의 시기(1948.9~1955.4), 두 번째 단계는 총련 결성 이후 "주체사상을 확고히 세워 작품 창작에서 일대개화기를 열어 놓은 시기"(1955.5~1973), 세 번째 단계는 수령과 지도자 동지의 령도 아래 "높은 사상 예술성을 가진 작품을 활발하게 창작한" 1970년대 중엽 이후부터로 보고 있다.[2] 그러나 이러한 변화의 층위에도 불구하고 북한의 김일성, 김정일에 대한 형상과 주체사상은 일관되게 창작의 토대로 작용한다. 따라서 이들 작품의 형식 역시 기본적으로 북한의 서정 시편들처럼 서사적인 정론성과 교조적인 경직성, 도식성의 양상을 보여준다.

이상에서 개략적으로 살펴본 재일조선시의 성격에 대한 이해를 바탕으로 여기에서는 김학렬의 시 세계에 나타난 조국의 존재성을 중심으로 하여 검토해 보기로 한다. 이러한 작업은 문예동에 대한 북한의 위상과 관계성을 직접적으로 이해하는 데 도움이 될 것이며, 아울러 한 재일동포의 고국에 대한 간곡한 그리움의 정감을 면밀하게 감지하는 계기도 될 것이다.

2. 조국 혹은 삶의 운명과 염원

김학렬은 1935년 교토에서 태어났으며 조선대학교 문학부를 졸업하고, 1962년 조선신보사에 「일떠서라, 한강 사나운 물결아!」가 당선되면서 시작활동을 시작했다. 그는 시집으로 『삼지연』(1979), 『아, 조국은』(1990)을 상재했으며, 『조선 프로레타리아 문학운동 연구』(1996)로 조

---

2) ≪겨레문학≫, 창간호, 2000. 5.

선민주주의인민공화국 교수 칭호와 문학박사 학위를 받았다. 현재 조선대학교 교수와 재일본조선문학예술가동맹 부위원장을 맡고 있다. 이상의 간단한 이력에서도 드러나듯 그는 재일교포 2세로서 조총련계의 대표적인 문예 이론가이고 시인임을 알 수 있다. 여기에서는 그의 시집 『삼지연』(1979), 『아, 조국은』(1990)과 문예동의 시 동인지 ≪종소리≫에 발표한 작품에 나타난 조국의 성격과 양상을 중심으로 살펴보기로 한다.

이미 앞에서 서술한 바대로 문예동은 일본 속의 북한문학 단체로서의 성격을 뚜렷하게 지닌다. 따라서 문예동에서 발표한 시편들에는 기본적으로 북한의 주체문학의 창작원리에 해당하는 당성, 인민성, 계급성이 바탕을 이루면서 여기에 시대정신에 따른 당의 지도 지침이 부가되고 있다. 문예동의 기관지 『문학예술』의 창간 배경에는 "위대한 수령 김일성대원수님의 교시와 문예성과를 널리 소개선전"하는 것이 첫 번째의 사명으로 놓여 있기 때문이다.

문예동의 시적 경향을 주제론적으로 일별하면, 1)수령에 대한 우상화 2)남한의 변혁운동에 대한 추동 3)일본사회 속에서의 재일조선인의 권익에 대한 문제[3] 4)조국에 대한 향수 등이 중심을 이룬다.

여기에서는 김학렬의 시 세계에서 조국에 대한 시적 노래의 양상을 고찰해 보기로 한다. 먼저, 그의 시 세계에서 조국은 곧 김일성 수령으로 표상되고 있다.

> 보통강반의 인민문화궁전
> 그 덩실한 집에서 지난해 봄
> 위대한 수령님께서 쬘어주신 이 잔
> 어버이수령님의 만수무강

---

3) 김응교, 「일본 속의 마이너리티, 재일조선 시」, ≪시작≫, 2004. 겨울 참조.

삼가 축원드린 이 잔
(중략)
이 잔에 조국의 훈훈한 바람과
밝은 봄 하늘,
대동강의 물빛이 비끼고 있사옵니다
　　　　　　　　　　－「충성의 잔을 올리옵니다」 일부(1976)

　시인은 일본에서 조국의 풍경을 만나고 있다. 1974년 재일조선예술
단이 처음으로 북한을 방문했을 때 그 구성원으로 참가하여 김일성에
게 하사 받은 것으로 추정되는 '잔'에서 조국의 '바람/하늘/물빛'을 느
끼고 있는 것이다. 김일성이 곧 조국으로서의 표상성을 지니는 현장이
다. 그래서 조국에 대한 그리움은 김일성에 대한 충성심으로 치환된다.
따라서 김일성의 초월적인 절대성은 더욱 자연스러운 명분을 얻는다.
물론 김일성은 수차례에 걸쳐 조총련에 대한 지원을 아끼지 않은 것으
로 알려져 있다. 재일조선인들은 많은 경우에 "경애하는 수령님께서/그
애들을 위해/큰 돈까지 보내주시는데"(「여보이소 내 손자놈이…」)와 같
이 일상생활 속에서 구체적인 도움을 받은 것이 사실이다. 그러나 김일
성에 대한 충성심은 이러한 은혜에 대한 감사의 차원을 넘어선 선험적
인 신성성의 범주에 속하는 것이다. 김일성은 곧 조국이고 삶의 지향점
이며 좌표이기 때문이다. 시인이 조선대학교의 교정의 봄날을 가리켜
"수령님의 따사로운 은덕인 듯/황금의 봄빛 눈부시도다"(「진달래 붉게
핀 이곳」)라고 노래하는 데에서 드러나듯 일상 속에 살아있는 절대적
신성으로 존재한다. 즉 북한의 조국과 동일시되는 수령 형상 문학의 신
화가 문예동의 조국에 대한 노래 속에서도 그대로 살아 있는 것이다.
　한편, 조국은 삶의 긍지와 정의의 좌표이며 대상으로서 존재하기도
한다. 그리하여 조국의 시발은 "허무와 타락의 낭떠러지가 아니라" "참

삶의 앞길"을 인도하는 지표가 된다.

> 시대와 동화
> 허무와 타락의 낭떠러지가 아니라
> 공민된 참 삶의 앞 길 가리키는
> 우리의 기발
>
> 반동의 암운을 뚫고
> 칼바람을 헤쳐
> 이역의 이 거리에
> 높이 휘날리는 조국의 기발
> —「오월 하늘에 우리 기발 찬연하도다」 일부

　조국이 있기에 "수륙만리 이국땅에서/온갖 멸시와 차별"을 견디고 이겨내면서 스스로 가슴 속에 "정의와 평화와 자유를 사랑하는/이 세상에서 가장 아름다운 꽃"(「꽃」)을 피워낼 수 있다는 인식이 전제되어 있다. 조국은 이국에서의 고단한 삶을 올바로 지탱시켜주고 인도해 주는 좌표이다. 그리고 여기에서 더 나아가 "참 삶의 앞 길 가리키는/우리의 기발"로서 조국은 개인적 삶의 나침반에 그치지 않고 세계적 보편성을 지니는 것으로 적시되기도 한다. "아아 천리마 조선이 있고/영명한 수령님이 계시기에/세계 량심들도 또한 우리 편에 있으니"(「우리를 노리는자 있다!」)에서처럼 '천리마 조선'과 수령님은 세계 량심들의 지향성이기도 하다. 그래서 시인에게 바람직한 삶이란 조국에 대한 충성이란 명제가 하나의 신념의 차원으로 성립될 수 있게 된다. 조국은 자신의 삶의 지침을 결정하는 운명으로 존재하는 것이다.
　그러나 한편으로 그에게 조국은 고통과 절망의 대상으로 표상되기도 한다. 정작 자신의 고향이기도 한 남한에 대한 그의 인식은 북한과 상반되는 "고통과 슬픔"의 땅이다.

> 함안 주지골
> 다락논의 고향산촌에
> 살아계시면 여든이 되는 할머님 생각하여
> 남몰래 지으시는 어머님의 긴 한숨이
> 현해탄 저너머 그리운 곳에 치달려가
> 그 하이얀 눈으로 변하였는가?
> (중략)
> 총칼과 채찍의 찬바람이 휘몰아치는
> 남녘의 거리와 마을
> 수난의 땅 고통과 슬픔으로
> 권세와 영달을 탐내는
> 더러운 망나니들이 행세하는 나날
> (중략)
> 그 슬픔, 그 눈물이
> 대동강 얼음판 우를 미끄러가는
> 복받은 웃음꽃으로 피도록
>
> ―「설날의 소원」 일부(1978)

이 시는 시인의 고향이 경남 함안이라는 사실과 함께 남한과 북한에 대한 이항대립적 인식이 선명하게 드러나 있다. 그의 할머니가 살아계시는 남한은 간절한 그리움의 대상이지만 그러나 그곳의 삶의 현실은 "권세와 영달"만을 누리는 억압적인 지배세력에 의한 "수난의 땅"으로서 분노의 대상이다. 반면에 북한은 "복받은 웃음꽃"이 피는 희망의 낙원으로 설정되어 있다. 따라서 그에게 "설날의 소원"은 북한의 김일성을 중심으로 하는 남북통일로 귀착된다. "고사리 돋아나는 새봄의 고향에서/할머니에 어머니, 마을사람들과 함께/수령님 보내주신 뜨락또르 소리에 맞추어/구성진 모내기노래 높이 부르곺은 것이/이 설날의" 간곡한 꿈인 것이다. 남북한에 대한 지나치게 단순하고 평면적인 이러한 사유는 마모되고 변질되기도 또한 쉬울 것이다. 특히 세계적인 근대화의 첨단을 선도하는 일본사회에서 이와 같은 폐쇄적인 이념의 논리는 쉽게 증발하기 쉬울 것으로 추정된다. 실제로 재일동포 중에 많은 친북 세력이 동구공산권의 몰락과 함께 이탈했던 것이 사실이다. 그럼에도 불구하고 아직 조총련 계열이 지속될 수 있는 것은 반일의식과 저항 민족주의에 깊은 영향을 받고 있기 때문인 것으로 보인다. "도로찾는다/빼앗긴 나의 이름을/빼앗긴 나의 귀, 나의 눈/나의 노래를//외국말, 일본말로/보고 듣고 느끼고 생각해온,/빼앗긴 나 자신을/도로찾는다"(「우리말 학습」)와 같이 일본말을 배격하고 우리말을 찾는 것을 자신의 정체성 회복으로 인식하고 있다. 이러한 지나친 배타적 민족주의의 배면에는 과거 일제식민지의 역사에 대한 청산주의가 지금까지 추동력으로 작용하고 있는 것도 사실일 것이다. 이러한 정황은 점차 배타적 민족주의를 극복하고 열린 민족주의를 지향하게 되면서 새롭게 변화할 수 있는 성격으로 파악된다.

네 번째로 조국은 정겹고 그리운 추억의 풍경으로 변주되어 펼쳐지기도 한다.

에헴
에헴
긴 담배대 물고 늘쌍
뜨락 너머 산줄기를 바라보시던
할아버지의 그 기침소리
고향집 툇마루는 아직 그대로 전해줄가

이역살이 긴 세월에
고향집 뜨락 너머의 어렴풋한 산줄기

내 마음 속의 시원한 바람
내 마음 속의 하얀 연

　　　　　　　　　　　　-「고향생각」 일부

　누구에게나 유년기는 가장 아름다운 황금기로 기억된다. 이 때는 자아와 세계 간에 어떤 고통스러운 간극이나 분열도 없는 원환의 시기이기 때문이다. 그래서 기억 속의 유년기는 누구에게나 어머니의 품과 같은 그리움의 원형공간이 된다. 이 시에서 "고향집 툇마루"가 한가로운 시골 정취를 자아내던 할아버지의 기침소리를 "그대로 전해줄가"라는 표현 방식은 매우 흥미롭다. "고향집 툇마루"가 할아버지의 기침 소리를 그대로 재생시켜 줄 것 같다는 표현은 시인의 자신의 유년기의 기억의 간절함과 현장감을 배가시키는 효과를 얻고 있기 때문이다. 이와 같이 탈이념적인 서정 공간에서의 고향은 비록 그 양식이 구태의연할지라도 많은 사람들에게 체험적 동질성과 공감대를 확보할 수 있게 한다.

　또한 이와 같이 너무도 구태의연해서 상식적인 범주에 놓이는 정서적 태도가 바로 시인의 남한과의 깊은 친연성을 가져오는 추동력이 되기도 한다. 이러한 상식적인 범주의 인식이 사람과 사람, 체제와 체제 간의 친근하고 화해로운 관계성이 어떤 이념보다 우선되어야 한다는 가장 기본적이면서도 중요한 또 다른 상식을 불러올 수 있기 때문이다.

　그리하여 근자에 발표된 다음과 같은 시편들에는 어떤 이념의 목소리보다 자연인으로서의 일상적 삶의 목소리가 확연하게 두드러지는 모습을 읽을 수 있다.

시비부터 걸려던
지난날과는 달리
반기는 얼굴

부드러운 음성

웃음 속에 질의 응답도 마치고
커피타임－소휴계의 한때
≪우린 벌써 구면인데요…≫
서울 로학자의 미소가 다가온다
젊은 연구자들의 손들도 달려 오고
녀류학자의 맵시 있는 명함이
방실 웃으며 자기 소개한다

고도의 시원한 산바람과 함께
서로 나누는 한 가지 말
≪우리 다음엔 객지에서가 아니라
서울이나 평양에서 만납시다≫

－「학회에서」 일부

　남한 학자들과 함께 하는 학회의 분위기를 사실적으로 그리고 있다.
이념과 정책의 날카로운 선명성이 사라지고 반가운 "미소"와 "자기소
개"가 오가고 있다. 그러나 "미소"와 "자기소개"가 반복되는 지극히 일
반적인 인사법이 오간 뒷자리가 어느덧 가장 중요한 결론을 산출시키
고 있다. "우리 다음엔 객지에서가 아니라／서울이나 평양에서 만납시
다". 물론 이러한 언술 역시 일반론적이고 상식적인 범주의 결론이지만
그러나 바로 이것이 민족적 통합을 향해 가는 길을 열어 놓고 있는 출
구이다.
　그래서 다음과 같은 전화통화도 자연스럽게 이루어지게 된다. "몇분
안되는 사이／다시 휴대전화에로 교수를 찾으니／／≪아이구, 선생님!／ 참
반갑습니다!≫／(중략)／바다 건너 오가는／더운 정／밝은 웃음／십년 구면 같
은／뛰는 교감／／서울도 가까워진 만큼／하나의 날도 가까와지리…"(「휴대

전화」) 휴대전화 속에서는 이미 화해와 통일이 이루어지고 있다. 남북 간에는 아직 자유롭게 전화 교신이 이루어지지 못하고 있지만 조총련 산하의 문예동과는 얼마든지 가능하다. 이점이 조총련과 남한의 관계성의 변화를, 좀 더 구체적으로는 재일조선시에서의 조국의 존재성의 변화를 가져오는 추동력이 될 수도 있지 않을까? 그리고 더 나아가 이점에서 조총련의 남북한의 민족적 통합의 적극적인 산파로서의 역할도 기대해 볼 수 있지 않을까?

3. 재일조선시의 새로운 가능성을 위하여

이상에서 개략적으로 검토한 바처럼 재일조선시는 문예동을 중심으로 북한의 주체문예론에 입각하여 지도, 관리, 평가되는 특성을 지닌다. 이점은 물론 조총련의 활동 원칙과 연관된다. 조총련의 활동원칙은 크게 주체의 원칙, 군중로선, 내정불간섭으로 구성되어 있다. 여기에서 주체의 원칙이란 "주체사상을 유일한 지도적 지침으로 삼고 모든 활동을 조국과 민족의 리익을 지키는 견지에서 진행하고 있습니다. (중략) 일본이란 환경 속에서도 민족성을 굳건히 고수하며 우리말과 글을 가지고 활동하고 있습니다."라는 내용으로 정리되고 있다. 따라서 문예동의 활동은 우리말과 글로 주체사상에 입각하여 창작하는 것이 주어진 소명이며 당위이다.

따라서 재일조선시의 주제론적 유형과 특성 역시 북한 시와 태생적으로 유사한 성격을 지닌다. 다만 재일조선시의 공간적 거점이 북한이 아닌 제 3국이라는 데에 있다. 다시 말해, 재일조선시는 오늘날 전지구적 시장화로 요약되는 세계질서와 냉전의 섬으로 존재하는 북한사회의 규정력이 서로 길항하는 긴장관계 속에 존재하는 것이다. 따라서 앞으로 전개될 재일조선시의 지향성은 21세기의 세계질서에 대응하는 북한 사회의 변화를 가장 민감하게 반영하는 리트머스 종이라고도 할 것이다. 이러한 논법은 또한 북한 주체사상의 외적 확신을 위한 전초기지로서의 문예동이 이제부터는 폐쇄적인 민족주의의 성벽에 에워싸여 있는 북한 사회의 변화를 추동하는 전초기지로서의 역할을 수행할 수도 있다는 것이다. 최근에 창작된 재일조선시 『종소리 시인집』은 이와 같이 "북남을 가로막던 두터운 얼음장"을 깨는 훈훈한 "해빙기"(정화흠, 「해빙기」, 1994)의 언어가 상당히 폭넓게 드러나고 있다. 우리가 앞으로 재일조선인 시에 대해 더욱 깊이 주목하고 교감해야 하는 주된 까닭도 여기에서 찾을 수 있다.

리은직 소설 연구

－『임무』, 『한 동포상공인에 대한 이야기』를 중심으로

추선진[*]

1. 서론

리은직[1]은 재일본조선문학예술가동맹의 주요 작가이다. 작품 활동 초기인 1940년대 초반에는 주로 일본어로 창작된 작품들을 발표한다. 단편소설 「물결」로 아쿠타가와상 후보에 오르고, 장편소설 『탁류』 등이 호평을 받으면서 일본 문단의 주목을 받는다.[2] 1948년에는 재일 조선인[3]으

---

* 경희대 대학원 국어국문학과 박사과정

1) 리은직은 1917년 10월 18일 전라북도 정읍군 정우면 오금리에서 빈농의 아들로 태어났다. 1941년 일본대학교 법문학부 예술학과 문예학을 졸업하고 일본학예통신사 기자로 취직했다. 광복 후 조련중앙문교부 부원, 도쿄조선중학교 교원, 가나가와조선중학교 교장, 도쿄조선학원 교육회 이사, 조선장학회 상무이사 등을 역임하면서 민족교육사업에 헌신했다. 2002년 현재 재일본조선문학예술가동맹 고문이다. 『탁류』, 『춘향전』, 『성미』, 『임무』, 『동트기 전』, 『명인전』 등이 대표작이다. 그 외에도 이기영의 장편소설 『땅』, 『두만강』 등을 외국어로 번역하였다.
리은직, 『한 동포상공인에 대한 이야기』(문학예술출판사, 2002), 편집후기 참조.

2) 윤송아, 「재일 조선인 문학 개관」, 김종회 편, 『한민족 문화권의 문학』(국학자료원, 2003), p.184. 참조.

3) 본고에서는 '재일 교포'나 '재일 동포'가 아닌 '재일 조선인'이라는 명칭을 사용하기로 한다. 이것은 일본 동포들의 실제 언어 사용 상황에 따른 것으로 보다 객관성을 띠고 있는 명칭이기 때문이다. '조선어'와 '재일 조선인 문학'이라는 표기도 마찬가지 이유에서이다.
"일본에 거주하는 동포들 스스로 그들을 '재일 조선인'이라 총칭하고 있다.(중략) 구체

로서는 처음으로 조선어로 쓴 소설 「승냥이」[4]를 발표, 이후 주로 조선어 작품들을 게재한다. 리은직의 조선어 작품 경향에 대해서는 단편이나 장편이나 복잡한 구성체계가 없이 단선으로 이야기를 끌고 나가면서 주인공의 인간 성격을 부각시킨다[5]는 평이 있다. 그러나 그동안 정치적 상황의 영향으로 리은직은 물론이고 재일 조선인 조선어 문학에 관한 한국에서의 연구 성과는 거의 없었다고 해도 과언이 아니다.

해방 이후 본격적으로 전개된 재일 조선인 문학은 그 사용언어에 따라 두 갈래의 흐름을 형성하며 각각 성장한다. 일본어를 매개로 한 창작은 일본을 삶의 터전으로 인정할 수밖에 없는 현실 상황을 수용한 대다수 재일 조선인 작가들에 의해 이루어진다. 이를 통해, 민족성을 잃지 않겠다는 재일 조선인의 신념은 문학적으로 형상화되어 일본 사회에 반향을 일으킨다. 그러나 작가 층의 세대교체가 이루어지면서 민족적 색채는 흐려지고 보편적 주제로 나아가면서 문학성을 획득하는 경향을 보인다.

조선어 작품의 창작은 주로 북한과 연계된 사회주의 단체인 재일본조선인총연합회(이하 총련) 산하의 재일본조선문학예술가동맹(이하 문예동)에 소속되어 있는 작가들에 의해 이루어진다. 이로 인해 조선어 문학은 리얼리즘을 기반으로 하여 북한의 문예 이론의 영향을 받아 북한 문학과 유사한 모습을 보인다. 이들 작품은 한결같이 일본 사회 내에서 민족적 주체성을 잃지 않고 지켜나가야 한다는 주장과 함께 북한의 정치 사상적 지령들을 형상화한다. 출판도 대부분 평양 소재의 출판사에

적인 명칭에 대한 논의가 진행되지 않은 현상황에서는, 기본적으로 재일 조선인들이 스스로 사용하고 있는 '재일 조선인문학'이라는 명칭을 공유하고자 한다." 윤송아, 앞의 글 pp.169-171 참조.

4) ≪해방신문≫에 발표.
   강태성, 「재일 조선인 조선어 소설문학」, 『재일 조선인 조선어문학의 현황과 과제』, 학술대회 자료집, 2002. 12, p.2.

5) 강태성, 앞의 글, p.4.

서 이루어지고, 총련계 소속 조선인들을 대상으로 판매된다.6) 일본어 작품이 폭넓은 작가·독자층을 형성하고 있는 데 비해 조선어 작품은 창작과 수용의 범위가 좁은 편이다.

이러한 재일 조선인 문학의 모습은 재일 조선인들의 일반적인 언어 사용 문제와 관련을 가진다. 재일 조선인 중에서 조선어를 본격적으로 습득하고 사용하는 이들은 대개 총련과 관계된 사람들이다. 총련은 결성 초기부터 민족교육을 강조하고 지원한다. 이러한 역사적 경험이 없는 민단 소속 조선인들의 언어생활은 일본인과 다르지 않다. 그러나 조선어의 사용은 재일 조선인의 정체성과 밀접한 관련을 가지는 문제이다.7) 이것은 과거 식민지 종주국이었던 나라에서 생활해야 하는 조선인들에게 민족적 주체성보다는 삶의 문제를 해결하는 것이 더욱 절실했을 것임을 고려한다 하더라도 도외시할 수 없는 사항이다. 그러한 점에서 조선어 문학은 사상적 경도성과 도식성을 보이는 큰 한계를 가지는 것은 사실이나 민족 언어를 고집스럽게 지켜왔다는 점에서는 그 의의를 찾을 수 있다. 본고에서는 조선어 문학을 본격적으로 창작해 온 리은직의 작품들을 중심으로 재일 조선인 조선어 문학의 한 단면을 살펴보고자 한다.

2. 실생활의 반영, 민족애 강조

재일 조선인 조선어 문학에서 가장 강조하고 있는 주제 의식은 민족교육문제이다.8) 민족어 사용 문제와 직결되는 민족교육문제는 조련시기

---

6) 설성경 외, 『세계 속의 한국문학』(새미, 2002), p.485. 참조.

7) 위의 책, p.485 참조.

8) "잠정적인 결론이지만, 50년대부터 시작해서 90년대에 이르기까지 재일 한국어 작품들 중에서 가장 많은 비중을 차지하고 있는 주제가 바로 민족 교육 문제가 아닌가 판단

부터 강조되어온 사항이다. 광복 이후 결성된 조련은 귀향을 위한 활동, 자제들에 대한 교육활동을 기본으로 운동을 벌인다. 조련 해체 이후 민전이 결성되고, 1953년 초 김일성은 재일조선인운동을 위한 주체적인 노선전환방침을 교시한다. 그 방침의 주된 내용은 첫째, 재일동포들은 일본에 살고 있지만 자기 조국을 위해 싸워야 한다는 것, 둘째, 재일 조선인운동은 조국의 영도와 조국과의 긴밀한 연계 밑에 진행되어야 한다는 것, 셋째, 재일 조선인은 자신이 주인이 되어 애국운동을 벌여야 한다는 것이다.[9]

이를 적극적으로 받아들이며 1955년 결성된 총련은 재일조선인운동을 민족적 애국 운동으로 규정한다. 총련의 강령 중에는 민족의 권익과 자유를 옹호하며, 모국어와 글을 통한 민족교육을 실시할 것이 포함되어 있다. 총련이 내세우는 활동원칙 중 '주체의 원칙'에도 '민족성의 고수'를 강조한다. 그리고 동포들의 이익을 옹호하며 그들의 생활과 밀착하여 사업할 것을 뜻하는 군중로선, 일본의 내정에 간섭하지 않는다는 내정불간섭의 활동원칙이 있다.[10]

민족어 사용을 통한 민족의 주체성 확립에의 강조는 일본과 미국이라는 적을 설정하게 해서 조직의 결집을 도모하여 궁극적으로 북한에 경제적 이익을 가져가려는 의도가 포함된 것이며 이로 인해 재일 조선인이 일본 사회에 적응하기 어려운 상황을 초래하기도 한다. 그러나 일본 사회의 차별과 민족 교육 탄압의 과정은 이들의 활동에 명분을 가져다주기도 한다. 열악한 상황 속에서도 민족어 사용과 민족 교육사업을 지속해나간 것은 민족적 정체성을 보전할 수 있는 의미 있는 일임

된다."설성경 외, 『세계 속의 한국문학』(새미, 2002), p.492.
재일본 조선인 조직의 활동 중에서 가장 강조되고 있는 것이 민족교육문제이기 때문에 문학 소재로도 중시되었을 것이다.
9) 한덕수, 『주체의 해외교포운동 사상과 실천』(구월서방, 1986) 참조.
10) 위의 책 참조.

은 인정하지 않을 수 없다.

조련 결성 이후 조선어 문학이 운동형태로 일어났으며, 총련 결성 이후 민족주체 노선을 뚜렷이 밝힐 수 있게 되면서부터 조선어 문학은 급속히 발전하게 된다. 그 배경으로는 1956년 조선대 창립, 1961년 ≪해방신문≫의 일간 ≪조선신보≫로의 발전, 문예동 기관지『문학예술』발간 등이 있다.[11] 이에 김두천, 김민, 김정지, 김지성, 량우직, 리양호, 리인철, 림경상, 박종상, 서상각, 소영호, 심정수, 조남두 등의 작가들이 등장, 재일 조선인의 생활을 형상화한다. 이들의 공통적인 특징은 긍정적인 인물을 주인공으로 민족교육, 조국통일, 민족권리, 차별반대, 조일우호친선 등의 주제로 재일동포들인 주인공이 광복 전의 동포들과 얼마나 달라졌는가 하는 점을 부각하여 광복 후의 새로운 동포상의 전형을 창조하는데 많은 힘을 기울이고 있다[12]는 것이다.[13] 1960년대 후반 이후에는 김일성을 칭송하는 주제들이 늘어났으나, 최근에는 현실 생활 문제가 중요한 소재로 부각되고 있다. 본고에서 살펴보려고 하는 리은직의 단편집『임무』, 장편소설『한 동포상공인에 대한 이야기』역시 이러한 주요 모티브를 통해 형상화되고 있다.

1)민족교육사업의 형상화, 민족교육의 중요성 역설

단편 소설집인『임무』[14]는 1984년 출판되었으나, 수록된 작품들의

---

11) 강태성, 앞의 글 참조.
12) 위의 글, p.4.
13) 주요 모티브에 대한 분석은『세계 속의 한국문학』(설성경 외, 앞의 책, pp.490-504. 참조)에도 나타난다. 이 글에서는 재일 조선인 조선어 문학의 주요 모티브를 민족교육 문제, 재일 한국인을 위한 후생 사업 문제, 남북한 현실의 반영 문제, 재일 한국인과 일본인의 친선 도모 문제, 재일 한국인 사회의 실태 반영 문제로 분석하고 있으며, 이 중 가장 많은 비중을 차지하고 있는 것이 민족교육문제라고 서술하고 있다.
14) 리은직,『임무』(문예출판사, 1984)

창작 연대는 정확히 파악할 수 없다.15) 이들 작품은 창작 당시의 상황과 긴밀하게 연계되어 있을 것이나 이처럼 창작연도가 불분명하여 그 연관 관계를 정확히 파악하는 것이 쉽지 않다. 우선 내용별로 살펴보면 크게 두 가지로 구분할 수 있다. 하나는 재일 조선인이 등장하는 서사로 「임무」, 「찾는 마음」, 「고마운 하루를」이 해당된다. 또 하나는 남한을 공간적 배경으로 설정한 서사로 「생활 속에서」, 「신작로」, 「노도의 거리」가 여기에 속한다.

첫 번째 서사는 재일 조선인들의 실생활을 사실적으로 형상화하면서 북한과 총련의 긍정성 및 우월성과 민족 교육에의 중요성을 강조한다. 김일성의 교시나 조직의 강령 등을 전달하는 것에 치중하여 이에 대한 격앙된 서술이 등장하기도 한다. 플롯은 단순하여 주제 의식을 선명히 드러낸다. 평면적이면서 긍정적인 주인공은 총련 소속으로, 열정적인 동포애로 주위 사람들을 감동시켜 결국 이들도 총련에 가입하거나 민족 교육에 동참하겠다고 다짐하게 된다. 대강의 줄거리를 살펴보면 다음과 같다.

「임무」는 '○○고급학교 ○○통학반 김기태 학생의 수기' 라는 부제목에서도 알 수 있듯이 수기의 형식으로 쓰여진 소설이다. '나'는 "위대한 수령 김일성 원수님의 교시를 높이 받들고 학업에 열중"하는 고급학교 학생이다. '나'의 임무는 총련에 가입하지 않은 동포들을 찾아가 설득하는 일이다. 그 일은 무지한 동포들에게 민족의 주체성을 일깨우는 일로 '나'가 감당하기에는 실로 막대한 임무이다. 그런데 '뜻밖의 사고'로 나는 혼자 길을 나서서 여러 동포들을 만나게 된다. 그들은 '생활' 때문에 귀화를 했거나, 일본인인 척 살아가고 있다. 그러나 결국

---

15) 리은직의 작품 뿐만 아니라 재일 조선인 조선어 문학의 경우, 대부분의 작품들이 정확한 창작 연대가 표기되어 있지 않으며, 창작 후 곧바로 출판되는 경우도 적기 때문에 창작 시기를 파악하기 어렵다. 그런 이유로 창작 당시의 사회적 상황과 연계하여 파악하기에 어려운 점이 있다.

나와 총련의 동포애에 감격하여 자녀들을 민족학교에 보내게 된다.

「찾는 마음」은 한경태라는 총련 소속 청년이 총련에 가입하지 않거나 자녀들을 민족학교에 보내지 않는 동포들을 찾아다니며 설득하는 과정을 형상화하고 있다. 한경태도 처음부터 총련 소속이었던 것은 아니나 가난과 고된 노동으로 생긴 병을 총련의 도움으로 완쾌하게 되고 여러 가지 도움을 얻게 되면서 그들의 동포애에 감동하여 총련의 일에 발벗고 나서게 된 사람이다. 결국 김치성이라는 사람이 한경태와 총련의 민족애에 깨달은 바가 있어 자녀들을 민족학교에 보내고 교육사업을 후원하고 주변의 동포들을 돕기 시작하게 된다. 이에 민단 소속 사람들도 칭찬을 아끼지 않는다.

「고마운 하루를」은 최할머니와 분회장이 등장한다. 최할머니는 분회장이 지금처럼 열심히 총련 사업을 할 수 있도록 이끈 사람이다. 최할머니는 민단에 가입하면서 소식이 끊어진 친구를 다시 만나게 되면서 김일성과 총련이 얼마나 고마운지에 대해 생각한다. 총련의 사업에 열성적이었던 딸, 옥희는 일본 사람의 실수로 남편을 잃었지만 가난한 노동자인 그들을 용서하고 더욱 총련 사업에 헌신한다. 결혼도 미루고 사업에 매진하는 딸을 보면서 최할머니는 진정한 조선의 딸이라고 생각하면 김일성에게 감사한다.

이 세 작품은 앞서 말한 주요 모티브 중에서는 민족교육사업을 형상화한 것에 해당한다. 이를 강조하는 과정에서 공통적으로 등장하고 있는 것이 김일성 수령과 조국(북한)에 대한 찬양과 감사, 총련의 긍정성 강조이다.

조국에서부터 막대한 교육원조비와 장학금이 보내오기 시작했고 이에 고무추동된 동포들이 상상못할 거액을 거금하여 여러곳에 화려한 철근교사를 신축하였다. 영광스러운 조국 북반부는 날로 발전하며 락원을 이룩하게 되였으며 그 영광찬 조국에 귀국의 길이 열렸다!

「찾는 마음」 p.54.

　　한경태는 조직의 두터운 배려를 다시한번 감사히 여기지 않을 수 없었다. (자기야말로 일가친척도 없고 돈 한 푼 없이 류랑할 수 밖에 없는 이국살이가 아닌가? 퇴원하면 당장 그날부터 잘 곳, 먹을 것을 찾아헤매지 않으면 안 될 신세가 아니였는가? 그런데 이와 같이 아무 근심걱정없이 모든 것이 보장된다는 것은 다시말할것없이 조직의 덕택이며 또 우리 조직을 보살펴주는 조국의 혜택이 아니고 무엇인가...!

「찾는 마음」 p.56.

　　「찾는 마음」에는 민단 쪽 사람들과도 교류를 하며 동포애를 과시한다. 이러한 경향이 「고마운 하루를」에서는 조금 다른 모습으로 나타나는데, 여기에서는 김일성의 은혜와 총련의 우월성을 강조하는 과정에서 민단' 사람들을 폄하하고 있다. 민단은 일본의 선전을 받아들여 동포들에게 나쁜 영향을 주는 사람들로 나타나고 있다. 민단 소속의 오경호 노인은 최할머니의 고향 친구인데 민단에 가입한 이후에 소식이 끊어졌다. 그가 병상에 있다는 말을 전해 듣고 최할머니가 찾아가게 되는데, 그는 가난한 생활과 비뚤게 자란 자식으로 고통을 겪고 있었다. 이러한 상황을 설정하는 것을 통해 민단에 들어가게 되면 동포를 외면하게 되고 결국 경제적인 어려움과 일본인의 괄시를 겪게 된다는 주장이 펼쳐지고 있다. 이런 이유로 민단 사람들이 사는 곳은 허름하고 불결한 곳으로 형상화되고 있다.

　　깨끗하게 꾸려진 신축주택들이 늘어서 앞거리는 몰라보게 달라졌는데 뒤골목은 여전히 해빛도 잘 비치지 않고 낡아빠진 양철조각으로 이은 판자집이 언제 찌그러질지 모르는 그 모습을 옛날 그대로 쓸쓸하게 보여주고 있다. 바로 서면 머리가 부딪칠 것 같은 얕은 처마끝에 아무렇게나 매여달린 판자문을 열고 들어가니 뭣이 썩는 것 같은 냄새가 코를 찌른다.

「고마운 하루를」 p.115.

그 때 창골댁 내외가 그렇게 간곡히 민단에 들지 말라고 말리는 걸 뿌리치고 돈을 벌려면 민단계 권력자들의 말을 듣는게 낫다고 우긴 게 잘못이였지. 하기야 민단 간판을 짊어지고 돈을 번 사람들도 있긴 하지만 재간도 재주도 없는 인간이 욕심만 내봤자 차례지는건 천대와 멸시밖에 없었소.

「고마운 하루를」 p.116.

그러나 기본적으로는 한결같이 민족애·동포애를 강조한다. 심지어는 민단이라는 조직이 잘못된 것도 미국과 일본 때문이라고 역설한다. 작품 속에는 이러한 반미·반일·반제 사상이 등장인물의 입을 통해 격앙된 목소리로 서술되고 있다.

물론 조선사람으로서 그들의 태도와 행동에 증오와 불쾌감을 느끼는 것은 당연한 일이나 그렇다고 해서 그들을 반역자처럼 생각하고 그렇게 그들을 취급해서는 안됩니다. (중략) 따라서 그네들을 그와 같은 심리에 빠뜨리게 한 것은 일본제국주의자들이고 해방후에는 미제국주의자들이며 또한 그들의 주구들입니다. 우리는 사랑하는 동포들을 그와 같은 노예 상태에 빠뜨린 제국주의자들과 그 주구들을 증오하고 저주해야 합니다. 우리는 이러한 노예적인 생각에 사로잡혀있는 동포들을 하루바삐 계몽하여 진실한 조선 사람의 긍지감을 갖고 찬란한 조국의 앞길을 바라볼 수 있는 인간으로 교양해주어야 합니다.

「임무」 pp.15-16.

그런데 이 옳고 정당한 사업을 누가 제일 먼저 방해하여나선줄 압니까? 미제국주의놈들입니다. (중략) 놈들은 조선을 자기들의 식민지로 만들 생각뿐이니까 무조건하고 자기들에게 복종하는 노예교육을 실시하려고 나선 것입니다. 그러기에 미제국주의놈들은 우선 우리가 하고 있는 학교를 폐쇄시키려고 달려들었던 것입니다.

「찾는 마음」 pp.45-46.

　일본제국주의자들은 언제나 조선민족을 멸시하고 조선 민족의 민족적 자각과 자존심을 마비시키려는 흉책을 써왔다. 일제의 잔당들은 해방된 오늘날에 있어서도 미제국주의의 사촉밑에 조선사람이 하는 일을 중상하고 조선사람의 단결을 방해하고 있다. (중략) 그렇게 생각하면 할수록 한경태는 원쑤들에 대한 증오심에 불타며 한편 자기 민족을 자기 목숨처럼 생각하는 조선사람다운 옳은 정신에 돌아온 김치성이에 대하여 한층 더 두터운 친근감을 느꼈다.

「찾는 마음」 p.82.

　식민지 종주국이었던 일본땅에서 민족의 주체성을 지키기 위해 고군분투했던 사람들에게 민족학교에 대한 탄압은 미국과 일본에 대한 격렬한 반감을 불러일으키기에 충분한 역사적 사건이다. 연합국에게 패배했던 일본이 미국의 손을 들어주면서 북한의 지령을 받아 형성되었던 재일 조선인 조직을 해체시키는 상황에서 벌어진 일이다. 여러 가지 정황에 근거해서 판단해야 될 일이나 그런 일을 겪는 와중에도 민족 교육의 중요성을 역설하여 총련은 많은 동포들의 지지를 얻을 수 있었다. 이들 소설을 살펴보면 가난과 일본인의 차별 정책으로 고통을 겪었던 재일 조선인의 고단한 삶을 선명하게 들여다볼 수 있다.

2)부조리한 남한 사회, 민족 통일의 당위성 주장

　두 번째 부류의 서사는 그 공간적 배경이 남한으로 설정되어 있다. 남한의 부조리한 사회구조 하에서 착취당하는 사람들을 등장시켜 민족 통일의 당위성을 주장하고 있다. 가진 것이 없고 무지하여 고통을 받았던 남한 사람들이 북한 사회의 우월성을 깨닫게 되고 통일을 갈망하게 된다는 설정이다. 「생활 속에서」의 주인공은 이들의 각성을 주도하는 긍정적 인물이다. 한편, 「신작로」와 「노도의 거리」는 주인공이 선각자를 만나게 되는 것을 계기로 김일성과 통일을 위한 투사가 되겠다는 다짐을 하게 된다. 주인공의 내면이 변화하는 입체적 성격으로의 설정은 서사 진행에 있어 약간의 긴장성을 확보하여 다른 작품들과의 변별성을 획득한다. 그러나 이들 작품 역시 단선적인 구조로 주제를 선명하게 드러내도록 설정되어 있다.

「생활 속에서」는 학교 선생인 윤기철이 장기 결석자들을 가정방문한다. 학교의 환경은 열악하고 교장은 장기결석자들에 대해 무심하다. 윤기철은 수업 시간에 사회 비판과 개혁에 대해 언급했다는 이유로 정보부의 감시를 받기도 한다. "련락도 없고 지시가 없는 이상 자기는 직분을 충직하게 지키며 대중의 지지를 받도록 최선을 다하는 것이 기본 임무"라고 생각하는 것으로 보아 북한과 소통하고 있는 공작원인 듯하다. 가정 방문을 통해 윤기철은 학생들의 불우한 환경을 파악하게 된다. 무허가 집에서 부모도 없이 지내거나, 학생을 선동했다는 이유로 파직당한 아버지와 미제침략군에게 죽음을 당한 누나를 둔 학생도 있다. 사회로부터 외면당하고 가난으로 학업을 지속할 수 없는 학생들이다. 윤기철은 강제철거를 막기 위한 투쟁을 신문사를 통해 세상에 알리게 되고 이에 고무된 시민들은 여러 가지 불합리한 행정에 항의하기 위해 시청으로 몰려간다.

「신작로」의 주요 인물은 가난한 농촌에서 태어나 자란 철이이다. 철이의 아버지는 농사가 잘 못되어 마을 부자 황가네에게 논을 넘기게 되자 돈을 벌러 도시로 나갔다. 황가는 "일제때는 왜놈앞에 굽신거리고 미국놈이 오자마자 동네에서 제일 먼저 철도역까지 좇아나가 환영을 하고 리승만괴뢰의 졸개노릇을 했다가 군사정권이 되니까 무작정 박정희 만세만 부르는 철면피"이다. 그러나 그런 황부자는 나날이 부자가 되어가고 마을 사람들은 나날이 가난해진다. 그런데 그 집 머슴에 의해 황부자의 재산은 마을 사람들에게 다시 되돌려진다. 그 머슴은 풍요로운 북한에 대한 이야기를 마을 사람들에게 들려준다. 철이의 아버지는 도시에서 고생만 하다 돌아오는 길에 불어난 하천에 빠져 숨진다. 불합리한 사회 구조에 대한 저항 의식을 키우며 철이는 김일성에 대한 충성을 다짐한다.

「노도의 거리」의 철수는 어느 날 여수순천사건과 관련된 이후 세상의 눈을 피해 시골에서 지내는 이모가 있음을 알게 된다. 그 이모를 찾아간 곳에서 만난 옥순이는 가난한 농촌에서 태어나 돈을 벌기 위해 도시로 가서 식모살이와 공장생활을 하다 천대와 멸시를 받고 무서운 병까지 얻어 공장에서 쫓겨났다. 냉혹한 공장측의 처사에 공장직공들은 어떤 '선배'의 도움으로 조합을 결성하여 항거한다. 그 '선배'가 이모님의 아들, 상태로 옥순은 선배의 도움으로 이모집에 와서 건강을 되찾게 된다. "이모와 그 아들 상태는 진심으로 목숨을 걸고 가난한 동포들을 위하여 싸우는 사람들일 것이다"라는 생각을 하게 되는 철수는 북한과 김일성을 숭배하는 마음을 갖게 되고 그를 위한 투사가 되겠다고 다짐한다.

이들 작품은 하나같이 남한 사회의 부정적인 모습을 부각시키며 북한 사회의 우월성을 강조한다. 남한 사회는 "집없는 시민들이 판자촌에 의지하지 않으면 안되게 된 절실한 사정"을 생성한데다 "시민을 보호할 책임적립장에 있는 시장이나 정부책임자들이 곤궁에 처해있는 사람들을 보호할 생각은 안하고 그저 무턱대고 혹독한 폭행을 가하며 집없는 사람들을 아무 대책도 없이 내쫓는 그런 야만적인 행동"이 공공연히 일어나는 곳이다. 남한에는 "눈물겨운 험악한 일이 너무나 많은데 이북은 같은 땅이면서도 모든 사람들이 마음껏 공부를 하고 농사를 지으며 희망찬 래일을 바라보며 웃음꽃을 피우면서 열심히 일하고 있다"고 한다. 이러한 얘기를 들은 사람들은 "통일을 하면 이북과 같은 좋은 곳으로 될 수 있다"는 북한에서 온 사람들의 말을 들으며 희망을 품는다.

그로 인하여 각 인물들은 남한에서 북한 사회와의 통합을 위해 싸울 것을 다짐하게 된다. 착취당하는 노동자, 농민, 도시 빈민에게 다가가서 그들을 돕고 조직적으로 사업자나 지주, 지배 계층에 저항하기로 한다. 그것은 김일성 수령의 지령에 부응하는 것이며 동시에 남한 사회에서 고통 받으며 살아가는 동포들을 위한 일이다. 이 작품들은 북한이 선동하는 통일의 정당성을 주장하기 위해 재일 조선인 사회에 남한 사회의 부조리를 생생하게 보여주며 북한 사회의 긍정성을 부각시키고자 한다.

그리고 남한 사회에서 일어나는 투쟁은 "우리 민족의 혈맥속에 스며있는 전통적인 혁명의 불길"이라고 주장한다. 이러한 논리 속에는 북한은 이러한 혁명정신을 기초로 일찍부터 정립된 나라로 전통을 계승한 나라라는 주장이 담겨있다. 이를 통해 북한의 지시를 받아 결성되고 민족 교육 사업을 지원하는 총련은 재일 조선인 사회에서 그 정당성을 인정받게 되고 김일성은 더욱 추앙받아 마땅한 존재로 부상하게 한다. 이것이 이들 작품이 가지고 있는 궁극적인 의도이다.

한 소설 속에서 남한의 정부는 '괴뢰군사정권'으로 불린다. 주로 박정희 정권에 대한 비판으로 '박정희놈', '박정희괴뢰'라는 명칭을 찾을 수 있다. 여기에서도 미국에 아첨하는 박정희 정권을 비판하며 반미사상을 확실히 드러내고 있다.

아이구 이놈의 세상… 언제나 바꿔진답디까? 이북에선 먹을 걱정, 입을 걱정, 집걱정, 일걱정, 자식 공부시킬 걱정, 그런 걱정없이 살고 있다는데 어찌 이놈의 곳은 도적질을 크게 하는 놈만 잘 살고 남에게 좋은 일을 하자는 사람은 제가 먼저 굶어죽거나 잡혀가거나 하니…하늘이라도 무너져주었으면 후련하겠는데…

「생활 속에서」 p.165.

글쎄 화가 나잖아요 이 구린내… 그리고 이놈의 파리떼…이게 다 괴뢰정권 집권자의 시책에서 생긴 일이라는데 그렇게 생각하니까 구린내 나는 것도 박정희놈탓, 파리떼가 못살게 구는 것도 박정희놈탓, 모두 때려부시고 박정희괴뢰를 파리잡듯이 잡아없애지 않고선 살수 없다고 모두 그래요

「생활 속에서」 p.182.

물론 비단 우리 원쑤는 황가만이 아닙니다. 그뒤에는 황가와 결탁한 권력기관이 있고 그우에는 정권을 틀어쥔 패들이 있고 또 그우에는 이 땅을 삼키러 와서 주인행세를 하고 있는 미국놈들이 있습니다. 그러니 황가 한 놈을 때려쳤다고 해서 문제는 해결되지 않습니다. 그렇다고 뒤에 있는 두 목들한테 겁을 내여 황가를 그대로 둘수는 없습니다. 이 세상을 더럽히는 놈들의 팔다리는 다시는 일을 저지르지 못하게 낱낱이 꺾어놓아야 하지 않겠습니까…

「신작로」 pp.206-207.

그렇다! 위대한 수령님께서 가르쳐주신대로 이 땅에서 미제와 박정희군사파쑈정치제도를 뒤집어엎고 북반부와 같은 사회제도를 세우기 위해 남녘의 모든 인민이 한결같이 들고일어나 힘차게 싸워나가야 한다.

「노도의 거리」 p.253.

「신작로」의 경우에는 작가의 상징적 장치가 눈이 띄는데, 철이가 아버지를 기다리기 위해 신작로를 바라보는 것에서 서사가 시작되고 아버지의 죽음 후에는 북한의 김일성 수령이 있는 곳을 상상하며 신작로

를 바라보는 것으로 마무리되고 있다. 아버지는 잃었으나 철이는 보다 더 큰 사랑을 가진 김일성 수령이라는 아버지를 얻게 된다는 설정으로 작가의 문학적 역량을 엿볼 수 있다.

3) 재일 조선인 1세대의 당부, 민족 주체성의 보존

장편 소설인 『한 동포 상공인에 대한 이야기』[16]는 2002년 1월에 출판되었으나, 창작 연대는 1980년대이다.[17] 1980년대에 북한 문학은 수령형상문학만을 중시하던 경향에서 서서히 벗어나 '숨은 영웅'을 형상화하는 현실 주제의 문학이 등장하던 시기이다. 이 때 재일 조선인 사회는 세대교체가 이루어지면서 일본에서 나서 자란 2, 3세들이 압도적 비중을 차지하게 되면서 재일 조선인 운동의 주역으로 등장한다. 또한 재일 조선인의 계급 구성에서도 변화가 일어나 이들의 절대다수가 영세하기는 하지만 상공인이 되어 있다.[18]

이 시기 문예동은 토론회와 문학 심포지엄을 가지고 변화 발전하는 시대와 현실이 요구하는 문학창작을 위한 논의를 하게 된다. 이에 재일 조선인 작가들이 세대가 교체되고 계급구성에서 변화가 일어난 사회현실을 깊이 체험할 것, 재일 조선인들의 자주적인 삶을 개척하고 사회적으로 의의 있는 문제를 제기하고 그에 예술적 해답을 줄 것, 진실한 동포상을 추구하고 새 세대 동포들의 민족적 자존심을 높여주는 작품을 창작할 것을 결의한다. 이로 인해 다양한 주제의 작품들이 창작되는데 총련 찬가, 새 세대 동포들에게 동화의 길이 아니라 애족의 길로 나가도록 이끌어주는 작품, 2세 동포 주인공들이 애국의 대를 잇는 작

---

16) 리은직, 『한 동포 상공인에 대한 이야기』(문학예술출판사, 2002)
17) 강태성, 앞의 글, p.4.
18) 손지원, 「재일동포국문문학운동에 대하여」, 『재일 조선인 조선어문학의 현황과 과제』, 학술대회 자료집, 2004. 12, p.10. 참조.

품, 조국과 민족을 위해 몸 바쳐 일하는 숨은 애국자 형상 작품, 1세들의 애향심을 노래한 작품 등이다.[19]

『한 동포 상공인의 이야기』는 제목에서도 알 수 있듯이 1980년대 재일 조선인의 대부분에 해당하는 상공인을 주인공으로, 강한 동포애를 가지고 민족교육사업에 헌신한 제일 조선인 1세대의 삶의 일대기를 보여주고 그가 남기는 유언을 그의 자식들에게 강조하고 다짐받는 그의 아내, 어머니의 모습으로 결말을 지으면서 재일 조선인 운동의 주역이 된 2세들에게 민족애와 민족적 주체성을 지켜나갈 것을 당부하고 있다. 즉, 1980년대의 재일 조선인 조선어 문학의 경향을 대표하고 있는 작품이라 할 수 있다.

서사는 주인공인 조봉두가 제2차 재일조선상공인조국방문단 단장으로 뽑혀 조국으로 가는 것으로 시작된다. 그리고 과거 회상을 통해 조봉두의 일대기가 시작된다. 경상북도 농촌, 지주의 성화로 집안 형편이 어려워서 봉두는 학교도 다닐 수가 없었다. 지주의 볏섬을 실은 소를 끌고 마을에서 도망친 그는 일본의 큰삼촌에게 가기로 한다. 그 곳에서 유리 공장을 다니며 열심히 돈을 벌어 고향에 돌아갈 생각만 한다. 그러나 일본인 상사는 조봉두를 조선인이라는 이유로 업신여기고 못살게 군다. 이에 그를 때려눕히고 작은삼촌에게 가서 함바에서 지내며 노동을 한다. 노름에 빠지기도 하면서 돈은 모이지 않고 고향에 갈 길은 멀기만 하다.

1937년 중일전쟁기. 일본인들은 조선 사람들에게 극도의 멸시와 경계심을 보인다. 봉두는 토목공사장에서 오영감을 학대하는 일본인 감독을 치게 되어 감방에 가게 되는데 거기서 구원길을 만난다. 그리고 봉두는 "조선사람으로서 왜놈에게 절대로 굽어들지 말아야겠다는 아주

---

19) 위의 글, p.10 참조.

292 한민족 문화권의 문학 2

막연한 생각"을 가지게 된다. 그것은 그동안 "왜놈들에게 여러번 당한 민족적 멸시를 받아 들일 수도 없고 참아낼 수도 없는 감정이 있었기 때문이였다." 봉두는 국문을 배운다. 광복한 이후에도 조봉두는 귀국하는 친구들에게 노자돈을 쥐어주느라 항상 빈털터리여서 고향으로 돌아갈 수가 없었다.

2장에서는 다시 현재로 돌아온다. 조봉두는 발전된 평양 땅을 밟으며 감격한다. 평양은 "망국노였던 그"를 "당당한 조선 민족의 한 성원으로 내세워 준 조국"이며 고향이다. 다시 과거. 조봉두는 열심히 일하나 번번히 사기를 당하고 일본인들에게 돈을 빼앗긴다. 그러던 중 조련이 조직되고 다시 구원길을 만나게 된다. 조련은 불쌍한 동포들을 도왔다. 조봉두는 다시 함바를 운영하고 지영순을 만나 결혼하게 된다. 지영순의 동생을 구하기 위해 밀무역선을 통해 고향에 가게 된 봉두는 척박한 고향땅과 쓸쓸한 부모의 무덤만 보고 돌아오게 된다.

이후 봉두는 아내와 함께 요리집을 열어 돈을 버나 번번이 조봉두를 곤란에 빠지게 했던 김영팔에게 또한번 당한다. 그러던 중 조련이 해산되고 조선에서는 전쟁이 일어났다. 조봉두는 고철상을 하기도 하고 석탄 장사도 하면서 돈을 번다. 민전 시기에는 극좌적인 구호에 의해 배척당하게도 했지만 총련이 결성되면서 봉두는 민족학교를 짓는 데 적극 투자하고 조국에 대해 구체적인 관심을 가지기 시작한다.

봉두는 항일 투사 이야기에 감명을 받은 후 더욱 총련 애국 사업에 헌신하기로 한다. 부당한 세금에 항의하기 위하여 민단계 동포들과도 힘을 합쳐 1958년 상공회를 결성한다. 상공회 사람들과 일본인들의 조선인 차별 대우 철폐를 위한 노력을 한다. 힘들어하는 동포들은 돕고 귀화하려는 사람들은 꾸짖고 타일러 마음을 돌려놓기도 한다. 그리고 죽음을 맞이하게 되는 조봉두. 임종 시에도 총련애국사업에 헌신할 것을 자식들에게 다짐시킨다.

조봉두는 가난한 농민의 아들로 태어났으나 불의에 항거하는 의지와 강한 힘, 의리와 인정을 가지고 있었다. 일본에서 그의 기질은 동포를 돕는 데 발휘된다. 그 앞에서는 일본인도 힘을 쓰지 못한다. 사회주의 자인 구원길을 통해 민족의식에 눈을 뜨기도 한다. 고난과 좌절의 순간이 많았으나 모두 이겨내고 결국에는 사업에 성공하여 민족교육사업에 이바지한다. 마침내는 상공회도 결성하여 일본인의 차별에 조직적으로 항거한다. 민단 측에서도 그에 대한 칭송이 자자하다. 이처럼 조봉두는 긍정적 인물이면서 이른바 '숨은 영웅'의 전형이다.

> 그의 말에서 동포들은 조국에 대한 신뢰감이 두터워 졌다. 따라서 한번 듣고 성차지 않아 두세번 그를 불러 대는 동포들이 많았다. 총련 일군들의 말은 들으려고도 믿으려고도 안하던 민단 산하 동포들이 그의 말을 듣고 싶어 떼를 지어 밀려 왔고 납득이 될 때까지 캐여 묻기도 하고 무릎을 치고 고개를 끄덕이였다.
>
> 「한 동포 상공인에 대한 이야기」 p.240.

이 작품에서도 일본인의 차별 대우와 멸시를 받으며 가난 속에서 힘겹게 살아온 재일 조선인의 삶이 생생히 나타나고 있다. 민족교육의 중요성과 민족애, 민족 주체성이 강조되고 북한과 김일성에 대한 찬양, 통일에 대한 염원도 제기된다. 그런데 이 작품에서 흥미로운 부분은 조봉두의 '돈'에 대한 생각이다.

> 배우지 못한것은 령감이나 자기나 서로 다를 바가 없다. 국문한자 못 읽는 까막눈이다. 삼촌들도 오령감처럼 지주집 머슴살이로 청춘을 바쳐오지 않았는가. 가난이 죄가 되여 어디 가나 천대와 멸시만 받아왔다. 이게 무슨 까닭인가? 돈이 없는 탓인가? 그렇다. 돈이 없으면 사람 탓에도 가지

못한다.

「한 동포 상공인에 대한 이야기」 p.59.

지주에게 그리고 일본인에게 천대와 멸시를 받는 이유는 '돈'이 없기 때문이라는 것이다. 그래서 조봉두는 돈을 벌기 위해 열심히 일한다. 그러나 사회주의 사회에서 치부는 부정한 것으로 간주된다. 조봉두는 돈을 모으지 못한다. 사기를 당하거나 빌붙는 사람들을 만나게 되기 때문이기도 하지만 무엇보다 불쌍한 동포를 돕기 때문이다. 부정한 것이지만 천대와 멸시에서 벗어나기 위한 방법으로서의 '돈'은 중요하다는 생각은 1980년대에 나타나는 사회주의 사회의 변화를 반영한 것이기도 하고 당시 재일 조선인의 대부분을 이루었던 상공인들의 지위를 인정하기 위한 것이기도 하다. 다만 여기에서 강조되는 것은 '돈'은 '깨끗하게 써야 한다'는 주장이다. 이는 조국과 동포를 위해 써야 한다는 뜻이다.

또한 1980년대가 되면서 총련의 역사가 30년이 된 것을 기려 총련에 대한 찬가가 나타났다고 하는데[20] 이 작품 속에도 총련에 대한 찬양이 나타난다.

남편이 총련이 결성되자 확실히 달라졌다. 그게 무엇때문인가? 온갖 멸시와 고생 속에 보내온 반생 때문만은 아닌 것 같았다. 곰곰이 생각해 보면 총련의 모임에 부지런히 참가한 덕이 아닌가? 하긴 그렇다. 지금 남편이 그 많은 돈을 벌어서 가족들이나 먹여 살리자고 불철주야 뛰어다닌건 아니다. 고마운 조국, 진정한 조국을 가진 그 영예와 긍지가 저 사람을 완전히 다른 인간으로 변모시켜 놓은 게 아닌가?

「한 동포 상공인에 대한 이야기」 p.164.

---

20) 손지원, 앞의 글, p.10 참조.

나같이 무식하고 아무 재간이 없는 인간이 밥깨나 먹고 살 수 있는것도 동포들의 인권과 생활을 지키려고 온갖 희생을 다하면서 일해 주는 애국적인 활동가와 민족단체가 있기때문이네. 만약 총련이 없어 보게. 일본보수 정권의 탄압이나 받고 깡패들의 구박이나 받을게 아닌가?

그는 부르짖듯 말하며 위대한 수령님께서 령도하시는 사회주의조국이 있기에 애국적인 조직이 무어 졌고 애국적인 일군들이 동포들을 위하여 목숨 바치고 있다는 것을 거듭 이야기해 주고 자기는 조국과 총련애국사업에 모든 것을 바칠 생각이라고 강조했다.

「한 동포 상공인에 대한 이야기」 p.251.

작품의 말미에 나타나는 조봉두의 죽음은 1980년대 재일 조선인 사회에 나타난 세대교체를 의미한다. 조봉두의 유언에는 재일 조선인 조선어 문학이 지금껏 강조해왔던 수령과 조국(북한)에 대한 충성, 총련애국사업, 민족애 강조 그리고 무엇보다 세대교체가 일어날수록 흐려져 갈 민족적 주체성의 보존에 대한 당부가 나타난다. 이는 총련 소속 재일 조선인 1세대의 새로운 세대에 대한 당부인 것이다.

3. 결론

지금까지 살펴본 것처럼 리은직의 작품은 문예동의 창작 지침을 수용하며 재일 조선인의 생활을 생생하게 보여주고 있다. 문예동의 고문으로서 가지는 책임감도 드러나고 있지만, 작품의 곳곳에 나타나고 있는 문학적 장치들에서 그의 작가적 역량을 짐작할 수 있다. 그리고 이러한 점이 북한 소설의 특성인 도식성의 영향에서 벗어나고 있는 부분이라고 할 수 있을 것이다. 또한 철저한 리얼리즘의 입장에 서서 재일본 조선인의 민족적 주체성을 되살릴 수 있도록 목소리를 높이고 있다는 점에서 그 문학적 정당성과 진정성도 획득하고 있다.

지금 총련과 문예동의 위기의식은 심각한 상황이다. 1990년대 이후 사회주의국가의 붕괴와 김일성의 사망과 함께 재일 조선인 사회에 북한의 실상이 알려지면서 총련의 규모는 더욱 축소된다. 1990년대에는 재일 조선인 취학 아동 중 조선학교에 다니는 사람의 비율이 10%까지 떨어진다.[21] 게다가 1995년 이후 일본당국은 반공화국, 반총련 캠페인을 대대적으로 벌인다. 일본 각지에서 재일조선인여학생을 겨냥한 사건들이 벌어지기도 한다. 2000년 이후에는 재일조선인의 세대교체가 거의 완전히 이루어지며 재일동포수가 감소하고 일본국적취득자와 국제결혼이 늘어나고 있다.[22] 이러한 상황 하에서 무엇보다 총련이 한탄하는 것은 민족성과 민족교육, 민족어와 조선어문학이 사라질지도 모른다는 염려 때문이다.

2000년 겨레문학 창간호의 창간사에는 이러한 절박감이 고스란히 나타나고 있다. 민족성과 민족어를 지키기 위해서는 서툰 글이라도 무조건 많이 써서 조선어문학의 명맥을 이어가야 한다는 주장이 나타난다. 박종상의 "언어는 곧 민족이고 말은 감정"이며 "조선동포의 진실한 민족감정, 피의 웨침은 일본말로는 표현할수 없으며 오직 조선말로써 표현할 수 있다"[23]는 주장은 타당하다. 따라서 문예동이 가지는 위기의식은 그들만의 것일 수 없다. 민족성과 민족어를 지키는 일은 그 배경 사상과 의도를 떠나 재일본 조선인의 정체성과 연관된 문제이다. 이런 상황이므로 민족성의 보존을 강조해 온 재일본 조선인 조선어 문학의 연구는 문학적 의의를 가질 수 있다. 또한 이는 한국 문학의 영역을

---

21) 한일민족문제학회 엮음, 『재일조선인 그들은 누구인가』(삼인, 2003) 참조.

22) 손지원, 앞의 글 참조.

23) 박종상, 「조선글로 소설을 쓰는 의미」, 재일본조선문학예술가동맹 중앙상임위원회 문학부, 『겨레문학』, 2001. 10.

확장하는 것인 동시에 재일본 조선인 조선어 문학이 위기에서 벗어날 수 있게 하는 한 방편이 될 수도 있다.

참고문헌

리은직, 『임무』, 문예출판사, 1984.

_____, 『한 동포 상공인에 대한 이야기』, 문학예술출판사, 2002.

강태성, 「재일 조선인 조선어 소설문학」, 『재일 조선인 조선어문학의 현황과 과제』, 학술대회 자료집, 2004. 12.

김학렬, 「재일 조선인 조선어 시문학 개요」, 『재일 조선인 조선어문학의 현황과 과제』, 학술대회자료집, 2004. 12.

김정희, 「재일한국인문학」, 『숭실대학교 논문집-제29집』, 1999.

김종회, 『한민족 문화권의 문학』, 국학자료원, 2003.

김 윤, 「민족분단과 이념의 갈등 : 재일본 동포문단」, 『한국문학』204호, 1991.

김인덕, 『식민지시대 재일조선인운동 연구』, 국학자료원, 1996.

_____, 『우리는 조센진이 아니다』, 서해문집, 2004.

박유하, 「<재일문학>의 장소와 교포 작가의 <조선>표상」, 동국대학교일본학연구소·왕이호일본학연구재단, 『일본학』제22집, 2003. 12.

손지원, 「재일동포국문문학운동에 대하여」, 『재일 조선인 조선어문학의 현황과 과제』, 학술대회 자료집, 2004. 12.

송혜원, 「재일 조선인 문학의 조선어로의 창작 활동의 변화(1945-1970)」, 『재일 조선인 조선어문학의 현황과 과제』, 학술대회 자료집, 2004. 12.

서종택, 「민족정체성과 실존적 개인」, 『한국학연구』11, 1999.

설성경 외, 『세계 속의 한국문학』, 새미, 2002.

송혜원, 「재일 조선인 문학을 위해 : 1945년 이후의 재일 조선인 문학 생성의 장」, 민족문학 작가회의, 『(내일을여는) 작가』 통권 30호, 2003. 봄.

심원섭, 「재일 조선인 시문학에 나타난 자기 정체성의 제양상」, 한국문학회, 『한국문학
　　　논총』제31집, 2002. 10.

유숙자, 『재일한국인 문학연구』, 월인, 2000.

＿＿＿, 「1945년 이후 재일한국인 소설에 나타난 민족적 정체성 연구」, 고려대 박사학
　　　위 논문, 1997.

이한창, 「재일교포문학의 작품성향 연구:정치의식 변화를 중심으로」, 중앙대 박사학위
　　　논문, 1996.

＿＿＿, 「해방 전 재일조선인 사회주의자들의 문학활동 :1920년대 일본 프로문학 잡지
　　　에 발표된 작품을 중심으로」, 한국일어일문학회, 『일어일문학연구』제49집 2
　　　권－일본문학·일본학 편, 2004. 5.

임헌영, 「해외동포문학의 의의」, 『한국문학』204호, 1991.

재일본조선문학예술가동맹 중앙상임위원회 문학부, 『겨레문학』, 2000-2001.

최효선, 『재일동포문학연구』, 문예림, 2002.

한덕수, 『주체의 해외교포운동 사상과 실천』, 구월서방, 1986.

한일민족문제학회 엮음, 『재일조선인 그들은 누구인가』, 삼인, 2003.

홍기삼 편, 『재일한국인문학』, 솔출판사, 2001.

홍용희, 「재일조선시와 조국의 노래－김학렬의 시세계를 중심으로」, 『재외한인문학
　　　연구의 현황과 과제』, 국제한인문학회 제3회 전국학술대회 논집, 2005. 5.

민족교육사업 형상화의 시대적 변모
— 량우직의 『서곡』, 『지진』을 중심으로

서현주[*]

1. 서론

재일조선인의 원형은 일제치하 시기인 1920~30년대 열악한 경제조건에서 생활난을 해결하기 위한 자발적 도일과 강제 징용이 대부분이다. 이들은 해방 후 귀국이 좌절되어 일본의 도시 외곽에 조선인 집중 거주지를 형성하고 생활한다. 일본의 도시 중심부로 진출하지 못하고 외곽에 자리를 잡음으로써 이중의 고된 삶을 살아가게 된다. 이중고의 하나는 타국살이이겠고 다른 하나는 주변부의 삶이겠다. 이러한 이중고는 그들의 정체성 찾기에 동력으로 작용하였으리라고 보여진다.

1920~30년대에 일본으로 이주했던 사람들을 제 1세대 재일교포로 상정할 경우, 지금의 재일교포는 3, 4세대에 이르게 된다. 일제시대에 도일하여 일본에 거주, 정착하게 된 교포 1세대들은 일제의 핍박과 경제적 고통 속에서 정체성을 찾기 위해서 정치의식이나 민족의식을 반영하는 소설을 발표했다. 뒤이어 교포 2세대는 1세대를 계승·발전시켰다고 볼 수 있다. 그러나 교포 3, 4세대에 와서는 사정이 달라진다. 교

---

[*] 경희대 대학원 국어국문학과 박사과정

포 1세대나 2세대와 다르게 교포 3, 4세대는 대부분 모국어를 배우지 못하고 일본어를 배우면서 일본의 생활 문화 속에서 자라났기 때문에 일본어를 쓰고 일본인들 속에 섞여서 보편적인 사고를 하게 된다. 시대의 보편적인 특성 속에 우리 민족의 특수성은 빛이 바랜 것이다.

사정이 이러해서, 최근에 출간되는 재일동포의 소설은 두 갈래의 상반된 글쓰기 양상을 보인다고 할 수 있다. 시대와 일본 문화에 통합되는 보편적인 글쓰기와 민족의식과 애국애족의식을 내세우는 글쓰기가 그것이다. 전자는 유미리, 양석일, 현월, 송민호 등으로 작가의 자유로운 발상을 작품 속에 표현하고 있다. 후자는 북한의 문학예술출판사에서 출간된 소설 작품들로 이들 소설에는 민족의식이나 정치의식이 반영되어 있다. 이러한 작품들은 시대 상황에 발을 맞추어 소재의 변주를 보이고 있지만 주제적인 측면에서는 별반 변화가 없는 것으로 보인다. 이는 량우직의 소설에서 확인할 수 있다.

량우직[1]은 재일본조선문학예술가동맹에 소속된 작가로서, 광복 후에 수편이상의 소설을 썼다. 그의 소설은 주제적 측면에서는 총련(재일본

---

[1] 1922년 2월 16일 제주도 한립읍 금릉리의 빈농가의 가정에서 태어나 가정의 농사일을 도우며 자랐다. 향학열에 불타던 그는 1942년 일본으로 가서 공부를 하다가 역사적인 해방의 날을 맞는다. 재일조선인의 귀국실현의 길이 막혀 동포들이 일본에 정착하게 되면서 민족교육의 열망을 품고 1948년부터 20년간 일본 효고현 고베 조선중고등학교에서 교편을 잡는다. 1968년부터 13년간 문예동 효고지부위원장, 1981년부터 15년동안 총련 오사가지부 문화부장사업을 하다가 1995년부터 현재까지 문예동 중앙상임위원회 고문직으로 일하고 있다. 1960~1985년까지의 기간에 「태양의 품」, 「거세찬 흐름」, 「복수」, 「망할놈들」 외 14편의 단편소설들과 수필, 단상, 평론 등 35편을 창작하였다. 재일조선공민 1세인 그는 재일조선인역사를 후대에게 전할 사명감을 자각하고 90년 들어서는 장편소설 창작에 집념을 보이고 있다.(량우직, 『봄잔디』(문학예술종합출판사, 1999), 편집후기 참조.)
량우직은 광복이후 수편이상 소설을 썼는데, 이는 국문소설이다. 일본에서 국문소설문학이 급속히 발전하게 된것은 1950년대 중반기 총련이 결성되고 동포들에게 일본에서 살지언정 조선사람으로 살아야 하며 민족자주의식을 똑똑히 가지고 조국과 모든 조선민족이 나아가는 길을 함께 걸어가야 한다는 민족주체의 노선을 뚜렷이 밝힌 이후부터였다. (강태성, 「재일 조선인 조선어 소설문학」, 『재일 조선인 조선어문학의 현황과 과제』, 학술대회 자료집, 2002. 12. p.3.)

조선인총련합회) 출신 작가답게 조총련 사업을 다루고 있으면서, 시대 상황의 변화에 따라 소재적 변용을 보이고 있다. 뒤에 소개될 장편소설 『지진』과 『서곡』은 민족교육사업육성을 목적으로 한 새 교사 건설을 위하여 재일조선상공인 안승구와 교장 박동환이 갈등과 시련을 이겨내는 과정을 형상화 하고 있다. 량우직이 총련출신의 작가임으로 이러한 소설의 주제 설정은 당연한 귀결이겠으나, 독자에게 주제를 전달하는 방식에는 변모를 보인다. 소설 쓰기의 방법적인 면, 대립 대상의 설정, 주인공의 형상화, 일본인에 대한 태도 등이 시대 상황의 변모에 조응하고 있다. 이는 량우직의 소설이 총련 사업인 민족교육사업의 육성이라는 간결한 주제로 독자들에게 읽히되, 주제로 접근하는 방법의 변화를 보여줌으로써 시대 상황의 변화에 따른 총련의 변모된 움직임을 살펴볼 수 있게 돕는다. 또한 시대 상황의 반영이라는 측면에서 역사성의 획득으로도 볼 수 있다.

그러면 여기에서는 총련이 결성되어 총련의 사업 추진을 어떻게 형상화 하고 있는지 또한 시대적 변화에 따른 총련의 사업 추진의 변모가 주는 의미가 무엇인지 짚어보기로 한다. 이는 북한의 노선은 물론 국제정세의 반영이라는 점에서 역사성을 획득하는 의의를 가지고 있다. 아울러 북한문학과 량우직 소설의 공통점과 차이점을 살펴보면서 재일동포문학이 가지는 특수성을 살펴보기로 한다.

2. 민족교육사업의 시대적 변모양상

1) 방법론적 변이

량우직의 소설 작품에 나타나는 군데군데 삽입한 만담조의 해설이나 장황한 설명, 의도적으로 선별하여 인용한 선언문 등에는 작가의 메시지가 작품의 전면에 나타나 있어 독자들의 반발을 불러 일으킨다. 이 원인은 반제국주의와 노동해방의 수단으로 문학을 택했던 해방 전의 재일 교포문인들의 전통과 조국의 독립을 둘러싸고 혼란이 가중된 이 시기에 조국 건설에 참여한다는 작가들의 입장에서 찾아볼 수 있다.[2] 또한 량우직은 재일교포 총련 작가로서 북한과 긴밀하게 연관되어 있어 소설의 주제는 조국(북한)을 향한 애국애족으로 귀결된다. 때문에 량우직의 장편소설은 북한문학과 유사한 면이 있을 것으로 판단되므로 1980년대 이후의 북한 소설의 흐름을 살펴 보는 것이 필요하겠다.

1980년 이후의 북한 소설은 주제에 따라 크게 두 갈래로 나눌 수 있다. 하나는 주체문학의 흐름이며, 이는 김일성을 대상으로 한 '불멸의 력사' 시리즈와 김정일을 대상으로한 '불멸의 향도' 시리즈가 주축이 된다. 다른 하나는 사회주의 현실주제문학으로서 이는 1980년대 들어 처음 나타나기 시작하는 경향이며 세대간의 갈등, 부부간의 갈등 및 여성의 사회 활동을 둘러싼 갈등, 경제 문제와 관련된 갈등, 통일 주제문학 등을 대표적인 관심사로 하게 된다.[3] 사회주의 현실주제문학에서 세대간의 갈등을 다룬 소설은 80년대 이후 북한문학의 큰 줄기를 형성하고 있는 것으로 이것은 세대간의 갈등이 북한에서 큰 사회적 문제로 대두했음을 시사한다. 세대간의 갈등이 나타난 작품은 어느 세대를 모범으로 제시하는가에 따라 나이 든 세대의 감화가 강조된 작품, 젊은 세대의 가능성이 강조된 작품, 두 세대 모두의 중요성이 강조된 작품으로 나눌수 있다. 여기서 다수를 차지하는 것은 나이 든 세대의 감화가 강조된 작품이다. 이는 사회주의 혁명과 건설에 일생을

---

2) 이한창, 「재일교포문학의 작품성향 연구:정치의식 변화를 중심으로」, 중앙대 박사학위 논문, 1996.
3) 김종회 편, 『북한문학의 이해1』(청동거울, 1999), p.36.

바친 나이 든 세대에 대한 사회적 평가가 반영된 결과로 파악된다.[4] 량우직의 장편소설 『지진』에서도 사회주의 현실주제문학으로서 세대간의 갈등이나 경제 문제와 관련된 갈등이 다루어지고 있다. 이 작품에서는 척박한 일본 땅에 정착하기 시작한 재일교포 1세대를 모범으로 제시하고 2세대가 1세대의 지지와 후원 속에서 총련의 사업인 민족교육사업을 위한 새 교사 건설을 추진하고 있다. 즉, 2세대는 1세대의 애국적 의지와 재력을 발판으로 민족교육사업에 적극 투신하게 된다. 민족교육사업을 추진하는 2세대는 1세대인 아버지 세대를 등에 업고 아들 세대인 3세대의 조력을 받는다. 그러나 민족교육사업을 위한 세대간의 유착은 자연스럽게 이루진 것은 아니다. 개인사적인 가정의 경제적인 문제에 부딪쳐 있는 2세대는 총련측의 권고와 깨우침에 동화되어 어렵게 총련 사업 추진의 중심에 서게 되고, 2세대의 그늘 속에서 일본 문학와 더 가까이 있는 3세대 역시 총련측의 지도로 2세대의 총련 사업에 합세하게 되는 것이다.

민족교육사업의 육성을 위해서 새 교사 건축을 진행하는 과정을 서술하고 있는 량우직의 또 다른 소설 『서곡』은 『지진』과 같은 주제를 다루되 주제에 접근하는 방식은 다르다. 『서곡』은 추리소설적 방식을 채택하여 사건을 던지고 그 사건을 풀고 다시 새로운 사건이 연결되어 풀어가는 과정을 보여주는 것으로 독자의 흥미를 불러일으킨다. 이 소설은 총련이 결성 된 후 총련의 정치적 입지를 마련하기 위한 목적에서 쓰여진 것으로 총련의 활동방침 및 사업의 지향을 분명히 하고 있다. 때문에 소설적 재미가 떨어질 수 있는 점을 고려하여 반대 세력인 민단(서울측)과의 갈등을 주로 내세워 연속되는 사건을 해결하는 방식을 채택하고 있는 것으로 보인다.

---

4) 김병진, 「해방 이후 북한 소설사」, 김종회 편, 『북한문학의 이해2』(청동거울, 2002), pp.72-73.

2) 대립 대상의 축소화

량우직의 장편소설은 대립구도로 이루어지는데 그 범위가 점차 축소, 구체화 된다. 『비바람 속에서』는 미군정이나 일본 행정당국에 의한 조선인학교 폐쇄령에 맞서 투쟁하는 내용으로 되어 있어 스케일이 큰 작품5)인 것에 비해 『서곡』은 총련과 반대편에 있는 민단과 대립을 다루고 있어 대립 대상이 보다 구체화 된다. 그리고 『지진』에서는 그 범위가 더 축소되어 집안과 집안의 대립으로 묘사된다. 『지진』은 3대에 걸쳐서 반목하는 두 집안의 갈등을 보여주면서 그 갈등을 풀어나가는 과정을 보여주고 있다.

『서곡』은 박동환 교장이 '총련' 출범을 보고, 감흥을 안고 귀향하여 새 교사 건축사업을 감행하는 데 있어 '민단'그룹(강효근, 성익조, 홍애련)의 방해책동(학교습격사건, 돼지우리방화, 학교터전에 대한 사전공작, 정지회사에 대한 협박)에 부딪치지만, 이를 극복한다는 내용이다. 이 소설은 등장 인물의 이분화, 즉 긍정적인 인물과 부정적인 인물이 나타난다. 긍정적인 인물은 총련에 관계 되는 사람이고 부정적인 인물은 민단 측의 인물들이다. 내용은 고전소설의 권선징악과 맥이 닿는 부분이 있고 결말은 해피엔딩으로 끝남으로써 단순하게 전개된 소설이라고 보여진다. 그러나 총련의 반대세력을 민단으로 설정하여 끊임없이 투쟁하는 과정을 보여줌으로써 남북의 대립을 재일교포 사회에서 재현한 것으로 볼 수 있는 데에는 역사성을 엿볼 수 있다. 재일교포의 대립 세력이 미국이나 일본이 아닌 같은 동포 중 지향이 다른 동포들이라는 설정은 남북의 이념 대립에 다름아니기 때문이다.

---

5) 박태상, 「양우직의 장편 『비바람 속에서』·『서곡』연구─북한의 재일 조총련 사업성과를 중심으로」, 『북한 문학의 동향』(깊은 샘, 2002), p.236.

"총련은 <민전>과는 달리 일본법을 철저히 지키면서 민족애국운동을 지향하는 양상이 전혀 다른 해외공민단체예요 그래서 <민전>이 남의 나라 혁명의 돌격대노릇을 한다고 미워하던 일본 사람들은 물론 우리 <민단>계 동포들까지 이제는 총련이라는 해외공민단체를 선망에 차서 바라보고있어요"(중략) "그네들은 총련의 첫 사업으로 학교건설을 계획하고 있어요 이제 일본의 6대 도시의 하나인 이 항구도시에 현대적인 조선중고급학교가 새로 일어나 일본학교에 다니던 조선아이들까지 끌어가보세요 일본 사람들은 물론 <민단>계 동포들까지 모든 민심은 총련으로 쏠릴것이 고 당신네들은 개밥에 도토리신세가 돼버릴거예요 개밥의 도토리!"6)

<민단> 우두머리들이 눈에 든 가시처럼 미워하던 <조련>을 매장하는 데서 그리고 <민전>때에도 <한국의 활량> 홍애련의 수고는 자못 큰것이였다. 그런 까닭으로 해서 총련과의 힘내기에서는 첫 시작부터 승산이 있을것이라고 생각했었다. 그런데 생각과는 달리 이길것이라고 생각했던 자기네는 지고 반대로 질것이라고 믿었던 그네들은 당당하게 승전고를 울리였다.(중략) 홍애련은 직업적인 침착성을 가지고 자기를 돌이켜보았다. 학교습격사건, 돼지우리방화, 학교터전에 대한 사전공작, 정지회사에 대한 협박…나무랄데없는 구상이요, 작전이였으나 어느 하나도 성사하지 못 했다. <조련>이나 <민전>시기 같으면 틀림없이 환성을 올렸을 작전들이 총련에는 이도 들어가지 않았다.7)

위에서 첫 번째 인용문은 '민단'측의 여걸 홍애련이 반대편에 있는 총련의 정치적 입지를 설명하면서 견제 이상의 파괴를 책동하고 있다. 두 번째 인용문에서는 '민단'측이 총련의 조직을 와해하기 위해서 간계를 피우나 실패로 돌아간 것을 알 수 있다. 이 작품은 총련측의 교포들이 일본인과의 대결구도 속에서 어려움을 겪는데 초점이 맞춰져 있지 않고 '민단'측과의 대결구도로 되어있다.

---

6) 량우직, 『서곡』(문학예술종합출판사, 1995), pp.99-100.
7) 위의 책, p.373.

사실을 토대로한 소설 『지진』은 재일조선상공인 안승구를 중심으로 지진으로 인해 파괴된 학교 신축을 위한 기금마련의 어려움과 천동수네와의 갈등을 풀어가는 과정을 구체적으로 보여준다. 애국애족의 신념을 가지고 일본 땅에서 사는 안승구네(안찬봉-안승구-안경민)와 비열하고 이기적인 상공인 천동수네(천만석-천동수-천일남)의 갈등의 깊은 골이 김정일 장군의 영도(총련의 도움)로 인해 화해를 가능하게 한다. 이 작품은 사상적인 면을 강조하고 운동적인 측면을 내포하고 있기 때문에 독자에게 잘 읽혀지지 않는 부분이 많다. 그리고 회상이 많은 부분을 차지하며, 인물에 대해 요약진술함으로써 사건전개를 빨리 하고 있다. 실재의 사건─한신아와지대진재를 다룬 장편소설─을 소재화 함으로써 독자에게 관심을 불러일으키나 작품의 끝까지 그러한 흥미를 지속시키지는 못한다.

　그러나 대립대상이 같은 동포상공인 가족이라든가 주인공 자신이라는 점은 량우직의 소설이 시대 상황의 변화를 반영한 처사라고 할 수 있기 때문에 의의가 있다. 『지진』의 주인공 안승구의 첫 대립자는 자기 자신이다. 경제적으로 궁핍한 한 가족의 가장인 그는 자신의 처지로 인해서 학교 건설위원장직을 거절한다. 『서곡』에서 박동환이 궁핍한 가정의 가장이라는 현실적인 문제는 별반 중요시하지 않는 것과 안승구의 태도는 판이하게 다르다. 안승구의 고민은 보다 현실적이고 체제에 전적으로 부응하는 것보다 일말의 설득력을 갖는다. 물론 소설의 중반부로 넘어가면서 안승구는 가족의 도움으로 전적으로 총련 사업인 학교 건설사업에 투신하지만 고민의 과정이 노정되어 있는 것은 량우직 소설의 변화된 부분이라고 할 수 있다. 조직만이 살아 있는 것이 아니라 조직에 가담할 여부를 결정할 개인이 살아 있기 때문이다. 그러나 내용상에서는 독자들에게 공감을 불러 일으키기 위해서 갈등의 양상이 좀더 첨예하게 그려지고 있지만 형식에서의 난점은 별로 호전되지 못했다. 작품에서 개인화된 모습을 보이는 것은 최근 재일한국인 문학이 민족에서 개인으로 관심이 옮아가는 양상과 궤를 같이 하는 것으로 파악할 수 있다.

3) 주인공 형상화의 현실화

『서곡』에서 사건을 해결해 나가는 주동인물은 박동환 교장이다. 박동환교장은 강한 의지와 자주성을 가진 인물로 민족교육사업을 위한 새 교사를 건설하는 일에 조금의 주저도 없이 신념을 가지고 맹진한다. 그러나 『지진』의 주인공은 사정이 다르다. 상공인 안승구는 열악한 가정형편으로 인하여 건설위원회에 전임은 물론 건설위원회에 가담하는 것조차 고심하고 주위의 추천에도 불구하고 사양한다. 민족교육사업의 추진에 무갈등으로 전진만 있는 박동환 교장과는 다른 인간적인 면모를 갖춘 주인공의 설정이라고 볼 수 있다. 그도 그럴 것이 박동환 교장의 가정형편도 그리 넉넉한 편이 아니기 때문이다. 물론 안승구는 은행 빚이라는 족쇄가 있기는 해도 박동환과 마찬가지로 의지적이고 단호하며 인간적인 모습을 갖춘 사람이다. 그러나 두 사람의 행동화에는 차이를 보이는 것이다. 고민없이 무갈등으로 가정형편은 뒤로 한 채 학교 건설에 맹진하는 박동환과 가정형편을 고려하고 건설위원회 위원직조차 거절하는 안승구는 분명 현실성의 반영정도의 차이를 보인다. 안승구의 고민은 인간적이며 현실적으로 독자에게 설득력 갖는다. 다음의 인용문에서는 안승구의 총련에 대한 비판적인 태도를 볼 수 있다.

≪안동무, 50여년동안 지켜 온 우리 학교를 개인의 사정에 의하여 재건
하지 못하면 우리가 어떻게 얼굴을 들고 다니겠소?…가슴이 떨리지 않소?≫

하고 지종섭이 드디어 들이댔다.

　총련사업을 잘 알고 정치사업을 리해하는 사람들에게 들여 대는 상투적
인 언사라는 것을 안승구는 너무나 잘 알고 있었기 때문에 어처구니가 없
어 허거픈 미소를 지었다.[8]

　두 작품에서 공통점이 있는데, 상공인이 작품에서 주요한 역할을 한
다는 것이다. 『서곡』에서는 박동환의 권유로 상공인 리성문이 건설위
원장직을 수행하게 되며, 『지진』에서는 실패한 상공인 안승구가 건설
준비위원회 전임직을 맡아 총련사업을 도모하게 된다. 총련의 간부가
사업을 진행하지 않고 상공인을 내세우는 것은 그만한 의미가 있다. 그
것은 경제력의 유입이다. 총련사업에서 제일 우선시 되는 것이 자금확
보이기 때문이다. 그러면 리성문은 그렇다고 하더라도 사업에 실패한
안승구를 앞장 세운 것은 왜인가? 그것은 사업에 실패한 안승구는 사
업에 성공한 리성문보다 자금확보에 더 호소력을 줄 수 있기 때문으로
판단된다. 리성문이 『서곡』에서 보조적 인물로 설정되어 사건을 이끌
어 나가는 것은 박동환교장이고 안승구가 『지진』에서 주인공으로 등장
하여 주변인물(가족, 총련의 위원들, 재일교포 1세대)의 도움으로 사업
을 이끌어 나가는 것이 그 이유라고 할 수 있다.

　재일동포작가들의 소설작품에서 공통적인 특징은 작품의 대부분이
재일동포들의 그 생활을 형상화하는데 바쳐지고 있다는 점이며 또 하
나는 주로 긍정적인 인물을 주인공으로 민족교육, 조국통일, 민족권리,
차별반대, 조일우호친선 등의 주제로 재일동포들의 주인공이 광복전의
동포들과 얼마나 달라졌는가 하는 점을 부각하여 광복 후의 새로운 동
포상의 전형을 창조하는데 많은 힘을 기울이고 있다는 점이다.[9] 또한

---

8) 량우직, 『지진』(문학예술출판사, 2003), p.31.
9) 강태성, 앞의 글. p.4.

지나치게 단순화된 민족적인 의식과 좌익에 편향된 시각으로 객관성을 잃고 있다. 이는 당시 교포작가들은 좌익적인 사상을 가지고 있었으며, 대한민국을 외세에 의지하여 세운 정통성 없는 정부라고 인식하고 있었기 때문이다. 또 국내의 현실에 어두웠기에 좌익성향의 일본 언론이나 정치적 사건으로 밀항해 온 사람들로부터 들은 간접체험으로 작품을 썼다는 점을 들 수 있다.

『지진』(2003)은 1995년 1월 17일 일본 간사이(關西) 지방 효고현(兵庫縣) 남부의 고베시 지역에서 일어난 일본의 대지진을 소재로 한 작품으로, 지진으로 인해 파괴된 학교를 신축하여 민족교육사업을 육성하고자 하는 의도를 가진 작품이다. 이 작품은 북한의 문학예술출판사에서 출판된 것으로 북한의 표기법을 따르고 있으며, 사상적 측면에서도 북한 소설과 유사하다고 판단된다.

『지진』에서 갈등의 화해는 총련을 등에 업은 주인공 안승구의 정신계도 권유로 가능해지는 것이고, 또한 안승구는 지적인 면모로 인하여 주변의 정황에 대해 추측하는 것들이 착착 맞아 떨어진다. 이는 안승구가 비범한 사람임을 시사해주는 것으로 해석이 충분하다. 이러한 안승구는 가정의 열악한 상황(빚더미에 올라 있음) 속에서 번민하지만 지도자적 풍모로 학교 건설위원장직을 맡아 우수하게 수행한다. 이러한 사건진행이나 주인공의 묘사는 영웅소설을 닮아있지만 한편으로는 자아비판적인 모습도 보이고 있다.

4) 일본인에 대한 태도의 변화

작품 『지진』에서는 일본인과 대립구도로 맞서기 보다는 친선관계를 만든다. 『서곡』에서는 없는 변화된 시각이다. 물론 전면적으로 우호적인 입장을 가지는 것이 아니어서 일본주민에게는 우호적이고 일본당국에는 적대적이기는 하지만 일본에 대한 시선이 부드러워진 것만은 사실이다. 이는 두 가지로 해석이 가능한데, 하나는 작품에도 언급이 있었지만 일본과의 외교 문제나 재일교포 혹은 북한의 이미지 상승효과이고 다른 하나는 총련의 역량이 뛰어남을 시사한다. 동포들만 계도하는 것이 아니라 일본인들도 계도하여 그들에게 훌륭한 조력자이게 한다는 취지이다. 이러한 내용은 다음에서 확인할 수 있다.

> 이렇게 되니 일본사람들속에서 우리 조선사람들에 대한 생각과 태도에서 급격한 변화가 나타나기 시작했다. 정내회(자치회)부회장을 한다는 령감은 <이 세상에서 제일 싫은건 죠센징(조선인)> 이라하며 우리를 멸시하고 경멸해 왔는데 이제는 <세상에서 제일 인정 있는 사람은 조선사람> 이라고 가는 곳마다에서 칭찬하며 다닌다고 한다.…
> 홍철로인은 빙그레 웃으며 조용히 담배를 붙여 물었다.
> <이것은 단순한 사실 같지만 여기엔 우리 조국과 총련조직이 그만큼 정치사업을 잘한 결과일 것이요>(중략)
> <우리는 일본인민들과의 대외사업이 아주 중요하다는 것을 이번에 새삼스럽게 절실하게 느꼈소!>[10]

> …그는 먼저 조국과 총련을 둘러 싼 내외의 정세부터 분석했다. 오사까에서 있은 사건은 류례 없이 크고 극히 악랄한 반공화국, 반총련음모의 산물이다. 그것은 절대로 우연한 사건이 아니다. 그것은 오래전부터 일본당국이 벌려 온 우리 공화국과 총련조직에 대한 적대시정책의 표현이다. 일찍부터 일본정부당국은 있지도 않는 이른바 ≪북의 핵≫문제를 조작하여 미국과 남조선당국자 들과의 그 무슨 ≪공조체제≫를 강화하고 우리 공화국에 대한 ≪제재조치≫와 ≪송금문제≫를 운운하면서 악랄하게 책동하여 왔다.[11]

---

10) 량우직, 앞의 책, p.109.
11) 위의 책, p.188.

총련은 일본정부가 총련에게 가하는 방식으로 비겁하게 굴지 않고 정치적인 잇속을 생각하여 지혜롭게 행동한다. 이는 곧 일본정부와 차별화하기 위함이며 총련 그룹을 더 우위에 두는 것이다. 그리하여 일본과의 관계에서 우호적으로 맞서는 것이 그들에게 억압당하는 약자여서가 아니라 그들을 조종할 수 있는 보다 크고 단단한 단체로 상정하는 것이다.

작품 『지진』과 『서곡』의 주제는 애국애족을 위하여 민족교육사업 육성에 힘쓰고 있는 것으로 파악된다. 또한 주인공인 안승구와 박동환은 총련의 활동원칙12)인 군중로선에 입각하여 행동하는 인물이다. 그들은 동포대중을 위하여 헌신적으로 복무함과 아울러 일본정부에 대해서는 내정불간섭의 원칙을 지키고 있다. 설사 일본정부가 간교하게 처신한다 하여도 그들은 그들의 위치에서 자신들의 목소리를 내되 일본정부를 간섭하지는 않는다. 이는 재일교포 사회에서 그들의 안정되고 신뢰 받을 수 있는 위치를 세우기 위한 것으로 볼 수 있다.

3. 결론

량우직의 소설 『서곡』, 『지진』은 주제적 측면에서는 총련출신 작가답게 조총련 사업인 민족교육사업을 다루고 있으면서, 시대의 변화에 따른 변모를 보이고 있다. 장편소설 『지진』과 『서곡』은 민족교육사업을 목적으로 하여 영웅격의 주인공, 재일조선상공인 안승구와 교장 박동환이 갈등과 시련을 이겨내고 동포들을 영도할 학교를 건설하게 된다는 내용이다. 량우직이 총련출신의 작가임으로 이러한 소설의 주제설정은 당연한 귀결이겠으나, 독자에게 주제를 전달하는 방식에는 변모

---

12) 설성경 외, 『세계 속의 한국문학』(새미, 2002), p.489.

를 보인다. 소설 쓰기의 방법적인 면, 대립 대상의 설정, 주인공의 형상화, 일본인에 대한 태도 등이 시대 상황의 변모에 조응하고 있다. 이는 량우직의 소설이 유사한 주제를 가지고 독자들에게 읽히되, 주제로 접근하는 방법의 변화를 보여줌으로써 체제에 영합하는 소설쓰기가 가지는 발전의 정도를 가늠해 볼 수 있다. 또한 시대 상황의 반영이라는 측면에서 역사성도 획득하고 있다. 이것은 북한문학과 량우직(재일동포) 소설의 공통점과 차이점을 나타내고 재일동포문학이 가지는 특징과 한계를 노정한다. 두 작품 속의 주인공은 긍정적인 인물로서 새로운 동포상을 제시하고 있다. 사업에 실패한 상공인 안승구와 교장 박동환은 제각기 훌륭한 덕을 가지고 있고 지혜로우며 김일성원수, 김정일장군에게 충직한 마음을 가지고 있다. 이 두 사람은 충직한 사람들로서 민족교육 사업을 육성하여 조국의 발전에 기여하고 재일교포의 정체성을 찾고자 한다. 결과적으로 두 인물은 닮은 점이 많다. 다만 그들을 나타내고 있는 외부적인 요인이 다를 뿐이다.

량우직의 소설은 총련의 활동원칙에 입각한 도식적인 글쓰기로 판단된다. 또한 북한문학의 경우처럼 목적성을 띤 문학으로서, 량우직은 소설로써 교포사회의 생활의 지침을 내세우고 있다고 볼 수 있다. 이는 북한문학에서 보이는 목적성과는 좀 다른 모습을 보이는데 그도 그럴 것이 량우직의 소설 무대는 타국이기 때문이겠다. 그러나 량우직은 재일교포라는 특수성을 가지고 국제정세나 일본의 상황을 고려하여 시대적 변모를 보이고 있다. 이는 소설이 역사를 반영하는 측면에서 자료적 가치가 있는 것으로 판단된다.

량우직은 소설 『지진』과 『서곡』에서 민족교육을 주제로 새로운 동포상을 제시하여 조총련을 긍정적으로 선전하고 있다. 이는 재일교포 문학의 주제적 측면에서 약소하나마 변주로 볼 수 있겠다. 좀더 다양성을 수용한 작품의 질적 개선과 발전을 기대해 본다.

참고문헌

량우직, 「한폭의 기발」, 재일본조선문학예술가동맹, 『영광의 한길에서』 조선신보사, 1973.

_____, 「태양의 품」, 『조국은 언제나 마음 속에』, 문예출판사, 1979.

_____, 『서곡』, 문예출판사, 1995.

_____, 『봄잔디』, 문학예술종합출판사, 1999.

_____, 『지진』, 문예출판사, 2003.

강태성, 「재일 조선인 조선어 소설문학」, 『재일 조선인 조선어문학의 현황과 과제』, 학술대회 자료집, 2004. 12.

김종회 편, 『북한문학의 이해1』, 청동거울, 1999.

_____, 『북한문학의 이해2』, 청동거울, 2002.

_____, 『북한문학의 이해3』, 청동거울, 2004.

_____, 『한민족문화권의 문학』, 국학자료원, 2003.

김학렬, 「재일 조선인 조선어 시문학 개요」, 『재일 조선인 조선어문학의 현황과 과제』, 학술대회 자료집, 2004. 12.

박태상, 「양우직의 장편 『비바람 속에서』·『서곡』연구—북한의 재일 조총련 사업성과를 중심으로」, 『북한 문학의 동향』, 깊은 샘, 2002.

_____, 「양우직 장편 『서곡』 연구」, 『북한 문학의 동향』, 깊은샘, 2002.

설성경 외, 『세계 속의 한국문학』, 새미, 2002.

손지원, 「재일동포국문문학운동에 대하여」, 『재일 조선인 조선어문학의 현황과 과제』, 학술대회 자료집, 2004. 12.

송혜원, 「재일 조선인 문학의 조선어로의 창작 활동의 변화(1945~1970)」, 『재일 조선인 조선어문학의 현황과 과제』, 학술대회 자료집, 2004. 12.

유숙자, 『재일한국인 문학연구』, 월인, 2000.

이한창, 「재일교포문학의 작품성향 연구 - 정치의식 변화를 중심으로」, 중앙대 박사학
　　　위논문, 1996.

한일민족문제학회 엮음, 『재일조선인 그들은 누구인가』, 삼인, 2003.

허명숙, 「재일동포 작가 량우직의 장편 소설 연구」, 『한중인문학연구』, 한중인문학회,
　　　2004.

홍기삼 편, 『재일한국인문학』, 솔출판사, 2001.

중국 지역

중국 조선족 문학의 형성과 작품세계

김종회[*]

1. 중국 조선족 문학의 형성과 전개

중국으로 조선인들이 대거 이주하기 시작한 것은 19세기 후반부터이다. 그리고 1910년 한일합방 이후 일제의 수탈로 인해 중국, 특히 만주이주는 더욱 가속화되었다. 이주 초기에는 조선족의 대부분이 절대적 빈곤에 처한 농민들이었기 때문에 문학 활동이 일어날 만한 여건이 이루어지지 못했다. 이후 20세기에 들어와서야 비로소 '조선애국문화계몽운동'의 영향과 문화교육사업 등에 의해 문학 활동이 전개되기 시작하였다. 이 시기 문학은 제국주의와 봉건주의를 반대하고 민권옹호와 자유평등, 문명개화를 주장하는 내용이 주를 이루었다.

근대문학 시기(이주~1920년)[1])에는 창가와 시문학이 융성하여 소설은 그다지 주목받지 못했다. 이 시기에는 고대 소설에 비하여 새로운 시대적 성격을 가진 신소설이 창작되었는데, 이는 조선 신소설의 영향을 크게 받은 것이었다. 이 때 창작된 창가, 시조, 한문시, 현대 자유시는 여

---

* 경희대 국어국문학과 교수
1) 중국 조선족 문학사에 대한 시기구분과 형성에 대해서는 조성일·권철의 『중국 조선족 문학 통사』(이회문화사, 1997) 참조.

러 가지 원인으로 작품들이 인멸되어 지금까지 남아 있는 작품이 미약하고 당시에 우국지사나 진보적인 지식인들에 의해 지어진 것은 사실이나 애석하게도 작가가 밝혀지지 않고 있어 작품들의 창작 전모를 체계적으로 서술할 수 없는 상황이다. 그러다가 1910년대 중반기에 들어서면서 대중의 미학적 수요에 따라 현대 자유시들이 나타나기 시작하였다.

1920년대에 들어서면서 조선족은 10월 사회주의 혁명과 조선의 3·1운동, 중국의 5·4운동의 영향을 받아 마르크스주의를 전파하고 반일단체를 조직하여 반제·반봉건 투쟁을 벌이기 시작했다. 1927년에는 동변도와 연변 및 북만지구에 중국 공산당 당조직들이 결성되었다. 이 시기부터 조선에서 간행된 신문이나 잡지들이 직접 배달되거나 유입되어 조선의 새로운 문학 사조의 직접적인 영향을 받았다. 무산계급 문학이 대두, 발전한 시기였던 만큼 문학 속에 계급간의 모순과 대립, 투쟁이 구체적으로 묘사되는 것을 중요시했으며, 특히 불합리한 사회현실에 맞서 싸우는 농민들의 계급의식과 저항의식을 두드러지게 표현하였다.

반제·반봉건과 민족 독립에 대한 주제 역시 여전히 중요하게 다루어졌다. 그리고 무산계급 문학을 제외한 기타 작품들은 배격하는 경향도 나타났다. 이 때 가장 왕성하게 창작된 것은 혁명가요를 위시한 시가 작품들이었다. 자유시와 한문시, 시조도 많이 창작되었으나, 대부분의 작품이 소실되었다. 현전하는 작품들을 살펴보면 일본과 지배 계층을 비판하고 민족의 독립을 갈망하는 내용이 주를 이루었다.

1931년 9·18사변으로 동북의 대부분 지구가 일본의 식민지가 되자 조선족은 중국 공산당과 함께 항일 무장 투쟁을 벌였다. 이 시기 조선족 문학은 선행 시기의 문학적 전통을 계승하는 것과 아울러 중국의 항일 문학, 소련의 혁명 문학, 특히 조선 문학의 성과를 섭렵하면서 발전해 나갔다. 1930년대 초기에 용정에서는 작가 이주복 등이 발기한 문학 동인 단체인 '북향회'가 발족되어 문학 창작을 발전시키고 후진 양성 사업을 활발히 진행하였다.

또한 모더니즘을 수용한 '시현실' 동인들이 활약하였다. 일제의 단속 이 심해지자, 현실에 대한 고발보다는 생활 세태나 인륜, 애정 등으로 소재를 전환했으며, 몇몇 작가들은 일제의 정책을 수용해나가는 모습을 보이기도 했다. 그러나 이렇게 어려운 상황에도 불구하고 이 시기에는 작가와 작품 수가 증가하고, 현실 생활을 폭넓고 깊이 있게 형상화 해 냈으며, 예술적 표현 방법이 모색되고 도입되는 등 문학이 일정 부분 발전한 모습을 보였다.

1945년 9월 3일 항일 전쟁이 승리하자 조선족은 일본의 식민 통치 에서 해방되었다. 이에 조선족은 민족적인 문화계몽운동을 벌이고 대중 적 문화교육사업을 널리 전개하였다. 대중적인 문예사업도 활발하게 전 개되어 극단, 연극사, 문공대와 같은 전문적이거나 반전문적인 문예단 체들이 세워졌고 부대에서도 조선족들로 구성된 전문 문예 단체들이 많이 나타나 활약하였다. 동북 각지에 산재되어 있던 문인들도 여러 문 학 단체들을 만들었다.

이 시기 문학의 내용은 해방의 기쁨과 감격, 토지개혁을 비롯한 민 주개혁, 항일 투쟁을 형상화한 것들이 주를 이루었다. 문화 운동과 대 중적인 문예 활동으로 노래 보급과 연극 활동이 가장 활발하고 널리 진행되었다. 그러나 소설의 경우에는 성과물이 적은 편이었다. 반면 시 문학은 두드러진 성과를 올렸는데, 해방의 감격과 기쁨을 격정적으로 노래한 시들이 중요한 자리를 차지하였으며 토지개혁을 중심으로 한 민주개혁을 주제로 한 시들과 투사들의 용감성과 사상을 칭송하는 시 들, 지난날 투쟁의 역사를 되돌아보는 내용의 시들이 발표되었다.

1949년 10월 1일 중화 인민 공화국이 들어서면서 조선족은 새로운 역사를 맞이하게 되었다. 길림성, 흑룡강성, 요령성의 조선족 집거구들에서 잇달아 민족 자치 구역을 실시함에 따라 조선족은 정치, 경제, 문화 등의 제반 분야에서 자주적인 발전을 이룩해 나갈 수 있게 되었다. 이 시기에는 문단의 정비 작업을 위해 중국 각지에 흩어져 있던 조선족 작가들이 공화국 창건을 전후로 하여 연길에 집중적으로 모이기 시작했다.

그러나 이 시기 중국 공산당에 의한 사회주의 건설 사업은 잘못된 지도 방침으로 인해 사회·문화적 혼란을 겪게 되었다. 이로 인해 조선족 문단의 적지 않은 중견 문인들이 정치·창작 권리를 박탈당하고, 많은 작가들이 창작에의 용기를 잃게 되었으며, 문학 작품의 사실주의 정신이 약화되었고, 그 형식이 다양화되지 못하여 도식화·개념화의 구호적 작품들이 성행하게 되었다.

소설 작품은 무엇보다 사회주의 제도하의 새 생활에 대한 희열과 감격, 농민들의 투쟁과 애국증산의 열정을 반영한 작품들이 주를 이루었고, 사회주의 제도하의 긍정적인 인물 형상을 부각한 작품들도 많이 창작되었다. 여러 좌경적 오류의 피해를 입으면서도 발전을 계속해 나가 소재의 확대와 다양화, 사회주의 건설을 다그치는 근로 대중의 혁명적 영웅주의 정신에 대한 가송, 노농병 형상의 대폭적인 부각, 항일 제재의 심도 있는 발굴 등이 작품을 통해 나타나기도 하였다.

한편 시 문학은 조국·당·수령에 대한 흠모와 칭송, 농민들의 보람과 노력적 투쟁 칭송, 민족의 역사와 혁명 전통, 사회주의 건설의 인물 형상, 사회주의 제도 하의 행복과 긍지 등이 그 주제를 이루었다. 특히 노동과 건설의 주제 형상화와 민족의 역사 및 항일무장투쟁에 대해 폭넓게 다루었다는 점이 특징적이다. 행복한 현실과 생활, 아름다운 정신세계를 노래하는 서정시를 주축으로 하여 서정서사시, 장시, 시조, 산문시, 풍자시 등 다양한 시문학이 등장하였으며, 무엇보다 송가 형식이 압도적인 비중을 차지하였다. 이 시기에 대폭적으로 발전한 송가의 미학은 1950년대에서 1970년대에 이르는 동안 거의 유일한 원칙이 되었다.

1966년 5월부터 10년 동안 진행된 문화대혁명 시기는 조선족 당대 문학의 수난기였다. 많은 문인들이 박해를 받았으며, 훌륭한 작품들이 금서가 되었고, 민족문화·민족정신·민족감정에 대한 논의는 금지되었다. 하지만 1971년 이후 이러한 문화 정책에 대한 강한 반발이 일어나게 되자, 1974년에는 『연변문예』가 복간될 수 있었다. 그러나 여전히 강압적 분위기는 지속되고 있어서 1971년 이후의 조선족 문학 창작은 난항을 겪었다. 이 시기 문학 창작에서 압도적인 비중을 차지한 것은 '4인 무리'의 좌경 노선을 선양한 작품과 진실하지 못하고 예술적 수준이 낮으며 거칠게 씌어진 작품들이다. 비록 일정한 생활 기초가 있고 대중의 사상, 감정을 반영한 작품이라 하더라도 사상 내용과 창작 방법상에서 '4인 무리'의 영향을 받아 많은 폐단을 빚어내었다.

문화대혁명이 마무리되고 중국은 새로운 역사 발전 시기에 들어서게 되었다. 조선족 문단에도 사상과 창작의 자유가 찾아와 '4인 무리'의 잔재를 청산하는 작업이 진행되었고 이에 따라 장기간 정치·창작 권리를 박탈당했던 작가들과 비판을 받았던 많은 작품들도 다시 제 위치를 찾게 되었다. 문학 단체와 연구 기구의 회복 및 새로운 정비 작업은 1980년대에 접어들어 연변 조선족 자치구뿐만 아니라 조선족이 집거하고 있는 다른 자치구에서도 진행되었다.

그리하여 길림성 통화지구에서는 통화지구 조선족문학예술계연합회를 세웠고 길림시에서는 길림시 조선족문학예술연구회를 설립했다. 이렇게 조직 체계가 날로 정비되면서 문학 발전을 위한 기반이 조성되어 나갔다. 1980년대에 진입하면서 조선족 문단의 지역적 공간도 확대되었다. 연변을 제외한 기타 지역의 문학 발전은 거의 공백 상태였으나, 1980년대 이후에는 연변 외에 통화, 길림, 합이빈, 심양, 목단강, 장춘 등 지구에서도 문학지와 문학 단체를 가지게 되었다.

문화대혁명 이후 가장 먼저 '상처소설'이 대두했다. 상처소설은 문화대혁명이 빚어낸 사회 비극, 정치 비극, 인생 비극과 육체·정신적 상처를 고발한 작품이다. 상처소설은 출현하자마자 급속히 하나의 문학적 흐름을 이루었다. 상처소설은 사실주의 문학적 전통을 회복하는 데 공헌하였으며, 소설 제재의 범위를 넓혔다. 또한 현실적인 인간상을 표현하기 시작했으며 사회주의 시기의 비극 문학 창작에 기여했다는 점에서 의의를 가지나, 일부 작품들이 10년 동안의 역사적 비극의 원인에 대한 깊이 있는 사고가 부족하고 형식면에서 새로운 탐구가 이루어지지 못했다는 한계를 지닌다.

상처소설 다음에 나타난 문학이 '반성소설'로, 이는 상처소설의 심화라고 할 수 있다. 상처소설이 일정한 단계에 이르자, 사람들은 더 이상 단순한 문화대혁명에 대한 폭로와 비판에 만족하지 않았다. 사람들은 문화대혁명이 일어나게 된 데는 더욱 심각한 사회·역사적 원인이 있다는 것을 인식하게 되고 이로부터 역사에 대한 사고와 반성에 눈길을 돌리기 시작하였다.

이 시기에는 시문학 역시 풍성한 성과물을 올리게 된다. 특히 훌륭한 서정시들이 많이 창작되었다. 이 시들은 시인의 개성을 부각시키고 시인의 시점에 기초하여 동시대 사람들의 충만한 감정 세계를 다각적으로 나타내었으며, '4인 무리'의 악행에 대한 폭로와 비판, 흘러간 역사에 대한 반성, 개혁시대에 대한 송가와 더불어 인간의 가치와 현실적인 삶의 문제, 철학적인 사색을 형상화하는 것에 역점을 두었다. 서정시 외에도 장편서사시, 서정서사시가 활발하게 창작되었다.

1990년대에 들어선 중국은 개혁개방으로부터 시장경제의 도입을 거치면서 많은 사회적 변화를 경험했다. 이에 조선족문학은 다원적인 복합사회의 다양한 모순을 파헤치면서 적극적으로 새로운 현실을 탐구해나가려는 모습을 보여주었다.[2]

2. 일제강점기의 재만 조선족 문학

중국 조선족 문학의 통시적 역사과정 속에서도 일제 강점기의 만주 체험, 곧 재만 유이민 문학의 발생 배경은 이미 알려진 바와 같이 매우 참담한 상황이었다. 만주 이주민의 삶은 조선 반도에서의 어려움을 극복한 차원으로 나갈 수 없었고 그 역시 수난과 고통의 연속이었다. 거기에다 중국의 관군 및 중국인 지주와 마적들에게 당하는 정신적 경제적 피해 등의 참상은 필설로 형언하기 어려운 것이었다.

1936년 말 통계에 따르면 만주 이주민 수가 88만 8천여명에 달하는 것으로 되어있으며, 이들은 거의 이주 농민들이었다. 이들이 형성한 공동체적 삶을 바탕으로 한 문학적 시도와 성과를 확인하게 되는 것은 만주사변과 만주국 건설이 이루어진 1932년 이후에 이주한 지식인들에 의해서였다. 재만 조선문학은 그 지식인들, 곧 문화인·지식인 또는 문학도·작가라고 불리는 사람들에 의하여 진전되었다. 진작부터 문학에 뜻을 두고 있던 이들은 교사나 신문기자로 근무하는 한편, 문학 운동을 펼쳐 나갔던 것이다.[3]

---

2) 오상순, 『개혁개방과 중국 조선족 소설문학』(월인, 2001), pp.112-303.
3) 채 훈, 『재만한국문학연구』(깊은샘 1990)

이들의 문학활동이 본 궤도에 오르게 된 경과에 대해서는 안수길이 쓴 「간도 중심의 조선문학 발전과정과 현단계」4)에 상술되어 있거니와, 문예동인의 모임인 '북향회'가 조직되고 문예동인지 『북향』이 발간되었으며 또 ≪만선일보≫를 중심으로 망명문단이 형성됨으로써 새로운 문학의 작품생산 계열이 형성되기에 이르렀다.

재만 조선문학의 형성 과정에 비추어 이들의 문학이 우선 이주민들의 고난상을 담는 데서부터 출발한 것은 당연한 일이다. 이러한 제재는 김동인의 「붉은 산」, 최서해의 「탈출기」, 안수길의 「새벽」, 강경애의 「원고료 이백원」등 만주체험을 담고 있거나 만주를 창작 생산지로 하고 있는 작품들에 광범위하게 산포되어 있다.

다음으로 이들 재만 지식인 또는 문인들이 민족적 현실에 대한 울분과 비판의식을 작품에 수용하는 문제인데, 이는 기실 재만 조선문학의 운명과 그 명암을 가름하는 분기점이 된다. 여기에 이들의 문학이 가진 의의와 성과, 그리고 한계성과 주변성이 결부되어 있기 때문이다.

안수길이 주축이 되어 문예동인지 『북향』이 발간되고, 기성작가로서 만주에 이주해 온 염상섭 · 박영준 · 박계주 · 박화성 · 강경애 · 현경준 등이 활동하면서 문단이 활성화되었으며, 『북향』의 소멸 이후 ≪만선일보≫를 중심으로 신춘문예 공모와 1941년의 재만 조선인 작품집 『싹트는 대지』의 발간 등 일련의 문학적 판도가 형성된 것은 적잖은 의의가 있다.

이 지역에 살고 있던 각 민족의 작가들은 각기 자기들의 언어로 작품을 썼다. 조선문학의 작가들도 국내에서 우리말의 사용이 금지되고 ≪동아일보≫와 ≪조선일보≫가 폐간되었으며 남아있는 문학이 친일노선 일색이던 때에도 1945년 해방까지 비교적 자유롭게 모국어의 사용과 비판의식의 일단을 내보이는 창작을 수행할 수 있었다.

---

4) ≪만선일보≫, 1940. 2. 2.

해방 직전까지 이 일대에 2백만을 웃도는 조선족이 만주를 '제2의 고향' 또는 '북향'이라 부르며 살고 있었으며, 재만 조선문학이 이들 삶의 정서를 문학화하는 한편 모국어의 사용과 유지에 일익을 맡았던 사실은 결코 과소평가될 수 없다. 이러한 문학적 전통 그리고 모국어의 전통은 오늘날 연변 조선족자치주의 모국어 사용에까지 이어지는 역사적 연계성을 갖는다고 할 수 있다.

이들의 작품이 농민소설의 독특한 진전을 이루었다거나, 국내의 문학이 암흑기로 접어든 1940년 이래 해방을 맞은 1945년까지의 한국 현대소설사의 공백을 메웠다는, 즉 1940년 이래 한국문학이 암흑기 혹은 공백기라고 말한 백철의 견해에 반하여 "40-45년대의 한국문학사는 간도 중심으로 다시 써야 한다."5)는 오양호의 주장 등은 바로 그 의의를 말하고 있는 것이다.

그러나 주요 작품발표 무대였던 ≪만선일보≫의 발간 배경 및 편집 방향, 특히 일본 관동군의 조종에 의한 만주국 국책 선양지인 이 신문의 학예면에 의존할 수밖에 없었던 당시의 사정은, 곧 재만 조선문학의 떨쳐버릴 수 없는 한계를 동반하고 있었다. 그러기에 김윤식은 ≪만선일보≫가 가진 이와 같은 언론기관으로서의 성격을 지적한 다음, "그러한 정책수행의 홍보를 맡은 곳이 ≪만선일보≫인 만큼, ≪만선일보≫의 이러한 성격을 파악하지 않고는 거기에 실린 작품의 본질이 충분히 설명되지 못할 것이다"6)라고 설명하고 있다.

이처럼 재만 조선문학이 가진 긍정적 측면과 부정적 측면은 각 작가의 작품 성향에 반영되어 그 명암을 구분하게 하거니와, 그러한 대목은 한국문학사의 전체적인 논의 속에서 보다 체계적으로 탐구되어야 하리라 본다.

---

5) 오양호, 「간도 연구의 의의와 민족사적 재인식」, ≪중앙일보≫, 1982. 11. 1.
6) 김윤식, 『안수길 연구』(정음사, 1986)

이상에서 살펴본 '북향회'와 『북향』 그리고 ≪만선일보≫ 중심의 재만 조선문학에서 안수길이 주도적 역할을 담당해 온 것은 익히 알려진 바이다. 그러나 안수길과 같은 문학사적 조명을 받지는 못했지만, 간과할 수 없는 중요성을 가진 작가로 강경애와 김창걸, 리욱 등을 들 수 있다.

강경애는 재만 기간 이전에 이미 기성문인이었으며 1931년부터 1942년까지 10여년 간 만주에 머무르면서 작품활동을 했다. 『북향』동인으로 참여하여 작품을 발표하기도 했고, 발표는 주로 국내에서 했지만 이 지역을 소설 공간으로 하는 20여 편의 작품을 창작하는 등 본격적인 재만 작가의 호명을 얻을 만하다. 특히 당대에 드문 여성작가로서 일정한 시대적 비판의식이 함축된 작품을 남겼다. 이는 강경애가 ≪만선일보≫를 발표지면으로 활용하지 않았다는 사실과도 관련이 있을 터이다.

이 글에서는 일제 강점기 조선족 문학의 만주 체험을 수렴하고 있는 김창걸 및 리욱의 작품과, 재만 작가군으로 분류되지는 않지만 중국 조선족 문학을 논의하는 데 있어 하나의 중심축을 이루며 한국 내에도 『격정시대』를 비롯하여 대다수의 그 문학이 도입되어 있는 김학철의 작품을 구체적으로 살펴보려 한다.

3. 조선족 문학의 주요 작가와 작품

김창걸(1911-1991)은 아직 본격적인 연구가 진척되지 않은, 그러나 재만 한국문학의 가치를 인정하고 이를 새롭게 들여다 볼 때에는 반드시 확대해서 살펴보아야 할 작가이다. 무엇보다도 그는 그야말로 '재만' 작가이다. 앞서의 안수길·강경애를 포함하여 대다수의 재만 한국문학 작가들이 이 지역에서의 일시적인 체류와 체험을 작품으로 형상화하고 있고, 최서해와 같은 경우 귀국 후 만주 체험을 소설로 풀어내고 있는 반면에, 김창걸의 문학은 만주에서 시작하여 만주에서 끝난 것으로 만주라는 공간적 환경이 자기체계 내에서 생산한, 이른바 토종성의 문학적 실과에 해당한다.

일제 말기인 1936년부터 1943년까지 그가 쓴 20여 편의 단편 소설을 비롯한 40여 편의 작품은 모두 만주를 작품의 배경으로 하고 있으며, 만주의 이주민들이 당대에 겪어야했던 시대사적 굴곡을 고스란히 끌어안고 있다. 그러므로 그의 작품은 그 시대의 정치·사회적 변화와 문학의 관계 양상을 확인할 수 있게 하는 충실한 자료로서의 기능을 갖는다. 일제하, 그리고 문화혁명 시기의 두 차례에 걸친 그의 절필은 이를 단적으로 드러내주는 사례이다. 만약 한국 문학이 해방 직전 재만 조선 문인들의 작품을 그 문학사의 한 각론으로 편입시키기를 요망한다면, 우리는 김창걸을 그 편입 작업의 유용한 지렛대로 선택할 수도 있을 것이다.

김창걸은 만주 유이민들의 고통스러운 삶을 소설로 드러냄으로써 일제 강점기의 시대상을 뜻있게 문학화했다. 이 작가는 그의 공식 데뷔 이전 첫 작품인 「무빈골 전설」에서 이주민들의 고달픈 삶을 실증적으로 표출하였는데 이것은 이후 그의 작품 어디서나 등장하는 중심 주제가 된다. 동시에 그것은 만주 토착세력의 부당한 압박과 착취에 대한 비판의식을 내포하는 것이기도 하다. 또 이 작품에서 주목할 것은 그가 끈질기게 붙들고 있는 항일 저항의식이다. 김창걸의 저항의식은 음성적으로 그리고 지속적으로 작가의 정신적 행보를 암시하는 주요한 모티프가 된다.

그리고 또 하나 거론할만한 것은 민족공동체의 미래와 후대의 삶에 대한 각성된 의식이다. 그것은 이 작가가 가졌던 깨어 있는 의식이다.

소학교 교원으로서의 체험이나 문필가로서의 양심 등속이 이에 결부되어 있거니와, 나중에 절필의 결심에 이르는 과단성을 보이는 것도 이와 같은 의식의 줄기를 놓치지 않고 있었기에 가능했을 터이다. 이러한 이주민들의 신산스러운 삶에 대한 비판의식, 일제의 우월주의와 차별화 및 민족탄압에 대한 저항의식, 그리고 다음 시대를 염두에 둔 각성된 의식 등은 김창걸의 작품을 유지하는 주제들이며 비록 부분적이고 산발적인 형태이긴 하나 반복적으로 작품 속에 나타난다.[7]

리욱(1907-1984)의 원명은 이장원이며 해방 후 리욱으로 개명하였고 그 외에도 월수, 월촌, 홍엽, 단림 등 여러 가지 필명을 썼다. 1924년 첫 작품 「생명의 예물」이래 1930년대에 평가받을만한 시편들을 내놓음으로써 해방 전부터 문단의 주목을 받았다.[8] 그는 주로 향토와 민족에 대한 의식을 담은 낭만주의적 서정시를 썼고, 해방 후에는 국가적 목표와 관련된 서사적 성향을 확대해나가는 시세계를 보였다. 그 향토적 서정성과 민족적 역사의식은 그의 시를 지탱하는 두 축이다.

조부모로부터 고향인 함경북도 무산을 등지고 북간도 길림성 화룡현과 블라디보스톡 신안촌으로의 가족 이주사를 가진 리욱은, 앞서 살펴본 김창걸과 마찬가지로 망명 문인이 아니라 간도에서 태어나 생애를 마칠 때까지 조선족 이민의 역사와 함께 문필활동을 한 토종성[9]에 해당한다. 그의 문학은 당대 만주국의 슬로건이었던 '오족협화'의 친일문학을 넘어서, 스스로의 정체성에 대한 자각과 더불어 현실적 방향성을 인지하고 있었던 민족문학이었던 셈이다.

리욱은 중국문인협회 분과 이사를 맡는 등 사회활동을 활발하게 전

---

7) 김종회, 「중국 조선족문학의 어제와 오늘」, 『한민족 문화권의 문학』(국학자료원, 2003), pp.410-416.
8) 권철·김동화 외, 『연변지역 조선족 문학 연구』(숭실대출판사, 1992), p.68.
9) 조성일·권철 주편, 『중국 조선족 문학사』(연변인민출판사, 1990), pp.89-366 참조.

개했으며, 타계할 때까지 문학적 성과가 있는 작품들을 꾸준히 창작했다. 문화대혁명 기간(1966-1976)에는 '반동적 학술권위' 및 '반동문인'으로 규정되면서 창작의 권리를 박탈당하는 수난을 겪기도 했다.

그의 시들은 1942년에 나온 『재만조선인시집』과 『북두성』, 『북륙의 서정』, 『고향 사람들』, 『장백산하』 등에 실려있고 1980년에 나온 『리욱시전집』과 1982년에 발표된 장편 서사시 『풍운기』제1부 등을 통해 그 시세계를 살펴볼 수 있다. 그리고 『풍운기』제2부를 집필하던 중 뇌일혈로 사망한다. 앞서 언급한 바처럼 그의 시는 해방 이전의 서정성에 경도되어 있는 작품들과 생애 후반의 서사적 성격의 작품들로 대별해 볼 수 있다.

그의 시가 보여주는 역사의식은 고향과 조국 그리고 민중의 의지에 의한 내일을 지향하는 성격적 특성을 지니며, 해방 이전에는 서정성을 바탕으로 한 그 고향에 대한 시적 표현 자체가 매우 모호하고 적정치 않다는 비판10)을 받기도 했는데, 이는 이주민의 후예로서 고향의식의 뿌리 자체가 튼실하지 못했기 때문일 것으로 추측된다. 그러나 그것이 보여주는 시적 바탕은 윤동주나 김소월의 시들처럼 민족적 정서의 의미망을 형성하고 있어서 국적과 관계없이 조선의 민족문학이라는 범주 문제를 환기하게 한다.

그가 생애 후반에 쓴 서사시들은 대체로 자신의 앞선 창작 관행을 연장하고 있어서 '서정서사시'란 이름으로 불리는데, 1957년에 쓴 「고향 사람들」과 「장백산의 전설」등이 수작으로 꼽히고 특히 「고향 사람들」은 「연변의 노래」라는 제목으로도 기록되어 있으며 당시 연변에서의 우리 민족시 형성에 하나의 뚜렷한 이정표를 세웠다는 평가를 받는다.11) 이 시들은 김철의 「새별전」이나 김성휘의 「장백산아 이야기하라」

---

10) 김호웅, 『재만조선인문학연구』(국학자료원, 1998), pp.170-192.
11) 조성일·권철, 앞의 책, p.369.

와 같은 장편 서사시의 문맥을 시발한 것으로 일컬어진다.

리욱의 문학에 대한 연구는 1980년대 후반부터 시작되었고 중국 및 한국의 연구자들로부터 낭만주의 시인, 거룩한 민족 시인, 중국 최초의 조선족 시인 등의 호칭을 부여받았다. 그는 소설가인 김창걸과 함께 대표적 재중국 그리고 재만 조선족 문인이며, 당대 현실의 파란만장한 과정을 직접 체험하면서 이를 조선민족의 시각으로 문학화 한 작품들을 남겼다. 그러한 까닭으로 김창걸과 리욱의 문학을 한민족 문화권의 문학 가운데 주요한 항목으로 보고 다시금 그 시대적 상황과 문학적 장단점을 면밀히 검토할 것이 요구되고 있다.

중국 조선족 문학을 대표할만한 또 한 사람의 작가로 들 수 있는 김학철(1916-2001)은 1945년 해방기에 등단하여 민족 해방 운동의 과정에 참여했으며, 조선 의용군의 항일혁명 무장투쟁이라는 새로운 소재를 가지고 문단에 등장했다. 그의 소설은 자전적 내지 기록문학적 성격을 지니는데 이는 그가 항일 투사였다는 데서 기인하고 있으며, 경험에 의거한 바를 구체적이고 총체적으로 재현하는데 이런 특이한 체험이 김학철의 문학을 특징짓게 하는 계기로 작용한다.

김학철은 함경남도 원산에서 태어났고 1935년 서울에서 보성고보를 졸업한 후 중국 상해로 건너가 반일 독립운동에 투신했다. 1937년 7월 조선민족혁명당에 가입하고 그해 8월부터 이듬해 7월까지 중국육군군관학교를 다녔다. 졸업 후에는 김원봉이 1938년 한구에서 조직한 조선의용대에 들어가 분대장의 직임을 수행하면서 항일전선에서 싸웠다.

그가 문학적 능력을 드러내기 시작한 것은 그 투쟁의 어려움 속에서였으며, 1938년 「서광」, 1939년 「승리」, 1941년 「등대」등의 단편 극작품을 창작하여 공연하였고 작곡가 유신과 함께 1941년 「조선의용군추도가」와 「고향길」등의 노래를 창작하여 문학을 통한 투쟁 의지와 사기 앙양에 실제적 노력을 경주했다.

1940년 8월 중국공산당에 입당한 김학철은 1941년 태항산 전투에서 다리에 총상을 입고 일본군의 포로가 된 뒤 나카사키 형무소에 수감되어 있다가 8·15 해방으로 출옥해 귀국하였다. 그리고 서울에서 조선로동당의 전신인 조선독립연맹 서울시 위원으로 활동하면서 문학활동을 재개했다. 항일전투와 그간의 경험들을 소재로 한 단편 「지네」, 「어간유정」, 「밤에 잡은 포로」등의 작품이 이때에 창작되었다. 1946년 11월 월북한 이후 ≪로동신문≫기자, ≪인문군신문≫주필 등을 역임하며 단편 「정치범 919」, 「적구」, 「콤뮨의 아들」등의 작품을 발표하고 1948년 이름있는 작곡가 정률성과 함께 대형교성곡 「유격대전가」등을 제작하였다.

김학철이 혁명사업의 수요에 부응하여 중국으로 들어간 것은 1951년 2월이며 이듬해 9월까지 북경 중앙문학연구소에서 학습하고 중국문련의 전직작가로 있으면서 단편 「엄혹한 나날에」, 「전우」, 「군공메달」등을 발표했다. 이렇게 중국 문단에 얼굴을 알리기 시작한 김학철은 연변조선족자치주가 창립되자 1952년 10월 연길시로 이주, 1953년 「새 집 드는 날」, 1956년 「고민」등의 단편과 1955년 「번영」등 중편 그리고 1954년 장편소설 『해란강아 말하라』등을 발표하게 된다. 한편 창작과 더불어 중국 현대소설 『아Q정전』, 『축복』등을 번역하기도 했다.

이처럼 파란만장한 생애 속에서 1957년 반우파 투쟁을 거치면서 '반동작가'란 누명을 쓰고 문단에서 쫓겨나게 되었으며, 문화대혁명 기간을 통해 막다른 길에까지 몰리게 되었다. 1967년 12월 미발표작인 장편소설 『20세기의 신화』를 쓴 것이 빌미가 되어 10년간 옥고를 겪었고 1980년 12월에 이르러서야 무죄 석방되었다. 다시 문단에 복귀한 그는 1986년 8월 자신의 대표작인 『격정시대』를 발표하였다.

이와 같은 험난한 굴곡의 생애를 일관하여, 일제로부터의 민족해방과 중국혁명을 위해 싸워온 혁명 투사이자 그처럼 곤고한 시절들을 지속적인 창작으로 일관해 온 김학철은, 그 삶의 두 줄기를 융합하여 동시대에 보기 드문 체험적 문학의 성과를 이룩했다. 이는 중국 조선족 문학의 문인 가운데 김창걸이나 리욱과는 그 궤적이 판이하게 다른 또 하나의 문학창작 모형이라고 할 수 있다.

김학철의 자전적 소설인 『격정시대』는, 지역적 제한을 탈피하여 한반도와 중국 대륙의 곳곳을 공간적 배경으로 하면서 주인공 서선장의 행적을 따라 그 성장 과정과 투쟁의 현실을 사실적으로 그려내었다. 이 소설 속에는 1920년대에서 1940년대에 이르는 조선과 중국의 열혈 투사들이 보인 시대사적 투쟁의 모습이 펼쳐져 있고, 평민적 영웅의 이상주의적 면모를 여실히 드러내어, 작품으로서의 그 이름에 값하고 있다. 그것은 중국 문학에서도 그렇거니와 한민족 문화권의 문학이 가진 매우 독특한 면모라 할 수 있는 대목이어서 특별한 주목을 필요로 한다.

『격정시대』는 역사적으로는 또한 근대 항일투쟁사의 역사적 복원에 일조하였고, 문학적으로는 체험의 힘으로만 창출될 수 있는 창작의 성취를 보여주었다. 그러한 직접적 체험의 범위 속에서의 진실성은 그와 같은 역사적 현실 속에 족적을 두지 못한 이로서는 누구도 따르기 어려운 것이라 할 수 있다. 그러나 그 자신이 체험한 것, 들은 것 외에는 절대로 적지 않았기에 이로 인한 단조로움을 면치 못하는 한계를 지니고 있다.[12] 이는 민족해방과 사회주의 사상의 실천을 목표로 한 작가의 경직된 면모이면서, 삶의 방향성에 대한 선택이 자유롭지 못했던 시대사의 어두운 그늘을 의미하기도 한다.

---

12) 민지혜, 「항일민족투쟁사의 서사적 형상」, 『한민족 문화권의 문학』(국학자료원, 2003), pp.489-490.

4. 마무리

이와 같이 중국 조선족 문학은 역사적 시련 속에서도 그것을 문학적으로 형상화해 나가며 하나의 민족문학으로서 그 자리를 지켜왔다. 따라서 중국 조선족 문학을 이해하기 위해서는 역사적 시각에서의 조명이 필요하며, 한민족이면서 동시에 중국인이라는 특수성을 고려해야 한다. 이국땅에서 소수민족으로 살아가며 민족어를 지킨다는 것은 자신의 정체성을 지키는 일이기도 하다.

이 글에서 우리가 개괄적으로 살펴본 중국 조선족 문학의 작가들 가운데, 순수한 재만 작가라 할 수 있는 김창걸과 리욱의 경우에는 그 주어진 환경 조건 가운데서 이를 민족의식 및 민족적 서정성과 관련하여 단순 소박하게 형상화하는 방향으로 나아갔다. 우리말과 우리의 정서를 살려 이를 작품 창작의 형식으로 구조화하는 일 자체가 힘겨웠던 상황 속에서, 그와 같은 문학적 성과 자체가 의미있는 일이 될 수 밖에 없었다. 더욱이 우리말의 사용과 창작이 전면적으로 금지되었던 일제 말기의 국내 형편에 비추어보면, 이들이 지키고 있었던 모국어의 생존이라는 문제가 결코 간략하게 넘어갈 수 없는 사항에 해당한다 할 터이다.

김학철의 경우에는 중국에서 작품활동을 수행한 중국 조선족 작가이면서, 동시에 한반도의 남북한을 종횡하며 그 문학적 배경을 한껏 확장한 역사 현실의 체험자이자 이를 문학으로 형상화 한 유다른 이력의 소유자였다. 그의 소설은 김창걸이나 리욱의 소박한 문학적 방법론과는 달리 '사회주의적 사실주의'란 명료한 방향성을 갖고 있었고, 이는 그 척박한 시대 현실 속에서 김학철이 지속성 있게 붙들고 있었던 창작 지침이기도 했다. 따라서 중국 조선족 문학을 한민족 문화권의 문학이라는 범주로 검증해 보기로 한다면, 이 두 유형의 문학을 통합하여 살

퍼보고 그 변별적 특성을 비교해 보는 보다 포괄적이고 체계적인 접근 방식이 강구되어야 하리라 본다.

재외 한국인 중 중국 조선족만큼 민족어를 굳건히 지키며 살아가는 이들은 드물다. 중국의 소수민족 정책에 따라 소수민족 자신들의 문화를 지키는 일이 법적으로 허용되어 있는 객관적 상황이나, 독립운동을 계기로 중국을 찾은 조선의 지식인들이 풍부한 인적 자원을 이루었다는 수량적 측면 등이 조선족 문학의 큰 이점으로 작용했다는 사실도 중요하게 고려되어야 한다. 중국 조선족의 민족문화 보존에 대한 주체적 노력은 곧 오늘날까지 이들이 우리말 문학을 지켜올 수 있었던 원동력이라 하겠다.

참고문헌

권 철·김동화 외,『연변지역 조선족 문학 연구』, 숭실대출판사, 1992.

김윤식,『안수길 연구』, 정음사, 1986.

김종회 편, 『한민족 문화권의 문학』, 국학자료원, 2003.

김호웅,『재만조선인문학연구』, 국학자료원, 1998.

오상순, 『개혁개방과 중국 조선족 소설문학』, 월인, 2001.

오양호,「간도 연구의 의의와 민족사적 재인식」,《중앙일보》, 1982.11.1.

조성일·권 철 주편,『중국 조선족 문학사』, 연변인민출판사, 1990.

조성일·권 철, 『중국 조선족문학 통사』, 이회문화사, 1997.

채 훈,『재만한국문학연구』, 깊은샘, 1990.

현대 중국 조선족 문학의 정체성[*]

오양호[**]

1. 서론

'지구촌', '글로벌시대', '세계화'라는 말이 보편화 되고 있다. 세계가 비슷비슷한 상태로 변하고 있다. 가령 인터넷을 염두에 둘 때 지구마을 이라는 말은 전혀 생소하지 않다. 지구촌의 인류는 과거 어느 때보다 서로 가까워지고, 그들이 누리는 문화 역시 아주 좁은 거리에 있다. 한국문학 또는 한민족 문화권의 성격에 있어서도 사정은 비슷하다. 과거와 같이 속지주의, 속문주의 원칙으로 우리문학의 개념을 규정짓는다면 그것은 시대와 호응되지 않는 행위이다. 다원적 세계화 시대가 이미 그런 원칙을 받아들일 수 없을 만큼 앞서 있기 때문이다.

그렇다면 한국 문학도 지구촌 여러 곳에 흩어진 동포들의 문학, 교포들의 문학, 그리고 그 나라의 중심 문화에 진입하는 2, 3, 4세대의 문학을 보다 포괄적으로 해석하며 받아들여야 할 시기에 와 있다고 하겠다. 이 글은 이런 시대를 맞아 열린 문화의식으로 현재의 재중국조선족 문학을 변방에서 끌어내려 본류에 편입시키려는 의도와 관련된

---

* 『한국문학』제31권, 2005, 봄호, pp.243-264.
** 인천대 국어국문학과 교수

다. 식민지 시대문학을 넘어 1940년대의 양가적 시대도 지나 통일을 구축하는 단계를 맞이한 한국문학이 민족 보편성을 형성해야 한다는 것은 당위론이 아니라 가장 절실하고, 뒤로 미룰 수 없는 과제이기 때문이다.

1990년 중국의 통계에 따르면 중국 조선족 인구는 192만 여명이다. 이들 대부분은 연변, 길림, 흑룡강성, 도문 등에 살고 있다. 우리가 잘 알고 있듯이 조선족이 중국으로 이주하기 시작한 것은 18세기 초부터이다. 그러나 18세기 초부터 19세기에 이르는 사이에는 청나라의 봉금령 때문에 이주민이 많이 줄어들었다가 1845년 이후부터 봉금령이 완화되고, 1860년대에 와서는 조선북부지방에 해마다 대재해가 들자 사람들이 먹고 살 길을 찾아 동북 삼성지역으로 대거 이주하였다. 이때부터 이민의 수가 크게 불어났다.

중국 조선족의 문학 또한 이런 이주역사와 같이 한다. 1936년 1월에 발간된 조선족 최초 문예동인지 『북향』이 탄생한 곳도 간도 용정이고, 시인 윤동주의 고향도 명동이고, 제 2의 윤동주로 불리는 심연수도 브라디보스토크를 거쳐 용정에 정착 거기서 소학교를 다녔다. 따라서 문예며 문단의 형성이 이런 조선인 밀집지역에서부터 시작된 것은 물론이다. 현재 중국 조선족 사회에서 발간되고 있는 조선문 신문 잡지류는 무릇 27종이나 된다.

≪연변신문≫, 『생활안내』, 『종합참고』, 『대중과학』, ≪연변일보≫, 『반월담』, 『청년생활』, 『연변녀성』, 『천지』, 『중국조선어문』, ≪길림신문≫.『중국조선어교육』, 『문학과예술』, 『은하수』, 『도라지』, 『아리랑』, 『송화강』, ≪흑룡강신문≫, 『진달래』, ≪료녕신문≫, 『지부생활』, 『세계문학』, 『예술세계』, 『장백산』, 『동북민병』, 『민족단결』 등이다.

필자는 이 글을 통하여 이런 신문, 문예지를 배경으로 형성된 중국

조선족 문학 속에 나타난 고향의식의 변천과정을 살펴보고자 한다. 최초의 문예동인지 『북향』에서부터 1942년에 간행된 『재만조선시인집』과 『만주시인집』에 형상화된 고향의식의 변용과정을 살펴 본 후 1980년대에 들어와 활기를 띤 장르, 시를 중심으로 이 문제를 고찰하겠다. 텍스트는 『중공교포시인대표작선집』3권으로 한다. 용성출판사가 1988년에 간행한 『해란강의 두견새』, 『변강산천의 민들레』, 『북간도의 아침이슬』, 이 세권의 엔솔로지는 앞에서 열거한 신문, 잡지류를 무대로 활동해온 대표적 문인의 대표작을 충실히 묶어내었다고 판단되기 때문이다. 특히 이 3권의 시집은 용정에서 태어나 북만주에서 살다가 8·15 때 귀국했으나, 다시 미국으로 이민 간 문인 이계향이 연변의 문학평론가 조성일과 협력하여 중견작가 20인의 시를 10편씩 모은 합동시집이라는 데 그 의의가 있다. 이계향이 남은 생을 한국과 연변을 연결하는 교량이 되고자 갈망해 왔던 첫 사업이 이 세권의 시집이라는 사실을 염두에 둘 때 이 텍스트에 대한 신뢰감은 더욱 높아진다.

> 연변출신인 내가 남은 생을 한국과 연변을 연결하는 교량이 되고자 그토록 모질게 갈망해 왔던 첫 출범이기 때문이다.(중략) 지난 40여년 동안 분단 조국의 아픔을 안고 죽의 장막 속에 살아온 우리 동포들은 사회주의 체제를 찬양하거나 비판하기에 앞서 우리의 언어와 문화를 지켜오는 사이에 2백만 숨결이 하나로 뭉쳐왔음을 나는 확인했다.
>
> 그 사무친 숨결이 연변문학으로 승화되어 오늘 망향가에 날개를 달고 여기 조국의 품으로 날아왔다. 타향살이를 하나의 신앙으로 섬겨오면서 몽매에도 잊지 못한 고향을 소리쳐 부르지 않고는 견딜 수 없었던 이들의 애틋한 망향가를 우리들이 동족의 진한 사랑으로 함께 불러주기를 바라는 마음 간절하다.
>
> — 이계향, 『중공교포시인 대표적 선집』에서

중국 조선족 문학 속에 내재된 의식, 혹은 내용은 아주 독특한 면을 가지고 있다. 그것은 이들의 문학이 초기에는 이민자들이 만들어 낸 이민문학이었으나, 차차 중국적 특성이 증가되어 지금은 이중적 성격으로 전이된 경계선상에 자리 잡고 있다고들 한다. 아마 망향의식, 정착의식, 향토문학 등의 성격이 병존하는 혼거의 양상을 띠고 있기 때문일 듯하다.

이글은 이런 문제를 중심적 가설로 설정한다.

2. 고향의식의 보편성

중국조선족의 어떤 시집을 펼쳐도 그들이 떠나온 고향과 관련된 작품이 많다. 이것은 그들의 현재적 삶이 그 이전의 삶, 즉 유년기 혹은 청년기의 그것에 의해 지배당하고 있고, 연속된 것이라는 의식에 다름 아니다. 특히 연변 조선인들의 초기시가 그러하다.

1930년대 말, 또는 1940년대 초반의 시를 보면 시인들은 그들의 몸만 만주 땅에 와 있을 뿐, 마음은 조국에 가 있는 형국이다. 그들이 조국을 떠나올 때는 모진 세상을 피해 살아남겠다는 의지로 고향을 등졌지만 실제 그들이 무인지경의 만주벌판에 삶의 터를 잡고 엄혹한 현실과 마주쳤을 때 그들은 깊은 향수에 빠져들었고, 마음은 다시 여려졌다.

①

드메의 봄은 짧다

내 살든 곳은
거울이 없어도 괜찮었다.

사슴 뿔솟는 샘엔
입분 색씨 얼골 돋고

뒷 고개는
양춘 삼월에도 흰 눈을 이고 앉었겠지

내 향수도
차거운데

이런 밤엔 으레 뻐꾸기가 울었다.

—천청송, 「드메」 전문

②

하염업시 쓰러보는 파란 꽃송이에
무지개마냥 아롱지는 흘러간 옛 마슬.

그러나—
도라지 지면 8월도 지고
8월이 지면 향수도 지드라

—송철리, 「도라지」에서

①의 화자는 지금 드메 산골에 살고 있다. 이민을 오기 전에도 드메에 살았고, 이민을 와서도 드메에 살고 있다. 그러나 그 드메는 같은 드메가 아니다. 봄이 되어 그는 지금 살고 있는 드메를 바라본다. 분명히 그가 바라보고 있는 드메는 만주의 그것인데 그의 마음을 꽉 채우고 있는 드메는 고향의 그것이다. 고향에 두고 온 맑은 물, 사슴이 물을 먹고 뿔을 키우는 옹달샘, 예쁜 색씨며, 3월의 눈이 저만치 남았는데도 울던 뻐꾸기를 떠올린다. 하지만 이제 그것들은 차겁게 남아있는

과거사이다. 이 시는 이렇게 '고향'에 대한 추억으로 집약되어 있다.

②의 화자는 만주 땅에 있는 자신을 도라지꽃이 지는 8월이 되면 향수도 져 버리는 속절없는 고향 상실자로 규정짓는다. 그는 이런 자기 규정 속에서 향수를 잠재우고 실향인의 공허감을 극복하기 위해 바장인다. 그러나 그는 산도, 물도, 길도 다르고 돌쇠도, 갓나니도, 삽살개도 없는 지금의 마을이 고향과는 다름에서 오는 허무감을 끝내 벗어나지 못한다. 꽃송이를 쓸어보면서 옛 살던 마을의 추억을 무지개 빛으로 떠올리지만 모두 허사이다. 이런 과거지향의식은 현실 속에서 뿌리를 내리고 자신의 정체성을 확립하기 어렵다는 시의식에 다름 아니다.

시 ①, ②는 감정을 절제하려하나 그 감정이 터져버린 강한 서정성이 시의 톤을 쥐어짜고 있다. 거개 이민 1세인 이들 시인은 유치환이 "어둠의 홍수가 구비치는 / 우주의 한 복판에 / 홀로 선 나도 / 한 낱의 푸른 별이어니! // 보아 천년 / 생각해 만년 / 천만년 흐른 꿈이 / 내 맘에 장미처럼 고이 피다 // 구름을 밟고 기러기 나간 뒤 / 은하를 지고 / 달도 기우러"라고 외치던 의지의 세계처럼 자신을 지탱하려고 안간힘을 쓴다. 시상은 더욱 깊어지지만 이국 땅에서 뿌리를 내려야하는 한 인간, 한 사람의 지식인으로서 삭여야 했던 인내는 더 큰 고통으로 현실을 지배한다.

3. 꽃 모티프의 생명력

이 문제는 우선 현재 연변문학에 나타나는 꽃 모티프를 중심으로 살펴보겠다. 왜냐하면 『해란강의 두견새』, 『변간산천의 민들레』, 『북간도의 아침이슬』에는 꽃 모티프가 여러 시에서 여기 저기 자리를 잡고 생명을 뻗어 나아가는데, 이것이 다양한 해석의 가능성을 열어 놓고 있으며, 그것이 시인들이 살아온 시대적 상황과 연계될 가능성을 여러 곳에서 암시하고 있기 때문이다. 꽃은 시인들의 삶과 아주 가까운 감자꽃, 민들레꽃, 싸리꽃과 같은 객관적 상관물로 형상화되고 있어 그 내포 또한 시의 주제를 형성하는 중요한 요소와 관련은 맺고 있다.

> 그 누가 나더러 고향을 물으면
> 언제나 내 눈에 삼삼한 것은
> 굽이치는 해란강 여울목 강언덕에
> 하얗게 하얗게 핀 감자꽃
>
> 옥양목 치마저고리 곱게 받쳐입고
> 아들의 글공부 나들이 바래주던
> 어머님 빗어올린 은빛 머리채런 듯
>
> (2연 생략)
>
> 올감자 일찌감치 오롱조롱 달려야
> 굶주린 때시걱 근심도 덜게라고
> 찌는 해 한낮의 땡볕에 그슬리며
> 포기 포기 감자북 돋궈주던 어머님
>
> (1연 생략)
>
> 살림은 가난해도 복덩이 생명이라고
> 호미날로 탯줄을 열 번 찍어 끊으셨다지요
> 그리고 아들의 세상에서 복을 받으라고
> 치마폭에 감싸안고 기뻐하셨다지요

김창석의 「감자꽃」이란 시이다. 여기서 감자꽃은 고향이고, 고향은 어머니이고, 어머니는 생명의 근원으로 인식되어 있다. 어머니가 생명의 근원이라는 생각은 인류의 보편적인 발상이라고 할 수 있다. 그러나 감자꽃이 어머니라는 발상은 우리 민족이 아닌 다른 종족에게서는 발견하기 어렵지 않을까. 호미날로 탯줄을 끊고 어머니로부터 떨어져 나와 봉당 속에서 자라난 아들, 그런 농군의 후손이 짙은 녹색 우상(羽狀)의 잎 사이로 피는 하얗거나, 자주 빛인 감자꽃의 영상 속에 옥양목 치마저고리 곱게 입던 고향의 어머니를 떠올린다. 이런 시적 변용은 우리 민족 특유의 감정적 반응으로 인식된다. 그런가 하면 이 시의 퍼스나가 하얀 감자꽃 피고 어머니의 하얀 옥양목 치마저고리가 날리던 해란강 여울목이 자신의 안태고향이라는 진술은 국경을 넘어 살 곳을 찾아 떠났던 민초들의 이민사와 오버랩 된다. 그리고 이 시를 다스리는 3·4조의 율격 또한 우리 민족 고유의 정서를 담아내는 가락이 아닌가.

감자꽃 피는 고향, 그런 고향엘 가면 감자꽃을 닮은 어머니가 멀리 간 아들의 소식을 기다리며 사는 양지마을이 있다. 징용, 대동아전쟁, 학도병, 흉년, 간도보따리, 마도강, 만주, 북만주…… 이러한 세월 속을 헤집고 살아온 우리의 과거사를 이 시는 서사화한다. 그러니까 감자꽃은 어머니의 객관적 상관물이자 농경민의 정체이고, 그것은 다시 우리 민족의 쓰라린 과거사와 연계되는 오브제이다.

이런 오브제로 더욱 빈번히 차용되는 모티프가 있다. 민들레이다.

짓밟힌 들에
불탄 언덕에
이 봄도 너는
철따라 피였구나

가신님 무덤가에
옹이진 이 가슴에

오늘도 너는
소리없이 피였구나

타고난 성미대로
땅에 뿌리를 내리고
성실하게 살아온
나의 민들레

너는 영영 잊지 못하리
동란의 세월, 그 퍼런 날창에
무참히 꺾이여
흙이 되여 사라진님을

하좋은 자기 땅
푸른 하늘에
웃으며 두고 간
아, 님의 노래를……

—임효원, 「아, 민들레」

여기서 민들레는 앞의 감자꽃과 유사한 심상을 전달하고 있다. 짓밟히고, 불탔고, 옹이진 가슴이고, 동란의 세월과 연결되어 있다. 하지만 성실하게 살아 온 민들레는 땅에 뿌리는 내렸고 그래서 하 좋은 자기 땅 푸른 하늘 아래서 웃으며 살다간 님의 노래로 되살아난다.

이 시의 작가 임효원의 약력에 이런 것이 보인다. 1926년 10월 13일 함경남도 부전령에서 화전농의 아들로 출생, 3살 때 부모를 따라 소련 연해주 일대를 유랑하다가 9·18사변 직후에 동북에 정착, 친척의 도움으로 공합학교를 졸업하고 면비생으로 장춘 국립중앙사도학원에서 문학공부. 우리는 이런 이력에서 「아, 민들레」가 이 시인의 자화상일 것이라는 심증을 굳힌다.

이 선집에 자주 나타나는 다른 민들레 소재시를 보자

둥실둥실 그렇게 거뿐하게
남실남실 그렇게 자유롭게
어디로 날아가느냐
하얀 민들레 꽃씨
―아, 순박한 사랑의 마음이

―김창석, 「민들레 꽃씨」 제1연

활량한 벌판에 밭머리에
소문없이 피였다가
소문없이 사라지는 민들레꽃
내가 왜 그 꽃을 노래하는지
그대는 아시나요, 아시나요?

―송정환, 「민들레꽃」 제2연

누가 금을 그었기에
색달라진 두가지 땅이냐
눈물에 녹쓴 철조망밑에는
숙원이 쌓여 곰팡이 꼈다.

그래도 애절한 씨가 떨어져
피고지는 민들레 꽃
겨레의 봄이 그리워 노랗게
노랗게 불타는 태양이 아니냐!

―김 파, 「불타는 민들레」 전문

민들레는 길섶에 짓밟혀 천대받고 수레바퀴에 짓눌려 이지러져도 다시 소문 없이 꽃이 피었다 진다. 「불타는 민들레」는 민들레의 이런 생명력을 노래하고 있다. 가시도 없고, 요사한 웃음도 없고, 화려한 단장도, 그윽한 향기도 없어 어느 한 시도 높이 될 수 없는 꽃이다. 호화로운 주택의 창가에 오를 수도 없지만 산과 들, 황량한 벌판 밭머리에서 철따라 피고 진다. 이 시는 민들레의 이런 강한 생명력을 어떤 꽃도 따라올 수 없는 민족성정의 장점으로 심화시키고 있다. 시골의 농부들과 아이들과 함께 숨쉬면서 그들을 닮은 그 수수한 개화, 사라짐 또한 수수한 생리가 우리들의 심리를 아주 닮았기 때문이다.

「불타는 민들레」에는 또한 겨레의 비극이 투영되어 있다. 유량과 뜨내기로 보낸 세월 끝에 어렵게 얻은 오늘의 자리지만, 앞에는 철조망이 가로 막고 있다. 앞의 두 작품이 생명의 가치로 형상화했다면, 여기서는 우리 겨레가 직면하고 있는 오늘의 찢긴 현실을 민들레의 그 존재 방식과 결합시키고 있다. 그 결과 시의 비장하고 무거운 시상이 민들레의 밝은 이미지를 뭉개버렸다.

4. 일제강점기의 문학의 한 갈래

중국 조선족 문학이 처음 자리를 잡은 계기는 물론 『북향』 동인지가 발간되면서부터이다. 1935년에 이주복이 편집 겸 발행인이 되어 간행된 이 문예지의 필진은 거의 경성에서 활동을 하던 사람들이다. 경성에서 문인이 된 사람들과 간도 문인들이 만나 문단을 형성한 결과가 『북향』지이다. 이런 점은 이 동인지의 편집 후기에 잘 나타난다.

① 남은 잉크
높은 산 험한 길 것는 길―. 파도 치는 바다에 뜬 한척의 외배―. 이

길이 북향 의 코 쓰다.

만호님의 연구 깁혼 평론은 이달의 이채이며

이학인선생의 창작을 비롯하야 유훈군의 력작은 책자의 이목을 끌 것이고

강경애선생의 시가와 임원 수영 종훈 상보 제씨의 시가는 북국의 비가일 것이고

손적 영훈 회성의 푸로쯔는 북국의 소묘이고

해방된 북향시단과 학생문단은 앞으로 확장될 것이고

송은 단지 새해맞어 새로운 편집자를 맞는 북향의 앞날을 축복할 따름이다.

② 김국진 이주복씨의 작품은 간도문단의 큰 수확이며 박화성씨에게는 감사를 마지 안는다. 박종훈 안영균 양씨의 시가는 애송할 것이며 엄무현, 최영한 양씨의 글도 일독을 바란다. 본지를 위하야 심혈을 경주하든 천청송 군이 용정을 떠나서 본지로서는 큰 손실이다. 동인들의 력작을 기다린다.

인용문①에서는 안수길, 강경애, 박영준, ②에서는 박화성 등 경성문단에 활동하던 문인들이 간도에서도 문단의 중심에 서 있는 것을 발견할 수 있다. 인용문②의 '간도문단'이라는 말 속에는 간도 지방의 문단, 경성문단의 대립 개념으로 향토문단을 지칭하는 의미가 내포되어 있다.

인용문①과 동일한 지면 상단에는 "『조선문단』 제5호 출래, 조선경성부 가회동 127 조선문단사 발행, 간도일원 총발매처 북향사"라는 광고도 보인다. 경성에서 발행되는 『조선문단』을 북향사가 간도총판을 맡는다는 것은 이 잡지가 조선의 문단 일을 대신 한다는 말이다. 한편 '문예강연예고'에는 "금동 김동인 선생이 입용하여 문예강연대회를 여니 독자제시의 성원을 바란다"는 광고도 보인다. 『카토릭 소년』이 1936년에 나왔으나 이 잡지는 종교운동이 주목적이니 1935년에 창간된 『북향』이 간도문단형성의 기틀을 잡은 것은 누구도 부인할 수 없다. 그리고 다음과 같은 문단 분위기가 장차 윤동주나 송몽규를 탄생시키

는 원인을 제공했을 것이다.

> 그립고도 정다운 나의 고향은
> 멀리 멀리 보아도 끝이 없고요
> 저 하늘에 구름송이 바라다보니
> 그리운 고향생각도 더납니다
>
> 그립고도 정다운 나의 고향은
> 바다 철리 산철리 아득도하네
> 아름다운 무궁하과 피엿을 것이
> 아물 아물 눈앞에 어리웁니다
>
> ―「그리운 고향」 전문

감상에 찬 학생의 작품이긴 하지만, 당시 간도의 조선족 청소년들의 일반적인 정서를 잘 표현하는 것으로 보인다. 그들은 대부분 실향 1세대로 가난과 각박한 인정 속에 청소년기를 보내고 있었기 때문이다.

고향에 대한 그리움이 애국심으로까지 확대되고 있다. 윤동주나 송몽규의 문학 정신을 고향과 민족으로 압축할 수 있다면 이런 작가정신은 이미 1930년대에 형성된 이민사회의 문학정신과 절대로 분리할 수 없을 것이다. 이런 점에서 본다며 간도문단은 한국의 향토문단사에서 특별한 의미를 지닌 민족정서의 한 원형이라 할 수 있다.

1941년의 소설집 『싹트는 대지』, 1941년의 수필집 『만주조선문예선』, 1942년의 『만주시인집』, 『재만조선시인집』에 오면 1930년대 중반의 순연한 민족적 문학의식이 표면적으로는 상당히 달라진다.

이 네 권의 엔솔로지의 서문에서 우리는 이런 방향전환을 감지할 수 있다.

① 여기에 나타난 작가전부가 반드시 부조대부터 이땅에 뿌리박은 소위 이세 삼세가 아닐 것이며, 개중에는 어제 월강하엿다가 내일이면 도라갈 사람도 잇슬것이나, 이 작품들만은 역시 호미와 박아지와 피땀 이외에 아모것도 가진것 업는 "간민"속에서 자라난 것이다. 그 속에서 호흡하고 그 속에서 살찌고 기름진 시혼이 나올 수 잇는 만주조선인문학이다. 일망무제의 황막한 고량바테서 진흙구덩이를 후벼파고 도라나온 개척민의 문학이다.

(중략)

또 이 작품들의 취재의 범위가 전기개척민생활의 특수한 유형적 사실에 국한된 감이 잇는 점으로 보아 이것이 신만주의 협화정신을 체득한 국민문학에까지 전개되어야 할 것을 장래에 크게 기대하며 또 기대에 어김 업슬 것을 밋는 바이다

② 채록한 범위에 물론 소략한 점이 잇슬줄 미드며 더구나 졸작 수제를 가한 것은 심히(중략) 모다 현지에서 일차발표되엇든 것인만큼 무엇보다도 만주의 색채가 흐르고 잇는것만은 자부하는 바 적지 안습니다

③ 우리가 만주를 사랑하는 심정은 이 땅 이 나라의 대기를 호흡하고 살어온 우리가 아니면 상상하기도 어려우리라(중략)

그 뿐이랴 우리는 거기서 새로운 언어를 배웠고

새로운 행동을 배웠고

새로운 나라와 새로운 세계와

새로운 육체와를 어덧나니

(함형수씨의 「귀국」의 일절)

그럼으로 이 땅 이 나라의 자연과 사람은 완전히 애무하는 우리 육체의 한 부분이다.(중략) 귀로 「오랑캐고개」의 전설과 눈으로 「발해고지 육궁의 남은 자최 주춧돌도 늘근것」(윤해영씨)를 듯고보고 살어온 우리다.

아아 만주땅! 꿈에도 못잊는 우리 고향 우리 나라가 안인가?

④ 건국십주년의 성전. 우리는 경건한 세기의 기적을 가지고 있다. 신휴

와 계획과 경륜, 그리고 생활, 이 속에 도의의 나라 만주국의 건설이 있었고 그러므로 또한 우리들의 자랑도 크다.(중략) 이곳 대륙의 웅도에서 일대 낭만을 창작하며 호흡하는 거룩한 정열과 새로운 의욕 — 사화집의 요구도 바로 여기에 있으며

인용된 서문 ①②③④에 나타나는 공통적 특징은 앞 항에서 발견한 '재만조선인문학=조선문학'이라는 등식이 여기서는 성립되지 않는 점이다. 인용문①의 '간민', '개척민', '개척문학'이라는 말은 당시 일제가 쓰던 말이다. 그들은 정부주도로 만주 개척단을 조직하여 민간인들을 이주시켰고, 그들은 그와 함께 개척문학이라는 새로운 유형의 국책문학을 국민문학의 하위 장르로 들고 나왔다. 소위 진출문학이다. 그러니까 인용①의 서문은 그 발상이 만주조선인 문학을 국민문학의 한 범주로 보는 데 서 있다.

인용②의 요점은 『만주조선문예선』이 만주적 색채, 만주만이 가지고 있는 공간적 특징, 만주만이 가지고 있는 정서적 특징이 잘 드러나는 작품집이라는 것이다. 그러니까 만주의 향토적 특성이 잘 드러나는 수필집, 곧 만주국의 정서가 잘 반영되었다는 말이다.

인용③에서는 '만주국이 나의 나라'라고 선언한다. 새로운 국가의 출현을 상찬하며 시인들은 그런 나라의 주인으로 새로 태어났다고 기뻐하고 있다. 「낙토만주」를 쓰며 친일했던 윤해영의 「발해고지」「오랑캐고개」를 인용하면서 역사와 전설을 견강부회로 만주국과 연결시킨다. 만주는 우리 땅이고, 우리나라라는 말 속에 한 시대의 현실이 그대로 반영되어 있다. 그러나 『만주시인집』에 수록된 모든 시가 이런 서문과 일치하는 것은 아니다. 서문은 작품 외적인 편집자의 사회·문화의 선언적 성격을 띠고 있기 때문이다.

인용④도 ③과 대동소이하다. ④의 서문을 쓴 김조규는 후에 북으

로 갔고 거기서 충성을 다했다. ③의 박팔양도 8.15이후 북으로 간 카프계 시인이다. 그러나 그들이 북한에서 만주의 이런 행적이 문제시되었는지, 문제되었다면 김조규의 「미제국주의를 단죄한다」, 「이 사람들 속에서」, 「승리의 역」등을 어떻게 해석하며, 박팔양 역시 한설야와 함께 작가동맹부위원장이 된 내력이 미스터리이다. 그렇다면 서문의 진술에 지나친 의미부여는 시집의 실제 내용과는 크게 관련이 없다고 할 수 있다.

사정이 이러하지만 인용④의 '대륙의 웅도' '일대낭만'과 같은 만주의 특성진술에 동감하지 않을 수 없다. 만주 지방의 특성을 집약화한 표현이기 때문이다. 말하자면 이 서문은 만주 조선인 문학이 지닌 향토 문학적 성격을 이면에 숨기고 있다. 위의 인용문 ①, ②, ③, ④가 지니고 있는 특성의 다른 하나는 만주 조선인 문학이 '조선인의 고난사' 속에서 생성되었다는 것이다. ①에서는 '호미와 바가지와 피땀'속에서 생성되었고, ②에서는 '만주적 색채가 흐르는 것에 자부심'을 느낀다고 했다. ③에서는 '아아 만주 땅이 꿈에도 못 잊을 우리의 고향'이라고 감탄한다. 이런 언술에 대입하여 당시 그곳의 문학 작품에 대한 해석을 한다면 그것은 문학적 해석을 넘어선다. 왜냐하면 그간 일제 강점기의 한국문학을 보는 시각이 상투적으로 지나치게 민족적 콤플렉스에 기울어져 있었던 점을 부인할 수 없기 때문이다. ④에서는 새로운 고향, 이를 테면 정체의식이 이 글의 요지이다.

이렇게 보면 광복 전까지 중국 조선족 문학은 겉으로는 많이 달라진 듯 하나 실상은 당시의 조선과 별 차이가 없는, 그러니까 만주문학, 친일, 반일, 침묵, 흉내 내기 등의 잡종성 속에서 변화되어가고 있었던 우리 문학의 또 다른 반응, 식민지 문학의 한 갈래였다.

5. 소수 민족문학의 정체성

현재의 중국 조선족 문학은 여러 소수 민족 문학의 하나로서 그 정체성을 잡아가고 있다. 그러나 한국 문학과의 관계는 전시대에 이루어졌던 상동성이 지속되고 변화하는 점은 다르지 않다. 가령 연변 조선족 문인들의 빈번한 내왕과 문학행사의 초빙, 또 한국문인들의 빈번한 중국 방문과 그곳에서의 문학행사개최 , 둘째로 중국조선족 문인들 작품의 허다한 국내출판과 그 민감한 반응 , 셋째 한국문학작품의 연변 조선족 자치구 진출, 넷째 현대의 조선족문학에 여전히 등장하는 모국 대한민국 등의 문제가 그러하다.

여기서 문제가 되는 것은 네 번째의 것이 되겠다. 본고의 텍스트가 『중공교포시인대표작선집』 세권에서 이 문제를 간략히 살펴보자.

> ①
> 나의 이름은
> 다 삐뚤어진 하늘아래
> 돌밭에서 검게 탄
> 서글픈 전설이다.
>
> 기구한 운명의
> 지게를 진채
> 검푸른 소용돌이에 말려간
> 피보다 진한 한이다.
> (중략)
> 그 누가 나의 이름을
> 길섶의 풀에다 비겼더냐
> 밟히고 찢기면서도
> 기어이 살아온 우리의 넋이여

인간의 지혜와 사랑이
빛나오르는 세계의 하늘에
내 오늘도 마음껏 돌리거니
나의 이름은 하이얀 열두발 상모

-임효원, 「나의 이름은」에서

②
꿈길인가 생전길인가 나는 가노라
무궁화동산으로 찾아가노라
꽃나무 애잡짤히 단꿈 모으던
젊음의 꿈을 안고 내가 가는 곳

고향집뜨락에 한그루 무궁화
서로의 정을 가꾸는 의미로
고이고이 키우던 사랑의 나무
님과 나 두 마음에 뿌리를 내려.

-김응준, 「무궁화」에서

③
단군의 신화와 함께
하늘에는 불씨가 있었고
반도우에는 사뇌가가 있었다.

서라벌 가득 울려퍼졌던 노래
나를 찾아 우리를 찾아
먼먼 길 오던중 꽃송이가 되었다.

-한춘, 「삼국유사를 읽고3. 사뇌가」에서

④
성은 허물어져 빈터인데

방초만 푸르러 ……
가슴을 쳐오는 그 노래
어느 돌틈에 스며 있느냐

안아보자
이끼 어린 성곽
타다 남은 주춧돌이여
날카로운 모서리여

우거진 수풀 속에서 매미가 운다 ……
님그리는 의병들 칼갈던 소리겠지
검푸른 바위굽에 물소리난다 ……
호용치는 준마들 물마시던 소리겠지

아, 성은 허물어져 빈터여도
저 주춧돌에선
이끼마저 키돋움하는고나!
　　　　　－문창남, 「성 ― 고구려 국내성 유적을 돌아보고」 전문

　　인용된 시 ①,②,③,④의 중심소재는 '열두발 상모', '무궁화', '단군
신화', '고구려 국내성'이다. 이 밖에도 이 시집에는 「나의 살던 고향」
을 패러디한 시가 있고, 천지의 전설, 백두산을 소재로 한 작품이 여러
군데 나타난다. 거개 이민 2세인 이 시인들이 아직도 한국적인 것에
많이 매달려 있다는 현실은 중국조선족 문학이 해방 반세기가 지난 지
금까지도 결국 민족의 동질성을 벗어날 수 없다는 의미가 사실을 확인
시키는 것에 다름 아니다.
　　이민 3세 4세에 접어든 중국사회에서 한글로 시를 쓴다는 것은 결코
쉬운 일이 아니다. 공산 당원으로서 자기 나라말을 무시할 수 없고, 적

성국의 국화를 노래하는 것이 자신의 현실에서 무슨 도움이 되겠는가. 개인적으로는 '내가 누구인가'라는 정체성에 갈등을 겪을 것이고, 사회적으로는 두 나라의 언어를 쓰면서 '어떻게 행동하는 것이 바람직할까'에 대한 갈등도 클 것이다. 그러나 이들은 지금도 여전히 한국어로 시를 쓰고 있다. 국가정체성, 민족정체성, 종교정체성, 인종정체성, 직업정체성, 가족정체성……. 이런 정체성 속에서도 이들 중공교포시인들이 아직도 지키고 있는 것은 민족정체성, 인종정체성, 가족정체성이다.

인용된 시 ①은 나의 정체성이 민족의 정체성과 동일시되어 있고, 시 ②, ③, ④도 민족의 정체성, 인종의 정체성에 그 시의식이 착 달라붙어 있는 상태이다. 이 세권의 시집에는 유독 어머니, 고향, 이주의 모티브가 가족사와 연결되는 서사가 많다. 이 또한 굴곡 많았던 우리 민족의 정체, 그리고 그런 신고의 세월을 이긴 가족사의 정체가 아니겠는가. 시 ②의 '하이얀 열두 발 상모'처럼.

이상과 같은 점에서 중국 조선족 문학은 여전히 한국 문학의 한 지역적 특성을 지닌 문학, 즉 향토문학의 한 갈래라 하겠다.

6. 결론

지금까지 이글은 동인지 『북향』, 1940년대 초기의 합동시집 『만주시인집』과 『재만조선인시집』, 그리고 1980년대 후반의 『중공교포시인대표작선집』 3권 「해란강의 두견새」, 「변강산천의 민들레」, 「북간도의 아침이슬」을 텍스트로 하여 그 시집에 나타나는 고향의식의 변천과정을 고찰했다. 그렇게 논의된 결과를 정리하면 다음과 같다.

첫째, 중국조선족의 어떤 시집을 펼쳐도 거기에는 떠나온 고향과 동일한 대상, 그러니까 산, 물과 같은 자연풍물을 소재로 한 작품이 많을 뿐 아니라 시적 성취도도 높다. 이것은 결국 동일소재에 대한 상이한 반응, 즉 타향의 신고에 찬 삶을 통해 비로소 자기의 정체성을 확인하고 나아가 그것이 존재론적 의미로 시 의식이 확대되는데서 나타나는 현상임을 발견하였다.

둘째, 중국조선족의 자연풍물시 중에서도 꽃을 모티브로 한 시가 그 중 많은데 이것은 그들이 고향을 환기하는 시적 상관물로 다양한 해석의 가능성을 열어놓고 있다. 감자꽃의 경우 농경민의 정체로 형상화된다. 민들레꽃은 그 강한 생명력이 만주 이주민이 겪은 자생력으로 환치되다가 우리의 민족성으로 심화된다. 또한 이민의 정착과 그들의 생명을 객관화하는 모티브로 시적 진실을 획득한다.

셋째, 만주 조선족 시문학은 동인지 『북향』에서부터 현재까지 중앙문단과 호응관계에 있는 지방문단, 향토 문단적 성격을 지닌 문학임이 드러났다. 이주기인 1930년대 『북향』지 시절은 '간도문단'이란 말이 일반적으로 쓰였던 사실에서 증명되고, 1940년대 초기 정착기에는 표면적으로는 만주국의 국책에 순응하는 시의식으로 나타났다. 만주국이 일본의 앞잡이 정부라는 점을 감안할 때 이런 현상은 본국의 문학이 친일적 성향으로 돌아섰던 사실과 크게 다르지 않다. 그러나 외관이 이러하지만 이 시기도 『만주시인집』, 『재만조선시인집』의 내포는 조선인이 겪은 이주의 고난사, 만주적 정서가 강한 시의 모티브를 조국 고향의 그것과 결합시키려는 강한 시의식이 전시대와 별 차이 없이 지속적으로 나타난다. 이런 점에서 이 시기 역시 중국조선족 문학은 이민들의 특성이 고향의식과 결합되는 문학적 관습을 형성하고 있었다고 할 수 있다.

현재 소수민족 문학으로서의 중국조선족문학은 비록 이민 3세, 4세에 진입한 시간이지만 그들은 한국어로 시를 쓰면서 한국의 동요를 패

러디하거나 한국의 역사에서 시적 소재를 차용하거나 한국의 국화를
시제로 쓰는 등 '한국적인 것'에서 크게 벗어나지 않고 있다. 이런 점
은 중국 조선족문학이 시대의 변천과 별 관계없이 여전히 고향의식을
문학 생산의 주요 모티브로 활용하고 있다는 것을 의미한다. 곧 그들은
민족 정체성을 여전히 문학정신의 주요 축으로 삼고 있다.

개혁개방 시기 재중 조선족 소설 연구[*]
− 1970년대 후반∼1990년대 전반기 작품을 중심으로

정덕준[**]

1. 서 언

이 연구는 1970년대 중반 이후 1990년 전반기까지 재중 조선족 소설의 전개 양상을 살피고, 이 시기 소설의 특성과 주제의식을 해명하는데 그 목적이 있다.

주지하는 바와 같이, 1976년 10월 이른바 '4인방'이 축출되고 문화대혁명이 종결되면서 중국 사회는 개혁 개방의 시대를 들어선다. 1957년 '반우파' 투쟁 이후 20여 년에 걸쳐 전개되어온 계급 투쟁이 마침내 막을 내리게 되고, 정치·경제·문화 등 사회 각 분야에서 사회주의 국가로서는 지각 변동이라 불릴 획기적인 변화가 일어나는 것이다. 1978년 12월에 열린 중국공산당 제11차 3기 전체회의는 문화대혁명과 그 이전의 극좌주의, 그리고 '계급 투쟁을 기본 고리로 한다' 는 등의 구호 아래 이루어진 정치 행위들을 전면적으로 부정하고, 이 기간 동안 발생한 갖가지 억울하고 잘못된 사건들을 시정한다. 또한, 3차 전체회

* 『한국언어문학』51집, 2003, 12, pp.655-679.
    이 논문은 2002년도 한국학술진흥재단의 지원에 의하여 연구되었음(KRF-073-AS1036).
** 한림대 국어국문학과 교수

의에서는 사회주의 현대화 건설을 지향하고, 이를 위해 대외적으로 문호를 개방하고 사상을 해방하며, 경제를 활성화시킨다는 결정을 내린다. 이에 따라, '죽의 장막'으로 불리던 중국은 경제 건설과 시장경제를 지향, 서구 각국과의 교류를 재개하고, 서구 자본주의 문화와 자본을 받아들인다. 물론 이것은 선택적이고 제한적이었지만, 그러나 이것은 중국현대사의 획을 긋는 전환점이며, 향후 중국사회 변화의 방향을 예고하는 중요한 지표에 다름 아니라고 할 수 있다. 이에 따라 1978년 이후의 중국은 사회 각 분야와 각 계층에 민주화·과학화·현대화의 분위기가 급속도로 확산된다.

재중 조선족 사회의 변화는 문화 부문에서 먼저 일어난다. 계급투쟁 시대에 억울한 누명을 쓰고 문단에서 강제로 축출된 수많은 문인들이 명예롭게 문단에 복귀하여 창작 활동을 재개하고, 서구의 자본주의적 가치와 문화를 받아들이기 시작한다. 또한 한·중 수교에 따라 한국과의 교류가 빈번해지면서 한국문학을 수용, 조선족문학 발전의 디딤돌로 삼는다. '개혁 개방'으로 특징지을 수 있는 이 시기의 새로운 사회 환경은 조선족사회 전반에 걸쳐 다양한 가치 기준과 대중문화를 확산시킨다. 말할 필요도 없지만, 이러한 변화는 '반우파' 투쟁과 문화대혁명 시기가 그만큼 비정상적이었던 데서 비롯하는 것이다. 그러나 한편, 개혁개방 시기의 조선족 문학은 또 다른 어려움에 봉착한다. 말하자면, 이번에는 '안'이 아닌 '바깥'으로부터의 변화에 직면, 그 변화를 다양한 시각에서 반영할 수밖에 없게 된 것이다. 그러나 조선족 문학은 이러한 변화에 적절히 대응, 한 단계 성숙된 모습으로 발전한다.

재중 조선족 소설은 계몽기(1949~1957년)→ 암흑기(1957년~1976)→ 부흥기(1976~1980년대 후반)→ 성숙기(1980년대 후반~1990년대 후반)의 발전 과정을 거쳐 전개된다.[1] 물론, 암흑기를 1957년 후반기부터 '문화대혁명'

시작(1966) 이전까지로 잡고, '문화대혁명' 기간을 또 하나의 시기로 나누기도 하지만,[2] 그러나 암흑기는 '반우파' 투쟁 이후 대부분의 기성문인들이 작품 활동을 중단했고 극좌주의가 조선족문단을 지배했다는 점에서 '문화대혁명' 기간과 큰 차이가 없다. 또한, 1990년대 후반 이후의 소설문학은 아직 진행 중이기 때문에 연구의 하한선은 1990년대 전반까지로 하였다.

따라서, 이 연구에서는 먼저 문화대혁명 이후 1990년대 전반까지 개혁개방 시기의 사회 변동과 조선족문단 상황, 그리고 부흥기와 성숙기 조선족 소설의 양상과 주제의식을 살펴 보이고, 이 시기 조선족 소설이 추구하고자 한 '소설적 진실'을 밝혀 보이고자 한다.

2. 개혁 개방, 사실주의로의 복귀

2-1. 새 시기에 접어들어 조선족문단은 발전적으로 재편된다. 1978년 10월, 연변문연 제3차 전체회의는 중국작가협회 연변분회를 복원하고, 그 산하에 시문학·소설문학·평론문학·아동문학·번역문학 등 각 분과위원회를 설치하는 한편, 길림·통화·하얼빈·목단강·북경 등지에 작가소조를 두는 등 조선족문단 조직을 체계적으로 개편한다. 또한, 1979년 2월 연변문학예술연구소(2003년 해체된 연변사회과학원 문학예술연구소

---

1) 조선족 소설의 전개 과정은 ①중국 건국 후 문화대혁명 시작까지의 17년 문학(1949~1966)→ 문화대혁명 시기 문학(1966~1976)→ 새 시기 문학(1976~현재), ②1950년대 전반기 소설(1948~1957)→ 1950년대 후반기~문화혁명시기 소설(1958~1976)→ 1970년대 후반기~1980년대 전반기 소설(1977~1985)→ 1980년대 후반기 이후 소설(1985-현재), 또는 ③재건기(1945~1957)→ 정치공명기(1957~1979)→ 다원화시기(1979년 이후)로 구분하기도 한다. 이에 대해서는 정덕준·김기주, 「재중 조선족 소설의 전개양상과 그 특성」, 『한국문학이론과 비평』 21집, 2003 참조.
2) 전성호, 「중국 조선족 당대문학 평론 개관」, 『문학과 예술』, 1995. 3.

의 전신)를 창립하고, 연변조선족자치주 산하에 문학창작실을 설치한다. 이에 따라 조선족문학에 대한 체계적인 연구 기반이 조성되고, 조선족 문인들의 창작 공간이 확보된다. 이와 함께 연길·길림·통화·심양·하얼빈·목단강 등지에서는 수많은 문예지들이 창간된다. 연변 지역의 『연변문예』[3]를 비롯, 1980년에 창간된 『문학과 예술』(격월간) 『아리랑』 (격월간), 길림 지역의 『도라지』(격월간, 1979년 창간), 통화 지역의 『장 백산』(격월간, 1980년 창간), 하얼빈 지역의 『송화강』(격월간, 1980년 창간), 목단강 지역의 『은하수』(월간, 1980년 창간), 심양 지역의 『갈매 기』(격월간, 1980년 창간, 1990년 폐간) 등이 그 대표적인 잡지인데, 이들 문예지는 『연변일보』, 『흑룡강신문』, 『길림신문』, 『요녕조선문보』 의 문예면과 함께 이 시기 조선족문단의 주요 활동 무대로, 조선족문학 발전에 크게 기여한다.

또한, 개혁 개방 시기의 조선족문단은 신·구 세대가 통합된 화합의 장을 이룸으로써 '문예부흥'을 맞이한다. 이 시기에는 해방 직후부터 작품 활동을 해온 원로작가를 비롯하여, 정치적 박해가 극심했던 암흑 기에 등단한 작가, 그리고 개혁 개방 이후 새로 문단에 등장한 신진작 가들이 어울려 창작 활동을 활발히 전개한다. 김학철을 비롯하여, 리근 전·리홍규·김순기·김용식 등은 해방 직후 이미 문단에서 창작 활동이 활발했던 작가로, '반우파' 투쟁과 문화대혁명 기간에 억울한 누명을 쓰고 창작의 권리를 박탈당했던 문인들이다. 이들은 명예를 회복하고 문단에 복귀하여 창작에 정진하는데, 이 시기 조선족 소설이 이루어낸 문학적 성과는 이들의 왕성한 창작 활동에 힘입은 바 크다. 이들의 작 품세계는 역사에 대한 관심을 그 특징으로 지적할 수 있다. 이전 시기 에는 현실생활에 특히 주목을 한 데 비해, 현실을 주목하면서도 조선족

---

3) 1954년 1월 창간된 월간 문예지. 1985년 『천지』로 개칭되었다가 1999년 『연변문학』으로 개칭됨.

역사를 문학적으로 재현하는 데 더 많은 관심과 노력을 기울인 것이다. 이는 해방 이후 정치·사회적 변혁이 끊임없이 전개되던 '격정 시대'를 겪어오면서, 조선족의 현재 역사를 이해하고 내일을 전망하기 위해서는 과거 역사에 대한 객관적 성찰이 무엇보다 중요하다는 역사인식에서 연유하는 것이라 하겠다.

이 시기 조선족문단에서 활약한 중년세대와 청년세대들은 대부분이 1970년대 말과 1980년대 초에 등단한 작가들로, 등단 시기는 서로 비슷하다. 그러나 이들은 '반우파' 투쟁과 문화대혁명의 기간을 겪은 연령대가 서로 다른 만큼 현격한 세대차를 드러낸다. 당시 조선족문단의 중년세대는 1930~40년대에 출생하여 1950~60년대에 대학을 졸업하고, 청년세대 대부분은 해방을 전후한 1950년대에 출생하여 개혁 개방의 시대에 접어든 1980년대 초에 대학을 졸업한다. 따라서 중년세대는 냉엄한 '암흑기'를 숨죽여 지나온 체험 때문에 현실 변화에 대한 관찰이 매우 조심스럽고 섬세하다. 이와는 달리, 청년세대는 이른바 '지식청년' 세대로서 시대의 우롱을 당했다는 배신감을 심하게 느끼고 있고, 그만큼 기성세대의 가치와 관념에 대한 저항과 부정, 그리고 현실에 대한 반역의식과 변혁시도가 강렬한 성향을 내보인다. 또한 이들 청년세대는 한족문단의 새로운 문학사상과 서방의 문학사조를 수용하는 데 보다 적극적이고 신속하며, 그래서 조선족 소설문단에서의 새로운 문학사조의 수용과 실험은 이들 청년세대에 의해 이루어진다. 1990년대 조선족문단의 중견작가 또한 이들 세대가 주류를 이룬다. 이 시기의 중년세대를 대표하는 작가로는 림원춘·류원무·리원길·정세봉·고신일 등을, 그리고 '지식청년' 세대의 대표적인 작가로는 김훈·최홍일·우광훈·윤림호·리혜선 등을 꼽을 수 있다.

새 시기, 특히 1980년대의 조선족 소설문학은 단편소설을 중심으로 전개된다. 이 시기의 문단은 지난 시기에 '금지 구역'으로 치부되었던 소재들을 자유롭게 다룰 수 있는 창작의 자유를 담보하게 된다. 이에 따라 이 시기의 작가들은 애정 문제를 비롯하여, 조선족 농촌사회 현실, 암흑기의 참담했던 삶 등을 핍진하게 담아내는데, 단편소설이 주류를 이룬다. 박천수의 「원혼이 된 나」(1979)를 비롯하여 임원춘의 「꽃노을」(1979)과 「몽당치마」(1983), 정세봉의 「하고싶은 말」(1980), 이원길의 「백성의 마음」(1981), 홍천룡의 「구촌조카」(1981), 류원무의 「비단이불」(1982), 김훈의 「희로애락」(1983), 윤림호의 「호박꽃」(1984), 김학철의 「짓밟힌 정조」(1985), 김훈의 「그녀가 준 유혹」(1986), 김경련의 「마음의 파도」(1986), 장춘식의 「도시의 비밀」(1987), 우광훈의 「메리의 죽음」(1987), 최국철의 「봄날의 장례」(1987), 이여천의 「찢어진 스커트자락」(1988), 이혜선의 「인간학 개념 공부노트」(1988), 김재국의 「뻐국새소리」(1988) 등은 그 대표적인 작품들이다. 또한, 이 시기에는 수많은 단편소설집들이 출판되고4) 역량 있는 작가들의 중편소설과 장편소설들5)이 발표되는데, 이것은 새 시기 재중 조선족 소설문학의 성

---

4) 이 시기에 출판된 종합단편소설집으로는 요녕인민출판사의 『사랑에 대한 이야기』, 『딸의 고민』(1980) 『교교한 달빛』(1987), 연변인민출판사의 『불타는 백사장』(1981) 『군자란』(1983) 『눈물』(1989), 민족출판사의 『단편소설집』(1982), 『9월의 들국화』(1987), 흑룡강조선민족출판사의 『격류 속에서』(1987) 등을 들 수 있고, 개인소설집으로는 임원춘의 『꽃노을』(1980), 『김창걸단편소설선집(해방전편)』(1982), 고신일의 『성녀』(1983), 남주길의 『접동골 여인』(1983), 이원길의 『백성의 마음』(1984), 임원춘의 『몽당치마』(1984), 김학철의 『김학철단편소설선집』(1985) 『김학철작품집』(1987), 정세봉의 『하고싶던 말』(1985), 윤림호의 『투사의 슬픔』(1985), 김관웅의 『소설가의 아내』(1985), 류원무의 『아, 꿀샘』(1986), 김훈의 『청춘의 활무대』(1986), 이태수의 『춘삼월』(1987), 이광수의 『새로운 길』(1987), 이홍규의 『개선』(1988), 김근총의 『간호원의 미소』(1988), 김영금의 『바닷가에서 만난 여인』(1988), 김순기의 『잔치 전날』(1988), 유재순의 『여인들의 마음』(1989), 우광훈의 『메리의 죽음』(1989), 이화숙의 『샘골에 둔 마음』(1989) 등을 들 수 있다.

5) 대표적인 중편소설로는 김용식의 「규중비사」(1980년), 류원무의 「숲 속의 우등불」(1980) 「다시 찾은 고향」(1985), 한원국의 「잊을 수 없는 사람들」(1982), 이원길의 「한 당원의 자살」(1985) 「이향」(1988), 최홍일의 「생활의 음향」(1985), 우광훈의 「시골의 여운」(1985), 이광수의 「새로운 길」(1985), 고신일의 「유정세월」(1985), 김순기의 「그리운 고향」(1986), 문창남의 「꽃필 무렵」(1987), 이혜선의 「푸른 잎은 떨어졌다」(1987), 박선석의 「범과 사

과라 할 수 있다.

2-2. 개혁 개방을 지향하는 사회적 분위기가 폭넓게 확산됨에 따라
이 시기의 조선족문단은, 중국의 한족문단이 그러했던 것처럼, 문학과
정치의 관계를 새로운 시각에서 접근하고, 문학 본연의 문제에 대한 탐
색과 연구가 활성화된다. '실천은 진리를 검증하는 유일한 표준'이라는
명제에 대한 토론이 이루어지고, 이전 시기에 횡행했던 문학의 도식화·
개념화·통속화 경향, 문학은 계급투쟁의 도구라는 '종속론', 그리고 생
활에서의 계급 투쟁의 본질을 반영한다는 '본질론' 등을 비판 부정한
것들은 그 한 예이다. 말하자면, 조선족문단은 새 시기에 접어들어 문
학의 '진실성'과 사실주의 전통을 되찾게 된 것이다. 정판룡의 「혁명적
사실주의 전통과 우리의 소설창작」, 「문학의 진실성과 우리의 창작」,
임범송의 「진실성-예술의 생명」, 「문예창작은 사회생활을 떠날 수 없
다」 등은 이 시기 조선족문학의 사실주의 회복에 중요한 역할을 한다.
　　이 시기의 조선족문단은 각양의 서구 문예사조들을 수용, 이를 실험
하는 창작 활동이 활발해진다. 소설은 특히 그러했는데, 조선족의 일상
적인 삶과 인정 세태를 진솔하게 그려낸 '세태소설'을 비롯하여, '상처
문학' '반성문학' 등이 그것이다. 그러나 이 시기 조선족소설의 가장
두드러진 특징은 '문학은 인간학'이라는 개념이 확립되면서 사실주의가
주류를 이룬다는 점이다.
　　'상처문학'[6]은 새 시기에 접어들어 맨 먼저 등장한 문학사조이다.

람」(1988), 김광현의 「꿈틀거리는 욕망」(1988) 등을 들 수 있고, 장편소설로는 윤일산의
『어둠을 뚫고』(1981), 이근전의 『고난의 연대』(1982), 김학철의 『격정시대』(1986), 윤일산
의 『포효하는 목단강』(1986), 김운룡의 『새벽의 메아리』(1986), 류원무의 『봄물』(1987),
이원길의 『설야』(1989), 최홍일의 「눈물젖은 두만강」(1993) 등이 있다.
6) 이에 대해서는 정덕준·리광일, 「중국조선족 소설 연구」, 『성곡논총』 34집(상), 2003,
　pp.32-33 참조.

'상처문학'은 문화대혁명이 빚어낸 엄청난 재난을 폭로하고 비극적 역사가 남긴 상처를 고발하는 한편, 문화대혁명을 겪으면서 수많은 청소년들의 영혼이 얼마나 철저하게 황폐해졌는가를 내보인다. 박천수의 「원혼이 된 나」(1979), 정세봉의 「하고 싶던 말」(1980) 등은 문화대혁명에서 조선족이 받은 깊은 상처를 문제삼고 있다는 점에서 '상처문학'의 범주에 넣을 수 있는데, 이들 작품은 리얼리즘 소설의 전통을 회복하고 발전시키는 데 크게 공헌했다는 점에서 그 의의를 평가할 수 있다. 그러나 이들 작품은, 문화대혁명이라는 역사 현실 그 내면에 파묻혀 있는 정치·사회적 근원을 파헤쳐 보이지 못하고, 피해자의 시각에서 드러난 현상을 내보이고 폭로하는 데 그친 아쉬움이 있다.

'반성문학'[7]은 상처문학의 심화라 할 수 있는 문학사조로, 문화대혁명의 본질에 대해 본격적으로 문제를 제기하는 경향을 내보인다. 문화대혁명은 돌발적인 사건이 아니며, 사상 동기를 비롯하여 행동방식·심리 기초 등으로 미루어 볼 때 이미 당대 역사 속에 그 인자(因子)가 존재해 있고, 따라서 문화대혁명은 대약진 시기의 극좌파 노선이 역기능적으로 발전한 것으로 언젠가는 반드시 발생하게 되어 있는 역사적 산물이라는 입장이 그것이다. 리원길의 「백성의 마음」(1981)을 비롯하여, 류원무의 「비단이불」(1982) 등이 그 대표적인 예라 하겠다. 이들 작품은 중국이라는 큰 테두리 속의 조선족사회에 주목, 당의 지시를 기계적으로 따르던 조선족사회의 좌파적 경향과 그 폐단을 폭로하고 심각한 반성을 촉구한다. 그러나 '반우파' 투쟁 등에서 가장 많은 박해를 당한 당 간부들과 지식인의 문제에 대한 관심이 부족하다는 비판적 지적을 받기도 한다.

'개혁문학'[8]은 반성문학을 뒤이어 나타난 문학 현상으로, 개혁 개방

---

7) 같은 글.

8) 이에 대해서는 오상순, 『개혁개방과 중국조선족 소설문학』 (월인, 2001), pp.141-157 참조.

을 지향하는 새 시대의 새로운 인물, 새로운 사건 및 그들의 모순 갈등을 반영하고 있다. '개혁문학'은 개방시대를 맞이한 조선족 사회의 각양의 삶, 새 시대 새로운 가치질서에서 비롯하는 고뇌와 갈등 등을 리얼하게 그려 보이는데, 김훈의 「그녀가 준 유혹」(1986)을 비롯하여, 이여천의 「잠든 마을」(1987), 이원길의 「이향」(1988) 등은 그 좋은 예이다.

이 시기의 또 다른 문학현상으로 '세태문학'을 들 수 있다. 새 시기에 접어들어 조선족 사회의 일상적 삶과 인정 세태를 그려내는 경향이 하나의 흐름을 형성하는데, 그 대표적인 예로는 홍천룡의 「구촌조카」(1981), 임원춘의 「몽당치마」(1983), 윤림호의 「고향에 온 손님」(1989) 등이 있다.

새 시기 재중 조선족 소설은, 위에서 본 것처럼, 중국문단의 상처문학·반성문학·개혁문학 등 새로운 문학사조들을 적극적인 자세로 수용한다. 이것은 조선족 소설문단이 해방 후 새롭게 형성되어 창작 경험이 일천하고, 한족문학 외에는 참조할 만한 다른 문학이 없었던 데서 연유하는 것이라 하겠다. 그러나 1992년 한·중 수교로 한국과의 교류가 빈번해지면서 한국문학은 재중 조선족문학에 적지 않은 영향을 끼친다. 작가들은 같은 민족으로 언어와 생활풍습과 민속전통을 공유하고 있다는 동질성 때문에 한국문학에 쉽게 접근할 수 있었고, 한국문학을 통해 새로운 문학세계를 접하게 된다. 그래서 한국문학은 조선족문학의 새로운 참조 대상이 된다.

새 시기 재중 조선족 소설에 가장 많은 영향을 끼친 한국문학은, 작가에 따라 정도의 차이는 있지만, '뿌리뽑힌 사람들' '떠나가는 사람들'의 암울한 삶을 그려낸 1970년대 산업화사회의 문학이다. 개혁 개방 이후 조선족사회는, 1970년대 한국 사회처럼, 산업화·도시화 물결에 휩쓸려 농경사회의 전통이 하루아침에 무너진다. 농민, 특히 젊은 농민들은 농촌을 떠나고, 비옥한 땅은 황무지로 변하면서 농촌사회가 붕괴되어가고 있었던 것이다. 이 시기의 조선족문단은 시장경제의 확산에 따라 문학이 고유의 지위를 잃게 되자 심각한 고민에 빠져 있었고, 그래서 1970년대 한국문학에 특히 주목, 많은 영향을 받게 된다. 황석영의 「객지」, 「삼포 가는 길」을 비롯하여, 조세희의 「난장이가 쏘아 올린 작은 공」, 이문구의 「관촌수필」, 「으악새가 우는 사연」, 조해일의 「왕십리」, 박태순의 「정든 땅 언덕 위」, 박완서의 「도시의 흉년」 등은 그 대표적인 작품이다.[9] 이들 작품은 생존 그 자체가 위협받을 정도로 비인간적인 대우를 받고 있는 노동자들, 또는 산업화·도시화로 치닫는 사회 분위기에 휩쓸려 하루아침에 삶의 터전을 잃고 뿌리가 뽑힌 사람들의 애환을 다룬 것들로, 조선족사회의 정서와 흡사했기 때문이다. 리원길의 「리향」, 고신일의 「흘러가는 마을」, 허련순의 장편소설 『바람꽃』 등은 이 점에서 주목받는 작품이다. 이 밖에 조선족문학은 인간의 내면세계, 무의식의 세계를 그려 보이는 심리주의 소설도 수용하는데, 리혜선의 장편소설 『빨간 그림자』가 그것이다.

3. 주제적 특성

3-1. 개혁 개방 시기의 재중조선족 소설은 주제적 측면에서 크게 세 가지 양상으로 나누어 살펴볼 수 있다. 시대의 변화와 현실의 변혁을 반영하거나, 조선족의 혁명투쟁사와 이주 역사를 그려 보이거나, 조선족의 사고 방식과 생활 양식의 변화를 담아내는 경향 등이 그것이다.

먼저, 시대의 변화와 현실의 변혁을 반영하는 경향의 작품들은 한족

---

9) 한국의 도시화·산업화 시대의 문학의 변화양상에 대해서는 염무웅의 「도시-산업화 시대의 문학」, 『민중시대의 문학』(창작과비평사, 1979) 참조.

소설의 흐름과 창작방법을 참조로 하여 조선족사회의 변화상을 작품화한다. 「원혼이 된 나」 「하고 싶던 말」 등의 상처문학, 「비단이불」 「백성의 마음」 「'볼쉐위크'의 이미지」 같은 반성소설, 「그녀가 준 유혹」, 「잠든 마을」 같은 개혁문학이 그것이다.

박천수의 「원혼이 된 나」(『연변문예』, 1979.2)는 문화대혁명 와중에서 '현행반혁명'의 누명을 쓰고 억울하게 죽임을 당한 한 혁명가의 비극적인 삶을 그린 단편소설이다. 이 작품의 주인공 '나'는 18세에 공산당에 입당하여 '항미원조'(抗美援朝)에 나가 특등공을 세운 바 있고, 후방에 돌아와서는 한 개 단위의 영도 간부로 일한 혁명가이다. 또한, '나'의 아버지는 유격대원으로 일제에 맞서 투쟁하다가 '경신년' 대토벌 때 희생당한 공산당원이다. 그러나 문화대혁명 때 수많은 열성 당원들이 보수파로 몰려 박해를 받자, '나'는 대를 이어 당에 충성을 바친 당원답게 당 중앙과 모 주석에게 의견서를 제출하는데, 이 때문에 '현행반혁명'으로 몰려 고문당하다가 맞아 죽는다. 그래서 죽어서도 눈을 감지 못하고 원혼이 된 '나'는 독백으로 스스로를 달랜다. 이 작품의 결말, "나의 가련한 안해와 아이들이여! 잘 있거라. 당과 군중은 나의 원한을 풀어줄 그 날을 꼭 맞이하여 줄 것이다!" 라는 절규가 그것이다. 이 작품은 "환상적인 수법으로 문화대혁명 기간에 조선족이 받은 비인간적인 박해와 고통을 공소"[10]하고, 무소불위의 권력을 틀어쥐고 만행을 일삼은 '4인방'과 '연락원'들의 횡포를 폭로하고 있는데, 조선족이 받은 깊은 상처를 처음으로 소설화했다는 점에서 그 의의가 크다. 그러나 이 작품은 문화대혁명이라는 비극적 역사현실의 동인을 깊이 있게 천착, 당대 사회가 나아가야 할 지평을 제시하지 못한 아쉬움이 없지 않다.

정세봉의 「하고 싶던 말」(『연변문예』, 1980.4)은 서간체소설로, 문화대

---

10) 권철·조성일(주편), 『중국조선족문학사』(연변인민출판사, 1990), p.504.

혁명 시기의 극좌주의가 빚어낸 가정 파탄 문제를 다루고 있다. 이 작품은 "남보다 못지 않게 살아보려고 애쓴 죄밖에 없"는데도 불구하고, "정치 사상에서 결합될 수 없다"는 이유만으로 이혼을 당한 주인공 '금녀'의 비극적 삶을 통해 평범한 가정마저 사상 투쟁의 도구로 삼아 희생을 강요했던 '4인방'의 죄상을 고발한다. 그러나 이 작품은 '4인방'에 대한 공소와 고발에 그치는 것이 아니라, "문화대혁명이 어떻게 성실한 인간을 이질화시켰는가 하는 것을 심각하게 일반화"[11]하고 있다. 이것은 주인공 '금녀'의 이유 있는 항변에서 쉽게 알 수 있다. '무산계급독재리론'을 듣고 학습반별로 토론에 참여했지만, "짐승치기를 하는 건 남을 착취하는 것도 아니고 집체 로동에 지장을 주는 것도 아닌데 그것이 '자본주의'라니" 이해할 수가 없었고, 그래서 "저는 학습일 저녁마다 불안한 마음으로 잠자코 앉아있을 수밖에 없었"다는 '금녀', "시부모님이 생전에 복을 누리고 살 수 있도록, 그리고 온 가정에 노래와 웃음이 넘치도록 하려고 고달픔도 잊고 밤낮 없이 버둥거렸"고, 그래서 "제가 왜 매를 맞아야 하는"[12]지 모르겠다는 진술이 그것이다. 따라서 「하고 싶은 말」은, 「원혼이된 나」와는 달리, 역사적 비극의 원인을 나름대로 파헤쳐 감계(鑑戒)하고 있고, 이 시기의 정치·사회적 격랑 속에서 생존해온 평범한 사람들의 간고한 삶을 문제삼고 있다는 점이 돋보이는, 상처문학을 대표하는 작품이라고 하겠다.

이 밖에, 이 시기 상처문학으로는 김길련의 「쓰지 않은 소설」(1979), 류원무의 「아내」(1979), 남주길의 「접동골 여인」(1979), 허해룡의 「다시 찾은 고향」(1979), 윤림호의 「돌배나무」(1979), 김관웅의 「청명 날」(1979), 문창남의 「옥중비사」(1979) 등을 들 수 있다. 새 시기 상처문학은 제재의 범위를 확대시키는 한편, 평범한 사람들의 일상적 삶을 다루고 있다

---

11) 권철·조성일(주편), 앞의 책, p.506.
12) 정세봉, 『하고 싶던 말』(민족출판사, 1985), pp.15-16.

는 점에서, 그리고 특히 리얼리즘의 전통을 회복하고 발전시키는 데 크게 기여했다는 점에 그 문학사적 의의가 있다.

리원길의 「백성의 마음」(『연변문예』, 1981.10)은 기근이 극심했던 1960년대 초 조선족 농촌마을에서 일어난 풍파를 그린 단편소설로, 당의 지시라면 맹목적으로 따르는 주인공 '종수'를 통해 백성들의 피폐한 삶은 아랑곳하지 않고 지시와 명령만을 내려보내는, 그래서 백성을 고통과 재난 속에 빠뜨린 당대 극좌주의 지도부를 날카롭게 비판한다. 작가 이원길은 "이 나라 이 백성의 일과 마음을 거짓없이 제대로 적어볼 수만 있다면" 죽어도 한이 없겠다고 고백한 바 있는데,[13] 그는 이 작품에서 지난 시대의 과오를 반성적으로 성찰하고 당대 사회가 나아가야 할 방향을 제시한다. "당의 과오를 양해할 줄 알고 제 나라의 곤란을 헤아릴 줄 아는, 그래서 허리띠를 졸라매면서 일하고 싸워나가는" 백성의 마음을 제대로 파악, "진정으로 소중히 여길 때만이 우리는 그들 앞에 죄를 지지 않을 수 있다"[14]는 메시지가 그것이다. 이 메시지는 백성들이 무엇을 원하고 있는가, 백성의 아픔을 감싸안기 위해 무엇을 어떻게 해야 할 것인가를 심각하게 고민하지 않을 경우, 백성은 당 앞에 죄를 짓지 않을 수 없다는 경고에 다름 아니다. 말할 필요도 없지만, 이것은 지난 시기의 역사현실을 구조적으로 인식한 역사의식의 소산으로, 투철한 작가의식을 엿보게 한다.

「한 당원의 자살」(『천지』, 1981.7) 또한 지난 시기의 왜곡된 역사를 새로운 시각에서 재조명하고, 진정한 반성을 촉구하고 있다. 이 작품은 '반우파' 투쟁이 치열하게 전개되던 시기에 당비로 신발 한 켤레 산 것이 문제가 되어 자살하게 된 '김호철'이라는 한 당원의 비극적인 이야기를 다룬 단편소설로, 대표적인 반성문학으로 평가되는 이 작품은 극

---

13) 이원길, 「고백」, 『피모라이병졸들』(민족출판사, 1995), p.2.
14) 이원길, 『백성의 마음』, 1984, p.118.

좌주의가 인간을 얼마나 철저하게 황폐화시키는지를 극명하게 밝히고 있는데, 작가의 메시지가 「백성의 마음」보다 구체적이고 심각하다는 점이 돋보인다. "김호철의 자살은 그 개인을 파멸시켰지만, 진국재 같은 당원들은 우리 당 전체를 만성적인 자살에로 이끌어갈 수가 있다. 이것은 신호이다."15)라는 결말부분이 그러하다. 이 작품이 "좌적 노선이 살 판 치던 지난 역사에 대한 재인식과 한 보통당원의 비극적 운명, 그리고 짙은 비극의식과 우환의식으로 하여 독자들로 하여금 깊은 사고에 잠기게 한"16) 작품으로 평가되는 것도 이 때문이다.

류원무의 「비단이불」(『연변문예』, 1982.7)은 '비단이불'에 얽힌 사연들을 담담하게 내보이고, 이를 통해 지난 시기의 잘못된 역사와 각양의 사회 병리를 반성, '백성의 마음'을 상기시킨 단편소설이다. 이 작품에서, 작중화자 '나'는 당 간부를 대하는 열사가족 '송노인'의 태도 변화, 하루 아침에 백성들이 등을 돌린 까닭을 정년 퇴직한 후에야 비로소 깨닫고 참회하게 되는데, '나'의 이러한 뒤늦은 깨우침과 참회는 지난 시기 극좌주의의 전횡에 대한 비판에 다름 아니다.

이 밖에, 이 시기 반성문학 작품으로는 작품의 사상성 문제로 논란의 대상이 된 바 있는 정세봉의 단편 「'볼쉐위크'의 이미지」(『장백산』, 1991.2)를 비롯하여, 윤림호의 「두만령감」(『연변문예』, 1979.11), 장지민의 「시카코 복만이」(『연변문예』, 1983.5) 등을 들 수 있는데, 이들 반성문학은 도식적인 인물형상화를 지양하는 한편, 인간의 존엄성에 대한 각성을 주제화하고, 지난 시기의 역사현실을 객관적으로 핍진하게 제시하고 있다는 점에 그 특징이 있다.

조선족 개혁문학을 작품으로는 김훈의 「그녀가 준 유혹」(『청춘의 활무대』, 민족출판사, 1986)을 비롯하여, 이여천의 「잠든 마을」(『천지』 1987. 2),

---

15) 이원길, 「한 당원의 자살」, 『피라모이병정들』, p.288.
16) 정판룡, 「머리말을 대신하여」, 『피모라이병정들』, p.6.

이원길의 「이향」(『천지』 1988. 8) 등이 있다. 이들 개혁문학 작품은 성적인 인물 창조, 짜임새 있는 구성, 당대 사회 현실에 대한 객관적 제시 등이 돋보인다는 점에서 상처문학이나 반성문학에 비해 한 단계 발전한 모습을 갖추었다고 할 수 있다. 김훈의 「그녀가준 유혹」은 처녀 기업가 '이상옥'이 상점을 경영하면서 겪게 되는 고뇌와 갈등, 그리고 개혁을 가로막는 각양의 사회병리적 문제들을 천착해 보인 작품이다. 그러나 자본주의 경제체제로 개혁해나가는 과정에서 불가피하게 발생하는 사회문제들을 구조적으로 짚어내지 못한 채, 여전히 개념화의 틀에서 벗어나지 못한 아쉬움이 없지 않다.

3-2. 개혁 개방 시기 조선족 소설의 또 다른 양상으로 조선족의 혁명투쟁사와 이주 역사 등을 반영한 역사소설을 들 수 있다. 조선족의 역사에 대한 문학적 해석은 이 시기 소설문학의 중요한 흐름을 이루는데, 이것은 동시에 역사 사건이나 환경을 재현한다는 차원을 넘어서 민족의 정신과 얼을 발굴하고 표현하려는 경향을 내보인다. 혁명투쟁사를 다룬 『격정시대(상·하)』(김학철, 1986) 『먼동이 튼다』(김길련, 1993)를 비롯하여, 『새벽의 메아리』(김운룡, 1983), 이주사를 반영한 『고난의 년대(상·하)』 『눈물젖은 두만강』(최홍일, 1999), 그리고 한반도 역사를 소재로 삼은 『규중비사』(김용식, 1980) 등이 그것이다.

리근전의 『고난의 년대』(연변인민출판사, 1982)는 주인공 '박천수' 부자의 삶을 중심으로 19세기말 조선인의 간도 이주 초기부터 해방에 이르기까지 조선족의 이주역사와 항일 투쟁사를 다룬 장편소설이다. 이민 1세대인 '박천수'는 전형적인 조선족 농민이다. 천성이 착하고 부지런한 그는 가족을 이끌고 도망치다시피 간도로 이주, 갖은 고생 다 겪으며 황무지를 개간하고, 마침내 기본적인 생활 터전을 마련한다. 그러나

'박천수' 가족은 지주·자본가 등의 수탈과 착취로 다시 궁핍해지고, 이 때 비로소 지주와 농민의 관계는 개인과 개인의 문제가 아니라 생사를 걸고 투쟁하는 계급적 관계라는 사실을 깨닫게 되지만, 청원운동 실패 때문에 생긴 울화병으로 세상을 하직한다. 이와는 달리, 이민 2세대인 '박윤만'은 시련을 극복하고 일어나 공산주의 사상으로 무장한 항일투 사로 성장, 주어진 과업을 성공적으로 수행한다. 바꿔 말하여, 이 작품 은 작가 스스로 "빛나는 력사 사실을 예술작품으로 재현시키고 싶은 마음"17)이 그 창작 동기라고 밝힌 것처럼, '박천수'의 간고한 삶을 통 해 '고난의 연대'를 살아온 "조선족 농민들의 비참한 생활 처지와 불우 한 운명 및 그들의 계급적 각성 과정"을 그려 보이는 한편, '박윤만'의 투쟁적 삶을 통해 공산당 영도 하의 '혁명'에 의해서만 "조선족들의 세 기적인 숙망"이 이루어질 수 있고 미래 또한 담보될 수 있다는 진리를 제시하고 있다.18) 그러나 이 작품은 이주 조선인의 "생활 경로의 평면 적인 서술과 영사학적인 사실 열거"에 치중하고 "인간 군체의 발전사 를 계급 각성과 혁명 각성"의 시각으로 다룸으로써 결과적으로 작중인 물의 성격 창조가 도식화되고 개념화되고, 그래서 리얼리티가 약화되는 한계를 지니고 있다. 이런 점에서, 이 작품은 소설미학의 면에서가 아 니라 주제의식의 면에서 그 의미를 찾을 수 있을 것이다.

김학철의 『격정시대』(요녕인민출판사, 1986)는 재중 조선족 소설사상 처 음으로 조선공산주의자들의 항일투쟁의 역사를 문학적으로 재현하는 데 성공한 작품으로, 1920년대부터 1940년대 초반을 시대적 배경으로 삼아 이주 조선인들의 수난과 항일 투쟁을 생생하게 그린 장편소설이 다. 김학철 스스로 전사한 전우들에 대한 뜨거운 동지애로 조선의용군 의 역사를 남기는 사명감이 창작 동기이고, 따라서 소설이 되고 안 되

---

17) 리근전, 「『고난의 년대』를 쓰게 된 동기와 경과」, 『문학예술연구』, 1983년 1기.
18) 권철·조성일, 앞의 책, pp.643-647.

고는 관계없이 내용만 전달되면 된다고 밝힌 바대로,[19] 이 작품은 조선인 공산주의자들이 성장해나가는 과정, 그리고 처절하지만 열성적인 발자취를 핍진하게 증언한다. 이 작품의 주인공 '서선장'은 원산 태생으로, 소년시절 식민치하 백성들의 반일운동을 목격하고 민족의식에 눈뜨게 되고, 보성고보 시절 황포군관학교 소식을 접한 후 제2의 윤봉길이 되겠다고 결심하고 상해로 건너가 황포군관학교에 입학한다. 그는 여기서 공산주의자들과 접촉하게 되는데, 군관학교 졸업 후에는 국민당 군대 소위로 임관한다. 하지만 항일전쟁에는 소극적인 데 반해 반공운동에는 적극적인 국민당에 분노, 전우들과 함께 "팔로군과 합류하는게 유일한 출로"이며 따라서 "해방구를 넘어가야 한다"고 결심, 태항산 항일근거지로 넘어가 조선의용군에 투신하여 항일투쟁에 참가하게 되고, 중국공산당에 가입한다는 '서선장'의 파란만장한 일생이 그것이다.

『격정시대』는 무엇보다도 '서선장'이나 '씨동이' 등 조선의용군 혁명가들을 과장하여 우상화하거나 신격화하지 않고 평범한 인물로 그려 리얼리티를 담보하고 있다는 점을 높이 평가할 수 있다. 작가의 말을 빌리자면, '서선장' 등은 "장점도 있고 단점도 있고 성공도 있고 실패도 있는 산 사람"에 다름 아닌데, 이 작품의 소설적 성과는 여기서 찾을 수 있다. 이 작품의 또 다른 성과는 일제강점기의 사회상을 가감 없이 내보이고 있다는 점과 함께, 유머와 비유·풍자 등 수사기법의 세련성을 지적할 수 있다. 그러나 그럼에도 불구하고, 또한 작가 스스로도 밝힌 바 있지만, 이 작품은 역사적 사실이나 사건의 정확성에 지나치게 충실함으로써 결과적으로 '소설다움'이 훼손되었다는 지적을 면할 수 없다.

최홍일의 『눈물젖은 두만강』(『장백산』, 1992. 6기~1994. 2기)은, 앞에서

---

19) 「김학철 선생님과의 문학 대화」, 조성일(외), 『김학철론』(흑룡강조선민족출판사, 1990) 참조.

보인 『고난의 연대』(이근전)처럼, 조선족의 이주 역사를 재현한 작품으로, 19세기 말 조선인의 간도 이주가 시작된 이후 20세기 초까지 간도 개척 초기 이주 조선인의 생활상, 정착 과정에서 날로 심해지는 대립 갈등을 비롯하여 이주민의 희로애락을 생생하게 그린 장편소설이다. "역사 속의 민중, 민중의 인생고와 모대김을 쓰고 서민을 역사의 주체로 그리"기 위해 "도식화에서 해탈되고 인간의 본체를 표현"하려 한 작가의 의도[20]대로, 이 작품은 문화적 시각으로 이주 조선인의 역사와 삶을 재조명하고 있다. 그래서 이 작품에는 이데올로기적 시각으로 접근한 소설이 즐겨 다루는 공산주의 운동이나 항일 투쟁 같은 사건들보다는 '용두레촌'과 '장재촌' 사람들의 일상적인 사건들이 주를 이룬다. 논 쟁탈 사건과 이로 인한 송사, '변발령'에 따른 소동, 화적떼의 수탈과 유린, '동영감'네 집 화재 사건, 용두레 우물 신화와 모아산 전설, 무속 신앙, 단오놀이 등이 그것이다. 이러한 이주 조선인 사회에서 벌어진 일상적 이야기는 적절하게 구사되는 함경도 방언이나 민요·타령과 함께 작중인물을 생생하게 형상화하는 데 기여하고, 이주민의 고달프고 서러운 일상에 비극미를 불어넣는다. 그리하여 이야기에 진실성을 부여한다. 그러나 한편, 이것은 "구성의 짜임새, 플롯의 명확성에 영향을 주고"[21] 결과적으로 이야기의 통일성을 깨뜨린다. 하지만 이 작품은, 이러한 비판적 지적에도 불구하고, 새로운 시각으로 이주사를 재조명함으로써 재중 조선족의 존재, 그들의 삶의 의미와 가치를 재확인하게 했다는 점에서 그 의미가 크다고 하겠다.

이 밖에, 이 시기의 역사 제재 소설로는 이주 조선인의 항일전쟁이나 조선족의 혁명 투쟁을 다룬 윤일산의 장편소설 『어둠을 뚫고』(1981)를 비롯하여, 한원국의 『잊을 수 없는 사람들』(요녕인민출판사, 1982), 김운

20) 최홍일, 「력사소설의 새 지평을 위하여」, 『문학과 예술』, 1995. 4기.
21) 오상순, 앞의 책, p.266.

룡의 『새벽의 메아리』(요녕민족출판사, 1986), 류원무의 중편소설 「숲속의 우등불」(연변인민출판사, 1980), 이태수의 「체포령이 내린 '강도'」(연변인민출판사, 1985) 등을 들 수 있다. 개혁 개방 시기에 접어들어 역사소설이 조선족 문단에 하나의 흐름을 형성하게 된 것은 과거 역사를 통해 자기 정체성을 담보하고자 하는 조선족 사회의 성숙된 민족의식에서 비롯하는 문학 현상이라 하겠는데, 이들 작품 대부분이 이데올로기적 시각으로 조명하고 있고 그래서 도식화의 틀을 벗어나지 못하고 있음에도 불구하고 '소설다움'과는 무관하게 높이 평가하는 까닭이 여기에 있다.

3-3. 개혁 개방 시기 조선족 소설의 또 다른 양상으로 재중 조선족의 사고 방식과 생활 양식의 변화를 담아내는 경향을 들 수 있다. 이런 경향의 소설은 조선족의 일상적인 삶과 인정 세태에 관심을 기울여 조선족 사회의 생활상을 다양한 시각으로 형상화하고 있는데, 주요 작품으로는 림원춘의 「몽당치마」(1983), 홍천룡의 『구촌조카』(1981), 서광억의 『가정문제』(1981), 리선희의 「거미줄」(1987), 김훈의 『청춘략전』(1981) 등의 중·단편소설, 그리고 장편소설로 리원길의 『설야』(1989) 등을 들 수 있다. 리원길과 림원춘은 그 대표적인 작가로, 이들은 모두 현실생활에 주목하여 작품의 제재를 일상생활에서 구한다는 점에서 서로 비슷하다. 그러나 림원춘의 소설은 주로 단편소설의 형식을 취하면서 토속적이고 세태 풍속적인 모습을 주로 그렸다면, 리원길의 소설은 주로 중편소설과 장편소설의 형식을 취하면서 급변하는 시대의 변화에 민감하게 반응하며 현실모순에 대해 갈등하는 구도를 설정하고 있다는 점에서 서로 다르다.

림원춘[22]의 「몽당치마」(는 조선족 작가로서는 처음으로 중국당대우수

---

22) 그에 대한 주요 논의를 보이면 다음과 같다.
     김기형, 「림원춘 단편소설 창작의 몇 개 특점」, 『연변문예』, 1980년 12기.

단편소설상(1984년)을 수상하고 『중국신문학대계』에 수록된 그의 대표
작으로, 창작 동기는 "낡은 세속에서 벗어나지 못한, 아직도 우리의 수
족을 묶고 있는 돈과 권세에 의한 인간관계를 폭로"하고 "조선족 여성
들의 생활 처지를 짧은 화폭에 개괄"23)하는 것으로 알려져 있다. 이 작
품은 조선족 여성 세 사람을 중심으로 결혼잔치·회갑잔치·새 각시 예
절 등 조선족의 풍속과 그들의 가정생활·인간 관계·인정 세태 등을 진
실하게 반영, 조선족의 정신과 정서 그리고 심리를 정확하게 그려내는
데, 조선족의 특색을 잘 보여주고 있다는 점에서 긍정적으로 평가된다.

리원길24)의 소설은 주로 역사적 전환기를 맞이하여 변화하는 조선족
의 생활 세태를 구체적으로 드러내는데, 특히 「한 당원의 자살」은 "제
재의 박절성, 주제의 엄숙성, 모순갈등의 첨예성 및 인물의 비극성" 등
으로 하여 곧 독자들의 이목을 끌었으며 그의 작품 가운데 "획기적인
의의를 가지는 돌파작"25)으로 평가된다. 그리고 『설야』는 농촌개혁이
전개되던 시기를 배경으로 토지사용권의 개인화라는 시대적 과제와 혼
인과 간통이라는 풍속적 문제를 관통하며 조선족 농촌마을의 변화 과
정을 사실적으로 묘사하여 문단의 주목을 받았다.

리선희의 「거미줄」(『은하수』, 1987.2)은 여성의 주체적 각성과 '홀로 서
기'를 다룬 작품으로, 개혁 개방을 지향하는 새 시기에 이르러서도 여

　　김동훈, 「「몽당치마」의 계시와 미학적 탐구」, 『문학예술연구』, 1983년 2기.
　　장춘식, 「림원춘 소설의 민족적 특색」, 『문학과 예술』, 1985년 3기.
　　성기조, 「「몽당치마」의 두 가지 상징」, 『문학과 예술』, 1994년 5기.
　　최삼룡, 「「몽당치마」 후의 림원춘의 소설」, 『문학과 예술』, 1994년 5기.
23) 림원춘, 「문학 창작과 생활 체험」, 『문학예술연구』, 1983년 2기.
24) 그에 대한 주요 논의를 보이면 다음과 같다.
　　현동언, 「생활에 대한 예술적 탐구」, 『연변문예』, 1984년 6기.
　　류동호, 「「한 당원의 자살」의 차실」, 『문학과 예술』, 1986년 5기.
　　목자, 「력사에서 인간을 파내고 있는 리원길」, 『문학과 예술』, 1990년 4기.
　　조일남, 「「설야」가 말해주는 것」, 『문학과 예술』, 1990년 4기.
　　정판룡, 「리원길의 중편소설에 대하여」, 『문학과 예술』, 1992년 6기.
25) 정판룡, 앞의 글, 1996.

성에 대한 편견과 인습이 엄격한 조선족사회의 완고성을 문제삼고 있다. 작가는 이 작품에서 '아내'의 역할에만 충실할 것을 강요하고, 이를 여성이 갖춰야 할 덕목으로 치부되는 사회, 이혼녀는 세상의 편견과 부당한 비난을 감수할 수밖에 없는 사회를 강도 높게 비판한다. 따라서 사회화가 바여성이 자신의 의지대로 '홀로 서기' 위해서는 무엇보다도 '거미줄'처럼 여성을 옭아매는 인식의 전환이 필요하싱삶을 엮고, 다.의 에 대한 만 남편에게 순종하고 옛전근대적인 여성관과 남성우월주의가 상존하고 있는 조선족사회의 완고성을 문제삼고 있다.

개혁 개방을 전후한 시기의 농촌사회는 시대의 변화에 따라 야기되는 다양한 문제들을 가장 민감하게 파악할 수 있는 공간이라 할 수 있는 바, 이런 점에서 「흘러가는 마을」(고신일)도 관심의 대상이 된다. 이 작품은 빚더미에 찌들려 있고, 너무 쉽게 이혼하고, 처녀들이 임신하고, 패싸움이 벌어지는 고향의 어수선한 모습에 경악하는 주인공의 시선을 통해, 산업화·도시화로 치닫는 사회 분위기에 휩쓸려 하루아침에 황폐해져버린 조선족 농촌사회의 단면을 비판적으로 내보이고 있다.

위에서 살펴본 것처럼, 이 시기 조선족 소설은 무엇보다 도식화·정치화의 틀에서 벗어나 서서히 문학 본연의 모습을 되찾게 된다는 데 그 특징이 있다. 한족문학의 영향과 한족문단을 통한 서구의 새로운 문학사조의 영향, 그리고 한국문학의 수용으로 작품의 제재 범위가 전례없이 확대되고, 그 결과 소설의 주제 및 창작방법 또한 다양해진다. 인간 본연에 대한 탐구, 새로운 자아 발견 등에 관한 관심들이 그러하고, 새로운 시대 상황 속에서 조선족들이 겪게 되는 생존의식과 사유 및 생활 방식에 있어서의 변화를 반영한 작품들이 그러하다.

또한, 이 시기 소설은 역사 현실을 제재로 조선족의 혁명 투쟁사와 이주 역사를 반영해 보인다. 이들 소설은 새 시기 소설에 있어 중요한 맥의 하나일 뿐 아니라, 동시에 역사적 사건이나 시대를 재현한다는 차원을 넘어 민족 정신과 얼을 발굴하고 표현하려는 경지를 보이는데, 장편소설이 주를 이룬다. 이밖에도, 새로운 시대 상황 속에서 중국조선족들이 겪게 되는 생존의식과 사유 및 생활 방식에 있어서의 변화를 반영한 작품들도 적지 않다. 이들 작품은 특정한 문학사조나 문학이론의 틀에 맞추어 생활을 관조한 것이 아니라, 작가마다 특유의 시각으로 조선족의 삶과 생존 양식을 형상화한다.

다원화시기의 조선족 소설은 엄청난 변화에 슬기롭게 대응해야 하는 과제에 직면해 있다. 이전 시기와는 달리, 합리적인 다양한 시각, 보다 객관적이고 냉철하게 시대를 바라보는 안목에 대한 절실한 요구가 그것이다. 달리 말하여, 이제 조선족문학은 자신의 울타리 안에 머무르지 않고 자신이 경험한 세계 여러 나라의 문학과 삶에 대해서도 열린 시각을 가져야 할 시점에 서 있는 것이다. 특히 개혁 개방의 시기를 맞이하여 기존의 가치관과 새로운 가치관은 충돌할 수밖에 없는데, 그에 따라 일어나는 다양한 변화의 양상들을 폭넓게 담아내는 것 또한 이 시기 조선족 소설이 감당해야 할 과제라 할 것이다.

4. 결 어

다원화시기의 소설은 다양한 주제의식을 내보인다. 인간 본연에 대한 탐구, 새로운 자아 발견, 그리고 새로운 시대 상황 속에서 조선족들이 겪게 되는 생존의식과 사유 및 생활 방식에 있어서의 변화에 대한 관심들이 그것이다.

이 시기는 중국 정부가 안으로는 개혁하고 밖으로는 개방하는 정책을 실시, 계급 투쟁의 틀에서 벗어나 경제 건설에 주력하던 시기이다.

이에 따라, 문학의 자율화가 허용되고, 정치의 부속물에서 탈피하여 문학 본연의 모습을 되찾게 된다. 이 시기의 작품은 이러한 시대 상황의 변화에 부응, 한족문학의 흐름과 창작 기법을 참조하여 조선족 사회의 변화 양상을 형상화하고 있다. '상처문학', '반성문학', '뿌리찾기 문학' 등이 그것이다. 또한, 이 시기 소설은 1980년대 후반 한국과의 교류를 통해 또 다른 시각을 참조하면서 비약적으로 발전한다. 전례 없이 작품의 제재 범위가 확대 심화되고, 그 결과 소설의 주제 및 창작방법 또한 다양해진 것이다

이 시기 소설은 역사 현실을 제재로 조선족의 혁명 투쟁사와 이주 역사를 반영, 역사적 사건이나 시대를 재현한다는 차원을 넘어 민족정신과 얼을 발굴하고 표현하려는 주제의식을 드러낸다. 이밖에, 이 시기 조선족 소설은 새로운 시대 상황 속에서 중국조선족들이 겪게 되는 생존의식, 사유와 생활 방식에 있어서의 변화 등을 문제삼기도 한다. 이전 시기처럼 조선족의 삶과 생존 양식을 특정한 문학사조나 문학이론의 틀에 맞추어 형상화하는 것이 아니라, 작가마다 특유의 시각으로 해석해 보인다는 점에서 주제의식의 다양성을 엿보게 한다.

해방 후 중국조선족 소설은 광복 직후 거의 공백 상태에서 출발했지만, 반세기에 걸쳐 수많은 작품들이 발표되면서 그 질과 양에 있어 상당한 성과를 거둔다. 그 결과 중국조선족 소설의 독자성을 담보하게 되고, 이에 따라 우리 민족문학은 그 영역을 그만큼 더 확장하고 심화시키게 되었다고 할 수 있다. 바로 여기에 중국조선족 소설이 이루어낸 문학적 성과, 그리고 축적된 문학 유산의 민족문학사적 의의가 있다. 그러나 오늘의 조선족 소설은, 이전 시기와는 달리, 합리적인 다양한 시각과 보다 객관적이고 냉철한 시대의식이 절실히 요구되고 있다. 바꿔 말하여, 조선족문학은 이제 자신의 울타리 안에만 머무르지 않고 새

롭게 경험한 세계 여러 나라의 문학과 삶에 대해서도 열린 시각을 가져야 할 시점에 서 있는 것이다. 특히 개혁 개방의 시기를 맞이한 조선족 사회는 기존의 가치관과 새로운 가치관의 충돌이 불가피한데, 그에 따라 일어나는 다양한 변화의 양상들을 폭넓게 담아내는 것 또한 이 시기 조선족 소설이 감당해야 할 과제라 할 것이다.

참고문헌

권영민, 『한국현대문학사(1945-1990)』, 민음사, 1993.

권철·조성일(주편), 『중국조선족문학사』, 연변인민출판사, 1990.

권철·임범송(주필), 『조선족문학연구』, 흑룡강조선민족출판사, 1989.

구중서, 『한국문학과 역사의식』, 창작과비평사, 1985.

김기형, 「림원춘 단편소설 창작의 몇 개 특점」, 『연변문예』, 1980년 12기.

김동활, 「「고난의 년대」에 대한 본체론적 사고」, 『문학과 예술』, 1988년 5기.

김동훈, 「장편력사소설 「고난의 년대」에 대하여」, 『아리랑』, 1983년 11기.

김승찬 외, 『중국 조선족 문학의 전통과 변혁』, 부산대 출판부, 1997.

김윤식, 『북한문학사론』, 새미, 1996.

김윤식 외, 『한국현대문학사』, (주)현대문학, 1995.

김중생, 『조선의용군의 밀입북과 6.25전쟁』, 명지출판사, 2000.

김학철, 「감우-비평」, 『연변문예』, 1954년 7기.

＿＿＿, 『최후의 분대장』, 문학과지성사, 1995.

김현택 외, 『재외 한인작가연구』, 고려대 한국학연구소, 2001.

류동호, 「「한 당원의 자살」의 차실」, 『문학과 예술』, 1986년 5기.

리광일, 「해방 후 중국조선족 소설 연구」, 연변대학 박사논문, 2002.

림원춘, 「문학 창작과 생활 체험」, 『문학예술연구』, 1983년 2기.

서일권, 「리근전과 그의 문학」, 『문학평론집』, 민족출판사. 1982.

성기조, 「「몽당치마」의 두 가지 상징」, 『문학과 예술』, 1994년 5기.

소련 콤 아카데미 문학부(편), 신승엽 역, 『소설의 본질과 역사』, 예문, 1988.

연변대학조문학부 편, 『조선민족문학연구』, 흑룡강조선민족출판사, 1999.

연변문학예술연구소 편, 『조선족문학예술개관』, 흑룡강조선민족출판사, 1982.

염무웅, 『민중시대의 문학』, 창작과비평사, 1979.

오상순, 『중국조선족소설사』, 료녕민족출판사, 2000.

이상갑, 「김학철론1,2」, 『한국학연구』 10, 11집, 고려대 한국학연구소, 1998.7, 1999. 7.

장정일, 「생명철학, 그리고 김학철옹의 단편 「죄수의사」」, 『천지』, 1998년 4기.

전성호, 『중국조선족 문학예술사 연구』, 이회문화사, 1997.

전국권, 「중국조선족문학의 성격을 두고」, 『문학과 예술』, 1995년 3기.

정덕준(편), 『한국현대소설연구』, 새문사, 1995.

정판룡, 「리원길의 중편소설에 대하여」, 『문학과 예술』, 1992년 6기.

_____, 『중국조선족과 21세기』, 흑룡강조선민족출판사, 1999.

조성일, 「중국조선족 당대문학 개관」, 『문학과 예술』, 1988년 3기.

조성일(외), 『김학철론』, 흑룡강조선민족출판사, 1990.

조일남, 「「설야」가 말해주는 것」, 『문학과 예술』, 1990년 4기.

최동호(편), 『남북한 현대문학사』, 나남, 1995.

최삼룡, 『격변기의 문학 선택』, 흑룡강조선민족출판사, 1999.

현동언, 「50년대 전반기 중국조선족소설의 심미적 형태 및 그 영향」, 『문학과 예술』, 1994년 1기.

게오르그 루카치, 『역사소설론』, 거름, 1987.

스테판 코올, 여균동 역, 리얼리즘의 역사와 이론, 한밭출판사, 1982.

존 홀, 최상규 역, 문예사회학, 예림기획, 1999.

楊昭全·李輔溫, 朝鮮義勇軍抗日戰史』, 도서출판 고구려, 1995.

張玄平, 『中韓文學思潮比較硏究』, 延邊大學出版社, 1997.

陳思和 主編, 『中國當代文學史敎程』, 復旦大學出版社, 1999.

洪子誠, 『中國當代文學史』, 北京大學出版社, 1999.

謝冕·洪子誠(主編),『中國当代文學史料選』,北京大學出版社. 1995.

張學軍,『中國當代小說流派史』, 山東大學出版社,1996.

祁述裕,『市場經濟下的中國文學藝術』, 北京大學出版社, 1998.

樊　星,『當代文學與地域文化』, 華中師範大學出版社, 1997.

張　韌,『新時期文學現象』, 文化藝術出版社,1998.

陳建華,『二十世紀中俄文學關系』, 學林出版社,1998.

馬學良·梁庭望·李云忠,『中國少數民族文學比較研究』, 中央民族大學出版社,1997.

鄧敏文,『中國多民族文學史論』, 社會科學文獻出版社,1995.

朱　樺,『文學社會化的當代探索』, 學林出版社,1994.

朱　地,『大轉彎之迷－整風反右史錄』, 山西人民出版社·書海出版社, 1995.

魯原·劉敏言(主編),『中國當代文學史綱』, 中國文聯出版公司. 1995.

張德祥,『現實主義當代流變史』, 社會科學文獻出版社, 1997.

Georg Lukascs, *The Theory of the Novel*, tran., Bostock, Cambridge, MIT. Press, 1971.

Lucien Goldman, *The Hidden God*, Routledge & Kegan Paul, 1964.

Raymond Williams, *Marxism and Literature*, Oxford Univ. Press, 1977.

재중 조선족 문학비평 연구[*]

- 1949년~1990년대 후반

이상갑[**]

1. 머리말

재중 조선족 비평문학은 조선족 문학의 출발과 거의 동시에 시작된다. 우리 민족이 중국에 살면서 생산한 문학의 역사는 오래다. 일찍이 이조 말에서 근대 초기에 걸쳐 김택영·신정·신채호 등이 중국에서 창작과 평론 활동을 하였다.[1] 하지만 본격적인 비평은 1940년대 들어 시작된다. 염상섭과 안수길의 비평이 그것이다.[2] 재만조선인작품집 『싹트는 대지』(만선일보 출판부, 1942)의 '서언'에서 염상섭은 재만 조선인 문학을 "참담한 이주 간민(墾民)의 생활 기록"이라 규정하고, 이 시기 조선인 문학의 성격과 과제를 제시한다. 그는 조선인 문학이 특수한 유형적 사실에 국한된 취재의 범위를 확대하여 만주의 '협화 정신'을 체득한 국민문학으로 전개되어야 한다고 주장했다. 안수길 또한 조선인

* 『한국문예비평연구』13권, 2003, 12, pp.315-352.
   이 논문은 2002년도 한국학술진흥재단의 지원에 의하여 연구되었음(KRF-073-AS1036).
** 한림대 기초교육대학 교수
1) 이들의 문학에 대해서는, 조동일의 『한국문학통사 4』(지식산업사, 1986)의 4장 「한문학에 부과된 사명」을 참조할 수 있다.
2) 전성호, 「중국 조선족 당대문학 평론 개관」, 『문학과 예술』, 1995. 3.

문학의 성격을 나름대로 규명하여 이 시기 비평문학이 나아갈 방향을 제시한 것으로 평가된다. 물론 그 또한 염상섭과 마찬가지로 '협화 정신'에서 결코 자유롭지 못했다.

1945년 광복 이후 재중 조선족 사회는 큰 변화를 맞게 된다. 이주민의 반수 이상이 이북이나 이남으로 돌아갔고, 남은 반수의 사람도 중국 내전에 휩쓸리게 된다. 김창걸 등 몇 명을 제외하고는 문인들 또한 대부분 한반도로 돌아갔다. 이렇듯 조선족 문학은 광복 후 처음부터 다시 시작할 수밖에 없는 상황에 처하게 되었다. 광복 이후 1950년대 초까지 조선족 비평문학은 '사회주의 문예 건설'을 화두로 전개된다. 이 시기 중국문학은 사회주의체제를 건설하기 위해 노농병(勞農兵)의 인물 형상을 창조하려 했고, 그리하여 러시아가 문예 창작과 비평의 기본방법으로 규정한 사회주의사실주의를 받아들인다. 그러나 사회주의사실주의에 대한 당시 문단의 관심은 사회주의 그 자체였을 뿐, 사실주의가 아니었다. 즉 중국 문단이 역점을 둔 것은 사회주의사상 또는 공산주의 세계관이었다. 그 결과 사회주의사실주의를 당성 원칙과 무산계급의 실천적 임무와 결합시킬 것을 요구하는데, 이는 조선족 문단에도 당의 문예 정책으로 채택된다. 이 시기 조선족 비평문학은 '문예는 당의 혁명투쟁에 발맞추어야 한다.'는 주장이 주류를 이룬다.

건국 후 재중 조선족 비평문학은 크게 두 단계 과정을 거치며 전개된다. ①1949~1978년의 1기 ②1978년~현재의 2기가 그것으로, 각 시기마다 비평 방법의 변화를 보인다.

1기는 비평 이론과 방법의 정립 과정이 주목된다. 이 시기에는 중국 건국과 함께 마르크시즘이 중국 문단의 유일한 비평 방법으로 확립된다. 조선족 비평문학 역시 중국의 영향을 받아 마르크시즘 비평 이론과 방법이 주류를 이룬다. 이 시기의 조선족 문학은 새로운 지평을 열게 되는 바, 김학철·김철 등 중견 작가들의 눈부신 성장이 그것이다. 소설가 김학철은 『해란강아 말하라』를 비롯하여 여러 대작들을 발표하고, 시인 김철은 「지경돌」 등 수많은 서정시를 발표하여 조선족 시문학의 기반을 마련한다. 비평문학 역시 이에 발맞춰 권철·조성일 등 중견 비평가들을 배출한다. 권철은 김학철 문학에 대한 비평을 본격적으로 전개하여 비평문학의 새로운 장을 열며, 조성일은 김철을 중심으로 조선족 시문학 비평의 흐름을 체계적으로 연구한다. 이들의 앞선 노력으로 조선족 비평문학은 이론적 토대를 마련하여 창작의 발전에 크게 기여한다.

2기는 비평 이론과 방법의 다원화 현상이 주목된다. 이 시기 중국의 개혁·개방 정책은 조선족 비평문학에 다원화·다양화의 계기를 제공한다. 중국의 문호가 개방되면서 중국 문단의 비평문학은 마르크시즘 비평에서 벗어나 다양한 비(非)마르크시즘적 비평 이론을 수용하기 시작한다. 이러한 변화에 발맞춰 조선족 비평문학 또한 변화하게 된다. 특히 권철·조성일·최삼룡·김동훈 등은 공저로 『중국 조선족 문학사』(1988)를 발간한다. 이는 20세기 초부터 1980년대까지 재중 조선족 문학의 전개 양상을 전반적으로 고찰한 것으로, 조선족 문학 발전사에서 획기적인 업적으로 평가된다. 그리고 정판룡은 풍부한 식견과 날카로운 시각으로 서구의 문학 연구방법과 비평 이론들을 소개하여 조선족 문학 발전에 크게 기여한다. 1990년대 이후에는 신세대 비평가들이 대거 등장하여 비평문학의 공간을 더욱 확대 심화시키는데, 장춘식·김성호 등이 그 대표적인 예다. 이들은 이전 세대보다 훨씬 다양한 이론과 방법들을 현장 비평에 적용하여 주목할 성과를 거둔다.

이 글은 건국 후 재중 조선족 비평문학을 계몽기(1949~1957년 상반기), 암흑기(1957년 후반기~1976), 부흥기(1976~1980년대 후반), 성숙기(1980년대 후반~1990년대 후반) 등 네 시기로 세분하여 그 특징을 살펴보려 한다. 혹자는 암흑기를 1957년 후반기부터 '문화대혁명'(1966) 시작 이전까지로 잡고 '문화대혁명' 기간을 또 하나의 시기로 나누기도 한다.[3] 그러나 암흑기는 '반우파 투쟁' 이후 거의 모든 기성 문인이 활동을 중단했고, 또 계급투쟁 또는 극좌적 문학사조가 전 문단을 지배했다는 점에서 '문화대혁명' 기간과 큰 차이가 없다. 따라서 이 글은 1957년 '반우파 투쟁' 때부터 1976년 '문화대혁명' 시기를 묶어 암흑기로 보았다. 그리고 1990년대 후반 이후의 비평문학은 아직 진행 중이어서, 연구의 하한선은 1990년대 후반까지로 하였다.[4]

요컨대, 건국 후 재중 조선족 비평문학은 새로운 정치·사회 상황에 직면한 조선족 문학의 당면 과제와 나아갈 방향을 제시하고 있다. 따라서 이 시기 비평문학은 당대 조선족 문학의 성격을 규명하고, 민족문학론의 새로운 패러다임을 설정하는 데 좋은 참고가 된다.

2. 계몽기 - 문학과 사회주의의 접목

계몽기는 1949년 중국의 건국에서 1957년 전반기까지다. 이 시기 비평의 가장 뚜렷한 특징은 '계몽'이었다. 1945년 광복 직후 대부분의 기성 문인들이 이북이나 이남으로 돌아가자, 조선족 문단은 한때 공백 상태가 되었다. 따라서 새로운 문단을 형성하기 위해서는 무엇보다 문학적인 '계몽'이 필요했다. 사실 1949년 이후 도입된 사회주의 문학은 조선족에게는 전혀 새로웠기 때문에 그것을 이해하는 데는 상당 기간의

---

3) 전성호, 앞의 논문.

4) 해방 이후 1990년대까지의 재중 조선족 소설에 대한 최근 연구 성과는 정덕준·이광일의 「중국조선족 소설 연구」(『성곡논총』 제34집, 2003)를 참조할 수 있다.

'계몽'이 필요했다.

1) 문학의 선전 도구화 경향

건국 초기 조선족 비평문학은 건국 직후 중국의 사회·정치운동, 예
컨대 해방전쟁, 토지개혁, 항미원조(抗美援朝) 운동과 더불어 출발하였
다. 이는 설인(雪人)의 시 「밭둔덕」을 둘러싼 논쟁에서 잘 드러난다. 『동
북조선인민보』는 1949년 7월 16일과 17일 이틀에 걸쳐 시 「밭둔덕」과
함께 '부간과'(편집자)의 글을 싣는다. 작품과 편집자의 설명을 이틀에
걸쳐 연이어 실은 것은 아주 의도적이었다.

> 우리는 금후 이러한 비평 토론을 계통적으로 조직하고 문예 창작에 있어
> 사상을 통일하며 조선인 작가들의 창작열을 고취함으로써 인민의 "정신의
> 식량"에 대한 요구를 만족시키며 더한층 우리 자신을 제고시키기 위하여
> 문제들을 호상 제기하며 지상을 통하여 연마의 기탄 없는 비평을 전개시키
> 려고 의도(意圖)하고 있다.[5]

인용은 이제 공산당 체제에서 변화된 인민의 생활을 어떻게 재현할
것인가를 문제삼고 있다. 그런데 이 논쟁은 결국 토론에 참가한 3명의
평자들이 모두 비판적인 시각을 보임으로써 의도와는 다른 방향으로
흘러가고 말았다. 『동북조선인민보』 '부간과'는 「시 「밭둔덕」에 대한
결론」(1949. 11. 5)에서 토론을 마무리하고 있다. 이 글은 농촌현실 체
험의 부족과 농민의 사상 감정에 대한 이해 부족, 그로 인한 사실성·
혁명성·계급성의 빈약 등을 그 한계로 지적하면서도 농민의 감정을
이해, 표현하려는 시인의 노력은 인정한다. "엽초 두두룩히 말아/한 모

---

5) 본보 부간과, 「설인 동무의 시 「밭둔덕」을 실으면서」, ≪동북조선인민보≫, 1949. 7.
  16-7. 17.

금 빨아 「후-」 심호흡하면" 등이 농민의 진실한 감정을 잘 형상화하고 있다는 것이다. 요컨대, 설인의 시 「밭둔덕」을 둘러싼 토론에서 우리는 문학이 노농병을 위해 복무해야 한다는 이른바 대중화의 지향을 읽을 수 있고, 동시에 문학이 해방전쟁과 증산운동 등 당의 지상과제를 선전하는 도구가 되어야 한다는 주장을 확인할 수 있다. 그러나 이 토론이 있을 당시는 그래도 현실 체험과 예술적 표현의 문제를 소홀히 하지는 않았다. 하지만 정치 사회적 상황이 빠르게 돌아가던 1950년대 초에 오면 체험이나 표현의 문제는 뒤로 밀려나고 문학(비평)은 완전히 당의 선전도구가 된다.

이런 상황은 1951년 『연변문예』(창간호)에 실린 비평들에서도 잘 드러난다. 먼저 「창간호를 내면서」는, "우리들은 한결같이 일어나 抗米援朝保家衛國의 정의의 투쟁 가운데서 고도로 되는 애국주의 정신과 국제주의 정신을 발휘하였고 갖은 성의를 다 기울였다. 동시에 심입한 애국 교육을 거쳐 보편적으로 드높은 애국생산경쟁 및 반혁명진압과 애국헌납운동이 기세 높은 열조를 형성하였다."고 전제하고, 이러한 정치적 임무와 결합한 '군중문예운동'이 커다란 선전효과를 얻었다고 자평하고 있다. 조선족 사회주의 문예는 인민을 교육하는 도구이자 여가 생활의 한 형태라는 것이다.

『연변문예』는 겨우 6기를 내고 폐간되었다가, 3년 뒤인 1954년 다시 창간된다. 재창간사에 해당하는 배극의 「『연변문예』 창간에 제하여」는 좀더 진전된 논의를 보여준다. 배극은 중국공산당 연변지위 선전부 부부장의 신분으로 이 글을 썼기 때문에 공산당 정부의 문예정책에 상당한 변화가 일어났음을 시사하기도 한다. 물론 당 정책의 선전도구로서의 문예의 기능에는 큰 변화가 없다. 하지만 그 구체적 실천에서는 문예가 인민을 위해 존재한다는 점을 강조하고, 특히 "생동 활발하고 짧고 내용이 있으며 또 통속적인 문학 형식들을 특히 중시할 것"이라고 하여, 제재와 주제 그리고 작품 형식의 다양성까지 내세우고 있다. 이 글은 문예의 오락적 기능과 함께 문예 본래의 기능을 인식하고 있는데, 이는 '항미원조' 전쟁이 끝남에 따라 사회가 차츰 안정을 되찾고 인민의 정서가 변화되었기 때문에 가능했다. 이 글은 특히 비평이 작가와 독자를 매개하여 문학 전체의 발전을 꾀할 것을 강조한다. 민족 유산을 정확히 계승하며 민간 문예를 학습하는 문제도 그 연장선에 있다.

　중국은 인민공화국이라는 새 국가 체제를 확립하기 위해 '3반, 5반' 운동, '항미원조' 운동, 자본주의에 대한 '사회주의 개조운동'이 연이어 일어났다. 재중 조선족 문학은 당의 이러한 중심 과제에 따라 사회주의 운동의 일환으로서 이른바 애국주의 군중문예운동을 전개했다. 따라서 비평문학도 인민을 지도 계몽하고 군중문예운동을 조직, 지도하는 역할을 떠맡게 되었다.

2) 사회주의 문학의 계몽

　문학의 선전도구화는 사회주의 문학의 '계몽'과 관계가 깊다. 그런데 해방 초기 조선족 문단은 아직 사회주의 문학이 잘 알려져 있지 않아 중국 문단의 연구업적에 의존해야 했다. 물론 (구)소련과 북한의 좌익 문학이론도 중국을 통해 소개되었다. 그리하여 재중 조선족 문학은 중국공산당의 문학 방침을 수용 선전하는 도구로 기능했다. 그 대표적인 예로 艾青의 「신 중국과 애국주의를 표현시키자」(『연변문예』, 1951. 4), 周揚의 「모택동 문예 노선을 견결히 관철하자」(『연변문예』, 1951. 6), 郭沫若의 「반사회주의적 호풍의 강령」(『연변문예』, 1955. 6) 등을 들 수 있다. 이들 글이 문예정책을 선전하거나 이른바 반사회주의 문예사상을 비판한 것이었다면, 馮雪峯의 「사회주의적 사실주의에 대한 몇 가지 문제」(『연변문예』, 1954. 2), 艾靑의 「시와 감정」(『연변문예』, 1954. 8), 楊朔의 「나의 창작체험」(『연변문예』, 1955. 1), 劉白羽의 「작가로 되는 길은 어데 있는가」(『연변문예』, 1955. 3) 등은 창작방법 차원에서 문학과 사회주의의 접목을 시도하였다. 이와 더불어 독후감과 창작담 같은 인상비평적인 글들이 선보였다. 이는 그러나 아직 초기 단계의 비평이었던 만큼 문학의 본질에는 접근하지 못했고 주로 당의 방침이나 정책에 맞추어 작품을 해석하거나 평가하는 데 그쳤다.

그러다 일부 문학적 수련을 가진 문인들이 문학의 본질에 접근한 비평 또는 논문을 발표하였다. 이들은 일제 때 공부했던 일반 문예이론과 사회주의 이데올로기를 적절히 결합하여 새로운 민족문학 이론을 확립하고자 했다. 가령 김순기는 그가 이해한 사회주의 문학의 기본적인 원리를 구체적인 창작과정과 연관시켜 설득력 있게 설명한다.

> 이번 당선된 작품들은 각기 같지 않은 정도로서 전형 환경 속의 전형 인물들의 성격을 묘사하였으며, 우리나라 사회주의 건설과 사회주의적 개조의 대변혁 중의 인간의 정신세계의 변혁을 묘사하였으며, 현실 중의 모순과 충돌을 반영하였으며, 특히 적극적 인물들이 현실 중에서 저항하는 일체 부정 인소들을 타승하면서 어떻게 사회를 전진시키는가 하는 문제를 형상화하였다. 이 점에서 과거에는 낙후 인물을 전변시키는 문제만 주요하게 취급하던 데로부터 이번에 적지 않은 성적이 있으며 정책과 결합한다 하여 조문식적 구호식적으로 쓰던 개념화 공식화하는 경향을 극복한 비교적 우수한 작품을 내였다.[6]

인용은 '전형 환경 속의 전형 인물'이라는 마르크스주의 문학이론의 가장 중요한 원리를 제기, 문학이 사회주의 건설에 이바지해야 한다는

---

6) 김순기, 「좋은 작품을 많이 쓰자- 55년 신춘문예 작품 심사평」, 『연변문예』, 1955. 3.

것을 강조하면서도, 그러한 문학이 개념화·공식화되어서는 안 된다는 사실을 강조한다. 그는 이어 인물 성격의 묘사, 문학 언어, 작품의 진실성 문제 등 사회주의 문학의 기본 원리와 실천방법들을 제시하고 있다. 특히 노동자와 농민의 언어를 풍부하게 사용하여 그들의 인물 성격을 잘 묘사할 것을 요구한다. 당시 대부분의 비평도 당성을 강조하면서도 문학의 도식성과 개념화를 비판하고 있다. 이는 앞 시기 문학 이론과 비평에서 나타난 문제점에 대한 반성인 동시에 문학의 본질로 접근하려는 시도였다. 그 대표적인 예가 설인의 「문학의 전형성에 대한 몇 가지 체득」(『아리랑』, 1957. 4), 허호일의 「농촌 현실과 우리 문학」(『아리랑』, 1957. 4), 서헌의 「"주관"과 "틀"」(『연변일보』, 1956. 10. 7), 이광순의 「평론에서의 도식주의 경향」(『연변일보』, 1957. 6. 25), 최정연의 「개념화 공식화에 대하여」(『아리랑』, 1957. 2) 등이다.

이 시기 비평문학은 문학과 사회주의의 접목을 시도한 것이 특징이다. 문학의 불모지에서 전혀 새로운 사회주의 문학을 창조하기 위해서는 불가피하게 중국과 (구)소련 문학 그리고 북조선의 문학을 수용해야 했고, 이를 바탕으로 조선족의 현실에 접근한 문학 계몽적 비평들이 행해졌다. 그러나 비평은 주로 현역 작가들이 담당할 정도로 아직 전문화되지 않았다. 게다가 건국 직후 연이은 정치·사회운동의 영향으로 비평은 당의 선전도구 역할을 충실히 해야 했다. 물론 그에 따라 나타난 도식주의와 개념화에 대해 비판이 있었다. 하지만 이 시기 비평은 인민을 사회주의사상으로 교양하는 가장 유력한 무기 중 하나였다. 더욱이 1957년 후반의 '반우파 투쟁'을 겪으면서 재중 조선족 문단은 중국 문단과 함께 기나긴 암흑기를 맞게 된다.

3. 암흑기 - 극좌적 사상의 범람과 지도비평

1) 극좌적 사조의 흐름

1957년 '반우파 투쟁' 이전에도 극좌적 경향은 있었다. 앞서 살펴본 문학의 선전도구화 경향이 그러하며, 1949년 설인(雪人)의 시 「밭둔덕」을 둘러싼 지상토론 또한 그러하다. 사실 이 지상토론은 당시 한족 문단의 분위기를 그대로 모방하여 진행된 것이었다.[7] 다만 이때까지만 해도 이른바 "인민 내부의 모순"이라 하여 극한적인 상황까지는 가지 않았다. 하지만 1955년 '호풍반혁명집단'에 대한 전국적인 비판운동이 일어나자, 조선족 문단에서도 극좌적인 문학풍토가 조성되어 김학철의 장편 『해란강아 말하라』를 문제삼았다. 그 해 말 『연변문예』 편집부는 개산툰 제지공장에 내려가 문학에 대한 전문지식이 전혀 없는 노동자와 사무원들을 동원하여 이 작품을 비판하게 했던 것이다. 이것이 이른바 「『해란강아 말하라』에 대한 우리들의 의견」[8]이라는 국영 개산툰 제지공장구락부 명의의 토론 요지다. 토론자들은 여기서 "주관적인 판단과 공식적인 관념으로 객관적인 역사의 진실을 대체"[9]하였다고 비판했다. 그러나 다행히도 모택동의 논문 「인민 내부모순을 정확히 처리하자」가 발표되고 당의 '백가쟁명, 백화제방' 방침이 실시되자 이런 무단적인 비판에 제동이 걸렸다. 1955년 말부터 1957년 상반기까지는 오히려 지난 기간의 도식주의와 개념화의 편향을 비판하고 문학의 특성을 존중해야 한다는 주장들이 활기를 띠고 나타나기도 했다. 그 하나의 예로 박금숙의 「작자의 입장-김동구 작 「개고기」를 읽고」(『아리랑』,

---

7) 전성호, 앞의 논문.
8) 국영 개산툰제지공장구락부, 「『해란강아 말하라』에 대한 우리들의 의견」, 『연변문예』, 1955. 12.
9) 전성호, 위의 논문.

1957. 9)를 살펴보자. 이 글은 우선 '백가쟁명, 백화제방'의 문단 상황을 잘 보여준다. 이 글은 「개고기」가 주견 없는 주인공을 풍자하는 것을 높이 평가하면서도 오히려 그것이 선량한 인민의 생활을 왜곡할 수도 있음을 비판한다. 그러니까 이 글은 작품 해석에서의 시각 차이를 보여줄 뿐, 아직 비평이 정치적인 '몽둥이'로까지는 의식되지 않았다. 오히려 이 시기 문단에 잠깐 나타났던 '백화제방, 백가쟁명'의 환경은 상당히 조화롭고 개방적인 모습을 보여주었다. 그에 힘입어 작가의 야심작들이 속속 발표되기 시작했다. 짧은 기간이어서 수준 높은 작품들이 많이 나오지는 못했으나 해방 후 조선족 문학이 처음으로 찬란한 햇빛을 보았다.

그러나 1957년 하반기에 시작된 '반우파 투쟁' 이후 사정은 크게 달라진다. 결국 문단의 자유로운 상황은 오히려 '반우파 투쟁'의 한 빌미가 되었다. 먼저 '백가쟁명(百家爭鳴), 백화(百花) 제방' 운동에서 '반우파 투쟁'에 빌미를 제공한 작품이 있었다. 김학철의 「괴상한 휴가」(『아리랑』, 1957. 1)와 김동구의 「개고기」(『아리랑』, 1957. 7)가 그것이다. 「괴상한 휴가」에 대해서는 연변대학 학생 박관우의 「인민 군중을 떠나서는 작가의 생명이 없다」와 상아리의 「나의 소감」을 묶어 『아리랑』(1957. 6)에 「「괴상한 휴가」에 대한 독자의 반향」이라는 글을 실었고, 김순기의 「"차순기"와 나와의 갈래」라는 비평을 따로 실었다. 여기서 「괴상한 휴가」를 학생들은 부정적으로 보고 있으나, 김순기는 긍정과 부정의 양면을 함께 지적하고 있다.

「괴상한 휴가」의 주인공 차순기는 문단에서 영향력 있는 작가다. 그는 중편소설 「서리」로 일부 평론가들의 비난을 받았다. 새 세대의 인물 형상이 크게 왜곡되어 있다는 것이었다. 일부에서는 그의 사상 문제까지 들먹이며 과거의 업적마저도 부정했다. 그런 그가 이번에는 소설

「가락지」로 독자들의 열광적인 환호를 받는다. 그러나 그는 이를 격려하러 찾아온 <나>를 쓴웃음으로 대한다. 말하자면 김학철은 이 작품을 통하여 주관없이 휩쓸리는 독자와 평론가들을 동시에 비판하고 있다. 그럼에도 오히려 위의 두 학생은 왜 작품이 인민의 의사를 무시했느냐고 비판했던 것이다. 물론 이러한 비판은 활발한 토론을 유도하기도 했다. 그러나 역시 같은 호에 실린 김순기의 글을 보면 문단의 기대는 동시에 어떤 불안과 상서롭지 못한 예감을 동반하고 있음을 암시해 준다. 김순기는 「괴상한 휴가」의 주인공 차순기와 자기 이름이 같고 또 「가락지」라는 작품 표제가 자신의 작품 「반지」(1957)와 비슷해 오해의 소지가 있다며, 자신은 차순기가 아님을 변명하였던 것이다. 곧이어 시작된 '반우파 투쟁'을 염두에 두면, 김순기의 이러한 민감한 반응은 결코 기우가 아니었음을 알 수 있다.

2) '반우파 투쟁'과 문학의 위기

사설 「반우파 투쟁에 총궐기하여 연변문학의 장성 발전을 담보하자」(『아리랑』, 1957. 10)가 발표된 뒤 상황은 크게 달라진다. "우파분자들의 당과 문학예술계에 대한 진공"이라는 말이 그것을 잘 말해준다. 사설은 최정연의 「개념화, 공식화에 대하여」를 겨냥하여 "우파분자들은 '순수예술' '문학의 생명론'을 부르짖고" 있다고 비판한다. 말하자면 이 사설은 연변 '반우파 투쟁'의 정치적 강령이었던 셈이다. 역시 같은 호 『아리랑』에는 「우파분자의 음모를 철저히 분쇄하자」는 표제 아래 허호일·논자·주무경·최형동·고철·용섭 등의 글을 싣고 있는데, 그 내용은 사설의 취지와 부합하는 것이었다. 주요 비판대상은 이미 우파로 낙인찍힌 최정연이었다.

최정연의 「귀환병」은 철호라는 전투 영웅이 사랑하는 아내를 두고 전선에 나가 8년간 편지 한 장 보내지 못하다가 돌아와 보니 아내가 다른 남자에게 시집을 가 있다는 내용의 희곡 작품이다. 이 작품을 두고, 이근전은 전선에 나가 피흘리며 싸운 영웅이 아내의 버림을 받았다는 것, 더욱이 그런 아내가 "훌륭한 일을 많이 한 현대여성"이라는 것, 그리고 현재의 남편인 모 기관의 주임이 그녀더러 다시 전 남편에게 돌아가라 권하였음에도 새로운 불행을 만들지 않기 위해 그녀가 그것을 거부했다는 사실을 문제 삼았다. 즉 그는 당성보다는 인간성에 충실한 아내와 그런 아내를 설득하지 못하고 오히려 설득당하는 새 남편의 태도를 모두 문제 삼아 「귀환병」을 "현실에 대한 반감을 의식적이고 노골적으로 폭로한" 작품으로 비난했다. 이어 도마에 오른 작품이 김학철의 장편 『해란강아, 말하라』다. 양환준의 「독소가 가득한 소설—『해란강아, 말하라!』(『아리랑』, 1957. 11)는 비평원리를 완전히 벗어난 억지 논리에 가까웠다. 같은 호 『아리랑』에는 박일민의 「『아리랑』에 드리는 글」(1957. 11)이 실렸는데, 여기서 그는 『아리랑』의 편집방침을 문제 삼으면서 1957년도 『아리랑』(1~10)에 실린 작품 가운데 무려 20여 편의 소설·시·평론·극본·잡문을 우파 작품, 혹은 '독초'로 비판한다. 「소위 "영혼"이 득실거리는 파지—최정연과 그의 추종자들의 작품에 대하여」(『아리랑』, 1957. 12)는, 김학철의 「92전 짜리 파리」를 「괴상한 휴가」와 「개고기」의 속편이라며 문제삼는다. 이 밖에도 반동 작가로 비판받은 작가는 김순기·주선우·김용식·고철·조룡남·이동암 등 대부분 중견 작가들이었다. 이들은 당연히 창작의 권리마저 박탈당하였다. 사설 「반우파투쟁에 총궐기하여 연변문학의 장성 발전을 담보하자」(『아리랑』, 1957. 10)를 시작으로 1958년 말까지 『연변일보』와 『아리랑』에 실린 위의 작가들의 작품과 이른바 '반동 언론'을 비판하는 글들은 무려 124편이나 되는데, 이는 같은 시기 발표된 평론의

80%를 차지하는 양이었다. 이러한 글들은 문학의 논리가 아닌, 경직된 극좌논리를 내세웠다.

여기서 '우파소설'의 딱지가 붙었으면서도 별로 논의되지 않은 박정일의 「버림받은 생명」(1957)을 살펴보자. 이 작품은 정치와는 거리가 먼 순수 인간성의 문제를 다루어 당시 논리대로라면 당연히 '독초'에 속한다. 사회주의 사회에서의 인간관계의 암흑면을 암울하게 그렸기 때문이다. 하지만 마상욱의 「처녀의 내방」(1957), 정관석의 「뇌관」(1959)은 '독초'의 혐의가 충분히 있음에도 불구하고 비판의 대상에서 제외되었다. 그러니까 당시에는 작품에 대해서보다는 작가에 대해, 그것도 기성 작가, 혹은 당시로서는 고학력이거나 높은 수준의 지식인이 주로 비판의 대상이 되었다. 사실 김용식은 인간의 물욕을 비판한 「밤길」(1957)의 내용과는 아무 관계없이 우파분자들과 가까이 지냈다는 이유로 강하게 비판받았다.10) 1957년 후반에서 1958년 전반까지 '반우파 투쟁'은 거의 모든 기성 문인들을 숙청한 뒤 점차 소강상태를 보였다. 그러나 비판은 간헐적으로 계속되었다. 그 대표적인 예가 바로 평론 「「교장의 행복관」에 표현된 작가의 반동사상」(『아리랑』, 1958. 11~12)이다.

중국 현대사에서 '반우파 투쟁' 이후로부터 '문화대혁명' 직전까지는 신민주주의사회에서 사회주의체제로 이행하는 과도기였다. 중국공산당은 1958년부터 사회주의 건설 총노선, 대약진, 인민공사 등 '세 폭의 붉은 기'를 내걸고 단번에 사회주의체제를 확립하려 했다. 아직 때가 이른 목표를 달성하기 위해 공산당은 대약진운동, 인민공사화운동, 반우경투쟁, 민족정풍운동, 사상혁명화운동, 반수(反修)투쟁, 농촌에서의 사회주의교양운동 등 사회주의체제를 확립하기 위한 인민적 선전교양

---

10) 이행복, 「천만리에서 날아온 독충—우파분자 김용식의 반동언론록」, 『아리랑』, 1958. 3.

운동을 끊임없이 진행했다. 게다가 '반우파 투쟁'에 의해 황폐해진 문화적 상황을 바꾸기 위해 1959년에는 대중적인 신민요 창작운동을 벌여 중공연변주위원회에서는 이 해에 천만 편의 작품을 창작, 그 가운데 10만 편을 골라 건국 10돌에 바친다는 목표를 내걸기도 했다. 이처럼 정치적 의도에 따라 만들어진 다수의 신민요는 문학과는 거리가 먼 구호 투성이었다.

이러한 상황에서 문학의 기본원리에 충실한 비평을 기대하기는 어려웠다. 이 당시 비평은 주로 당에서 제기한 혁명적 사실주의와 혁명적 낭만주의가 결합된 창작방법을 해설 선전하는 것이 주를 이루었다. 다만 1958년 대약진운동 이후 한동안 지속된 조금은 자유로운 분위기를 맞아 일부 탐구적인 연구와 비평이 행해졌을 뿐이다. 그 대표적인 예가 바로 봄을 노래한 시를 두고 1964년 『연변』지에서 벌어진 논쟁이다. 이 논쟁은 '반우파 투쟁' 때와는 전혀 다른 학구적인 분위기에서 작시법과 시의 기교, 생활과 창작의 관계 등의 문제를 토론하였다. 비록 보다 광범위한 민족문학의 원리 규명에까지 나아가지 못했으나 민족문학의 명맥을 이어나간 이들의 노력은 높이 평가할 만하다. 특히 이 시기에 권철·정판룡·조성일·최삼룡 등 1980년대 조선족 비평문학을 선도한 전문 비평가들이 출현한 것은 주목할 만한 일이었다.

3) '문화대혁명'과 문학비평의 파탄

조선족 문학은 1966년 '문화대혁명'의 발발로 전대미문의 재난을 맞게 된다. 이때부터 1976년 10월 '4인방'의 파멸로 '문화대혁명'이 끝나기까지, 그 가운데서도 첫 5년간은 그야말로 문학의 공백기였다. '문화대혁명' 발발 전야인 1966년 2월 모택동의 부인 강청은 당시 군부 2인자였던 임표와 야합하여 상해에서 이른바 「부대 문화사업 좌담회 기요

」라는 것을 조작해 냈다. 이 「기요」는 중국의 사회주의문예를 파탄시키고 이른바 '문화독재'를 실시하기 위한 선언문이었다. 1966년 5월, '문화대혁명'이 터지자 임표·강청의 '반혁명 집단'은 그들이 작성한 「기요」에 따라 '문예계의 검은 선'을 파헤쳐야 한다며 건국 후 17년간의 문예를 모두 '검은 선'이 통치하여 만들어낸 자산계급적이고 봉건적이며 수정주의적인 문예로 그 성격을 일방적으로 규정했다. 그 영향은 연변에도 미쳐 1969년 7월 29일자 『연변일보』는 연격문의 「"민족문화혈통론"을 철저히 짓부시자」를 실었는데, 이 글 또한 건국 후 17년간의 조선족 문학을 모두 주덕해(당시 중공 연변조선족자치주위원회 서기)의 '검은 선'이 통치하여 만들어낸 자본주의적이고 수정주의적이며 민족주의적이고 매국투항주의적인 '독초'라고 결론지었다. 그 와중에 김학철·김철 등이 투옥되고, 기타 많은 문인들이 이른바 '군중독재기관'에 구속되거나 농촌에 유배되었다. 결국 '반우파 투쟁' 이후 그나마 명맥을 유지해 오던 조선족 문학은 완전히 파탄을 맞게 되었다. 문단은 해체되고 문예지와 일간지도 모두 폐간되었다.

1971년 9월 13일, 임표가 전용기를 타고 외국으로 도망가다가 언더르한의 사막에 떨어져 죽자 '4인방'의 반동적인 문화독재주의에 항거하는 인민의 원성도 높아졌다. 그리하여 '4인방'이 표방한 극좌적인 문화독재는 제한적이나마 완화의 기미를 보였고, 이를 계기로 『연변일보』의 문예부란이 회복되고, 1974년 4월에는 『연변문예』가 복간되고 이어 연변인민출판사는 조선족 문예작품을 다시 출판하기 시작했다. 그러나 창작과 비평은 여전히 「부대 문화사업 좌담회 기요」의 논리를 답습하고 있었다. 이른바 "모든 인물 중에서 주요 인물을 돌출히 내세우고 주요 인물 중에서 영웅 인물을 돌출히 내세우며 영웅 인물 중에서 주요 영웅 인물을 돌출히 내세워야 한다."는 '3돌출'의 원리가 그것이다.

따라서 이른바 '본보기 극' 창작을 모범으로 하여 계급투쟁을 억지로 만들어내는 문학이 여전히 주를 이루었고, 비평 또한 그러한 계급투쟁 이론과 '3돌출'의 원칙을 해설 선전하며 그것을 기준으로 작품을 평가 하였다. 전응권의 「정치와 예술의 "화합"론을 철저히 비판하자」(『연변 일보』, 1973. 5. 25)를 비롯하여, 임범송의 「문예 영역에서의 계급투쟁 을 중시해야 한다」(『연변일보』, 1974. 3. 31), 이창헌의 「대담히 계급 모순을 써야 한다」(『연변일보』, 1974. 4. 7), 정판룡의 「지주자산계급 인성론의 반동 본질」(『연변문예』, 1974. 4), 실문의 「계급투쟁을 취급 함에 있어서의 몇 개 문제」(『연변문예』, 1974. 4) 등, 제목만 보고도 그 내용을 짐작할 수 있는 글이 대부분이었다. 특히 업여창작조의 「혁 명적인 민가를 읽고」(『연변문예』, 1975. 5), 천보산광산의 「새로운 인 물 새로운 세계 – 상반년에 발표된 일부 작품에 대한 독자의 반향」(『연 변문예』, 1975. 8), 연길현 팔도공사의 「1975년도의 응모 작품을 평함」 (『연변문예』, 1976. 1) 등은, 특정 단체의 명의로 발표되었다. 이는 당 시 평론가들이 절대적으로 부족했던 사정과도 관련되겠지만, 그보다는 정치적 박해가 두려워 이름을 밝히기를 꺼렸기 때문이다.

광복 후 재중 조선족 비평문학은 처음부터 문학의 선전도구화 경향 을 띠고 시작됐다. 그러한 극좌적 편향이 결국 '반우파 투쟁'을 통하여 초기 사회주의 문학의 성과를 대부분 부정하고 작가들을 문단에서 제 거하는 결과를 낳았다. 1950년대 말에서 1960년대 전반기 사이에 잠깐 경직된 분위기가 완화되면서 문학의 기본원리에 입각한 창작과 비평이 이루어질 기미를 보였으나 극좌적 정치이념은 그대로 남아 있었다. 게 다가 그 뒤 '문화대혁명'이 일어나 조선족 문단은 전대미문의 재난을 맞게 되었다. 여기서 우리는 하나의 교훈을 얻게 된다. 요컨대 정치 논 리에 의한 문학 실천은 곧 파탄에 직면하게 되며, 따라서 문학의 발전은 문학 자체의 원리에 의해서만 가능하다는 사실이다.

4. 부흥기 - 지도이념의 갱신과 문예의 부흥

1976년 10월 '4인방'의 붕괴는 경직된 중국 사회를 완화하는 계기를
마련한다. 게다가 1978년 중국공산당 11기 3차 전체회의가 채택한 경
제개발 원칙으로 하여 중국 사회는 역사적인 변혁을 맞게 된다. 조선족
문학도 이를 계기로 전반적인 부흥기를 맞게 된다. 여러 문학예술 단체
가 다시 조직되거나 확대되고, 연변뿐만 아니라 길림·장춘·심양·
할빈·목단강 등 조선족 거주 지역에도 문예지가 창간된다. '반우파투
쟁'과 '문화대혁명' 등으로 누명을 쓰고 잠적했던 문인들 또한 복권된
다. 신인도 많이 등단하여 조선족 문학은 그야말로 르네상스 시대를 맞
는다.

1) 극좌적 문예사조의 청산

임표와 '4인방'의 정치·문화적 폭압에 의해 무너진 문학을 재건하기
위해서 가장 시급한 과제는 과거의 극좌적 문예사조를 청산하는 일이
었다. 그것이 이른바 '상처문학' 사조다. '4인방'이 붕괴하고 개혁·개
방이 시작되던 1970년대 말에서 1980년대 초의 한동안은 문학 창작이
나 비평 모두 이 '상처문학'과 그 뒤를 이은 '반성문학' 사조에 의해
지배되었다. 그것은 극좌적 문예사조의 청산이라는 측면에서, 그리고
새 시기 문학의 부흥을 위한 사전 정지작업이라는 측면에서 중요한 의
미를 지닌다.

새 시기 문학에서 '상처'라는 개념은 중국 문단의 신인 작가 노신화

의 단편 「상처(傷痕)」에서 비롯된 것인데, 나중에 그 작품은 잊혀지고 유심무의 단편 「담임선생님(班主任)」을 '상처문학'의 효시로 보는 견해가 우세하게 된다. 그러나 사실상 '상처문학'의 기본적인 요소들은 「상처」에서 이미 마련되었다. 「상처」는 '왕효화'라는 처녀가 '4인방'의 '유일성분론'의 영향으로 변절자 어머니와 관계를 단절하고 살다가 어머니의 임종에야 어머니를 찾는다는 내용이다. 변절자 어머니를 둔 일로 그녀는 깊은 정신적 상처를 갖게 되고 애인과도 헤어졌다. 그런데 여기서 문제는 어머니가 변절자로 판정받은 것은 오류였다는 사실이다. 그리하여 이 작품은 그러한 상처의 원인이 극좌적 노선이었음을 인식하게 한다. 또한 이 작품을 계기로 그 동안 금지되었던 남녀간의 사랑을 비롯하여 다양한 소재와 주제를 다룰 수 있게 되었다.

가장 먼저 비판의 대상이 되었던 것은 이른바 '3돌출'의 원칙이었다. 1951년 모택동은 '백화제방, 추진출신(百花齊放, 推陳出新)'의 방침을 정한 바 있었다. 그런데 '4인방'은 '초란' '강천' 등의 가명으로 발표한 논문에서 '백화제방' 문구를 빼버리고 그들이 만들어낸 이른바 "세 가지를 돌출히" 할 것을 요구했다. 임범송은 바로 이것이 작가의 창의성을 억압하였다고 비판하였다.[11] 여기서 그가 기대고 있는 이론적 근거는 '백화제방, 백가쟁명'의 문맥 그대로가 아니라 모택동에 의해 재해석된 원칙이었다. 이를테면 문예가 반드시 무산계급정치와 공농병을 위하여 복무해야 하지만 예술상의 여러 형식과 풍격은 존중되어야 하며, 문예비평 또한 종파주의에서 벗어나야 한다는 것이었다. 임휘 또한 임표와 '4인방'이 조작한 '3돌출' 원칙을 정치적 음모로 규정, 그 오류를 다음 네 가지 측면에서 비판한다. 첫째, 모택동이 내놓은 혁명적 사실주의와 혁명적 낭만주의를 결합시키는 창작방법을 배제하고 '4인방' 스

11) 임범송, 「"세 가지를 돌출히 하는" 창작 원칙의 반동 실질」, 『연변문예』, 1977. 4.

스로가 맑스주의 문예이론의 새로운 창조자로 자처했다는 것, 둘째, 반동적인 정치적 목적을 가지고 현실을 떠난 영웅 인물만을 돌출하게 창조함으로써 전형적 환경에서의 전형적 성격에 관한 마르크스주의 문예이론을 부정했다는 것, 셋째, 문예 창작을 고정된 틀에 얽어 놓아 공식화와 개념화를 초래했다는 것, 넷째, 모택동의 '백화제방, 백가쟁명'의 방침을 부정하고 '4인방'이 독단하는 문예적 종파주의와 문화전제주의를 실시하고자 했다는 것이다. 하지만 임범송과 임휘는 주로 정치적 원리에 기대고 있어 아직 구체적인 창작 실천에서의 문제는 거론하지 못하고 있다.

정판룡·임범송의 「혁명 문예를 교살하는 반혁명 살인도 – "문예에서 검은 선이 전정하였다"는 논조를 반박하여」[12]는 거기에서 한 걸음 나아간 양상을 보인다. 논자들은 '문화대혁명' 시기 문예전선에서 "모주석의 사상과 대립되는 하나의 반당 반사회주의의 검은 선이 우리를 전정(독재)하였다"고 한 강청의 논점을 비판했다. 이들은 김철의 「지경돌」, 「산촌의 어머니」(서사시), 임효원의 「영광스러운 조국」, 김창석의 「태양은 모주석의 창가에서 솟네」, 황상박의 「형제바위」 등 시들과 황봉룡의 희곡 「냉상모」, 「봄에 있은 이야기」, 「장백의 아들」, 소설로는 윤금철의 「숙질간」, 최현숙의 「김순희」, 현룡순의 「붉은기」 등을 예로 들어 성과작이 많음을 강조하였다. 그러니까 이들은 '문화대혁명' 기간에 비판받았던 작품의 명예회복을 시도했다. 이것을 가능하게 한 것이 이른바 '반성문학' 사조였다.

'반성문학'이란 '문화대혁명'의 오류와 '4인방'의 횡포를 비판한 '상처문학'의 단계를 넘어 해방 이후 극좌적 노선에 의한 중국 사회의 문제점을 반성하고 비판하는 문학적 성향을 말한다. '반성문학'은 주로

---

12) 정판룡·임범송, 「혁명 문예를 교살하는 반혁명 살인도—"문예에서 검은 선이 전정하였다"는 논조를 반박하여」, 『연변문예』, 1978. 4.

시·소설·회곡 분야에서 이루어졌다. 문예 이론상으로는 사실주의 문학에서의 '진실성' 문제가 다시 인식되기 시작했다. '「투사의 슬픔」 논쟁'과 '「국장과 '나리꽃'」 논쟁'이 그것이다. 윤림호의 「투사의 슬픔」(『연변문예』, 1980. 6)은 여성 혁명투사 영옥과 만주국 정부 둔장의 외동아들이며 순사인 창록의 사랑 이야기다. 창록은 아버지의 버림을 받으면서도 가난한 집 딸 영옥을 사랑하였고 혁명 중에 적에게 잡힌 영옥을 구해준다. 이에 두 사람은 사랑하게 되나 해방 후 오랜 동안 만나지 못하게 되어 영옥은 다른 사람과 결혼을 하였다. 이 즈음 창록은 순사를 할 때 혁명자를 살해했다는 누명을 쓰고 감옥에 있었다. 그럼에도 영옥은 정치적 박해가 두려워 그를 도와줄 수 없었다. 결국 창록은 영옥 하나만을 생각하며 기다리다가 죽게 되고 그때서야 영옥이 그를 찾아간다는 내용이다. 여기서 문제가 된 것은 계급 성분이 다른 두 남녀가 과연 사랑할 수 있느냐는 것이다. 이것이 가능하다고 본 사람들은 계급성보다는 인간성을 강조하고,[13] 문제가 있다고 본 사람들은 인간성에서 계급성을 배제할 수 없다고 주장하였다.[14] 김동훈은 「투사의 슬픔」이 항일투쟁 과정에서 당의 정치노선의 정당성을 정확하게 보여주는 대신 적대 계급에게 초계급적인 추상적 인간성을 부여했다고 비판한다. 차용순의 「곰뜯개 영감」을 둘러싼 논쟁도 마찬가지였다. 이들 논쟁은 결국 사회주의적 사실주의 창작방법에 대한 견해 차이에서 비롯하고 있다.

(구)소련에서 비롯한 사회주의적 사실주의는 해방 후 중국 문단의 유일한 창작방법이었다. 혁명적 사실주의와 혁명적 낭만주의를 결합하여

---

13) 황남극, 「「투사의 슬픔」을 보고」, 『연변문예』, 1980. 9; 현룡순, 「소설에 표현된 인간성」, 『연변문예』, 1981. 1.
14) 김동훈, 「인간성의 탐구에서 제기되는 문제—윤림호의 「투사의 슬픔」을 중심으로」, 『문학예술연구』, 1984. 1.

모택동이 내놓은 창작방법은 바로 이 사회주의적 사실주의 창작방법을 변용한 것이었다. 개혁·개방 이후 '4인방'의 극좌적 문예사상이 비판받으면서 혁명적 낭만주의라는 표현은 거의 사용되지 않았으나 혁명적 사실주의 창작원칙은 여전히 문예이론의 근간을 이루고 있었다. 그런데 여기에 이의가 제기되었다. 이만호의 단편 「국장과 "나리꽃"」(『연변문예, 1980. 8)을 둘러싼 논쟁이 그것이다. 이 작품의 초점은 부패한 정부관리 백국장과 착하지만 '문화대혁명'의 피해를 입고 강도단에 들어가 마침내 두목이 된 오창준의 대립이다. 상식적으로 보면 도적은 사회의 질서와 안전을 위협하는 존재이고 공안국 국장은 그러한 도적을 잡아 사회의 질서를 유지하는 존재다. 그런데 이 작품에서는 그것이 반대로 나타난 것이다. 이것을 대은윤은 "특정된 역사 환경에 의하여 조성된 생활의 복잡성이며 시비가 뒤바뀌고 혼란에 처했던 시기의 실제 정황"으로 보면서, 백국장이 재판을 받고 창준이 새로운 생활의 길로 나서는 결말 부분을 특히 강조하고 있다. 이것이 '4인방'이 몰락한 이후의 실제 생활일 것이라는 이유에서였다. 같은 호에 실린 최용린의 「「국장과 "나리꽃"」에서의 백국장」이나 허영산의 「「국장과 "나리꽃"」에 대하여」도 거의 비슷하다. 나아가 최홍일은 백국장을 당과 정부의 관료 등 '특권자'의 형상이라 규정한다. 특권층의 부패를 심각한 사회 문제로 본 것이다.

　그러나 이와 같이 현실의 암흑면에 대한 고발을 사실주의 문학의 중요한 사명으로 인식한 주장에 대해 제동을 건 논자들도 있었다. 김경훈의 「작품의 경향성과 사회적 효과─시 「만일 나에게 그런 권한이 있다면」을 두고」(『문학과예술』, 1984. 1)가 그 대표적인 예다. 황장석의 정론시 「만일 나에게 그런 권한이 있다면」(『연변문예』, 1981. 1)은 특권층의 부패를 노골적으로 고발한다. 시의 화자는 '나'에게 권한이 있다면 "무능력한 자들의 자리를 죄다 거두고 공복답지 못한 자들을 노동으로 개조시키"며 모든 사람들이 자유롭고 평등하도록 할 것이라고 말한다. 이에 대해 김경훈은 여전히 정치적 기준을 적용하여 이 시가 현실을 왜곡하고 있다고 주장했다. 이것이 1980년대 초반까지 조선족 문학비평의 기본 상황이다.

이 시기 한 가지 특기할 것은 비평가들의 급성장이다. 정판룡·임범송·조성일·김봉웅·현동언·최삼룡·김동훈·전국권 등 전문 비평가들이 대거 등장하였고, 이상각·산천(한춘)·박화 등 일부 시인과 작가들도 비평에 적극 가담하여 비평문학의 황금기를 이루었다. 하지만 이들 가운데 다수는 여전히 사회주의적 사실주의의 전형화 이론을 작품 평가의 기준으로 삼았다.

2) 사상해방과 문학관의 해방

사상해방 방침은 1978년에 이미 당에서 확정한 것이었다. 다만 1980년대 초반까지는 '4인방'의 극좌적 노선을 청산하는 데 노력하다보니 전형화 이론 자체에 문제가 있다는 사실을 미처 인식하지 못하였다. 그러나 1980년대 중반 들어 조선족 비평문학은 큰 고비를 맞게 된다. 그 가운데 가장 먼저 화제에 오른 것이 이른바 모더니즘의 도입 문제였다. 사실 1980년대 초·중반에 장지민·우광훈·장춘식·이원길·김성호 등이 '의식의 흐름' 등 새로운 실험을 시도했다. 그러나 그것은 실험성이 강하여 별 주목을 끌지 못했다. 김봉웅은 '의식의 흐름'과 프로이드 이론에 대해 깊은 분석없이 그것이 사회 발전의 객관적 법칙성을 부정하고 사회주의적 사실주의의 창작방법을 반대한다며 일방적으로 비난한다.15) 그는 이 기법이 무엇보다 제국주의자의 사상문화 침투의 수단

15) 김봉웅, 「인물의 내면 세계를 깊이 파고 들자─최근 년간에 발표된 단편소설들에 대

이라 주장한다. 말하자면 그는 여전히 혁명적 사실주의에 입각하여 당시 '현대파'로 불려진 서구 모더니즘 문학을 강하게 부정한다.[16] 그의 견해는 동시에 당시 다수 중견 비평가들의 견해였으므로 소설에서의 모더니즘 시도는 그 뒤 별다른 성과를 거두지 못했다.

그러나 시문학과 시비평의 경우는 사정이 달랐다. 개혁·개방 초기 조선족 시평의 중요한 이론적 바탕 역시 혁명적 사실주의와 혁명적 낭만주의, 혹은 이 두 가지가 결합된 창작방법이었다. 사실 1980년대 중반 들어 시는 소설보다 먼저 침체기에 들어서게 되는데, 따라서 이런 침체에서 벗어나기 위해 새로운 창작방법을 줄곧 모색해 왔다. 이런 가운데 중견 시인이자 시 평론가였던 한춘(산천)이 젊은 시인들과 신인 비평가들의 손을 들어주면서 모더니즘의 도입 문제는 상당히 활발하게 토론되었고 때로는 논쟁으로 비화되기도 했다. 한춘은 시인들이 전통적인 창작방법 및 표현기법에서 나아가 현대적 미감에 맞는 개방적인 사고를 가질 것을 요구했다.[17] 또한 시단은 이념적 지도비평에서 벗어나야 하며, 특히 민족의 편견이나 고루한 취미에서 벗어나 자유로이 자기를 확충할 것을 주장했다. 그가 인정한 '몽롱시'에 대해 시인 김성휘 또한 적극 찬성했고,[18] 박화도 새로운 의식과 관념 그리고 기법의 도입을 주장하였다.[19] 시 창작에서의 이른바 '관념 전변' 혹은 '관념 갱신' 문제는 김정호의 시 「추억」에 대한 논쟁에서 다루어진다. 첫번째는 「추억」을 둘러싸고 '몽롱시' '난해시'도 인정해야 한다고 주장한 최성자[20]와 이를 비판한 문산[21]의 논쟁이다. 이미 김월성은 시 「추억」을

한 소감」, 『문학예술연구』, 1982. 2.
16) 김봉웅, 「사건인물 전형」, 『문학과예술』, 1984. 2.
17) 한 춘, 「시에서 새로운 돌파를」, 『문학과예술』, 1985. 2.
18) 김성휘, 「가도 가도 올리막 길」, 『문학과예술』, 1985. 3.
19) 박 화, 「시 관념갱신과 시평」, 『문학과예술』, 1987. 3.
20) 최성자, 「나는 이런 시를 즐긴다」, 『문학예술』, 1987. 2.

개인의 애상적인 감정이 발로된 작품이라며 부정적으로 평한 바 있다.22) 이에 대해 산천은 「추억」이 새롭고 독창적이며 날로 넓어지는 독자의 심미 요구를 만족시키고 있다고 평가하였다.23) 이에 김월성은 다시 한번 마르크스주의 문예비평 원칙을 강조한다. 즉 그는 문학의 선전도구화를 경계하면서도 문학이 정치와 멀어진다고 좋은 성과가 나오는 것은 아니라고 말한다.24)

그러나 이와 같은 김월성의 견해는 이 시기 점차 설득력을 잃어가고 있었다. 적어도 시평에서는 그랬다. 정몽호는 시인 석화의 이른바 "괴상한 시"「나의 장례식」(『아리랑』, 22집)을 인정하였고,25) 금서는 앞서 언급한 「추억」과 같은 경향의 시 「꿈의 발자취」(『천지』, 1987. 2)를 긍정적으로 평가하였다.26) 그리고 신인 비평가 한광천이 연변의 다섯 중견시인이 아직도 전통적인 관념에서 벗어나지 못해 창작의 침체를 보이고 있다고 비판하고,27) 산천이 다시 새로운 시적 경향을 옹호하면서28) 시 평단의 무게 중심은 자연스럽게 '시 관념의 갱신' 쪽으로 옮겨갔다. 이를 단적으로 보여주는 것이 '중국 조선족 당대문학 평론 좌담회'의 개최다. 이 좌담회에서 조성일은 개회사29)를 통해 개혁·개방 이후 조선족의 문학비평이 당대 조선족의 문학 실천에서 제기되는 문제들을 이론적인 견지에서 제대로 해석하지 못하고 있고 일부는 여전히 전통적 관념과 폐쇄적인 이론 체계에 빠져 새로운 방법론을 적극

---

21) 문산, 「"이해시"와 "난해시"」, 『문학예술』, 1987. 2.
22) 김월성, 「시 <추억>에 대한 소감」, 『문학과예술』, 1987. 1.
23) 산천, 「<추억>의 예술 성과—겸해서 김월성 선생과 상론」, 『문학과예술』, 1987. 3.
24) 김월성, 「한춘 동무의 "미학적 견지"에 대한 생각」, 『문학과예술』, 1987. 4.
25) 정몽호, 「"괴상한 시"의 합리성」, 『문학과예술』, 1987. 4.
26) 금서, 「"회귀점"이 갖는 상승 지향—장시 「꿈의 발자취」의 경우」, 『문학과예술』, 1987. 6.
27) 한광춘, 「산문과 시 사이」, 『문학과예술』, 1988. 4.
28) 산천, 「시의 불안과 선택—비사실주의 시에 대한 사색」, 『문학과예술』, 1988. 6.
29) 조성일, 「시대와 문학평론—당대문학 평론 좌담회 개막사」, 『문학과예술』, 1985. 6.

도입하지 않고 있다고 비판했다. 그리하여 그는 비교문학·심리비평·기호학·수용미학 등 새로운 비평방법을 적극 모색해야 한다고 주장했다. 임성 또한 도식적인 비평자세, 정치적 기준에의 편중, 이론적 수준의 저하 등을 지적하며, 외래의 문예사조를 적극 받아들여야 한다고 주장했다.

이상에서 우리는 개혁·개방 이후 1980년대 중반까지 조선족 문학 관념의 변화 과정을 살펴보았다. 여기서 가장 큰 쟁점이 되었던 것은 역시 문학과 정치의 유착이냐, 분리냐의 문제였다. 일부 비평이 여전히 마르크스주의 비평원리에 집착해 문학관의 변화를 못마땅하게 여긴 것도 결국 정치적 이념과 문학의 유착에서 비롯된 것이었다. 그렇다면 여기서 벗어나는 길은 어디에 있는가. 조성일이 '제2차 겨레문학과 세계 문학사조 학술 토론회'에서 발표한 글에서 그 방향을 암시받을 수 있다. 조성일은 개혁·개방 이후 비평문학은 '문화대혁명' 전의 독후감이나 단평과 같은 인상비평 단계를 넘어 원리비평과 이론적 바탕을 가진 실천비평 단계에 들어섰지만, 아직도 ①원리비평이 제대로 기틀을 잡지 못하고 있고, ②세계적으로 도덕비평·심리비평·형식주의비평·원형비평 등 수많은 비평방법론이 유행하고 있으나 조선족의 비평은 주로 사회·정치학적 비평방법에 의존하고 있어 시야가 협소하고 사유가 경직되어 있으며, ③적지 않은 비평가들이 독자적인 가치판단보다는 '눈치보기'에 연연하여 무원칙한 비평이 상당 정도 존재한다고 비판한다.

물론 "반드시 마르크스주의 문예관을 견지하면서"라는 그의 말에서 알 수 있듯 그 또한 이념적인 전제를 완전히 배제하지는 않고 있다. 하지만 당시 평단의 지도적 위치에 있었던 그에게서 이제 조선족의 비평문학도 이념적 경직성에서 벗어나 개방의 방향을 잡고 있음을 확인하게 된다.

3) 민족문학 유산 정리 작업

조선족 문학사에 대한 정리 작업은 1958년 봄, 연변대학 조선언어문학학부 3학년 학생들이 동북 3성의 조선족 거주지를 다니며 해방 전 조선족 문학에 대한 조사를 진행하면서 시작된다. 이를 토대로 연변대학 조선어문학부 교사들로 이루어진 '집필 소조'가 1959년 4월 「연변 조선족 문학사 대강」(초고, 타자본)을, 그 해 11월 「중국 조선족문학 발전개황 집필 제강」(초고, 타자본)을, 1961년에는 『연변문학사』(초고, 등사본)를 비공식적으로 발행하였다. 여기에는 권철·박상봉·허호일·임휘·김현근·조성일 등 교수들이 중요한 역할을 맡았다.

'문화대혁명'으로 중단되었던 조선족 문학사 정리 작업은 '4인방'이 몰락하자 다시 시작되었다. 1979년 중공 연변조선족자치주위원회 선전부 부부장이었던 장일민의 제안으로 연변문학예술연구소(당시 소장 박찬구)가 조선족 문학사의 집필을 주도하였다. 그리하여 연변문학예술연구소는 1979년 연변대 교수 권철과 당시 연변문련 서기국장 조성일에게 「중국 조선족문학 개황」 집필을 의뢰하였다. 그 초고에 대해 연변 문학예술연구소는 조선족 학자들과 작가들이 참여한 가운데 여러 차례 세미나를 개최하였고, 여기서 제출된 수정 의견에 따라 내용을 보완한 뒤 그것을 『연변대학학보』(1979. 4)와 『연변문예』(1980, 1~2)에 실었다. 그 뒤에도 좀더 보완하여 「조선족 문학의 발전 개황」을 『아리랑』(1981. 3;1982. 4)에 실었다. 이와는 별도로 권철·조성일의 「조선족 문학 개관」(1979), 정판룡의 『30년래의 조선족 문학평론 사업을 회고하면서』(1982), 최삼룡의 『우리의 시문학이 거둔 빛나는 성과』(1980), 김동훈의 『번영 발전하는 소설문학』(1982), 김기형·김창길의 『영광으로 빛나는 발자욱－건국 후의 조선족 연극예술 개관』(1982) 등이 발표되어 문학사 편찬의 밑거름이 되었다. 그 뒤에도 조선족 문학유산에 대한 연구는 계속되어 그 결과가 권철·조성일·김동훈·최삼룡이 공동 저술한 『중국 조선족 문학사』(연변인민출판사, 1990)로 집대성되었고, 조선족은 자신의 첫 문학사를 갖게 되었다. 그러나 이 문학사는 편찬 당시의 정치적 상황과 유산연구의 미비로 하여 여러 가지 문제점을 가지고 있었다. 특히 광복 전 문단과 작가에 대한 기술이 아주 빈약했다. 이를 극복하기 위해 1980년대 후반부터 광복 전 문학에 대한 연구가 꾸준히 진행되고 있다. 여기에는 권철·박충록 등 원로 연구자들에 이어 김월성·이광일·이상범·장춘식·허련화 등 중견 및 신진 연구가들이 참여하여 보다 체계적인 조선족 문학사를 기대할 수 있게 되었다.

5. 성숙기－ 문학관의 다원화와 비평의 다양화

1980년대 말에서 1990년대 초반의 재중 조선족 문학비평은 신구의식이 점차 타협과 공존을 모색한다. 이를 바탕으로 좀더 개방적인 자세를 취하며, 그 결과 형성된 문학관의 다원화에 힘입어 비평도 점차 다양화된다. 사실 1985년 9월 용정에서 모두 다섯 차례 개최된 '중국 조선족 당대문학 평론 좌담회'를 계기로 문학 관념의 갱신 논쟁은 문학관의 다원화와 비평의 다양화 쪽으로 전환하게 된다. 이는 조선족 문학비평의 성숙을 뜻한다. 조일남은 이것을 '비평의 자각'[30]이라는 말로 나타내고 있다. 조성일의 「새로운 역사 시기의 조선족 문학」(『문학과예술』, 1986. 1) 등 이 시기 문학에 대한 개관적 연구도 그 중요한 징표였다. 또한 문학에서의 민족성과 민족의식에 관한 문화적 연구, 개별

---

30) 조일남, 「새 시기 중국 조선족 소설비평 연구」, 『문학과예술』, 2002. 6.

작가에 대한 심층 연구, 여류문학에 대한 페미니즘적 접근도 변화된 상황을 잘 보여준다. 당의 문예지도자들이 "문예의 기본선율 돌출"[31]을 역설하는 데서도 이 점은 확인된다. 요컨대 문학의 다원화로 하여 당의 중심과제 반영에 차질이 빚어졌던 것이다. 이러한 변화는 조성일·임범송·전국권·최삼룡·현동언·한춘·박화 등 기성 비평가들의 끊임없는 관념갱신과 신진 비평가들의 저변의 확대가 있었기에 가능했다.

1) 비평에서의 민족성과 민족의식 논의

문학에서의 민족적 특성에 대한 관심은 해방 후 간헐적으로 있어 왔으나 그것이 본격화되기는 1980년대 초반부터였다. 「민족 민간예술을 중시하자」(동민, 『동북조선인민보』, 1953. 1. 5), 「계속 군중 속에 감히 들어가 민족 민간예술을 발굴하자」(주선우, 『동북조선인민보』, 1954. 11. 11), 「민족문학 유산을 계승 발전시키는 면에서 본 『연변문예』」(한광춘, 『아리랑』, 1957. 1), 「시조문학 형식에 대하여」(김창걸, 『아리랑』, 1957. 4), 「연변의 창작에서 제기되는 민족어 규범화 문제」(김창걸, 『아리랑』, 1957. 7) 등이 그것이다. 1980년대 초반에 발표된 최웅구의 「서사시 <새별전>에서의 시인의 탐구」(『연변문예』, 1981. 1)와 조성일의 「시의 화원에 피어난 진달래—김철의 서정시에 구현된 민족특색」(『연변문예』, 1982. 4) 등은 시의 민족적 특성 문제를 깊이 다루었다. 하지만 이런 노력은 1980년대 중반에 와서 본격적으로 시작된다. 이를 조일남은 "민족문학에 대한 자각은 우리 소설비평의 '자아의식'의 각성"[32]이라 평가했다. 이렇듯 민족문학에 대한 자각은 1980년대 이후

---

31) 이하, 「사회주의 문예의 기본선율을 돌출히 하자」, 『문학과예술』, 1991. 3; 김희정, 「주선율을 고양하여 연변의 사회주의 문예번영을 추진시키자」, 『문학과예술』, 1994. 3.

32) 조일남, 앞의 논문.

확산된 '상처문학' '반성문학' '뿌리찾기문학'에 힘입은 바 크다. 그리하여 소설도 조선족의 생활과 역사를 다루게 되고 비평에서도 민족문학에 대한 사고가 가능하게 되었다.

사실 과거 사회주의적 사실주의 혹은 혁명적 사실주의는 '혁명적 내용에 민족적 형식'을 기본원칙으로 삼았다. 게다가 내용이 형식을 결정한다는 유물론적 사상에 의하여 민족적 형식은 겨우 '민족어'와 '민족옷차림' 수준에 머물러 있었고, 더 이상의 논의는 배제되었다. 개혁·개방 이후에야 비로소 조선족의 생활과 운명이 조심스럽게나마 비평의 관심을 끌기 시작했다. 우선 현동언의 다음 언급이 주목된다.

> 소설문학은 우선 민족문학으로 되어야 한다. 민족의 한 성원으로서 매 인간은 민족적 관습과 풍속을 벗어나서 생활할 수 없다. 하기에 생활에 대한 진실한 반영을 기본으로 하고 있는 소설가에게 있어서 예술적 재능은 우선 민족의 특징적인 관습과 풍속을 포착하고 형상적으로 그려 민족 생활의 화폭을 생동하게 전시하는 데 있다.[33]

"소설문학은 우선 민족문학으로 되어야 한다"는 주장은 형식면에서 민족적 특성을 논의한 최용구나 조성일의 시평과는 차원이 다르다. 그럼에도 민족문학을 "민족의 특징적인 관습과 풍속"을 포착하여 묘사하는 것으로 규정한다면, 그때의 민족문학은 결국 '혁명적 내용에 민족적 형식'이라는 사회주의적 사실주의의 범주를 크게 벗어나지 않는다. 그리하여 장춘식은 "가장 민족적인 것이 세계적인 문학이 된다"는 명제에 기대어 문학에서의 민족적 특색의 의미를 보다 명확히 한다.

> 그(림원춘)의 소설 작품에서 우리는 민족의 특징을 이루는 풍속습관, 사

---

33) 현동언, 「이원길 소설의 민족적 색채」, 『민족과예술』, 1985. 1.

상감정 및 심리적 소질에 대한 묘사를 여러 모로 찾아볼 수 있다. 그러나 본문은 우리의 사회 생활에서 가장 보편적이고 일반적인 현상으로 표현되는 사람들 사이의 상호관계에 착안점을 두려고 한다. 그것은 이런 사람들 간의 상호관계야말로 "민족정신 그 자체"가 가장 잘 드러날 수 있는 사회 현상이고 사회 관계라고 보기 때문이다.[34]

인간관계를 통하여 '민족정신 그 자체'를 파악하고자 한 이같은 시도는 내용적 측면에서의 민족성 문제와 닿아 있다. 그러나 현동언과 장춘식은 민족의 운명이나 의식의 문제에까지는 접근하지 못하고 있다. 이를 문제 삼고 있는 것이 김월성의 「민족의 열근성에 대한 자각적인 반성」(『문학과예술』, 1988. 2)이다. 이 글은 1980년대 초기 농촌개혁을 다룬 유원무의 장편소설 『봄물』을 분석하면서 소농경제·폐쇄적 사유·무지몽매·자기만족 등의 문제들을 꼬집는다. 김월성은 작가 유원무가 "역사적 사실의 표층을 헤치고 우리 민족의 문화의식을 깊이 있게 분석하고 반성하면서 비극적인 역사가 조성된 내재적 원인을 제시하고 있다."고 주장한다. 즉 민족의 내재적 속성을 가감 없이 분석하여 문학과 민족의 운명 문제를 다루고 있다는 것이다.

조일남은 문학과 민족 운명간의 관계를 여러 가지 비유를 통해 보다 설득력 있게 분석한다. 그는 조선족의 실존 상황을 자연 상태에서 살아가는 낙후된 '산재 마을'로 판단하고 조선족 소설의 구태의연한 기승전결을 '산재 마을'의 춘경추수에 비유한다. 그리하여 민족문학의 선진화의 대안으로 내용과 형식의 통일을 통한 도시문학으로의 전향을 제시한다.

이젠 우리 문학도 이전처럼 춘경추수가 안 되게 되었다. 이전에는 농사

---

34) 장춘식, 「림원춘 소설의 민족적 특색」, 『문학과예술』, 1985. 3.

꾼이 땅에서 일하듯이 "전형(典型)"이라는 바람직한 종자를 심고 여유작
작히 곧바로 그 수확을 거두었다. 사계절 순환의 자연의 법칙대로 마지막
에는 어김없이 대단원을 이루었다. 그런데 이제부터는 자연의 질서를 무자
비하게 파괴하는 도시의 혈액 순환—"자본" 주전(資本周轉)의 주기가 산
재 마을에 광림하는 것이다.[35]

　민족문학에 대한 모색은 다시 현동언의 「새로운 시기 조선족 장편소
설에 체현된 민족의식」(『문학과예술』, 1992. 5)에서도 잘 드러난다. 그
는 1980년대의 대표적인 장편소설인 『고난의 년대』(이근전), 『격정시대』
(김학철), 『짓밟힌 넋』(림원춘), 『봄물』(유원무), 『설야』(이원길) 등을
들어, 이들 작품이 드러내는 민족의식을 '뿌리의식—선조와의 연계성'
'환경의식—사회 · 역사적 조건의 자각' '우환의식—생존 · 자립의 추
구' 등으로 정리한다. 민족의식은 정체성 자각에서 비롯한다고 볼 때,
이 글은 민족의 운명과 정체성 파악에 큰 도움을 준다. 시인 남영전의
'토템시'에 대한 연구가 주목되는 것도 이 때문이다. 1995년 6월 25일
연변사회과학원 문학예술연구소가 주최한 '남영전 토템시 연구회'에서
발표된 최삼룡의 「민족의 얼과 운명에 대한 심층 사고」와 박화의 「뿌
리 찾는 시혼의 알찬 결실」이 그것이다. 시인 남영전은 곰 · 범 · 사슴
· 백학 · 까마귀 · 까치 · 흙 · 달 · 해 · 물 등 한민족의 원시적 신앙물
에 대해 연구하고 거기서 민족의 넋을 발견하여 시로 표현하고자 했는
데, 연구자들은 이들 신앙물을 민족의 정체성 차원에서 해석한 것이다.
이는 곧 다민족 국가에서 생활하는 조선족의 민족적 정체성을 확인하
는 작업과 직결되며, 따라서 민족 구성원의 생존과 관련하여 중요한 의
의를 지닌다고 하겠다.
　요컨대 민족적 특성의 탐구는 결국 민족의 정체성 인식에 직결되며

---

35) 조일남, 「산재 마을과 현재 우리 문학의 사정」, 『문학과예술』, 1990. 1.

민족문학의 가장 핵심적인 과제가 된다. 따라서 이러한 논의 자체가 사실상 조선족 문학비평의 성숙을 보여준다. 조선족 문학은 중국이라는 국가를 상정할 수밖에 없다. 그러나 지금까지의 역사가 증명하듯, 배타적인 국가주의나 민족주의는 바람직하지 않다. 더욱이 다민족 국가 중국에서 하나의 소수 민족인 조선족이 폐쇄적으로 민족성을 추구하는 것은 가능하지도 않고, 또 바람직하지도 않다. 따라서 조선족의 어떤 민족적 특성 그 자체가 중요한 것이 아니라, 그것이 오늘의 중국 나아가 세계의 현실을 개선하는 데 어느 정도 실천적인 가치를 갖느냐가 정작 중요하다. 안팎의 상황 변화에 직면하고 있는 오늘의 조선족 문단은 바로 이 점을 가장 심각하게 고민해야 할 것이다. 그만큼 조선족 문학비평의 역할은 크다고 하겠다.

2) 사실주의, 신사실주의 그리고 개방적 사실주의

1990년대 재중 조선족 문학비평은 혹자의 지적처럼 비평 인구의 증가와 비평방법론의 다양화가 특징인데,[36] 그 단적인 사례가 바로 '신사실주의'에 대한 논의다. 사실주의 문학은 '전형적 환경에서의 전형적 인물'을 강조한다. 1990년대 비평문학은 거기서 더 나아가 인간의 생존 환경과 실존, 그에 대한 가치 부여를 시도한다. 이것이 이른바 '신사실주의'적인 인간관인데, 이는 1980년대에 많이 논의되었던 인간성 옹호의 문제와 관련해서 보면 결국 휴머니즘의 회복이나 신휴머니즘으로 볼 수 있다. 이런 경향은 산업화가 빠르게 진행되면서 나타난 인간소외 현상에 대한 문학적 대응이기도 하지만, 1980년대 중반 이후 사회주의적 사실주의의 퇴조와도 관련된다. 조일남의 「"신사실주의"의 "사실"과 우리 소설의 경우」(『문학과예술』, 1993. 1), 이광일의 「이혜선 소설에

---

36) 조일남, 「새 시기 중국 조선족 소설비평 연구」, 『문학과예술』, 2002. 3.

서의 신사실주의 경향」(『문학과예술』, 1993. 6), 현동언의 「인간생존 상태의 탐구 - 이혜선 중편소설의 예술세계」(『문학과예술』, 1993. 1), 전성호의 「「동네사람들」의 구체적 형상화에 대하여」(『문학과예술』, 1993. 1) 등이 신사실주의의 비평적 성과라 하겠다.

신사실주의 입장에서는 이념의 대결은 무의미해진다. 1980년대 전반기에 인간성과 계급성간의 문제로 논란이 되었던 윤림호의 소설을 예로 살펴보자. 「투사의 슬픔」, 「두만 영감」 등 윤림호 소설의 등장인물은 거의가 특이한 신분을 갖고 있고 특수한 환경에서 삶을 살아간다. 바로 이 때문에 이들 인물이 계급성보다는 인간성을 더 강하게 보여준다고 하여 비판을 받았던 것이다. 하지만 1990년대 들어 사정은 달라진다. 장학규는 「윤림호 소설의 미, 윤리학적 취향 진단」(『문학과예술』, 1993. 1)에서 전형성과는 거리가 먼 이들 평범한 인물들을 오히려 긍정적으로 평가한다. 이것을 혹자는 '인문정신'으로 규정하기도 했다.[37] 물질에 의해 인간이 소외되는 후기산업사회에서 인문정신은 더욱 소중하다는 것이다.

그러나 신사실주의도 나름의 한계가 있다. 개인의 일상적인 생활세계가 전형성의 한계를 극복하는 데는 유익했지만, 자칫 사소설적인 협애성에 빠질 수 있기 때문이다. 구용기의 「치열한 문학정신 안 보여 - 94 소설문단」(『흑룡강신문』, 1994. 12. 31), 김용운의 「낭만의 실각과 비극 속의 방황 - 1993년 『천지』 소설 일별」(『문학과예술』, 1998. 4), 금성의 「어쩔 수 없이 선택된 방황 - 97 중국 조선족 중·단편소설 진맥」(『문학과예술』, 1998. 2) 등은 바로 이러한 문제를 정확하게 지적한다. 특히 전경업은 1990년대 신사실주의 소설의 한계를 다음과 같이 지적한다.

---

37) 조일남, 위의 논문.

꼭 한족(漢族) 문단을 따르라는 말이 아니다. 벌써 수 년 전부터 한족 문단에서는 농촌간부, 문명건설 등을 제재로 한 창작이 활발히 전개되어 왔다. 그러나 우리 문단에서 농촌건설과 농촌간부 제재는 아주 외면하고 있는 현실이다.

다음 자연과 인간, 재난 등 현실, 미래지향의 제재를 찾기 힘들다.

10편의 중·단편소설을 보면 「병재 씨네 빨래줄」 「파랑꿈 하나」 「달맞이꽃」을 제외하고는 모두 남녀관계를 목적 실현의 수단으로 삼고 있다.

물론 지구에 오로지 남녀 두 종류밖에 없으니 남녀관계를 떠날 수 없겠지만 우리 문단에 "섹스" 사태가 터지지 않았나 싶고 조선족의 일과가 여성만 찾아 헤매는 것이 아닌가 하는 느낌이다. 작가들이 자기 생활권을 벗어나 농촌으로, 공장으로, 시장으로 마실을 나가는 것이 어떨는지?[38]

사실 1980년대 초 '문화대혁명' 청산작업 이후 애정주제 등 이른바 인문정신이 강조되었는데, 인용은 그러한 신사실주의적 경향이 어떤 한 계점에 이르렀음을 잘 보여준다. 그리하여 비평가들은 김학철 문학에서 새로운 활로를 마련하고자 했다. 김학철은 조선족 문학 50년 역사에서 특기할 만한 존재로, 작가로서 그리고 민족지사로서 문단의 귀감이 되기에 충분했다. 김호웅은 「우리 민족의 영웅, 우리 문학의 산맥—김학철옹」(『아리랑』, 1997. 5)에서 그의 문학이 작가의 강한 의지와 신념, 명석한 지성과 비판정신, 그리고 풍부한 유머감각과 신랄한 풍자정신에서 비롯하고 있다고 주장한다. 또한 현동언은 그의 문학의 특징을 인문정신, 그리고 그와 연관된 민족의식으로 규정한다.[39] 즉 1990년대 김학철 문학에 대한 논의는 자연스럽게 인문정신과 민족의식 나아가 민족문학에 대한 인식을 새롭게 한다. 김관웅은 민족의식과 민족문학 논의와 관련하여 '민족적 사실주의'라는 과제를 제기한다. 그가 말하는 '민

---

38) 전경업, 「음영의 절대 권위 속의 인생 그래프」, 『도라지』, 1999. 1.
39) 현동언, 「김학철 소설 창작에 표현된 인문정신」, 『아리랑』(56), 1997. 5.

족적 사실주의'는 "중국 조선족의 삶의 현장에 튼튼히 뿌리를 내리고 민족성, 현실성, 비판성, 건설성과 미래지향성을 그 기본특징으로 하는 사실주의 문학"이다.[40]

말하자면 그의 '민족적 사실주의'는 앞서 지적한 신사실주의의 한계와 사회주의적 사실주의의 좌경화 편향을 동시에 극복하기 위한 대안으로 제출되었다. 따라서 그의 '민족적 사실주의'는 '개방적 사실주의'로서 사실주의의 가능성을 최대한 넓히는 것이자 사상의 해방을 요구하는 것이었다.

3) 여성문학에 대한 페미니즘적 접근

해방 후 여성 작가들이 더러 활동했으나 그 성과는 미미했다. 그러다 1980년대 중반 이후 여성 작가들이 다수 등장하여 여성 문제에 관심을 보이면서 여성문학에 대한 페미니즘적 접근이 이루어졌다. 채미화의 「우수한 여류작가 강경애」(≪연변일보≫, 1980. 8. 8)와 「여류작가 창작에 반영된 애정윤리의식」(『문학과예술』, 1988. 1), 조일남의 「여성형상 창조에서의 새로운 발견」(≪연변일보≫, 1980. 8. 8) 등이 그것이다.

채미화는 「여류작가 창작에 반영된 애정윤리의식」에서 조선족 여성 작가들의 소설에 표현된 여성의 양성윤리의식의 문제를 집중 조명한다. 그녀는 김영금의 「기러기」(『연변교육』, 1984. 4)가 묘사하고 있는 바, 고졸 출신의 도시처녀와 소학교 출신 시골총각의 사랑은 "'문벌' 관념에 대한 떳떳한 도전이고 반격이며 새 시대 여성들의 새로운 사랑의 윤리"라 말한다. 김영금의 「아버지의 참회」(『장백산』, 1985. 1) 또한

---

40) 김관웅, 「"인문정신의 재건" "사실주의 충격파"와 중국 조선족 문학의 진로」, 『아리랑』, 1998. 8.

'남자는 재주요 여자는 인물'이라는 전통적인 애정윤리관에 도전하고
있다고 지적한다. 그러나 그렇게 도전한 결과는 희망적이지만은 않다.
이혜선의 「거미줄」(『은하수』, 1987. 2)에서처럼 사랑이 없는 남편과 이
혼한 여성은 사회의 눈총을 받고 있다. 같은 작가의 「푸른 잎은 떨어
졌다」(『장백산』, 1987.1)에서는 '혼인 외의 사랑'에 빠진 여성이 정
신적 파탄을 겪고 있다. 물론 이선희의 「그녀의 세계」(문학반 창작
집 『그녀의 세계』에 수록)처럼 여주인공이 혼인제도 자체에 회의를 나
타내는 작품도 있다. 요컨대 이들 여성문학은 낡은 윤리 도덕에 도전하
기도 하지만 전통적 관념에 대한 미련과 새로운 윤리에 대한 고민을
동시에 보여준다. 채미화는 이를 염두에 두고 낡은 틀에서 벗어나려는
용기와 이를 뒷받침하는 이론의 수련이 필요하다고 강조한다. 채미화는
따라서 여성문학을 페미니즘적인 시각에서 접근한 첫 비평가라 하겠다.

조일남은 여기서 한 걸음 진전된 여권신장을 주장한다.[41] 여권이 상
당 정도 보장된 중국 사회에서 여성의 사회진출 여건은 두루 갖추어져
있다. 그러나 여성으로서 아이를 낳고 키우고 싶은 욕구는 어떻게 하는
가. 조일남은 바로 여기서 이화숙의 「그도 여인이었다」(『북두성』,
1987. 2)를 예로 들어 여성의 자기와의 싸움이 필요하다고 분석한다.
다만 그가 강조하는 바 현대여성들의 주체의식의 강화는 이를 뒷받침
할 사회제도적 여건이 충족되지 않으면 한계가 있을 수밖에 없다.

여성문학에 대한 논의는 1995년 11월 3일 연변작가협회 평론분과가
주최한 '조선족 여성문학 학술회의'에서 중요한 변화의 계기를 맞는다.
사실 이런 세미나 기획 자체가 여성문학에 대한 문단의 관심을 보여준
것이다. 게다가 원로·중견·신진 작가와 비평가 그리고 여성작가들이
대거 참석하여 열띤 토론을 벌임으로써 여성문학이 문단의 쟁점사항으

---

41) 조일남, 「여성형상 창조에서의 새로운 발견」, 『문학과예술』, 1988. 1.

로 부각되었다. 현동언은 현 단계 조선족 여성문학을 거시적으로 조명한다.[42] 그는 조선족 여성문학의 기본적인 인식을 ①생존의 곤혹 — 비극의식 ②생명의 진통 — 자아초탈의식 ③모성 — 가치의식 등으로 본다. 그리고 여성 생존의 어려움을 야기한 원인을 강권정치 및 사회의 잘못된 사조, 남성 중심의 전통적 가치관, 풍속과 습관에 기초한 문화의식, 여성 자신의 세속적 편견 또는 열등의식 등으로 정리한다. 그는 여성문학이 특히 일상의 생활을 통해 여성의 심리와 감각을 잘 보여준다고 분석하면서 여성작가들이 개인의 의식세계를 넘어서서 변화하는 현실을 폭넓게 다룰 것을 제안한다.

6. 마무리

해방 후 재중 조선족 문학비평은 거의 공백 상태에서 가장 기본적인 문학 '계몽'으로부터 시작되었다. 이런 문학적 '계몽'은 정치적 선전도구화 경향과 맞물려 다분히 극좌적 성향을 띠게 된다. 1957년 상반기 한때 문학의 본질적인 측면에로의 변화를 꾀하지만, 그러나 그 시도는 곧 '반우파 투쟁'에 의해 좌절된다. '반우파 투쟁' 이후 문학의 선전도구화 경향이 강화되면서 1960년대 중반에는 문학의 계급투쟁적 성격이 더욱 짙어진다. 게다가 '문화대혁명'을 거치면서 '4인방'이 내세운 '3돌출' 원칙은 문학의 계급성을 더욱 철저히 요구했다.

1978년 개혁·개방과 사상해방의 분위기에 힘입어 조선족 문단은 창작과 비평 모두 상당히 진전된 모습을 보여준다. 그러나 비평은 아직 사회주의적 사실주의라는 기본 틀 안에서 진행되었다. 그러다 1980년

---

42) 현동언, 「조선족 여성소설에 체현된 여성의식 — 소설집 『너는 웃고 나는 울고』를 중심으로」, 『문학과예술』, 1996. 1.

대 중반 이후 사실주의에 대한 재평가와 '관념 갱신'을 둘러싼 논쟁은 바로 그 한계를 극복하기 위한 것이었다. 이 논쟁을 거치면서 문학관은 다원화되고 문학비평 또한 다양화된다. '개방적 사실주의'가 그것이다. '비사실주의' 시 논쟁이 보여주듯, 이러한 '개방적 사실주의'는 사실상 비사실주의적인 것들까지도 포함하고 있어 조선족 문학은 그때부터 성숙기에 들어섰다고 할 수 있다.

1990년대 말부터 젊은 연구자들이 크게 증가하여 활발하게 연구활동을 하고 있다. 연변대학과 중앙민족대학 조문학부를 중심으로 문학 석·박사들이 계속 배출되고 있고, 한국과 기타 세계 여러 나라에 나가 문학을 전공하는 석·박사생들도 점차 늘어나고 있다. 이들 연구 인력을 통하여 앞으로 보다 다양하고 깊이 있는 비평과 연구성과가 기대된다.

재중 조선족 문학은 무엇보다 중국이라는 국가를 상정할 수밖에 없다. 그러나 지금까지의 역사가 증명하듯, 배타적인 국가주의나 민족주의는 바람직하지 않다. 더욱이 중국에서 하나의 소수 민족인 조선족이 폐쇄적으로 민족성을 추구하는 것은 가능하지도 않고, 또 바람직하지도 않다. 따라서 조선족의 어떤 민족적 특질 그 자체가 중요한 것이 아니라, 그것이 오늘의 중국 나아가 세계의 현실을 개선하는 데 어느 정도 실천적인 가치를 갖느냐가 정작 중요하다. 안팎의 상황 변화에 직면하고 있는 오늘의 조선족 문단은 바로 이 점을 가장 심각하게 고민해야 할 것이다. 그만큼 재중 조선족 문학비평의 역할은 크다고 하겠다.

참고문헌

≪만선일보≫(1939. 12~1942. 9), ≪연변일보≫, ≪길림신문≫ 등의 신문
『문학과 예술』, 『연변문학』, 『예술세계』, 『장백산』, 『천지』 등의 잡지

권철 외, 『중국 조선족 문학사』, 연변인민출판사, 1990.

김만석, 『아동문학 연구』, 한국출판, 2001.

김봉웅, 『작가의 시각과 사유』, 연변인민출판사, 1999.

김성호, 『투사와 작가』, 흑룡강조선민족출판사, 1999.

리장수, 『우리 문학에 대한 사고』, 흑룡강조선민족출판사, 1992.

림 연, 「변두리 문학의 운명」, 『문학과 예술』, 2003. 1.

연변문학예술연구소, 『문학예술연구』, 1980~1984.

_____, 『문학과 예술』, 1984~1992.

연변사회과학원 문학예술연구소 편, 『김학철론』, 흑룡강조선민족출판사, 1990.

이상갑, 「중국 조선족 문학의 비평사적 위치 설정을 위한 시론」, 『문학과 예술』, 2003. 1.

임범송・권철 편, 『중국 조선족 문학론』, 흑룡강조선민족출판사, 1989.

임병송, 『문예 미학 연구』, 동북조선민족출판사, 1999.

장춘식, 『시대와 우리 문학』, 흑룡강조선민족출판사, 1993.

전성호, 「중국 조선족 당대문학 평론 개관」, 『문학과 예술』, 1995. 3.

_____, 『중국 조선족 문학 예술사 연구』, 국학자료원, 1997.

정덕준・이광일, 「중국조선족 소설 연구」, 『성곡논총』 제34집, 2003.

정판룡 편, 『20세기 중국 조선족 문학 사료집』, 연변인민출판사, 2001.

조성일, 『시론』, 연변인민출판사, 1979.

조성일・권철 외, 『중국 조선족 문학 통사』, 이회, 1997.

조일남, 「새 시기 중국 조선족 소설비평 연구」, 『문학과예술』, 2002. 3.

천지월간사, 『천지』, 1951~2000.

최균선, 「사회의식의 발굴과 전달력도-」, 『문학과예술』, 2003. 1.

최삼룡, 『각성과 곤혹』, 흑룡강조선민족출판사, 1994.

_____, 『격변기의 문학 선택』, 흑룡강조선민족출판사, 1999.

최웅구, 『김철과 그의 시』, 흑룡강조선민족출판사, 1981.

『정판룡 문집 1・2』, 연변인민출판사, 1992, 1997.

중국 조선족 아동문학 개관[*]

김만석[**]

1. 서론

중국조선족아동문학은 1930년대 후반기에 들어서서 자기의 모습을 세상에 드러내게 되었다.

중국의 조선족은 대체로 1869년을 계기로 하여 두만강과 압록강을 건너 중국땅에 대량적으로 들어와 정착생활을 하였다. 그러나 조선사람들은 력대로 되는 중국 반동정부의 압제로 말미암아 정치, 경제, 문화, 교육, 생활 등 면에서의 마땅한 대우와 보살핌을 받지 못하고 피난민의 생활을 하였다.

이런 정황하에서 중국에 사는 조선사람들은 자기의 모국인 조선의 문화를 직접 받아들이면서 교육문화사업을 발전시켜나갔다.

20년대 조선아동문학은 천사적동심주의, 중립주의, 계급주의 등 세 개 계열로 나뉘여 그 류파를 형성하였다. 이 세류파는 모두 중국조선족 아동문학형성에 이러저러한 영향을 주었다.

그러나 중국조선족아동문학의 형성에 제일 큰 영향을 끼친 것은

* 『아동문학연구:중국조선족아동문학사 및 평론』(시와 사람, 2001)
** 전 연변대학 조문계 교수, 연변조선족자치주 아동문학연구회 회장

1925년 카프조직과 함께 태여난 조선의 무산계급아동문학이였다.

이런 영향은 1923년에 창간된 『신소년』과 1926년 6월에 창간된 『별나라』잡지에 의하여 중국땅에 들어온 아동문학작가들과 중국땅에서 사는 수많은 조선족아동들에게 전파되였다.

그 당시 아동문학작가들은 압록강, 두만강을 넘나들면서 창작활동을 벌렸고 또 작품도 국경선이 따로 없이 조선말로 된 신문, 잡지면 중국의것이건 조선의것이건 가리지 않고 발표하였다.

이 시기 적지 않은 작가들은 일제 식민지로 전략된 조선에서 더는 살수 없게 되자 중국땅에 들어왔다.

최서해는 1915년에 북간도 백하지구에 건너와서 농사를 짓다가 쪼들린 생활을 이기지 못해 7년간이나 류량생활을 하다가 1924년 2월에 서울에 나갔다.

윤극영은 1926년 1월에 룡정에 와서 동흥중학교 음악교원으로 있었다. 그 후 일본, 할빈 등지로 돌아다니며 음악공부도 하고 가무단도 꾸리다가 나중에 룡정에서 광복을 맞이했다.

김례삼은 1935년에 흑룡강성 목릉현 흥원에 들어와서 교편을 잡았다.

채택룡은 1938년 12월에 북간도 연길현 명륜학교에 와서 교편을 잡고 광복을 맞이하였다.

윤동주는 1917년 12월 30일 북간도 명동에서 태여났다. 그는 평양 숭실학교를 다니다가 1936년에 다시 룡정에 돌아와 광명중학교 4학년에 편입되였다. 그는 이 시기에 많은 작품을 써서 『카톨릭소년』지에 발표하였다.

이밖에 윤해영, 안수길, 함형수, 리호남, 천청송, 렴호렬, 김련호, 한해수 등도 이 시기에 중국땅에서 생활하였다.

이런 작가들은 아동문학작가군을 형성하면서 조선에 있을 때 쓴 작품과 그후 중국땅에 들어와서 쓴 작품을 가지고 중국조선족아동문학의 형성에 토대를 마련하였다.

1986년 2월, 룡정에서 중국조선족의 첫 소년소녀잡지 『카톨리소년』지가 출간되여 작가들의 작품발표원지가 마련되였다.

이렇게 조선아동문학의 직접적인 영향밑에서 아동문학작가군의 형성과 더불어 『카톨릭소년』지의 출간은 1930년대 후반기에 이르러 중국조선족아동문학의 탄생을 객관적으로 선고하게 되였다.

그후 중국조선족아동문학은 항일아동문학, 광복시기아동문학, 사회주의아동문학, 개혁시기아동문학으로 단계를 나누며 발전해왔다.

2. 항일 아동문학 (1930 ～ 1945)

중국조선족아동문학은 항일무장투쟁을 벌리던 시기를 배경으로 하여 태여났다. 그러므로 중국조선족아동문학은 태여나자부터 짙은 항일의 성격을 띠였는바 1945년 8월 15일 이전까지 항일아동문학의 단계를 이루게 되였다.

항일 아동문학은 작가아동문학, 유격대아동문학, 유격구아동문학으로 구성된다.

우선 작가아동문학을 보면 최서해, 채택룡, 김례삼 등 작가들은 30년대 전반기까지 창작활동을 활발히 벌리였었다. 최서해는 계급주의문학의 대표로서 동시 「시골소년이 부른 노래」를 써냈다. 김례삼과 채택룡은 적잖은 동요, 동시를 써냈는데 이들은 모두다 동요로부터 동시로 이행하는 과정에 계급적불만을 토로하고 민족적인 반항을 선동하는 시들을 많이 써냈다. 그가운데서 김례삼의 「나는 빌어먹을 거지」, 채택룡의 「사랑하는 누나여」가 좋은 실례로 된다. 채택룡은 동요동시외에 동화

「딱따구리네 일가」와 소년소설 「삶의 빛」을 들고나와 중국조선족아동문학에서의 동화와 소설의 첫모습을 보여주었다.

1930년대 후반기에 들어서자 일제의 문화침략과 테로적 탄압에 의하여 많은 작가들은 붓대를 꺾고 침묵을 지켰다. 이때 윤동주는 붓대를 거머쥐고 동심에 맞고 시대상이 확연하고 반일의 기치 선명한 동요동시 「오줌싸개지도」, 「아기의 새벽」, 「굴뚝」등 20여수의 동요동시를 써냈다. 소설에서는 안수길이 소년소설 「떡보」를 발표하였고 1940년대 렴호렬이 소년소설 「아름다운 미소」를 발표하여 소설문학의 창작을 이어주었다.

1940년대초기에 들어서서는 리호남, 천청송, 함형수 등이 윤동주의 뒤를 이어 계속 동요동시를 써나갔다. 특히 이시기 일제침략자들의 검열제도가 혹심해진 정황에서 지난 시기처럼 계급적원한을 공개적으로 쓸수 없었다. 이런 객관적인 조선으로 하여 동요동시들은 오묘한 상징성과 다각적인 모호성으로 시적여운을 남김으로써 새로운 차원에 올라섰다. 여기서 리호남의 동시 「포도넝쿨」과 「팽이와 팽이채」, 동요 「신장로」등 시들은 일정한 성과를 올린 시로 주목된다.

일제침략자들의 탄압아래 작가들의 창작활동이 침체상태에 있을 때 유격대안에서는 항일아동문학이 생기발랄히 꽃피여났다. 유격대의 항일아동문학은 전투성이 강하고 선동성이 강한 것이 특징이다. 항일가요와 극문학을 망라한 이런 작품들은 원쑤－일제를 물리치는 중조인민의 피어린 투쟁가운데서 공동히 창조한것으로서 오늘은 중조 두 나라 인민들의 공동의 재부로 되였다.

항일가요에는 「혁명군이 왔고나」, 「우리는 아동단원」, 「아동단가」, 「어디까지 왔나」, 「어린 동무 노래부르자」등이 있다. 이런 가요들은 평이하고 명백하며 선명한 시적주장, 혁명적지향과 굳은 결의 및 전투적기

백으로 충만된 것이 그 특징으로 된다. 항일연극문학에는 「유언을 받들고」, 「아버지는 이겼다」등이 망라되는데 이런 작품들은 항일무장투쟁에로 이끄는 선동성으로 충만되였다.

이와 같이 유격대아동문학은 대중성, 보급성, 전투성이 강하여 어린이들을 혁명의 길로 이끌며 혁명투사로 자라나게 하는데 자못 큰 교양적작용을 놀았다.

항일군에 대한 일제침략자들의 토벌이 우심해지자 항일군은 유격활동을 벌리게 되였다. 유격구가 건립되면서 항일군의 영향면도 그에 따라 폭넓어졌다. 이런 정황하에서 유격구에서도 항일아동문학이 꽃피여났다. 유격구아동문학은 대체로 동요동시였고 이밖에 전기문학이 새로 나타났다. 그가운데서 동요동시는 40년대초기 아동문학의 전통을 계승하여 높은 수준에 치달아올랐다. 그런 시의 내용을 보면 일제에 대한 풍자와 그들의 패망에 대한 선고, 항일유격대에 대한 칭송과 그들에 대한 원호사업, 아동단생활과 그들의 혁명적 지향들이 반영된 것이 많다. 그런 시들을 예술적으로 보면 침략자들에 대한 예리한 풍자, 오묘한 상징, 대담한 폭로, 통쾌한 질책, 그리고 인민들의 승리에 대한 신심, 미래에 대한 락관 등으로 그 특징을 이루고 있다. 유격구 아동문학의 시들을 보면 정형시 격식을 타파하고 자유시방향으로 나갔기에 시발전에서 한걸음 제고되였다고 할 수 있다.

3. 광복시기 아동문학 (1945. 8 ~ 1949. 9)

광복시기 아동문학은 1945년 8월 15일부터 1949영 10월 1일전을 그 력사적배경으로 하고 있다.

광복아동문학으로부터 작가아동문학이 위주로 되였다. 당시 작가들로 보면 연변일대에서 채택룡, 렴호렬, 리호남, 김순기, 최형동이 주력이였다. 이들은 많은 동요동시를 창작하여 ≪연변일보≫, ≪길동일보≫, ≪동북조선족인민보≫, 『불꽃』등 신문과 잡지에 발표하였다.

목단강일대에서는 김례삼이 활약하였다. 그는 동요보다도 동시를 전문 창작하여 현실생활을 반영하였다. 1949년 그는 『건설』잡지를 꾸리면서 적잖은 동요동시들을 창작하여 발표했을뿐아니라 다른 작가들의 작품도 많이 실어 주었다.

할빈일대에서는 김태희, 임효원이 나서서 ≪인민신보≫를 꾸리면서 우리 아동문학을 위하여 많은 일을 하였다. 임효원은 1947년 9월 15일에 ≪어린이신문≫(반월간 도합 34호)을 꾸리였다. 이 시기 그는 의식적으로 자유동시를 창작하여 광복을 맞이한 소년아동의 벅찬 감정을 노래하였다. 그는 또 소년소설 「미친이」를 발표하였는데 채택룡과 안수길, 렴호렬의 뒤를 이어준 아동소설이였다.

이런 작가들의 선구자적창작활동은 수많은 문학애호가들과 미래의 작가들을 양성해내였다. 광복초기, 학교교육과 문맹퇴치운동의 혜택으로 우리 말과 글을 배운 사람들가운데 많은 아동문학창작가들이 나왔다. 그가운데서 대표인물은 그 당시 중학교를 다니던 김경석이다.

광복시기 아동문학은 다음과 같은 특징들을 보여주고 있다.

첫째, 광복직후 들끓는 민주개혁운동을 반영하면서 그 당시 정치투쟁을 위해 적극 복무하였기에 강렬한 전투성을 가진 것이다. 임효원의 소년소설 「미친이」는 바로 그 당시 '공소'활동과 결부하여 피끓는 청소년들을 참군참전에로 불러일으켰다.

둘째, 광복직후 소년아동들의 행복한 생활과 그들의 리강을 반영해주고 있다. 물론 시대적제약으로 말미암아 그 리상이 원대하지는 못하였으나 그들의 리상과 포부는 소박하고 진실하며 아름다웠다.

셋째, 광복직후 아동 가은 동요, 동시가 위주였고 그당시 음악예술의 발전을 힘있게 밀고나갔다. 그뿐만아니라 정치적선동수단으로 되는 대중적인 연극예술도 어느 정도 창작, 공연되여 항일유격대 연극문학의 전통을 계승해나갔다. 1947년에 왕청현에서는 연극 「파랑새」를 창작하여 무대에 올렸는데 유감스럽게도 지금 그 원문을 찾을수가 없다.

넷째, 중견작가들인 채택룡, 김례삼, 임효원은 이 시기에 벌써 일정한 작가 풍격을 나타내기 시작하였다. 채택룡은 동요동시창작에서 운률조성의 다양화를 추구하는 한편 어린이들의 심리특징을 파고들면서 아름답고 류창하며 세련된 언어와 경쾌한 음악적리듬으로 일정한 시적경지에 올랐다. 김례삼은 정치투쟁에 대하여 아주 민감하였고 7·5조 격식에 서사적이야기를 담아가면서 전투적호소성을 강화하는 방향에로 나아갔다. 임효원은 정형시들을 마사버리고 자유시를 써냄으로써 자유분방한 풍격을 형성하였다.

광복시기 아동문학은 사회주의아동문학형성에 튼튼한 토대를 마련해주었다.

4. 사회주의 아동문학 (1949. 10 ~ 1976. 10)

사회주의아동문학은 1949년 10월 1일 광화국창건으로부터 '4인무리'가 분쇄된 1976년 10월까지 옹근 27년간의 문학을 말한다.

이 시기 아동문학은 또 1949년 10월 1일부터 1957년 상반년까지의 사회주의아동문학의 번영기, 1957년 하반년부터 1866년 상반년까지의 발전기, 좌적인 문학의 영향으로 인한 저조기로 나뉜다.

(1) 1949년 10월 1일 중화인민공화국이 창립되자 우리 조선족도 중

화민족의 일원으로 되였다. 이어 1952년 9월 3일 연변조선족자치주가 설립되여 우리 조선족은 민족자치권을 행사하게 되였다.

중국조선족아동문학작가들은 선후하여 조선족이 집거하여 사는 연변 땅에 모여들었다. 하여 연변에 있던 채택룡, 김순기, 최형동과 흑룡강에서 나온 김례삼, 김태희, 임효원 등은 손에 손잡고 아동문학창작에 청춘의 힘을 몰부었다.

1950년 4월에 『소년아동』잡지가 발간되면서 윤정석, 리행복, 마상욱 등 청년작가들이 육성되였다.

1953년 7월 연변문학예술련합회가 설립되고 아동문학분과가 처음으로 설치되였다.

이리하여 아동문학창작이 더 활발히 진행되였을뿐만 아니라 신인작가육성사업도 힘있게 밀고나갔다. 김응준, 심해수, 안성갑, 조룡남, 림음전, 김동호, 최금한 등은 그 발견된 신인작가들이였다. 바로 이 작가들에 의하여 사회주의 아동문학은 번영기를 맞이하게 되였다.

이 시기 아동문학을 보면 사회주의 품에 안겨 부럼없이 공부하는 소년아동들의 끝없는 기쁨과 앞날의 미더운 주인이 되려는 지향을 반영한 것이 주요특징으로 되였다. 김례삼의 동시 「새 나라 어린이」와 「기치놀이」 및 「고개길」, 최형동의 동요 「대기따라 나가자」, 조룡남의 동요 「반디불」등은 좋은 례가 된다.

그러면서 사회주의개조와 농업진단화에 대한 찬양, 날따라 행복하게 변모해가는 고향에 대한 노래, 향미원조보가위국에 대한 동요, 동시들이 많이 창작되여 형세발전에 발맞추었다. 그가운데서 채택룡의 동요 「병아리」, 최형동의 동요 「제비」와 동시 「엄마는?」, 윤정석의 동요 「앵코타기」, 리행복의 동요 「꽃동산」과 「아름다운 산야」, 최금란의 동요 「가로등」은 그 대표작으로 된다.

이런 작품들은 동심을 바탕으로 하여 아름다운 우리 말로 아동들의 시점에서 시적대상을 형상화하였다. 조선족아동문학발전사의 견지에서 보면 이 시기는 동요창작의 황금시기로서 주옥같은 작품이 많이 창작 되었다.

최형동은 동화창작을 위하여 1956년 4월에 「동화창작에 관한 몇가지 의견」이라는 평론을 써내여 동화창작을 이끌어 나갔다. 동화문학은 이 시기에 취섰다. 안성갑은 동화시집 『수정공주와 농부』를, 최형동은 과학동화 「누구 힘이 더 크나?」, 윤정식은 생활동화 「자전거방울」, 럼광현은 우화 「다람쥐의 후회」를 각각 발표하였다. 이런 동화우화문학에 대한 개척은 사회주의아동문학의 하나의 성과로 되고 있다.

소설문학도 새로운 진척을 보여주었는바 심해수의 「친한 동무」, 최형동의 「시험」, 김학철의 「맞지 않는 기쁨」등은 이 점을 단적으로 설명해준다.

이렇게 공화국창건후 짧디짧은 7년간에 우리의 아동문학은 동요, 동시, 동화, 우화, 소설문학을 가진 사회주의아동문학으로 발전되었다.

(2) 1957년 하반년에 이르러 정치적서리가 내리기 시작하였다. 이른바 '반우파투쟁', '민족정풍', '반우경투쟁' 등 정치운동과 '대약진', '인민공사화' 운동으로 하여 전반 사회에 극좌적사조가 범람하게 되였다.

아동문학분야에도 그 바람이 미치였다. 토벌은 김학철선생의 「92전짜리 파리」에 대한 비판으로부터 시작되였다. 좌경사조의 찬서리를 맞아 우리 조선족아동문학의 전통적인 장르였던 동요동시는 이른바 정치투쟁을 위해 복무하는 표어식, 구호식으로 되였고 동화와 소설창작은 부진상태에 처하게 되였다.

특히 엄중한 것은 이른바 '언어순결화'를 비판하면서 우리의 문학언어가 오염되여 한화(漢化)현상이 엄중해졌다.

이런 환경에서도 자라는 우리 민족의 후대를 위하여 붓을 들고 나온 의로운 작가들이 문단에 나타났다. 그들로는 50년대말기의 정덕교, 심석종, 장월향, 리성삼, 60년대초기의 김진석, 박덕준, 김득만, 김만석, 김영남, 김수복 등이다.

당에서는 '백가쟁명', '백화만발'의 문예방침을 제기하였다. 하여 극좌적사조가 어느 정도 가라앉고 우리의 아동문학이 신인작가들에 의하여 다시 발전되기 시작하였다.

이 시기 장월향의 동요 「봄이 왔어요」, 김례삼의 동요 「똑또르르」, 리성삼의 「의좋은 형제」, 김득만의 동시 「떡방아」, 리행복의 동요 「학교로가요」와 서사시 「진달래」등이 창작되였고 채택룡의 동요동시집 『나팔꽃』과 리행복의 동요동시집 『꽃동산』이 출판되였으며 최형동의 서사시 「기수」의 뒤를 이어 리행복의 서사시 「진달래」가 발표되였다.

소설분야에서 김학철은 「92전짜리 파리」를 비롯한 6편의 소년소설을 발표했고 정덕교선생은 단편소설 「빨간 다리야」를 발표했다. 이 소설에서는 당시의 계급투쟁체제에서 해탈되여 소년아동들의 생활에서의 성실성문제를 취급함으로써 아동소설창작에서의 질적발전을 가져왔다. 이 소설들은 우리조선족 아동소설에서 성과작으로 꼽히고 있다. 그뿐만 아니라 성인문학작가 리근전은 우리 민족 아동문학사에서 처음으로 중편소설 「호랑이」를 발표하였다.

이 시기 희곡창작에서도 새로운 발전을 가져왔다. 윤정석의 「푸른 언덕」, 황봉룡의 「두 소년」, 오흥진의 「참된 동무」등은 우리 아동극무대를 꽃피워주었다.

(3) 1966년 하반년부터 일어난 '무산계급문화대혁명'은 꽃피는 아동

문학을 훼멸의 길로 몰아넣었다.

해방후 아동문학의 성과들을 부정하고 작가들을 비판투쟁하기 시작하였다. 한편 문학의 예술성을 부정해버리고 문학을 계급투쟁의 도구로 만들어버렸다.

1967년, 모원신은 '이제 십년이 못가서 조선어는 없어진다.'고 하면서 조선말 말살정책을 실시하였다. 하여 우리 조선어가 볼품없이 상처입고 훼멸의 길에 들어섰다. 『소년아동』잡지와 ≪소년신문≫이 폐간되었고 ≪소년아동방송≫도 취소당하였다.

대부분 작가들은 붓을 꺾고 침묵을 지키는 수밖에 없었다.

하지만 일부 량심적인 청년작가들은 이 엄혹한 나날에도 우리의 소년아동들을 위하여 작품을 써냈다. 작품가운데서 괜찮은 것은 김진석의 아동소설 「만년필」, 김득만의 동요 「탑식기중기」, 박화의 동요 「거름산」, 김영남의 동요 「목마」, 한석윤의 유화동요 「소년렬차 달린다」 등을 들수 있다. 이런 작품들은 그 당시의 형세를 따르는 그림자들이 어느 정도 비끼고 있지만 그래도 침체상태에 있는 아동문학창작에 생기를 부어주었고 아동문학창작의 흐름을 이어주었다.

5. 개혁시기 아동문학 (1976. 10~1988)

'4인무리'가 타도되자 우리의 아동문학도 새로운 력사시기를 맞게 되였다. 이 시기 아동문학을 아동문학회복기, 개혁시기 아동문학으로 나눌수 있다.

1978년 10월, 려산에서 전국 제1차 아동도서출판사업회의가 소집되고 '전당과 전 사회가 아동교양사업에 떨쳐나서자'는 호소가 내리였다.

1978년초, 연변작가협회 아동분과가 회복되였으며 나아가서 작가대오가 정돈, 확대되였다. 또 새로운 작가들이 문단에 대량적으로 등장하였다. 그들 가운데는 허봉남, 허두남, 장두욱, 정치수, 김창욱, 최문섭, 허범, 윤태삼, 김응룡, 최룡관, 강순길, 한석윤, 김룡길 등이 있다.

이 시기 아동문학작가들은 물론 성인문학작가들, 특히 시인들이 아동들을 위해 적잖은 작품을 써내였다. 이리하여 회복기에 아동문학작품을 량적으로 놀라운 증대를 가져왔고 짧은 기간에 원기를 회복하였다.

동요동시창작에서 보면 김창욱의 「가랑비 내려요」, 김동호의 「나더러 뢰봉을 닮았대요」, 김선파의 「무슨 소리 뚝딱」, 김례삼의 「사탕 한 봉지」, 장월향의 「선생님을 어째서 어머니라 부르나」, 윤태삼의 「그네 뛴다야」, 김수복의 「붉은 화살」, 김경석의 「우리는 과학을 사랑하지요」 등은 비교적 잘된 작품들이라고 보아진다.

작품의 대량적인 증대와 더불어 동요동시집들도 많이 출판되였다. 『조국의 꽃봉오리』, 『꿀벌이 붕붕』, 『꽃보라』 등 종합시집과 김경석의 동요동시집 『빨간 리봉』, 김동호의 동요동시집 『애솔나무』, 김득만의 동요동시집 『맑은샘』, 장월향의 과학동요집 『새별』등이 선후하여 출판되였다.

이 시기에 서사시창작도 주목할만한 변화가 생기였다. 김응룡의 「붉은 사과」, 최룡관의 「친선의 배길」, 김파의 「붉은넥타이 신호등」, 조룡남의 「과원의 꾀꼴새」, 김만석의 「아동단의 목소리」, 황장석의 「송림숲속에서」등 서사시가 꼬리물고 발표되였다.

시창작에 비하면 소설문학창작은 그렇게 활발하게 진행되지는 못했다. 하지만 단편으로는 강순길의 「보고싶은 아이」, 허봉남의 「한책상에 앉은 동무」, 김룡길의 「푸른 잎」등이 나왔으며 중장편으로는 류원무의 장편소설 「장백의 소년」, 정영석의 중편소설 「제2호순라선에서」와 장편회상기 「눈보라속의 밀림」이 발표되였다. 그가운데서 항일투쟁시기와 국내해방전쟁시기 우리 민족 어린이들의 피어린 력사를 재현한 류원무의 소설들이 주목할만한 작품으로 되고 있다.

이 시기 새로운 특징은 지난 시기 부진상태에 처했던 동화우화창작이 시문학 버금으로 활발히 창작되였다는 점이다. 이 시기 『부엉이와 고양이』, 『귀돌이와 세발 가진 황소』, 『사자아저씨와 여우』, 『꽁지 빠진 기러기』, 『괴상한 그림자』, 과학동화 『비밀단지』 등 많은 동화집이 나왔고 정덕교의 『너구리네 딸랑방울』, 허두남의 『잣새의 계획』, 정치수의 『골방쥐의 단꿈』등 우화집도 출판되였다. 이가운데서 전복록의 「귀돌이와 세발 가진 황소」, 정광하의 「개구리합창단」, 정치수의 「골방쥐의 단꿈」 등이 주목할만한 작품들이다.

아동극문학은 렴광현의 「성냥」 외에는 주목할만한 작품이 없다.

회복기 창작의 번영과 더불어 아동문학평론도 활발해졌는바 김진석, 김만석 등은 아동문학평론의 무기를 들고 아동문학의 질적제고를 위해 힘을 썼다.

1980년부터 아동문학은 개혁시기문학단계에 들어섰다. 대외로 개방하고 대내로 개혁하는 형세하에 작가들은 사상을 해방하고 관념을 갱신하면서 창작을 진일보 밀고나갔다. 작가들은 자기의 작품으로 신진작가들을 양성하였고 편집일군들은 직접 편집사업가운데서 신진작가를 양성해냈다. 강습반을 꾸리여 신진작가양성에서 눈에 뜨이게 작용을 논 이들로는 김창욱, 최문섭, 허범, 전춘길, 한석윤, 전상훈, 김득만, 김선파 등을 꼽을 수 있다.

이 시기 새로운 작가대오가 보충되였는데 리영철, 권선자, 전춘식, 리태학, 리천석, 오대룡, 김학송, 김창석을 비롯하여 문학신인들인 김영옥, 송호범, 홍용암 등이 나타났다.

1985년 중국작가협회 연변분회작가대표대회후 우리 아동문학분과회원은 30여명으로 늘어났고 우리의 잡지, 신문들도 『소년아동』과 ≪중국조선족소년보≫를 내놓고도 『시내물』(1987년 19호부터 『별나라』로 이름을 고쳤음), 『꽃동산』등이 증가되었다. 이것은 개혁시기 아동문학이 새로운 차원에로 발전할 수 있는 객관적조건으로 되었다.

우리의 전통적인 동요동시창작은 개혁시기에 들어서면서 반성기에 들어섰다.

이 시기 작품들이 적게 나오고 겉보기엔 침체상태를 보였지만 지난 시기의 작품들을 묶은 동요동시집이 적잖게 나왔다. 이를테면 강순길의 『꽃바구니』, 김창욱의 『눈꽃』, 김수복의 『호박꽃』, 강효삼의 『봄비』 등이다. 그가운데서 성과작품들로는 김창욱의 「풀피리」, 최문섭의 「무지개와 흰구름」, 김창석의 「나는 언제 가면 클가」 등이다.

그러나 이런 작품들을 쓴 시인도 좋고 다른 많은 시인들도 다 시적인 반성을 하느라고 몸부림치였다. 지난날의 명절시가와 만세시가, 피상적인 겉치례시가, 객관사물에 대한 직설적인 해설시가, 소년아동을 훈계하기 위한 설교시가에 대하여 심사숙고하게 되었고 더 나가서 틀에 맞추고 판에 찍어내는 등 창작태도를 검토하기 시작하였다.

시인들은 지난날의 결함을 통절히 느끼고 당대의식과 관념 및 새로운 심미의식을 연구하면서 소년아동 심리세계와 정서세계를 어떻게 예술적으로 표현할것인가를 탐구하였다. 하여 시적대상에서 시적의의를 발견함과 동시에 시인자신의 주관세계에서 새로운 시적발견을 하기에 애썼고 개성적인 '나'를 발견하고 '나'의 '아동화'에서 질적제고를 가져오기에 노력하였다. 이 과정에서 보면 강순길은 아동들의 정서세계를 시적으로 파고드는 면에서 개성을 보여주었고 강효삼은 당대의식을 어떻게 아동화하여 노래해볼것인가 하는데 모를 박았으며 김학송은 동요동시에서의 대상에 알맞은 심오한 철리성을 구현해보려고 애썼고 최문섭과 김창석은 시적대상을 아름다운 형상으로 재현하며 유년과 동년기의 아동들에게 미적향수를 주려고 노력했으며 조룡남과 한석윤은 새로운 차원에서 동요동시의 예술적경지를 개척하는데 힘썼다. 이밖에 김득만은 유년 동요창작과 가사창작에서 일정한 성과를 올리였다.

시가문학의 반성과 침체상태와는 바대로 소설문학은 재빠른 발전을 보여주었고 아동문학의 첫 자리를 차지하게 되었다.

이는 소설창작대오의 증대와 작품수량의 증가에서 표현된다. 그리고 작품이 반영하고 있는 제재면의 확대와 소년아동들의 희로애락에 대한 진실한 표현을 위한 작가들의 노력에서도 표현된다.

하여 지난날의 계급투쟁을 기본고리로 하면서 인위적으로 갈들을 설정하고 정치적 교훈을 주는 것을 목적으로 하던 데로부터 점차 소년아동들의 생활과 그들의 미학적추구를 다각적으로 반영하는 방향으로 발전하였다. 그 결과 인생과 생활 화면이 날따라 넓어지고 깊어지면서 당대 소년아동들의 전형을 창조하고 새로운 형식을 추구하는 경향이 나타나기 시작하엿다.

이 시기에 창작된 작품들 가운데서 권선자의 「오얏꽃 넣은 편지」, 김창석의 「비둘기」, 박영철의 「한밤중에 입원한 처녀애」, 김문세의 「까삐」, 최룡관의 「새로 온 학생」 등은 일정한 성과를 올린 작품이라 보아진다.

이런 작품에서는 개혁시기 소년아동들의 인격문제를 들고나왔다. 이것은 우리 소설문학이 제재면에서 새로운 높이에 올라서고있음을 단적으로 증명해주고 있다. 그리고 형식면에서도 강순길의 「탄알깍지연필」과 같은 작품들은 우리 아동소설문학에서 처음으로 의식의 흐름을 도입한 작품으로 주목받고 있다.

개혁시기 소설문학에서 특기해야 할 것은 중편소설창작이 새로운 단계에 뛰여오른 것이다. 류원무는 이 시기에 중편소설 「우리 선생님」, 「부중대장과 그의 벗들」 그리고 중편이야기 「총명한 꾀돌이」를 써냈고 허봉남은 「하얀 붓나무」, 리태수는 「체포령이 내린 강도」, 김수영은 「무쇠바우」, 최형동은 「밀림의 아이들」, 김룡길과 김운룡은 함께 「밀림의 딸」 등을 써냈다. 우리 아동문학창작력사에서 중장편소설이 이처럼 많이 창작되기는 이번이 처음이다. 그가운데서 류원무의 「우리선생님」은 성과작으로 볼 수 있다. 이와 때를 같이하여 과학환상소설이 대두하였는바 허봉남의 「까불이 모험기」와 리태학의 과학환상소설집 『북극갈매기』는 우리의 소설공간을 확대해주었다.

개혁시기에 들어선후 동화, 우화 창작도 활발해지여 아동문학에서 소설 버금으로 두 번째 자리를 차지하였다.

이 시기 리영철의 『신세 망친 곰두령』, 리석천의 중편동화 『쇠돌이 모험기』, 장월향의 『꽃분이와 과학할아버지』, 장두욱의 『북극곰을 찾은 펭긴새』 등이 출판되고 여러 잡지들과 신문에 대량적인 동화우화작품들이 발표되였다. 그가운데서 리영철의 「깡충이와 똘똘이」, 전춘식의 우화 「어리석은 망아지」, 리화숙의 우화 「달팽이네 집」은 대표적작품으로 보아진다.

그러나 우리 동화창작에서는 아직도 과학적환상이 대담히 도입되지 못하고 권선징악적환상, 유토피아적환상에 머무르면서 시대성이 도외시되고 있다. 그러기에 지어진 민간이야기에 기초한 신화적 환상이 지금도 적잖은 비중을 차지하고있다. 이것은 우리의 동화작가들의 지식수준과 직접 관계된다. 그리고 동화적 공간이 아직도 좁은바 그냥 동물동화 범주에서 맴돌이치고 있다. 거기서도 동화의 의인화대상과 동화적인물 지간의 2중성격의 통일문제를 잘 처리하지 못하여 인위적이거나 억지스러운감을 초래하고 있다.

국문학은 여전히 그 발전이 더디지만 일정한 진척을 보였다. 정영석은 아동극 「래일부터」를 쓴후 장막가극 「졸업가」를 썼고 김응룡은 방송극 「산골마을 아이들」, 태신은 방송극 「빨간 태양모」를 써냈으며 리화숙은 류원무의 중편소설 「우리의 선생님」을 영화문학으로 개편하여 텔레비죤영화로 찍어냈다. 그리하여 극문학은 동극, 방송극, 텔레비죤문학을 망라한 여러 가지 장르로 그 체계를 이루게 되였다.

한편 문학평론이 이전에 비하여 활발하게 진행되고 있는바 작품평론으로부터 시작하여 서평(書評), 작가론적평론, 문학경향에 대한 평론까지 범위가 전례없이 넓어졌다.

이와 같이 개혁시기에 들어서서 아동문학창작은 소설, 동화, 극문학, 텔레비죤문학, 문학평론을 망라하여 전면적으로 발전되였으며 량적, 질적으로 큰 변화를 가져왔다.

우에서 볼수 있는바와 같이 중국조선족아동문학은 반세기동안 곡절많은 험난한 길을 걸어오면서 개혁시기에 이르러 풍성한 열매를 맺었다.

아동문학은 중국조선족문단에 이채를 띤 꽃으로 곱게 피여났을 뿐만 아니라 중국 문단에서도 뚜렷한 자리를 차지하고 있다.

중국 조선족의 애환의 삶 그리기

- 김창걸 론

김순례*

1. 서론

1936년 단편소설 「무빈골 전설」의 창작을 기점으로, 1943년 「절필사」를 쓸 때까지 20여편의 단편소설과 몇 안되는 시, 수필, 평론을 남긴 김창걸(1911-1991)은 필명이 황금성, 강철이고, 함경북도 명천군에서 태어나 연길현(지금의 용정)에서 소년시절을 보냈다. 일제의 악랄한 착취로 인한 가난을 견디지 못하고 부친을 따라 고향을 떠나온 그는 중학시절부터 맑스주의의 영향을 받아 지하혁명조직에 참가하여 적극적인 활동을 한 것으로 알려져 있다. 그러던 그가 무슨 연유인지는 밝혀지지 않았으나, 모든 조직활동을 접고 민족과 인민을 위한 혁명의 길을 추구하며 여러 지방 도시를 떠돌다가 1934년 집에 돌아온 뒤부터 단편소설 창작에 온 심혈을 기울였다고 한다.

'항일문학가' 또는 '향토작가'로 인정받고 있는 김창걸은 정식 문단 데뷔 이전 작품인 1936년 처녀작 「무빈골 전설」 그리고 「소포」, 「두번째 고향」, 「기념사진」, 「그들이 가는 길」을 쓴 때로부터 본격적인

---

* 경희대 대학원 국어국문학과 박사과정

작가의 길을 걷기 시작하여 1939년 정식 문단에 데뷔하고, 1943년 「절 필사」를 쓸 때까지 20여편의 단편소설과 다수의 시, 수필, 평론 등을 발표했다. 그 중 13편의 단편소설은 『김창걸단편소설선집』(해방전편)에 수록되어 있고 그 중에서 「암야」, 「낙제」는 현재 발표 당시의 원문을 찾아볼 수 있으므로 현재 발굴된 작품 7편을 그 11편에 더하면 모두 18편으로서 우리가 김창걸을 소설가로서 평가할 수 있는 자료는 결국 18편의 단편소설이라 하겠다.

일반적으로 1940년대 우리 문학을 우리 근대 문학사의 암흑기라고 하여 이 시기 국내에서 이루어진 그에 대한 연구가 별로 활발하게 이 루어지지는 않았지만, 1989년에 현룡순의 『김창걸론』(흑룡강조선민족출 판사)을 시작으로 1994년 전성호의 「민족의 정서와 김창걸의 창작」(문 학과 예술)이 1997년에 조성일·권철 외 『중국조선족문학통사』(이회출 판사)에서 한 개의 장으로 펼쳐지면서 우리에게 조금 더 가까이 다가 온 중국조선족 작가이다.

본고에서는 중국에 이주한 조선 농민과 노동자들의 고통스러운 삶의 모습을, 비교적 잘 짜여진 구조와 등장 인물의 치밀한 성격 묘사를 통 해, 일제의 야만적인 탄압과 그에 맞서 싸운 그들의 생활상을 비교적 사실적으로 전달하고자 했던 중국조선족 작가 김창걸의 문학사적 행적 을 살펴보고자 한다.

2. 체험과 실천의 항일문학

1) 참여의식으로서의 문학세계

한 작가의 문학세계는 곧 그 작가의 세계관이다. 또한 그 작가의 다양한 인생 경험은 그 작가의 세계관 형성에 지대한 영향을 끼친다. 또한 작가는 사회적 현실을 벗어나 작품을 쓸 수가 없다. 이러한 관점으로 볼 때, 김창걸의 다양한 인생경험과 혹독한 사회현실은 그의 작품 활동에 직접적인 영향을 주었다.

정식 문단데뷔 이전에 쓴 그의 작품들에는 대부분이 초기 이주민들의 처절한 삶의 모습과 그에 대한 강한 저항의식이 비교적 직접적이고 사실적으로 그려지고 있다. 그러나 문단에 정식으로 데뷔하고부터는 이전 시기의 그 직접적이고도 예리했던 필법들이 사라지고 그 대신 세태적인 잡사들을 통해 그들의 이야기를 간접적으로 이야기하려 함을 느낄 수 있다. 이는 당시 정치적. 사회적 현실의 피하기 힘든 상황의 결과인 것이다.

김창걸의 창작활동에서 통해본 작가의식은 20여편에 이르는 단편소설에 집약적으로 드러나 있다. 이 시기에 창작된 그의 단편소설들은 당시 사회 현실에 대한 작가의 참여의식을 바탕으로 비교적 사실적인 창작 방법을 기초로 작가의 날카로운 눈과 신랄한 풍자, 아이러니와 사실주의적 태도 등이 시대와 민족적 색채와 잘 어우러져 있다. 즉 여기에는 20세기 초엽으로부터 30년대에 이르는 조선족 인민들의 비참한 생활 처지를 진실하게 또한 일제 통치 하의 암흑 속에서 새날을 지향하는 인간들의 투쟁 및 그들의 염원과 동경이 생동감 있게 반영되어 있다고 하겠다.

「무빈골 전설」을 시작으로 일제말기인 1936-1943년에 걸쳐 쓴 단편소설들은 모두 만주를 작품의 배경으로 일제치하에서 작가로서의 풍부한 문학정신과 독자적인 작가관으로 만주의 이주민들이 당대에 겪어야 했던 시대사적 굴곡을 고스란히 끌어안고 있다. 그러므로 그의 작품은 그 시대의 정치·사회적 변화와 문학의 관계 양상을 확인할 수 있게 하는 충실한 자료로서의 기능을 갖는다. 일제하, 그리고 문화대혁명 시기의 두 차례에 걸친 그의 절필은 이를 단적으로 드러내주는 사례이다. 만약 한국문학이 해방 직전 재만 한국 문인들의 작품을 그 문학사의 한 각론으로 편입시키기를 요망한다면, 우리는 김창걸을 그 편입작업의 유용한 지렛대로 선택해야 할 것이다.[1]

처녀작인 「무빈골 전설」에는 거의 모든 작가들이 그러하듯이 그의 추후 작품세계를 관측할 수 있게 하는 몇 개의 모티브가 스며들어 있다. 이 작품은 간도 개척 초기 조선 사람들이 고생스레 살아온 이야기를 해 달라는 청을 받은 '박선생'이 M중학교 교장이었던 '김약천 선생'에게서 들은 이야기를 해주는 형식으로 되어 있으므로, 일종의 액자소설이라 할 수 있다. 그 '액자'에는 억울하게 죽은 사람이 나타나 복수하는 이야기이다. 만주로 이주해 온 김서방이 지주 무빈에게 죽고 아내는 자실하게 되는데, 이는 곧 이주민들의 궁핍한 삶의 실상을 대변하는 것으로 귀신이 되어 복수하는 것은 우리나라 특유의 한풀이의 한 방식이라고 할 수 있다.

이와 같은 시각으로 보았을 때 이 작품에서 주목할 것은 그가 끈질기게 붙들고 있는 항일 저항의식과 민족공동체의 미래와 후대의 삶에 대한 각성의 의식이다.

유명(幽明)이 다른 김서방은 천서방에게 혼자 남은 아들 쇠돌을 한 십년 거둬달라고 부탁하면서, 매우 의미심장한 말을 남긴다.

"그 쇠돌이 말이우, 제 애비 에미가 어떻게 되어 죽었는지 여나문살 되면 알려주오, 그놈애가 맹추면 몰라도 눈이 바로 밝힌 놈이라면 어떻게 살아야 할 지 알 것이요"와 같은 언술은, 당시의 국내 한국문학에선 찾아보기 어려운 표현으로 이 작가가 가졌던 깨어있던 의식[2]을 대

---

1) 김종회, 「중국조선족문학과 김창걸의 소설」, 『한국문화연구 7집』(경희대학교 민속학 연구소, 2003), p.72.

444 한민족 문화권의 문학 2

변하는 말로써 앞으로의 이 작가가 가야할 길을 제시해주고 있는 것이라 할 수 있다.

김창걸은 해방 전 우리 소설사에서 드물게 '간도땅'을 토양으로 '문화부대'의 영향 밑에 자라난 첫 향토작가이며 평생을 이 땅의 인민들과 운명을 같이한 우리 문학의 개척자이며 선구자인 작가임에도 불구하고 여러 가지 조건 제약으로 말미암아 그에 대한 연구가 미비한 것은 사실이다.

그에 대한 본격적인 연구가 아직은 이루어지고 있지는 않지만, 그러나 재만 한국문학의 가치를 인정하고 이를 새롭게 들여다 볼 때에는 반드시 확대해서 살펴보아야 할 작가[3]로 중국조선족의 저명한 소설가라는 사실은 인정하지 않을 수 없을 것이다.

2) 참여의 좌절과 「절필사」

김창걸의 문학세계를 이해하는데 있어서 1943년 일명 '붓을 꺾으며'라는 수필 「절필사」보면 대략 이해가 된다. 이 글은 크게 세 부분으로 나뉘어서 자신이 「절필사」를 쓰게 된 동기에 대해서 설명하고 있다. 이 글에서는 작가 자신의 경력뿐만 아니라 그의 작가로서의 사상변화의 과정에 대해서도 솔직하게 고백하고 있다.

첫 번째 부분에서는 작가 자신이 작가가 되기 이전의 경력에 대하여, 두 번째 부분에서는 작가로서의 생활이, 세 번째 부분에서는 붓을 꺾을 마음을 다지기까지의 심정이 그대로 드러나 있다. 여기에서 그는 작가가 되기 위해서는 가난해야 하고, 글재주에 생활체험이 있어야 하

---

2) 김종회 편 「중국조선족문학의 어제와 오늘 "김창걸의 작품과 시대사적 굴절"」, 『한민족 문화권의 문학』(국학자료원, 2003), p.413.

3) 김종회, 위의 글, p.72.

고, 그 우에 노력만 하면 될 수 있다고 보았다. 김창걸은 가난했으며, 그럼에도 불구하고 열심히 공부하며 문학책들도 많이 접했다고 전해진다. 그리고 김창걸은 위의 세 가지 조건을 실현하기 위해서 7년간이나 방랑생활을 하며 많은 생활체험을 하였다. 특히 이주 하층민들의 비참한 삶을 몸소 느끼며 그들과 함께 노동의 체험도 하였으며, 사회주의를 신봉하기도 하였다. 이러한 방랑생활 중에서 그는 소련 수용소와 일본의 경찰서에도 세 번이나 들어가 고문을 받은 것으로 알려져 있다.

짧지 않은 방랑생활을 마치고 집에 돌아온 그는 마을 소학교에서 교사생활을 하면서 1936년부터 주로 단편소설을 쓰기 시작하여 1939년 M일보 신춘문예 현상모집에 단편소설 두 편(필명으로 보낸 것이 가작)이 당선되면서 본격적인 작가생활이 시작되었다. 그러나 김창걸은 작가생활이라는 것이 결코 자신의 소신을 마음껏 펼쳐 보일 수 없음에 회의를 느끼게 된다.

> 당시 어떤 작품이 당선되는가를 미리부터 살펴보았는데 그것은 현재 당국의 정치에 대하여 조금이라도 불만을 보여서는 안되고 될 수 있는 대로 썩 좋다고 하면 그럴수록 '합격'되는 것이다. 이 '진리'를 나는 알고 있었으나 그 정도를 딱히는 몰랐다.
> 아무래도 당선은 돼야 하리라고 생각한 나는 그 '비위'에 맞춰 쓰지 않을 수 없었다. 이런 '표준'으로 원고를 올리훑고 내리훑고 하면서 마치 현 사회가 '태평성대'인 듯이 묘사하지 않을 수 없었다.[4]

그렇지만 그는 사회주의 운동을 하였던 사람답게 '절개'만은 지키며 글을 쓰고자 노력했다. 어느날 신문사에서 「내가 즐겨 읽는 글구」라는 제목에 400자 정도의 짧은 글이 청탁들어왔다. 그는 여기에서 '절개'를 지키고 싶은 마음의 위안으로 정몽주 어머니의 시조 등을 적어 보냈고,

---

4) 김창걸, 『김창걸단편소설선집』(요녕출판사, 1982), p.248.

신문사 편집으로부터 '현대의 위인도 명언도 잔뜩한데 왜 케케묵은 옛 시조를 즐긴다고 썼는가', '당국을 반대하는 것이 아닌가'하는 질책과 함께 '필봉을 낮추어 쓰라, 발표될 가능성 여부를 생각해서 쓰라', '김 형, 글을 속에 있는 그대로 쓸 수 없음은 슬픈 일입니다. 그런 자유는 언제 올는지? 끝끝내 오기는 오련만...'하는 편지들이 날아왔다. 이에 김창걸은 커다란 고민에 시달리게 되고, 이와 때를 같이하여 편집부로 부터 「대동아 전쟁과 문인들의 각오」라는 제목에 글을 써달라는 원고 청탁을 받게 된다. 물론 망설임이 있었겠으나, 결국은 이 글을 쓰게 된 다. 당시 상황을 김창걸은 "다소 혁명사업에 참가하느라다 쭈구러지고 주저 않기는 했으나 '절개'만은 지켜야 하리라고 다짐한 사람이었다. 그래서 내심상 '격투'하다가 끝내 이기지는 못하였다. 신문사 주문의 내용 요지에 약간의 살을 붙이여 그대로 쓰고 말았다. 왜냐하면, 모처 럼 얻은 '작가'라는 영예를 그냥 보존하기 위하여, 만일 이런 주문에도 응치 않는다면 내 존재는 문단에서 아주 없어지고 마는 것이 아닌가! 이렇게 생각되어서였다."라고 말하고 있다.

그러던 그는 만주 땅에서 작가라고 자처하는 자신에 대한 자책감과 모멸감을 끝내 떨쳐내지는 못하고 갈등하기 시작하였다. 결국 그는 '작 가'라는 명예를 가지고 있음으로써 결코 자신이 작가의 절개만은 지키 고 싶음에 끝내 「절필사」를 쓰며 붓을 꺽고 만다.

돈도 안생기는 노릇, 명예나 지위란 보잘 것도 없는 노릇, 성공할 가망이 꼬물도 안보이는 노릇, 더구나 대작품을 쓸 가망이 전혀 없는 노릇, 기껏해 야 일본놈의 '졸개'나 되게 마련인 노릇, 살아도 못 살고 죽은 뒤 천추에 루명이나 끼칠 노릇, 다른 사람은 모르겠지만 내가 한다는 문학—작품을 쓴다는 것은 이럴 노릇임을 참말로 가슴깊이 깨달았다. 깨닫지 못할 때에 는 몰라서 속히워 하노라고 했지만 알고서야 어찌 다시 범한단 말인가 우선 붓을 꺾고 보자! 아무런 미련도 있어서는 안된다. 나는 이제 붓을 꺾으려 '절필사'를 쓴다.

쓰고 보니 마치 거추장스러운 '혹'이나 떼어버린 듯이 가뿐하고 시원스럽다.

가슴후련하구나!

잘가라, 붓이여!5)

김창걸의 고백체 수필인 「절필사」에서 우리는 당시 사회상과 작가의 강한 저항력을 읽을 수 있다. 만선일보사에서 현상모집하는 신춘문예에 해당하는 작품이 갖추어야 할 조건, 작품 내용에 따라 학예면 담당자의 부당한 간섭이나 규제 그리고 지정제목으로 글을 쓰라고 강요하는 사실등을 고발함으로써 만선일보와 재만한국문학과의 관계양상의 일면을 파악할 수 있다.

3. 이국땅에서의 수난과 저항의식의 형상화

1) 노동민들의 비참한 삶의 형상화

그의 단편소설들에는 농민들을 비롯한 노동민들의 비참한 생활과 민족적 및 계급적 압박에 대한 그들의 반항정신을 매우 사실적으로 그려낸 작품들이 대다수를 차지하고 있다. 그 대표적인 작품으로는 「무빈골 전설」(1936), 「수난의 한토막」(1937), 「두번째 고향」(1938), 「낙제」(1939), 「범의 굴」(1941), 「밀수」(1941)를 들 수 있다.

「무빈골 전설」은 이주 초기 조선족 농민들의 생활 처지가 사회적 현실의 모순과 갈등속에서 얼마나 비참하고 처절하였는가를 여실히 보

---

5) 김창걸, 위의 책, p.259.

여준 작품이다.

기사흉년에 어쩌다 죽지 않고 요행히 목숨을 부지한 주인공 김서방과 그의 아내 박성녀가 어떻게든 살아보겠다고 간도 땅에 이주하여 온다. 황량하나 넓고 비옥한 이 변강지대는 이들 부부에게 재생의 희망과 새로운 힘을 준다. 그들 부부는 어쨌든 억세게 벌기만 하면 땅이 있으니 살아갈 수 있지 않을까, 몇 해만 고생하면 살림도 펴일 것이다, 고생 끝에 낙이 오는 법이니까, 하고 생각하면서 먼저 이곳에 와 자리 잡은 이웃의 도움을 받아가며 몸을 아끼지 않고 억척스럽게 서로를 의지하며 노력한다. 그러나 세도를 부리며 이 지대를 좌지우지하는 악질 지주 무빈의 수탈과 압박을 피하지 못한다. 우여곡절 끝에 김서방은 무빈의 지팡살이꾼으로 전락하고 결국은 가난과 병에 쪼들리어 무빈에게 억울하게도 많은 빚을 진다. 그 후 악착하고 음흉하기 그지없는 무빈이 김서방에게 빚 대신 젊은 아내를 내놓으라고 강요한다. 그러나 죽을지언정 굴욕을 당하지 않으려는 김서방은 대항하려다 무빈의 총에 맞아 죽고, 그의 아내 성녀도 목을 메어 자결한다. 소설의 마지막에 이르러서는 원통스럽게 죽은 김서방은 다시 생불이 되어 무빈에게 복수하게 된다.

「수난의 한토막」에서는 철모르는 시절부터 농사일에 잔뼈가 굳은 주인공 영삼이는 곧은 마음으로 곰상곰상 일만 잘하면 살 길이 있으리라고 생각하면서 아껴 모은 돈을 밑천 삼아 겨우 송아지 한 마리 장만하고 그 송아지를 키워 농사를 늘리려 작심한다. 그러나 영삼이는 그 송아지로 하여 큰 화를 입게 된다. 그 고장의 송주사는 그 송아지의 표적이 맞지 않는다고 생트집을 잡고 작간을 부리는 바람에 영삼이는 억울하게도 모진 수난을 당한다. 영삼이는 놈들을 한없이 저주하면서 언제나 좋은 날이 오기만 한다면 하고 이를 악물고 반일부대로 가야겠다고 결의를 다진다.

「두번째 고향」에서는 주인공 경철이가 살 길을 찾아 이 고장으로 들어오게 되는 눈물겨운 과정, 간도 땅에 들어와서 겪는 모진 시련, 나아가 민족적 수난에서 벗어나기 위하여 학교생활과 실제 투쟁에서 진리를 터득하고 용약 반일 혁명투쟁에 투신하는 곡절적인 노정을 아주 감명 깊게 묘사하였다.

「낙제」는 민족을 차별하고 인민들을 혹독하게 수탈하는 불합리한 사회제도를 폭로하고 그에 대한 민족적 반항을 반영한 작품이다. 소설의 주인공 장호는 중학을 졸업하였지만 빈한한데다가 또한 조선족인 까닭으로 실업자가 되어 고향에서 야학교 사업을 하다가 정처 없이 방랑하던 끝에 석탄액화공장 한산인부로 일하게 된다. 그러나 성실히 일한 장호에게 돌아온 것은 불합리한 처사밖에 없었다. 장호는 모든 지식과 기술면에서 갓 들어온 일본 청년보다 나았지만 일본 청년은 들어오자마자 바람으로 용원마크를 달게 되고, 그는 좀체 진급할 수가 없었다. 이는 민족적 수난의 일제 식민통치로 하여 빚어진 필연적 결과이다. 그러나 처음에 장호는 이러한 현실적 상황을 이해하지 못하고 관습으로 행하여지는대로 빚을 져가면서까지 고급 술과 담배와 값비싼 통조림 등을 사가지고 조장에게 간다. 그러나 그 집 문 앞에서 이르러서 그는 가책과 민족적인 수치감을 느끼며 돌아서고 만다. 결국 그는 발길을 돌려 친구들에게 왜놈에게 받치려던 술과 담배와 통조림, 소위 '낙제'턱을 내면서 의미심장한 환성을 울린다.

이와 같은 소설은 장호의 불행한 처지와 운명에 대한 사실주의적 묘사를 통하여 민족적 차별과 계급적 압박으로 일제 통치 하에서의 조선족 노동자들의 비참한 처지를 눈물겹게 보여주는 것과 동시에 일제에 굽히지 않고 민족의 혼과 넋을 지켜나간 조선족 노동 인민의 애국어린 반항정신을 그려놓은 것이다.

특히 「밀수」에서는 하루도 편할 날이 없는 고생 속에서 허덕지덕 지나온 농촌 여성의 피눈물 고인 반생을 진실한 생활의 화폭으로 펼쳐 보여주었다.

2) 진보적 지식인의 저항의식

또한 그의 단편소설 계보에는 진보적 지식인들의 생활을 묘사하고 그로부터 혁명사상을 선양한 작품들이 작가의 세계관을 들여다보게 한다.

대표적인 작품으로는 「그들이 가는 길」(1938), 「스트라이크」(1938), 「암야」(1939), 「건설부」(1940), 「세정」(1940), 「강교장」(1942), 「전형」(1943), 등을 들 수 있다.

「그들이 가는 길」은 무산계급 혁명가로 성장하는 지식인의 형상을 부각한 특색 있는 작품이다. 이 소설에서 나오는 최기창, 임창전, 한해 서는 무산계급 혁명으로 전환할 수 있는 구체적 계기를 지어 주지 못한 결점이 있기는 하지만, 혁명의 방향을 제시한 면에서는 매우 진보적인 의의를 갖는다고 할 수 있다. 이렇게 작가가 추상적으로나마 민족주의 혁명이 무산계급 혁명으로 전환된 시대적 발전을 다룬 것은 그의 전반 창작 생애에서 가장 빛나는 사상이라고 할 수 있다.

「스트라이크」는 종교의 허울을 쓰고 일본제국주의의 침략을 합리화하면서 조선족 인민을 영원히 망국노로 전락하게 하려는 극히 반동적인 설교를 실랄하게 폭로 규탄한 작품이다. 이 소설은 민족적 기백이 있는 최성희, 여창순, 그리고 K와 나 등 인상적인 인물들을 창조하였는데 그 중에서도 최성희의 형상은 매우 감명 깊게 묘사하였다.

최성희는 비단 제국주의 침략을 비호하는 종교의 배신자일 뿐만 아니라 또한 민족적 존엄과 지조를 수호하기 위해서라면 자기의 모든 것을 도외시하고 투쟁의 앞장에서는 젊은 투사이다. 이목사가 성경 수업 시간에 이 세상은 소위 하느님께 죄를 지은 탓에 나라를 빼앗기고 고생하고 있다는 등의 말에 격분하여 조선 민족으로서의 민족적 모멸감에 몸부림치며 단호히 반격하여 나서며 동무들을 선동하고 조직하여 투쟁의 길에 나선다.

「암야」는 일제 식민통치 하에 있는 1930년대 농촌에서의 근본적으로 대립된 지주계급과 농민계급간의 불가 조화적 모순 관계를 심각히 제시하면서 당시 농촌 생활의 본질적 측면을 진실하게 보여주는 작품이다. 이 소설은 명손이와 고분이네를 일방으로 하고 윤주사와 최영감네를 타방으로 한 빈부의 계급적 대립 관계를 주요한 이슈로 다루고 있다. 여기에서 명손이의 일련의 투쟁과 과단한 소행들을 통하여 험악한 사회제도를 부정하고 항거하면서 자기의 힘을 믿고 새 생활을 개척해 나가려는 당시 진보적 농촌 청년들의 투쟁정신과 사상적 추구를 생동하게 전형화하였다. 여기에 바로 이 형상의 전형적 의의가 있으며, 예술적 가치가 있다고 하겠다. 작가는 사실주의 창작방법에 입각하여 실재하는 인간을 성격 창조의 바탕에 두고 실생활에서 흔히 보게되는 진실하고도 생동한 세부를 재치있게 도입함으로써 심오한 주제를 밝혀내는 데 성공하였다. 특히 일인칭 소설체의 장점을 아주 능란하고 재치있게 운용함으로써 작품의 진실감과 감정적 색채를 더욱 진하게 하였다.

「세정」은 당시 암흑한 사회제도 하에서의 부패한 생활 세태를 파헤치고 모리배의 기풍을 신랄하게 비판하므로서 자기의 창작 실천 중에서 사실주의적 창작 방법에 충실하고 민족에 대한 고도의 사명감으로 조선족 인민의 생활과 운명을 보다 진실하게 반영한 작품이다.

특히 「강교장」(1942)과 「전형」(1943)은 절필을 의도하고 창작되어진 작품이라 문단데뷔 이전 작품들처럼 강력한 저항의식의 열기를 다시 느낄 수 있는 작품이다. 「강교장」에서는 강교장으로 대표되는 우리 민족의 지식인의 저항의식을 공립학교 개편식날 연설뒤에 기발하게 부른 '만세' 삼창에서 느낄 수 있다. '만세 만세 망세(亡歲)!', 즉 공립학교 개편 망세(亡歲)를 소리 높게 외침으로써 우리 민족의 강렬한 저한 의지를 드러내주고 있는 것이다. 「전형」 역시 일제의 동화정책에 대한 우리 민족의 저항을 반영한 작품인데 주인공을 통한 그 저항은 비록 그것이 자연발생적인 것으로 표현되었다고 해도 '피'를 보는 것보다도 더욱 적나라한 야유와 풍자로 이루어져있다.

3) 이주민 삶의 좌절과 반항의식

이주민들에 대한 일제의 우월주의와 차별화 및 민족 탄압에 대한 저항의식은 이주민들에게 있어 한스러운 삶에 대한 좌절과 비판의식, 그리고 다음 세대를 염두에 두지 않을 수 없는 책임감과 의무적 부담감 등을 안겨주었을 것이다. 김창걸의 작품에는 바로 이러한 것들에 대한 주제가 반성적 성찰이며 버틸 수 있는 힘의 원천으로 비록 부분적이고 산발적이나마 반복적으로 나타나 있다. 특히 일제 탄압에 대한 저항의식은 작가가 끊임없이 자신의 민족적 정체성을 환기시키는 정화적인 역할을 한다.

> 옥수수 싸늘한 가을바람이 불어 산데기에 썬 개암나무들 흩날리는 어느 하루, 달라즈골 오솔길로 젊은 내외가 걸어오고 있다. 거의 30이 되어보이는 사나이가 세 살쯤 되어보이는 어린애를 헌 누데기에 감싸 지게에 받쳐 입고 가마솥, 호미 낫에 쭈그러진 바가지짝을 대롱대롱 달아맨 옷짐을 지

고 터벅터벅 힘들게 걷고 있다. 그와 한 서너발자국 떨어진 역시 헌 누데기 옷짐을 꾸려 머리에 인 스물네댓살 되는 아낙네가 다리를 절룩거리면서 뒤따르고 있다.

-「무빈골의 전설」 본문 중에서

이것이 바로 그때 살길을 찾아 고국땅을 등지고 산설고 물선 이국땅을 들어서던 우리 민족 이주민의 모습이다. 오늘을 살고 있는 우리에게는 그저 신비한 전설을 듣는 것만 같이 들려올 수도 있을 현실이다. 대대손손 조상의 뼈와 넋을 묻었고 자기네의 숨결과 정감을 키워 가꾸던 향토에서 뿌리를 뽑는 걸음이어서 눈물을 휘뿌리면서 떠나는 그들이었다. 그들의 마음 속에 아픔이 없을 수 없는 것이다. 이 아픔을 바로 그들의 실향의 '한'인 것이며, 이 실향의 한은 우리 민족 이주민들의 피눈물의 한인 것이다.

「새벽」에서 '아버지'가 자식들 앞에서 툭하면 꺼내는 지난날의 집안 얘기도 자기의 지난날을 끄집어내어 지금의 자신의 불우한 처지를 한탄함과 더불어 '우리 집이 이렇게 할 수 없이 되어도 다 그렇잖은 집안이니라. 우리 5대 조부가 참봉을 했는데 최참봉이라하면 읍내에서도 뜨르르했느니라, 지금도 고향에 가면야 가문이 버젓하고'하곤 하면서 자식들을 훈계하고 또 지금 막 허물어져가고 있는 자신의 어수선한 마음을 스스로 다스리곤 한다.

「두번째 고향」 역시 경철이 아버지가 간도에 와서 정착한 후, 저녁이면 숭늉을 마시고 잎담배를 피우면서 이제는 내지와는 하직이구나! 간도 백성이 되고 말겠는걸! 하고 되뇌일때마다 경철이도 고향 떠난 생각에 느닷없이 향수가 떠오름은 어쩔 수가 없는 것이다.

「암야」에서는 주인공 명손이는 잔뼈가 굳힌 고향을 떠나 낯설은 '만주'땅 마도강의 두메산골에 이주하여와 정착하게 되면서의 그 한을 이렇게 표현하였다.

　논이라고는 구경 못하는 산골 만주는 눈이 모자라 보이지 않는 넓은 들
이라더니 하도 떨어질데가 없어 십년을 않은자리에서 산골놈이 되는가 생
각하면 통분할일이나 고분이가 사는 동네니 나는 떠나고 싶지 않다

　얼핏 보기에는 정든 고국을 떠나온 실향에 의한 한보다도 잘못 선택
한 정착지에 대한 불만이거나 산골놈이 되는 것에 대한 한탄같이 느껴
지지만 곰곰이 씹어보면 그의 이러한 불평 속에는 뒤에 두고 온 고국
에 대한 그리움이 어리어있다.
　우리 민족 이주민들의 대부분은 조선에서 이미 망국조선과 일제 치
하라는 두 개의 정치적 수난을 겪으면서 월강하여 오기 전부터 가슴
속에 계급적 압박과 민족적 기시에 의한 '한'을 지닌 사람들이다. 간도
정착에 있어서의 첫살이는 지팡살이라는 것이었다. 지팡살이란 지주가
우리민족 농민들을 착취하는데 있어서 가장 기본적인 착취수단의 하나
로, 우리 민족 이주민들은 우선 살아가기 위해서는 출가전의 딸이나 젊
은 아내를 볼모로 내세우고 지주나 마름한테서 집, 양식, 농구 등 자고
먹고 농사짓는데 필요한 것들을 고리대로 꾸어와야 하였을 뿐만 아니
라 그 지주의 땅을 붙이면서 높은 비율의 소작료를 바쳐야 하였다.
　「무빈골의 전설」의 주인공 김서방과 그의 처 박성녀는 간도땅에 이
주한 후 악질지주 무빈의 땅에 정착하여 농사도 짓고 길쌈도 하면서
살아가는 중 가난과 병마로 하여 무빈에게 빚을 지게 되었다. 간사하고
악착스러운 무빈은 처음부터 김서방의 처 박성녀에게 눈독을 들이고
있었기에 김서방에게 곤란이 있을 때마다 그의 힘으로는 갚을 수 없는
빚을 걸머지운다. 그리고는 때가 되자 빚재촉을 하면서 제때에 갚지 못
할 경우 처를 내놓으라고 강요한다. 결국 성격이 강직한 김서방은 이에

항거하다가 무빈의 총에 맞아 죽고 박성녀도 목을 메어 자결한다. 즉 그들 두 사람은 모두 원혼이 되고 만다.

김창걸의 또 다른 소설인 「두 번째 고향」이나 「소포」등은 전문 우리 민족 이주민들이 지주세력을 대변하는 봉건관청으로부터 수모와 협잡을 당하는 정경을 취급한 작품들이다. 바로 이러한 사회적 환경들에서 우리 민족 이주민들은 가슴 속에 억눌림에 의한 '한'을 쌓으면서 한많은 생활을 하여야만 하였던 것이다.

「낙제」에서는 조선족은 아무리 일을 잘하고 재간이 있어도 일본인이 지배하는 공장에서는 그들을 지정인부로 써주지 않으나, 일본인은 아무리 반편이라도 공장에 들어온 첫날부터 용인으로 써주면서 품삯도 조선인의 두배 내지 세배를 주는 사실을 그려내고 있으며, 「강교장」에서는 우리 민족이 애써 꾸렸던 학교마저도 일제가 빼앗아내는 전경을 그려내었고, 「개아들」에서는 일제의 민족동화를 목적으로 한 창씨개명의 죄악을 폭로하였다. 이러한 사회적 환경 속에서 우리 민족 이주민들은 가슴 속에 새로운 '한'을 품지 않을 수 없었을 것이다.[6]

4. 결론

이상에서 살펴본 바와 같이 김창걸은 중국조선족들의 비참한 이민생활상을 비교적 사실적으로 묘사해낸 작가이다. 중국 조선족의 소설문학이 형성 발전한 1930년대 중반의 현실은 일제 통치의 말기에 해당되며, 따라서 이 시기의 작가로서 철저한 반일적, 반체제적 성향을 지니고 활동하기란 거의 불가능한 현실이었다. 그러나 김창걸은 비록 중간단계의 한 시기에서 세간 잡사들의 제재를 다루어 다소 문학성의 색채

---

6) 전성호, 『중국조선족문학예술사연구』(이회출판사, 1997), pp.191-203.

가 엷어졌다고 할 수도 있겠지만 이는 당시의 체제가 그것을 허용하지 않았기 때문이다. 그래도 그의 작품 전체를 두고 볼 때 그의 문학은 이국땅에서 수난을 당하고 있는 우리 민족의 현실을 매우 높은 저항정신으로 나타내고 있다. 전성호가 말한 그의 작품에서 보인 특징인 우리 민족 고전설화들의 구조사용, 즉 '맺힘－풀림'의 서사구조를 도입한 것은 비록 내용은 현실적인 것이지만, 형식은 고전설화의 '한풀이'적인 성격을 사용함으로써 우리 민족 전통적인 정서인 '한'을 풀어내는 방안으로 작품을 썼던 것이다. 물론 현재 활발하게 진행되어지고 있다고는 하지만 본고를 정리하면서 자료를 분석해 보면, 아직은 김창걸 뿐만 아니라 중국 조선족 작가들의 핵심적인 작품분석은 매우 미비한 상태이다. 이쪽과 현지에서 서로 많은 교류, 세미나 등을 통해 많이 진보된 상태라는 것은 느낄 수 있으나 중국조선족 문단에서 아직은 그 시절, 즉 일제 시대를 전후한 작품들에 대한 발굴과 연구팀이 제대로 형성되지 않고 있음이 작은 소견으로나마 안타깝고, 진정으로 바라건데, 하루 빨리 이 모든 결과가 형성되어 우리 민족의 문학이 세계에 우뚝 솟아 오르기를 바랄 뿐이다.

참고문헌

권　철·조성일 외『중국조선족문학통사』, 이회출판사, 1997.

권　철, 『광복전 중국조선조군학연구』, 한국문화사, 1999.

김종회, 「중국조선족문학과 김창걸의 소설」,『한국문화연구 7집』, 경희대학교 민속학연구소, 2003.

김창걸, 『김창걸단편소설선집』, 요녕출판사, 1982.

장춘식, 「조선문학의 개념에 대하여」, 조선족문학연구, 2005, 5월호.

전성호, 『중국조선족문학예술사연구』, 이회출판사, 1997.

채　훈. 『재만한국문학연구』, 깊은 샘, 1990.

조남철, 『중국내 조선인 소설선집』, 평민사, 1998.

역사적 미학관과 민족정신의 반영

― 리욱론

이승희*

1. 서론

리욱(1907~1984)은 김학철, 김조규 등과 같이 간도문학을 개척한 제1세대 조선족 문인이다. 그의 원명은 리장원이며 광복 후 리욱으로 개명하였고 그 밖에도 학성, 월수, 월촌, 동진이, 홍엽, 단림, 산금, 월파 등 여러가지 필명을 썼다. 이는 일제의 검열을 피해 보다 자유로운 창작활동을 하기 위한 방편이었던 것으로 보인다.

리욱은 1907년 7월 15일 구소련의 블라디보스토크의 신안촌(고려촌)에서 빈한한 가정의 아들로 태어나 그의 가족이 생활난에 쫓겨 신안촌으로 이주해 감으로 그 곳에서 살았다. 그 곳에서 유년시절을 보내면서 한학자인 할아버지와 아버지의 가르침 밑에서 한학공부를 하던 그는 1924년 처녀작 「생명의 예물」을 ≪간도일보≫에 발표함으로써 문단에 데뷔 하여 시인의 길을 걷기 시작하였다. 이후 1920년대 후반에 ≪민성보≫ 기자로 활약하면서 「죄수」, 「분노의 노래」, 등 시편과 단편소설 「파경」을 발표하는 등 창작활동에 정진하던 그는 1930년대 일제의

---

* 경희대 대학원 국어국문학과 석사과정

탄압이 극심해지자, 농촌에서 농민들에게 글을 가르치면서 농촌생활 및 민족적 사상에 뿌리를 둔 시 작품들을 ≪만선일보≫를 비롯한 지면에 발표하여 주목을 끈다. 1936년 ≪조선일보≫간도특파 기자로 활동할 당시에는 ≪조선일보≫에서 발간하는 『조광』, 『조선지광』지면에 활발히 작품을 발표했는데, 특히 서정시 「북두성」(1937), 「금붕어」, 「모아산」(1939), 「새 화원」(1940), 「포구의 봄 아침」(1940), 「봄꿈」(1940), 「공원」(1940) 등은 그 때 발표된 괄목할 만한 작품들이다. 그러나 일제가 문화통치정책에 따라 1940년에 신문통제령을 발표하고 ≪동아일보≫와 ≪조선일보≫를 강제 폐간시킴에 따라 기자생활을 중단하였다.

해방 후 리욱은 1946년에서 1948년까지 동북군정대학에서 수학하면서 마르크스주의를 연구하고, '간도예문협회' 문화부장과 '동라문인동맹'의 시문학분과 책임자, '연길중쏘한문인협회'의 문학국장을 맡는 등 문학활동 이외에도 중국 내 여러 문인협회 활동과 이사직 활동을 했다. 이 무렵 첫 시집 『북두성』(1947)이 출간되었고, 동북군정대학 졸업과 함께 그는 연길의 잡지사 주필 겸 연변대학 도서관장을 맡는다. 다음해 1월에는 두 번째 시집 『북륙의 서정』이 발행되었고, 1951년 연변대 교수로 재직하였으며, 1956년 중국작가협회에 가입하여 연변분회 이사를 겸직하기도 한다. 1957년에는 세 번째 시집 『고향사람들』에 서정서사시 「연변의 노래」를 발표하였고 같은 해 또 다른 시집 『장백산하』를 발간하였다.

건국 후 17년간 조선족의 시문학은 크게 발전하였다.[1] 이 시기 동안 리욱의 시창작 역시 활발하게 이루어지는 한편, 이 시기 리욱은 여러 번에 걸친 중국의 역사적 변혁기 마다 모진 정치적 탄압을 받았다. 특히 문화대혁명(1966~1976)은 시인들에게 무서운 재난[2]이 되었는데 이때 이

---

1) 전성호, 『중국 조선족문학 예술사 연구』(이회출판사, 1997), p28
2) 김호웅, 『재만조선인문학연구』(국학자료원, 1998), p173

른 바 '반동적 학술권위', '반동문인' 등으로 낙인찍히면서 창작권리를 박탈당하기도 하였다. 그러나 그는 문필의 의지를 꺾지 않았고 새로운 체제가 시작된 후 정치적 누명을 벗게 되자 고령의 나이에도 불구하고 시대를 증언하는 시인으로서 창작활동을 계속하였다. 1980년에는 그의 시를 통틀어 정리한 『리욱시선집』을 발간하기에 이르는데, 다섯 번째 시집에 해당 하는 이 시집 이후에도 시인은 1982년 장편서사시 「풍운기」(제1부)를 발표한다. 그리고 「풍운기」제 2부를 집필하던 중 뇌일혈을 일으켜 1984년 77세를 일기로 사망한다. 그는 1920년 데뷔 이후 타계 할 때까지 꾸준히 작품을 써왔을 뿐만 아니라, 적극적인 사회활동을 펼쳐 조선족문학사에 기록할만한 업적을 남긴 인물로서 회자된다.

그의 생애에서 살펴보았듯이 리욱은 일제시대 만주 및 간도에서 활약하던 많은 조선족 문인들 중에서도 망명 문인으로서가 아니라, 이른바 '토종성'3)의 문인으로서 간도에서 태어나 죽을 때까지 조선족 이민의 역사를 몸소 체험하며 문필을 놓지 않은 드문 조선족 문인의 한 사람이다. 시인 3대의 척박한 가족사에서 보듯이 '토종성'이란, 같은 토종성의 문인으로서 동시대 조선족 소설문학의 꽃을 피웠던 것으로 평가되는 김창걸의 단편소설 제목처럼 만주 땅을 「두번째 고향」4) 즉, 제 2의 고향으로 살아가는 조선족 이민자들의 특수성을 일컫는 말이다. 북방대륙을 그들은 "길러준 어버이요 사랑하여 안어준 안해"이자 "육체의 한 부분"5)으로 여기고 살아가고 있는 이들 '토종성'의 조선족 문인들에게서 창출된 문학은 이른바 '오족협화(五族協和)'의 슬로건을 내세운 만주국에 부응한 친일문학이 아니라 스스로를 지탱할 절체절명의 현실적 필요에서 이룩된 '생존문학'6)이라 해야 할 것이다.

---

3) 조성일·권철 주편, 『중국조선족문학사』(연변인민출판사, 1990), pp89~366참조.
4) 김창걸, 『김창걸단편소설선집』(료녕인민출판사, 1982)
5) 박팔양, 「서」부분, 『만주시인집』(길림시, 제일협화구락부, 1942)

리욱의 문학에 대한 연구는 1980년대 후반 조선족 평론가들로부터 시작되었다. 전국권 교수는 「리욱과 그의 시창작에 대하여」, 「리욱론」 등 논문에서 그를 "낭만주의 시인", "거룩한 민족 시인"으로 평가하였으며 허호일 교수는 주로 『리욱시선집』에 실린 시들을 집중적으로 분석하면서 "리욱은 낭만적인 시인, 철리적 시인으로서 항상 조선족인민들의 생활과 투쟁가운데서 진리와 이상을 탐색하고 철학적 깊이를 가지고 그것을 표현하였다."고 평가했으며 허세욱 교수는 리욱을 "중국 최초의 조선족시인"으로 보면서 그의 시문학이 달성한 높은 성취에 찬사를 보냈다. 권철 교수는 리욱의 해방 전 시문학에 대한 세밀한 발굴, 고증을 거쳐 그의 연구에서 "조선족 사회주의적 사실주의 문학의 정초자", "평생을 시문학에 바쳐 중국조선족 시문학의 발전과 번영에 크낙한 기여를 한 저명한 시인", "우리 시 문학의 창시자의 한 사람"이라고 높이 평했다.[7]

2. 조선족 이민사의 증언 — 서정시

그는 1930년대로부터 건국 전에 이르는 시기에 많은 시편들을 발표하였는데 이 시편들은 『만주시인집』과 더불어 광복 전 우리 시문학 연구에서 가장 중요한 시집 중 하나로 꼽히는 『재만조선인시집』[8](1942년

---

6) 윤영천, 「기획특집— 북방대륙의 상상력, 유이민의 비극적 삶을 직핍한 북방시편들의 울림—한국 근대문학과 '북방적 상상력'」, 『대산문화』(웹진), 2003, 가을호.
7) 김호웅, 위의 책, p.170.
8) 1942년 10월 만주 간도(間島)에 있는 예문사(藝文社)에서 간행했다. 편자의 서(序)와 13명의 재만시인(在滿詩人)의 시 51편이 수록되어 있다. 수록시인은 김달진(金達鎭)·김북원(金北原)·김조규·남승경(南勝景)·이수형(李琇馨)·이학성(李鶴城)·이호남(李豪男)·손소희(孫素熙)·송철리(宋鐵利)·유치환(柳致環)·조학래(趙鶴來)·천청송(千靑松)·함형수(咸亨洙) 등인데, 이 사화집은 동토(凍土)에 사는 재만시인들의 생활상을 리얼하게 그린 시편들을 주축으로 하였다. 리욱의 작품으로는 「나의 노래」, 「철쭉花」, 「五月」, 「落葉」, 「별」등이

종합시집) 및 『북두성』, 『북류의 서정』, 『고향사람들』, 『장백산하』, 『리욱시선집』 등에 실려 있다. 특히 건국 후 17년간의 리욱의 시세계는 서정시가 주류를 이루고 있으며 그 주제는 사회주의 생활에 대한 찬미, 인민해방과 혁명의식 고취, 민족적 항일 투쟁의 기록 등으로 구획된다.

리욱의 시의 주제 및 형식은 다채롭고 다양한 양상을 보인다. 그러면서도 그의 시의 밑바탕에는 생활에서 오는 애환과 평화 동경, 농촌체험과 농촌애 등의 정서가 깔려 있다. 그의 시세계는 역사의식이 각별하고 서정성이 짙으며 낭만적 색채 및 민족적 특색이 강하다는 것이 평론가들의 전반적인 견해다. 이를 증명하듯이 리욱은 그의 시작 체험기를 기술한 「시창작에서 얻은 몇 가지 체득」9)에서 "시는 애정시이건 혁명적 시이건 품위가 높고 격조가 높아야 한다. 이래야 인민을 교양하고 시대의 전진을 추진시킬 수 있다. 이런 주장을 관철하기 위하여 나는 시 형상을 창조할 때 표어구호식은 단호히 반대하는 한편 격조가 높고 뜻이 깊으며 정서가 짙고 생생한 형상과 사색을 통하여 주제를 보여주기에 큰 힘을 넣는다"고 말해 그의 예술적 미학관을 보여주고 있다. 또한 같은 글에서 "문학가와 예술가 앞에는 곧 어떻게 예술로써 생활미를 탐구하고 창조하겠는가 하는 위대한 과업이 나선다. 이 과업을 완성하기 위하여 시인은 인민생활의 예술적 노동자로, 시대의 기수로 되어야 한다." 고 말한다. 또한 1949년 1월에 출판된 그의 두번째 시집 『북류의 서정』서문에서 "시대의 행정에 역사의 지표가 뚜렷이 서서 나의 전진을 재촉하매 나는 고스란히 이 땅 선구자의 발자국을 더듬어 나가며 인민과 조국에의 충성을 피로써 다할 것을 진정으로 고백

수록되어 있다.

9) 리욱, 『20세기 중국조선족 문학사료전집, 제2집: 리욱 문학편』 (중국조선민족 문화예술 출판사, 2002)

한다"고 말해 역사의식을 바탕에 둔 시관을 나타냈다. 시적 탐구와 창조를 위해 시인은 시대의 증인이 돼야하며 시는 시적 진실에 뿌리를 둔 시대정신의 소산물이라는 그의 역사관 및 시적 미학관을 확인할 수 있는 대목이다. 이러한 역사의식은 리욱 문학의 주제를 이루는 첫 번째 특징이다. 그의 역사관은 해방 전의 일련의 작품군에서 '님'으로 형상화되는 고향, 즉 빼앗긴 조국에 대한 그리움과 그 조국이 민중의 의지에 의해 곧 자유의 미래를 맞게 될 것이라는 예언자적 사색으로 나타난다.

> 생명은
> 정복의 날개!
> 창조의 힘!
> 영생의 길!
>
> 내 이제 뛰는 생명의 맥박을 탓기에
> 생명은
> 빛난 예물을 괴여들고
>
> 이 밤의 광야에서
> 나의 앞에
> 홰불을 들었구나
>
> ―「생명의 예물」(1924)

　시인의 데뷔작인 이 시에서의 "이 밤의 광야"는 일제치하의 모진 압박으로 유추되며 그러한 맥락에서 "홰불"을 치켜드는 "생명"이란 역사의 질곡 앞에 "빛나는 예물"처럼 이어가는 한민족의 생명력이다.
　「생명의 예물」에 나타난 것과 같은 역사의식은 한용운의 시 「님의

침묵」과 비교되는 작품인「님 찾는 마음」에서 빼앗긴 조국에 대한 그리움으로 나타난다.[10]

> 님이시여, 당신이 부르시며는
> 우거진 숲속의 사슴의 다름으로
> 안개의 골짜기로 찾아서 가지오
>
> 님이시여 당신이 부르시며는
> 안마을 찾아오는 제비의 나름으로
> 검푸른 大쏘으로 찾아서 가지오
>
> 님이시여, 당신이 부르시며는
> 하늘에 흐르는 번개의 빛으로
> 火山의 비탈도 찾아가지오
>
> —「님 찾는 마음」(1930)

님에 대한 그리움과 기다림의 애절한 정한을 그 정서적 특징으로 하는 리욱 시의 한 전형으로 볼 수 있는 이 시에서 님은 사랑하는 사람(연인)이자, 빼앗긴 조국으로 유추할 수 있다. 우리 시사에서 '님'은 강한 종교적 신선성과 열정을 함축 하는 말로 애용되어 왔는데, 정몽주의 '님'이나 송강 정철의 '님', 김소월의 '님'과 한용운의 '님'은 모두 그 말에 내포된 감정적 성질이나 지향하는 대상이 한편으로는 민족적 특수성에 기반하여 고금을 막론하고 일반적으로 통하는가 하면, 또 한편으로 미묘하게 다르기도 하다.[11] 리욱 시의 한 지향점으로 나타나는 '님'은 한용운의 '님'과 같이 일제에 빼앗긴 '조국'의 의미이겠거니와, 타국에서 그리는 모국이며, 조선족 이민자들이 개척하고 뿌리내려야 할

---

10) 김호웅, 위의 글 p.182 참조.
11) 이부영, 『분석심리학』(일조각, 1981), p73 참조.

북향, 그리고 사회주의 혁명이 가져올 평화롭고 이상적인 미래로도 해석된다.

암혹한 현실에서 자유로운 미래를 갈망하는 역사의식과 자유사상은 그의 시 「금붕어」에서 다음과 같이 표현되고 있다.

> 안타까운 운명에
> 애가 타고나서
> 까만 안공에 불을 켜고
> 자주 황금갑옷을 떨치나니
>
> 붉은 산호림속에서
> 맘대로 진주를 굴리고 싶어
> 줄곧 창넘어로
> 푸른 남천에
> 희망에 기폭을 날린다.
>
> ―「금붕어」 (1938)

시인 자신을 상징하기도 하는 금붕어는 "맘대로 진주를 굴리"는 자유를 갈망하는 "황금갑옷을 떨치는" 고귀한 천분의 민족적 형상의 발현이다.[12] 조국을 잃어 자유가 없는 기구한 운명에 대한 민족적 탄식이다. 같은 시기에 발표된 시 「모아산」에서도 어렴풋하나 자유에의 변혁이 도래하기를 고대하는 정서를 토로하고 있으며, 시 「바위」에서는 바위와 같은 조국에 대한 정념의 의지로 광복의 그날을 기다리며 그 의지와 인내를 미학적으로 형상화하고 있다. 광복직전에 쓰여진 것으로 생각되는 시 「북두성」에서도 다가올 미래를 긍정적으로 예언하고 있다.

---

12) 권철, 김동화 외, 『연변지역 조선족 문학 연구』(숭실대출판사, 1992), p.69.

진정 오늘에야
우리는 별을 따서 창에 돋혔고
꽃을 꺾어 상에 올렸나니
이제 나는 이 세상의 온갖 봄을 안고
노래만 엮어
나의 노래 속에 敵을 죽이고
나의 노래 속에 사랑을 살리고
이렇게만 살어
이렇게도 즐거워
어느 세월 연륜에서
설마 나의 호흡이 끊을지라도
그 노래는
뭇사람 심장에 흐르나니 기리 빛나고
붉은 꽃과 더부러 기리 향기러우리.

ー「비문」(1945)

이러한 광복의 기쁨은 시 「역마차」(1945)에도 나타나거니와 조국의 광복을 알리는 역마차가 민족의 기쁨을 알리며 힘차게 달려 나가는 모습으로 형상화 되고 있다. 조국 광복의 기쁨은 "아세아 산맥을 넘어서/ 이 강산 새벽을 소리쳐"나가는 함성이며(「북두성」)[13] "새 투구를 쓰고 손에는 새 방패"를 들고 지켜나가야 한다는 (「사랑하는 거리」) 애국·애족 정신이다. 그는 이 시기에 민주개혁, 토지 개혁, 인민해방전쟁 등 일련의 인민해방과 혁명의식을 고취하는 사회주의적 리얼리즘 시를 써 냈다. 시 「5월의 붉은 맘씨」(1946), 「도문강」(1947), 「옛말」(1948) 등 이 이에 속한다.

---

13) 권철 교수의 견해에 따르면 「북두성」은 해방을 맞을 당시 또는 해방직후에 창작한 시로 볼 수 있으나, 김호웅 교수는 해방직전에 창작한 시로써 민족해방을 장쾌하게 예언하는 시로 평가하고 있다. (김호웅, 위의 책 참조)

3. 항일민족투쟁의 기록 — 서사시

리욱 문학의 두 번째 특징은 선명한 민족적 색채이다. 그의 많은 작품에 신화나 전설들이 재치있게 이용되고 있는데, 이러한 특징은 「고향 사람들」에 이어 서정시 「장백산」("달밤에 백호가 바위 위에서 울면 동해의 용왕도 소스라쳐 깨여서는 거센 물결을 타고 헤메었다.")에서도 나타난다. 「오월의 붉은 맘씨」("죽은 누나를 불러도 아니 오는 누나는 옛둥지에 제비를 보내었다."), 「어머니와 애기」(" 불면 날가 쥐면 꺼질가 금지옥엽으로 애지중지하노니"), 「황소야」(" 별을 이고 나가고 달을 밝고 들어온다.") 등의 서정시편에는 속담, 전설, 숙어 등이 도입되어 향토색 및 민족색이 농후하게 읽혀진다.

광복과 더불어 리욱의 시는 또 다른 양상을 보이기 시작한다. 줄곧 그의 시의 주류를 이루던 서정시와 함께 서사시를 쓰기 시작한 것이다. 그 첫 시도에 해당하는 시 「두만강에 묻노라」는 150행에 이르는 장시로서 우리 민족사의 아픔과 슬픔을 새긴 역사의 강으로서의 두만강에게 두 번 다시 역사의 비애를 되풀이 하지 않고자 하는 민족적 염원과 의지를 드러냈다. 「고향사람들」은 조선족 최초의 서사시로서 장편 서사시보다는 짧은 중편 형식의 서정서사시로서 중국어로 편찬되어 모스크바 대학에 진열되기도 하였다.[14]

서사시란 일반적으로 발흥기·재건기의 민족이나 국가의 웅대한 정신을 신(神)이나 영웅을 중심으로 하여 읊은 장시로서, 리욱의 「고향사람들」과 같은 서정서사시는 "서사시의 한 형태로서 묘사방식에 있어서는 서사시와 같은 것"으로 규정된다. 다만 서사시와 다른 점은 서사시가 장편 형식이라면 서정서사시는 중편 형식이라는 점, 즉 길이상의 장단에 의한 구별에 의거하고 있다.[15] 북한 문학과 중국 문학에서 서정서

---

14) 리선호, 『리욱시선집』(신성출판사, 2005), p.354.

사시를 많이 볼 수 있는데 장편서사시보다는 짧고 서정적인 장르로 이해할 수 있겠다. 리욱은 1950년대에 들어 서정서사시를 썼는데, 후에 대표작으로 되는 「고향사람들」(1957) (일명 「연변의 노래」)를 발표하는 한편, 또한 수작으로 꼽히는 「장백산의 전설」(1957)을 이어서 발표한다. 특히 「고향사람들」은 당시 연변에서의 우리 민족의 시문학 형성에 있어 또 하나의 뚜렷한 이정표를 세워주었다는 평가를 받는다.16)

제 5장에 이르는 이 서정서사시는 조선족의 이민의 역사 중에서도 주로 간도시기를 다루고 있다. 이민으로부터 개척의 역사는 그처럼 어려운 시련의 과정이었으나, 작품은 그 중에서도 주로 일제에 항거하는 항일열사들의 투쟁을 예술적으로 보여주고 있다.17) 그 내용을 살피면 다음과 같다.

제 1장에서는 웅위로운 장백산의 형상을 통해 조선족의 빛나는 역사와 업적을 인기시키면서 그것을 '나의 부모와 형제와 자매, 더구나 용감한 나의 고향사람들과 영웅들을 대신하여 소리 높여 찬미'하며 시인의 불타는 결의를 격조 높이 토로하였다.

제 2장은 백여 년 전 조선족 인민들의 간거한 개척사와 지주계급에 대한 인민들의 분노와 저항을 묘사하였다.

제 3장은 이 서정서사시의 핵심적인 부분으로서 여기에서는 '9.18' 사변 후 조선족 인민들이 한족 인민들과 더불어 장백산을 근거지로하고 신출귀몰한 유격전으로 일제 토벌대와 영용하게 싸운 혁명적 영웅주의를 찬미하고 있다.

제 4장에서는 항일전쟁 승리 후 연변 조선족 인민들의 해방의 감격

---

15) 송기한, 『문학비평의 욕망과 절제』(새미, 1998)

16) 조성일, 권철, 위의 책, p.369.

17) 김경훈, 「기획특집— 북방대륙의 상상력, 수난을 딛고 대륙에 싹틔운 민족의식 —조선족문학에서의 북방의 상상력」, 『대산문화』(웹진), 2003 가을호.

과 회열을 노래하였고 제 5장에 이르러서는 건국 후 연변지구의 발전을 구가하면서 선열들의 뜻을 높이 받들고 보다 아름다운 생활을 창조할 것을 호소하였다.

제틀로 / 수림속에 나오면 / 천리 연봉— / 나뭇가지를 더우잡고 / 나래 돋친 용마인양 /일행 천리 / 청운장을 휘둘러 / 산삼과 / 사향과 / 지초가 녹아내리는 / 압록강 / 두만강 /송화강을 넘나들며 / 마음대로 / 풍운조화를 부려 / 불시에 / 놈들을/ 마른 날에 번개치듯 /쳐엎는다 하나니

—「고향사람들」(1957) 중에서

우리 동포들은 일제의 탄압에 쫓겨 간도로 이주해 왔으나 일제의 폭압과 만행은 여전히 계속되었다. 서정서사시 「고향사람들」은 이를 증언하거니와, 민족의 항일정신을 고취시키며 항일무장투쟁의 민족사를 형언하고 있다. 이와 같은 맥락의 반일·반제국적 민족정신은 서정서사시 「장백산의 전설」과 산문시 「연변찬사」로 이어져 우리 시문학사에 뚜렷한 발자국을 남기고 있다.

이와 같은 리욱의 서정서사시편들에 나타나는 역사의식은 김철의 장편서사시 「새별전」과 김성휘의 「장백산아 이야기하라」와 같은 장편서사시들에 이어져 내려오고 있다. 「고향사람들」 및 「장백산의 전설」로 대표되는 리욱의 서정서사시편들은 조선인의 이민사에 천착하여 시적인 함축미와 비약으로써 당시 문학에서 보기 힘든 민족적이면서도 개성적인 서사시를 남겼다.

4. 결론

리욱은 1924년 처녀작 「생명의 예물」을 발표하여 문단에 나온 후 1920-30년대에 훌륭한 작품을 내놓음으로써 해방 전부터 문단의 이목을 끌기 시작하였다. 이후 그는 뚜렷한 역사의식과 집요한 철학적 성찰, 그리고 민족 고유어에 바탕을 둔 언어구사로써 민족적, 향토적 색채가 농후하면서도 심오한 작품들을 발표했다. 그의 시는 대부분 민족애와 향토적 색채가 짙은 낭만주의적 서정시로서 특히 각별한 역사의식으로 시대상을 조명하고 민족정신을 고취하고 있다. 그가 중국어로 발표한 작품들은 조선족 시인의 대위에서 뿐 만 아니라 동시대 한족시인들의 작품과 견주어 중앙문단에서 높은 평가를 받는 성과를 보여주기도 했다. 그는 간도문학을 한국문학의 일부분이 아닌 중국 내 한국문학으로서 자리잡게 만든 최초의 문학인인 것이다.[18] 문필 활동뿐만 아니라 사회활동에도 적극적으로 앞장서 중국문인협회 분과 이사를 맡기도 한 그는 민족교육자, 지도자로서 조선족 문인 및 지식인사회에 많은 영향을 끼쳤다.

리욱 문학의 문학사적 의의는 첫째, 그가 최초의 조선족 시인으로서 중국 조선인 문학의 터전을 닦은 재만 문학의 선구자라는 점이다. 그는 중국에서 최초로 개인 시집 및 한문 시집을 발간하고 한인으로서는 역시 최초로 중국 내 5개 대학에서 편찬한 『중국현대문학사』에 그의 작품이 실렸다. 최초의 조선족 시인으로서 뿐만 아니라 중국문학 내에서 연구, 평가되는 최초의 한인 작가인 것이다. 둘째로는, 한국문학의 공백기로 불리는 1940년~1945년의 기간을 재만 문학이 메워야 한다는 문학사적 입장에서[19], 일제시대 암흑기에 한국문학사의 맥을 이어준 시인

---

18) 리선호, 위의 책, p.317.
19) 오양호교수는 『한국문학과 간도』(문예출판사, 1998) 에서 위와 같은 내용을 다루었다.

으로 볼 수 있는 것이다. 같은 맥락에서 이중어글쓰기 공간(1942년~1945년)의 작품들이 그 예술성에도 불구하고 이른바 '황민시'로서의 단점을 지니는[20] 것에 대해 재만 조선인 문학은 한국문학사의 공백기를 메우는 유효한 성과물이라고 생각된다.

리욱의 대표작품들을 통하여 조선족이민사회의 척박한 생활상을 증언하고 시대의 나아가야 할 바를 예언하는 등 뚜렷한 시인의 역사의식과 향토적, 민족적 언어를 구사하는 민족의식, 미학의식을 살펴볼 수 있었다. 뿐만 아니라, 광복 후에 쓰여진 순수하고 열정적인 조국광복에의 찬미와 기쁨을 나타낸 시편들에서는 누구보다 애국·애족의 정신이 투철한 시인이었음을 간파할 수 있었다. 또한 전반적인 시의 정서, 그 중에서도 특히 '님'에 대한 그리움의 정한과 척박한 생활고에 따른 '한'과 민중의 애환을 노래하는 등의 정서적 뿌리는 윤동주, 유치환, 한용운, 백석, 김소월의 그것과 일맥상통하는 바가 있어 민족적 정서가 깊게 녹아있다는 것을 확인 할 수 있었다. 재외문학과 국내문학의 경계가 불필요하게 느껴지는 부분이다. 일생에 걸쳐 한결같은 역사의식과 민족정신을 갖고 작품활동에 전념했던 리욱의 작품세계를 재외문학의 범주에서가 아니라, 한민족문학의 범주에서 더욱 활발히 연구해야 할 가치가 있음을 느낀다. 아직까지 그에 관해 연구된 평론들은 단편적인 경우가 많았고 연구 자체가 중국에서만 이루어져왔는데, 정치적·사상적 체제이완의 경력이 짧은 중국 내에서의 연구 및 비평이란 편향 될 수 밖에 없는 게 사실이다. 사회주의 체제 속의 한민족(조선족) 작가의 문학적 사상체계와 미학적 성취를 확인하는 작업은 우리 문학을 보다 다채롭고 풍요롭게 하는 길이 될 수 있으리라 생각된다. 민족문학을 바라보는 보다 심도 있고 적극적인 시각이 많아지길 바란다.

---

20) 「[김윤식교수의문학산책] 이중어 글쓰기의 제6형식-시인 김종한」, ≪한겨레 신문≫, 2006. 3. 24.

참고문헌

권철, 김동화 외, 『연변지역 조선족 문학 연구』, 숭실대출판사, 1992.

김창걸, 『김창걸단편소설선집』, 료녕인민출판사, 1982.

김호웅, 『재만조선인문학연구』, 국학자료원, 1998.

김경훈, 「수난을 딛고 대륙에 싹틔운 민족의식 - 조선족 문학에서의 북방의 상상력 연구」, 『대산문화』, 2003, 가을호

리선호, 『리욱시선집』, 신성출판사, 2005.

리욱, 『20세기 중국조선족 문학사료전집, 제2집: 리욱문학편』, 중국조선민족 문화예술 출판사, 2002.

이부영, 『분석심리학』, 일조각, 1981.

전성호, 『중국 조선족문학 예술사 연구』, 이회출판사, 1997.

조성일·권철 주편, 『중국조선족문학사』, 연변인민출판사 1990.

박팔양, 『만주시인집』, 길림시, 제일협화구락부, 1942.

송기한, 『문학비평의 욕망과 절제』, 새미, 1998.

구소련 지역

구소련지역 고려인문학의 형성과 작품세계[*]
– 아나톨리 김과 박 미하일의 작품을 중심으로

김종회[**]

1. 구소련지역 고려인문학의 형성

한민족이 구소련지역으로 이주해 간 역사는 구한말인 1860년대를 시작으로 하여 140 여년에 이른다. 따라서 이주민과 그 후손들의 규모도 상당하여 외교통상부의 2004년 통계자료에 의하면 현재 50여만 명을 넘어서고 있다. 이들은 거주국의 정책에 적극적으로 따르면서도 우리 민족의 전통 또한 잊지 않는 이중적 특성을 견지하며 살고 있다. 이민족과의 동화는 제정러시아와 소련, 그리고 독립국가연합이라는 그 지역 역사의 격변기를 거치면서 생존을 위한 어쩔 수 없는 선택이었을 텐데, 그럼에도 불구하고 아직까지도 한글 신문이 간행되고 있음은 우리 민족의 정체성을 잃지 않으려는 노력의 소산으로 볼 수 있다.[1] 이들의 한반도를 벗어난 지역에서의 특수한 삶과 그것의 언어 및 문학적 표현은, 우리 문학의 새로운 한 부분을 형성하면서 그 영역을 넓히는 의미

---

* 해외동포문학 중앙아시아 현지학술회의 자료집, 2005. 7.
** 경희대 국어국문학과 교수
1) 이준규, 「소련의 해체와 중앙아시아 고려인」, 『민족연구』 7권(한국민족연구원, 2001)

를 가진다. 필자는 여러 논문에서 이러한 경우에 '한민족 문화권의 문학'이란 용어를 사용했다.

이 지역 고려인들의 문학은, 한글신문≪선봉≫이 창간되어 "문예페이지"를 통해 작품이 발표되기 시작한 1923년 무렵부터 약 80년의 역사를 이어오고 있다. 그러나 한반도 내의 정치 격변과 이후의 냉전논리에 막혀 남한에는 작품 소개조차 어려웠으므로, 그에 대한 연구 성과는 매우 미미했다. 재외정치학자 김연수에 의해 시 작품이 한정적으로나마 남한에서 소개된 것이 1983년이니, 이 지역의 고려인문학이 남한에 소개된 지 이제 겨우 20년이 되었을 뿐이다.[2] 더구나 소련의 해체 이후에야 대외적인 개방에 따른 본격적인 연구가 가능해졌음을 염두에 둔다면 그 실제적 연구 기간은 더욱 짧아진다. 짧은 시간일망정 충실한 소개와 연구가 진행되었다면 모르지만, 아직도 자료 수집·소개 자체가 절대적으로 부족한 상황이다.

지금까지 국내에 소개된 작품 상황을 보면, 작품의 분량은 상당한데 주로 합동작품집의 형태로 되어 문제가 있다. 기본적으로 문인들에 대한 간략한 프로필조차 없이 한 작가의 작품이 대개 10편 미만이니, 본격적인 연구 자료로는 미흡하지 않을 수 없다. 사회주의 사회라는 배경의 특성, 전업 문인들이 아니라는 점, 게다가 수집가가 비전문가라는 점 등으로 인한 자료 수집의 한계라 할 수 있다. 작품의 창작 시기가 기록되지 않은 것이 대부분이고, 한 사람이 여러 이름을 쓰는 경우 다른 사람인 것처럼 따로 수록되어있는 점, 수집가의 선택 기준이 다르다

---

2) 김연수가 ≪선봉≫의 후신인 ≪레닌기치≫(1938. 5. 15. 창간)에 수록된 한인들의 시들을 수집해 온 것이 처음이다. 이 작품들은 정신문화연구원에 의해 『캄차카의 가을』(김연수 엮음, 정신문화연구원, 1983)이란 제목으로 100부 한정 출간되었다. 이후 김연수는 계속해서 자신이 수집해 온 시와 소설·희곡 등을 묶어 세 권의 책을 더 펴냈다. 합동시집 『소련식으로 우는 한국아이』(주류, 1986), 합동시집 『치르치크의 아리랑』(인문당, 1986), 소설·희곡집 『쟈밀라, 너는 나의 생명』(인문당, 1989) 등이 그것이다.

보니 수집하는 사람마다 다루는 작가의 편차가 크고 따라서 많은 작가들을 발견할 수는 있지만 한 작가의 작품 세계를 깊이 있게 들여다보는 것은 어렵다는 점 등도 지적될 수 있다.

또한 이 지역 고려인문학에 대한 관심과 연구가 미미하여 기왕에 소개된 작품조차 품절·출판사의 폐업 등으로 아예 자료가 남아있지 않거나 구입할 수 없는 경우도 많다.[3] 작품 소개의 상황이 이러하다 보니 연구의 깊이도 부족해서 그동안은 개별 작가나 작품론을 다루기보다는 주로 전반적인 양상을 언급하는 것에 머물러 있었다. 최근에는 개인 작품집의 형태로 묶여져 나오고, 현지 동포에 의한 연구도 진행되면서, 본격적인 작가론이나 작품론, 문학사 등이 연구되기 시작하였다.[4]

구소련지역 고려인들의 문학활동은 망명한 조명희를 주축으로 하여, ≪선봉≫이라는 신문의 문예란을 바탕으로 시작되었다. 이후 신문의 제호는 ≪레닌기치≫, ≪고려일보≫ 등으로 바뀌지만 여전히 이 신문들이 이 지역 문학창작의 산실 역할을 했다. 그런데 신문의 독자투고란을 이용한 문예 활동이라서 아무래도 아마추어적인 요소가 강할 수밖에 없었다.

이 지역의 문학사는 이렇게 이주한 동포들에 의해 씨가 뿌려져 시작되었고, 이후에는 북한으로부터 지식인들이 유학이나 망명의 형태로 투입되면서 더욱 활발하게 진행되었다. 그러나 1937년 강제 이주와 같은

---

3) 아나톨리 김은 국내에 가장 많은 작품이 소개된 작가로 개인 작품집으로만 8권 정도가 국내에서 출판되었지만, 이 중 『푸른섬』(정음사,1987), 『사할린의 방랑자들』(소나무,1987), 『연꽃』(한마당, 1988) 등은 절판되어 자료를 구할 수가 없다. 박 미하일의 『해바라기 꽃잎 바람에 날리다』(새터, 1995) 는 그의 작품집으로는 유일하게 국내에 소개된 것이지만, 역시 절판되었다.

4) 하지만 여전히 국내에서는 자료의 부족으로 아나톨리 김에 대한 것에만 치중되어 있고, 현지의 연구자들이 한진, 라브렌띠 송 등을 다룬 소논문들이 소개되고 있지만, 국내에서는 해당작가들의 작품을 접할 수 없으므로 그 연구를 비판적으로 심화 수용할 수가 없다. 이 지역 문학사 연구도 그동안에는 카자흐스탄에서 김필영 교수가 진행하는 것이 거의 유일했고, 국내에서는 추론만 가능할 뿐이었다.

민족 억압정책과 소련의 붕괴라는 혼란 속에서 생존의 문제가 절박하게 되어 현재는 우리 말, 글을 아는 사람이 아주 적다. 즉 '민족문학사'적 관점에서 본다면 이 지역 문학은 운명을 다 한 듯이 보이기도 하는 것이다. 그러나 1923년 ≪선봉≫의 창간과 더불어 1990년대 초반까지 이루어낸 업적마저 무시될 수는 없다. 그리하여 현재 그 문학사를 정리해 보려는 노력들이 여러 연구자들에 의해 시도되고 있다.

작품의 전반적인 양상을 살펴보면, 가장 많은 부분을 차지하고 있는 장르는 시이다. 서정시를 비롯하여 노래말(가사), 동요, 장편 서사시, 연시 등을 볼 수 있다. 특히 노래말로 쓴 시가 많다는 점이 주목되고, 이들 장편 시의 선구는 망명 작가 조명희의 산문시 「짓밟힌 고려」(1928)였으리라고 생각된다. 소설의 경우에는 단편이 압도적으로 많다. 특히 구소련지역 고려인문학에서 장편 소설이 적은 것은 그 문학의 규모나 한계를 생각하게 되어 아쉬운 부분이라 하겠다. 그러나 이 지역 한인 문학이 1930년대 연해주에서 꽃피기 시작하다가 1937년 강제 이주로 말미암아 모두 상실되고 모국말 교육마저 금지당한 사실을 생각하면 시나 단편만으로라도 그 명맥을 이어오고 있음이 다행한 일이 아닐 수 없다.

희곡의 경우, 꽤 두드러진 점을 발견하게 된다. 이 지역 문학에서 희곡이 발달한 것은 1932년 블라디보스토크의 고려인 사회에서 우리 연예 활동의 모체인 '조선극단'을 조직 운영한 것을 보아도 그 뿌리가 깊음을 알 수 있다. 그 밖의 작품 형태로는 수필, 평론을 들 수 있는데, 이 부분도 장편소설처럼 그렇게 활발하지 못했다. 다만 한 가지 참고할 사실은, 구소련지역 한인 작가들의 경우, 시인, 소설가, 희곡 작가, 평론가 등의 구분이 없어 보이는 점이다. 사회주의 체제의 특성으로 말미암아 전문 창작영역이 따로 없다는 특성이 있다.

작품의 주제 양상은 몇 가지로 요약된다. 먼저 드러나는 주제는 레닌에 대한 예찬과 10월 혁명에 대한 칭송이다. 둘째로 가난에 대한 한탄과 가난을 떨치고자 한 의지를 들 수 있다. 셋째는 친선과 평화인데, 이는 위의 주제와 연결된다. 척박한 땅에서 삶의 터전을 일구는 데 성공했다는 자부심은 다른 민족도 포용할 수 있는 여유를 가질 수 있도록 하였으며, 이는 동포들과 지역 내 전체 민족들과의 친선을 강조하는 것이나, 평화에 대한 것은 반전을 내세우며 파쇼들의 침략 만행을 규탄하고, 핵무기 개발과 핵 전쟁을 경계하는 것으로 나타나기도 한다. 넷째는 고향을 그리는 마음인데, 이때 고향은 그 문인들이 태어난 자란 연해주이거나 중앙아시아 등지이다. 이는 강제 이주 후 삶의 고단함을 말해주는 또 하나의 방법일 수 있다. 이밖에 사랑과 어머니에 대한 그리움, 또는 생활과 신변을 소재로 하여 이성이나 가족 간의 갈등을 다루기도 한다. 그런데 이는 합동 작품집의 전반적인 주제이고 개인작품집의 경우에는 이와는 다른 체제 비판적 주제나, 6·25 소재, 강제 이주 체험의 고단함 등이 다뤄지기도 한다.[5]

국내에서는 작품 소개도 미미한 상황이라서 중요한 작가나 작품에 대한 논의도 부족한 현실이지만, 러시아어를 사용한 이주민의 후예들이 세계 문단에서 주목을 받아 우리에게 소개되기도 하였다. 대표적인 사람이 아나톨리 김[6]과 미하일 박[7]이다.

---

5) 리진의 『리진 서정시집』(생각의바다, 1996)와 양원식의 『카자흐스탄의 산꽃』(시와 진실, 2002)은 ≪레닌기치≫에 실린 작품들과는 차이가 많이 나는 작품들을 싣고 있다. 특히나 리진은 자신의 작품을 주로 친구들과만 돌려 보았다고 한 것으로 보아 대외적으로 발표한 것과 이 시집에 실린 작품들이 차이나는 이유를 짐작해 볼 수 있게 한다. 현지에서 발표되는 것들은 아무래도 그 곳의 정치적 상황과 관련하여 수용이 가능한 것만 선별되었을 것이다. 그러므로 미발표 원고들을 찾아야만 이 지역 문학연구가 좀 더 풍성해 질 것이다.

6) 아나톨리 김에만 집중한 연구로는 권철근, 「아나톨리 김의 『다람쥐』 연구 : 다람쥐와 오보로젠」(『러시아연구』제5권, 1995)와 김현택, 「우주를 방황하는 한 예술혼—아나톨리 김론」(『재외한인작가연구』, 고려대 한국학연구소, 2001)이 있고, 한만수는 「러시아 동포

아나톨리 김은 동양적인 세계관을 보인다고 평가받기는 하지만 그것이 우리 민족과의 연관성을 강하게 드러내는 것은 아니다. 오히려 그의 독특한 세계관과 환상적인 서사 방식은 세계문학적인 관점에서 평가하는 것이 온당할 것이다. 우리 문학과 직접적인 관련은 적지만, 그의 예술적 상상력과 형이상학적인 주제, 환상적이고 다성적인 서사 등의 시도가 우리에게 문학이 나아갈 수 있는, 아직 나아가지 않은 한 가능태를 보여준다.

미하일 박은 고려인 5세이면서도 오히려 스스로 민족성을 찾고자 애쓰고, 그리하여 외국어로 배운 한글을 이용하여 창작을 하기도 한다. 그가 이렇듯 뿌리를 찾고자 하는 모습은 자신을 스스로 뿌리 뽑힌 방랑자로 인식하고 있음을 보여준다. 이것은 비단 그만의 문제는 아닐 것이기에 우리에게는 그 울림이 크다 하겠다. 더구나 뿌리를 찾고자 하는 욕망으로 인해, 그것이 요원한 일이기에 오히려 탈민족적인 사고를 보이다가 결국엔 다시 극복하고 민족성으로 회귀하는 그의 작품 세계는, 현지 이주민들의 과거와 현재, 미래를 암시해 준다고 하겠다.

그런데 이들은 그 문학적 성과에도 불구하고 대개 러시아어로 창작을 하고 정체성에 있어서도 과연 '민족문학사'의 범주에 넣는데 전혀 거리낌이 없을 것인가 의구심을 불러일으킨다. 이들과는 반대로 논의는 제대로 이뤄지지 못하고 있지만 한국어로 왕성한 창작을 할 뿐만 아니라 현지에서 널리 수용되는 작가로 한진과 리진, 양원식, 연성용 등이 있다.

한진의 경우에는 당대 강제 이주와 그에 따른 민족적 억압, 월남전

문학에 투영된 한국 여성의 초상」(『한국문학연구』19권, 동국대 한국문학연구소, 1997)에서 다른 작가와 비교하여 다루고 있다. 즉, 가장 연구가 집중된 아나톨리 김의 작품에 대한 연구가 이 정도 뿐이라는 것은 다른 작가, 작품에 대한 연구 실정을 반증한다.

7) 박 미하일의 경우는 작가론이나 작품론으로 집중적으로 다뤄진 것은 없고, 이 지역 소설 문학 전반적인 논의 속에서 거의 빠지지 않고 거론되고 있다.

등 현실적인 문제를 다룬 희곡을 많이 썼다. 한진은 강제 이주로 인하여 민족 말과 글을 제대로 배우지 못한 카자흐스탄 이주 고려인 2세대들의 문화적 공백을 메워주고, 문학 작품 창작에 관심을 가진 젊은 고려사람들을 지도하여 후배 작가 양성에 공헌한, 카자흐스탄 고려인 문단 발전에 중요한 역할을 한 작가이다. 또한 타 민족 작가들의 희곡 작품을 민족 말로 번역하여 고려사람들의 민족 말 보전과 발전에 기여하고 한민족의 역사적 사건이나 민담들을 희곡화하여 고려사람들에게 민족의식을 고취시키며 고려사람들의 민족 문화 보존에 크게 기여한 민족주의자이다.[8]

리진이나 양원식의 경우는 국내에 개인 시집이 발간되어, 기존의 합동작품집에서 보이던 모습과는 전혀 다른 새로운 모습을 보여주므로 주의를 요하는 시인들이다. 이들의 개인 작품집에서 발견되는 새로움은 강제 이주 당시의 참혹상과 독재 체제에 대한 여러 방식으로의 비판, 타민족과의 유대, 6·25 전쟁의 작품화 등이며, 분위기도 합동작품집의 밝고 희망적인 분위기와는 달리 다양한 감정을 진술하게 보여준다는 것이다. 이들의 존재는 자칫 구소련 지역 고려인 문학이 천편일률적이라고 단정해버릴 수 있었던 상황에서 그 문학사를 풍부하게 할 자양분을 보여준다는 점에서 아주 고무적이다.

라브렌띠 송의 경우에는 카자흐스탄 고려사람들에게 민족의 전설처럼 대대로 전해지고 있는 강제 이주의 비극적 상황을 연극으로 형상화한 선구적 공적이 있다. 그는 이후에도 영화사를 설립하여 소수민족의 다큐멘터리를 제작하는 데 힘을 쏟고 있다. 이를 통해 그는 고려사람들의 민족문학 발전과 고려말의 보존이라는 중요한 역할 외에도 무대 공연을 통하여 고려인 젊은 세대들에게 민족의 뼈저린 역사적 현실을 시

---

8) 김필영, 「소비에트 카작스탄 한인문학과 희곡작가 한진의 역할」, 『한국문학논총』 제27집(한국문학회, 2000)

각적으로 경험케 하고, 잊혀져 가고 있는 역사를 상기시키는 데 크게 기여하고 있다.[9] 이들 한진, 리진, 양원식에 대한 연구와 라브렌띠 송, 연성용에 대한 작품 소개가 앞으로의 중요한 과제라 할 것이다.

이상에서 개략적으로 살펴보았듯이 구소련지역의 고려인문학은 그 양에 있어서나 내용의 새로움에 있어서나 우리 문학사에서 간과할 수 없는 중요한 한 축임을 알 수 있다. 그러나 그동안 지리적인 거리 상의 문제뿐 아니라 냉전논리에 의해서도 이 지역의 동포문학을 수용할 기회가 적었던 것이 사실이다. 소련의 붕괴와 국내의 해금조치로 인해 이제야 이 분야의 연구가 시작되고 있지만, 이 지역에서 한글 창작은 더 이상은 기대하기 어려울 뿐만 아니라 내용적 측면에서조차 정체성이 모호해지는 경우가 많기 때문에, 보편적인 문학의 범주에서 다룰 수는 있을지 몰라도 '민족문학'의 범위에서 다루기엔 여러 가지 난점이 있다. 즉, '민족문학'의 확장이라는 측면에서의 구소련지역 고려인들의 문학에 대한 연구가 이제 시작되었는데 연구 대상은 곧 사라져 버릴 수도 있는 급박한 상황인 것이다.

현재와 미래의 상황이 이렇게 위태로운데, 거기에 덧붙여 기존에 창작된 과거의 작품도 제대로 관리가 되지 못하고 있는 형편이다. 더구나 ≪레닌기치≫등에 발표하는 대외적인 작품과는 별도로 진솔한 감정을 다룬 작품들은 공개되지 않은 채 묻혀있을 수도 있다는 가능성이 제기되므로, 이렇게 숨어있는 작품의 여부를 확인해야 하는 자료수집 자체도 수월한 일은 아닐 것이다. 그러나 이것은 구소련지역 고려인들의 작품을 민족문학사에 수렴하기 위해서 어렵더라도 반드시 수행해야 할 과제이다. 변방에서 이루어지는 이러한 작품 창작과 그에 대한 연구들이 소중하게 받아들여질 때, 우리 문학은 한반도라는 지형학적 한계를

---

9) 김필영, 「송 라브렌띠의 희곡 기억과 카자흐스탄 고려사람들의 강제이주 체험」, 『비교한국학』 제4호(국제비교한국학회, 1999)

벗어나 더 크고 보편적인 범주를 마련하게 될 것이다.

2. 동양적 전통과 환상성 문학의 성과
- 아나톨리 김의 소설

아나톨리 김은 고려인 이민 3세이면서도 그의 작품세계는 그러한 신분적 환경을 훨씬 넘어서 있다. 『다람쥐』에서 6·25동란 중 전사한 북한군 장교의 아들이 중심인물로 나온다든지 몇몇 단편에서 하층계급 고려인을 다룬다든지 하는 사례를 볼 수 있지만, 민족적 지역적 한계 속에서 주변인으로 살아야하는 고려인의 문제에 주력했다고 보기는 힘들다.

그러나 그가 1990년대 초반 한국에 머물면서 보여주었던 '뿌리찾기'의 행위 유형은 '언어사용자로서의 한국인이 아닌 혈통으로서의 한국인'의 면모가 약여한 바 있었다. 이러한 작품 외적 측면은 그의 작품세계가 동양적 전통과 연접되어 있다는 사실과 더불어 매우 유용한 정보들을 제시하고 있으나, 무척 난해한 대목들을 포괄하고 있는 그의 작품 해명에 충분한 근거가 된다고 보기는 어렵다.

스탈린의 정책에 의해 고려인들의 중앙아시아 강제 이주가 이루어진 이태 후인 1939년 카자흐스탄에서 태어난 아나톨리 김은, 고리키 문학대학에서 소련 내에 단편 작가로 널리 알려진 블라디미르 리진의 지도 아래 수학했다. 체홉과 부닌 같은 거장의 영향을 받은 리진의 가르침을 받고 또 플라토노프와 같은 대가에 심취하여 작가의 길을 걷기 시작했다.

1960년대부터 작품을 쓰기 시작한 아나톨리 김은, 초기 고려인들의 고난과 우리의 전통적 설화를 섞어 '특수한 경험 세계라는 감상적 한계를 뛰어넘는 작품 활동'으로 주류문학계의 주목을 받았다. 그리하여 1970년대 들어서는 3만 부에 달하는 첫 작품집을 내며 전국적 명성을 얻었다.[10] 그의 작품세계는 외형적 질서를 배제한 구성, 서정성, 철학성, 실험적인 형식 등의 독특한 차별성을 보여준다.

아나톨리 김의 작품세계에 접근하기 위해서는 구소련에서 1970년대 중반부터 볼 수 있었던 환상문학[11]과 고르바초프 시대 하의 폭로문학[12]에 대한 이해를 확대하는 것이 필요하다. 이 양자는 밀접한 상호 관련성이 있으며, 그동안 사회주의 리얼리즘에 얽매여 있던 작가들이 그 속박으로부터 탈피하고자 하는 욕망이 서로 이질적으로 보이는 양자를 자연스럽게 결속시켰다.

환상문학이란 문학사적 흐름에 비추어 볼 때 푸쉬킨, 고골리, 도스토예프스키, 솔로호프, 자미아틴에 이어 징기스 아이트마토프, 블라디미르 오를로프, 니콜라이 에브도키모프의 문학과 연계되어 있는 아나톨리 김의 소설은 19세기 말의 '전형적인 러시아 리얼리즘' 이나 구소련 시기의 '사회주의 리얼리즘'과는 궤적이 다른 작품세계를 보여주었다. 그의 작품 『다람쥐』는 그러한 소설의 성격을 단적으로 보여주는 사례에 해당한다. 그리고 이 분야의 문학적 특성을 반영한 그의 대표적 작품이 『켄타우로스 마을』이다.

작가는 스스로 이 작품을 두고 스스로 "소비에트제국의 운명에 관한

---

10) 1973년에 상재한 『푸른 섬』에는 「묘꼬의 들장미」, 「수채화」, 「복수」, 「사할린의 방랑자들」, 「불여우의 미소」등의 작품이 실려 있다.

11) 경이문학과 미스터리문학의 범주를 포괄하며 초현실적인 특성을 띤다. 즉 기존의 통념과 사회질서를 뛰어넘는 현실세계가 있다는 점을 강조한다. 예컨대 사자의 부활, 인간의 초월적 행동, 동물의 의인화 등 합리적으로 설명할 수 없는 세계를 다룬다. 우리나라에서는 1980년대 남미의 작가 마르께스, 보르헤스 등에 의해 잠시 소개되었다.

12) 고르바초프 정권 아래에서의 폭로문학은 과거 철저한 통제사회로부터 이완된, 사회·문화적 변화를 반영하는 문학적 방식이다. 그리고 이러한 주제들이 환상문학의 이슈와 근접하는 측면이 강했다.

이야기"라고 말했다.13)이 소설은 라블레, 스위프트, 아쿠다카와 등의 문학과 같이 철학적 주제를 환상주의 문학의 형식으로 표현했으며, 그리이스 신화에 나오는 반인반마 켄타우로스를 주요 등장인물로 설정했다. 그리하여 그들의 세계를 하나의 민족사회로 보고 그 붕괴 과정을 소비에트연방의 붕괴 과정과 대비하는 우화적 상상력을 발현한다.

이 소설에서 켄타우로스는 독재자에게 굴복하는 인간의 성격과 동물적 본능에 충실한 말의 속성을 동시에 지닌 존재이다. 이들은 죄의식 없이 동족을 살해하는 야만적 행위, 본능적 행위에 익숙해 있으며 그 이외의 이성과 윤리를 찾아볼 수 없는 족속이다. 식량 공급지였던 큰 숲이 불타고 아마존 여인과 야생마족의 침략을 받아 이들의 마을이 몰락하는데, 그 과정을 통해 비열하고 추잡하며 욕망의 포로가 되어버린 인간들의 세계를 강력한 알레고리적 기법으로 환기시킨다.

그들에게 남은 것은 '세레멘트 라가이' (켄타우로스 언어로 고요한 죽음, 평화로운 소멸을 의미하며 소설에서는 이탤릭체로 표기되어 있음)에 대한 욕망일 뿐이다. 이처럼 자기 주체성의 실현, 자기 정체성의 확립에 이르지 못하는 켄타우로스의 세계는 시대의 변화를 반영하는 문학사적 반응인 동시에 작가 자신으로서는 고려인 3세의 회피할 수 없는 존재론적 지위를 반영한 측면이 없지 않을 것이다. 인간의 삶과 그 영역을 넘어서는 세계와 우주, 그 속에 '끼여 있는' 인간의 운명이 아나톨리 김이 보여준 소설적 추구의 대상이기 때문이다.

등장인물이 스스로 자기 주체성을 내세우기 어려운 만큼, 그의 소설 세계와 등장인물들의 운명은 무척 수동적이고 소극적이거나 어둡고 우울하다. 남편에게 예속되어 그 남편을 사랑하는 아내 (「묘꼬의 들장미」), 자신에게 운명적으로 주어진 다섯 아이를 기르며 언제나 바다에서 해

---

13) 『문학사상』 통권 334호, 2000년 8월호, pp.40-48.

초를 따는 여자 (「바다 색시」), 극적인 환경의 변화에 무력하게 대응하는 인간들 (「복수」, 「아들의 심판」) 등 1970년대 중반까지는 이러한 소설적 분위기가 지속되고 있다.

그러나 그가 주로 중편을 발표한 시기인 1978년부터 1981년 사이의 작품들, 「네 고백」, 「꾀꼬리의 울음소리」, 「목색띠」, 「연꽃」에서는 이전의 작품에서와는 달리 철학적이며 관조적인 분위기가 소설의 전면에 부상하고 있다. 이는 자신의 출신에 대한 인식의 강화와 불교를 비롯한 동양사상에의 경도를 나타내는 것으로, 삶에 있어서의 선과 도덕, 사후 세계에 있어서의 영혼의 문제 등 형이상학적 주제가 두드러지는 경향을 보인다.

아나톨리 김이 1984년에 발표한 첫 장편 『다람쥐』는, 그를 이 지역에서 중요한 작가의 반열로 올려 세운 작품이다. 이 소설에는 6·25동란으로 부모를 잃은 주인공을 비롯한 4명의 화가 지망생이 등장한다. 그리하여 인간 세계에 대한 동물 세계의 음모라는 전제 하에 양자가 둔갑 또는 변화라는 방식으로 교차되고 현실을 뛰어넘는 공상의 세계가 펼쳐진다.

이 소설 속의 다람쥐는 인간이 되기 위해 동족살해를 시도하고 이는 인간에게 내재된 폭력성과 집단자살의 본성을 풍자하는 형식이 된다. 이러한 암시적 기능과 함께 사할린에서 테헤란에 이르는 공간적 환경의 도입, 동시대 인간의 삶 가운데 난무하는 폭력과 자연파괴에 대한 고발 등 비판적 태도의 견지로 인하여 이 작품은 여러가지 의미를 함께 표출하는 전방위적 장편이 되고 있다. 이는 이 소설이 가진 환상문학으로서의 고정적 가치를 크게 확산시키는 기능을 발휘한다.

1989년에 출간된 『아버지의 숲』은, 이 작가의 문학적 이상과 예술적 기법이 함께 작용한 장편소설이다. 이 작품에서는 폴리포니(polyphon y)[14]적 기법으로 많은 사람들의 목소리가 등장하는 독특한 미학적 실험을 시도한다. 그의 이러한 과감한 서술 영역의 개척과 소설적 형식실험은, 그 자신을 구소련지역의 명망있는 작가로 확립하는 데 강한 추동력이 되었던 것임에 틀림없다.

소설의 메시지를 탑재하는 중심주제에 있어서도 그렇거니와 이를 담는 그릇으로서의 형식문제에 있어서도 그는 끊임없는 자가발전을 진행했던 것이다. 이는 그가 가진 작가로서의 특질을 말하는 것인 동시에, 그가 처했던 민족과 혈통이 강제한 주변인으로서의 자각이 그의 작품세계에 예리한 경각심으로 작용한 바 적지 않을 것으로 판단된다.

작품세계의 독특한 면모에 비추어, 그가 서술방식에 있어서도 선형적 시간의식에서 이탈하여 과거·현재·미래의 시간대를 자유롭게 부유하는 것은 전혀 이상한 일도 새로운 일도 아니다. 그는 작품세계의 외형적 질서에 구속 되어있기를 거부하고 현상 이면에 잠복한 영혼의 움직임을 포착하는 데 집중했다. 그리고 등장인물의 내면세계에 자유롭게 개입하는 일인칭복수형의 화자 '우리'의 사용 등은 당대 문단에 큰 반향을 불러왔다. 이러한 특성을 잘 표현한 작품이 1980년에 발표된 「연꽃」이다.

그러나 그의 작품들이 가진 지나친 특이성과 낯선 문맥은 작품활동의 후반부로 가면서 수용성의 한계를 드러내어 반응이 쇠락하는 현상을 보이기도 했다. 만약 아나톨리 김이 구소련지역에 국한되거나 한민족 문화권의 이름으로 타국가 동족의 기림을 받는 작가에 머물지 않기 위해서는, 그가 가진 문학적 특수성을 보편적 문학 체계 위에 설정하는 객관화 과정이 반드시 필요했을 것이다.

그것은 고려인 3세로서 민족적 혈통의 문제에 있어서도 마찬가지이

---

14) 여러 명의 화자가 등장하는 '다성악'이라고 하는 독특한 서술기법을 말한다.

다. 이디오피아 흑인의 혈통을 이어받은 푸쉬킨, 러시아로 이민 온 스코틀랜드인의 후예 레르몬토프, 우크라이나 이민족 출신의 고골리 등은 그 출신 성분에 있어 주변인이었으나 이를 바탕으로 이들 문화의 중심으로 진입하고 문학적 성과에 있어서도 이름을 얻었다. 그런 점에서 고려인의 혈통은 그에게 있어서 하나의 한계이자 동시에 가능성이기도 했으며, 이는 창작 수행의 환경이 매우 열악한 한민족 문화권의 작가들에게 두루 통용될 수 있는 시금석이기도 할 것이다.

3. 방랑자 의식과 민족성으로의 회귀
- 박 미하일의 소설

박 미하일은 고려인 이민 5세이며, 그의 고조부가 다른 이주민들보다 빠른 시기인 18세기 중반기에 월경하여 연해주에 정착했다. 그 시기가 빠른 만큼 그의 가계가 현지 적응 및 정착에 용이했던 측면이 없지 않았을 터이나, 또 그만큼 이민족으로서의 방랑자 의식이 깊었을 것임을 미루어 짐작할 수 있고 그것이 그의 작품세계에 하나의 특성으로 나타남을 확인할 수 있다.

이 작가의 본업은 화가이며, 1970년 타지키스탄 미술대학을 졸업한 후 드네프로 페트로프스크, 프룬제, 모스크바, 알마아타, 우랄스크 단체의 미술 전시회에 참여해 왔고 서울에서도 1990년대 중반부터 몇차례의 개인전을 연 바 있다. 그런 연유로 그의 문체는 다분히 회화적이며 작품 속에 화가가 직업인 인물이 자주 등장한다.15) 따라서 그 주인공

---

15) 박 미하일의 장편소설 『천사들의 기슭』과 『해바라기 꽃잎 바람에 날리다』의 주인공들은 모두 화가이다. 2001년 재외동포문학상 수상작인 「해바라기」의 주인공도 인형극의 무대장치를 만들기 위해 그림을 그리는 인물이다.

들이 표방하는 '화가의 눈'은, 삶의 현장에 대한 직접적 반응의 양상보다는 그에 대한 예술가적 시각을 약여하게 드러낸다.

　작가의 길을 걷기 시작하면서 한글로 소설을 집필하게 되자, 그에게는 혈통 속에 숨어있던 민족적 정서가 표출되기 시작하고 그것은 선조들의 이주사와 방랑자 의식을 작품에 담는 방식으로 형태화된다. 그가 가진 화가라는 직업으로 인해 러시아와 중앙아시아 일대를 여행하며 떠돈 경험도 이러한 작품세계의 성립에 일정한 역할을 했을 것으로 보인다.

　박 미하일이 스무살 때부터 집필하기 시작했다는 『천사들의 기슭』은, 자신을 포함한 젊은 화가들의 세계관을 그린 성장소설이다. 이 소설의 주인공 아르까지는 한 인간이자 예술가로서 그의 삶이 지향해야 할 바에 대해 고뇌한다. 그가 관찰하고 인식하는 세계는 화가의 그것처럼 객관적이고 중립화되어 있다. 때로 구소련 연방의 문화정책이나 사회주의 체제의 획일성에 대한 비판적 서술이 작품 속에 드러나기는 하지만, 전체적으로 보아 대사회적 관점의 구체성이 지속적으로 유지되지는 않는다.

　대타적 세계 또는 문화적 현상에 대한 아르까지의 중립적 태도는 고려인의 후예요 방랑자 의식의 계승자라는 신분적 특수성에서 유래한 것이지만, 그것은 한편으로는 고향의식에 대한 경도와 다른 한편으로는 탈민족적 사고의 형성이라는 양가적 가치를 동시에 형성하는 아이러니를 보인다. 그것은 『해바라기 꽃잎 바람에 날리다』와 같은 작품에서 잘 나타난다.

　『해바라기 꽃잎 바람에 날리다』는 이주민 1.5세대인 원국이 화가로 성장해가는 모습을 다루면서, 당초 목표와는 달리 정착 지역의 이질적인 측면들을 드러내는 탈민족적 방향성을 보여주었다.16) 이 작품에서 윤미가 말하는 고향은 현실적 실체감을 가진 것이기 보다는 예술가적 관점에서 비롯된 정신적 차원의 성격이 강하다.

그의 작품에 등장하는 조상들의 나라인 조선은 색채 이미지의 '하얀색'으로 특성화된다. 이는 작가 자신 또는 소설의 등장인물이 다가가 하나의 이야기 구조 내부에서 조정력을 발양하면서 이를 체감할 수 있는 것이 아니라, 이미 절대적 의미로 주어진 변형 불가능한 영역에 속한 것이다. 그의 작품 속에 등장하는 민족성의 문제는 이러한 색채 이미지처럼 객관화되어 있으며, 작가는 작품 속에서 자신의 민족성이나 다른 민족성에 대해 어떤 판단의 기제를 가지고 언급하지 않는다.

고려인 주인공은, 민족 정체성에 대해 고민하는 문제적 인물이 아니라, 예술가적 기질을 가진 보편적 인간에 머문다. 그의 소설 「가노츠까」, 「밤의 한계선상에서」, 「해바라기」 등에서 고아인 주인공이 등장하는 것은 이러한 작품세계의 특성과 무관하지 않을 것이다.

그러나 이들 작품에 나타나는 탈민족성의 경향이, 문자 그대로 민족의 혈통 문제에 관한 관심이나 문학적 표현으로부터의 이탈을 뜻하는 것은 아니다. 그가 구태의연한 민족 개념을 작품의 중심주제로 추구하기를 회피하는 것이지 그 자신의 내부에 잠재해 있는 민족성 자체를 소거할 수 있는 것은 아니다. 이러한 양면적 속성이 곧 그의 문학에 나타나는 바 방랑자 주인공을 생산하는 원인이 되기도 한다.

「밤의 한계선상에서」는 옥순이라는 인물을 중심으로 여러 인물의 시점을 교차하여 사용하면서, 그 인물들의 내면적 동향을 잘 포착하고 있다. 옥순의 남편 강일배는 이웃 여자의 질투심에 의해 옥순이 살해된

---

16) 『해바라기 꽃잎 바람에 날리다』는, 작가가 이주민인 자신의 선조 이야기를 쓰기 위해 수많은 고증을 확인해가며 썼다. 그러나 이 작품은 러시아 관리들을 선하게 또 조선의 관리들을 악하게 이분법적으로 구분하고 있고, 주제를 이주민 사회의 보편적인 문제로 확대하지 못하고 원국이라는 주인공의 개별적 차원으로 국한시킨 점 등으로 인해, 용두사미가 되고 말았다는 평가를 받고 있다.

이후 공동체적 생활 환경인 마을을 떠나 '척박한 스텝'에 정착, 기거한다. 다른 인간들, 다른 민족성을 가진 인물들과의 관계를 떠나, 다시 말하면 사회적 친연성을 떠나 정착한 '탈공간' 개념으로서의 '스텝'인 것이다.

그런데 그 탈공간에 기거하던 강일배는, 거기서 고려인 처녀 리나로 인해 상처를 치유받고 다시 공동체의 공간인 사회로 복귀한다. 그 매개 역으로서의 처녀 리나가 '고려인'이라는 사실은, 이 작가의 세계에서는 매우 중요한 일이다. 탈민족적 의식, 탈공간적 환경과 민족성으로의 회귀는, 그에게 있어서 민족 개념에 대한 거부와 수용이 동전의 앞뒷면처럼 밀접하게 상관되어 있는 사실임을 증명한다.

박 미하일의 첫 한글로 된 소설인 「쯰가노츠카」에는 그리고리 로인과 까를루사라는 청년이 등장하여 축제 밤의 일들을 보여준다. 집시의 춤인 「쯰가노츠카」를 주요한 소재로 채택하고 있는 이 소설에서, 그 방랑자의 분위기가 고려인의 민족성과 연관된 부분은 직접적으로 서술되어 있지 않다. 그러나 한글로 제작된 소설의 문면과 '세월은 류수같이', '발이랑같은 주름살', '머리에는 서리발이'와 같은 한민족의 전통적 표현법에 의해 지배되는 이야기 구조는 소설이 결코 작가의 혈연적 속성과 분리될 수 없음을 반증하고 있다.

2001년 재외동포문학상을 수상[17]한 「해바라기」는 앞의 작품보다는 훨씬 더 강하게 민족성 회귀의 양상을 암시한다. 이 소설에 등장하는 주인공 이반은 체첸 그로즈니의 지뢰 폭발 사고로 불구가 되었고, 아파트 단지의 아이들에게 해바라기 램의 모험에 관한 인형극을 보여주면서 자신의 내면을 치유해 나간다. 이 소설의 이반은 이주 역사의 온갖

---

17) 박 미하일은 그 외에도 1997년 Buker문학상 노미네이트, 1999년 미국 LA의 해외동포문학상 수상, 2001년 모스크바의 Kataev문학상 수상 등의 여러 차례 수상 경력이 있다.

고난 가운데서도 삶의 희망을 버리지 않은 고려인의 초상이며, 그에 대한 작가의 따뜻한 인간애를 환기하고 있다.

이반은 아이들에게, "다음에는 한국에 대해서 이야기해 주겠다"고 약속한다. 이와 같은 혈연적 본능에 의한 민족성 회귀와, 앞서 살펴본 방랑자 의식에 의한 탈민족적 경향의 시도 사이에 박 미하일의 소설세계가 가로놓여져 있다. 그리고 화가로서의 예술가적 시각과 작가로서의 객관적 시각의 중간 지점에 그의 소설적 관점이 정초되어 있기도 하다. 이는 고려인이면서 동시에 구소련지역 출신인 그의 입지와 작품의 성격적 특성을 드러내 보여주는 대목에 해당한다.

박 미하일은 아나톨리 김에 비해, 그 작품세계의 의미나 미학적 가치가 뛰어난 작가는 아니다. 그가 한민족 문화권에 알려진 것도 2001년 재외동포문학상을 수상하고 난 이후이다. 그러나 그는 구소련지역에서 한글로 창작활동을 수행하는 몇 안되는 작가 가운데 한 사람이다. 그의 작품을 통해 이 지역 고려인들의 삶과 생각, 그 정체성을 확인할 수 있다는 점이 소중하게 받아들여져야 한다.

잘 알려져 있지 않은 그와 같은 작가와 작품을 검증하고, 또 이미 알려져 있는 작가라 할지라도 그들이 공식적으로 발표하지 않은 작품, 다시 말해 사회 체제의 장애와 관련없이 고려인으로서의 생각과 삶의 식을 담은 작품을 발굴할 수 있다면, 이 지역 고려인문학에 대한 연구도 한층 더 충실해 질 수 있을 것이다.

4. 마무리 – 그 외의 중요한 작가들

지금까지 살펴본 아나톨리 김이나 박 미하일 외에도 한글로 창작활동을 해온 중요한 문인으로 한진, 라브렌띠 송, 리진, 양원식, 연성용 등의 문인을 들 수 있다. 이들에 대한 연구와 작품의 보존 등이 한민족 문화권의 문학에 대한 인식과 더불어 절실히 필요하다는 사실은 두 말할 필요도 없는 일이거니와, 필자로서는 여력이 부족하여 아직 거기에까지 이르지 못하고 이를 이후의 숙제로 남겨두었다.

한진은 주로 희곡을 전문으로 창작한 작가이며, 단편소설도 몇 편이 있다. 그의 희곡들은 역사적 사건이나 민속적 소재를 다룬 작품이 많은 편이나, 고르바초프의 개혁·개방시대 이후의 단편소설에서는 강제 이주로 인해 문화적 억압 아래에 있는 카자흐스탄 고려인들의 민족 정체성 문제를 부각시키기도 했다. 그는 고려인들의 민족 말과 민족 글, 그리고 민족 정신의 보존에 있어 중요한 역할을 한 문인이었다.

라브렌띠 송은 고려인으로서는 처음으로 1963년 소련 전연방국립영화학교에 입학하여 수학하였으며, 1967년 졸업 후 1985년까지 영화 각본 작가와 영화 감독으로 일했다. 그 이후 '조선극장'과 '카자흐스탄필름 배우양성소'에서 근무하다가 1989년 개인 영화사인 '송 씨네마'를 설립, 현재까지 고려인들을 포함한 소수민족 대상의 기록영화를 주로 제작하고 있다. 그는 현지에서 희곡 작가, 소설가, 영화 감독으로 알려져 있지만, 그 가운데 희곡 작가로서 가장 많이 인정을 받고 있다. 그 역시 고려인들의 민족적 정서와 말과 글의 보존에 기여한 바 크다.

리진, 양원식, 연성용은 아직 국내에서 체계적인 연구가 이루어지지는 못했으나 구소련지역 고려인문학을 논의할 때는 반드시 거론해야 할 문인들이다. 이는 그동안에 이들이 고려인문학의 유지 및 발전에 보여준 역할을 말해주는 것이기도 하고 또 이들의 작품에 대한 비중을 의미하는 것이기도 하다.

리진과 양원식은 이미 국내에 개인 시집이 소개되었다. 이들이 그 이전에 ≪레닌기치≫에 발표한 작품들은, 구소련지역 고려인들이 강제 이주 이후 삶의 터전을 확립한 자부심과 고향에 대한 그리움 등이 주류를 이루었는데, 국내에 소개된 시집에 실린 시들은 그와는 다른 모습을 보여주었다. 강제 이주 당시의 어둡고 참혹했던 실정, 현지 타민족과의 따뜻한 감정적 교류 등 이전에 볼 수 없었던 내용들이 등장한다. 이는 이들이 이민족에게서 배운, 그리고 곤고한 체험을 바탕으로 스스로 거두어들인 '세월의 슬기'에 해당하는 것이기도 했다.

소재적 측면에서는 한반도의 정치 상황을 염두에 둔 독재에 대한 비판, 6.25동란과 분단 현실에 대한 비판 등의 새로운 경향을 볼 수 있는데, 이는 이들이 북한에서 온 유학생이었다는 신분과도 관련이 있을 것이다. 특히 북한 체제에 대한 강도 있는 성토나 인민들에 대한 연민 및 각성의 촉구 등은 매우 주목할 만한 부분들이다.

연성용은 시와 희곡, 그 중에서도 희곡 분야에서 평가를 받으며 현지에서도 문학적 성과를 인정받고 있는 것으로 알려져 있다. 그의 작품 속에는 고려인으로서의 전통적이고 보수적인 민족성이 유지되고 있으며, 이는 앞서 언급한 작자들에게서 살펴본 바와 마찬가지로 한민족 문화권의 시각으로 새로운 평가와 연구가 필요한 경우이다.

구소련지역 고려인문학의 성과는 질과 양에서 결코 간과하고 넘어갈 수 없는 한민족 문화권 문학의 한 영역이다. 현지 주류 사회에 진입한 문학도 그렇거니와, 특히 한글로 창작된 작품들의 경우 민족성 짙은 주제의식이나 전통적 관습을 담은 문장 표현, 척박한 현실적 문화적 환경 속에서 민족어를 지켜온 노력은 높이 평가되어야 마땅하다.

그 동안 사회 체제의 이질성이나 학문적 교류의 어려움 등이 이제 괄목할 만한 수준으로 해소된 만큼 160여년에 달하는 장구한 이주 역사를 배경으로 본격적인 고려인문학 연구의 '기치'를 올려야 할 시기가 되었다. 또한 한글을 사용하는 작가의 감소로 인한 물리적 시간 문제에 비추어보면 이 연구는 그 중요성과 함께 시급성을 요하는 과제가 되었다. 과거에 창작된 작품을 체계적으로 정리하고, 아직 알려지지 않은 작품을 끈기있게 발굴하는 실질적 연구의 추진이 지금 목전의 과제로 있다.

고려인 문학의 의의와 작품의 성격[*]

김종회[**]

1. 고려인 문학의 의의 및 작품과 연구 현황

중앙아시아 지역 고려인 문학은, 한글신문 ≪선봉≫이 창간되어 "문예페이지"를 통해 작품이 발표되기 시작한 1923년 무렵으로부터 약 80년의 역사를 이어오고 있다. 그러나 한반도 내의 정치 격변과 이후의 냉전논리로 인하여 남한에는 작품 소개조차 어려웠으므로, 그에 대한 연구 성과는 매우 미미하다. 재외정치학자 김연수에 의해 시 작품이 한정적으로나마 남한에 소개된 것이 1983년이니, 이 지역의 고려인 문학이 남한에 도입된 지 이제 겨우 20년이 되었을 뿐이다. 더구나 소련의 해체 이후에나 개방에 따른 본격적인 연구가 가능해졌음을 염두에 둔다면 그 연구 기간은 더욱 짧아진다. 짧은 시간일망정 충실한 소개와 연구가 진행되었다면 모르지만, 아직도 자료 수집·소개 자체가 절대적으로 어려운 상황이다.

이 지역 고려인들은 140년이 넘는 이민의 역사 속에서, 제정러시아

---

* 해외동포문학편찬사업추진위원회, 『해외동포문학전집:작가작품론-중앙 아시아직역』, 2005.12.

** 경희대 국어국문학과 교수

과 소련, 그리고 독립국가연합이라는 그 지역 역사의 격변기를 거치면서, 생존을 위해 국가의 정책에 적극적으로 따르면서도 우리 민족의 전통 또한 잊지 않는 이중적 특성을 견지하며 살고 있다. 그러한 까닭으로 한반도를 벗어난 지역에서의 특수한 삶과 그것의 표현인 그들의 문학은 우리 문학의 영역을 넓혀줄 수 있는 가능성을 지니고 있다. 그러나 이민의 역사가 오래되고 그 지역의 정치적 격변을 겪으면서 우리말, 우리글을 구사할 수 있는 사람이 급감하고 있는 실정이기 때문에 이에 대한 자료 수집과 연구는 이제 본격적으로 시작되었으면서도 매우 시급한 문제가 되고 있다.

우선 지금까지 우리나라에 소개된 구소련 지역 고려인의 문학 현황을 살펴보면, 1983년 재독 정치학자 김연수가 중앙아시아에서 발행되었던 한글 신문인 ≪레닌기치≫(1938. 5. 15. 창간)에 수록된 고려인들의 시들을 수집해 온 것이 처음이다. 이 작품들은 정신문화연구원에 의해 『캄차카의 가을』(김연수 엮음, 정신문화연구원, 1983)이란 제목으로 100부 한정 출간되었다. 이후 김연수는 계속해서 자신이 수집해 온 시와 소설·희곡 등을 묶어 세 권의 책을 더 펴냈다.[1] 김연수의 소개로 남한에서도 구소련 지역 고려인들의 작품을 읽을 수는 있게 되었으나, 모두 합동작품집의 형태로 많은 시인·작가를 다루다 보니 한 사람의 작품이 10편 미만인 경우가 많고 창작 시기에 대한 고려도 미흡하여 본격적인 연구를 진행할 자료가 되기는 어려운 실정이다.

개인 작품집의 경우는 아나톨리 김의 작품[2]이 1987년에 번역된 것

---

1) 합동시집 『소련식으로 우는 한국아이』(주류, 1986), 『치르치크의 아리랑』(인문당, 1988), 소설·희곡집 『쟈밀라, 너는 나의 생명』(인문당, 1989)

2) 『푸른섬』(정음사, 1987), 『사할린의 방랑자들』(소나무, 1987), 『연꽃』(한마당, 1988), 『다람쥐』(문덕사, 1993), 『아버지의 숲』(고려원, 1994), 『초원, 내푸른 영혼』, 에세이(대륙연구소 출판부, 1995), 『켄타우로스의 마을』(문학사상사, 2000), 『신의 플루트』(문학사상사, 2000)

을 시작으로 박미하일3), 김세일4), 리진5), 양원식6) 등의 작품이 소개되었다.

이후 합동소설집이 한번 더 나왔고7) 고송무8), 장실9), 이명재10) 등이 논문 뒤에 몇 작품을 덧붙여 소개하고 있으며, 재외동포 재단에서 주최하는 재외동포문학상 수상 작품집11)에 수상작이 수록되어 있다.

이상의 작품집에는 개인 작품집의 경우를 제외하고는 문인들에 대한 간략한 프로필조차 없다. 사회주의 사회라는 배경의 특성, 전업 문인들이 아니라는 점, 게다가 수집가가 비전문가라는 점 등으로 인한 자료 수집의 한계라 하겠다. 작품의 창작 시기가 기록되지 않은 것이 대부분이고, 한 사람이 여러 이름을 쓰는 경우 다른 사람인 것처럼 따로 수록되어 있는 점, 선택 기준이 다르다보니 수집하는 사람마다 다루는 작가의 편차가 크고 따라서 많은 작가들을 발견할 수는 있지만 한 작가의 작품 세계를 깊이 있게 들여다보는 것은 어렵다는 점 등도 지적될 수 있다. 한편, 이 지역 고려인 문학에 대한 관심과 연구가 미미하여 기왕에 소개된 작품조차 품절·출판사의 폐업 등으로 아예 자료가 남아 있지 않거나12) 구입할 수 없는 경우도 많았다.

---

3) 『해바라기 꽃잎 바람에 날리다』(새터출판사, 1995)

4) 『홍범도』(전5권), 제3문학사(1989-1990)

5) 시집으로 『리진 서정시집』(생각의 바다, 1996)과 『하늘은 나에게 언제나 너그러웠다』(창비, 1999)가 있고, 소설 『윤선이』, 『싸리섬은 무인도』(장락, 2001)가 있다.

6) 『카자흐스탄의 산꽃』(시와 진실, 2002)

7) 김영란 옮김, 『아버지』(백의, 1993)

8) 고송무, 『쏘련 중앙아시아의 한인들』(한국국제문화협회, 1984)

9) 장실, 「러시아에 뿌리 내린 우리 문학」, 『문예중앙』, 1996.봄.

10) 이명재, 『소련지역의 한글문학』(국학자료원, 2002)

11) 재외동포문학상 수상작품집, 『재외동포문학의 창』(재외동포재단, 1999-2001)

12) 한국에서 출간(발표)되었다는 자료는 있으나 구할 수 없는 작품들은 다음과 같다.
　　아나톨리 김, 『페자의 통나무집』(동쪽나라, 1993)
　　김 블라디미르, 『바다가제555호』
　　김 블라디미르 드미뜨리예비츠, 『두만강은 국경을 흐르는 강이다』, 1994 /『제58호 열

고려인 문학 일반에 대한 지금까지의 연구를 살펴보면 드러난 현상을 언급하는 것에 치중되어 있다. 이 때 연구 대상을 정하는 일부터가 난제인데, 이명재[13]는 특별한 언급 없이 한글로 창작하는 경우로 한정하여 연구를 진행하고 있으면서도 러시아어로 창작하는 작가도 간략히 소개하고 있다. 연구 대상을 정한다는 것은 그 문학의 문학사로의 편입 문제와 관련되는데, 서종택[14]과 홍기삼[15] 등이 이 지역 뿐만 아니라 해외 동포 문학 일반에 있어 '누가' 썼느냐하는 창작자의 문제에 중점을 두는데 비해, 현지 문인들(리진, 한진)은 '무엇으로' 썼느냐하는 언어의 문제를 중요하게 여겨 대조를 보인다. 임헌영[16]의 연구는 언어와 내용, 창작 시기 등에 있어 여러 가지 가능한 모습을 변별하고 그 나름대로 객관화하려는 노력이 돋보인다. 아직은 보편적인 합의 없이 그 범위를 최대한 넓게 잡고 개별적인 연구가 진행 중인데, 어느 정도 연구 성과가 쌓이면 본격적인 논의가 이루어져야 할 것이다.

　재외동포문학은 이들이 대체로 한반도의 작가들이 정치·이념적인 이유로 다루지 못한 것을 다루면서 우리 문학사를 풍부하게 채워줄 수 있다는 점에서 그 의의를 인정받기도 한다. 그러나 이러한 의의는, 어찌보면 남한에서보다 오히려 더 심한 검열이 진행된 구소련 지역 작품의 경우에는 적응되기 어렵다. 이에 비해 김영무[17]는 한국인은 근본적으로 농경문화에 속하면서 보수적이어서 도전이나 모험의 전통과는 일

차』, 1995. /『반세기를 지난 진리』, 1999.
　　그 외에도 바체슬라브 보리소비치 이가 한국에서 다수의 소설 및 수필 발표했다고 한다.
13) 이명재, 위의 책.
　　＿＿＿,『통일시대 문학의 길찾기』(새미, 2002)
14) 서종택,「재외 한인 작가와 민족의 이중적 지위」,『한국학연구』10권(고려대학교 한국학연구소, 1998)
15) 홍기삼,「재외 한국인 문학 개관」,『문학사와 문학비평』(해냄, 1996)
16) 임헌영,「해외동포 문학의 의의」,『한국문학』, 1991. 7월.
17) 김영무,「해외동포 문학의 잠재적 창조성」,『한국문학』, 1996. 겨울.

정한 거리를 갖고 있는데 비해, 재외동포작가들의 경우는 이러한 한계의 극복이 가능함에 주목하고 있다.

작품에 대한 구체적인 연구라고 해도 아직까지는 고려인의 시나 산문 문학의 전반적인 특성에 대한 개괄 연구나 단편적인 언급이 대부분이다. 이 경우 구소련 지역 고려인들의 작품의 분위기가 밝다는 점과 이데올로기적인 측면보다는 서정성에 입각하여 창작된다는 점이 지적된다. 전자는 사회주의 리얼리즘을 수용한 것으로, 후자는 일면 가혹한 소수민족 정책에 그 나름대로 적응한 방식의 결과로 볼 수 있다. 형식적인 면에서의 연구는 거의 전무하며, 내용적인 면에 있어서도 주로 주제를 몇 가지로 유형화하는 정도에 그친다. 본격적인 연구라고 할만한 작가론이나 작품론은 아나톨리 김에 거의 집중되어 있고 그 외에는 희곡문학에 대한 것이 있다. 하지만 전자의 경우도 단 두 편[18] 뿐이고 후자의 경우[19]는 해당지역 거주인의 연구로서 우리로서는 대상 작품을 접할 수 없는 것이다. 그리고 '재외 동포 문학에 투영된 한국 여성의 초상'이라는 공동주제에 입각한 연구가 한 편[20]있는데, 이는 문학적 평가와는 거리가 있다.

이 지역을 세 차례 방문하여 강의도 하고 자료도 수집해 온 이명재 교수에 의해 많은 작가들의 프로필이 정리된 점은 고무적인 일이다. 또

---

18) 권철근, 「아나톨리 김의 『다람쥐』 연구:다람쥐와 오보로젠」, 『러시아연구』 제5권, 1995.
    김현택, 「우주를 방황하는 한 예술혼-아나톨리 김론」, 『재외한인작가연구』(고려대한국학연구소,2001)
19) 이정희, 『재소 한인 희곡 연구』, 단국대 석사, 1993.
    김필영, 「송 라브렌띠의 희곡 기억과 가작스탄 고려사람들의 강제이주 체험」, 『비교한국학』 제4호(국제비교 한국학회, 1999)
    _____, 「소비에트 카작스탄 한인문학과 희곡작가 한 진의 역할」, 『한국문학논총』제27집(한국문학회, 2000)
20) 한만수, 「러시아 동포 문학에 투영된 한국 여성의 초상」, 『한국문학연구』19권(동국대한국문학연구소, 1997)

한 그는 그 곳에서 발행된 문집 15권도 소개하였다. 그런데 이 15권 중에 김준의 것이 3권인 것으로 보아, 꽤 비중 있는 작가임을 알 수 있으나, 그동안 김준의 시는 몇 편만이 소개되었을 뿐이다.

개별 연구자에 의한 연구 외에도 여러 차례 재외 한인 문인에 대한 심포지엄[21]이 있었다. 심포지엄 자료가 모두 나와 있는 것이 아니라서 확실하지는 않지만, 발제문이 공개된 심포지엄이나 혹은 인터넷 상에 올라온 참관기를 통해 추측해 보건대 깊이 있는 학술제라기보다는 재외동포작가들을 초청하여 그들의 이야기를 듣고 앞으로의 과제를 검토해 본 정도였던 것 같다.

이렇듯 연구 대상으로 삼을 해당 작품 자체가 한정적이어서 남한에서의 연구는 한계를 지닌 채 진행될 수밖에 없었다. 따라서 해당 지역의 답사를 통해 자료를 더 확보하는 것이 내실 있는 연구를 위한 선결 과제였으며 2005년도 이명재·최동호·김종회 등의 연구자를 중심으로 한 한국문학평론가협회의 중앙아시아 지역 답사를 통해서 어느 정도는 이를 이루었다. 아쉬운 것은 이번에도 역시 희곡작품과 비평문의 수집이 상대적으로 부족했다는 점이다. 희곡의 경우, 소련국립조선극장을 중심으로 계속하여 창작[22]·상연되고 있으며, 현실적인 문제를 많이 다루고 있다는 점에서 연구의 중요한 부분이 될 것이므로, 앞으로 희곡작품의 수집이 반드시 보완돼야할 것이다. 비평의 경우도 ≪레닌기치≫에 실리는 작품에 대해 언급이 따른다는 것으로 보아, 그들이 추구

---

21) 지금까지 개최된 심포지엄은 다음과 같다.
　① 1996.10.3.　96문학의 해 기념 한민족 문학인 대회 심포지엄(『한국문학』 1996년 겨울호 발제문 게재)
　② 2001.　　　　조선대학교 재외동포의 한글 문학 국제 심포지엄
　③ 2002.11.1-11.2　대구세계문학제. 한국문학인대회
　④ 2002.12.11-12.12　2002 문학과 번역 서울 심포지엄-세계를 향한 한국문학
　⑤ 2002.12.14.　　중앙대 해외민족연구소와 한국문학번역원 주최 특별 초청 강연회
22) 연성용만도 17편을 창작했고 문세준, 김기철, 채영, 태장춘, 한진, 맹동욱, 김이오시프, 전올라지미르 등이 희곡을 창작했다고 한다.

하는 문학의 방향성 등을 가늠해 볼 수 있는 자료가 될 터인데, 이에 대한 수집은 단 한 편만 있을 뿐이다. 이 부분에 대한 자료 수집 작업도 신속하게 이루어져야 할 것이다.

2. 유이민사와 현지 문단 형성과정

고려인들이 연해주에 이주한 시기에 대해서는 의견이 분분하나 대개 1860년대로 추정하며, 그 이유에 대해서는 흉년 때문이라 보고 있다. 러시아의 적극적인 이주정책을 힘입어 간도와 만주에서 핍박받던 고려인들이 러시아의 환대 속에 그곳으로 이주하게 되었다. 국내적 어려움, 특히 경제적인 이유로 러시아로 적극 이주하게 되었는데, 러시아 당국은 이주 고려인들에게 희랍종교에 입교하도록 하고 국적을 부여해 주었으며, 토지 무상 분배, 토지세 감면 혜택을 주었다. 그러나 조선 조정에서는 극형을 줄만큼 러시아 이주를 억제하였다. 조선과 러시아 사이에 1884년 조러통상수호조약이 체결되어 수교가 이루어지자 러시아 측은 조선인 이주자를 다음과 같은 세 종류로 구분하여 다루기 시작하였다.

1종 : 1884년 이전에 이주한 고려인, 국적 취득여부에 따라 거주할 것을 허가
2종 : 1종 해당자 외 사업 정리를 위해 일정 기간(2년 내) 후에 귀한을 요하는 자(여권 필요)
3종 : 일시적으로 러시아에 왕래하는 자(여권 필요)

이러한 구분을 통해 결국 러시아로 입국하는 고려인들을 규제하려

하였으나, 그 이후에도 끊임없이 고려인들은 러시아로 이주하였다. 이주 동기가 1800년대 후반에는 기근과 국내사정의 불안이었으나 1900년대 초에는 일본의 침략에 반대하여 도피하는 경우가 많았다. 조선사람들은 중국이나 만주 사람에게는 적대감을 가지고 있었으나 러시아 사람들에게는 호기심을 가지고 있었다. 조선인들의 공통적인 이주 목적은 우선 정착을 하는 데 있었다. 고려인들이 너무 많이 이주해오자 당황한 러시아 당국은 이 문제를 해당 지역 행정책임자 개인의 판단에 맡겨 처리하도록 했다. 구소련 시대(집단농장 체제)에는 강력한 행정력을 발동하여 이주 고려인에게는 엄격한 규제를 하고 자국인에게는 많은 혜택을 주면서 고려인과 현지인 간의 마찰이 자주 발생하게 되었다.

1921년 연해주 자유시 알렉시예프에서 일어난 고려혁명군과 대한의용군 간의 전투에서 러시아 볼셰비키 적군의 지원을 받은 고려혁명군이 승리를 거두자 극동지역의 고려인 사회는 급속도로 러시아 공산당에 편입하게 되었다. 러시아 혁명을 완성한 볼셰비키들은 연해주를 무대로 항일투쟁을 하고 있는 고려인 세력을 통합하였다. 또한 극동지역 공산화를 위해 일본 제국주의 식민지 정책에 격렬하게 저항하고 있는 고려인 유격대의 역할이 절대적임을 갈파하였다.

이러한 전략에 따라 1920년대 러시아는 고려인에 대한 지원정책과 동화정책을 병행 실시하였다. 민족 고유 문화를 허용하고 국적 취득 문제도 간소화하는 등 상당한 유화정책을 실시하였다. 이러한 영향으로 1920년대 한민족의 러시아 이주는 최고조에 다다랐고 극동지역에만 그 수가 16만을 넘어섰다. 유치원에서 사범학교에 이르기까지 176개의 고려인 학교와 300여개의 문맹퇴치학교가 설립되고 정치·행정기구로 진출, 협동조합, 집단 농장과 같은 자체적 경제 조직이 운영되어 자치구 설립 문제까지 논의하는 데에 이르렀다.

구소련은 조선족 내에 조선 공산당 창건 사업을 적극적으로 시작했다. 프롤레타리아 혁명을 목표로 하는 소련 공산당은 고려인의 항일 정신과 그 투쟁열기를 대제국주의 투쟁 및 부르주아 투쟁으로 발전시키는 것이 가장 중요하다고 판단했다. 항일 망명자, 소작농들이 주류를 이루었던 고려인들은 국제 공산당 조직에 쉽게 합류하였다. 역사적으로 보면 조선 공산당이 중국 공산당 보다 먼저 창건되는 데 이러한 배경이 있었다.

그러나 1920년대 고려인 연해주 정착과 우리 현대사에서 지울 수 없는 참혹한 사건인 연해주 고려인 집단 강제 이주가 일본의 침략 정책에 따른 정치적 수단이었음을 지적하지 않을 수 없다. 1937년 8월 21일 스탈린과 몰로토프의 서명으로 이루어진 고려인 강제 이주 명령서는 러시아 고려인이 일구어 놓았던 밭과 가정, 농산물을 그냥 버려두고 행선지도 모른 채 화물열차에 몸을 실어야 했던 비극적인 사건이었다.

고려인 소부락 설치를 포기하고 이들을 분산시키는 정책으로 바뀐 것인데 이는 고려인들이 동화도가 높긴 하지만, 한민족의 특성은 변화하지 않는다고 판단하였기 때문이다. 훗날 밝혀진 고려인 집단 강제 이주의 원인은 첫째 일본이 러시아 극동지역 침략전략으로 조선인을 이용코자 했기 때문이며, 둘째 소련 일본간의 전쟁이 발생할 경우 상당수의 조선인들이 일본군에 협력할 가능성이 크며, 셋째로 이미 조선인 일본 스파이가 활동하고 있다는 판단에서였다. 조명희의 처형도 이러한 이유로 연유한 것이 아닌가 추정해 볼 수 있다.

강제이주 전 러시아 고려인들은 거의 대부분 러시아 혁명과 조선독립운동을 해 온 민족 세력이다. 이들이 흘린 피와 땀, 고통의 댓가로 돌아온 것은 비참한 삶 뿐이었다. 지금 독립국 연합에 산재해 있는 고려인들은 1920년대 연해주에서 가졌던 조선학교와 모국어도 잃어버린 채 살아가고 있다.

1959년부터 11년 동안 고려인들의 인구가 14%증가했다고 조지 긴즈버그 교수는 「소연방에서의 한인의 지위」에 대한 보고서를 통해 밝혔다. 이 수치는 소연방내 0.14%를 차지하며(1970년 기준), 이는 1959년에 비해 14% 증가한 수치이지만 소련 내 인구증가율 15.7%에 비해 조금 낮은 편이다. 두 가지 언어를 말할 수 있다고 등록된 사람 중 16.6%가 한국어를 모국어로 계속 인정하고 있는 사람의 전부라고 볼 수 있다. 또한 소련 거주 고려인 중 68%가 도시에 거주하고 있음을 알 수 있다. 고려인 사회의 도시화는 낮은 인구 증가율을 보이는 이유가 된다. 언어는 66%가 한국어를 모국어로 생각하고 있으며, 34%가 소련의 토착어 중 하나를 선택 사용하고 있다.

고려인과 고려인 사회는 앞서 언급한 바와 같이 강제이주로부터 시작된 중앙 아시아 지역 생활 속에서 그들 나름대로 정치, 사회, 경제체제에 적응하고 정착하는 과정에서 본의든 그렇지 않든 60여 년 이상 동안에 끊임없는 변화를 겪어 왔다. 이러한 변화는 의식주 등 생활방식 전반에 걸쳐 일어났고, 특히 민족 정체성의 가장 일반적인 기준으로 이용되는 민족언어의 사용에서도 나타났다. 지금은 비록 한국어를 잘 못하는 사람들이 상당수이고 민족문화를 원형 그대로 완전히 전승해 오지 못하였으나 이들은 분명 한국인의 후예임을 분명히 인식하고 자부하며 살아가고 있다.

이러한 고려인들은 문학창작을 통해서도 정체성을 지키고자 노력하였다. 1923년에 최초의 우리말 신문 ≪선봉(아방가르드)≫이 블라디보스톡에서 창간되어 문학에 소질이 있는 젊은 고려인 작가들이 이 신문의 문단을 중심으로 모여들기 시작했다. 조명희, 조기천, 한 아나톨리 등 수십 명의 손꼽히는 시인, 소설가, 극작가들이 창작시, 소설, 희곡 그리고 번역 문학 등으로 참여한 ≪선봉≫은 신문의 이름처럼 오늘날 구소련지역 고려인 문학의 초석이 된 것이다.

이 지역에서 고려인 문단이 형성되기 시작하는 데는 포석 조명희의 역할이 결정적이라고 봐야 할 것이다. 그의 발기, 지도 하에서 구소련 지역에서 고려인 작가와 시인들의 작품을 담은 첫 잡지 『노력자의 고향』이 1935년에 발간되었다. 그러나 조명희는 『노력자의 고향』2호를 발간한 후 일제간첩이라는 누명으로 처형되었다. 1930년대 그의 영향 하에 강태수, 유일용, 김해운, 한 아나톨리, 조기천, 전동혁, 김증송, 주성원, 이기영 등 시인들의 창작이 활기를 띠기 시작하였다.

그러나 1937년 고려인들에 대한 중앙아시아로의 강제 이주정책으로 고려인 문단은 말살상태에 처하여 있었다. 조명희, 강태수가 체포되어 행방불명되었고, 유일룡은 세상을 떴으며, 조선사범대학과 사범전문학교를 비롯하여 일체 조선인 학교들이 노어화로 넘어가버렸다. 그러나 민족의 문화전통을 몽땅 없애버릴 수는 없었다. 1938년부터 발간된 우리말 신문 ≪레닌기치≫와 조선극장을 토대로 민족 문화의 불빛이 다시 피어나기 시작했다. 이주 후 고려인문단을 소생시키려 한 아나톨리가 힘겨운 노력을 경주하였다. 특히 조선극장이 연성용, 채영, 태장춘과 같은 희곡작가들을 단결시키면서 무대활동을 전개하였다. ≪레닌기치≫ 신문은 고려인 문단의 유일한 활동무대가 되면서 체계적으로 문예면을 활용하여 문인들을 키워나갔다. ≪레닌기치≫에 발표되었던 작품의 경향과 당시 사회 상황을 참작하면 고려인문학은 다음과 같이 시기 구분을 할 수 있다.

제 1기는 ≪레닌기치≫창간부터 ≪레닌기치≫가 카작스탄 소비에트 사회의 공화국 신문으로 승격되기 직전인 1953년까지로, 강제이주로 말미암은 민족적 억압으로 인해 자유로운 문필활동이 어려웠던 시기이다. 따라서 고려인문학의 태동기에 해당하면서 동시에 민족문화의 암흑기가 된다. 제 2기는 ≪레닌기치≫가 카작스탄 소비에트 사회주의 공화국 신문으로 지위가 승격된 1954년부터 페레스트로이카 직전인 1985년까지로, 고려인들도 공화국 시민으로 인정되어 문학적으로 가장 왕성하게 작품 활동을 한, 고려인문학 형성기에 해당하는 시기이다. 게다가 이 시기에 북한에서 리진, 한진, 양원식 등의 작가들이 합류하면서 더 풍부하게 되었다. 개편정책이 실시되면서 카자흐스탄 작가동맹 조선문학분과는 조선인문인들을 집결하면서, 근 10개의 작품집을 출판하였다. 제 3기는 페레스트로이카가 시작된 1986년부터 ≪레닌기치≫가 ≪고려일보≫로 바뀌기 직전인 1990년까지로, 페레스트로이카와 글라스노스트 정책의 영향으로 언론이 통제가 어느 정도 완화되는 문화적 해빙기이며 민족 감정의 문학적 표현이 어느 정도 허용되며 동시에 사회적 격변기로 문인들이 심리적으로 시달리던 시기이다. 제 4기는 ≪레닌기치≫가 ≪고려일보≫로 바뀌고 소련이 해체된 1991년부터 현재에 이르는 시기로, 고려인문학은 과도기를 맞아 작품의 내용에 뚜렷한 특성이 없다.

그러나 냉전시대의 종결에도 불구하고 고려인 문단의 비극은 계속되고 있다. 출판되는 작품집을 읽을 사람이 없는 것이다. 하지만 1980년대 후반부터 한국에서 구소련지역 고려인 시인들의 작품이 발간되었는데, 이것은 정말 기적적인 현상이다. 이는 고려인들이 민족문화 말살정책에도 불구하고 시문학의 목숨을 살려온 긍지를 말해주고 있다. 그리고 이어 한국의 잡지들이 계속해서 이 지역 작가, 시인들의 작품을 게재하면서 고려인 문인들의 새로운 활동 무대가 되고 있다.

3. 작품의 형태와 주제의 성격

1) 작품 형태상의 특징

고려인 문학의 가장 많은 부분을 차지하고 있는 것이 시이다. 일반 서정시를 비롯하여 노래말(가사), 동요, 장편 서사시, 연시 등을 볼 수 있다. 특히 노래말로 쓴 시가 많다는 점이 주목되고, 이들 장편 시의 선구는 망명 작가 조명희의 산문시 「짓밟힌 고려」(1928)이었으리라고 생각된다.

소설의 경우에는 단편이 압도적으로 많다. 특히 구소련지역 동포 문학에서 장편 소설이 적은 것은 그 문학의 규모나 한계를 생각할 수 있게 하는 점의 하나로 볼 수 있겠다. 작품의 구성이나 전개를 폭넓게 펼쳐 나가야 하는 장편 소설의 성격적 특성을 생각해 볼 때 단편적인 문학성으로는 어려운 것이다. 흔히 장편소설의 소재로는 역사적 사건들이나 사회 계몽적 주제들을 들 수 있다. 따라서 그러한 소설을 쓸 수 있는 문학적 바탕은 역사나 삶에 대한 포괄적 인식과 경험의 축적에 있을 것이다.

그런데 구소련지역 고려인들의 역사나 삶에서 그러한 장편의 소재나 문학적 역량이 없었다고는 할 수 없다. 백여 년의 그 삶의 발자취란 유례가 드문 파란만장한 그것이었다. 가난한 고향과 모국을 등진 고달팠던 이주와 개척의 몸부림에서부터, 사회주의 혁명의 소용돌이, 항일 무장 투쟁, 특히 스탈린 치하의 강제 이주에 따른 희생과 새 삶의 긴 역정은 고달팠던 이주 민족의 과거사이기도 하지만, 반성과 형상화로 일깨워야 할 민족 문학의 소재들이 아닐 수 없다. 이러한 내용들을 총체적으로 담아낼 수 있는 장편 소설이 드문 것은 그만한 까닭이 없지 않았다. 그것은 고난과 통제 때문이었다. 고려인 문학이 1930년대 연해주에서 꽃피기 시작하다가 1937년 강제 이주로 말미암아 모두 상실되고 모국어 교육마저 금지당한 사실은 그 저간 사정을 그대로 설명해 준다. 오늘날 한국의 독자가 읽을 수 있는 유일한 한글 장편소설은 김세일의 『홍범도』이다. 이렇듯 장편소설이 위축된 상황은 앞으로도 더 어려운 상황으로 갈 것이다. 우선 모국 말글 인구가 감소해서 오늘날 고려인 4-5세들은 한국어를 잃어버렸기 때문이다. 그런데 개혁, 개방 시대를 맞은 오늘날의 사회 사정은 창작활동에 새힘을 불어 넣을 수 있게 되었다. 여기에서 우리는 다시 구소련지역 고려인 문학의 부활을 생각해 보며, 장편 대작을 기대해 보게 된다.

희곡의 경우, 구소련지역 고려인 문학에서 꽤 두드러진 점을 발견하게 된다. 구소련지역 고려인 문학에서 희곡이 발달한 것은 1932년 블라디보스톡의 고려인 사회에서 우리 연예 활동의 모체인 '조선극단'을 조직 운영한 것을 보아도 그 뿌리가 깊음을 알 수 있다. 이는 바로 민족 연예의 유지와 러시아 극문학의 영향 등으로 발전되어 온 것으로 보인다. 그 밖의 작품 형태로는 수필, 평론을 들 수 있는데, 이 부분도 장편소설처럼 그렇게 두드러지지 않은 것 같다. 다만 한 가지 참고할 사실은, 구소련지역 고려인 작가들의 경우, 시인, 소설가, 희곡 작가, 평론가 등의 구분이 없어 보이는 점이다. 전문 창작영역이 따로 없다는 것이다.

2) 작품의 주제적 양상

이른바 사회주의 리얼리즘의 바탕에서 삶의 형상화와 자연에의 서정을 묘사하는 것이 그 동안 이곳 고려인 문학의 일반적인 경향이다. 이와 관련하여 주제가 몇 가지로 요약된다.

먼저 시 분야에서 드러나는 주제를 살펴보면 가장 두드러지는 주제는 레닌에 대한 예찬과 10월 혁명에 대한 칭송이다. 이 주제의 시들은 레닌의 이름을 직접적으로 언급하면서 조국으로서의 소련을 예찬하는데, 이는 레닌 혁명으로 인한 현재를 자랑스러워하는 마음 뿐만 아니라 미래에 대한 희망이 담긴 것이라고 볼 수 있다. 공산 체제와 특정 인물에 대한 찬양은 약소 민족으로서 공산권의 철권통치 아래에서 살아남기 위한 어쩔 수 없는 결과로 볼 수도 있지만, 북한의 주체사상 문예의 영향과 러시아 혁명에서 희망을 찾았던 순수한 의미로 볼 수도 있겠다. 사회주의 건설에 참여한다는 연대감과 공감대가 표출된 작품들인 것이다.

둘째로 가난에 대한 한탄과 가난을 떨치고자 한 의지를 들 수 있다. 중앙아시아로 강제 이주되었을 때, 그 곳은 황무지였으나 고려인들은 이에 좌절하지 않고 특유의 근면함으로 그 땅을 비옥하게 바꾸어 놓았다. 따라서 그곳은 고려인들의 미래를 밝혀주는 새로운 삶의 터전이 되었고, 자신들이 이뤄놓은 터전에 대한 자부심과 그 터전에서 거둬들이는 풍요와 평화로움 등을 시의 주제로 삼게 되었다. 국내에 소개된 작품들 중에는 이 주제의 시가 특히 많은 분량을 차지한다.

셋째로 친선과 평화인데, 이는 위의 주제와 연결된다. 척박한 땅에서 터전을 일구는 데 성공했다는 자부심은 다른 민족도 포용할 수 있는 여유를 가질 수 있도록 하였으며, 이는 동포들과 구소련의 전체 민족들과의 친선을 강조하는 것이나, 평화에 대한 것은 반전을 내세우며 파쇼들의 침략 만행을 규탄하고, 핵무기 개발과 핵 전쟁을 경계하는 것으로 나타나기도 한다.

넷째는 고향을 그리는 마음인데, 이때 고향은 그 문인들이 태어난 자란 연해주이거나 중앙아시아 등지이다. 이는 강제 이주 후 삶의 고단함을 말해주는 또 하나의 방법일 수 있다. 구소련지역 고려인들의 시에 나오는 가을은 대부분 풍요와 기쁨의 계절로 묘사되는데, 고향을 그리워하는 마음이 가을과 만나면 가을은 쓸쓸함으로 그려진다. 그래서 눈

에 보이는 풍요의 계절을 마음에 진눈깨비가 내리는 겨울로 인식하게
도 한다. 자연을 소재로 한 시들이 이 주제와 많이 연관되는데, 닮은
곳이라곤 없어 보이는 중앙아시아의 자연물에서 고향의 모습을 찾는다
는 것은 늘상 고향에 대한 생각을 품고 산다는 것과 다르지 않다. 정
치적 제약 때문에 돌아갈 기약을 할 수 없어 고향은 더욱 애틋하게 그
려진다. 이밖에 다양한 사랑시들과 어머니에 대한 그리움을 기리는 시
편들도 눈에 띈다.

소설 작품의 경우에는 반봉건주의와 반제국주의를 주제로 한 작품이
많다. 그러나 반체제, 반독재의 저항 문학은 있을 수 없었다. 특히 스
탈린 시대의 탄압과 희생에 대한 고발 문학도 역시 고려인 문학에서는
나올 수 없었다. 그러기에 이들 소설은 주로 생활과 신변의 소재로 단
편을 써 왔다. 따라서 이성과의 갈등과 가족과의 갈등을 부각시킨다거
나 실존의 위기를 형상화한 작품이 많다. 또한 인간성의 복원과 자연으
로의 회귀가 드러나기도 한다.

4. 작가 및 작품을 통해 본 문학의 실상[23]

1) 한진(1931 - 1993)[24] - 고려인의 정체성을 추구하는 희곡 문학

한진은 몇 편의 단편소설을 발표하기도 했지만, 희곡을 전문으로 창

---

23) 아나톨리 김과 박 미하일은 발표한 작품도 많고 매우 중요한 작가들임에 틀림없으나,
  이는 다른 연구자들이 언급하고 있으므로 생략하고, 여기서는 중요함에도 불구하고
  그동안 제대로 소개되거나 연구되지 못한 작가들에 대해 개관하도록 하겠다.

24) 김필영에 의하면 한진은 많은 작품을 썼을 뿐만 아니라, 러시아지역 고려인문학사에
  서 중요한 인물이지만, 그의 희곡 작품은 국내에 전혀 소개된 바가 없고, 소개된 소
  설도 몇 작품에 국한된다. 따라서 국내에서는 한진에 대한 연구가 전무하다. 이 부분
  은 카작스탄 크즐오르다대학 교수인 김필영의 「소비에트 카작스탄 한인문학과 희곡
  작가 한진의 역할」(『한국문학논총』제 27집, 한국문학회, 2000)을 요약하는 것으로 대
  신한다.

작한 작가이다. 주로 역사적 사건이나 민속적인 소재를 다룬 희곡 작품을 써왔으나, 페레스트로이카 이후에 발표한 단편소설에서는 강제 이주로 말미암아 문화적으로 억압당하는 소비에트 카작스탄 고려 인들의 민족 정체성 문제를 주제로 부각시킨다. 이는 정치적 망명이라는 그의 생애와 밀접한 관계가 있는 것으로서, 소외당한 고독한 작가 정신의 반영이라고 볼 수 있다. 고려인들이 가슴 속에 간직하여 오던 강제이주와 관계된 비밀들을 뒤늦게나마 문학적으로 형상화한 그의 소설 작품은 당시 역사적 현실을 이해할 수 있는 중요한 실마리를 제공한다.

한진은 1965년에 카작스탄 소비에트 사회주의 공화국 국립조선극장 문학부장으로 임명되면서 희곡을 쓰기 시작했다. 첫 작품「의부 어머니」는, 애 딸린 남자와 결혼한 젊은 여인이 남편의 외도에도 불구하고 아이들을 훌륭하게 키워내자, 아이들은 생부보다 의붓어미를 택한다는 이야기로, 가정의 윤리 문제를 본격적으로 다룬 최초의 작품이다. 이 희곡의 소재는 당시 소련 사회에서 흔히 있는 사건이었지만, 이런 사회적 문제를 연극이란 매체를 통해 고발하여 해결의 실마리를 찾으려고 하는 작가의 의도가 반영된 작품으로는 처음 있는 일이다. 1967년 작「고용병의 운명」은 월남전에 참가한 한국 병사가 겪는 수모를 소재로 한 작품으로서, 굶주림 때문에 월남전에 참전한 주인공과 같은 의용병의 운명은 박정희 정권이 낳은 결과라는 사실을 강조하고 있다. 이후 한진은 틈틈이 타 민족의 희곡 작품을 번역(1972년에 친기즈 아이트마토프의 「모성의 들에」 번역 등)하여 조선극장 무대에 소개하고 민족말 보전에 기여하는 한편, 역사적인 사건이나 민속적인 소재를 바탕으로 창작한 「양반전」(1973), 「봉이 김선달」(1974), 「어머니의 머리는 왜 세였나」(1976), 「산부처」(1979), 「토끼의 모험」(1981), 「너 먹고 나 먹고」(1983), 「폭발」(1985), 「나무를 흔들지 마라」(1987), 「1937년, 통과인

정 블라디미르」(1989) 등 12편의 희곡을 조선극장 무대에 올려 카작스탄 고려인들로 하여금 민족 문화에 대한 인식을 새롭게 했다. 1988년에 첫 희곡 작품 선집 『한진 희곡집』이 출간되었다.

구소련의 페레스트로이카와 글라스노스트의 영향으로 언론의 통제가 어느 정도 완화되기 시작한 1980년대 말에는 작가의 민족주의적 성향이 반영된 단편소설을 발표하기도 했다. ≪레닌기치≫에 발표된 한진의 단편소설 작품으로는 「서리와 볕」, 「축포」, 「소나무」, 「녀선생」, 「공포」(1989), 「그 곳을 뭐라고 부르는지?」(1988) 등이 있다. 「공포」는 강제이주로 인하여 문화적으로 억압을 당한 카작스탄 고려인들의 과거 역사의 한 면을 형상화한 작품이다. 이 작품을 통하여 구소련의 가혹한 정책이나 사회 구조의 모순에도 불구하고, 민족문화의 보존을 위해 물불을 가리지 않은 이주 고려인들의 민족정신을 후세들에게 보여주고 있다. 「그 곳을 뭐라고 하는지?」는 다시는 돌아갈 수 없는 고향에 대한 작가 자신의 향수를 상징적으로 표현한 작품이다. 민족적인 색채를 바탕에 깔고 있는 이 작품에는 구소련 카작스탄 고려인 사회에서 점점 잊혀지고 사라져 가는 민족어와 민족 문화를 애석해 하는 작가의 민족의식이 잘 나타나 있다. 강제 이주로 인하여 고향에 묻힐 수 없는, 임종을 앞둔 한 여인이 내 뱉는 "사람이 태어난 곳은 고향이라고 하지만 사람이 죽어서 묻히게 되는 곳은 뭐라고 부르는지?"라는 말 한마디는 고려인들에게 자신들의 민족 정체성에 대하여 생각해 보도록 하고 있다.

한진은 강제 이주로 인하여 민족말과 글을 제대로 배우지 못한 카작스탄 이주 고려인 2세대들의 문화적 공백을 메워주고, 문학 작품 창작에 관심을 가진 젊은 고려인들을 지도하여 후배 작가 양성에 공헌한, 구소련 카작스탄 고려인 문단 발전에 중요한 역할을 한 작가이다. 또한 타 민족 작가들의 희곡 작품을 민족말로 번역하여 고려인들의 민족어

보전과 발전에 기여하고 한민족의 역사적 사건이나 민담들을 희곡화하여 고려인들에게 민족의식을 고취시키며 민족 문화 보존에 크게 기여한 민족주의자이다.

2) 라브렌띠 송(1941 -   )[25] - 강제 이주의 비극을 형상화한 희곡 문학

라브렌띠 송은 1963년에 고려인으로서는 처음으로 소련 전연방국립영화학교에 입학하여 1967년에 졸업하였다. 학업을 마친 후 카작스탄 영화제작소 "카작필림"에 입사하여 1985년까지 영화 각본 작가와 예술영화 감독으로 일하였다. 이 시기에 발표된 그의 대표적인 영화 각본으로는 「특별한 날」, 「선택」, 「사랑의 고백」, 「가족 사진첩」, 「추가 질문들」, 「소금」, 「쎄릭꿀의 시간」, 「싸니 산에 오르락 내리락」, 「달의 분화구 가장자리」 등이 있다. 이후 조선극장과 카작필림 배우양성소에서 근무하다가 1989년에 개인 영화사인 "송 씨네마"를 설립하여 현재까지 주로 소수민족을 대상으로 한 기록영화를 주로 제작하고 있다. 그는 카작스탄에서 희곡작가, 소설가, 영화감독으로 알려져 있지만, 소설가로서의 평판은 대단하지 않고(단편 「여러 차례 여름을 회상함」과 「삼각형의 면적」이 있다) 주로 희곡작가로 통하는 편이다. 초기 희곡작품으로 「봄바람」과 「생일」이 있다.

여기서는 1997년 작 「기억」(미출판)에 반영된, 이주지 카작스탄에서 겪은 고려인들의 정착 체험을 통해 강제 이주가 고려인들에게 어떤 의미를 부여하는가를 살펴볼 것이다. 「기억」은 보기 드물게 우리말로 쓰

---

25) 라브렌띠 송의 작품도 한진의 경우처럼 국내에 소개된 바가 없다. 그러나 러시아지역 고려인문학이 조선극장을 중심으로 희곡분야에서 활발히 전개되었으며, 라브렌띠 송은 그 흐름의 중요인물 중 한 사람이므로 소홀히 할 수 없다. 역시 유일한 연구자료인 김필영의 「송 라브렌디의 희곡 "기억"과 카작스탄 고려사람들의 강제 이주 체험」(『비교한국학』제4호, 국제비교한국학회, 1999)을 요약하는 것으로 대신한다.

여진 작품으로 사라져 가는 고려인들의 글말 보존에 크게 기여하고 있다. 작가는 이 작품에서 소련 원동에서 카작스탄으로 강제 이주된 고려인들의 초기 정착 과정을 1937년부터 1942년까지 문학적으로 현실감 있게 묘사하고 있다. 전체 2막 10장의 구성에 지주계층인 김영진 가족과 무산계층인 박뾰뜨르 가족, 카작인 양모리꾼 오른바이 가족, 성적으로 자유분방한 리자 등이 주요인물로 등장한다. 등장 인물들의 성격 설정이 분명하고, 시간과 공간과 행동이 상상적으로 확장되며 전개되는 장면 구성이 치밀한 반면, 무대 배경이나 등장 인물의 행동 묘사에 관한 구체적 설명이 불충분한 것이 연극 대본으로서의 흠이라고 할 수 있다. 그러나 한편으로는 바로 이러한 점이 연출가의 상상력을 동원하도록 하여 나름대로의 독창적 예술성을 보탤 수 있는 여건이 되기도 한다. 오히려 문제는 인물 간에 발생하는 갈등이 너무 작위적이고 사건들이 심도 있게 점차적으로 발전되지 못하고 안일하게 급속도로 처리된 것 구성이라고 할 수 있다. 더욱이 갈등의 해결을 의도적으로 마무리하기 위해 불행과 행복을 인위적으로 조합시킨 도식적인 사건 해결로 말미암아 작품의 문학적 긴장을 획득하는 데 실패하고 있다.

강제 이주를 피압박 민족의 정서적 측면에서 묘사한 결과 비사실적 체험이 「기억」에서 자주 언급되고 있다. 역사적 사실성과 예술적 허구성이 적절히 조화되었더라면 한층 더 설득력을 가졌을 것이다. 카작스탄 고려사람들에게 민족의 전설처럼 대대로 전해지고 있는 강제 이주의 비극적 상황을 연극으로 형상화한 라브렌띠 송의 선구적 공적이 희곡 구성상의 결점으로 인해 과소평가되어서는 안된다. 희곡 「기억」은 고려인들의 민족문학 발전과 고려말의 보존이라는 중요한 역할 외에도 무대 공연을 통하여 고려인 젊은 세대들에게 민족의 뼈저린 역사적 현실을 시각적으로 경험케 하고, 잊혀져 가고 있는 강제 이주 사실을 상기시키는 데 크게 기여하고 있다.

3) 리진, 양원식 그리고 연성용 – 고려인 문학의 여러 유형

리진, 연성용, 양원식은 그들의 작품을 다룬 소논문조차 국내에서는 찾아 보기 힘든 실정이다. 그러나 이들은 해당지역에서 고려인 문학을 논할 때 꼭 이름이 거론되고 있다. 이는 이들이 현지의 문학현장에서 상당한 비중을 차지하고 있다는 방증이 될 수 있다. 리진과 양원식은 국내에 개인 시집이 소개되기도 하였다. 그런데 리진과 양원식의 작품을 통해서 우리는 새로운 것을 볼 수 있었다. 즉 지금까지 소개된 구소련지역 고려인들의 문학에서 다루어지는 내용은, 강제 이주 후 척박한 곳을 비옥하게 만들어낸 자부심과 그 땅에서의 풍요를 기대하는 내용, 그리고 고향에 대한 그리움과 관련된 것이 대부분이었다. 그것은 ≪레닌기치≫에 실린 리진이나 양원식의 작품에서도 다르지 않았다. 그런데 국내에 소개된 개인 시집에서는 두 사람 모두 사뭇 다른 모습을 보여준다. 양원식의 경우에는 개인 시집의 작품을 통해 강제 이주 당시의 힘겹고 참혹했던 체험을 이야기 한다. 이전의 작품들에서 희망찬 모습만이 등장했던 데 비해, 그 땅으로 이주하면서 또는 이주하여 터전을 닦으면서 숨겨가기도 했던 고달픈 모습을 보여준다.

또한 그렇게 참혹하게 맨몸으로 강제 이주 당한 고려인들에게 호의를 보여준 카작스탄 사람들의 인류애를 다룬 작품도 보인다. 이 점은 리진도 다르지 않아서, 중아아시아 지역을 여행하면서 쓴 시들에서 타민족과의 감정적 교류를 따뜻하게 다루는 시들을 볼 수 있다. 이민족과의 교류는 합동시집에서는 보기 드문 소재여서 이채롭다. 강제 이주의 힘겨움을 이길 수 있도록 돕고, 노독을 풀도록 따뜻하게 대해주는 이민족에게서 시인은 '세월의 슬기'도 배운다. 이러한 깨달음은 한반도의 협소함 속에서 다소 배타적인 정서를 지닌 우리에게 새로운 시각을 열어준다.

소재 면에 있어서도 새로운 모습을 볼 수 있는데, 그 중 6·25와 분단 현실, 독재에 대한 비판 등은 놀랍기까지 하다. 이것은 그들이 북한에서 온 유학생이라는 신분과도 관련이 있을 것이다. 리진의 경우 북한 체제에 대한 비판적 입장에서 망명한 경력에서 알 수 있듯이, 북한 체제에 대한 강도 높은 비판의 시들이 많다. 그런데 이런 작품들의 경우, 초기에는 북한 체제에 대한 직접적인 성토가 주를 이루었지만, 후대로 가면서 그 체제 밑에서 고통 받는 인민에 대한 안타까움과 그들의 각성을 촉구하는 것, 혹은 알레고리적 수법으로 돌려 말하는 것 등 여러 새로운 모습을 보여준다.

두 사람의 개인 시집 전반에 흐르는 감정도 이전의 작품들과 차이를 보인다. 이전의 작품들은 밝고 희망에 찬 것들이 대부분을 차지하고 있었음에 비해, 안타까움, 슬픔, 불안, 냉소 등의 다양한 감정이 드러난다. 리진과 양원식의 개인 시집을 살펴보면, 구소련지역 고려인들의 문학이 습작 수준이라든지 우리나라의 1910년대 작품과 비슷하다든지 하는 논의가 이들에게는 전혀 어울리지 않는 말임을 알게 된다. 따라서 앞으로 이들에 대한 자료 수집과 더불어 심도 있는 논의가 진행되어야 할 것이다. 더욱이 이들은 시간이 지날수록 한글해독률이 낮아지고 있는 현지 상황에 비추어 보건대, 어쩌면 이들이 구소련지역 고려인 문학에서 한글을 매체로 작품 활동한 마지막 세대인지도 모른다.

연성용은 주로 시와 희곡, 그중 특히 희곡 분야에서 평가를 받고 있는데, 국내에는 전혀 작품이 소개되지 않았다. 그도 현지에서는 높은 문학적 재질을 갖추었다고 평가받는다. 그의 시는 시로서의 본질에 접근하지 못했지만, 산문에서는 탁월한 재능을 보인다. 「영원히 남아있는 마음」은 나무를 재미로 기르는 창세와 낙천 두 노인 친구들의 이야기이다. 그들의 자식들은 도시로 부모를 모시고 싶어 하지만, 그들은 받아들이지 않는다. 그들의 생각은 죽은 아내의 무덤과 친구들이 있는 곳을 떠나지 않으려는 한국적 보수성, 전통적인 한국사상을 견지한다. 하늘과 땅이 무너진다는 비유는 아버지와 아들의 관계가 소멸된다는 사상과 직결되고 있다. 고향땅을 잊지 말아야 한다는 것도 같은 맥락이된다. 지나치게 작위적인 우연성이 보이는 흠도 있지만, 결국 고향에서 부모를 모시고 살기 위해 도시의 편리와 깨끗함을 포기한다는 내용으로, 매끄러운 구성과 다양한 기교가 돋보이며 신선하지 못한 소재를 표현 기교로 덮고 있다.

5. 맺음말

이상으로 개략적이나마 구소련지역의 고려인 문학을 살펴본 바에 의하면, 구소련 지역에서 이루어진 고려인들의 문학적 성과는 그 양적인 면만 봐도 무시할 수 없는 수준에 이르렀다. 한글로 창작된 작품들의 경우, 비록 짙은 주제의식이나 직설적인 문장표현, 다분히 습작품 같은 기교상의 투박성 등으로 미학적 성과는 미미하다 할지라도, 어려운 여건 속에서도 모국어를 지키려 한 노력은 소중한 것이라 하겠다.

그동안 지리적인 거리상의 문제뿐 아니라 냉전논리에 의해서도 이 지역의 동포문학을 접할 기회가 적었다. 구소련의 붕괴와 국내의 해금 조치로 인해 이제야 이 분야의 연구가 시작되었다. 그런데 구소련지역의 경우 160여년에 달하는 긴 이주의 역사로 인해 국내와의 이질감이 커질 수밖에 없었다. 뿐만 아니라 이주민들은 현지의 정치적 상황에 의해 강제적으로 뿔뿔이 흩어져 민족적인 것은 억압당하며 살아왔기 때문에, 현재로서는 한국말과 글을 아는 사람이 매우 적어서, 한글을 사용한 작품 창작의 가능성이 점차 희박해 지고 있다. 물론 고려인 3세, 5세로 이어지는 훌륭한 문학적 성과가 없는 것은 아니지만, 러시아어로 창작한다는 점에서 매체로 사용하는 언어의 문제가 걸릴 뿐만 아니라, 내용적 측면에서조차 정체성이 모호해지는 경우가 많기 때문에, 보편적인 문학의 범주에서 다룰 수는 있을지 몰라도 '민족문학'의 범위에서 다루기엔 여러 가지 난점이 있다. 즉, '민족문학'의 확장이라는 측면에서의 구소련지역 고려인들의 문학에 대한 연구가 이제 시작되었는데 연구 대상은 곧 사라져 버릴 수도 있는 급박한 상황인 것이다.

현재와 미래의 상황이 이렇게 위태로운데, 거기에 덧붙여 기존에 창작된 과거의 작품도 제대로 관리가 되지 못하고 있는 형편이다. 리진이나 양원식의 경우처럼, 합동시집에 수록되어 소개된 것들과 개인 시집에 실린 작품들 간에 상당한 차이가 있음을 볼 수 있다. 여기에 한 가지 의구심이 발생하는데, 이를테면 ≪레닌기치≫등에 발표하는 대외적인 작품과는 별도로 진솔한 감정을 다룬 작품들은 공개되지 않은 채 묻혀있지 않을까하는 것이다. 때문에 이렇게 숨어있는 작품의 여부도 확인해야 하므로 자료수집 자체도 수월한 일은 아닐 것이다. 그러나 이것은 구소련 지역 고려인들의 작품을 민족문학사에 수렴하기 위해서 어렵더라도 반드시 수행해야 할 과제이다. 우리 문학의 변방에서 어렵게 진전된 이러한 작품들에 대한 연구들이 망라될 때, 우리 문학은 한반도 내의 협소함을 벗어나 더 크고 보편적인 울림을 지니게 될 것이다.

참고문헌

1. 기본 자료

리 진, 『리진 서정시집』, 생각의 바다, 1996.

_____, 『하늘은 언제나 나에게 너그러웠다』, 창작과 비평사, 1999.

_____, 『윤선이』, 장락, 2001.

_____, 『싸리섬은 무인도』, 장락, 2001.

양원식, 『카자흐스탄의 산꽃』, 시와 진실, 2002.

합동소설집, 『쟈밀라, 너는 나의 생명』, 인문당, 1989.

_____, 『아버지』, 백의, 1993.

합동시집, 『캄차카의 가을』, 정신문화연구원, 1983.

_____, 『소련식으로 우는 한국아이』, 주류, 1986.

_____, 『치르치크의 아리랑』, 인문당, 1988.

2. 단행본

고송무, 『쏘련 중앙아시아의 한인들』, 한국국제문화협회, 1984.

김현택, 『러시아 한인 강제 이주사』, 경당, 2000.

김현택 外, 『재외한인작가연구』, 고려대한국학연구소, 2001.

김종회 편, 『한민족문화권의 문학』, 국학자료원, 2003.

블라지미르 김, 『러시아 한인 강제 이주사』, 경당, 2001.

서대숙 엮음, 『소비에트 한인 백년사』, 태암, 1989.

서종택 공저, 『세계 속의 한국문학』, 새미, 2001.

설성경 外, 『세계 속의 한국 문학』, 도서출판 새미, 2002.

이구홍, 『한국이민사』, 중앙신서, 1985.

이명재, 『통일 시대 문학의 길찾기』, 도서출판 새미, 2002.

_____, 『소련 지역의 한국 문학』, 국학자료원, 2002.

_____, 『억압과 망각, 그리고 디아스포라 : 구소련권 고려인 문학』, 한국문화사, 2004.

이창주, 『유라시아의 고려사람들』, 명지대출판부, 1998.

장사선, 『고려인 디아스포라 문학 연구』, 월인, 2005.

한 세르게일 미하일로비치, 한 발레리 세르게이비치 공저, 『고려사람, 우리는 누구인가』, 재외동포재단총서, 고담사, 1999.

한국정신문화연구원 편, 『21세기 재외 한인의 역할』, 1998.

3. 논문, 평론

8·15 특집「해외동포 문단연구」, 『한국문학』, 1991. 7월.

특집/좌담 「한민족문학의 오늘과 내일」, 『한국문학』, 1996. 겨울.
　　　　　참석자 : 리진, 권철, 강상구, 가와무라 미나토, 임헌영.

특별 게재, 「세계 속의 한국문학과 문학인」, 『한국문학』, 19996. 겨울
　　　　－'96문학의 해 기념 <한민족문학인 대회 심포지엄> 발제문.

특집「세계 문학 속의 한국문학」, 『한국학 연구』 10집(1998), 11집(1999)

권철근, 「아나톨리 김의 『다람쥐』 연구:다람쥐와 오보로쪤」, 『러시아연구』제5권, 1995.

김연수, 「재소 한민족과 시문학」, 『캄차카의 가을』, 한국정신문화연구원, 1983.

_____, 「소련 속의 한국문학」, 『시문학』 제210호, 1989. 1월.

김창수, 「중앙아시아 한인의 이주과정 및 생활상」, 『한민족공동체』4권, 1996.

김필영, 「해삼위 고려사범대학과 한국 도서의 행방」, 한글학회, 『한글새소식』제299호, 1997.

_____, 「≪레닌기치≫에 나타난 쏘베트 한인문학 : 강제이주지 중앙아시아이 시적 심상 」, 국제비교한국학회, 『비교한국학』제3호 1997.

_____, 「송 라브렌띠의 희곡 기억과 가작스탄 고려사람들의 강제이주 체험」,

_____, 『비교한국학』 제 4호, 국제비교한국학회, 1999.

_____, 「소비에트 카작스탄 한인문학과 희곡작가 한 진의 역할」,

_____, 『한국문학논총』 제27집, 한국문학회, 2000.

김필립, 「레닌기치에 나타난 쏘베트 한인문학」, 국제비교한국학회, 『비교한국학』, 1997

김현택, 「우주를 방황하는 한 예술혼−아나톨리 김론」, 『재외한인작가연구』, 고려대한
    국학연구소, 2001.

리 진, 「시에 대한 몇가지 고찰·작시법의 문제」, 『치르치크의 아리랑』, 인문당, 1988.(『
    레닌기치』)

_____, 「러시아 속의 한국문학과 문학인」, −'96문학의 해 기념 <한민족문학인대회
    심포지엄> 발제문, 『한국문학』, 1996. 겨울.

윤인진, 「독립국가연합의 정치경제적 상황과 고려인의 당면 과제」, 『아세아연구』44권
    2호, 2001.

이명재, 「북한문학에 끼친 소련문학의 영향」, 한국어문교육연구회, 『어문연구』제30권
    4호, 2002.

이정희, 『재소 한인 희곡 연구』, 단국대 석사, 1993.

이준규, 「소련의 해체와 중앙아시아 고려인」, 『민족연구』 7권, 한국민족연구원, 2001.

임헌영, 「해외동포문학의 의의」, 『한국문학』, 1991. 7월호.

장실, 「러시아에 뿌리 내린 우리 문학」, 『문예중앙』, 1996. 봄.

장윤익, 「북방문학의 양상과 수용의 문제」, 『시문학』, 1989. 2월.

_____, 「사회주의 국가 속의 교민문학」, 『북방문학과 한국문학』, 인문당, 1990.

조재수, 「중국·소련 한인들의 한글 문예 작품론」, 『문학한글』제 4호, 한글학회, 1990.

채수영, 「재소교민문학의 특징」, 『문화예술』, 한국문화예술진흥원, 1990. 7월.

_____, 「재소교민 소설의 특질」, 『쟈밀라, 너는 나의 생명』, 인문당, 1989.

한만수, 「러시아 동포 문학에 투영된 한국 여성의 초상」, 『한국문학연구』19권, 동국대
    한국문학연구소, 1997.

한진, 「재소련 동포문단」, 8·15 특집「해외동포 문단연구」, 『한국문학』, 1991. 7월.

허진, 「재소고려인의 사상의식의 변화」, 『한민족공동체』4권, 1996.

홍기삼, 「재외 한국인 문학 개관」, 『문학과 문학비평』, 해냄, 1996.

『중앙아시아 고려인의 사회·문화 생활과 민족정체성에 관한 연구−카자흐스탄, 우즈
베키스탄, 키르키즈스탄을 중심으로』, 2000년도 한국재외동포재단연구 지원 과제, 2001.

고려인 문단의 현황과 자료의 체계화

– 중요성과 접근방향을 중심으로

이명재[*]

이명재[*]

1. 문제 제기

국제화와 다문화(多文化), 다민족(多民族) 사회 추세인 오늘날 중앙아시아를 비롯한 구소련(舊蘇聯—USSR—오늘의 독립국가연합—CIS) 지역의 고려인 문학은 우리에게 중요한 실체의 대상으로 다가온다. 그것은 오래도록 모국(母國)과 단절된 채 너무 먼 철의 장막 속에서 갇혀 지내온 한인동족(韓人同族)들의 작품들이라는 이유에서만이 아님은 물론이다. 구한말 이래 한반도에서 소련으로 건너가서 연해주 해삼위(海蔘威) 땅에 신한촌이나 그 인근 지방에 육성촌 등을 이루고 살다가 1937년에 중앙 아시아 등지로 강제 이주된 고려인들의 삶과 수난은 그대로 한겨레의 근현대사적 자상(自像)인 것이다.

더욱이 카자흐스탄이나 우즈벡키스탄, 키리키즈스탄 등지에 모여 사는 고려인 문화의 중심인 알마타는 중국의 연변(延邊) 조선족 자치주 못지않은 한글문학의 메카로서[1] 중요시된다. 일찍이 원동(遠東)의 ≪선

---

* 중앙대 국어국문학과 명예교수

1) 사회주의 통제국가인 카자흐스탄의 알마타는 강제 이주된 고려인들의 한글신문과 출판사 등으로 중국의 연변 조선족 자치주와 함께 한반도 밖의 한글문학 중심지대임.

봉≫신문을 중앙아시아 이주 이후에도 현지에 계승한 한글신문 ≪레닌기치≫ 역시 크졸오르다를 거쳐 정착한 알마타에서 발행해서 전 소련지역에 배포해 왔으며 10여권의 한글 작품집도 간행해 온 알마타는 고려인 문단의 중심지인 것이다. 특히 이곳 알마타의 고려인 문단은 1945년 광복 직후 소련 진주군을 따라 한반도 북반부에 입성하여 북한의 사회주의 문학을 소비에트 문학화(文學化) 하는데 결정적 영향을 미친 모델 역할을 해왔다.

그러므로 실로 분단(分斷) 60년 동안 이질화된 남북한 문학을 올바로 이해하고 동질성(同質性)을 찾아 바람직한 한겨레 통일문학사를 구축하기 위해서는 북한문학의 뿌리를 이룬 고려인 문학의 체계적인 연구가 필요하다. 역시 알마타를 비롯한 중앙아시아의 한글문단과 여러분의 작품은 한민족문학사(韓民族文學史)의 소중한 자료로서 정리, 활용할 민족문학의 실체(實體)이기 때문이다.

고려인 문단이 한국 현대문학에서 이렇게 중요한 연구 과제임에도 우리 학계나 문단에서는 영미문학 내지 중국 조선족 문학의 그것에 비해서는 적잖이 소외되어 온 편이다. 이 분야 연구 성과는 상대적으로 일천한 것이 사실이다. 공산권과의 교류가 단절되어 자료를 금기시하여 폐쇄된 데다 이 분야의 중요성을 내쳐버린 결과이다. 그러다가 겨우 88올림픽을 전후한 무렵부터 고려인의 한글문단에 대한 김연수, 고성무 등의 소개와 개괄적인 글들이 장윤익, 홍기삼 등에[2] 의해 문제 제기된 데 이어 러시아문학 전공의 장실이나 알마타 현지의 김필영 등이 단편적인 논문으로 다루기 시작한 바 있다.

하지만 고려인 한글문단에 대한 보다 본격적인 접근은 2천 년대에 들어와서 한국문학 전공자에 의해 행해지고 있다고 보아야 할 것이다.

---

2) 장윤익, 「사회주의 국가 속의 교민문학」, 『북방문학과 한국문학』(인문당, 1990)
　홍기삼, 「재외 한국인 문학개관」, 『문학사와 문학비평』(해냄, 1996)

이 작업에는 필자도 참여하여 연해주와 중앙아시아 현지에 수차 답사하고 실재의 텍스트를 섭렵하여 수편의 개별논문과 입체화된 단행본으로[3] 펴낸 바 있다. 장사선과[4] 우정권[5] 또한 학진 프로젝트로써 알마타 현지 탐방 등으로 연구한 저서를 내놓고 있다. 그리고 김종회는 아나톨리 김 등의 작품을 통해서 본 고려인 문학을 비중 있게 다룬 해외동포문학을 『한민족 문화권의 문학』으로[6] 엮어서 입체적인 접근을 계속하고 있다. 거기에다 최근에는 국외에서 활동하는 김필영이 방대한 자료 충심의 저서를[7] 추가하여 평소 소홀시해 오던 이 분야의 연구를 활성화하는데 이바지하고 있다.

여기에서는 위와 같은 중요성을 지닌 채 연구, 평가되고 있는 고려인 문단의 실체에 효율적으로 다가가기 위한 접근방법들을 논의해 보기로 한다. 이들 고려인 문학 작품들은 이전의 경직된 사회주의 문학 이념과 검열에 따른 규제 및 흔히 장르의 비전문화 성향 등으로 적지 않은 미학적 취약성을 지닌 채로 옛 소비에트 연방(現 독립국가연합) 여러 곳에 산재(散在)해 있거나 혹은 묻혀 있는 형편이다. 무엇보다 뼈 아픈 수난의 역정을 걸어온 이민족(異民族)으로서 낯선 땅에 이산 유랑(離散 流浪)하는 데서 오는 디아스포라적인 속성과 한사코 한글을 통한 민족 정체성(正體性) 지향 및 문화갈등을 해소하려는 노력 양상은 한겨레 문학의 또 다른 단면으로 부각되고 있다.

---

3) 이명재의 관계논저로는 중대 ≪人文學硏究)≫(2002), ≪語文硏究)≫(2002,겨울호), <국제 한인문학연구> (2003, 창간호), 등의 소론과 『소련지역의 한글문학』(국학자료원, 2002), 박명진 외『억압과 망각 그리고 디아스포라』(한국문화사, 2004) 저서가 있음.

4) 장사선, 우정권, 『고려인 디아스포라 문학연구』(월인,2005)

5) 우정권, 『조명희와 선봉』(역락, 2005)

6) 김종회 편, 『한민족문화권의 문학』(국학자료원, 2003)

7) 김필영, 『소비에트 중앙 아시아 고려인 문학사(1937~1991)』(강남대 출판부, 2004)

2. 연계적인 문단사 과정으로 파악

한국 근현대 문학사(文學史)의 인자(因子)일부를 내장(內藏)하고 있는 고려인 문단은 역시 구한말부터 오늘에 이르도록 험준한 역사 발자취를 따라 한반도와 러시아 연해주(沿海州)나 사할린 지역을 포함해서 중앙아시아 전역에 걸친 시공간(時空間)의 입체적 시각(視角)으로 다루어야 마땅하다. 이를테면, 1920년대 말 당시 서울 문단의 주역으로 활약하던 포석(抱石) 조명희가[8] 러시아 땅에 망명하여 연해주 한인사회(韓人社會)에서 한글 문단을 개척해서 키운 수많은 제자 문인들에 의해서 30년대 말엽 이후 중앙아시아 지역의 고려인 문단이 형성된 것이다. 연해주에서 조명희에 의해 문예 페이지를 열어 한글문단을 가꾼 ≪선봉(先鋒)≫의 법통을 이어서 중앙아시아 이주(移住) 이후에 카자흐스탄 소재 한글신문 ≪레닌기치≫[9](現 ≪고려일보≫)의 전후 80여년에 걸친 고려인 문학의 성과 역시 마찬가지이다.

더욱이 이들 중앙아시아 고려인 문인 일부 - 시인 조기천,[10] 시인 명철, 평론가 기석복, 정율[11] 등을 1945년 직후 평양에 입성(入城)시켜

---

8) 시인이며 작가인 조명희(1894~1938)는 1928년 여름에 러시아에 망명하여 10여 년간 한글문학을 가르치고 창작하며 소련지역 고려인 문학의 창시자 역할을 했음.
   이명재, 「포석 조명희 문학연구」, ≪국제한인문학연구≫, 2003.
9) ≪레닌기치≫는 본디 연해주에서 발행되던 ≪선봉≫을 이어서 강제이주 후 중앙 아시아 고려인 한글신문으로서 한글 문학 발전에 크게 이바지했음. 현재 카자흐스탄 알마타에 본사를 둔 이 신문은 1991년부터≪고려일보≫라는 이름으로 한글과 러시아어를 병행해서 속간되고 있음.
10) 조기천(1913~1951)은 연해주에서 조선사범대학과 옴스크대학을 졸업한 후에 중앙아시아로 이주한 다음, 그곳 사범대에서 강의하다가 ≪레닌기치≫ 문예부장을 지냈음. 조국광복 직후 평양에 입성하여 서정시『두만강』(1946), 장편서사시『백두산』(1947) 등으로 문명을 날리고 작가동맹위원장 등을 지냈음.
11) 정율(본명 정상진, 필명 정석, 1918~)은 연해주에서 태어나 중앙아시아로 이주해 그곳 조선사범대학을 졸업하고 2차 대전에 종군하고 평양에 입성했음. 북한에서 문예총 부위원장, 김일성종합대학 러문학부장, 문화선전성 제1부상 등을 역임하며 북한문학에

서 해방 조선의 소비에트 문학화(文學化)를 행한 사실은[12) 중요한 사안이다. 그처럼 한반도의 문단과 중앙아시아의 고려인 문단은 직간접적으로 밀접한 공간적 상관관계를 이루고 있는 것이다. 이런 문제를 감안할 때, 여러 해에 걸쳐서 방대한 관계 자료를 섭렵하여 저서로 펴낸 김필영의 고려인 문학사에서는 적잖게 아쉬운 점이 발견된다. 이곳 고려인 문단은 역사적 문단사적으로 자생(自生)하면서 동시에 종횡으로 뿌리 깊은 한반도 문학과 연계되었는데 그의 저술에서는 이런 시공면(時空面)에 걸친 연결 관계의 문제점이 간과되어 있기 때문이다.

뿐만 아니라 고려인문학은 한글과 현지어 작품을 통괄하여 세계 각 지역에 산재한 채 진행 중인 공간적 유대나 대비 관계도 고찰하여 보다 입체적인 시각으로 이해될 수 있어야 한다. 그러므로 물론 기준이나 견해에 따라 다소의 차이가 생길 수 있겠으나 그 개괄적인 성격상 구 소련지역에서 이루어진 고려인 문단과 그 작품성과는 다음처럼 시대 구분할 수 있다.

1) 고려인 소비에트 문학 건설기 (1925~1937)

구한말 이래 돈벌이나 독립운동 등으로 해삼위(블라디보스톡)와 소왕령(우쓰리스크) 등지에 모여 살던 조선 동포들 사회에 점차로 조선학교를 설립하여 민족교육을 실시하고 문화 예술적인 면에서 극장을 가진 데에 이어 초보적인 신문학을 시작한 단계이다. 연해주 지방의 한인들 언론지인 ≪선봉≫의 문예 페이지 등을 통한 독자 중심의 다분히 습작 수준 정도의 고려인 초창기 문단을 가리킨다.

술계에 소비에트 문학을 전수하며 통활 하다가 1957년 종파사건 이후 알마타에서 언론과 평론활동을 하고 있음.
12) 이명재, 「북한문학에 끼친 소련문학의 영향」, ≪語文硏究≫ 2002, 겨울호.

이 기간은 당시 한반도의 유력한 작가 조명희가 망명하여 그곳 한인 청소년들에게 한글문학을 가르치고 손수 모범을 보이며 습작노력을 이끌어온 활동이 주축을 이룬 것이다. 조생이란 필명으로 발표한 시 「짓밟힌 고려」, 「해삼위에 와서」, 산문시 「아우 채옥에게」 등은 한글문학의 불모지인 당시 현지 문학 지망생들에게 좋은 본보기가 되었던 것이다. 그래서 그곳에서 태어나 자란 김두칠, 김세일, 김준, 김광현, 림하, 박일, 연성용, 우제국, 태장춘, 한 아뽈론 등이 영향을 받아 글을 발표하며 고려인 문단의 주역으로 커 나왔다.

2) 중앙아시아 강제 이주 및 수난기 (1937~1953)

예의 고려인에 대한 중앙아시아로의 무자비한 이주가 행해진 이후의 척박한 문화 여건과 스탈린의 공포 정치에 의한 탄압 시기를 지칭한다. 어쩌면 소련지역 고려인의 암흑기라 할 만큼 소련공민권의 지위도 확보하지 못한 채로 겨우 한글신문 ≪레닌기치≫에 소박한 한글 작품을 발표해 오던 것이다. 더구나 소련의 경직된 이데올로기와 레닌과 스탈린에 대한 직설적인 송가적 내용은 고려인문단의 경직성을 야기하기 마련이었다.

바로 이주 다음 해에 발표한 강태수의 시 「밭 갈던 아씨에게」 작품으로 인해서 필화를 입은 시인의 경우는 조국이나 민족의식은 물론이요 고향에 대한 향수마저 금기로 당해야 했던 당시의 사정을 이해하는 데 좋은 참고가[13] 된다. 이주해서 터를 잡던 그곳 크졸오르다 조선사범대학 벽보신문에 게재한 이 작품에는 멀리 떠나온 원동을 그리워하는 내용을 지니고 있다는 죄목이다. 이 문제로 반동으로 체포된 강 시인은 무려 스무 한 해 동안 감옥과 거주지에 연금된 삶을 살아야 했던

---

13) 김필영, 앞의 책, pp.64-89.

사실이 그것이다.

3) 재소 고려인 문학 부흥기 (1953~1991)

스탈린 사후(死後) 개선된 재소(在蘇) 고려인에 대한 지위 향상과 더불어 당이나 정부 등에서 고려인의 문단활동을 지원받고 해서 활성화된 시기이다. 후르시초프 집권에 의한 다소의 인권보장 추세 속에서 북한에서 선발되어 모스크바 유학 중 탈북(脫北)한 여러 사람이 새로이 고려인 문단에 합류한 일도 참고가 된다. 당시 사회주의 종주국에서 생활하던 중에 북한의 정치 제도나 사회 현실에 회의를 느끼고 탈북하여 진실을 밝히고 참되게 살자는 의미로 본명 대신 새로운 필명을 사용한 삼진 문인(三眞文人 ― 리진, 한진, 허진)의 가세 역시 두드러진 현상이 아닐 수 없다.

특히 이 기간에는 김준의 시집을 비롯한 일부 고려인 문인(文人)의 창작집과 『시월의 해빛』(1971), 『오늘의 벗』(1990) 등, 여러 문인의 공동 작품집들을 펴낸 성과가 눈에 띈다. 예의 고르바초프에 의해 행해진 거대한 소연방(蘇聯邦)의 해체와 개혁, 개방 물결에 힘입어 소련 체제 막바지에 모처럼 다소 표현의 자유가 완화된 가운데 고려인 한글작품집 출간의 붐을 이룬 것이다. 더욱이 이즈음에 와서 그야말로 까마득하게 갈 수 없을 정도로 막혀 있던 한반도가 새롭게 개방되고 발전된 모국으로 부상한 가운데 재래의 친선관계이던 북한보다는 남한과 밀접하게 왕래하고 문학교류를 원활히 하게 된 현상은 여기에 특기할만하다.

4) 알마타 한글문단의 위기와 재정립기 (1991~현재)

끝으로 1980년대 말엽, 소련의 개혁, 개방 여파로 구소련(舊蘇聯)이 붕괴, 변모되고 고려인 작품의 모국(母國) 왕래 길이 열린 대신에 소련 한글문단은 심히 위축된 기간을 이른다. 당에서 출판비 등을 지원받아 내던 작품집 출간이 끊기고 한글 신문 독자가 격감된 나머지 ≪레닌기치≫가 축소되어 ≪고려일보≫로 바뀐 채 새 국면에 이른 것이다. 이런 한글문단 쇠퇴 현상은 자꾸만 한글 해독 능력을 지닌 세대들의 노화와 별세 등이 그 원인으로 작용했음은 물론이다.

그러나 이렇게 고려인 문단이 노화와 한글 해독자 격감 현상 속에서도 한편으로는 이전의 고려인 문단과는 상이하게 새로워지거나 재건되는 단계에 이르렀음을 외면할 수 없다. 중앙아시아 현지의 원로 문인인 연성용, 정상진, 양원식14), 허진 등의 작품집들이 서울에서 출판되어 고려인 문단의 양적 증가현상을 보인 것이다. 그뿐만 아니라 노쇠해서 소멸해 가는 기성 고려인 세대에 대신해서 최석15) 시인 경우처럼 새로 서울에서 이주하여 그곳 알마타 등지에서 한글로 작품 활동을 하는 젊은 한글세대들의 합류로써 고려인 문단의 재정립을 맞게 된 현실이다.

따라서 우리는 이상의 시대별 상황과 변천과정을 체계적으로 정립하여 한민족문학사의 일부로서 실체화된 고려인 문단의 입체적인 접근을 시도해야 마땅하다. 방금 지적했던 방대한 '고려인 문학사' 작업은 역시 초창기 단계를 소략(疏略)했다는 지적에서 자유로울 수 없다 하겠다. 우리는 앞으로 위의 저술사항을 보완해서 이해하는 태도가 바람직할 것이다.

---

14) 양(량)원식(1932.5~2006.5)은 평남 안주 출신으로서 한국전쟁 후에 모스크바에 유학하여 국립영화대학을 졸업하고 탈북하여 카자흐스탄에서 ≪레닌기치≫의 기자, 문예부장, 사장 등을 역임했음. 1백여 편의 시, 소설 등을 발표하며 카자흐스탄 작가동맹 조선분과장을 지내고 서울에서 시집 『카자흐스탄의 산꽃』(2002)을 출판했음.

15) 최석(본명 최인석, 1958년~)은 논산 출신으로 80년대 후반에 서울에서 무크지 ≪현실시각≫과 계간시지 ≪현대시세계≫를 통해서 등단한 다음, 시집 『작업일지』(1989)를 펴낸 바 있음. 현재 알마타에 거주하면서 그곳 한인들의 문단을 재건하려 노력하고 있음.

3. 고려인 문인에 대한 유형별 접근

모름지기 한민족의 통일 문학사 작업이나 보다 효율적인 조사와 연구 성과를 위해서는 적어도 고려인 문인에 관한 어느 정도의 구분이 선행되어야 한다. 그래서 필자는 편의상 다음의 다섯 가지 유형으로 분류함이 타당할 것으로 본다. 말하자면 상이한 성장환경에 따른 체험의 차별성과 함께 세대의 차이도 아울러서 살필 수 있는 셈이 된다.

1) 연해주 계열 문인 - 고려인 문단 1세대

본디 원동(遠東)이라 불리는 러시아 연해주에서 태어나 자라거나 한반도(韓半島)에서 출생한 뒤 그곳 신한촌 등에 가서 지내다가 중앙아시아 지역으로 이주(移住)해 와서 작품 활동을 하던 문인들이다. 강태수, 태장춘, 김광현, 김준, 연성용, 조기천, 김기철, 기석복, 전동혁, 정상진 옹 등.

거의가 이미 작고했거나 한 두 분만 원로문인(元老文人)으로 활동하는 고려인 문단 1세대급 문인을 지칭한다. 이들 선배문인들은 연해주의 신한촌(新韓村) 풍정과 아무르 강변의 낭만은 물론 혹독한 이주열차의 악몽을 실체험한 당사자들로서 고려인 문단의 중추이다. 현재 알마다 현지에 생존해 있는 평론가 정상진(필명: 정석) 경우가 최연장자격인 처지이다.

2) 사할린 계열 문인 - 고려인 문단 2세대

대개 일제(日帝)강점기에 징용으로 사할린 섬에 가서 일하던 당시의 동포 자녀들로서 해방 이후에 점차 소련권내에서 고려인이 많이 모여 사는 카자흐스탄 공화국이나 우즈벡키스탄 공화국의 수도로 합류(合流)한 문인들이다. 이정희[16),정장길, 최영근, 남경자 등. 이들은 거의 노쇠해간 원동출신 일 세대에 이어서 현재 알마타 고려인 문단의 중심부 역할을 하고 있다.

이들 문인들은 원동에서 이주해온 문단 1세대 못지않게 부모나 조부모 등으로부터 익힌 모국어와 한글 구사력을 통해서 알마타의 한글문단 발전에 이바지해온 셈이다. 여기에는 일제 말엽에 교포 광부의 아들로서 현재 사할린에서 한글과 러시아어 대역(對譯)으로 시작(詩作) 활동을 하고 있는 허남령 경우도 포함된다.

3) 탈북자 계열 문인 – 고려인 문단 2세대

조국해방과 더불어 분단의 아픔을 겪는 한반도 휴전 무렵을 전후하여 앞에서도 살핀 바 소련에 유학 중에서나 혹은 벌목장 등에서 일하다가 탈북(脫北)하여 여러 소련(蘇聯)지역을 전전하다가 특히 알마타에 주거지를 두고 활동해 온 문인들을 이른다. 예의 모스크바 유학생이던 리진(이경진)[17), 한진(한대용), 허진(허웅배), 양원식, 맹동욱과 스스로 두만강을 건넜던 박현 및 국외 벌목장에서 귀국하지 않은 남철 등.

극도의 분단 이데올로기 체제 하에서 숱한 규제를 벗어난 대신, 뼈저린 가족 이산의 아픔과 고독 속에 살아오면서 또 다른 금기를 당해

---

16) 이(리)정희(1946.9~)는 사할린에서 태어나 자라면서 가정에서 할머니와 부모들로부터 모국어를 익히고 청년기에 스스로 중앙아시아로 이사 와서 사는 여성문인임. 카자흐 스탄 국립사대에서 러시아문학을 전공하고 ≪레닌기치≫에서 여러 해 기자와 문화부 장을 역임하며 한글 시와 소설, 희곡 등을 발표하고 서울에서 『재소한인 희곡연구』로 학위도 받았음.

17) 본명이 이경진인 리진(1930~2002)은 함흥 태생으로 김일성종합대학 영문과 재학 중에 입대하여 상위로 한국전에 참가하던 때 모스크바 유학생으로 선발되었음. 그러나 졸업 후에 소련에 남아서 무국적자로 살며 시인과 작가로 문단생활을 하여 시집 『해돌이』, 『리진 서정시집』을 출판했음.

온 이들 문인들은 앞의 연해주 계열이나 사할린 계열 문인들에 비해서 모국어 활용 정도가 원활한 편이다. 또한 이들 문인들은 태어난 본디의 고향이 한반도였다는 점에 거의가 소련 태생인 전자들과는 상이한 속성을 지님은 물론이다.

4) 정착한 서울 계열 문인 - 추가로 편입된 신세대

예의 88올림픽을 전후해서 한국이 공산권과의 교류를 시작하고 소련 또한 개혁, 개방의 물결이 일자 1990년대 이후 구소련 지역에 나가 사는 남한 출신으로서 그곳 고려인 문단에 합류한 문인들이다. 거의 서울에서 성장하며 정상적인 수련과정을 거쳐서 문단활동을 시작하다가 그곳 문단에 새롭게 편입된 문인들로서 기존의 고려인 문인들과는 차별성을 드러낸다. 우선 모국어 활용이 여느 고려인들에 비해서 유창할 뿐 아니라 모국과의 유대나 왕래도 원활한 것이다.

현재 고려인 문단의 본거지인 중앙아시아 알마타 경우만 하더라도 현지에서 여러 모로 참여활동을 펴고 있는 분들이 적지 않게 발견된다. 현지 고려인 문단의 새로운 중흥을 모색하고 있는 최석 시인과 카자흐스탄의 대학에서 강의를 겸하고 있는 김홍준 평론가, 문희권 번역문학가, 현재호 수필가, 그리고 현지서 서울 문예지를 통해 등단한 김병학 시인 등. 앞으로도 점차 증가하여 활성화될 이들 문인들은 재래의 침체한 고려인 문단을 계승하여 일신할 옛 소련지역 문단 부활의 신세대 세력들로서 뿌리 깊은 재외(在外) 한인문학의 발전에 기대를 모은다.

5) 기타 현지어(現地語) 계열 문인 - 고려인 문단 3세대

이 분류에는 중앙아시아 여러 곳에서 태어나서 소비에트 사회문화와 언어에 동화된 고려인 2, 3 세대들 가운데 거의 한국어에는 서투른 대신 현지 러시아어를 통해서 작품 활동을 해나온 경우가[18] 해당된다. 여기에는 이미 작고한 장편 소설가 김 로만[19], 리 드미뜨리, 아동소설가 강 게느리에타를 비롯해서 현역의 저명작가인 김 아나톨리나[20] 박 미하일을 들 수 있다. 또 현역시인으로는 우즈베키스탄 타슈켄트의 박 보리쓰, 리 영광(리 웨체슬라브 보리스비치), 그리고 알마타의 리 스타니슬파브 등을 꼽을 수 있다.

고려인의 혈통을 이어 받았음에도 불구하고 그들은 소속 국적(國籍)에 못지않게 중앙아시아 문화에 길들여 있어서 여느 한글 작품과는 판이한 문학 세계를 지니고 있는 것이다. 그러므로 이런 경우는 해외 한인문학임이 분명함에도 불구하고 한국문학사 범주로 삼기에는 어느 정도의 단서와 제한점이 불가피하다고 하겠다. 그렇지만 모국어 대신에 어릴 적부터 익숙하게 러시아를 익힌 이들은 앞으로 한글 사용의 현지 문인이 갈수록 줄어드는 자리를 메우면서 더욱 많은 고려인 문단의 판세를 좌우해 나갈 신진세력임에 틀림없다.

4. 발표 매체별 접근, 정리

역시 특수한 옛 소련지역에서 형성된 고려인 문단의 문인과 작품을

---

18) 이명재 편저, 『소련지역의 한글문학』, 국학자료원, 2002, pp.57-63.

19) 추리작가 로만 김(1899~1968)은 연해주에서 태어나 일본에서 유학한 후 러시아로 돌아와 추리소설가 겸 역사소설가로 활동했음. 장편 역사소설 『민비의 암살』, 『히로시마에서 온 처녀』, 『순천에서 발견된 수기』 등을 발표했음.

20) 김 아나톨리(1939~)는 카자흐스탄서 태어나 소련 극동지역과 사할린 등에서 자란 한인3세로서 근래는 알마타에서 생활하고 있는 소설가임. 고리키 문학대학을 마친 그는 러시아어 작품인 장편 『다람쥐』(1984) 등으로 인정받고 장편 『아버지의 숲』이나 단편 「해녀」, 「남매」, 「약초 캐는 사람들」 등에서 주로 극동지역 고려인의 삶을 현지어로 다루고 있음.

체계적으로 분석하고 아울러서 정리하기 위해서는 발표 매체별로 접근함이 바람직하다. 엄격한 검열과정과 열악한 출판여건 및 규제가 많은 까다로운 고려인 문단의 글쓰기 조건들을 감안할 때, 우선 고려되어야할 전제사항이기 때문이다. 적어도 옛 소련지역에서 이루어진 고려인 문학을 올바로 다룰라치면 여러 문단여건이 원활한 한국이나 영미문학에서 행하는 방법과는 상이한 접근 자세가 필요할 것 같다.

우선 정기간행물(신문, 문예지 등)과 단행본(개인작품집, 공동작품집)의 두 부류로 나누어 다루어 본다. 그리고 이들 두 가지 부류에 속하지 않은 대로 압수나 보류 혹은 본인의 기피 등에 따른 이유들로 묶여있을 가능성이 있는 일부 문제 작가 유고(遺稿)의 정리 대응문제도 감안해 두어야 할 것으로 생각된다. 가령 조명희가 연해주에서 고려인문학의 씨를 뿌리며 집필했던 유고로 일컬어지는 장편소설 『붉은 깃발 아래서』와[21] 『만주빨치산』의 확인, 평가 문제도 여기에 포함된다.

1) 정기간행물류

구한말 이후 연해주애서 발행되어온 한인들의 각종 국한문 혼용의 신문들[22] 은 적지 않았다. 비록 좁은 지면과 독자수의 제한 및 출간비 부족 등으로 오래 지속되지는 못했지만 그 신문들은 한인들의 살아있는 눈과 귀 이상의 것이었다. 그럼에도 문예면은 소외된 채로 ≪권업신문≫에 시 몇 편을 발표한 외배(이광수) 경우를 제외하고는 거의 다

---

21) 조명희 작가가 소련에 망명했던 그해에 쓴 첫 장편소설인데 출판을 위해 노력하는 과정에 검열문제 등으로 햇볕을 보지 못한 채 일실된 작품으로 알려져 있음. 이에 대한 증언으로는 강상호의 글(고려일보, 1992. 2. 19.)도 뒷받침되고 있음.

22) 이를테면 20세기 초엽에 소련 연해주에서 발간되던 ≪해조신문≫, 1908.2~5, ≪권업신문≫, 1912.5.~1914.9. ≪韓人新報≫(1917.7.8.~1918.1.18.) 등이 있었음. 정진석, 「러시아지역의 항일한국어신문」, 『연해주에서의 한국민족운동』(러시아 극동대 100주년 및 위암 장지연선생기념사업회 창립10주년 한러학술회의 요지문), pp.53-73.

루어지지 않았었다.

그런데 상대적으로 오랜 지령(紙齡)을 유지하며 연해주로부터 중앙아시아 이주지에까지 끈질기게 맥을 이으면서 겨레의 일체감을 이끌어오던 《선봉》과 《레닌기치》가 고려인 문단 발전에 이바지한 공적은 큰 것이었다. 실로 1930년대 초엽부터 오늘에 이르도록 80여년을 이어온 이 한글신문은 고려인 문단 발전에 기여한 공로와 함께 실로 고려인의 정체성 지키기와 민족적 지향점을 담보한 보루였었다.

그런 만큼 대상지역인 옛 소련지역 내에서 오래도록 이루어져 온 고려인 문단은 무엇보다 대표적인 한글신문인 《선봉》과 《레닌기치》의 문예 페이지들을 두루 점검해야 한다. 그리고 이런 신문류에 비하면 상대적으로 열세인 대로 잡지성격을 지닌 《노력자의 조국》 등의 실체에도 접근하는 노력이 필요한 것 같다.

《선봉》과 《레닌기치》

1923년 3월 1일에 <三月一日>이란 이름으로 해삼위에서 벽신문 형태로 창간된 《선봉》은 혁명의 아방가르드를 표방하며 주간과 격주간 또는 격일간으로 발간해온 한글신문이다. 문화면에 문학특집이 마련되기는 25년부터였으나 투고자가 적어서 존폐를 거듭하던 중에 연해주에 망명온 조명희가 문예페이지 지도를 맡은 1928년 이후 들어서 활성화되었다. 여기에는 조생(조명희)의 여러 신작시 발표를 비롯해서 이에 영향 받아 새로 모국어와 문학에 눈을 뜬 젊은 문학도들이 많이 참여하여 습작품을 투고하였다. 강태수, 김준, 조기천, 연성용, 태장춘, 한 아나톨리 등의 신작들이 이 신문지상에 자주 게재되어 《선봉》은 고려인 한글문학의 기초를 닦는 텃밭이 되었다.

또한 《레닌기치》는 1937년에 행해진 중앙아시아로의 강제이주 이후 그곳에서 간행한 고려인 한글신문으로서 ≪선봉≫의 후신이다. 원동에서 이주할 때 신문사의 윤전기까지 옮겨온 그들은 이주 이듬해인 1938년 5월에 카자흐스탄 현지에서 창간하였다. 처음엔 신문규모나 독자층 등, 열악한 여건이 점차 발전되어 전 소련 지역과 북한에까지 배포되어 그 영향력을 배가시켜갔던 것이다. 이 신문에는 매월 두세 번의 문예 페이지를 마련하여 원동으로부터 옮겨온 고려인 문인들의 한글 작품을 꾸준히 발표하여 고려인 문단의 발전에 크게 이바지해온 것이다. 그리고 위에서도 언급한 바대로 북한문학을 소비에트 문학화 하는 데 결정적인 역할을 하여 오늘의 한국 현대문학에도 많은 영향을 끼쳐왔음도 사실이다.

≪레닌기치≫에는 신문 속성상 일회용 시편이나 단편 말고도 중,장편 작품을 실어서 단행본 출판이 여의롭지 않은 고려인 문단에 기여하는 바 적지 않았다. 이를테면, 김세일의 장편 역사소설 『홍범도』(1968~69)와 김기철의 중편소설 『이주초해(1990, 4~9)』밖에 여러 작품들이 연재되어 왔던 것이다. 여기에는 김두칠의 장편서사시 『송림동 사람들』(1974. 12. 25.-27.), 장윤기의 단편소설 『두 할머니』(1972. 12. 30.- 31.)도 발견된다. 다음처럼 본디 시 창작 전문인 시인들이 즐겨 쓴 단편소설들도 참고 된다. 리진의 「우리 마당」(1961.1.30.-31.), 김광현의 「해명」(1962.8. 10.-12.), 김광현의 「호두나무」(1963. 5.14.-15.) 등이 그것이다.

『로력자의 조국』

해당 기간의 한반도에서와는 대조적으로 당시 소련지역에서는 문예지가 적은 형편이지만 연해주의 하바로프스크에서 출판된 일종의 합동 작품집인 『로력자의 조국』등은 참고해야 한다. 당시 연해주에 망명해와 있던 포석(抱石)이 손수 지도해서 점차 중앙아시아 한글문단의 주축을 이룬 문학 지망생들의 습작품들이 많이 실려 실로 고려인 문단의 못자리 역할을 해왔기 때문이다. 초기 고려인 문학 지망생들의 작품을 한데 묶은 이 작품집에 관한 당시 기사는 중요한 증빙자료가 되고 남는다.

> 원동 고려문단의 첫 수확인 문예선집 ≪로력자의 고향≫이 하바롭쓰크 원동국영출판부의 00으로서 나오았다. 내용으로는 김와실리, 막심 고리끼는 젊은 작가에게 무엇을 가르치엇는가? 론문과 <하산>(단편소설)과 진우이 <곡물도적>(희곡)과 최호림, 조동규, 한아나톨리, 에미사오, 전동혁, 김인섭, 태장춘, 강주먹, 유일룡, 조명희 여러 사람들의 시, 놀애, 긔타산문들이 130페___지에 니르도록 긋득 실리엇다. 값은 1루 70전.
> 연해주 고려 문사 쎅찌야에서는 앞으로 사업을 더 힘잇게 하여 나아가기 위하여 ___(중략)

> ≪로력자의 고향≫제2호에 실릴 문예원고를 수집하니 글쓰는 동무들! 속한 시일안으로 원고를 보내어 주시오 『 로력자의 고향에 실릴 원고라고 쓰어서『선봉』신문 편집부로나 하바롭쓰크 원동 국영출판부루 보내시오.』≫[23]

위의 1935년 1월 중순의 <문예통신> 내용을 보면 선봉신문사에서 편집해내는 이 문학 지망생들의 문예선집은 어쩌면 알마타에서 1980년대에 수차 간행해낸 기성문인들의 공동 작품집 성격과 유사하다. 연해주의 고려인 문학 지망생들이 출판한 제2집은 1937년 8월에 출판되었음이 이 작품집에 발표한 조명희의 여러 글에서 발견되고 있다. 『로력자의 조국』이라고 이름 붙여진 제2집에는 머리말과 「로력자의 고향」1집에 실린 작품들에 관한 평설문을 싣고 있어 참고가 된다. 아직 필

---

23) ≪선봉≫문예통신, 1935. 1. 15.

자는 물론이요 우리에게는 이 문예선집 원고를 소장하고 있지 않지만 중앙아시아로의 강제이주 직전에 발행된 이 텍스트도 러시아의 문서보관소 등에서 열람, 확인할 수 있을 것이다.

우리는 옛 소련 시절에 연해주에서 한사코 이런 한글 문예선집을 펴내서 고려인문단을 가꾸어온 취지와 보람을 다음 글에서 엿볼 수 있다.

> 우리 문예의 꽃다발이 두 번째 나아간다. 빛깔이 찬란하지 못하고 향기가 높지 못하다고 탓하지 말아라.
> 압박의 조선에선 입도 못 벌릴 _____ 혁명과 건설에 끓는 말, 원쑤를 겨우는 칼같은 말들이, 이 말의 꽃들이, 원동 조선인 로력자들의 예수의 처녀지에서 피기 시작한다.
> 팔십년전부터 봇짐 메고 도망온 사람의 자손들이 오늘에 이 꽃을 피울 줄이야 누가 뜻하였으랴?[24]

그런데 여기에서 언급해 둘 바로는 이전인 1910년대에 이미 노령 치따지역에서 한인들이 발행하던 국문 월보형태의 잡지가 있었다는 사실이다. 근래 윤홍로가 조사하여 제기했던 것처럼 이광수가 한때 러시아 치따에서 지내며 주필을 맡았던 『대한정교보』(1912.12.~1914. 10.)가 그것이다. 이광수는 이 월보에 손수 여러 편의 시편도 게재했으나[25] 일시적 발표에 그친 기성 문인의 작품 활동이었으므로 연해주에 정착해 지내면서 문학 수련을 했던 여느 고려인 문단활동 경우와는 상이하다.

---

24) 포석 조명희, 『선집』, 쏘련과학원 동방도서출판사, 1959. p.514.
25) 이광수는 이 간행물이 폐간되기 직전 무렵에 <외배>라는 필명으로 「나라를 떠나는 설움」외 2편의 시편이 게재되고 같은 무렵에 "권업신문"에도 「나라 생각」 등 너덧 편을 싣기도 했음.

2) 단행본류

신문 외로는 문예 잡지가 드문 이 무렵 소련지역에서는 오히려 소책자 형태로나마 개인작품집과 공동작품집이 여러 권 간행되어서 눈길을 끈다. 그런데, 이들 단행본에 실린 시나 소설 및 희곡 작품들에는 흔히 ≪레닌기치≫에 게재된 경우가 많으므로 중복을 감안하여 어떻게 첨삭되었는가 하는 점도 검토해야한다. 이들 단행본류를 나누어 보면 다음처럼 구분할 수 있다.

먼저 개인 작품집과 공동 작품집으로 분류하여 순서를 정하되 되도록 장르별, 발행 연도 차례로 정리해본다. 참고로 옛 소련의 고려인 문인들이 서투른 대로 한글로 써낸 해당 작품집의 규모를 측정하기 위해서 대강의 판형과 쪽수의 분량도 적어둔다.

(1) 개인 작품집

조명희 종합 작품 외『선집』, 모스크바, 소련과학원, 1959. (국판 570쪽)

김준 시집『그대와 말하노라』, 알마아따, 사수식 출판사, 1977. (반국판, 총239쪽)
김준 시집『숨』, 알마아따, 사수식 출판사,1985. (반국판, 총 191쪽)
김광현 시집『싹』, 알마아따, 사수식 출판사, 1986. (반국판, 총 272쪽)
리진 시집『해돌이』, 알마아따, 사수식 출판사, 1989. (국판 255쪽)

장윤기 중편소설『삼 형제』, 사할린서적 출판사, 우즈노 사할린스크, 1961. (국판, 31쪽)
김준 장편소설『십오만원 사건』, 카자흐국영문학예술 출판사, 1964. (국판, 총358쪽)
김기철 소설집『붉은 별들이 보이던 때』, 알마아따, 사수식 출판사, 1987. (반국판, 총 167쪽)

연성용 종합창작집 『행복의 노래』, 알마아따, 사수싀 출판사, 1983. (반
국판 392쪽)
한진 희곡집, 『한진 희곡집』, 알마아따, 사수싀 출판사, 1988. (국판 총
160쪽)

여기에 열거한 여러 단행본 가운데 장윤기의 중편소설과 조명희 선
집을 제외하고 난 나머지 책(작품집 등)은 모두 알마타의 작가(사수싀)
출판사에서 펴낸 것이다. 이런 사실을 감안하면 역시 중앙아시아 알마
타가 중국 연변 조선족 자치주 못지않게 고려인 한글문학의 메카임을
확인하게 된다. 그리고 1990년대 후반을 전후하여 구소련 현지가 아닌
서울 등지에서 여러 고려인 문인들의 작품집들이 출판되었는데 그것의
중앙아시아 현지 발표 작품과의 신, 개작과정이나 중복 여부의 확인 검
토가 필요하므로 여기서는 참고로만 언급해 둔다.

(2) 공동 작품집

한편 구소련 해체를 전후한 무렵에 전 소련지역에서는 극히 일부 문
인들에게만 소련 공산당·당국에 의해서 작품집이나 소설전작을 출판해
주었을 뿐, 나머지 대다수 고려인 문단인들에게는 합동게재 형식의 공
동 작품집을 내고 있다. 출판비 부족과 열악한 문화계 사정 내지 제한
된 문인과 작품 수효의 영세성에 의한 종합 요인 때문으로 보인다. 그
나마 태반이 국판 200쪽 안팎의 소책자 형태로 이루어진 책이라서 많
은 분량을 싣지 못하고 있는 형편이다.

하지만 그럼에도 불구하고 오랜 수난 속에서 옛 소련 사회의 78개
민족어 가운데 한사코 한글로써 꾸준히 소담한 꽃을 피우며 열매를 맺
어온 이 작품들은 한겨레문학사의 소중한 자산이 아닐 수 없는 것이다.
여기서는 여러 문인의 글을 한데 묶은 공동 작품집을 편의상 몇 가지

로 구분해서 제시해둔다. 각각 시나 소설 등의 한 장르를 묶은 것은 종합으로, 시, 소설, 희곡, 수필, 평론 등의 여러 장르를 함께 묶은 것은 합동으로 모아서 연대순으로 정리하였다.

종합시집 박일 편『조선시집』, 카자흐국영문예서적 출판사, 1958. (반국판, 총 448쪽)
종합시집『꽃피는 땅』, 알마아따, 사수씌 출판사, 1988. (반국판, 총 222쪽)

종합소설집『행복의 고향』, 알마아따, 사수씌 출판사, 1988. (국판, 142쪽)

합동작품집『시월의 해빛』, 알마아따, 작가 출판사, 1971. (국판, 총 359쪽)
합동작품집『씨르다리야의 곡조』, 알마아따, 1975. (국판, 총 237쪽)
합동작품집『해바라기』, 알마아따, 사수씌 출판사, 1982. (국판, 207쪽)
합동작품집『오늘의 빛』, 알마아따, 자수씌 출판사, 1990. (국판, 198쪽)

위와 같은 형태로 출판되던 단행본류가 강력한 중앙 집권체제였던 소련이 해체되고 15개 독립국가연합으로 전환된 이후로는 그나마 개인 출간은 물론이요 공동 작품집마저 출판해내지 못하고 있는 실정이다. 중앙아시아 여러 나라는 물론이요 러시아마저 출판 재원이 없을뿐더러 그런 한글작품을 해독할 독자층이 격감해버린 상태인 것이다. 그나마 원활한 한글 구사력을 지닌 원로급 작가들은 거의 다 노쇠해 버린 처지라서 안타깝기 그지없다.

5. 고려인의 한글작품과 러시아어 작품

여기서는 고려인으로서 문학작품활동을 하되 그 문인(文人)이 한글로 쓰느냐, 아니면 현지 러시아(카작어 등도 포함) 말로 쓰느냐 하는 사용 언어별 경우가 문제된다. 이를테면, 카자흐스탄이나 우즈벡키스탄 국적 (國籍)을 지닌 채로 한국어와 한글을 구사할 줄 아는 예의 연해주계 문인이나 사할린계, 또는 탈북자 계열 문인들 작품은 한국문학으로 그렇게 손색이 없을 것이다. 하지만 한겨레 혈통을 이어받은 고려인이면서도 모국어(母國語)와 한글 사용에 서투른 나머지 현지어(現地語)만 활용하는 일부 중앙아시아 나라 문인들 작품은 차별성 문제가 대두된다.

따라서 중앙아시아 고려인 문학은 실제의 사용 언어별로 기준삼아 다음의 두 갈래로 구분해서 파악함이 현실적이다. 이럴 경우, 과연 그 문인과 작품들을 한국문학의 범주로 넣어서 한겨레 문학사(文學史)에 편입될 수 있는가 여부를 논의할 대상도 된다 하겠다.

1) 한글로 쓴 작가 · 작품 경우

일찍이 원동(遠東)으로부터 중앙아시아로 이주(移住)해 온 이래 옛 소련 시절에 활발하게 작품 활동을 해온 대다수 고려인(高麗人) 시인, 작가, 극작가, 수필가, 평론가들과 그들 작품이 이에 속한다. 연해주 체험의 고려인 1세 문인들은 이미 노쇠하여 소진된 형세지만 거의 1백여 명을 헤아리는 그들 작품만은 빛바랜 ≪레닌기치≫신문이나 앞에서 열거한 여러 단행본과 공동 작품집들에 활자로 길이 남아있다. 현재는 사할린서 옮겨온 고려인 2세와 탈북자 계열 현역문인 10여명이 고려인 한글문학의 명맥을 유지하고 있는 것이다.

그런데도 꾸준히 모국어를 통한 이들 고려인의 작품들은 중앙아시아의 척박한 땅에 피어서 한민족 문학의 또 다른 재료로서 적지 않은 문학사적 가치(文學史的 價値)를 지니고 있다. 문학이란 본시 언어와 문자를 매재(媒材)로 한 예술인데 바로 한글로 쓰여진 이들 문학작품은 속문주의(屬文主義)와 속인주의(屬人主義)에 부합한 한민족문학의 전형(典型)이기도 한 것이다. 더구나 뼈아픈 근대사적 격랑 속에서 디아스포러적 수난을 겪으며 민족 정체성 찾기 등의 특성을 지닌 작품들이므로 새로운 한겨레 문학사에 포함시켜야 마땅하다고 생각된다.

참고로 고려인 문단의 한글 사용현황과 중요성에 대한 견해를 살펴보면 그곳 한인문학의 고민을 알아차릴 수 있겠다. 당시 강력한 소련체제하에서는 개인 작품집에서나 공동 작품집에서 솔직한 견해를 밝히기가 부자연스러우므로 대개는 서문이 생략되기 마련이지만 다음 같은 경우의 서문에서는 그 일부에서나마 숨은 메시지를 알아차릴 수 있다. 그것은 먼저 소련에서 지녀왔던 고려인 문학 위상의 중요성과 발전의 역사를 되돌아 본 것이다.

> 위대한 시월 50주년을 맞이하면서 출판되는 쏘련 조선인 작가, 시인들의 작품집은 우리의 문화생활에 있어서 커다란 사변으로 된다. 이 작품집은 또한 조선인 문단이 쏘련에서 50년을 걸어온 , 당과 인민 앞에서의 문학창작에 대한 총화이기도 하다.(중략)
> 이와같은 조선 문화의 높은 발전으로 오기까지의 경로에로 우리의 우수한 문학의 대가들이 서 있었으며 이 대가들은 형제적 로씨야 문학의 태양 아래에서 현대 조선인 문화의 선구자들로 되었다. 필자는 포석 조명희, 조기천, 한 아나톨리와 같은 재능 있는 시인들을 염두에 두고 말하는 것이다. 26)

그리고 다음은 무엇보다 고려인의 민족적 정체성을 지키는 건 고유한 감성과 역사성을 지니는 문제를 고려인 자신부터 과거의 허물을 반성하라며 강조한다. 조선어나 한글 쇠퇴로 인한 고려인문단 위기의식을 겸하여 작품집 출판을 건의하는 당면문제를 제기하고 있음을 본다.

---

26) 정상진, 「머리말 대신에」, 『시월의 해빛』, 알마아따, 작가출판사, 1970, pp.347-348.

1986년 봄, 모쓰크와 크레믈리에서 진행된 제8차 쏘련 작가대회에서 현재 다민족쏘베트문학은 78개의 민족어로 창조되고있다고 선포하였다. 그 중의 하나가 조선말이다. 그러나 오래지 않어 쏘베트문학은 78개어가 아니라 77개어로 창조될 위험성이 없지 않다.(중략)

1937년과 1989년, 그러니까 금년은 이주 52주년이 되는 해이다. 반세기 동안에 조선작가들이 출판한 책은 도합 13권에 불과하다. 이 수자 자체가 말하여 주듯이 쏘베트조선문학은 풍족한 생활을 누르지 못하였다. 그 존재 자체에 대하여 론하기도 거북한 상태이다. 하기야 조명희, 한 아나똘리, 김준, 태장춘 같은 여러 시인들과 작가들이 훌륭한 작품들을 창조하였지만 그들의 많은 작품들은 아직 책으로 출판되지 못하고 있다.[27]

2) 러시아어로 쓴 작가 · 작품 경우

여기서 논하는 대상은 앞에서 살핀 고려인 1세대 문인들과는 대조적으로 평소 중앙 아시아 현지에서 러시아 말로 작품 활동을 하면서 로어 작품집을 펴낸 경우이다. 흔히 한국어에는 서투른 대신에 로어로 발표한 만큼 전소련권에 폭넓은 독자층을 가지고 있으며 러시아 문단에서 인정받는 작가도 적지 않다. 아나똘리 김은 세계적으로 유명한 작가이고 추리작가였던 로만 김이나 음유시인인 율리 김도 널리 알려진 고려인 문인이다. 앞으로도 한글문인은 점차 줄어드는 대신에 러시아어를 통해서 작품 활동을 할 차세대 고려인 문인들은 자주 늘어날 터이다.

그런데, 이들 현지어를 활용한 고려인 작가의 작품들도 앞에서 논의한 한글 문학에 이어 부차적인 한국문학사 자료로 활용할만하다고 생각한다. 왜냐하면 이들 현지어 작품은 아무래도 앞에서 논의한 바의 속문주의(屬文主義)와 속지주의(屬地主義) 견지에서 러시아의 문학이면서

---

27) 한진, 「머리말」에서, 『오늘의 빛』,알마아따, 자수싀출판사, 1990, pp.3-4.

도 동시에 고려인으로서의 속인주의적(屬人主義的) 성향이 없지 않을뿐
더러 주제와 소재 면에서 보다 심층적인 재외한인(在外韓人)의 문제를
지니고 있기 때문이다. 흔히 리차드 김(김은국), 이창래 경우처럼 영어
로 쓴 소설작품이나 이회성(李恢成), 이양지(李良枝), 현월(玄月) 같은 교
포작가의 일본어 소설을 번역판으로 읽는 속성도 참고 되는 일이다.

6. 나머지 과제

위에서 우리는 광복 60주년을 맞은 민족사적 시점에서 중앙아시아
지역 고려인 문단의 중요성과 그 실체를 통한 자료정리의 접근방법 등
을 중심으로 논의 해 보았다. 어쩌면 다소 새삼스럽고 열띤 의욕이라
싶지만 오랜 분단(分斷)의 벽을 헐고 이질화가 깊어가는 남북의 문학을
풀어서 다시 하나로 엮는 열쇠를 바로 이곳 한반도 밖 한글문학의 메
카에서 찾아보려는 탐색작업의 일환이다.

앞에서 살핀 바처럼 중앙아시아 알마타 중심의 고려인 문단은 1945
년 광복 직후의 북한문단을 소비에트 문학으로 동화시키는 전초기지(前
哨基地)였지만 이제는 새로운 통일문학을 이루는 완충지대일 수도 있는
공간이다. 이런 현장에서 분단시대 남북한 문학의 산 증인인 고려인 한
글문단의 주역들을 비롯한 현지어 사용 동포 문인 여러분과 더불어 본
국의 일선 평론가, 학자들이 자주 고려인 문학 세미나 등을 열고 진지
하게 접근, 협력하는 노력이 필요하다고 생각한다.

요컨대, 한겨레 통일문학의 열쇠를 지니고 있는 고려인 문단과 남
북한 문학의 상관관계는 보다 연계적이고 입체적으로 풀어나가야 한다.
가까이는 대조적인 중국 연변 조선족 자치주의 한글문단과 일본의 현
지어(現地語)를 통한 교포문단은 물론이요 고려인 문단여건과 상이한

미주나 호주 등의 한인문단과도 대비해서 이해해야 할 것이다.

그리고 이런 세계 여러 지역의 한인문학(韓人文學)을 통한 새로운 문학사 정립(文學史 定立) 노력은 마땅히 21세기 문화의 시대에 걸맞을 만큼 거듭난 시각을 전제로 한다. 이제는 한반도에서 한글로 표현한 글만을 한국문학으로 치부하는 고정관념에서 탈피해야 한다. 그리하여 모름지기 범세계화 추세에 부응할 만큼 한반도 밖의 한인문학들도 아우르는 한겨레 문학사를 지향해야 할 것이다.

여기에 한국의 문학계 여러분의 참여나 행정당국의 협조와 지원이 따라야함은 물론이다. 이런 취지에서 필자는 이미 본인이 소장하고 있는 퍽 오랜 고려인 문단의 생생한 희귀자료들을 연구자들에게 개방한 바 있다. 아무쪼록 이 논문에서 다룬 고려인 문학의 자료 체계화문제가 세계 각지에서 꾸준하게 이루어지고 있는 한인들의 문학 성과물들을 제대로 분석, 정리하여 실용화하는 데 다소의 도움이 되었으면 한다.

송 라브렌띠의 희곡 「기억」과
카작스탄 고려사람들의 강제 이주 체험[*]

김필영[**]

1. 머리말

1997년은 원동 고려사람들이[1] 중앙아시아로 강제 이주 된 지 예순 돌을 맞은 해였다.[2] 이를 기념하기 위한 다양한 문화 행사가 중앙아시아 여러 나라에서 개최되었다. 어느 때보다 심도 있게 중앙아시아 한인 동포들의 현지 정착 및 동화 과정, 민족 문화 보존 상황, 민족어 습득 등에 관한 취재 자료들이 한국 언론에 보도되거나 방영되었다. 강제 이주지 중앙아시아에서 고려사람들의 민족 문화 요람 역할을 하였던 카작스탄에서도[3] 이를 기념하기 위한 행사들이 카작스탄 고려사람연합회

---

* 이 글은 1998년 『비교한국학』 제4집에 수록되었던 것으로 각주와 참고문헌을 보완한 것이다.

** 강남대학교 국제학부 카작스탄학과 교수(jigogae@yahoo.co.kr)

1) "고려인"이란 용어는 한국인들이 사용하는 것으로 중앙아시아 고려사람들 사이에서는 쓰이지 않는 낱말이다.

2) 카작스탄 고려사람 역사에 관해서는 다음 저서를 참고하기 바람.
   강 게오르기, 『이스또리야 까레이쩨프 카작스타나』(카작스탄 고려사람 역사), (알마틔: 글름, 1995)

3) "카자흐스탄"은 러시아어식 표기임으로 카작스탄의 국어인 카작어식으로 "카작스탄"이라고 표기한다.

주최로 거행되었다. 이 가운데 중요한 행사로 카작스탄 고려사람들의 역사를 다룬 화보집 발간, 중앙아시아 한인들의 언어, 문화, 사회에 관한 학술 토론회 개최, 고려극장의 「기억」 상연 등을 들 수 있다.

카작스탄은 이주 한인들이 원동에 있었던 원동고려사범대학과 소왕령고려사범학교를 옮겨온 곳이자[4] 고려극장이 활동을 재개한 곳이고[5] 민족신문 ≪레닌기치≫를 창간한 곳이다.[6] 현재 카작스탄에 살고 있는 고려사람은 세 부류로 나눌 수 있다. 첫째는 1937년 8월 21일자 소련 공산당 결의문에 의해 카작스탄으로 강제 이주된 소련 원동에 살던 고려사람들이고, 둘째는 일본군에 징용되어 사할린으로 갔다가 제 2차 세계대전 후 소련 공민이 되어 카작스탄으로 이주한 한인들이고, 셋째는 1950년 이후 모스크바에 파견된 조선(북한)의 공직자와 국비유학생 가운데 정치적 이유로 소련으로 망명한 뒤 카작스탄에 정착한 사람들이다. 숫자로 볼 때 둘째와 셋째 부류에 속하는 사람들은 미미한 편이고, 역시 첫번째 부류인 1937년 강제 이주된 사람들이 카작스탄 고려사람의 주류를 이루고 있다. 이들 카작스탄 고려사람들은 자신들이 사

---

4) 공식명칭이 원동고려사범대학과 소왕령고려사범학교인 민족 대학들을 중앙아시아 고려사람들은 일반적으로 해삼위고려사범대학과 소왕령조선사범교라고 부른다.
　　김필영, 「한인 강제 이주와 해삼위고려사범대학교 한국학 도서의 행방」, 『한글새소식』 제299호, 한글학회, 1997.
　　김필영, 「한인 강제 이주와 소왕령조선사범학교」, 『한글새소식』 제305호, 한글학회, 1998.
5) 1932년 원동에서 설립된 고려극장은 강제 이주 후 카작스탄 크즐오르다에서 중앙아시아 전역 순회 공연 활동을 재개하였으며, 1942년부터 1959년까지 카작스탄 우슈토베로 옮겨 갔다가 1959년에 다시 크즐오르다로 옮겨진 후 1968년에 다시 알마아타(1991년 카작스탄 독립 후 명칭이 알마틔로 바뀜)로 옮겨져 현재에 이른다. 제2차 세계대전 이후 조선(북한)과 관계를 가지면서 명칭이 조선극장으로 불리다가 1997년에 다시 고려극장으로 변경되었다.
6) 순 한글 신문 ≪레닌기치≫는 1938년 5월 15일 크즐오르다에서 창간되어(1978년 발행지를 크즐오르다에서 알마아타로 옮김) 1991년 12월 31일 알마아타에서 폐간되었다. 1991년 1월 1일 ≪고려일보≫가 일간으로 알마아타에서 창간되어 지금까지 발간되고 있다. ≪고려일보≫는 현재 매주 1회씩 타블로이드판 16쪽 분량으로 발행되고 있다. 이주 제1세대를 제외한 고려사람 대부분이 한글을 읽을 수 없기 때문에 지면의 절반을 러시아어로 발행하고 있다.

용하는 민족말을 고려말이라고 부르는데 이는 함경도 북부지역 방언에 바탕을 두고 러시아어의 영향을 받아 소비에트화 된 것이다.

카작스탄 고려사람들의 유일한 문학 분야 행사였던, 고려극장에서 기획한 「기억」이란 제목의 연극 공연은[7] 고려사람들의 특별한 관심을 끌었으며 많은 찬사를 받았다. 본 논문의 목적은 송 라브렌띠의 희곡 「기억」에 반영된, 이주지 카작스탄에서 겪은 한인들의 정착 체험을 통해 강제 이주가 고려사람들에게 어떤 의미를 부여하는가를 살펴보는 데 있다.

「기억」을 분석 대상 작품으로 선택한 이유는 「기억」이 보기 드물게 카작스탄 고려사람 작가가, 고려사람 수용자를 대상으로, 고려말로 창작한 작품이라는 점이다. 「기억」이 강제 이주지 정착 과정에서 고려사람들이 체험한 문제들을 주제로 다루고 있기 때문에, 강제 이주와 관련된 고려사람들의 민족의식과 역사인식이 어떻게 문학적으로 형상화되고 있는가를 살펴볼 수 있기 때문이다.

2. 「기억」의 작가와 창작 활동

송 라브렌띠는 1941년 2월 2일 카작스탄 딸듸꾸르간주 우슈토볘에서 태어났다. 1958년 우즈베키스탄 누꾸스에서 중등학교를 졸업하고, 우랄에 있는 스베르드롭스크(현재 예까쩨린부르그)에 있는 3년제 라디오전문학교에 입학하여 1961년에 졸업하였다. 1961년 3월부터 알타이 바르나울에 있는 군수품라디오 지하공장에서 10개월 동안 일한 뒤, 카작스탄 과학원 수학연구소 이온장 측정실에서 1961년 11월부터 1963년 8

---

7) 1997년 9월 5일 문화부 당국 심사를 위한 시연을 거쳐, 10월 3일에 알마틔솜제조공장의 문화궁전에서 첫 공연이 있었다.

월까지 근무하였다. 1963년 9월 모스크바에 있는 소련 전연방국립영화대학에 고려사람으로서는 처음으로 입학하여 1967년에 졸업하였다.

학업을 마친 후 그는 1967년 7월 카작스탄 영화제작소 "카작필름"에 입사하여 1985년 8월까지 영화 각본 작가와 예술 영화 감독으로 일하였다. 1985년 9월부터 1987년 1월까지 조선극장에서 총감독으로 일하다가, 다시 카작필름 배우양성소로 직장을 옮겨 1989년 2월까지 총지휘자로 일하였다.

"카작필름" 시기에 발표된 그의 대표적인 영화 각본으로 1) 「특별한 날」, 2) 「선택」, 3) 「사랑의 고백」, 4) 「가족 사진첩」, 5) 「추가 질문들」, 6) 「소금」(싸빠르갈리 베갈린의 작품 윤색), 7) 「쎄릭꿀의 시간」, 8) 「싸니 산에 오르락 내리락」, 9) 「달의 분화구 가장자리」가 있다. 이 가운데 3), 5), 6), 8)번은 그가 손수 연출 감독한 작품들이다. 연출가 송 라브렌띠는 사삐가 무씨나의 작품 「계부」와 올자스 쏠레이메노프의 「아담을 영접하라」를 연출 감독하기도 하였다.

1989년 3월에 직장을 떠나 그는 개인 영화사인 "송 시네마"(Song Cinema)를 설립하여 현재까지 기록영화를 주로 제작하고 있다. 대표적인 기록영화 작품으로 1) 「순례」(독일 민족에 관한 것), 2) 「벨로봇야를 찾는 사람들」(러시아 구교도들에 관한 것), 3) 「발하시의 사가」(발하쉬 호수 가에 사는 한 스웨덴 사람에 관한 것), 4) 「읽어버린 책」(흑룡강 하류와 북사할린의 니브흐 인종에 관한 것), 5) 「마지막 선에」(하바롭스크 남부의 오로치 민족에 관한 것), 6) 「바둘의 땅ー라분메데누」(시베리아 북쪽의 칼르마라는 강 근처에 사는 유카기르라고 불리는 종족에 관한 것), 7) 「서낭나무」(카작민족에 관한 것으로 1992년 프랑스 파리 인류박물관 민족영화위원회에서 주최한 기록영화 축제에서 입선한 작품), 8) 「카갈름에서 도망친 사람들」(위그르 핀족의 하나인 한틔

민족에 관한 것), 9)「터키 남자가 터키 여자를 사랑하였다」(터키 민족에 관한 것), 10)「실험농장」(농사를 짓는 고려사람에 관한 것), 11)「고려사람」(고려말을 유창하게 구사하는 타 민족에 관한 것), 12)「묘지방문」(크즐오르다시에 사는 고려사람 시인 강 태수에 관한 것)을 들 수 있다.

송 라브렌띠는 1996년 10월부터 1997년 11월까지 고려극장 예술 총감독 직을 다시 맡기도 하였으나, 주로 "송 시네마" 제작자로서 소수민족을 대상으로 한 기록영화 촬영에만 몰두하고 있다. 그는 카작스탄에서 희곡작가, 소설가, 영화감독으로 알려져 있다. 그러나 소설가 송 라브렌띠의 평판은 그리 대단하지 않고[8] 주로 희곡작가로 통하는 편이다. 그것도 연극 대본 작가이기 보다는 영화 각본 작가나 예술 영화 감독으로 오히려 더 많이 알려져 있다. 그의 초기 희곡 작품으로 「봄바람」과 「생일」이 있다. 이 작품들은 원래 러시아어로 쓴 것 이지만 조선극장에서 고려말로 번역하여 상연하기도 하였다.

3. 「기억」의 내용과 희곡적 구조

「기억」은 송 라브렌띠가 1997년 봄에 탈고한 미 출판된 희곡 작품이다.[9] 이 작품은 1937년 가을부터 1942년 가을까지 다섯 해 동안, 강제 이주민 고려사람들이 카작스탄 정착 과정에 겪은 고난을 바탕으로 구성한 2막 10장으로 된 희곡이다. 제 1막과 제 2막 모두 각 5장으로

---

8) 소설 작품으로 러시아어로 쓴 단편소설 2편이 있다. 한인 강제 이주에 관한 내용을 다룬 「삼각형의 면적」과 「여러 차례 여름을 회상함」이 있다. 고려말로 번역된 「삼각형의 면적」은 다음 책을 참고하기 바란다.
『오늘의 빛』(알마아타: 자주쉬출판사, 1990), pp.82-97.
9) 이 글에서 사용한 대본은 1997년 3월 송 라브렌띠로부터 필자가 받은 A4용지 93매 분량의 필사본이다.

구성되어 있다. 등장 인물로는 김가네 가족과 박가네 가족을 주축으로, 카작 사람 양몰이꾼 오른바이 쩨미로브(60살)와 그의 아내 할리마(45살), 이주 당시 남편과 열차에서 헤어진 리자(40살)와 그의 남편 표도르(45살), 운전기사, 내무원, 소개자 등이 있다.

김가네 가족 구성원은 김 니꼴라이(17살), 아버지 김길만(45살), 어머니 조수녁(45살) 그리고 할아버지 김영진(65살)이며 지주 계급에 속했던 사람들이다. 박가네 가족은 박 안나(18살), 아버지 박 뽀트르(45살), 어머니 유해선(45살), 할머니 최경란(63살)으로 구성되며 무산 계급에 속했던 사람들이다.

희곡 구성은, 가을 밤 초원지대, 별들이 반짝이는 배경 속에, 열차에서 내리는 이주민 고려사람들이 서성거리며 불안해하는 장면으로 시작된다. 소개자 남자가 등장하여, 1937년 가을 밤 카작스탄 초원지대에 오게 된 수많은 고려사람들 가운데 몇 가정에 대해 얘기를 하겠다고 말한다.

제 1장은 아마로 만든 자루를 덮어쓰고 언덕진 곳에 모여 잠을 자고 있는 고려사람 이주민들을 발견한 카작사람 양몰이꾼 오른바이와 그의 아내 할리마가 놀라는 장면으로 시작된다. 할리마가 어린 아기를 보고 다가가서 도움을 주려고 하자 오른바이는 카작말로 당국에서 자기들에게 한 말을 잊어 버렸냐고 나무란다. 뽀트르와 오른바이의 대화를 통해, 오른바이 식구가 그 곳에 남은 유일한 가족인 것을 알게 되고, 자기들이 원동에서 이주당한 고려사람들임을 오른바이에게 알린다. 온돌이의 어머니 해선이 싸개를[10] 찾으면서 야단 법석을 떨자, 남편 뽀트르와 해선 사이에 말싸움이 벌어진다. 이를 진정시키려는 영진 할아버지에게 뽀트르는 내일 모래 북망산에 갈 사람이 자기들을 못 살게 굴

---

10) "싸개"는 고려말로 기저귀를 뜻한다.

지 말라며 욕지거리를 한다.

길만이 자기 아버지를 변호하자, 뾰트르는 길만을 보고 잘난척하지 말라고 하면서, 길만 같은 자식들 때문에 자기들이 여기로 쫓겨 오게 되었다고 말한다. 뾰트르는 지난 날 김가네 식구들을 위해 뼈빠지게 일하고, 모욕을 당한 것을 분개하며, 이를 해방시킨 소비에트 정권을 은근히 찬양한다. 길만이 뾰트르에게 어릴 적 그들이 형제처럼 지냈던 사실을 상기시키며 자기가 뾰트르에게 책을 많이 가져다 준 일들을 말하나, 뾰트르는 개똥같은 책이라고 비난한다. 바람끼가 다분한 리자가 뾰트르의 성질 급함을 나무라면서, 해선을 보고 "그런 너 남편을 탐내지 않겠다"고 말하니, 해선은 "너 같은 쌍년이길래 남편이 달아났다"고 응수한다. 그 때 오른바이와 할리마가 뜨거운 물과 마른 빵을 가져다 대접한다.

소개자는, 겨울이 닥쳐오자 고려사람들은 땅에 굴을 파고 생활을 해가며, 온갖 고통을 이겨냈으며, 그로부터 5년이란 세월이 흘렀다고 말한다. 고려사람에게 필요한 것은 해와 땅, 물이며 이 모든 것이 카작스탄 땅에 풍족했다고 말한다. 그런데 그 때 서방에는 전쟁이 나고 있다고 소개한다.

제 2장의 배경은 1942년 봄이며, 꼴야는[11] 17살이며 아냐는[12] 18살임을 소개자가 밝힌다. 니꼴라이가 민들레꽃으로 만든 화환을 아냐의 머리에 씌워주는 장면을 통해 그들이 서로 사랑하는 사이임을 관객들에게 보여준다. 니꼴라이가 전쟁에 지원하기 위하여 군사동원부에 갔으나 나이가 어리다고 받아주지 않음을 한탄한다. 니꼴라이는 아냐에게 자기가 전쟁에서 돌아올 때까지 기다릴 수 있는지 물어보면서 자신들의 사랑을 확인한다. 온돌의 안부를 물어보는 니꼴라이에게 아냐는 그

---

11) 꼴야는 니꼴라이의 애칭임.
12) 아냐는 안나의 애칭임.

가 모질게 아프다고 대답한다. 모종철이라 온돌이를 돌봐줄 사람이 없음을 아냐는 안타까워 한다.

니꼴라이는 군사동원부가 카작사람들은 전선에 보내는데, 고려사람들을 전쟁에 보내지 않음을 의문스러워 한다. 니꼴라이와 아냐는 이런 저런 대화를 나누다가 함께 노래를 부른다. 아냐를 찾아 나선 경란 할머니의 목소리와 함께, 뾰트르가 딸 아냐에게 빨리 집으로 가라고 욕지거리를 하며 "그 집 종자들하고는 누구하고도 사귀지 말라"고 한다. 니꼴라이를 향해 김가네 집안과는 서로 사돈이 안될 거라고 말하는 뾰트르에게 말 대꾸를 하는 니꼴라이를 경란 할머니는 타일러서 보내고, 아냐를 데리고 간다. 뾰트르는 그들이 무슨 일을 저질러 놓았을까봐 걱정을 한다.

그 때 정욕에 굶주린 리자가 나타나서 뾰트르를 유혹한다. 뾰트르가 리자를 끌어 안을 때, 회의 소집을 알리러 다니는 길만이 나타난다. 자기의 욕심을 채우지 못한 뾰트르가 길만에게 리자 뒤를 살피고 다닌다고 시비를 건다. 민망해진 뾰트르가 리자가 잡년이라는 것을 은근히 암시하며 길만에게 비꼬는 어조로 말하자 화가 난 리자는 뾰트르의 뺨을 후려갈기며 오입쟁이라고 책망을 한다. 회의를 기다리던 수녁과 해선이 나타난다. 뾰트르는 자기들 브리가다에서 일하는 어떤 사람들의 좋지 못한 행동에 대해서 회의를 하자고 빈정거리다가 해선에게 모질게 질책을 당한다. 뾰트르가 리자가 자기를 어루만져 주지 않았다고 변명을 하자, 해선은 리자에게 "쌍년아 네 버릇을 언제 고칠거냐"고 욕지거리를 한다. 길만은 사람들을 타일러 함께 회의장으로 간다.

제 3장은 김가네 토굴집에서 영진 할아버지가 책을 읽고 있는 장면으로 시작된다. 며느리 수녁이 공책에 쓴 고려글을 시아버지께 보여주고 읽는다. 들어오던 니꼴라이가, 어머니가 글을 읽는 것을 듣고는 칭

찬한다. 영진 할아버지는 기분이 좋지 않아 보이는 니꼴라이에게 이유를 물어본다. 주저하던 니꼴라이는 할아버지께 왜 그들이 원동에서 이곳으로 오게 되었는지를 물어 본다. 할아버지는 진실을 알려고 하던 많은 사람들이 목숨을 잃었으니 다시는 그런 말을 꺼내지 말도록 부탁한다.

그러나 나라를 파시스트들로부터 보호해야 한다고 주장하는 니꼴라이는 고려사람들에게 무슨 잘못이 있길래 당국이 그들을 전선으로 안 내보내는지 탄식한다. 때마침 들어온 길만은 니꼴라이가 아냐를 사랑하는지 확인해 본다. 길만은 아냐의 아버지 때문에 걱정을 하지만, 니꼴라이는 물러설 수 없다고 자기 의사를 밝힌다. 니꼴라이가 재차 할아버지께 이주 이유를 묻자 영진은 그냥 오래 살게 되면 그 원인과 이유를 알게 될 것이라고 말하고 만다.

제 4장에서 박가네 집 앞을 지나가는 영진을 보고 경란은 인사하며, 온돌이가 심하게 아파서 밭에 나가 있는 뾰트르를 부르러 아냐를 보냈다고 한다. 옛날을 회상하며 자기들의 추억을 이야기하다가 영진은 니꼴라이와 아냐가 사랑하는 것 같다고 말한다. 경란은 영진에게 뾰트르 앞에서 절대로 그런 말을 하지 말 것을 부탁한다. 뾰트르가 오다가 영진을 보고, 남의 애가 아픈 데, 쓸 데 없이 와서 빈둥거린다고 성화를 낸다.

영진은 병을 볼 줄 아니까 아이를 보게 해 달라고 하나, 뾰트르는 무얼 개뿔이나 아는 의사라고 영진을 힐책하며 김가네 종자는 꼴도 보기 싫으니 가서 책이나 읽으라고 한다. 그 책 때문에 자기들이 쌀 자루까지 모두 버리고 온 것을 책망한다. 경란이 연세 많은 분에게 함부로 말을 하는 뾰트르를 나무라나, 뾰트르는 오히려 어머니에게 나서지 말라고 소리를 지른다. 뾰트르는 영진 노인에게 "당신들이 왜놈들과 같이 잘 지냈기 때문에 우리가 여기로 오게되었다"고 말하며 그를 원망한다.

제 5장은 깊은 밤, 박가네 식솔이 온돌이 곁에 둘러 앉아 있는 장면에서 시작된다. 경란이 아냐에게 영진 할아버지를 불러 오라고 하자 뾰뜨르는 쓸 데 없다고 못 가게 한다. 눈치를 보던 아냐는 영진 할아버지를 모시러 간다. 가는 길에 아냐와 만나기로 하여 기다리던 니꼴라이와 마주친다. 아냐는 온돌이가 몹시 아파서 약속을 못 지키겠다고 하자, 니꼴라이는 자기 할아버지가 가지고 있는 풀약을 먹이면 온돌이가 나을 거라고 말한다. 영진 할아버지가 들어가며 인사하니 뾰뜨르도 말 없이 머리를 숙여 인사에 대신한다. 아이를 진맥한 영진은 온돌이가 죽었음을 확인하여 준다. 해선과 경란이 통곡하는 장면으로 제 1막이 끝난다.

제 2막은 제 6장에서 시작된다. 수녁과 리자가 물을 길러 오는 도중에 잠시 쉬면서 세상살이 이야기를 한다. 리자는 자기 남편 표도르가 딴 여자와 놀면서 자기를 아예 잊어 버릴까봐 걱정한다. 리자는 뾰뜨르를 미워하면서도, 뾰뜨르가 부르면 몸이 떨리면서 가지 않을 수 없게 되는 자신의 신세를 타령한다. 리자는 동네 사람들이 다 자기를 깔보는데도 수녁만은 자기하고 친하게 지내주는 것을 고맙게 생각한다. 리자가 어느날 뾰뜨르와 함께 있을 때, 갑자기 남편 표도르 생각이 애타게 나서 아무 말없이 집으로 가버렸더니, 뾰뜨르는 그날 아무런 영문도 모르고 그저 심술만 부렸다는 이야기를 한다. 그러나 리자는 표도르가 돌아오게 되면 그 때 가서 볼 일이고, 당장 남자 없이는 못 살겠다고 고백한다.

그 때 갑자기 자동차 소리가 나며 어둠 속에 불빛이 비친다. 내무원은 초원에 사는 오른바이를 찾는다며, 오른바이의 아들이 전선에서 죽었다는 사실을 전한다. 리자와 수녀은 사람들을 부르러 간다. 내무원과 운전원이 차에서 시체를 넣은 관을 내려 놓는다. 리자가 모시고 온 영진 할아버지는 길만을 통해서 오른바이 아들이 전선에서 죽었다는 이야기를 듣고, 오른바이가 혼자서 어떻게 장사를 지낼까 딱하게 여긴다. 길만으로부터 시체를 인수했다는 문서에 서명을 받은 내무원이 떠난다. 수녀이 모시고 온 오른바이와 할리마가 이 비보를 접하자 놀라서 어찌할 바를 모른다. 니꼴라이가 관 두껑을 열자 할리마가 달려와 시체를 덮치며 흐느낀다.

제 7장은 고려사람들이 바흐따굴 오른바이 무덤 주위의 흙을 추스르는 장면으로 시작된다. 길만을 통해서 영진 노인은 오른바이한테 고려식으로 장례를 치르게 해 달라고 부탁하여, 카작 전통으론 참석할 수 없는 고려사람 여자들과 할리마를 장례식에 참석시킨다. 한 사람씩 잔을 쳐서 입에 댄 후 무덤에 부으며 영별식을 끝마친다. 헤어지는 길에 리자는 해선에게 다시는 뾰트르와 만나지 않겠으니 자기를 용서해 주기를 빈다.

리자는 꿈에 표도르를 보았다며 그가 곧 올 거라고 말하며, 뾰트르를 혼내 주어서 다시는 그가 오입질을 못하게 하도록 하자고 해선에게 제의한다. 리자가 뾰트르를 만나기로 한 장소에서 해선이 리자처럼 꾸미고 기다리면, 리자가 뒤에 숨어 있다가 뾰트르가 나타나면 두 다리 사이에 달린 걸 베어 버리겠다고 제안한다. 리자는 남편들이 자기 아내 외 다른 여자들을 찾아 다니는 건 여자가 몸을 깨끗이 거두지 않기 때문이라고 해선에게 귀뜸해 준다. 자기들이 무슨 이야기를 주고 받는지 다른 사람들이 궁금해 할까 봐 걱정하면서, 리자와 해선은 서로 약속을 지키기로 하고 서둘러 헤어진다.

제 8장은 한 밤중에 강 가의 벼랑에 있는 버드나무 곁에 리자로 가

장한 해선의 모습이 보이는 것으로 시작된다. 리자가 숨어서 노래를 부르자 뾰트르가 나타난다. 뾰트르는 가까이 와서 여자를 끌어 안자 여자는 싫다는 몸짓을 한다. 그 때 숨어 있던 리자가 버드나무 속에서 뛰어나와 뾰트르를 넘어뜨린다. 해선에게 그의 손을 묶어 단단히 쥐게 한 다음, 리자는 그의 다리 위에 올라타서 "오입쟁이 자식의 다리 가운데 있는 물건을 베어 버리겠다"고 뾰트르를 위협한다. 딸이 시집갈 나인데도 오입질을 하러 다니는 것을 그냥 둘 수 없다고 하면서, 칼을 든 리자가 그의 바지 허리띠를 풀려고 하자, 해선이 잡고 있던 손을 겨우 푼 뾰트르는 바지 자락을 움켜쥐며 옆으로 비켜선다. "만약 해선을 괄시하는 걸 알게 되면 가만히 안 둔다"고 리자가 뾰트르를 협박하자, 그는 "똥통 같은 년들"이라고 욕을 하면서 가버린다. 해선은 남편을 뒤따라 가고, 리자는 땅 바닥에 앉아 얼굴을 가리고 통곡하며 신세타령을 한다.

제 9장에서 조그만 보따리를 든 니꼴라이가 아냐를 만난다. 가족 모르게 군사동원부로 떠나는 니꼴라이가 아냐에게 자기가 돌아올 때까지 기다려 달라고 부탁한다. 아냐는 망설이다가 니꼴라이에게 어린애를 가졌다고 말한다. 니꼴라이는 영진 할아버지께 전할 편지를 꺼내서 아냐가 자기의 아이를 낳을 거라고 첨부해 쓰고 나서 새벽이 되기 전에 떠나야겠다며 아냐를 껴안는다. 그 때 길만이 나타난다. 길만은 할아버지가 알게 되면 걱정하신다고 니꼴라이에게 군사동원부에 가지 말도록 타이른다.

니꼴라이가 지원을 하더라도 고려 사람들을 믿지 않기 때문에, 군사동원부에서 그를 전선에 내보내지 않을 거라고 길만은 말한다. 그런 일이 있을 수 없다고 믿지 않는 니꼴라이에게 길만은 시대가 그렇다고 강조한다. 니꼴라이를 가지 못하게 하도록 아냐를 부추기는 길만에게 니꼴라이는, 오른바이는 자기 아들을 군사동원부에 못 가도록 하지 않 았을 거라고 말한다. 모든 식구들에게 용서를 구한다고 부탁하며 아냐 를 끌어 안으며 작별한다. 영진 할아버지가 니꼴라이의 편지를 읽는 장 면으로 바뀌며, 아냐가 자기 아이를 낳게 될거니 아냐를 자기 아내로 집안에서 받아 주실 것을 부탁하는 니꼴라이의 편지 내용을 길만과 수 녁이 듣는다.

소개자가 나타나서, 김가네 가정에 들어오게 된 아냐가 자기 어머니 임을 밝히고, 반년이 지난 가을 철에 어느 한 사나이가 나타남을 알려 준다.

제 10장은 누렇게 익은 벼 이삭들이 고개를 숙인 논 뚝이 보이는 대낮이다. 피곤에 지친 농부들이 뚝 위로 나타나고, 해선과 리자, 수녁 은 땅에 보를 깔고 음식을 차린다. 이들이 풍작을 즐거워하며, 고향 원 동에 다시 돌아갈 수 있을지 안타까워하며 여러 가지 이야기를 하고 있는 가운데, 리자가 갑자기 일어서서 표도르가 오고 있는 것을 가리킨 다. 리자가 오늘 밤에는 온 동네가 흔들리게 될 거라고 우스개 소리를 하자, 수녁은 세 살적 버릇이 여든까지 간다고 그녀를 나무란다. 모두 들 표도르가 돌아온 것을 반가워 하며 축배를 든다.

한 쪽 팔이 없어진 표도르는 자기는 노동전선에 참여하였으며, 니꼴 라이와 같은 부리가다에서 일했고 같은 바라크에서 살았다고 말한다. 니꼴라이는 작업 도중 나무에 깔려 죽었다고 하면서, 그의 적삼에 있던 줄이 달린 호신표를 건네주면서, 그가 아내가 준 선물이라고 말한 적이 있다고 덧붙인다. 길만은 정신을 차릴 수 없어 비틀거리고 수녁은 신음 소리를 내면서 땅에 쓰러진다. 그 때 오른바이가 숨가쁘게 다가오며 영 진에게 할리마의 도움으로 아냐가 순산을 했다는 소식을 전한다. 초원 에는 갓난 애의 울음소리가 들린다.

소개자가 나타나서 이 애가 바로 자기였다고 말하고, 자기를 길러 교육시킨 조부모와 어머니께 감사를 드리며 막이 내린다.

「기억」의 내용은 이주지에 도착한 고려사람들이 처했던 상황 묘사로 시작된다. 김영진과 박뾰트르 사이에 계속된 갈등이 뾰트르의 아들 온 돌이의 죽음을 통하여 정체되고, 사건 발전의 실마리를 풀어준다. 그러나 이들은 이주지 현실에서 민족 차별이라는 문제에 직면하여 심한 갈등에 빠진다. 니꼴라이가 조국 소련을 위해서 전선에 지원하였으나, 결국은 고려사람이라는 점 때문에 노동전선으로 보내진 사실을 알고는 김영진 가족은 심한 소외감을 느끼게 된다. 표도르를 통해, 니꼴라이가 노동전선 벌목장에서 작업 도중 나무에 깔려 죽음을 당하였다는 비보를 접하고 비통해 하는 이들에게, 양몰이꾼 오른바이가 니꼴라이의 아내 아냐가 순산을 했다는 기쁜 소식을 전해주는 장면에서 연극은 결말에 도달한다.

「기억」은 이주지에서의 어려운 삶과 서로의 불신에서 기인된 인간적 갈등이 온돌이의 죽음을 통해서 화해되고, 민족적 차별이 야기하는 현실에 대한 실망과 허탈감이 아냐의 순산으로 위로를 받는 대조적인 상황으로 구성되어 있다. 즉 「기억」은 하나의 생명을 잃음으로써 다른 하나의 희망이 소생하는 역설적 구조에 바탕을 두고 있으며 다음과 같이 요약할 수 있다.

희곡구조	시간 구조	공간구조	극적 구조	비고
소개자	1937년 어느 가을 밤	별들이 반짝이는 초원지대	제 1장의 상황 결정	이주 열차에서 내린 고려사람들이 서성거리며 불안해 하는 모습 묘사

제1장	1937년 가을.	이주지 초원지 대 어느지역	문제 설정	1)아마 자루를 덮고 언적진 곳에서 잠을 자고 있던 이주민 고려사람과 카작인 오른바이 가족의 만남 2) 오른바이 가족이 고려사람들을 도와줌. 3) 지주계급 김영진네 식구들을 위해 뼈빠지게 일하고 모욕당한 것을 분개하며 이를 해방시킨 소피에트 정권을 찬양하는 무산계급 박 뾰트르. 4) 뾰트르의 아내 해선이 리자의 부도덕한 바람기를 비난
소개자	[제 1장의 시간 구조로부터] 5년의 세월이 흐른 어느 날.	겨울 땅굴집.	제 2장의 상황 설정.	1) 겨울이 닥쳐오자 땅굴을 파고 생활한 고려사람들이 옥갖 고통을 이겨냄. 2) [근면한] 고려사람들에게 필요한 땅, 물, 햇볕이 풍족한 이주지 카작스탄. 3) 서방에는 전쟁이 일어나고 있음을 알림.
제 2장	1942년 봄.	정착지 마을의 어느 들판.	사건 발단.	1)김영진의 손자 니꼴라이와 박 뾰트르의 딸 아냐가 서로 사랑함. 2) 동생 온들이 모질게 앓고 있음을 알리는 아냐. 3) 아냐를 찾아 나선 뾰트르가 니꼴라이와 함께 있는 딸에게 김가네 종자와는 누구와도 사귀지 말라고 지시. 4) 정욕에 굶주린 리자가 뾰트르를 유혹.

				5) 회의 참석을 독려하는 니꼴라 이의 아버지 길만에게 리자의 뒤를 살피고 다닌다고 시비를 거는 아냐의 아버지 뾰트르. 6) 민망해진 뾰트르가 리자가 잡 년이라는 것을 암시하며 비꼬는 어조로 길만에게 말하자 뾰트르 의 뺨을 후려갈기며 오입쟁이라 고 책망하는 리자.
제 3장	1942년.	김가네 토굴집 방안.	사건 전개	1) 책상에 앉아 시아버지 영진으 로부터 고려글을 배우는 수녁. 2) 군사동원부에서 전쟁에 참가하 겠다는 고려 사람들의 지원을 받지 않는 것에 대한 니꼴라이 의 의문과 탄식.
제4장	1942년.	박가네 집 앞	갈등 시작	1) 아파 누워있는 온돌을 위해 부 르러 보낸 뾰트르를 기다리던 아냐의 할머니 경란이 지나가던 영진을 만남 2) 집 앞에 서 있는 영진을 보고 화를 내는 뾰트르에게 병을 보 게 해달라고 요청하는 영진. 집 에 가서 책이나 읽으라고 영진 에게 대꾸하는 뾰트르. 3) 강제 이주가 김가네같은 지주 계층들이 일본의 앞잡이 노릇을 해서 취해진 조치라며 김가네 식구들을 원망하는 뾰트르.
제 5장	1942년.	박가네 집 방안.	갈등 정체.	1) 뾰트르의 반대에도 불구하고 손 자 온돌의 간병을 위해 영진을 모셔오도록 아냐를 보내는 경란. 2) 온돌을 진맥한 후 아이가 이미 죽었음을 알리는 영진.

제 6장	1942년.	동네 샘처에서 가까운 언덕.	사건의 발전(1)	1) 리자와 수녁 사이 세상살이에 관한 대화. 2) 뾰트르가 부르면 몸이 떨리면서 가지 않을 수 없게 되는 자신의 신세를 타령하는 리자. 3) 전쟁에 참가한 오른바이 아들의 전사 통보와 시체 이양.
제 7장	1942년	오른바이 아들 바흐따굴의 장례지.	사건의 발전(2).	1) 카작인 오른바이 아들의 장례를 도와주는 고려사람들. 2) 뾰트르와 정을 통해오던 리자가 다시는 뾰트르와 마난지 않겠다고 해선에게 약속하고 뾰트르의 난봉끼를 고쳐줄 방법을 해석과 상의.
제 8장	1942년.	버드나무가 있는 강 가의 벼랑.	사건의 발전(3).	1) 변장하고 기다리던 해선을 리자로 알고 정을 통하려던 뾰트르의 수모. 2) 남편을 그리워하는 리자의 연민과 인간적 고뇌.
제 9장	1942년.	마을의 어느 입구.	갈등 해소	1) 가족 모르게 군사동원부로 떠나는 니꼴라이와 아냐의 이별. 2) 할아버지께 아냐를 며느리로 맞아 달라는 니꼴라이의 부탁 편지.
소개자	[제 2장의 시간구조로 부터] 반 년이 지난 가을.		제 10장의 상황 설정.	1) 김가네 집에 들어온 아녀가 소개자의 어머님임을 밝힘. 2) 한 사나이의 나타남을 알림.
제 10장	1942년 가을.	벼 이삭이 누렇게 익은 들판이 보이는 뚝.	기대 배반적 결말.	1) 풍작에 만족하며 땅에 보를 깔고 음식을 차리며 고향 원동에 다시 돌아 갈 수 있을지 안티까워하는 해선, 리자 그리고 수녁.

				2) 노동전선에서 한 쪽 팔을 잃고 아내 리자를 찾아 온 표도르.
				3) 전쟁터 대신 벌목장으로 보내진 니꼴라이가 나무에 깔려 죽었다는 표도르의 증언에 정신을 못차리고 비틀거리는 길만과 신음 소리를 내며 쓰러지는 수녁.
				4) 아냐의 순산을 알리는 오른바이.
소개자	1942년 가을.	갓난애의 울음 소리가 들리는 초원	문제 해결	1) 갓 태어난 애가 소개자였음을 알림. 2) 소개자를 길러 교육시킨 조부모께 감사드림.

희곡은 소설과는 달리 무대공연을 염두에 둔 예술이므로 희곡이 연극으로 상연될 경우를 가정하여 공연 대본으로서 기능을 충분히 할 수 있어야 한다. 「기억」에서 등장 인물의 성격 설정이 분명하고, 시간과 공간과 행동이 상상적으로 확장되며 전개되는 장면 구성이 치밀하다. 반면에 무대 배경이나 등장 인물의 행동 묘사에 관한 구체적 설명이 불 충분하고 등장 인물간의 대사가 가끔 비약적인 것이 흠이라고 할 수 있으나, 바로 이러한 점이 연출가의 상상력을 동원하도록 하여 나름대로의 독창적 예술성을 원 작품에 보탤 수 있는 여건을 마련해 주고 있다. 「기억」의 초연에서 보여준 극적인 분위기 조성과 상황의 처리가 잘 이루어진 것은 조선극장의 훌륭한 연출 덕분이라고 할 수 있다.

김영진으로 대표되는 지주계급과 무산계급을 대표하는 박 뾰트르 사이에 발생하는 인물간의 갈등이 너무 작위적이고 뾰트르와 영진 할아버지의 관계나 니꼴라이가 떠난 후의 사건들이 깊이 있게 점차적으로 발전되지 못하고 안일하게 급속도로 처리된 것 또한 구성상의 문제점이라고 할 수 있다. 더욱이 갈등의 해결을 의도적으로 마무리하기 위해 불행과 행복을 인위적으로 조합시켜 니꼴라이의 죽음과 아냐의 해산을 병치시킨 도식적인 사건 해결로 말미암아 희곡 「기억」이 문학적 긴장을 획득하는 데 실패하고 있다.

앞에서 「기억」은 고려말로 쓰여진 희곡이라고 하였다. 하지만 「기억」에 사용된 어휘적 측면을 고려해 볼 때, 고려말과 한국어 사이에 생기는 혼란 외에도 고려사람 사회에 생활화된 러시아어 차용 현상 또한 작품에 자주 나타난다. 이것은 카작스탄 독립 이후 한국 사람들과의 잦은 접촉과 문화 교류에서 초래된 과도기 언어 현상으로 고려말 자체가 한국어화되어 가고 있음을 보여준다. 「기억」에 나타나는 언어 특징에 관한 것까지 본 논문에서 자세하게 다룰 겨를이 없으므로, 이에 관한 문제는 차후 다른 글에서 다시 언급하기로 한다.

4. 강제 이주와 고려사람들의 훼손된 삶

작가는 자신의 가면을 쓴 작품에 등장하는 인물을 통하여 자기의 생각을 표현한다. 「기억」 또한 강제 이주라는 역사적 사실을 끈질기게 기억하려는 작가 송 라브렌띠의 개인적인 의도에서 창작된 것이라고 볼 수 있다. 민족 문제에 관한 작가의 관심은 그의 창작 과정에서 잘 나타나고 있다. 아래에 인용하는 송 라브렌띠의 단편 소설 「삼각형의 면적」에서 그의 이러한 작가 정신이 확인되며, 이 내용이 바로 「기억」의 주제 설정에 직접적인 동기를 부여하고 있음을 알 수 있다

그는 여러 해 전 그와 같이 궂은비가 내리는 가을날 밤에 쟘불역에서[13]

---

13) 쟘불은 알마틔시에서 서남쪽으로 500킬로미터 떨어진 곳에 있는 도시이다. 쟘불은 현

어느 민족인지 알 수 없을 사람들의 왜치는 소리, 우는 소리를 들었 던 일이 생각났습니다. 그들을 짐자동차에 실어다가 락타 가시덤불과 위성류들 사이에 부렸습니다. 흰옷 우에 부연 솜 저고리를 입은 그 사람들은 자존심을 잃고 부끄러운 줄도 모르고 운전수들과 민경원들의 장화발을 움켜잡으며 사람들이 사는 곳으로 도로 실어가 달라고 애원하였습니다. 찬바람이 부는 그런 한지에서는 아이들도 늙은이들도 다 얼어죽을 것이고 젊은이들도 아침까지 견뎌 내지 못할 것이라고 들 하였습니다. 운전수들은 장화발을 움켜잡는 애원자들의 손을 뿌려치면서 자기들은 바로 거기에 부리고 오라는 명령을 받았으니 달리 할수는 없다고, 명령을 어기면 총살까지 당할 수 있다고 하였습니다... 늙은이는 그 이튿날의 일도 생각났습니다. 차반인 그는 안해와 함께 호기심과 겁에 몰려 밤에 그 무서운 일이 있었던 곳에 다가 갔습니다. 그들은 사람들의 등이 이룬 혀연 언덕을 보게 되었습니다. 그 언덕은 자루들로 덮여 있었고 그 곁에는 아마도 그 자루들에서 쏟아 놓았을 흰 쌀이 무덕무덕 쌓여 있었습니다. 안해가 무슨 말인지 하였으나 그는 대꾸하지 않았습니다. 그는 무서운 사실을 알아 맞혔습니다. 젊은이들이 늙은이들과 아이를 데린 녀자들을 둘러싸고 자기들의 등으로 찬바람을 막아주었던 거입니다. 사람들의 말소리를 듣고 그 등들은 움직이기 시작하였습니다. 언덕이 무너졌습니다. 훤한 새벽 빛 속에서 모를 사람들의 얼굴을 가려볼 수 있었습니다. 젊은 남자 둘이 언 몸으로 그에게 기여와서 사람들은 어데 있는가고 물었습니다. 늙은이는 그 때 안해가 큰 어깨수건을[14] 벗어 자기에게 준 일도 기억하고 있었습니다. 그는 그 수건을 한 남자의 등에 덮어 주고 사람들은 먼 곳에 있는데 그와 안해는 새로 실려온 사람들과 관계를 가져서는 안 된다는 엄금의 말을 들었다고 설명해 주었습니다. 언덕이 완전히 무너져서 그 속에서 아이를 데린 여자들과 늙은이들이 나타났습니다. 차반은[15] 얼대로 언 그 사람들을 겨울 류숙지로 데려와서 불을 피우고 물을 끓여 주었습니다... 조선 사람들은 겨울이 오기 전에 자리를 잘 잡았습니다. 먼데서 가지고 온 삽과 낫으로 몇 개의 땅굴을

재 명칭이 변경되어 따라즈로 불린다.

14) 여자들이 어깨에 걸치는 털실로 짠 보온용 목도리를 말함.

15) "차반"은 카작말로 양몰이꾼이란 뜻이다.

팼습니다. 그 우에 면한 화와 먼 희망의 매운 연기가 피여 올랐습니다. 그들은 견뎌 내였습니다."16) (맞춤법은 원문에 따름.)

「기억」의 제 1막 제 1장은 위의 인용 내용을 바탕으로 전개된다. 어느 카작인 부부가 과거를 회상하는 묘사를 통해, 작가는 강제 이주지 카작스탄에 도착한 고려사람들이 어떠한 상황에서 첫날 밤을 보내게 되는가를 자세히 묘사하고 있다. 작가는 두 가지 사실을 작품을 통하여 부각시키고 있다. 첫째는, 강제 이주를 단행한 소련 당국의 비인간적인 행위를 고발하려고 한 것이고, 둘째는 이주지 원주민인 카작인들이 소련 당국의 명령을 어기면서까지 고려사람들을 인간적으로 도와준 사실을 알리려고 한 것이다. 위에 인용한 묘사가 허구적이든 사실이든 이러한 강제 이주 체험이 카작스탄 고려사람들에게 하나의 전설처럼 대대로 전해내려 오고 있는 내용 중의 하나이다.

「기억」의 작가 송 라브렌띠는 실제로 강제 이주 체험을 하지 않은 카작스탄 고려사람 제 2세대에 속한다. 전해들은 이야기이거나 상상적인 이야기일 수 밖에 없는 이 단편소설에 나타나는 허구적 내용에 무엇이 그를 이토록 집착하게 만드는가? 첫째로, 피압박 민족 고려사람들의 기억 속에서 지워지지 않는 소련 당국의 비 인간적인 정책에 대한 피해 의식 때문이라고 할 수 있고, 둘째로는, 강제 이주로 인하여 고려사람들이 겪은 참상을 대중 앞에 문학적으로 폭로하여 이에 대한 심리적 보상을 받기 위함이라고 볼 수 있다.

강제 이주라는 것은 비 인간적인 일임에 틀림없다. 이러한 측면에서, 강제 이주 체험이 고려사람들에게 하나의 전설처럼 대대로 전해지고 있는 것은 당연한 일이라고 할 수 있다. 고려사람들의 이러한 뼈 아픈 과거를 후세들에게 역사적 교훈으로 길이 남기기 위하여, 「기억」의 작

---

16) 송 라브렌띠, 「삼각형의 면적」, 『오늘의 빛』(알마아타: 자주쉬출판사, 1990), pp.86-87.

가는 당국이 한인들을 허허벌판으로 실어다 버린 것과 현지 카작인들에게 한인들과 접촉 금지 경고를 내린 것 등과 같은 허구적 내용을 연극이라는 공간 예술을 통하여 강제 이주의 부당성을 사회에 고발하고 있다.

이주 초기 한인들이 카작인들로부터 도움을 받은 것은 사실이며 두고두고 간직해야 할 소중한 체험임에 틀림없다. 그러나 당국이 아무런 대책 없이 고려사람들을 허허벌판 초원에 짐승처럼 풀어 놓았다는 것은 재고해야 할 비 사실적 체험이다. 위 인용문의 화자는 이주지의 상황을 "찬 바람이 부는 그런 한지에서는 아이들도 늙은이들도 다 얼어 죽을 것이고 젊은이들도 아침까지 견뎌내지 못할 것이라"고 처절하게 묘사하고 있지만, 서두에 화자가 말한 "그와 같이 굿은 비가 내리는 가을 밤에 쟘불역에서"라는 내용과 모순된다. 쟘불이라는 도시는 카작스탄 남부에 위치하기 때문에 그렇게 춥지 않은 곳일 뿐더러 10월의 날씨는 온화한 편이다. 객관적이기 보다는 오히려 주관적인 관점에 치우친 이러한 비 사실적 체험 내용이 「기억」의 전개 과정에 자주 나타난다.

이것은 강제 이주라는 비인간적인 역사적 현실과 한인들이 역경 속에서 개척한 삶의 내용을 작품 속에 비극적으로 반영하려는 치밀하지 못한 작가의 섣부른 희곡 구성에서 기인된 문제라고 볼 수 있다. 「기억」에 묘사된 이러한 비극적 내용은 강제 이주를 체험하지 않은 젊은 세대 고려사람 독자들이 피해자 차원에서 「기억」을 비판 없이 쉽게 받아 들일 수 있는 민족적 공감대를 형성하는 데 큰 몫을 하고 있다. 물론 작가의 의도는 사건의 비극적인 상황 묘사를 통하여 극적인 최대 효과를 추구하는 데 그 목적이 있겠지만, 그래도 역사적 사실에 비추어 볼 때 이것은 지적 오류임에 틀림없다.

희곡도 다른 문학 갈래처럼 허구성을 바탕으로 만들어진 창작 작품이다. 그러나 허구성 때문에 작품 속에서 어떤 역사적 진실이나 체험이 도외시될 수는 없다. 작가는 문학의 비논리적이고 비사실적인 허구성을 인정하면서 동시에 문학에도 사실적인 타당성이 요구된다는 점도 생각해야 한다. 사실성만을 지나치게 추구하게 되면 비문학적 역사 영역에 치우칠 우려가 있고, 너무 예술적 허구성에만 집착하게 되면 역사적 사실을 소재로 한 작품에서는 치명적인 한계를 보이게 된다. 역사적 사실성과 예술적 허구성이 적절히 조화되었더라면 희곡 작품으로서 「기억」이 한층 더 설득력을 가졌을 것이다.

일부 고려사람들의 입을 통해 후세대에 와전된 이러한 허구적 체험이 고려사람들의 생활에 직접 또는 간접적으로 많은 영향을 미친 것은 부정할 수 없다. 이러한 이주 전설을 배경으로 설정된 희곡 작품 「기억」에서 강제 이주 체험이 어떻게 문학적으로 형상화되고 있으며 그것이 고려사람들에게 어떤 의미를 부여하고 있는 가를 살펴보기로 한다.

> (할리마는 해선의 손을 잡고 가자고 손짓을 한다. 해선은 어쩔바를 몰라 동네 사람들의 얼굴만 쳐다본다.)
> 오른바이: (할리마한테 카사흐말로) 당신은 대체 뭘 하려는거오? (할리마는 아무 대답이 없다.) <u>우리더러 주의 시키던 말을 당신이 잊어버린 모양이군...</u>
> 할리마: <u>어린애에 대해선 그런 주의가 없었소 어린애가 추워서 떨기에 집에 데려가 뜨거운 물이라도 먹여야 하지 않소</u> (밑줄은 글쓴이가 친 것임.)[17]

이 대사는 앞에서 인용한 「삼각형의 면적」에 묘사된 "(......) 그와 안

---

17) 인용문의 맞춤법은 원문에 따른다.

해는 새로 실려온 사람들과 관계를 가져서는 안 된다는 엄금의 말을 들었다고 설명하여 주었습니다."라는 내용을 반영한 것이라고 볼 수 있다. 물론 이것은 문헌이나 증언 자료를 보더라도 사실과는 차이가 있다. 1937년 8월 23일자 카작스탄 공산당 중앙위원회 당서기 엘. 미르조얀이 서명한 의정서 11호의 내용에 의하면[18], 카작스탄에 이주될 원동 한인들을 맞이할 모든 준비가 이미 완료되었음을 확인할 수 있기 때문이다. 게다가 강제 이주를 체험한 고려사람들의 증언에 따르면[19] 이주민들이 도착한 후 곧 바로 숙소 뿐만 아니라 다른 필요한 편의를 제공 받았으며 이주지 주민들과의 접촉이나 그들과의 관계가 매우 자유스러웠으며 우호적이었음을 확인할 수 있다. 아무리 소련 당국의 이주 계획이 완벽하고 이주지 주민들이 우호적이라 하여도, 모든 것을 새로이 시작해야 하는 이주지 생활은 고려사람들에게 큰 시련이었음에 틀림없다. 왜 소련 원동 한인들이 카작스탄으로 이주 되어야 했는가?

---

[18] 이 문헌을 복사해준 알마틔대학교 명 드미트리 철학 박사후보께 감사 드린다.

[19] 증언 사례 일부를 참고로 소개한다. 1) 카작스탄 알마틔시 싸빠예바거리 32A-23번지에 사는 최 따띠아나 (1927년 2월 9일생, 여) 님은 가라간다로 이주되었던 분이다. 1997년 7월 14일 필자와의 대담에서, 당시 당신과 함께 이주지 가라간다에 도착했던 모든 고려사람들이 거처와 일자리 등 필요한 편의를 당국으로부터 제공받았다고 밝혔다. 탄광 지역인 가라간다의 여건이 농업을 주로 하던 고려사람들의 생활 환경에 적합하지 않음을 알고, 1938년 봄이 되면서 자발적으로, 농사를 지을 수 있는 타슈켄트나 크즐오르다, 우즈토베 등으로 이주하기 시작했다고 한다. 2) 우즈베키스탄 타시켄트시 근교 레니나 지역에 있는 "세베르느이 마약" 집단농장에서 살고 있는 김 안나 (1923년 3월 9일생, 여) 님도 가라간다로 이주 되었던 분이다. 1997년 5월 24일 대담에서 최 따띠아나 님과 꼭 같은 내용의 증언을 하였다. 3) 카작스탄 크즐오르다시 꼰스띠뚜찌야 거리 127-4번지에 거주하는 정 마리아 (1913년 5월 6일생, 여)님은 크즐오르다로 이주 되었던 분이다. 1997년 8월 13일 필자와의 대담에서 이주 당시 당국에서 영구 주거지를 마련하여 배당한 것은 아니 였지만 임시로 사용할 수 있도록 개조한 공회당과 창고 건물에 일단 기거할 수 있도록 조치해 주었다고 밝혔다. 4) 카작스탄 딸듸꾸르간시 카작스탄스카야거리 104-16번지에 사는 최 라이사 (1919년 1월 20일생, 여)님은 크즐오르다로 이주 되었던 분이다. 1997년 9월 13일 대담에서, 당시 소왕령고려사범학교 3학년 학생이었던 제보자의 증언에 따르면 이주지에 도착하였던 교직원, 교사, 학생들 모두가 거처는 물론 필요한 제반 편의를 당국으로부터 제공 받았을 뿐 만 아니라, 원동에서 학생들에게 매달 지급되던 장학금을 이주지 크즐오르다에서도 받았다고 증언하였다.

한인들이 격리되어야 했다면 그만한 이유가 있었을 것이다. 단편적이나마 다음의 대사는 그러한 이유를 시사해 준다.

> 뾰트르: 당신이 글쎄 사람들을 위해 무슨 좋은 일을 했는가 말이요? 당신같은 사람들 때문에 우리가 늘상 고생하는거라구. 당신네들이 외놈들과 같이 잘 지냈길래서 우리기 연기로 몰려온거오 그래 내말이 옳지 못하다구 생각합둥?
> 영진: <u>그 진리를 누구도 모르는거요 그러나 당신이 지금 한 말은 다 거짓말이고 비방이라구요 세월이 지나면 모든 것이 밝혀질 거요 그때면 당신들이 모든걸 알게될거오</u> (밑줄은 글쓴이가 친 것임.)

「기억」의 작가는 왜 강제 이주 배경에 관한 역사적 사실의 직접적인 언급을 회피하고 있는가? 이 문제가 분명하게 밝혀지지 않으면 연극에서도 강제 이주 수난사가 그다지 큰 설득력을 가지지 못한다. 이 희곡이 쓰여진 1997년은 시기적으로 강제 이주의 역사적 사실이 다 밝혀졌을 뿐 아니라 소련시절처럼 국가 기관의 엄격한 사전검열이 요구되지 않았다. 이러한 당시 사회적 여건을 감안한다면, 작품에 나타나는 미지근한 작가의 고발 태도는 그의 역사 의식의 부족 혹은 소극적인 작가 의식에서 기인한 것으로 볼 수밖에 없다.

20세기 초 한반도의 농민들이 처한 봉건적 토지 소유 형태라던가, 일본 지배하의 한인들이 직면한 식민지 토지 정책으로 인해 원동으로 이주하지 않을 수 없었던 한인들의 역사적 배경이나, 소련이 원동 거주 고려사람들을 카작스탄으로 강제 이주시킨 정치적 원인을 외면해 버림으로써, 독자나 관객들에게 역사적 인식을 차단해 버리고 있다. 영진의 입을 통해서 "세월이 지나면 모든 것이 밝혀질 거요. 그때면 당신들이 모든걸 알게될거오."라고 서술하여 이 문제를 슬쩍 흘러버리고 마는 작가 정신은 단순한 기법상의 문제만은 아니다.

강제 이주 전 원동에서나 강제 이주 후 카작스탄에서도 고려사람들 사이에 있었던 질시나 반목, 명예욕 때문에 죄없는 사람들이 모함을 당한 예가 허다했다. 소련 당국에 반대하여 발설한 민족적 언사나 행동을 고자질하여 죄없는 고려사람들이 강제수용소에 감금이 되거나 죽음을 당한 경우가 적지 않다. 물론 강제이주의 이유가 위 인용 대화에서 뾰뜨르가 제기하는 일부 고려사람들의 친일 행적 때문만은 아니지만 당시 사회적, 정치적 상황을 제시하지 않은 영진 노인의 단순한 대답이 작품 속에서 설득력을 가질 수 없음은 분명하다. 이것은 당시 원동 한인들의 사정에 관심을 덜 가진 또는 역사 의식이 철저하지 못한 작가의 한계라고 지적할 수 있다. 「기억」은 강제 이주라는 역사적 소재를 바탕으로 한 작품이기 때문에, 최소한의 고증을 담보로 하는 범위 내에서 고려사람들의 정서적 반향을 극적으로 예술화 시킬 수 있도록 양자 간의 조화를 꾀하였더라면 보다 강한 설득력을 가질 수 있었다고 본다.

영진 노인이 아무도 이주 이유를 모른다고 하지만, 이주 당시 상황에서 짐작할 수 있는 가능한 원인은 역시 친일파 한인 지식인들의 행적이라고 할 수 있다. 위의 인용문에 나타난 뾰뜨르의 지적에는 사실상 일리가 있다. 강제 이주의 역사적 배경으로, 한인들이 러시아 변강 지역에서 일본의 앞잡이 노릇을 할까 봐 염려하여 취해진 조치인, 소련 전공산당 중앙위원회 총서기 스탈린과 소련 인민위원회 위원장 몰로또프가 서명한 1937년 8월 21일자 이주 명령서에 언급된 정치적 이유 외에도 군사적, 경제적 이유를 고려해 볼 수도 있다.

중국이 일본의 침략 위협을 느끼자 1935년 소련과 상호협조조약을 맺고자 하였으나 스탈린이 시기상조라고 판단하여, 일본을 자극하지 않을 정도의 도움을 중국 측에 약속해 왔다. 그러나 마침내 일본의 침략

정책이 노골화되자, 위협을 느낀 소련이 1937년8월 21일 중국과 체결한 중소불가침조약의 영향을 군사적인 이유로 들 수 있다. 경제적인 이유로는, 벼 재배 기술이 뛰어난 한인들을 이용한 중앙아시아 지역 벼농사 발전을 위한 농업정책을 가정해 볼 수 있다. 원동 한인들이 일본과 내통한다는 가정이 소련 당국으로 하여금 한인들을 카작스탄 땅으로 격리시키기에 이른 가장 중요한 원인이라고 할 수 있다. 격리 당한 고려사람들은 이주지 카작스탄에서 숱한 고생을 하며 생활의 터전을 마련하지만, 결국은 소비에트 사회로부터 소외당하게 된다.

> 니꼴라이: 난 정말 범보다도 사나왔다니까. 화가 나서 못 견디겠더라. <u>왜 카사흐들은 전선으로 내 보내는 데 우리는 고려사람들이라고 전쟁에 보내지 않는가 말이야? 우리가 네명이 갔던데 그 애들은 내보다 나이가 이상이더라. 그런데도 아직 나이가 어리다면서 집으로 도루 보내는 거야.</u> (밑줄은 글쓴이가 친 것임.)

대사 내용에서 볼 수 있는 것처럼, 당시 17살이었던 니꼴라이가 자기보다 나이가 더 많은 고려사람 청년 3명과 함께 제 2차 세계대전에 소련군으로 참여하기 위해 군사동원부에 지원한다. 그러나 나이가 어리다는 핑계로 그들은 거절을 당한다. 카작 청년들에 비하여 고려사람 청년들을 차별 대우하는 소련 당국에 니꼴라이는 소외감을 느끼게 된다. 이것 역시 강제 이주와 관련된 한인들의 뼈아픈 체험이다. 일본의 첩자로 오인된 고려사람들은 믿을 수 없는 민족으로 취급되어 특별한 경우를 제외하고는 모든 정치적 활동이 통제되고 거주 이전의 자유마저 제한당하였다. 정당한 이유없이 사회로부터 소외당하는 것에 다음과 같은 의문이 제기 되지 않을 수 없다.

니꼴라이: (좀 사이를 두고) 우리가 왜 이 타곳에 오게 된거요? 왜 우리를 원동에서 이곳으로 이주시켰는가 하는 거요. (사이)

영진: 애, 내 말을 좀 들어봐라. 넌 이제부터 다시는 이런 질문을 누구한 테도 하지 말아라.

니꼴라이: 그건 왜 그러는가요?

영진: (잠간 사이) 진실을 알자고 하던 많은 사람들이 자기 목숨을 잃었기에 그러는 거다. 재발 그걸 물어보지 말아라. 응. (사이)

니꼴라이: 카사흐들은 전선에 나가 싸울 수 있지만 우리는 전선으로 못나가게 하잖소. 전쟁이 지금도 계속되는 데 우리가 전선에 나가 우리 나라를 파시스트들로부터 웅호해야 되잖습둥. (밑줄은 글쓴이가 친 것임.)

현실에서 느끼는 소외 의식 때문에 심각한 갈등을 겪는 니꼴라이에 게 구체적인 해답이 없다. 왜곡된 역사적 현실 앞에 선 영진은 니꼴라이의 절실한 질문에 그저 침묵을 지킨다. 소련 원동 고려사람들이 카작스탄 땅으로 이주 되어야 했던 이유를 알면서도 마치 젊은이들을 살리기 위해서 침묵을 지키는 것인지, 아니면 구체적인 이유를 모르기 때문인지 영진의 태도가 분명하지 않다. 그러나 "진실을 알자고 하던 많은 사람들이 자기 목숨을 잃었기에 그런거다."라는 대답으로 미루어 보아 그가 강제 이주 이유를 알고 있음을 시사하고 있다. 강제 이주가 극비에 추진되었기 때문에 일반 대중들이 강제 이주에 대한 공식적 이유를 알 수 없었지만, 고려사람들 누구나 그 이유를 어느 정도 짐작할 수 있었다.

강제이주 이유를 알려고 노력한 사람들, 다시 말해서 강제 이주로 인해 고려사람들이 받은 불이익을 회복하기 위해 소련 당국에 대항한 고려사람 지식인들이 불식간에 목숨을 잃거나 사회에서 제거된 경우가 허다했다. 이러한 상황 아래, 강제 이주 당시 공민증마저 회수당한 고려사람들은 거주 이전의 자유가 한정되고 지리적으로 격리되고 말았다.

다민족 국가인 소련에서 민족적 차별 대우를 받고 사회적으로 소외당한 당시 고려사람들이 처한 암울한 상황은 니꼴라이에게 삶의 절망감을 안겨주고 만다. 니꼴라이가 "우리나라"로 생각하는 소련은 결국 니꼴라이에게 이율배반적인 존재로 등장하지만, 소련 공민으로서 정체성을 인정 받으려는 니꼴라이의 끈질긴 집념은 이주 제 1세대 고려사람들의 수동적이고 보수적인 입장과 맞서게 된다.

> 영진: 넌 오래 살면 그 원인과 모든 것을 다 알게 될거다. 꼭 알게 된다구. 그렇지 않으면 우리 늙은 것들이 침묵을 지킬 필요가 없잖아! <u>우리가 입을 담고 있으므로 너같은 젊은이들을 살릴 수 있게 되는거다.</u> 나는 그날까지 살것 같지 않다. 모든 사람들이 누구나 다 그 진실을 알았으면 얼마나 좋겠니? 나는 그걸 원하는거다.
> 니꼴라이: <u>그럼 할아버지도 그걸 모른다는거죠?</u>
> 영진: (사이) <u>모른다.</u>
>
> (중략)
>
> 길만: 전선, 전쟁, 대체 그게 무슨 소린가 말이다? 난 널 속태우려는 것이 아니다. 그러길래서 너에게 솔직하게 말하겠다. <u>아마 널 전선에 보내지 않을거다. 넌 군사동원부에 안가는게 낫겠다.</u>
> 니꼴라이: <u>그건 어째 그렀습둥?</u>
> 길만: 어째 그런가구? 고려사람들을 전쟁으로 보내지 않기 때문에 그런거다. <u>우리를 믿지 않기 때문에 그런거다.</u> 우리를 믿지 않는다는거다.
> 니꼴라이: 믿지 않는다구?
> 길만: 그래...
> 니꼴라이: 아니 그럴 수가 없죠.
> 길만: 그럴 수가 있다구, 있서. <u>시대가 그런가봐...</u> (밑줄은 글쓴이가 친 것임.)

한 민족이 겪는 엄청난 시련을 한 시대의 희생 제물로 밖에 설명할 수 없는 것이 강제 이주이다. 고려사람들의 제한 당한 생활은, 이미 앞에서 언급했던 것처럼 니꼴라이가 파시스트로부터 나라를 보호하기 위하여 군사동원부에 지원하였으나 고려사람이기 때문에 거부를 당했다는 사실에서 잘 나타난다. 길만은, 고려사람 청년들이 거부를 당해야 하는 이유는 당국이 고려사람들을 믿지 않기 때문이라며, 이 불신 감정을 한 시대의 역사적 사건으로 돌린다. 고려사람들에 대한 러시아 당국의 불신임에 관한 최초의 문헌으로 1912년에 출판된 운떼르베르게르의 보고서가 있다.[20)]

운떼르베르게르는 그의 보고서에서 고려사람들이 일본의 첩자로 이용될 수 있음을 시사했다. 운떼르베르게르의 보고서 내용이 와전되고 확대되어 결국 1937년 한인 이주 결정에 중요한 역할을 한 것으로 볼 수 있다. 니꼴라이가 조국으로 생각하는 소련과 고려사람들의 생활을 제한하는 소련 당국의 강제 이주 정책 사이에 생기는 갈등은 결국 이들 고려사람들의 삶을 훼손시키고 그들을 정신적으로 피폐하게 만들고 만다. 강제 이주 체험 세대들이 생각하는 한반도의 조국은 결국 소련 정책으로 말미암아 현실에서 사라져 버리고 마음 속 한 구석에 추억으로 남을 수밖에 없는 다시 돌아갈 수 없는 나라가 되고 만다.

> 뾰트르: 아니, 정든 고향땅으로 가기 싫어하는 사람이 세상에 어디 있겠
> 소? 앞으로 일이 어떻게 되겠는지, 우리는 어떻게 살게 되겠는지 알고 싶
> 다구... 우리 손군들이 나중에 가서 뭐라구 하겠는지. 그 애들이 글쎄 신수
> 가 좋으면 고향 땅으로 다시 돌아갈 수 있겠는지 누가 알겠소
> 　영진: 그런데 이 사람들이 무슨 말성이 그렇게 많을가? 그런 말은 여기

---

20) 운떼르베르게르 뻬. 에프, 『아무르강 변강지역 1906-1910년』, 제정러시아지리학회 통계과 보고서 제 13권, (쌍끄-뻬떼르부르그: 끼르쉬바우마 인쇄소 쌍끄-뻬떼르부르그 지부, 1912), pp.84-85.

<u>서 할 필요가 없는거라구. 괜히 그러다가 잘못될 수 있는거야.</u> (밑줄은 글
쓴이가 친 것임)

　강제 이주로 인해 피해 받은 고려사람들이 위안을 받을 곳은 그들의
고향 원동이다. 그러나 민족적 차별을 받아가며 살아야 하는 이주지 현
실은 이 꿈마저 허락하지 않는다. 이주 고려사람 제 1세대들의 꿈은
아들 딸들이 고향인 원동으로 못 돌아 가더라도, 손자 손녀들은 좋은
세월을 만나 다시 원동으로 돌아갈 수 있게 되는 날이 돌아오기를 바
라는 것이다. "페레스트로이카"(개혁)나 "글라스노스트"(개방)가 시작된
1986년까지도 카작스탄 고려사람들은 한반도를 지칭하는 뜻으로 "조
국"이라던가 "모국"이라던가 "고향" 같은 용어를 공공연하게 사용할
수 없었다.[21] "조국", "모국", 혹은 "고향"이란 마음의 조국이나 고향
일 수 없을 뿐 아니라 혈육의 조국일 수도 없고, 오로지 소비에트 사
회주의 연방공화국을 대상으로만 지칭할 수 있었다. 혈연의 조국이나
고향을 그리워하던 적지 않은 고려사람들이 소련 당국의 숙청 대상이
되었고 소련 사회에서 도태되기까지 하였다. 이들 고려사람들은 결국
소련에서 격리되고 소외당하여 실향 의식을 늘 마음 속에 지니고 다니
는 민족이 되고 만다.

　　표도르: (마인다.[22]) 그래, 전선에 가 있었소 로동전선에 말이오 그런
　　전선에 대해 들은적 있소? "트루다르미야"[23] 라고도 핫고마.
　　(......)
　　길만: 아니, 그럴수가 없겠는데. 그 애가 확실히 전선으로 나갔는데 글쎄.

---

21) 강제 이주 내용을 다룬 송 라브렌띠의 단편소설 <삼각형의 면적>이 문학잡지 ≪프
　　로스토르≫에 게재된 것은 1987년 2월이다.
22) "마신다"라는 뜻의 카작스탄 고려사람들이 사용하는 낱말.
23) "노동전선"을 뜻하는 러시아어 단어.

전쟁판에 나가 싸운다고... 그 애가 그렇게 편지를 썼는데...

　표도르: 이보 내말을 들어보라구. 니꼴라이가 나한테 자세한 얘기를 해주더라구. 그 애더러 전선으로 보낸다고 하고서는 우랄로 실어온거요 거기서 벌목을 했소 그래서 난 그애를 알게 된거죠 우연히 만났다구. 같은 브리가다[24] 에서 일했고 같은 바라크[25] 에서 살았다니까. (밑줄은 글쓴이가 친 것임.)

　"조국" 소련을 파시스트로부터 보호하겠다는 니꼴라이의 끈질긴 요청이 군사동원부에 의해 받아들여지지만, 니꼴라이의 의도와는 달리 우랄에 있는 노동전선으로 보내져 벌목에 참여하게 된다. 니꼴라이가 전선에서 전쟁에 참가하고 있는 것으로 알고 있던 길만은, 노동전선에서 부상을 당하여 한 쪽 팔을 잃고 아내를 찾아온 표도르로부터 아들의 소식을 듣게 된다. 길만은 니꼴라이가 민족적 차별 대우를 받아 전쟁터 대신에 노동전선 벌목장에서 일하다가 나무에 깔려 죽음을 당하였다는 사실을 알고는 말할 수 없는 절망에 빠진다.

　강제 이주지 카작스탄에서 고려사람들이 힘들게 정착하여 새로운 삶의 터전을 마련하지만, 그들은 완전한 소련 공민으로서 대우를 받지 못하고 주변에서 헤매는 민족이 되고 만다. 고려사람들이 받은 정치적 사회적 억압은 여러 해가 지난 후 공민증을 받고서야 그들의 아픈 상처가 치유될 수 있었다.

　나의 어머니는 키도 작고 몸집도 작아서 시집왔을 때 새 친척들은 "애기"라고 불렀습니다. 애기라는 말이 이름이었던들 공민증에 로씨아 글자로 적기 어려웠을 것입니다. 로씨야 말에는 "애"라는 글자가 없지 않습니까. 하긴 공민증도 없었습니다. (중략) 실례를 들어 1949년까지는 <u>원동에</u>

---

24) 군의 "부대" 혹은 작업장의 "조"를 뜻하는 러시아어 단어.
25) "임시 숙소"라는 뜻의 러시아어 단어.

서 카작흐쓰딴에 이주해온 사람들에게 공민증이 없었습니다. 거주증 비슷한 것이 있었을 따름입니다. 너는 이 주민 지점에 거주등록이 돼 있으니 새 고향을 떠나서 살고 싶은 데서 사는 것은 좋은 일이 아니다하는 좀 더 정확히 말하여 엄금이다하는 증명서 말입니다. 그러나 마침내 1949년이 와서 그렇게도 단순하고 명확하던 지령이 폐지되었습니다. 조선 사람들은 이동의 자유를 가지게 되었고 그 결과 생활이 보여준 바와 같이 새 고장이 참으로 고향 땅같이 귀중하게 되였습니다.”[26] (밑줄은 글쓴이가 친 것임)

강제 이주 때문에 훼손된 고려사람들의 삶은, 위에 인용한 단편소설 「삼각형의 면적」에서 언급하고 있는 것처럼, 고려사람들이 공민증을 발급 받고서야 실향 의식이 어느 정도 치유되기 시작하였다. 「삼각형의 면적」에서 1949년에 고려사람들에게 공민증이 발급되었다고 하지만, 카작스탄 고려사람들에게 언제 공민증이 일체적으로 다시 발급되었는지에 관한 문헌은 아직까지 발견되지 않고 있다. 어떤 사람들은 이주지에 도착하여 열차에서 곧 바로 공민증을 돌려 받았고, 다른 사람들은 원동에서 올 때부터 가지고 있었다. 그리고 1953년에 새로이 발급 받은 이들도 있고, 또한 1954년에 발급 받은 이들도 있다.

이주 당시 일괄적으로 공민증을 회수하여 객차 수송 책임자가 소지하고 있었기 때문에 일부 고려사람들이 이주지 도착 시 비합법적인 방법으로 열차에서 되돌려 받았을 가능성도 있다. 그리고 원동에서 공민증 회수 시 자의든 타의든 공민증을 반납하지 않았거나 행정관청으로부터 멀리 떨어진 곳에 거주하였던 사람들은 제 때에 공민증 회수 요청을 받지 않았기 때문에 이주 당시 공민증을 소지하고 있었다. 원동에서 회수한 공민증은 이주 후 집단농장이나 직장 단위에서 금고에 보관하였으며 공민증이 새로이 발급될 때까지 개인에게 되돌려주지 않았다.

---

26) 송 라브렌띠, 「삼각형의 면적」, 『오늘의 빛』(알마아타: 자주쉬출판사, 1990), p.84.

생존하는 대부분의 이주 제 1세대 고려사람들의 증언에 따르면 1953년 과 1954년에 그들에게 공민증이 발급되었다고 증언한다.[27]

이러한 증언을 참고할 때, 위의 인용한 「삼각형의 면적」에서 1949년에 고려사람들이 공민증을 발급 받았다고 하는 것 역시 작품 속에 나타나는 역사적 사실에 대한 지적인 오류이다. 공민증의 발급은 고려사람들의 사회적 지위가 소련에서 향상되었음을 말하며, 동시에 이들 이주민들의 정착된 삶이 시작되었음을 나타낸다고 볼 수 있다. 1954년에는 소련의 유일한 한글 신문이었던 ≪레닌기치≫가 카작스탄 사회주의 공화국 신문으로 지위가 승격되었으며 고려사람들도 카작스탄 정계나 사회 여러 분야에서 중요한 역할을 하게 된다. 이주지 카작스탄은 더 이상 이들 이주민 고려사람들에게 고통의 땅이 아니라 새로운 고향 땅으로 귀중하게 느껴 질 수 있었다.[28] 1993년 4월 14일에 공포된 "집단적 정치탄압 희생자들의 명예회복에 관한 법"에 의하여, 고려사람들의 명예회복은 물론 정신적 물질적 손실에 대한 보상도 가능하게 되었다.

5. 맺는말

소련 원동 고려사람들의 카작스탄 강제 이주 60주년 기념 행사로 카

---

27) 카작스탄 고려사람 역사 전문가인 알마틔대학교 교수 강 게오르기 박사가 필자와의 대화에서 밝힌 공민증 발급에 관한 사실이다.

28) 1954년 이후 ≪레닌기치≫에 발표된 고려사람들의 시 작품에 나타난 내용을 보더라도 고려사람들에게 카작스탄은 확실히 새로운 조국으로 부각되고 있음을 확인할 수 있다. 이에 관하여서는 다음 논문을 참고하기 바란다.
김필영, 「≪레닌기치≫에 나타난 쏘베트 한인문학 - 강제 이주지 중앙아시아의 시적 심상」, 『비교한국학』 제3집, 서울: 국제비교한국학회, 1997, pp.135-141.

작스탄 고려사람 극작가 송 라브렌띠의 희곡 「기억」이 1997년 10월 3일 조선극장에 의해 초연 되었다. 알마틔솜제조공장 문화궁전에서 상연된 「기억」은 보기 드물게 고려말로 쓰여진 한국문학 작품으로 사라져 가는 고려사람들의 글말 보존에 크게 기여하고 있다. 카작스탄 고려사람이란 1937년 소련 원동에서 카작스탄으로 강제 이주된 한인들을 가리키며 그들이 사용하는 민족어를 고려말이라고 부른다.

작가는 「기억」에서 소련 원동에서 카작스탄으로 강제 이주된 고려사람들의 초기 정착 과정을 1937년부터 1942년까지 문학적으로 현실감 있게 묘사하고 있다. 「기억」은 2막 10장으로 구성된 희곡으로 지주계층인 김영진 가족과 무산계층인 박 뽀뜨르 가족, 양몰이꾼 카작인 오른바이 가족, 성적으로 자유분방한 리자 등이 주요 인물로 등장한다. 카작스탄 정착 과정에서 이들 이주민들이 겪는 생활상을 통해 강제 이주 체험이 고려사람들에게 어떤 의미를 부여하는가를 역사적 현실성에 비추어 그려내고 있다. 연극이라는 공간예술 매체를 이용하여 강제이주의 참상과 강제 이주가 고려사람들에게 미친 영향, 그리고 소련당국의 민족차별 정책으로 인해 고려사람들이 받은 심리적 압박을 폭로하여 관객들로 하여금 지나간 고려사람들의 수난사를 돌이켜 보게 하고 있다.

「기억」에서 등장 인물의 성격 설정이 분명하고, 시간과 공간과 행동이 상상적으로 확장되며 전개되는 장면 구성이 치밀한 반면 무대 배경이나 등장 인물의 행동 묘사에 관한 구체적 설명이 불충분한 것이 연극 대본으로서의 흠이라고 할 수 있다. 그러나 한편으로는 바로 이러한 점이 연출가의 상상력을 동원하도록 하여 나름대로의 독창적 예술성을 원 작품에 보탤 수 있는 여건을 마련해 주고 있다. 「기억」의 초연에서 보여준 극적인 분위기 조성과 상황의 처리가 잘 이루어진 것은 고려극장의 훌륭한 연출 덕분이라고 할 수 있다. 희곡은 소설과는 달리 무대공연을 염두에 둔 예술이므로 공연 대본으로서 기능을 충분히 할 수 있어야 한다. 인물간에 발생하는 갈등이 너무 작위적이고 사건들이 심도 있게 점차적으로 발전되지 못하고 안일하게 급속도로 처리된 것 또한 구성상의 문제점이라고 할 수 있다. 더욱이 갈등의 해결을 의도적으로 마무리하기 위해 불행과 행복을 인위적으로 조합시킨 도식적인 사건 해결로 말미암아 작품의 문학적 긴장을 획득하는 데 실패하고 있다.

강제 이주를 피압박 민족의 정서적 측면에서 묘사한 결과 비사실적 체험이 「기억」에서 자주 언급되고 있다. 문학 작품에서 사실성만을 지나치게 추구하게 되면 비문학적 역사 영역에 치우칠 우려가 있고, 너무 예술적 허구성에만 집착하게 되면 역사적 사실을 소재로 한 「기억」과 같은 작품에서 치명적인 한계를 보이게 된다. 역사적 사실성과 예술적 허구성이 적절히 조화되었더라면 희곡 작품으로서 「기억」이 한층 더 설득력을 가졌을 것이다. 희곡도 다른 문학 갈래처럼 허구성을 바탕으로 창작된 작품이다. 그러나 문학의 허구성 때문에 작품 속에서 어떤 역사적 진실이나 체험이 도외시될 수는 없다. 작가는 문학의 비논리적이고 비사실적인 허구성을 인정하면서 동시에 문학에도 사실적인 타당성이 요구된다는 점도 생각해야 한다.

카작스탄 고려사람들에게 민족의 전설처럼 대대로 전해지고 있는 강제 이주의 비극적 상황을 연극으로 형상화한 송 라브렌띠의 선구적 공적이 희곡 구성상의 결점으로 인해 과소 평가되어서는 안 된다. 희곡 「기억」은 고려사람들의 민족문학 발전과 고려말의 보존이라는 중요한 역할 외에도 무대 공연을 통하여 고려사람 젊은 세대들에게 민족의 뼈저린 역사적 현실을 시각적으로 경험케 하고, 잊혀져 가고 있는 강제 이주 사실을 상기시키는 데 크게 기여하고 있다. 작가는 「기억」을 통하여 그 동안 장막에 쌓여 있던 강제 이주의 부당성을 사회에 고발하고, 일본의 앞잡이라는 구실 하에 격리되고 소외되었던 고려사람들이 겪은 숱한 민족적 고통과 고려사람들이 이주지 정착과정에서 받은 카작 민족의 도움을 후세들에게 기억하게 하고 있다.

참고문헌

강 게오르기(1995), ≪이스또리야 까레이쩨프 카작스타나≫ (카작스탄 고려사람 역사), 알마틔: 글름.

김필영(1995), "한국문화의 세계화와 해외 한인의 역할", ≪한국 문화의 세계화≫, 성남: 한국정신문화원.

김필영(1997), "≪레닌기치≫에 나타난 쏘베트 고려인 문학: 강제 이주지 중앙아시아의 시적 심상", *Comparative Korean Studies* Vol. 3, Seoul: International Association for Comparative Korean Studies.

김필영(1997), "≪레닌기치≫에 나타난 쏘베트 한인문학 - 강제 이주지 중앙아시아의 시적 심상", ≪비교한국학≫ 제3집, 서울: 국제비교한국학회.

김필영(1997), "한인 강제이주와 해삼위고려사범대학교 한국학 도서의 행방", ≪한글 새소식≫ 제299호, 서울: 한글학회.

김필영(1998), "송 라브렌띠의 <기억>과 카작스탄 고려사람들의 강제 이주 체험", *Comparative Korean Studies* Vol. 4, Seoul: International Association for Comparative Korean Studies.

김필영(1998), "한인 강제이주와 소왕령조선사범학교", ≪한글새소식≫ 제305호, 서울: 한글학회.

김필영(2000), "소비에트 카작스탄 고려인 문학과 한진의 역할", ≪한국문학논총≫ 제27호, 부산: 한국문학회.

김필영(2001), "<밭 갈던 아씨에게>와 소베트 카자흐스탄 한인 시단: 강태수 시인의
　　　서거를 애도하며", ≪고려일보≫ 2001년 2월 9일.

김필영(2003), "윤동주, 조명희, 강태수의 시에 나타난 민족주의", 민족시인 학술토론
　　　회 발표 논문집, 서울: 세종문화회관.

김필영(2004), ≪소비에트 중앙아시아 고려인 문학사(1937-1991)≫, 용인: 강남대학교
　　　출판부.

김필영(2005), "소비에트 중앙아시아 고려인 소설 연구", ≪민족문화논총≫ 제32집,
　　　경산: 영남대학교 민족문화연구소.

송 라브렌띠(1990), <삼각형의 면적>, ≪오늘의 빛≫, 알마아타: 자주쉬출판사.

송 라브렌띠(1997), <기억> (1997년 3월 송 라브렌띠로부터 필자가 받은 A4용지
　　　93쪽 분량의 필사본).

운떼르베르게르 뻬. 에프(1912), ≪아무르강 변강지역 1906-1910년≫, 제정러시아지
　　　리학회 통계과 보고서 제 13권, 쌍끄-뻬떼르부르그: 끼르쉬바우마 인쇄소
　　　쌍끄-뻬떼르부르그 지부.

카작스탄 공산당 중앙위원회 당서기 엘. 미르조얀이 서명한 1937년 8월 23일자 의정
　　　서 제11호.

Kim, Phil(1998), "lityeratura sovyetskikh koryeitsyev v gazyetye Lenin kichi -
　　　poetichiyeskiy imaj sryednyei aziy, kak myesta nasil'stvyennogo
　　　pyeryesyelyenia", *Izvyestia koryeivyedyenia kazakhstana* Vol. 3, Almaty: Institut
　　　vostokovyedyeniya, Akadyemiya Nauk Kazakhstana.

Kim, Phil(2002), "Forced Deportation and Literary Imagination", *Journal of Korean
　　　Studies* Vol. 3, Seoul: Central Asian Association for Korean Studies.

Kim, Phil(2003), "Korean Literature and National Identity", *Journal of Korean Studies*
　　　Vol. 4, Seoul: Central Asian Association of Korean Studies.

Kim, Phil(2004), "Korean Literature in Soviet Central Asia and Korean War", *Journal
　　　of Korean Studies* Vol. 6, Seoul: Central Asian Association for Korean Studies.

Kim, Phil(2005), "Soviet Socialist Realism and Illusion of Pure Literature", *Journal
　　　of Korean Studies* Vol. 7, Seoul: Central Asian Association for Korean Studies.

국제주의와 유교적 지사의식의 결합

– 김준의 작품 세계[*]

김주현[**]

1. 포석과 김준, 『십오만원 사건』

재소(在蘇) 작가 김준[1]의 문학을 논하기 위해서는 포석 조명희를 거쳐 갈 필요가 있다. 1928년 연해주로 망명한 조명희가 구소련 고려인 문학 형성에 미친 영향은 단지 '쏘련조선문학창시자'라는 수사적 차원을 넘어, 초창기 그의 시에서 보이는 낭만주의, 인도주의, 아나키즘과의 관련 하에서 조명되어야 한다.[2] 망명 이후 포석에 대한 연구는 이제

---

* 이명재 외, 『억압과 망각, 그리고 디아스포라 : 구소련 고려인 문학』, (한국문화사, 2004)
** 중앙대 강사

1) 1900년 10월 4일 러시아 원동에서 출생해 1979년 10월 17일에 사망했다. 원동 국립 종합대를 거쳐 모스크바 종합대 철학부를 중퇴한 후 1928년부터 ≪선봉≫에 작품을 발표한 시인 겸 작가. 카쟈흐스탄에서 한글 단행본으로 소설 『십오만원 사건』(1964), 시집 『그대와 말하노라』(1977), 유고시집 『숨』(1985)이 출판되었다.(더 자세한 것은 이명재, 『소련지역의 한글문학』, 국학자료원, 2002, p.42 참고.)

2) 소련에서는 스탈린 사후 조명희 선집 발간(1959)을 계기로 그로부터 문학 수업을 받은 제자들과 포석의 딸에 의해 조명희 기념관이 세워지는 등 활발한 재평가가 진행되었다. 1986년 12월 20일자 ≪레닌기치≫에 실린 조명희 기념관 가운데 리 월로리의 글은 여러 가지로 음미해볼 만하다. 그가 언급한 재소 고려인 중 문인으로서 직접 조명희의 영향을 받은 이로 모스크바 종합대학 부교수 최 예까쩨리나, 작가 김로만, 시인 김증손, 극작가 태장춘, 작가 강태수, 김준이 포함되며 특히 이 글과 관련해 그는 "김준의 『십오만원사건』에서 조명희의 영향"이 느껴진다고 말하고 있다.(리 월로리, 「박물관 조

시작 단계로, 대부분의 자료를 구소련에서 흘러나온 문서와 현지인들의 증언에 의지할 수밖에 없는 상황이다. 그런 까닭에 이 글은 포석 연구의 기존 업적들에 빚질 수밖에 없고 그 중에서도 김홍식의 두 논문과 포석 관련 논문들을 묶어 단행본으로 엮은 『조명희』3)와 구소련권 고려인 문학 연구의 물꼬를 튼 이명재의 책, 마지막으로 1959년 소련에서 출판된 『조명희선집』을 주로 참고하게 되었다.

재소 한글 문학의 창시자로서 포석 연구는 필연 포석의 광범위한 영향을 실증적으로 추적하는 작업이 뒤따라야 하는데 이는 만만한 작업이 아니다. 남한의 빈약한 포석 연구 성과는 물론이고 포석과 재소 문인의 사제 관계도, 포석의 죽음이 미친 자장 등이 밝혀지지 않았고 프롤레타리아 문학기 이전의 포석 시가 실제로 연해주에서 수용된 양상에 대해서도 알려진 바가 없기 때문이다. 분명한 것은, 재소 한글 문단에서도 포석이 「낙동강」의 작가만은 아니라는 사실이다. 한 작가의 문학 세계는 변증법적이며, 그렇기에 작가 스스로 부정한 문학이라 할지라도 그것은 고유의 생명력을 갖는다. 더구나 연해주에서 포석이 한국 문학과 세계 문학에 정통한 일본 유학파로서 문학 지망생들에게 존경받는 스승이었음을 감안했을 때 그의 초기시는 사상 부재의 관념시가 아닌 '한국어와 한국적인 정서'의 보고로서 받아들여졌을 수도 있다. 이런 문제의식은 조명희와 김준의 작품 세계가 유사하다는 것으로도 뒷받침된다.

결론적으로 조명희를 통해 김준의 작품을 규명하는 것은 두 가지 과제를 해명하려는 의도에서 시작되었다. 첫째는 시와 소설에서 매우 상

직을 앞두고」, ≪레닌기치≫, 1986.12.20)

3) 김홍식, 「조명희의 문학과 아나키즘 체험」, 『어문론집』제26집, 1998.12.
　　　, 「조명희 연구(Ⅰ)―세계관의 기반분석을 중심으로」, 『인문학연구』, 1993.12.
　정덕준편, 작가론총서 ⑪『조명희』, (새미, 1999).

이한 지평을 보이는 김준의 작품 세계를 효과적으로 구명하고자 함이며 둘째로는 내재적 방법으로는 좀처럼 그 성과를 따지기 곤란한 재소 고려인 문학을 조명회를 거쳐 해명하는 틀을 마련해 보려는 것이다. 1990년대부터 연구가 시작된 재소 고려인 문학은 그 특수성으로 인해 텍스트의 안팎을 아우르는 총체적 방법을 택하는 데에는 한계가 있다. 이들의 한국어는 19세기 중후반 최초의 이주 집단으로부터[4]로부터 140년 이상 본토와 유리되었고 1934년 강제 이주를 당하면서부터 거의 고립된 상태로 함북방언에 러시아어와 카자흐어, 우즈벡어가 섞인 언어를 사용해왔다. 텍스트의 배경이 강제 이주 후를 다루거나 현지생활을 형상화 할 때 러시아어나 의미가 묘연한 한국어가 출현해 해독율이 떨어지는 것도 이 때문이다. 이런 점을 충분히 고려하면 재소 고려인 문인들이 이구동성으로 추천하는 작품이 우선 '한국어로 씌어진 언어 예술'로서 일정한 성과를 낸 작품임을 알 수 있다. 그리고 그 선봉에 있는 김세일의 『홍범도』(1968)와 김준의 『십오만원 사건』(1964), 전기철의 『붉은 별들이 빛나던 때』(1987) 등은 분량과 내용면에서 기타 작품을 압도한다.

1964년 카자흐스탄에서 한인 문단 최초의 장편 소설로 출판된 『십오만원 사건』은 아직 국내에 제대로 소개되지 않았으나 김준 문학의 최고봉으로서, 또 재소 고려인의 집단 무의식의 보고서로도 의의가 있다. 이 글은 이 작품을 연구의 주 텍스트로 삼고 그의 시와 기타 소설을 부차적 텍스트로 삼았다. 다만 여기서 전제해야 할 것은, 역사적 특수성에서 비롯된 결과인 고려인 문학의 체제 찬양적 성격을 지적하거나 비판하는 것은 큰 의미가 없다는 것이다. 고려인 문학의 전제 조건

---

4) 조선인의 원동 이주에 관해서는 1863년, 1964년 등의 의견이 엇갈리고 1862년 이전이라고 주장하는 자료도 있다.(임채완, 「재소한인사회의 현황과 과제」, 『통일문제연구』제8집, 1991, p.63.)

으로 이러한 특수성을 인정한 상태에서, 텍스트의 표면과 이면을 섬세하게 독해하고 체제 찬양적 성격과 뚜렷이 구별되는 특징으로서 개별 작가의 고유성을 집어내는 작업이 병행되어야 한다. 그렇지 않다면 김준의 문학 세계도 그저 '미적으로 덜 세련된 관(官)의 문학'으로 전락하게 되며, 이는 우리 문학사에서 북한 문학과 더불어 또 하나의 문학적 타자를 한국문학에 끼워 넣는 시혜의식에 그치게 될 것이다.

2. 소영웅 창조와 국제주의의 수용

항일 운동사에서 중요한 위치를 차지하는 만주와 연해주 지역에 대한 학계의 연구는 크게 민족주의와 사회주의 계열의 노선과 명망 있는 인물 중심으로 진행돼왔다. 이 가운데는 '십오만원 사건'의 주동자이자 김준의 동명 소설의 주인공이기도 한 최봉설에 대한 기록도 남아 있으나[5] 십오만원 사건의 원인이 되는 만주의 3.13운동과 '십오만원 사건' 그 자체는 단지 짧은 기록으로만 존재한다. 이 짧은 몇 줄의 기록에는 최봉설을 제외한 다른 청년들은 이름조차 남아있지 않다. 우리에게 이 사건은 간도의 십칠 팔세 젊은이들이 피 끓는 애국심으로 감행한 무모한 도전이자 국외 항일 투쟁사에 남아 있는 희미한 자취에 불과하다.

그런데 구소련 고려인 사회에서 이 사건은 소련 공민 자격 획득에 필요한 조국해방 전쟁 참여 경력과 항일 투쟁의 이념을 동시에 쟁취한

---

5) 마뜨베이 찌모피예비치 김,(이준형 譯), 『일제하 극동시베리아의 한인 사회주의자들』, (역사비평사, 1990), p.190.
박환, 『만주지역 항일 운동 답사기』, (국학자료원, 2001).
박환은 『외무성경찰사』와 연변대학 민족연구소 김춘선의 주장을 종합해 '십오만원 사건'의 발생 장소와 사건의 전말을 간단하게 서술했다. 사건의 전말은 다음과 같다. 만주의 3.13 운동에 참여하여 자극을 받은 조선 청년 네 명은 만주의 일본 용정은행을 털기로 계획하고 철도부설자금 15만원을 탈취하지만 곧 일경에게 체포되어 사형당한다.

1920년대 극동지역 조선인 빨치산의 위대한 대서사로서 오랫동안 전설로 전해져왔다.[6] 1964년의 시점에서 김준이 호출하여 재구성하는 애국청년들의 삶은 김세일의 대하 장편 『홍범도』(1968)가 나오기 이전 당시 팽배해 있던 고려인의 역사복원 의지와 찢긴 자존심의 회복을 문학적으로 先取한다. 『홍범도』와 마찬가지로 이 작품은 역사 소설이며 실화 소설이다. 김준은 실제로 최봉설을 만나 그의 회고를 듣고 무엇보다 사실의 충실한 고증과 재현 위에 문학적 상상력을 입힘으로써 소설의 허구성이 사실에 앞서는 위험을 피하고자 했다.

그러나 특정 시기에 발흥하는 역사소설이 특정한 시대의 특정한 사회 현실을 형상화함으로써 당대를 정당화하고 당대의 특정 이념에 부합되는 도구의 기능을 함을 상기하면, 문제돼야 할 것은 소재를 처리하는 시각과 그것이 당대 독자들의 감정선에 닿아있는 표상체로서 텍스트의 균열지점을 읽어내는 일이다. 십오만원 사건은 크게 전반부와 후반부로 구분되는데 전반부에서는 민족주의를 중심으로 한 항일 이념이, 후반부에서는 사회주의를 중심으로 하는 항일투쟁이 그려지고 있다. 이때 일제 강점기 국경지역 민족주의 운동을 친사회주의 노선으로 수렴하고 십칠팔세 젊은 청년들을 소영웅화해 그들의 애국심과 사랑, 기성 세대의 에피소드를 삽입하여 극동 지역 한인 이주민의 삶을 미시적으로 형상화하는 것은 이른바 '아래로부터의 혁명'에 대한 자부심으로 읽힌다. 항일의 동시성(同時性)과 편재성(遍在性), 민중성(民衆性)은 만주와 연해주를 피억압자의 해방구(diaspora)로 승격시킨다.[7] '십오만원 사건'

<hr>

6) 김준, 『십오만원 사건』, (카자흐국영문학예술출판사, 1964), p.5 '저자의 말' 참고. 이하 소설 인용은 쪽수만 표기함.

7) 만주와 연해주를 중심으로 한 해외항일운동사를 친사회주의 노선으로만 파악하는 것은 문제가 있다. 만주를 중심으로 활약했던 독립운동가들이 민족해방을 지상과제로, 여기에 아나키즘적 성격을 가졌다면 연해주는 항일 투쟁에 사회주의 사상이 결합된 형태로 항일 운동이 전개되었다. 비록 민중들이 사회주의에 우호적이었고 민족 독립과 극동 지역 사회주의 정부 수립이 동일선상에 놓였다고는 해도 노선의 차이를 둘러싼 갈등과

은 만주-연해주 일대의 항일운동에 국제 사회주의 운동의 필요성을 가져온 계기로 작용하며, 당시 극동지역에 유행처럼 번져나간 사회주의 사상이 한두 거물에 의해 수용되거나 주입된 사상이 아니라 조선 기층 민중으로부터의 폭넓은 지지를 받아 형성된 역사적 배경을 갖고 있음을 보여준다. 어설프나마 여섯 주인공 외에 간호부 여성과 부모 세대의 고통을 총체적으로 형상화하는 에피소드의 삽입이 그렇고 중국인과 러시아인이 조선인과 연대하는 대목이 또한 그렇다.

물론 이러한 특성은 김준만의 독특함은 아니며, 원동을 고향으로 간직한 고려인 문인들의 공통점이기도 하다. 오히려 주목할 것은 『십오만원 사건』의 경우 만주의 용정촌과 신한촌을 항일투쟁의 거점지로서 조선본토와 분리하면서 아래로부터의 민족주의에 위로부터의 사회주의를 결합하는 방식이다. 최봉설을 필두로 한 소영웅들은 민족 대영웅과의 영향 관계 속에서 사회주의 이념을 수용하며 아래로부터의 민족주의와 위로부터의 사회주의를 결합한다. 3.13운동에 참여한 이들이 십오만원 거사를 치르며 국제주의자로 성장하고 이어 최봉설이 러시아 빨치산 부대에 편입하기까지의 과정은 박진감이 넘치며 림국정, 한상호, 박웅세의 형상화도 그들의 성격에 따라 생기 있게 표현된다.

민족 영웅 만들기가 영웅을 통한 민족적 상처의 보상 심리나 트라우마의 치료를 전제한다면 이 소설에 등장하는 다수의 애국청년과 부모 세대들은 만주와 연해주를 마음의 고향으로 간직한 전조선인들의 삶에 항일투쟁이란 이름으로 간첩누명에 대한 확실한 면죄부를 준다. 1934년의 강제이주가 조선인의 일본 스파이 혐의였던 것은 이 소설이 조선인 사회주의 영웅 홍범도나 김알렉산드라를 중요하게 취급하고 있음에도, 전체적으로는 그들보다 소영웅 창조와 민중성 구현에 치우쳐 있음

대립은 심각해서 1920년 2월 자유시 참변(自由市 慘變)같은 비극을 낳기도 했다.

을 해명하는 열쇠이다. 최봉설과 림국정, 한상호, 박웅세는 모두 가난한 농민의 자식이나 이미 부모의 인도가 필요치 않을 만큼 심신이 성숙한 존재들이다. 학교에서 받는 항일교육을 실천하고 실행할 길을 찾아 '철혈광복단'에 가입해 혈서를 쓰는 이들에게서는 식민지 청년의 비애나 감상성을 발견할 수 없으며 소년다운 수줍음이나 나약함도 없다. 선지피로 독립을 해야 한다며 항일 투쟁의 순수성을 강조하는 전국보 단장의 말에 "왜 창으로 마주 찔러서는 안 됩니까?"하는 최봉설의 반문에는 무장 투쟁에 대한 의식이 이미 보이고 있다.

 - 저는 독립을 해야 한다는 말을 많이 듣고 또 말하고 했지만 독립을 어떻게 해야 하는 것은 잘 모릅니다. 더군다나 선지피로 독립을 한단 말은 실로 잘 알려지지 않습니다.
 - 선지피로 독립을 한단 말은 독립에 목숨을 바쳐야 한다는 말이야. 례를 들어 일본놈이 총창으로 찌르려고 덤벼들면 물러서지 말고 그 창을 가슴으로 받으면서도 독립을 위하여 최후 일각까지 싸워야 한단 말이야…
 - 일본놈이 총창으로?… -하고 봉설이는 몸을 움찔 솟으며 단장의 말을 중등무이하였다. -총창으로 찌르려고 한다면 그 창끝(일본놈들의 넓적한 총창이 봉설이의 눈에 번쩍 보이였다)을 꼭 가슴으로 받아야 합니까? 그런 창으로 마주 찔러서는 안 됩니까?
 - 안되기야 왜 안되겠냐만 우리에게 마주 찌를 창이 없는 경우에는 빈주먹으로라도 싸워야 된단 말이야.
 - 그건 값 없이 그저 죽어 버리는 겁니다. 그렇게 우리가 죽기만 하면 독립이 다 뭐ㅂ니까?
 - 그렇게 이천만 사람이 다 죽을 리는 없는 거야. 인도 정의가 있고 만국 공법이 있으니까.
 『인도 정의』, 『만국 공법』이란 말을 전 국보는 조선 독립의 상징처럼 믿었다.(10-11쪽)

이 대화는 새로운 사상을 수용하는 해방구 극동을 대표하는 봉설과 명분에 의지하는 민족주의자 전국보를 각각 활력이 넘치는 극동과 몽상적인 본토로 환유하며 은연중에 양자를 분리하고 있다. 그리고 이런 분리의식은 명백히 재소 조선인의 고향이 한반도가 아니라 강제 이주를 당하기 전 그들 자신이 피와 땀으로 일군 영토－離散者의 땅임을 드러낸다. 비록 우리말로 씌어져 있지만, 이 소설의 공간은 조선이 아닌 만주와 연해주이고 이곳은 일제의 직접 지배하에 있었던 조선 본토와는 달리 그 특수성으로 인해 지도층 아래 기층 민중에 이르기까지 항일 의식이 충만했고[8] 학교 교육 또한 독립을 위해 모든 역량을 결집시켰다.

봉설과 국정의 달리기 경주는 항일투쟁을 위한 준비이며 체육시간은 신체를 근대화해 민족의식을 기르는 시간이고 운동회는 미래의 독립투사를 시험하는 단련의 장이다. 학생에게 맞아 빠져나온 눈알을 집어넣고 운동회를 계속하도록 독려하는 창동 사관학교 리동선 교장생의 투철한 애국심은 곧 봉설 일행에 의해 국제주의와의 결합으로 대체된다. 이러한 소영웅의 창조는 민중성과 함께 공적인 사건과 주인공을 중심으로 한 사적인 사건의 전개축에 대응한다. 십오만원 사건은 하나의 '역사'로서 개인의 운명과 사회를 결합시켜 역사를 직접 체험하는 민중의 운명을 펼쳐 보이며 "하층으로부터, 즉 민중의 생활로부터 표현되는 역사[9]로 그 성격이 변모된다.

3.1운동 같은 집단적 역사체험이 국내 민중의 정치의식을 높인 계기

---

8) 1970년대부터 1900년대 사이에 형성되기 시작한 만주의 한인촌은 경제적 동기와 일제 수탈을 피해 이주해온 민중들이었고 따라서 반봉건, 반일 정서가 자연스럽게 형성되었다. 특히 1920년대를 전후해 들어온 사회주의 사상은 항일 운동 진영의 이념 분화에도 불구하고 사회주의적 민족운동으로 발전한다. 여기에 3.1운동과 3.13운동의 좌절은 무장 투쟁을 활성화시켰고 노령 등지에서 들어온 일부 청년 인텔리는 볼세비키 혁명에 근거를 둔 과학적이고 체계적인 사회주의 사상을 전파하게 된다.

9) 루카치, 『역사소설론』, (거름, 1987), p.410-411.

가 되었듯10) 3.13운동은 기왕에 팽배했던 한인사회의 민족주의가 기층 민중의 차원에서 행동으로 실현될 길을 트는 데 기여했고 그 결과 민중성이 사회주의 이념과 만나는 과정을 설득력 있게 제시한다. 특히 기성세대에게 흔들리지 않은 삶의 준거로 작동하던 민족주의가 사회주의 사상을 받아들이게 되는 과정이 민중내부의 요구로부터 시작되는 것이 의미심장하다. 러시아에서 돌아온 국정으로부터 혁명을 전해들은 봉설의 아버지는 무상 토지 분배에 대해 "무산 계급 혁명…해 볼만한 일이구나!"라는 반응을 보이고 숙경의 어머니도 "독립이구 뭐구 백성들은 제 땅만 있으믄 사오. 내부터두 제 땅뙈기만 있었더면 이 타국으로 안 왔겠(80쪽)"다고 말한다. 청년들의 눈에 비친 3.13 시위의 실패는 무장하지 않은 탓이 가장 크다. 부모 세대의 적극적인 도움을 받는 청년들의 행동은 소련 전시 문학11)에서 주인공이 평범한 노동자, 농민 출신이라는 것과 유사하며 전후의 문학 이론 가운데 "인민이 터득한 위대한 체험을 영웅적으로 묘사하되, 개인이 아닌 당의 지도적인 역할과 대중 집단에 우월성을 두어야"12) 한다는 원칙과도 통한다. '인민' 대신 '애국청년', '당' 대신 '민족주의', '대중 집단' 대신 '철혈광복단'을 넣으면 그 윤곽은 더욱 확실해진다. 봉설이 사회주의 사상을 습득하게 되는 계기 역시 제2차 세계대전에 참여해서 김수라와 러시아의 적군을 만나게 되었기 때문이며 소설의 후반부에서 파르티잔을 찾아가는 봉설과 숙경의 모습은 이 소설이 소련의 전시문학을 모델로 삼아 창작된 것을 보여준다.

---

10) 홍정운, 『韓國 近代歷史小說 硏究-1930년대 작품을 중심으로』, 동국대 박사논문, 1987, p.21 참고.

11) 전시문학은 1941년 히틀러의 침공으로 시작된 제 2차 세계대전 시기의 문학작품을 일컫고 終戰으로부터 1953년 스탈린 사망까지를 전후 문학이라고 한다. (이철, 이종진, 장실 공저, 『러시아 문학사』, (벽호, 1994), pp.522-534 참고)

12) 위의 책, p.528.

봉설 일행은 민중성을 체현한 전시 문학의 영웅답게 영웅다운 죽음을 맞이한다. 죽음을 맞는 네 청년의 태도는 소설 전체에서 가장 상상력이 동원된 부분인데, 김준은 이 부분을 뜨거운 민족애와 러시아와의 연대에 대한 미련을 남기는 것으로 형상화하고 있다. 체포당한 국정과 준희, 상호는 감옥과 최후 변론장에서 끝까지 의연하다. 사랑하는 부모와 애인을 생각할 때조차 국정은 자신을 대신해 숙경이 "다시 한 번 로씨야로" 갈 것을 소망할 정도로 철저한 국제주의자의 면모를 보여준다. 이러한 동반의식은 김준의 소설에서 자주 발견되는 모티프로서, 그 저변에는 당시 극동지역에 홍범도나 김 알렉산드라와는 또 다른 차원의, 최봉설, 림국정과 같은 소영웅들이 하나둘이 아니었다는 자부심이 깔려있다. '이념'과 '생활'은 이렇게 合一되었으며 십오만원 사건을 전환점으로 정점에 도달한 민족의식은 사회주의를 수용하면서 구세대의 민족주의와 일정한 선을 긋는다. 이들 젊은 사회주의자들은 방기창, 백성필과 같은 현명하지 못한 구세대의 잘못된 판단으로 죽음으로 내몰리게 되나 천행으로 살아남은 최봉설은 러일 전쟁에 참여해 진정한 전쟁 영웅이 된다. 국정 일행이 처형당한 뒤 새롭게 시작되는 봉설의 투쟁은 그 자체로 독립된 단편이 되어야 자연스럽지만 그렇게 하지 않은 이유는 소련 내 소수민족 가운데 인구수에 비례했을 때 가장 많은 사회주의 노력 영웅을 내고도[13] 애국심을 의심받아야했던 한인들의 상처와 연관돼 있다. 김준은 1920년대 극동에 고착된 찬란한 기억을 호출함으로써 스탈린 사후 십년 만에 비로소 그 상처의 보상을 시도했다. 이때 만주와 연해주는 이주 한인의 마음의 고향이라는 향수를 넘어, 민중층에서 자발적으로 사회주의를 수용한 '진원지'로 해석되어야 옳다.

---

13) 유 게라씸, 「재소조선사람들의 고뇌와 삶」, 『광장』, 1990, 가을, pp.254-255.
　　그에 따르면 1940년대 소련의 사회주의 노력 영웅은 키르키스인 20명, 조선인 20명, 타지크인 230명 등으로, 숫적으로 열세지만 민족별 인구수에 따라 계산하면 한인 영웅의 비율이 단연 압도적이다.

이 점을 간과한다면 십오만원 사건의 소영웅주의는 그저 대영웅에 대한 모방이나 추수에 지나지 않게 되는 것이다.

3. 여성 사회주의 투사의 탄생과 유교적 어머니상

『십오만원 사건』은 최봉설과 림국정을 중심으로 하는 남성의 서사지만 그에 못지않게 여성들의 서사도 중요한 비중을 차지한다. 여성 수난사에 대한 김준의 관심은 김알렉산드라를 추모하는 서사시와 단편 「지홍련」에서도 뚜렷하게 보이고 있다. 남성의 서사가 국정과 봉설 같은 인물에 집중돼 있다면 여성의 서사는 모성성과 명분론으로 특징지어진다. 모성성이 독립이라는 대의 앞에 자식의 죽음을 수용하는 초월성과 통한다면 명분론은 사회주의 투사로서 남성에게 조금도 떨어지지 않는 강한 의지— 유교적 지사정신을 보여준다. 예컨대 편모슬하에서 자란 림국정과 박숙경은 어떤 관계보다도 어머니와의 관계가 중요하며, 박숙경이 사회주의 투사로 거듭나 간호부를 규합하고 국정이 죽은 뒤 러시아로 떠나는 장면은 1918년 최초의 한인 사회주의 단체 한인사회당 창립에 가담한 한인 여성사회주의자 김 알렉산드라가 투영된 것이다.[14]

김수라(김 알렉산드라)에 대한 한인들의 감정은 김 아파나시나 홍범도와는 다른 특별한 구석이 있다. 진정한 국제주의자로서, 항일 투사로서, 극동지역에 사회주의 사상을 전파한 선구자로서, 김수라는 남자도

14) 알렉산드라 뻬뜨로브나 김(김수라)은 극동지역의 한인 사회주의 운동사에서 빼놓을 수 없는 인물로 현재 하바로프스크의 마르크스 거리 24번지에 초상 기념패가 걸려 있고 소비에트 군사 중앙박물관과 하바로프스끄 지역 연구 박물관에는 그녀에 관한 자료가 보존돼 있다. 1885년 함경북도 경흥에서 태어나 중동철도국 통역관 아버지 슬하에서 자랐다. 아버지가 죽자 부친의 폴란드인 친구 아들과 결혼했고 극동에서 제정 러시아 체제 반대운동에 가담하게 된다. 한인사회당의 핵심인물로 극동지역의 소비에트 정권 수립에 많은 활동을 했으나 1919년 아무르강에서 백위군에게 체포돼 총살당한다.(마뜨베이 찌모피예비치 김, 앞의 책, pp.111-119.)

가기 힘든 험한 길을 걸어간 위대한 조선인 여성이며 그런 까닭에 박숙경이 자신을 투영하는 이상적인 모델이고[15] 이 여성에 대한 김준의 경외심은 서사시 「땅의 향기」를 읽어보기만 해도 충분하다. 이 시에서 김준은 아무르 강변에서 총살당한 김수라의 신념을 백군과의 대화를 통해 살려낸다.

> 2.
> 하라뇹쓰크…/-넌 김 수라인가?/-그럼./넌 조꼬만 조선녀자인데 볼세위크됐나?/공산주의 떡을 먹으려나?/-그럼…래일은/백파들이 남겨놓은/유순한 청춘과부들도/홀로 빈방에서 눈물에 섞어 공산주의 떠ㄱ을 먹을걸/-공산주의란 지구의 새 이름이니까/-잡소리 그만두구/ 어서 자복하라구./철모르는 조선녀자로서/강도볼세위크들의/홀림에 빠졌노라구/자복하라구/그러면 목숨은 살지…/내 철모르는 조선녀자인지,/누가 강도들인지-/그건 래일이 말해줄거구…/-너의 얼굴이 귀엽다./어서 자복하라구!/그러면 그 얼굴이 살지…/사는 얼굴에 오늘은/까마귀의 울음도 있고/눈물업는 죽음에/매의 날음 있네라./나 하나 없다구해서 동무란 말 없겠나.
>
> (「땅의 향기」 - 부분인용)[16]

김수라는 시간이 흐를수록 숙경에게 절대적 영향을 행세한다. 숙경이 국정을 쫓아 용정의 명신 여학교 교원으로 왔을 때만 해도 숙경의 애국심이나 의식 수준은 미약하다. 국정이 사관학교로 떠나 전쟁 노동자

---

15) 최봉설은 라자거우 사관학교 운영을 위해 제1차 대전의 러시아 노동자로 자원해 우랄산맥 근처 공장에서 일하던 중 김수라를 만나 레닌의 이름과 무산계급혁명에 대한 정보를 듣는다. 김수라는 최봉설이 있던 외국인 노동자들이 '파공'하고 나올 수 있게 도와줬을 뿐 아니라 최봉설의 의식화에 동기를 부여한 최초의 인물이다. 즉 최봉설이 철혈광복단의 핵심 인물들에게 전파하게 되는 사회주의 사상의 최초 발신인이라고 볼 수 있다. 사실의 진위를 떠나 최봉설이 러시아인이 아니라 김수라를 통해 사회주의를 받아들인다는 설정 자체를 주목하면 이후에 홍범도가 등장하는 장면도 같은 맥락에서 강제이주 후 한인들의 의식 깊숙이 자리 잡은 트라우마에 관련된 부분이다.

16) 김준, 『그대와 말하노라』, (알마-아따 사수의 출판사, 1977), pp.78-79. 이하 시들은 제목과 쪽수만 표기함.

로 가게 됐다는 편지를 받고는 "독립, 시집, 장가, 가정 생활이 인제는 로씨야전쟁 판 돈벌이로 변했구만. 돌아 못 올 사람"이라며 편지를 내동댕이치고 어머니의 핀잔을 듣지만 석 달 뒤 국정이 돌아왔을 때는 놀랄만한 투사가 되어 있다.

　　－ 죽고 독립을 해서는 무엇하나요－ 하고 숙경이는 휘ㄱ 돌아 앉았다.
　　－ 숙경 무명지 끝을 버이고 피를 낸 것이 헛일이 됐소구려..
　　－ 헛 일이 아 얘요 나도 수라처럼 제 목숨이 끊어지는 것은 두렵지 않아요－하고 숙경이는 다시 돌아 앉으며 대담하게 말했다－ 그렇다고 해서 공연이 죽어서는 안 돼요.(83쪽)

　철혈광복단원이 된 숙경은 국정과의 결혼을 미루고 명신 녀학교에서 간호부들을 모집하는 데 골몰한다. 어머니의 반대를 무릅쓰고 "사모하는 로씨야"로 갈 것을 고집하던 숙경은 열 한 명의 간호부가 될 처녀를 이끌고 해삼위로 간다. 그런데 이런 행동은 당시 여성 항일 운동사에 비춰봤을 때 유사한 예를 찾기 어려울 정도로 파격적이고 무모하다. 간도와 해삼위는 다른 곳에 비해 애국부인회의 활동이 활발해 후방에서 군대를 지원하고 때로는 무기 탈취를 감행하는 경우도 있었지만 전체적으로 여성들의 활동은 독립운동을 위한 의연금 모집과 상이군인 간호에 있었다.[17] 철혈광복단원들이 여성의 역할을 출산과 간호부로만 보고 있는 데서도 드러나듯 숙경을 포함한 처녀들은 해삼으로 건너가 간호부가 되겠다는 막연한 생각으로 다른 조직과의 접선 약속이나 계획 없이 국경을 넘지만 앞서 간 봉설과 만날 약속만으로 이레 밤낮을 꼬박 걸어가던 끝에서 간호부 처녀 옥금이 촉한을 만나 죽는다. 봉설을 제외한 단원들이 일본 경찰에 붙잡히자 숙경과 처녀들은 간도로 돌아

---

17) 3.1여성 동지회 문화부, 「국외 항일 여성운동의 조직화」, 『한국여성 독립운동사-3.1운동 60주년 기념』, (3.1여성 동지회, 1980), pp.259-265 참고.

가 의연금 모집에 전념한다. 그러나 국정의 체포 소식은 숙경을 홀로 서게 하는 결정적 계기가 돼 숙경은 시어머니와 함께 서울에서 국정의 주검을 거둔다.

> 애인의 관 뒤를 따라 가는 숙경이는 어디로 가는지도 모르는 국정의 얼굴에서 시선을 떼지 않는다. 이 얼굴에서는 국정이는 보이지 않고 살아 있는 다왈씨들의 용모가 완연히 보인다. 『이 죽음은 산 사람들의 결심과 돌진이다.』—이렇게 숙경이는 중얼 거리였다.
> 묘지. 세 무덤을 또 판다. 스물 하나를 파던 것보다는 아주 다르다.
> 그 스물 하나는 멀리서 독립을 불러보던 사람들의 무덤이다. 이 셋은 독립을 가깝게 하는 무덤이다. 그 스물 하나를 파묻던 사람들은 왜놈의 총 힘이 크고 무서운 것을 느끼지 않을 수 없었다. 이 셋을 파묻은 사람들은 그 총 힘보다 백 배, 천 배가 더 큰 정신과 용맹을 보지 않을 수 없다.(291쪽)

전지적 시점에 의해 서술된 숙경의 내면은 눈 속에 옥금을 묻는 장면에서와 마찬가지로 혁명적 낙관주의를 드러낸다. 이밖에도 많은 주변인물의 민족의식과 항일 의식이 전지적으로 처리되는데, 이러한 방식의 인물 묘사는 소설의 내적 맥락이나 그로부터 창출되는 감동을 떠나 일변 스탈린 시대의 문학 정책을 답습하는 느낌을 주기도 한다. 1946년 8월 14일 당 중앙위원회 서기 쥐다노프가 작성한 창작 지침에는 대조국 전쟁 중에 인민이 터득한 위대한 체험을 영웅적으로 묘사하는 것과 묘사 대상이나 묘사 방법, 묘사의 형상이 당의 이데올로기적 처리와 동일해야 한다는 원칙이 있다.[18] 숙경뿐만 아니라 기타 주변인물 일반의 한결같은 긍정성과 초월성 너머에 숨어 있는 이 '정신적 압박'은 숙경을 무조건 '로씨야'로 떠나게 만든다.[19] 그러나 이러한 숙경의 모습 뒤

---

18) 이철, 이종진, 장실 공저, 『러시아 문학사』, (벽호, 1994), p.528.

에 자리한 더 확실한 '영향의 그림자'는 포석이 창조한 「낙동강」의 로사라고 볼 수 있다.

숙경은 국정의 마지막 유언 ─ 로씨야로 가라는 ─ 을 듣기라도 한 양 로씨야로 갈 것을 결심하지만 구체적으로 무엇을 할 것이라거나 어떤 결심이 선 것은 아니다. 숙경에게 러시아는 못 다 이룬 국정의 독립의지와 철혈광복단원의 무장 투쟁에의 소망이 유일하게 실현될 수 있는 신념의 표상공간이다. 「낙동강」의 성운이 죽기 전 로사에게 "최하층에서 터져나오는 폭발탄이 되라"고 주문한 것을 받아들여 로사가 북쪽으로 떠나듯, 숙경은 간호부를 거부하고 러시아에서의 무장 투쟁으로 방향키를 잡는다. 숙경은 의연금을 모아 러시아로 갈 돈을 마련하겠다는 계획이 좌초되자 봉설 일행을 찾아 무작정 러시아로 떠난다.

　　국자가─훈춘─모커우─해삼. 이것을 목표로 한 처녀는 천천히 발을 옮겨 놓는다. 동천에 붉은 해가 떠올랐다. 이 해'살과 추위에 숙경의 얼굴도 붉언 빛을 띠었다. 북 쪽 나라를 상상하면서 걷는 그는 맞우 오는 쌀쌀한 북풍을 가슴 수북히 들여 켜ㄴ다. 몸과 마음을 시원히 께고 건너 가는 이 바람은 숙경이로 하여금 새 활동의 희망과 힘을 느끼게 하였다. 그때 산 속 눈길을 밟아 로씨야로 가던 걸음이 회상되었다. 그리자 옥금이가 뚜렷하게 눈 앞에 나타난다. 버금에는 해삼, 봉설, 영순, 해인…
　　『오늘 내 거름은 간호부 처녀의 걸음이 아니다. 처녀 노릇도 더는 안할

---

19) 스탈린 사후 소련 문단은 인간의 내면을 탐구하고 교조주의에 반대하는 해빙의 바람이 불었다. 이러한 분위기는 꾸준히 확산돼 1950년대 들어 사회주의 리얼리즘 논쟁을 일으킨다. 이 작품은 흐루시초프의 스탈린 격하와 발맞춰 소련 문단에 창작의 자유가 뜨거운 감자로 대두될 무렵 씌어졌음에도 그 창작 방법에서 스탈린 시대의 흔적이 매우 짙다. 다시 말해 소설의 배경으로부터 30년이 넘는 시간차에도 불구하고 이 소설은 최악의 시기를 넘기고 살아남은 한인의 안도감과, 그러나 여전히 불안한 위치일 수밖에 없는 소수민족으로서의 열등감을 동시에 내재하고 있다. 검열이 있었지만 소설의 독자가 한국어를 읽을 줄 아는 한인인 것을 고려했을 때 모국어에 대한 그리움이나 원초적인 민족감정이 소설의 창작 동기라는 보기 어렵다. 그것은 명백히 강제이주당한 한인이 스스로를 대상으로 한 자기 최면이자 현존했던 악몽의 기억으로부터의 탈출과 방어 기제가 작동된 것이다.

테다. 오늘부터 나는 총을 잡았다.』
　　　　　－이렇게 숙경이는 국자가로 가는 길에서 혼자 말했다.(342쪽)

러시아를 찾아 가는 숙경의 걸음에는 실존인물 김수라와 조명희가
창조한 여성 사회주의 투사 로사가 겹쳐져 있다. 또 이들의 모습은 「지
홍련」의 주인공 지홍련에게도 그대로 투영된다. 지홍련 역시 남편이
빨치산으로 전쟁 중에 사망한 뒤 소경 시아버지와 시동생과 함께 살아
가다가 한조선 학생의 방문을 계기로 빨치산이 되기 위해 집을 떠난다.
지홍련은 애욕과 명분 사이에서 갈등하기도 하지만 곧 명분을 따른
다.20) 여기서 김수라, 최로사, 박숙경, 지홍련의 모성성은 사상성에 의
해 밀려나 있는데 그렇다고 모성성과 사상이 꼭 대립하는 것은 아니다.
이 점이 김준의 소설에서 퍽 중요한데, 한마디로 잠재적이든 가시적이
든 모성성은 젊은 사상(사회주의)을 떠받치는, 보다 넓은 의미의 '정신
적 상태'로 의의를 갖는다. 이는 조선의 지사 의식과 일맥상통한다.

숙경을 보내는 두 어머니와 그녀가 만난 한인 어머니들의 모성애를
더 구체적으로 살펴보자. 모성애가 모성의 테두리에 갇혀 있을 때 그것
은 청년들의 걸음을 잡는 족쇄지만 조국애로 승화될 때는 민중의 정서
를 대변하는 감정의 전형성을 획득한다. 숙경, 국정의 어머니들이 이러
한 예이다. 국정의 어머니 베베가 민족주의를 내재화한 강한 어머니라
면 숙경의 어머니는 딸의 안위를 염려하는 봉건적 어머니상이다. 그러

---

20) 김준, 「지홍련」, 『시월의 해빛』, (알마아따 작가 출판사, 1970)
　　김준이 직접 취재했거나 혹은 전해들은 인물로 짐작되는 지홍련은 소설 외에 시 「상문」
　　에도 그 모습이 나온다. 다만 시에서는 지홍련이 좀더 애욕에 갈등하는 모습인데 반해
　　소설에서는 상대적으로 명분에 치우쳐 있다. 이 또한 시와 소설 장르에서 상이한 세계
　　를 보여주는 김준의 문학 세계를 반영한다. 예컨대 「상문」에서 중심이 되는 지홍련의
　　육성을 보라. "지홍련…/열여덟살…/과부된지 이태…/ 나는 이 상문을 버리구선…/오늘
　　내 정신이 육신의 소원에 끌린다면/죽은 남편이 통국해요./통곡하다가 또 죽어요/영영
　　죽어요./영영 죽어요…" 너는 내 손을 끄집어다가/눈물에 젖은 네뺨에/선물의 손수건처
　　럼 댔지.(김준, 「상문」, 『그대와 말하노라』, (알마아따 사수식출판사, 1977), p.16)

나 숙경이 어머니의 반대에 부딪쳐 뜻이 좌절될 때마다 국정의 어머니가 그녀를 설득한다. 강약의 차이는 있지만 이들의 태도는 현실적으로 이해되기 어려운 구석도 있다. "입든 사람은 거의 다 인젠 독립을 못한다구 하는데 이제 로서야에 가서 무슨 일을 한답데까? 거기 가서 썩 망했는데."하고 숙경의 러시아행을 극력 반대하던 어머니가 뚜렷한 계기도 없이 러시아행을 허락하는 대목이나[21] 옥금의 어머니가 죽은 옥금이 남긴 돈을 봉설 일행을 구할 자금으로 내놓는 장면, 3.13만세 운동에서 부상당해 죽은 병연의 어머니가 아들의 죽음을 받아들이는 자세 등은 당시 극동 지방에서 종교적 신념에 가깝게 사람들을 지배한 독립에의 열망을 배제하고는 이해하기 어려우며[22] 조금 비켜선 상황이기는 하나 바로 이것이 열여덟 지홍련이 서정적 자아의 눈에 그토록 숭고하게 보이는 이유가 되기도 하는 것이다.

"신성한 상문속에 앉은/신성한 령혼도 울더라. 그 울음소리에서 나는/청춘 과부의 머리에/흰 머리오리를 보노라"(16쪽)에서 '흰 머리오리'는 김수라의 뜨거운 피를 안고 흐르는 푸른 아무르 강물과 마찬가지로 절개, 의지와 동의어를 이루며 여성적이기보다 오히려 남성의 아우라 (aura)를 환기한다. 이것은 인간의 완전하고 자유로운 삶을 방해하는 것

---

21) 이윽고 말 없이 앉아 있다가 어머니는 목놓아 울기 시작했다. 숙경이는 울지 않았다. 어머니가 목을 매여 죽으리라고 짐작하면서 자기의 죽음도 보기 때문이다. 울다가 어머니는 부드럽게 말했다.
— 가거라…내가 죽지 않겠다…내 목숨이 길어 살아 있는 때에 내가 돌아 오면 다시 보구…가거라—하는 어머니는 쾌활한 기색을 보였다.
『…살아 있는 때에 네가 돌아 오면 다시 보구』— 이 말에 숙경이는 눈물이 솟았다.
— 사돈댁이 옳게 처리합니다—하고 베베는 기뻐하였다.(p.341.)

22) 어린 아이 저고리 고름에 놀이개로 귀중한 보물처럼 꼭 매여 놓은 돈잎을 풀어서 구원금으로 주는 것도 아이의 의무로 되었다. 며느리가 한 끼니에서 쌀 한 줌씩 쥐여 내여 모았다가 판 몇 푼돈을 구원금이라 이름을 짓는 것은 성단에 올리는 명전과도 같다.(p.253) 여기에도 나와 있듯 당시 만주 지역에서 의연금 모금은 한인에게는 신성한 의무와 같았다. 대부분의 한인은 기꺼이 의연금을 냈지만 때로는 이중, 삼중으로 내야 하는 의연금이 상당한 부담이 돼 일부 사람들의 원성을 듣기도 했다고 한다.

들을 부정하고, 긍정적 주인공에 의한 보다 나은 삶을 지향하려는 사회주의 리얼리즘이 대의를 위해 소아를 희생하는 유교적 사고와 통하는 정신주의에 맥이 닿아 있음을 뜻한다. 이렇게 봤을 때 조명희의 가계와 성공회 체험으로부터 조명희 사상의 유교적 인격주의를 명분과 도의에 대한 합치욕구로 통찰한 것[23]은 김준의 작품에서도 시사하는 바가 크다. 사랑하는 아들과 딸을 독립 운동의 과정에서 잃어야했던 절규와 비애가 자식의 길을 의연하게 지켜보는 어머니상으로 대체되면서 민족주의와 유교의 지사 정신이 결합된다. 이 강인한 어머니상의 대표격인 인물이 베베―국정의 어머니인데 베베는 성모 이미지를 거치지 않고 바로 전통주의로 직행한다. 서울 교도소를 바라보며 소나무의 의기를 담은 한시를 읊조리고 그 의미를 해석해주는 베베의 모습은 구한말 우국단심을 품은 노학자의 모습인 양 남성적이며, 大母(great mother)의 이미지이기도 하다.

베베에게 자식의 죽음은 민족의 수난이 되며 그 민족의 수난은 '어머니'의 기억과 함께 김준과 다른 재소 한인 시에서 '어머니'가 때로는 '원동'과 동일시되는 고향의 기표가 되게 한다. 물론 이렇듯 선명하게 양분되는 '사회주의 투사 여성'/'지지자 모성' 이 김준이 형상화하는 여성상의 전부는 아니다. 여기서 구체적으로 다루기는 곤란하지만, '마돈나', '직녀', '선녀', '황진이'와 같은 이름으로 표출되는 상상의 공간에 있는 여성을 호명하는 방식과 강제 이주 당시 은혜를 베푼 카자흐 처녀 '알리야'에 대한 찬양으로 특징지어지는 또 다른 여성상이 있다. 그리고 전자와 후자는 그 세계관에서 상이한 인식을 보여주고 있음에도 불구하고 모두 현실의 여성이기보다 작가의 '인격주의'에 바탕을 둔 관념적 여성이라는 점에서 공통점이 있다.

---

23) 김흥식, 「조명희 연구(Ⅰ)―세계관의 기반분석을 중심으로」, 『인문학연구』20집, 중앙대학교인문학연구소, pp.29-42.

4. 극동 / 한반도의 분리의식과 러시아에의 경사

아마도 『홍범도』에서 가장 흥미로운 부분은 민족 반역자를 처단하는 홍범도의 태도일 것이다. 때로는 중국인과 일본인에게조차 관대한 홍범도가 일제에 협력한 조선인에 대해서는 이유를 불문하고 응징으로 초지일관하는데, 4년 앞서 출판된 『십오만원 사건』에서도 이미 이런 경향이 나타난다. 일제의 간첩 혐의에 대한 공포에서 비롯됐을 '자기검열'은 소설 속에서 극동과 한반도 본토를 분리하면서 극동/본토에 대응되는 본토인/이주민 의식으로도 전환된다. 그리고 이는 다시 착오적인 민족주의와 올바른 사회주의의 대립으로 확대된다.

자의반 타의반으로 국경을 넘은 한인들에게 조선 본토는 회복해야할 민족의 영토였지만 이민 1세대에게 실질적인 삶의 터전은 극동지역에 그들이 맨손으로 개척한 용정촌, 신한촌 등의 한인 마을이었다. 소설에 등장하는 한국식 지명이나 삶의 방식에서도 알 수 있듯 극동의 한인촌은 어떻게 보면 식민지 조선본토보다 더 '조선적'이고 민족애가 뜨거운 곳이었다. 식민지 근대성의 착종경험이 적었던 것과 중국, 러시아, 일본의 세력 다툼 속에서 상대적으로 넓은 활동 공간이 보장되었으며 이민자 특유의 단결심이 강했던 한인 마을은 그 자체로 디아스포라(diaspora)적 의미를 가진다. 이러한 자부심은 시간이 흐를수록 조선과 극동을 하나의 공동운명체로 보지 않고, 반일을 고리로 극동과 러시아를 공동 운명체로 보는 쪽으로 전향한다. 조선과 극동이 하나라는 것은 일종의 理想態 혹은 명분이지만 러시아와 극동의 운명 공동체 의식은 현실적이고 가능한 대안이 된다.

서울로 호송된 국정을 따라간 숙경과 베베의 대화에는 이러한 분리의식이 비교적 뚜렷하게 드러난다. 서울 교도소의 높은 담에 좌절하고 나온 그들의 눈에 한가한 한강의 뱃놀이 광경은 일종의 배신감으로 다가온다.

> — 어머님, 저기 배'놀이를 하는 사람들도 있는듯합니다. 제 땅이 원쑤의
> 발 밑에서 울고 제 동포의 살'점을 원쑤의 칼이 뜯어 내는데 저렇게도 한
> 가하단 말입니까? — 숙경이는 한강을 물끄러미 내다보며 말하였다.
> — 그건 조선 사람들인 것 같지 않다. 조선 사람으로서야 그렇게 정신
> 나간 사람이 어디 있겠늬… 허물어지는 강산과 학살 당하는 제 사람들을
> 눈앞에 놓고…
> 『학살당하는 제 사람들…』이란 말에서 숙경이는 국정이네만 아니라 이
> 천 만을, 제 몸을, 시어머니의 몸을 보는 것이다. (중략) 그러나 조선의 땅
> 과 백성 때문에 혹은 감옥 안에서, 혹은 감옥 밖에서 목숨을 내걸고 싸우는
> 그 사람들을 모르고 더욱이 조선의 땅 우 한강에서 한가히 뱃놀이 하는
> 조선 사람들은 나라가 망한대로 있는 뿌리로 되여 보인다.(282쪽)

조선인을 '뱃놀이하는 사람'/'항일 지사'로 분리하는 것은 '본토'/'극
동지역'의 공간적 분리를 환기시킬 뿐 아니라 뱃놀이하는 부르조아와
독립 운동을 하는 프롤레타리아라는 구도를 은연중에 생산한다. 이는
또한 '봉설:홍범도/방기창:전국보'의 대립 구도에 상응되기도 한다. 방기
창과 같은 민족주의자의 부르조아적 나약함은 본토에서 일어난 비폭력
3.1운동의 항일투쟁이 실패할 수밖에 없었던 원인이 되며 나아가 민족
내부에서 민족반역자가 출현하는 분위기로도 이어진다. 봉설 일행이 체
포된 가장 큰 원인은 민족주의자의 거죽을 쓴 엄인섭의 배신과 민족주
의 운동의 지도자격인 기성세대의 잘못된 판단 때문이다. 그런 만큼 이
들에 대한 서술자의 태도는 매우 단호하며 암시나 비유 같은 장치를
사용하지 않는다. 대표 격인 엄인섭의 위선을 예로 들더라도 그는 봉설
에게 돈이 있다는 말을 듣는 순간 박대하던 자세를 대번에 바꿔 "대한
독립을 령락없이 했네…그런데 퍽 조심해야 되네. 여기 왜놈들이 가득

찾지, 조선 놈들 중에도 일본 개들이 기수부지네. 자치ㅅ하면 잘 못 될 수 있네."하는 경고를 하며 "지금 일본 개 조선놈들이 내가 독립 사상이 있는 줄 알고 밤낮 내 집에 눈을 걸고 있다"는 선전으로 봉설 일행을 미혹한다.

물론 여기서 역사적 사실은 소설과 다를 수 있을 것이다. 사건의 전 말을 촘촘하게 뜯어보면 단장 전국보나 철혈광복단이 단지 배경으로만 존재하는 것이나 거사 후 이들의 미숙한 대응 등은 여섯 청년의 단독 행동만으로 이 사건이 설명되기에는 석연찮은 구석이 있다. 즉 소설만 으로는 '사건의 진실과 정황에 대한 입체적 해석'이 불가능하다.24) 그 러나 성공과 체포의 결정적 원인이 전기설과 엄인섭이라는 한인에게 있는 것은 부정할 수 없는 듯하며, 그랬을 때 민족주의의 한계—극동 과 한반도의 분리의식을 끌어내는 민족배신자에 대한 분노는 당시 극 동지역의 다양한 역학관계를 민족내부의 문제로 시선을 돌리게 함으로 써 한인 사회를 애국자/반역자의 두 그룹으로 간단하게 구분하는 효과 를 낳는다. 여기에는 중도적 인물이나 외세인 중국, 러시아의 영향은 배제돼 있고 간혹 등장하는 중국 노인과 러시아 노인은 오히려 반일 감정을 공유하는 조력자로 등장한다.

이런 맥락에서 엄인섭과 백성필에 대한 처단문제가 제기되고 전개상 굳이 등장할 필요가 없음에도 홍범도가 등장하게 된다.25) 심판자로서

---

24) 사건의 전말이 정확히 고증되지 않은 관계로 착오가 있을 수 있지만 소설에서 십오 만원 탈취 계획은 거의 여섯 청년의 의기투합으로 이루어진다. 선배격 인물인 방기창 과 의논을 하긴 하지만 방기창은 신한촌에 이들이 묵을 하숙집을 소개해주는 것에 그치고 이후 잘못된 판단으로 이들이 체포되는 원인을 제공하게 된다.

25) 이런 장면은 『홍범도』에서도 마찬가지이다. 김세일은 서사 전개를 무시하면서까지 김 알렉산드라의 최후편을 기술하고 있는데, 강진구는 이것을 강제 이주 후 '정치적으로 어린 아이'에 불과했던 고려인들의 열등감 극복을 위한 매개물이라고 파악한다. 자세 한 것은 다음 논문을 참고할 것.
강진구, 「구소련권 고려인 문학에 나타난 역사 복원 욕망 연구—김세일의 장편소설 홍범도를 중심으로」, 『민족문학사연구』2004 통권 25, p.320

홍범도의 분노는 배신자에 대한 분노를 넘어 사태의 본질이 한 두 개인의 문제가 아니라 사상적인 것에 있음을 분명히 한다.

> 홍범도: 엄인섭이만 잡아 죽인다구 통소리를 치지 말구, 엄인섭이 같은 놈들이 있을 걸 모르고 네 청년을 장판 네 거리에 앉히고 북을 친 놈들도 잡아 죽여야 해. 살궈 두면 대한 독립이 안돼! ─하고 와락 일어나 웅세를 데리고 바깥으로 나가 버렸다.(249쪽)
> ─ 쫓아갈 필요가 없다. 잡아 죽일 사람들이 그 놈이 있는 고장에서 기어코 나설 게다─하고 법도도 일어나서 앉아서: ─**인젠 우리가 무장하고 독립할 길이 하나 뿐이야. 로씨야 빠르찌산들과 손을 잡아야 해. 그들의 무기를 가지고 그들과 함께 원동에 기어든 일본 군대부터 몰아내야 해. 다음에는 또 로씨야 빠르찌산들의 도움을 받아 우리가 두만강을 건너서야 된단 말이야. 그렇게 꼭 될 거야. 오늘은 이것이 대한 독립의 길이야. 이것을 림이완은 벌써 나와 말했어.**(251쪽)

홍범도로부터 발화된 신성한 주문 같은 이 말은 당시 항일 운동의 당면 과제였던 '극동에서의 일제 축출'에 내재해있던 항일의 노선 차이를 극명하게 드러낸다. 여기서부터 서사의 축은 방황을 멈추고 사회주의로 입장을 정리하게 되며 러시아 파르티잔과의 성공적인 연대를 보여주는 쪽으로 방향을 선회한다. 사회주의자가 된 봉설 일행에게 당장의 문제는 러시아를 배우는 것이다. 일찍이 봉설이 러일 전쟁에서 돌아오는 길에 러시아 군인으로부터 배운 '다왈씨(동지)'가 '십오만원 사건'에 간여했던 청년들에게 동지의식을 불어넣었듯 봉설 일행은 러시아어를 통해 사회주의 사상에 대한 친근감을 체험한다. 강제 이주 후 한인들이 그토록 짧은 시간에 러시아어를 모국어로 삼으며 체제에 동화돼 간 것처럼 러시아어를 배우는 것은 사회주의 사상을 先체화하는 심리적 효과를 발휘한다. 그리하여 봉설이 볼세비키 당원 이완을 만나 입당을 권유받는 장면은 이러한 분리의식의 절정에 있다.

　 ─그래, 나두 첫째로 독립을 하는 것을 반대하지 않소 독립을 하고서는
　 어떤 제도를 세우겠는가? 이전처럼 임군이 있는 제도를 세우겠는가? …그
　 렇게 되면 봉설이네나 우리게 밭 한 고랑 차례 아니지오! 그러면 독립을
　 하구서두 어떻게 살겠는가? …곰이라구 제 발 발바닥을 핥구 살겠는가?
　 … 그런 독립은 하나 마나. 가난한 사람들이 살 수 있는 그런 독립을 해야
　 하오. 곰곰 생각해 보오. 내 말이 그르지 않습넌이.(309쪽)

이완은 러시아어를 배우는 봉설의 기우─러시아 빨치산이 과연 조선
본토로 진격해주겠는가 하는─에 대해 '신뢰가 무엇보다 중요하다'는
감정적인 논리로 대응한다. 이는 소설 전반에서 군인뿐 아니라 러시아
민중에 대한 감정적 친근함과 통하는 부분으로, 러시아와 관련된 어떤
것도 부정적으로 그릴 수 없었던 1937년 이후 재소 한인들의 공포를
역추적해 읽을 수 있는 근거가 되며[26] 한편으로 후반부에서 소설이 점
점 객관성을 잃고 구호나 선동을 닮아가는 원인이 되기도 한다. 끝부분
에서 러시아 빨치산으로의 부대 편입을 놓고 논쟁을 벌이는 독립군의
회의 장면은 이완과 봉설의 대화를 그대로 반복하면서 객관적 정세 판
단이나 논리적 대응에 대해 대단히 회의적이다.

　 ─약정하고 글을 꾸민단 것은 믿음이 적은 데서 나오는 것입니다. 장차
　 공론을 일으키겠다는 마음을 두는 그런 약정은 애당초에 하지두 말아야
　 합니다. 진심으로 서로 믿는 것이 제일 중대한 약정인 것이며 제일 중대한
　 글'장인 것입니다. 나도 대한 독립 사상을 품고 일찍 로씨야로 왔습니다.

---

26) 검거를 피해 달아난 봉설을 숨겨준 이가 신한촌 산골짜기에 사는 러시아 노인 부부
　 인 것과 국정의 체포 소식을 듣고 찾아간 숙경을 맞아준 노인 부부도 국정의 소재를
　 묻는 말에 "나는 알아낼 재간이 없다. 내 목이 떨어지는 수 있다 해도 알아 낼 수만
　 있다면 서슴없이 알아내 주겠다."는 위로의 말을 한다.

오늘도 나는 대한 독립군입니다. 그런데 지금에는 나는 로농 로씨야를 일 귀세운 레닌의 뒤를 따라 가는 사람이 되었습니다. **레닌이란 말은 대한 민족과 같은 그런 세계 피압박 민족들이 다시 살아나는 시대란 말입니다! 때문에 로농 로씨야는 대한 독립의 표'대입니다.** 세상에 처음 생긴 로농 국가란 말은 예속된 민족들과 식민지 민족들의 자주 독립의 조국이란 말입 니다! …더욱이 **총 한 자루 제 손으로 만들 재간이 없는 대한 민족 같은 민족이 로농 국가의 도움이 없이는 독립을 할 수 없습니다!**(322-323쪽)

이렇듯 급작스런 러시아에의 경사에 타당한 역사적 배경이 없는 것 은 아니다. 1920년대 들어 일제의 토벌이 심해지면서 간도 일대의 독 립군 부대는 심한 타격을 입었고 재충전과 일제의 탄압을 피해 연해주 로 거점을 옮기지 않을 수 없었다. 이들은 백군파와 적군파로 나뉘어져 러시아 부대로 편입되었다가 대부분 적군파와 손을 잡지만 러시아의 일관성 없는 한인 정책과 한인 공산당의 내분으로 자유시 참변 같은 참사가 일어나기도 한다.27) 그렇다면 당시 한인들이 사회주의에 대해 호의적이었던 것을 십분 인정해도 이완의 고백처럼 무비판적인 경사는 한인 부대의 역사 전체를 단일한 시각에서, "너무도 직접적이며 사상 적"인 것으로 만들어 루카치가 반파쇼 휴머니즘 역사소설의 문제로 지 적한, 이른바 '과거를 청산하는 대가로 개인의 구체적이고 직접적인 체 험을 상실한 추상화의 위험'에 직면하게 되는 셈이다.28)

---

27) 자유시 참변(自由市 慘變)은 흑룡강주 자유시에서 일어난 한인 무장 부대들간의 유혈 싸움을 일컫는다. 1920년 2월 적군에 의해 해방된 자유시는 한인들의 새로운 독립운 동 중심지로 떠오른다. 여기에는 먼저 들어온 한인 자유대대 600여명이 주둔해있었고 이어 연해주에서 이만부대, 다반 부대, 니항 부대 등이 들어왔다. 이른바 상해파/이르 쿠츠크파는 구 대한 의용군 최봉인의 구속 문제를 둘러싸고 격렬한 대립을 벌이다 이르쿠츠크파에 속한 대한 의용군의 무장 해제를 종용하나 의용군측의 불복으로 양 파간에 피를 흘리는 사태가 발생했다. 단순하게는 한인 독립군 내부 분열이라고 볼 수 있지만 소련의 일관성 없는 한인부대 정책이 크게 작용했다고 본다. 한국독립유공 자협회편, 「러시아 革命 後의 韓人社會와 民族運動」, 『러시아 지역의 한인사회와 민 족운동사』, (교문사, 1994), pp.204-235 참고.
28) 루카치, 앞의 책, pp.384-385.

『십오만원 사건』은 강제 이주로부터 시작된 외상의 진원에서 '기억하고 싶은 것' 혹은 '기억해야만 하는 것'으로 결말을 정리한다. 이완의 발언에서 민족주의는 이미 하나의 허상이거나 껍데기에 불과하다. 민족주의가 부정된 자리에 들어선 국제주의는, 다시 1950년대 한인의 시각에서, 사회주의 모국 러시아에 대한 강요된 충성심의 흔적을 소설의 앞과 분리되는 이질적인 서사로, 문학적 승화를 이루지 못한 날것의 구호로 남겨놓게 한다. 이 독해의 결과는 역설적이게도, 현재 진행형인 재소 한인의 상처와 고통을 다시금 '역사의 부정합성'속에 위치시키는 일종의 허무주의를 낳는다. 이어질 김준의 시는 이러한 허무주의의 결과로 구축된 결과물이다.

5. 정절과 초월의 시학

연해주로 망명하기 전 조명희의 문학은 시와 소설에서 급격한 단절을 보이며 표면적으로는 상이한 세계관을 드러낸다. 시집 『봄잔듸밧우에』(1924)는 애수와 방랑, 허무주의가 영원성에 대한 동경과 한 몸을 이루며, 식민지 지식인의 비애가 채 성숙하지 못한 세계 인식에 실려 여과 없이 노출되고 있다. 이를 두고 박혜경은 조명희의 시에 "구체적 대상"이 없으며 "구체적 근거가 없는 정서적 반응을 정제되지 못한 관념의 수사학으로 현란하게 치장하려는 데서 오는 표현"의 허구성이라고 비판[29]했으며 김재홍, 민병기 등도 이와 유사하게 조명희 시의 극단적인 두 지향에 대해 언급한 바 있다.

---

29) 박혜경, 「조명희론」, 정덕준편, 『조명희』, (새미, 1999), pp.104-109.
김재홍, 「프로문학의 선구, 실종 문인 조명희」, 위의 책.
민병기, 「망명작가 조명희론」, 위의 책.

그러나 김홍식이 밝혀놓았듯 이 단절의 층에 세계인식의 근원인 성장기 체험을 가져와 대입해보면 『봄잔듸밧 우에』의 시세계는 사실 명쾌한 편이다. 유교적 지사의식에서 기인한 영웅숭배와 초월성은 그가 고백한 소년시절의 영웅숭배열과, 은둔자로 산 부친과 맏형으로부터의 영향, 성공회로부터 받았을 선/악의 이원적 인간관이 갈등을 일으키며 '관념 과잉'의 시를 낳게 된 것이다. 더욱이 자아와 세계의 대립이 굳이 형상화되지 않아도 되는 시 장르의 특성과 백조파 류의 시가 유행하던 당대 현실에 비추어본다면 조명희의 시가 당대 문인의 감수성에서 동떨어져있었다고 보기도 어렵다. 문제는 망명 후 그가 과거의 문학을 비판했고, 몇 편의 평론에서 새로운 사회주의 문학의 예로 경쾌하고 힘찬 민요의 리듬을 살릴 것을 주장했을 때[30] 원동의 제자들에게 과거 그의 문학의 영향, 다시 말해 '강한 선배 문인'으로서 그의 작품이 끼친 광범위한 영향의 흔적이다.

그러니 조명희를 추억하는 제자들의 글이 소련 조선 문학의 창시자로서 사회주의 리얼리즘에 충실한 문인 조명희에 집중돼 있는 것을 지나치게 의식할 필요는 없다. 오히려 시간이 흐를수록 이들의 시가 이념으로부터 떨어져 나와 해빙기 소련 문학과 발을 맞추듯 조선적인 것으로 돌아오는 것을 주목해야 한다. 김준의 시는 바로 이 과정에서 조선을 떠나 소련을 택한 조명희의 사상이 그의 제자에게서 역으로 다시 사상에서 문학으로 회귀하는 징후가 된다.[31] 김준의 시는 사상이냐, 예

---

30) 1935년 7월 30일자 『선봉』신문에서 조명희는 「조선의 노래들을 개혁하자」는 평론을 통해 "사회주의적 내용에 민족적 형식을 가춘 새로운 노래"를 군중에게 주어야 한다고 주장한다. 비판의 핵심은 조선의 옛 노래들이 봉건 지배계급의 완만하고 유연한 생활에서 나온 만큼 무산계급의 생활 감정을 표현하는 데는 맞지 않다는 것이다.(황동민편, 『조명희 선집』, (소련과학원 동방도서 출판사, 1959), pp.487-495 참고.)

31) 한학과 중국, 러시아, 일본 문학에 대한 조예가 깊었던 조명희와 교유한 문학 지망생들은 시간이 흐를수록 사상이나 이념보다 형식, 기법, 언어 사용 같은 문학 그 자체의 특질들에 더 영향을 받았으리라는 것이 필자의 입장이다. 정보가 들어오는 통로가 차단된 상황에서 조명희의 역할은 다양했다. 소련 조선 문학의 창시자이자 동시에 남

술이냐의 핵심을 건드리는 이 전도 현상을 설명해줄 좋은 텍스트로, 관념 과잉의 시에서 사상적인 소설로 이행했던 조명희와 반대로 사상의 외투를 벗은 소설이 다시 시에서 획득한 관념의 세계 인식을 펼쳐 보인다.

조명희와 마찬가지로, 김준의 시는 소설에 비해 훨씬 덜 세련되었고 정제되지 않았으며 빈번한 중국고사와 인물들이 인용돼 초월, 영원 등 정신적 지향에의 욕망을 드러낸다. 그의 시를 크게 구분하면 첫째, 한학에 대한 소양을 바탕으로 조선적인 것에 대한 애착이 드러나는 시, 둘째, 카쟈흐스탄에 동화된 안분지족의 삶, 셋째, 길고 급박한 호흡의 서사시로 나눌 수 있다. 이 중 마지막을 제외하고는 대개 전통 율격 (4.4또는 3음보)을 살려 낭송이 편하며 정서 또한 그에 걸맞는 은둔자의 면모를 보인다.

　　　나는 마른 풀대에서/푸른 잎을 찾고/누른 꽃속에서/붉은 빛을 보련다//
　　　나는 앵무새의 말은/듣고자 하지 않네/참새의 지저귀ㅁ에서/그 뜻을 알련다.//
　　　나는 꿀은 버리고/개열은 먹는다/약으로 먹음은 아니라/먹고 싶어 먹는다.//
　　　나는 절벽 꼭대기에서/바다물에 떨어진다./떨어지는 높이에서/날개를 얻으련다.//
　　　나는 너와같이 제것 안고/강물과 함께 걸으면서/발앞에 있는 바위,섬-/온통 마사내린다.(「제것」, 6-7쪽)

　　　사월달 봄비에 곱게 피여/ 여름나비를 맞기 싫더냐/구월 서리속에 피였

북한 문단에 정통한 중개인이기도 했기에 그의 행보와 문학 하나하나가 예민하고 섬세한 문학도들에게 "강한 선배 문인"으로서 일반적인 예상을 뛰어넘는 영향력을 행사했을 것이다. 더구나 그가 강제 이주 직전 간첩 혐의로 총살당한 사실이 알려졌을 때, 이들이 느낀 배신감은 스탈린주의에 대한 염오를 넘어 사회주의 문학 자체에 대한 회의로까지 나아가지 않았을까 생각된다.

구나/하얀 눈속 솔가지 피여/박새 앉기를 기다리냐뇨/국화의 맘을 서리만 안다.(「국화」, 38쪽)

"나란 너의 가지로 되고/너란 나의 원줄기로 되여/광풍앞에 나서는 날/나란 존재가 네 모르게/너의 소나무로 되겠다"/너는 탄환과 피에서/조국의 앓음소리를 듣고/뜨거운 너의 입김을/식는 군인의 입에 넣었지…/나의 누나 왈랴, 왈랴!(「간호부」, 183쪽)

안락한 것을 거부하고 일부러 나쁜 것을 취하는 태도나 국화, 소나무, 백이숙제, 요순임금이 등장하는 이 부류의 시들은 정적이며 이념이나 사상의 냄새가 나지 않는다. 자아 수양과 초월의 경지를 희구하는 서정적 자아의 태도는 시의 종결어미에 의해 효과적으로 뒷받침된다. "~하노라", "~하리라", "~구려", "~도다", "~런다", "~나뇨" 등의 우아한 어미는 주체와 대상 사이에 일정한 거리를 유지시키며 동시에 서정적 자아를 근대 이전 음풍농월의 세계로 인도한다. 이것은 시집 『봄잔디밭 우에』의 문체이자 망명 후 조명희가 조선노래의 문제로 지적한 "늘잇늘잇한" 곡조의 복제판으로서, 갓 쓴 양반의 有閑者로서의 삶이 전면에 표출된 것이다. 다만 이러한 태도가 남을 착취하거나 이웃의 고통에 무관심한 방관자의 것이 아니라 주체의 지행합일로부터 나온 전통적 지사 정신에 있는 것을 유의한다면 망명이전 포석의 시적 지향과 분명히 통하는 지점이 있고 이런 의미에서 김준의 시는 「시월의 노래」나 「볼세위크의 봄」보다 「봄잔디밭 우에」에 더 가깝다.

내가 이 잔디밭 우에 뛰노닐 적에/우리 어머니가 이 모양을 보아 주실 수 없을가/어린 아기가 어머니 젖가슴에 안겨 어리광함 같이/내가 이 잔디밭 우에 짓둥글 적에/우리 어머니가 이 모양을 참으로 보아 주실 수 없을가// 미칠 듯한 마음을 견디지 못하여/『엄마! 엄마』소리를 내였더니/땅이 『우

애!』하고 하늘이 『우애!』하오매/어느것이 나의 어머닌지 알 수 없어라.(『조
명희선집』, 25쪽)

　'어머니'='영원성'에 대한 희구는 포석 시의 두드러진 특징으로 '惡'
에 대립되는 '善'으로, 때로는 절대적 '美'로까지 격상된다. 동일한 시
어를 쓸 때도 김준은 포석에 비해 훨씬 구체적이며, 현지 생활에 밀착
된 형상화를 시도하는데 라파엘이 그린 마돈나에게서 소비에트 체제를
환기시키는 듯한 "새나라의 탄생"과 "새 탄생의 종소리"를 듣는다고
말할 때, 그는 동서양의 신화를 소비에트에 맞게 전유하는 태도를 보인
다. 조선 혹은 고향에 대한 인식도, 경계인으로서 처지를 벗어나지 못
한 상황에서 그가 말하는 조선의 심상은 마음의 고향 원동과 현재의
터전 카자흐스탄 위에 세워진 상상의 이데아(idea)이다.

> 　나는 로씨야 원동/이만강변 조선사람이다./백두산 신령이 먹이지 못해/
> 멀리 강건너로 쫓아낸/할아버지의 손자로다.
> (「나는 조선 사람이다」, 98쪽 – 부분 인용)

> 　너의 슬픔과 아픔,/너의 갈망과 기쁨−/모두 내 피줄에 흐른다./다른 내
> 물은 내게 없다…//
> 　이만강/강변 버들나무숲에서/새벽에 우는 꾀꼬리,/물사품에 떨어지는/하
> 얀 구름나무꽃./바위밑 무줄기에/잠자리같은 소천어,/터밭에 파란 강낭이
> 잎−/어째선지 쓸쓸함과 어째선지 즐거움/나의 가슴에 움 돋은/땅의 첫 음
> 악이어라.
> (「조국」, 31쪽 - 부분 인용)

　이 시들에게서 고향 혹은 조선적인 것의 징표는 원동, 이만강변으로
구체화된다. 버드나무, 꾀꼬리, 소천어 등 정겨운 자연물도 이만강변에

귀속된 것들이지 한반도에 속한 것이 아니다. 돌아갈 수 없는 원동에 대한 그리움이 주가 되기에 조선적인 정감을 일으키는 사물의 명칭은 기억 속의 원동을 떠도는 기표이거나 이만강에 대응되는 카쟈흐스탄의 다리야강에 서정적 자아의 현재를 동화시키는 데서 멈춘다. 이렇게 본다면 그의 시의 첫 번째와 두 번째 경향은 배리되는 것이 아니라 명분과 현실 사이의 갈등으로 요약할 수 있다. 원동 조선인이라는 명분은 카쟈흐스탄의 현지 생활에서 사상과 이념의 그림자를 걷어내면서 그 자리에 정신적 초월을 대체해놓는다. 그것은 앞서 서술한 『봄잔디밭 우에』에서 보이는 실체가 불분명한 고통이 아니라 너무도 분명한 상처를 정신주의로 돌파하려는 태도를 의미한다. 이 때 신이나 이념의 자리를 대신하는 존재가 어머니인 것이 의미심장하다. 어머니는 '삶과 죽음의 풍랑 앞에서 부르는 이름이며, 아프고 배고프고 추울 때 부르는 이름이며 허리 구부려 막대짚고 일어서며 부르는' 이름이다. 부르다가 얼음덩이가 돼도 부르고 또 부르는 이름이다.(「어머니」, 145-146쪽)

『십오만원 사건』의 베베의 모습 그대로인 어머니상은 다시 한 번 정신주의자로서 그의 면모를 분명히 하며 이 시집 전체에서 드물게 이념 편향을 보여주는 시 「거짓말」이 사상이전에 유교적 지사의식으로 해석될 여지를 열어 놓는다.

> "조국에 몸 바치겠다!/공산주의를 세우겠다!" -/이건 모두/땅의 겉층에 나구부는/떨어진 잎의 가벼운 소리라./네 정말 애국자거든,/정말 공산주의자거든/덜렁거리는 말은 바람에 날라지 말라./먹은 맘을 깊이/정신의 가슴에 감춰둬라./감춰둔 그 말이/제 땅에 타는 불속에서/불활살이 되게 해라./감춰둔 그 말이/크슬꿈 사막에,/카라꿈 사막에/연어로 되게 해라-/천하사람 다 먹을 살이 붉은 연어…
>
> (「거짓말」, 147쪽)

虛틀을 하지 말고 신념을 가슴에 묻으라는 것은 지행일치에 대한 요구이다. 문제는 주체의 의지이지 물적 토대나 형편의 좋고 나쁨이 아니다. 구호와 선동으로 변질되고 오염된 사회주의에 대한 불편한 기색이 주체의 내면 문제로 귀착될 때 주체의 지향점이 굳이 사회주의여야 할 이유도 찾기 어렵다. 명분 숭상과 인격 수양은 조선 선비의 큰 덕목으로, 일제의 압박을 피해 은둔했던 포석의 맏형 조공희가 일제와 타협하지 않은 것만으로 포석의 눈에 그는 정통적 지식인의 전범으로 보였을 법하며32) 이런 맥락에서 김준 시의 예스런 종결어미들도 그가 펼치는 정신주의의 지평에 일정한 역할을 하고 있다.

따라서 비록 이 시집이 1977년에 출판되었고 카자흐스탄에서 김준의 위치가 상당한 엘리트층이었음을 감안해도 이러한 내용 구성은 파격적이라 아니할 수 없다. 그가 선보이는 동서양 신화의 인물과 사건 나열은 쫓겨난 이방인의 문학적 열등감의 표현일 수도 있지만 그보다는 '문학의 자유'에 대한 욕망의 발로로 읽어야 한다. 그랬을 때 그의 '허무주의' 또한 체제부정이나 미적 태도가 아니라 과거의 '은일지사' 혹은 '죽림칠현'의 정신주의에 닿는다. 다만 이것이 진정 조선적인 것에 대한 향수인가에 대해서는 의문의 여지가 있다. 따지고 보면 재소 고려인의 의식에 '불변의 조국 조선'이 있으리라는 선험적 인식은 "민족은 가상의 공동체"라고 본 엔더슨의 주장을 단칼에 비웃기라도 하듯 민족 신화에 사로잡힌 남한 연구자의 시선일 수도 있기 때문이다. 그렇다면 김준의 시는 문학의 자율성에 대한 욕망이라는 말로 충분하다.

---

32) 김흥식, 앞의 논문, p.34 참고.

6. 김준을 위한 변론, 침묵과 여백의 자리

김준은 포석 자신이 부정했던 과거 그의 문학을 부활시킴으로써 포석과 구소련 문학인의 관계가 일방적인 지도 편달이 아니었음을 증명했다. 포석의 「맹세하고 나서자」, 「짓밟힌 고려」, 「시월의 노래」를 애송하던 재소 문인들은 가혹한 스탈린 시대를 거치며 살아남았고 늦게나마 해빙 무드를 타면서 소련 조선 문학의 발전을 위해 많은 노력을 기울였다. 1938년 ≪선봉≫이 ≪레닌기치≫로 바뀌면서 증면되고 1958년 문예페이지가 신설되면서 한때 소련 한글 문단은 한글 단행본이 연달아 출판되는 황금기를 누리기도 했다. 이 황금기의 중심에 있었던 문인의 한 명인 김준을, 조명희를 통해 독해하는 작업은, 어찌 보면 조명희나 김준 어느 쪽도 완전히 설명하지 못하는 한계를 안고 있다. 그러나 이 글의 목적이 조명희를 매개로 김준의 문학을 더듬어보려는 데 있었던 만큼 소련 망명기 조명희의 행적이나 기타 글에 대한 분석보다 김준의 작품에서 조명희의 흔적을 추적한 것은 부득이한 선택이다. 「낙동강」의 작가 조명희와 『봄잔디밭 우에』의 시인 조명희를 먼 이역 땅 카자흐스탄의 문인 김준에게서 다시 본 것은 연구돼야 할 우리 문학사의 귀한 재산이지만 그렇다고 이 글이 김준의 문학이 재소 한글 문단의 일반적 특질을 수렴하고 있다고 주장하는 것은 아니다. 김준의 작품에는 강제이주의 참혹한 역사가 삭제돼 있기 때문이다.

강제 이주 후, 한인들이 민족을 부정한 대가로 얻은 소련 공민 자격증은 러시아 민족을 중심으로 하는 제국의 형성에서 불안정한 소수민족의 처지를 더욱 자각시켰다. 볼세비키의 국제주의는 소수민족을 사회주의 이데올로기의 틀 내에 붙들어 매며[33] 소수민족 고유의 언어와 문화를 박탈하는 결과를 초래했다. 『십오만원 사건』은 1922년의 원동에

---

33) 권희영, 「러시아 민족주의의 특징」, 『정신문화연구』 제17권 제2호, 1994.

서의 쏘비에트 정권 수립에서 끝나고 있지만 37년의 강제 이주로부터 시작되는 긴 수난의 역사에 대해서는 침묵한다. 그는 해방과 저항의 영토였던 극동에 집착하며 '찬란했던 과거의 극동'을 기억하고 싶은, 혹은 기억해야만 하는 방식으로 재현했다. 자유시 참변도, 러시아 파르티잔과의 의견대립도, 민족 차별도, 약속을 저버린 소비에트에 대한 어떤 비판도 없는 이 소설에서 차마 쓰지 못한 침묵과 여백의 자리는 김준의 정신주의로 설명되거나 해명되지 않는다. 무엇보다 포석의 죽음을 경유해야하기에 자연히 그 정신주의를 비판하지 않을 수 없다. 『십오만원 사건』은 구 소연방에서 살아남은 한인들의 집단적 꿈의 굴절물이고 그의 시는 소련에서 성공한 문인으로서 내면 고백서이다.

유교적 지사의식은 다른 재소 작가들과 비교하여 김준의 고유한 특징이지만 바로 그런 이유로 김준은 귀족적이며 유유자적의 문학 세계를 가졌다고 할 수 있다. 아쉬운 것은 조명희를 뛰어넘으려는 치열성의 부재이다. 강렬한 영향의 불안이 느껴지지 않는 문인은 쉽게 그가 영향받은 선배의 속류로 떨어질 수 있기 때문이다. 기억하고 싶지 조차 않은 공포의 기억 앞에서 때로 문학은 한없이 무력하다. 재소 한인 문학에서 세 군데 영토ー한반도/원동/중앙아시아는 각각 분리돼 있으며 그 분리의식의 깊숙한 곳에는 강제 이주 후 한인들이 받아들인 제2의 조국 소련의 감시가 작동하고 있다. 그것은 소설의 시공간적 배경을 구성하고 감시하는, '보이지 않는' 배경으로서, 우파 민족주의자들이 주장하는 선험적이고 절대적인 민족 개념과 엔더슨의 '상상의 공동체'를 동시에 빗겨가는 생소한 인식구조[34]를 드러낸다.

소련의 개혁이 시작된 후 한인의 활동은 자유로워졌으나 한글 문단은 도리어 사양길에 들어서게 된다. 현재 재소 한인 문단에서 한글로

---

34) 박명진, 「중앙아시아 고려인 文學에 나타난 民族敍事의 特徵」, 『韓國語文敎育硏究會』 제122호, 2004, p.285.

작품을 쓰는 문인은 급속히 줄어들고 있는데, 한인들은 80년대 후반에 들어서야 공식적으로 이주에 대한 말문을 열기 시작했고 그 성과는 미미하다. 이것만으로는 90년대까지 우리에게 '없던' 존재였던 재소 한인 문학을 반쪽만 이해할 수 있을 뿐이다. 이 '침묵의 자리'를 위한 당면 과제는 아직 소개되지 않은 작품들을 읽고 현지인의 증언과 기록들을 참고해 그것을 우리 문학의 '귀한 손님'으로 받아들이는 데 있다.

참고 문헌

1. 기초자료

김준, 『십오만원 사건』, 카자흐국영문학예술출판사, 1964.
김준, 『그대와 말하노라』, 알마-아따 사수식 출판사, 1977.
황동민편, 『조명희 선집』, 소련과학원 동방도서 출판사, 1959.

2. 논문 및 기타 단행본

3.1여성 동지회 문화부, 『한국여성 독립운동사-3.1운동 60주년 기념』, 3.1여성 동지회, 1980.
강만길, 『회상의 열차를 타고』, 한길사, 1998.
강진구, 「구소련권 고려인 문학에 나타난 역사 복원 욕망 연구-김세일의 장편소설 홍범도를 중심으로」, 『민족문학사연구』통권 25, pp.302-329.
권회영, 「러시아 민족주의의 특징」, 『정신문화연구』제17권 제2호, 1994.
김 블라지미르 (조영환 譯), 『재소한인의 항일투쟁과 수난사』, 국학자료원, 1997.
김홍식, 「조명희의 문학과 아나키즘 체험」, 『어문론집』26집, pp.161-186.

_____, 「조명희 연구(Ⅰ)-세계관의 기반분석을 중심으로」, 『인문학연구』20집, pp.29-42.

루카치, 『역사소설론』, 거름, 1987.

리 윌로리, 「박물관 조직을 앞두고」, 『레닌기치』, 1986.12.20

마뜨베이찌 모피예비치 김(이준형 譯), 『일제하 극동시베리아의 한인사회주의자들』, 역사비평사, 1990.

박명진, 「중앙아시아 고려인 文學에 나타난 民族敍事의 特徵」, 『韓國語文敎育硏究會』제122호, pp.281-304.

박형규 외 공저, 『러시아 문학의 이해』, 건국대학교 출판부, 2002..

박환, 『만주지역 항일 운동 답사기』, 국학자료원, 2001.

신주백, 『만주지역 한인의 민족운동사(1920~45)』, 아세아문화사, 1999.

유 게라씸, 「재소조선사람들의 고뇌와 삶」, 『광장』, 1990, 가을. pp.236-262.

유 게라씸, 「재쏘조선사람들」, 『한국과 국제정치』11~12호, 경남대학교 극동문제연구소, pp.259-280.

이명재 편저, 『소련지역의 한글문학』, 국학자료원, 2002.

이철·이종진·장실 공저, 『러시아 문학사』, 벽호, 1994.

정덕준편, 작가론총서 ⑪『조명희』, 새미, 1999.

한국독립유공자협회편, 『러시아 지역의 한인사회와 민족운동사』, 교문사, 1994.

홍정운, 『韓國 近代歷史小說 硏究-1930년대 작품을 중심으로』, 동국대 박사논문, 1987.

고려인 문학에 나타난 역사 복원 욕망 연구[*]
- 김세일의 장편소설 『홍범도』를 중심으로

강진구[**]

1. 문제제기

본 논문은 고려인 문인 김세일의 장편소설 『홍범도』를 중심으로 고려인 한글문학에 나타난 역사 복원 욕망을 탐구하는 것이다. 1937년 스탈린의 강제이주는 고려인들에게 '민족 전멸'이라는 미증유의 공포를 불러 일으켰다. 고려인들은 영문도 모른 채 범죄자의 누명을 쓰고 자신들이 피와 땀으로 일군 "행복이 넘치는 약속의 땅"[1]에서 추방되어 낯선 사막 한가운데 버려지듯 내던져졌다. 소련 당국의 이러한 조치는 고려인들에게 죽음보다 더 큰 치욕을 안겨주었다. 그러나 고려인들은 속수무책일 수밖에 없었다. 항의[2]는 곧바로 죽음[3]을 의미했기 때문이다.

* 이명재 외, 『억압과 망각, 그리고 디아스포라 : 구소련 고려인 문학』, (한국문화사, 2004)
** 중앙대 인문과학연구소 전임연구원

1) 고려인들에게 있어서 연해주(원동)는 봉건 압제와 일제 식민지 지배로부터 탈출의 땅이었고, 비옥한 토지와 많은 수확량으로 인해 기근으로부터 해방을 약속하는 곳이었다.(백태현, 「고려인이 까자흐스딴에 정착하는 과정」, 전경수 편, 『까자흐스딴의 고려인』, 서울대학교출판부, 2002, p.4)

2) 소련 당국이 강제이주를 결정하자 당원이었던 많은 수의 고려인들은 각종 청원서를 통해 "당이 우리 한인 공산주의자들을 믿지 않는다"고 비판한다. 이에 대한 자세한 자료는 블라지미르 김, 김현택 옮김, 『러시아 한인 강제 이주사; 문서로 본 반세기 후의

고려인들은 3일 분량의 식량과 가구당 지급된 370루블의 이주금을 손에 쥔 채 장장 40여일 동안이나 멀고 먼 기차여행을 해야만 했다. 이 과정에서 고려인들은 극심한 식량난과 물부족, 각종 질병으로 2세 이하 영아의 대부분과 노인들이 죽는 비극을 경험한다.[4]

중앙아시아에서 고려인들의 삶이란 말 그대로 생존을 위한 고투였다. 척박한 풍토와 소련 당국의 각종 억압은 고려인들을 생존의 문제로만 내달리게 했다. 농사마저 지을 수 없는 반사막지대는 그 동안 꿈꿔왔던 민족자치주 건설은 고사하고 끼니마저 걱정하게끔 했다. 또한 소련당국에 의해 들씌워진 '적국의 간첩'과 '거주지 제한'은 이후 고려인들의 삶에 결정적인 영향을 끼친다.

'일본의 스파이'라는 소련 당국의 매도는 고려인들로서는 감내하기 힘든 치욕인 동시에 언제 어떻게 처벌을 받을지 모른다는 공포를 불러 일으켰다. 고려인들은 이러한 공포로부터 벗어나기 위해 체제에 철저히 순응함으로써 자신들의 애국심을 증명하고자 한다. 그러나 이러한 열망마저 적성민족이란 이유로 병역의 의무를 이행할 수 없게 됨으로써 좌절되고 만다. 고려인들은 '노력전선'에서 흘린 피땀에도 불구하고 "우리 조국 사회의 운명이 걸린 참호 속에"[5] 함께 동참하지 못했다는 부끄러움을 느껴야만 했다. 이것은 단순한 부끄러움을 넘어 정신적으로

진실』(경당, 2002)와 권희영, 『세계의 한민족— 독립국가연합』(통일원, 1996) 등을 참조할 것.
3) 소련 당국은 고려인들의 항의를 폭력적인 방법으로 제압했다. 그들은 당시 18만 명이던 고려인 중 김 아파나, 조명희, 박창내, 강병제, 소희, 최호림 리종수 등 2,500명에 달하는 공산당 간부와 지식인 및 군인 장교들을 반혁명분자나 일제 간첩이란 혐의로 처형한다.
이원봉, 「중앙아시아 고려인 강제이주에 관한 연구」, 『아태연구』제 8권 1호, 2001.6, p.90.
4) 강제이주를 전후하여 2세 이하의 영아 사망률은 60%에 달했으며, 1938년에는 사망자 7천명, 1939년 사망자 4,800명이나 되었다. (위의 논문, p.94)
5) 스쩨빤 김, 「스탈린의 한인 강제이주와 잃어버린 모국어」, 『역사비평』8, 1990.2, p.130.

엄청난 상처를 남기게 되는데, 소련 공민으로서의 정당성에 대한 박탈
감이 그것이다. 즉, 소련 연방을 지키는 전쟁－'조국수호전쟁'－에 자
신들만 참여하지 못한 채 남들이 죽음으로 지켜낸 소련 연방에 무임승
차하였다는 자괴감에 빠져든다. 이러한 자괴감과 소련 당국의 각종 차
별정책은 고려인들로 하여금 자연스럽게 정치적인 부문에서 멀어지는
"정치적 소아"6)로 만들고 만다.

한편 거주지 제한조치는 노동죄수라는 이미지를 들씌운다. 이주 당시
소련 공민증을 빼앗긴 고려인들은 중앙아시아에 정착하면서 새로운 신
분증을 교부 받게 되는데, 이 신분증에는 거주지역이 명시되어 있어 당
국의 허가 없이 거주지역을 벗어날 수 없었다. 특별한 생산 수단을 소
유하지 못한 고려인들에게 거주지 제한은 "결국 콜호즈에 묶여서 노동
죄수로서의 생활"7)을 영위하는 것에 다름 아니었다. 그들에게 열려진
탈출구라고는 오직 공부를 위해 도시로 나가는 길밖에 없었다. 그런데
그 길은 제한적이었고 극소수의 선택된 고려인 2세들에게만 열려져 있
었다. 대부분의 고려인 1세대와 2세대들은 어떻게든지 그곳에서 생활해
야 했다. 이 같은 노동죄수의 삶은 고려인들로 하여금 "성공이라는 강
박관념"에 시달리게 했으며 결국 노동영웅이라는 이른바 '일벌레'의 형
태로만 자신들의 존재를 부각시키는 기형적인 형태를 낳고 만다.8)

그러나 고려인들은 소련사회의 온갖 억압과 차별에도 불구하고 사회

---

6) 일반적으로 현실의 극심한 억압과 탄압—식민지 지배나 노예생활—은 남자 성인들로
하여금 자신들이 어른이 아니라 아이라는 "소아화(小兒化)" 현상을 일으킨다. 이런 측
면에서 봤을 때 정치적으로 극심한 억압을 당했던 고려인들이 정치 분야에서 자신들
을 어른이 아닌 어린아이로 간주했을 가능성은 얼마든지 존재한다 하겠다. 보다 자세
한 논의는 김정원의 『토니 모리슨의 소설 연구— 미국흑인의 정체성 탐구와 역사인식
—』(전남대 박사학위논문, 2001, p.82)을 참조할 것.

7) 권희영, 「중앙아시아 한인들의 외상과 그 영향 분석: 우즈베키스탄의 한인들을 중심으
로」(권희영·반병률, 『우즈베키스탄 한인의 정체성 연구』, 정신문화연구원, 2001, p.37)

8) 위의 책, p.40.

각 분야에서 일정한 성공을 거둔다. 고려인들의 성공은 엄밀한 의미에서 자신들을 억압했던 소련사회의 돌격대가 되어 이룬 것이란 점에서 비극적이다. 고려인들을 이렇게 살아 남았다.

본 논문은 1968년부터 1969년까지 ≪레닌기치≫에 연재되어 고려인들의 비상한 관심을 끌었던 김세일의 장편소설 『홍범도』9)를 통해 고려인의 역사 복원 욕망과 그것의 발현 양상을 살피는 것이다.

김세일의 『홍범도』는 고려인 전체의 역사와 현재적 삶의 과정이 응축되어 있을 뿐만 아니라, 고려인들의 뿌리 찾기 과정을 상징적으로 보여준 고려인 한글문학을 대표하는 작품이다. 그런데도 불구하고 이 작품에 대한 연구는 고려인 문학 일반이 그렇듯 아직까지 단편적인 작품 소개10) 이외에는 진행되고 있지 않다. 따라서 본 논문은 김세일의 『홍범도』에 대한 최초의 본격적인 접근이라는 의의를 갖는다.

---

9) 『홍범도』는 ≪레닌기치≫에 1968년부터 1969년까지 연재되었다. 이 작품은 1989년(신학문사, 전 3권)과 1990년(제3문학사, 전 5권)에 국내에 소개된다. 신학문사에서 간행된 것은 ≪레닌기치≫에 실린 부분을 국내에서 활자화 한 것인데 반해 제3문학사에서 간행한 『홍범도』는 ≪레닌기치≫에 발표된 내용을 일부 보완하고 '한국의 독자'를 위해 새로 작품의 후반부를 완성하여 간행한 것에서 이 두 판본은 현격한 차이점이 존재한다. 고려인 문인들은 자신의 작품을 한국에 소개할 때 일정한 자기 검열을 수행하는데 제3문학사 간행 『홍범도』 역시 여기에서 자유롭지 못하다. 게다가 제3문학사에서 간행한 『홍범도』는 고려인들에게는 발표되지 않은 작품 후반부를 포함하고 있다는 약점 또한 갖고 있다. 이에 필자는 신학문사 판을 텍스트로 사용한다.

10) 김세일의 『홍범도』는 1989년 국내에 소개되었음에도 불구하고 이명재의 『소련지역의 한글문학』(국학자료원, 2002)에 작품의 서지 사항만 소개되었을 뿐 아직까지 연구되고 있지 못하다. 고려인 문학을 국내에 소개하여 관심을 촉발시켰던 김연수(『캄차카의 가을』, 김연수 엮음, 정신문화연구원, 1983)는 시작품을 주로 연구한 탓에 『홍범도』 대신 김세일의 시 작품만을 간략하게 언급하고 있을 뿐이다. 강제이주와 한진을 연구했던 김필영 역시 김세일에 대해서는 언급하지 않고 있다.

2. 역사 복원의 욕망을 통한 모델 마이너리티로서의 정체성 찾기

소련 당국에 의해 자행된 고려인에 대한 정치 · 사회적 차별은 고려인들로 하여금 과거를 잊도록 강요했다. 그들은 자신들이 당했던 끔찍한 억압과 탄압에 대해 침묵으로 일관했는데 심지어 자손에게까지 자신들이 겪었던 경험을 말하지 않는 정도였다. 이것은 고려인들이 강제이주를 비롯한 과거의 정치적 탄압을 일부러 불러내지 않는 것으로써 과거를 기억하는 것만으로도 "새로운 탄압을 불러올 것 같은 공포와 불안 때문"[11]이었다. 그러나 철저하게 과거를 망각할 것을 강요당했던 고려인들은 스탈린이 사망하자 비로소 조금씩 과거를 기억하기 시작한다. 1956년 소련공산당 20차 대회는 스탈린의 개인숭배를 폭로 · 규탄하는 한편 스탈린 시기에 희생되었거나 탄압을 당했던 사람들을 복권시키거나 석방하는 일련의 조치를 취하게 된다. 이를 계기로 고려인들은 그 동안 잊기를 강요당했던 고향 원동에 대한 기억들과 일제와 맞서 빛나는 투쟁을 전개했던 자랑스러운 인물들을 불러온다.[12]

김세일의 장편소설 『홍범도』는 고려인들의 기억 복원 과정에서 의도적으로 불러낸 상징적 기억의 종합이다. 『홍범도』는 항일무장투쟁사에 있어 전설적인 인물이자 철저한 국제주의자(공산주의자)로 살았던 홍범도가 레닌을 만나는 과정까지를 다룬다. 이 작품은 역사 속 인물인 홍범도와 그가 행했던 수많은 투쟁들을 상상력으로 재구성한다는 측면에

---

11) 권희영 · 반병률, 앞의 책, p.29.
12) 역사적 인물에 대한 첫 번째 복원 작업은 김준에 의해서 이루어진다. 그는 1919년 간도에서 발생했던 이른바 '십오만원 사건'의 주동자였던 최봉설로부터 그 사건의 전모를 듣고는 1955년 초에 시작하여 1960년 말에 『십오만원 사건』(카자흐국영문학예술 출판사, 1964)을 완성한다. 이 작품에서 작가 김준은 윤준희, 림국성, 최봉설, 한상호, 박웅세, 김성일 등 거의 잊혀졌던 사건의 주역들을 고려인 사회 한 복판으로 불러낸다.

서 역사소설이자 이인섭이란 실존 인물의 진술에 의존하고 있다는 점
에서 실록(기록문학)의 성격 또한 지니고 있다. 저자 역시 '작가의 말'
을 통해 작가의 순수한 창작물이 아니라 거의 대부분이 역사적인 사실
에 근거하고 있음을 밝히고 있다. 이러한 사실을 종합해 봤을 때, 이
작품은 역사소설과 실록의 경계쯤에 위치한다.

그렇다면 철저하게 침묵과 망각만을 강요당했던 고려인들이 1960년
대 들어 왜 이처럼 과거의 기억 복원에 매달리게 되는가? 필자는 이러
한 현상을 이른바 "모델 마이너리티(model minority)"[13]들의 역사 복원
욕망에서 비롯된 것으로 판단한다. 일반적으로 이민자나 소수자들은 어
느 정도 그 사회에 편입되어 안정화되면 자신들의 경험을 "자서전의
형식"으로 표출하곤 한다.[14] 특히 소수자로서 그 사회의 질서를 성공
적으로 내면화한 이들은 이전까지 말할 수 없었던 자신들의 역사적 경
험을 역사적인 서사 형태를 통해 재현한다. 이것을 통해 모델 마이너리
티들은 "과거의 불의와 현재의 불이익을 시정하려는 노력을 경주"[15]하
는 한편 그들 스스로를 하나의 독립된 집단으로 인식하게 된다.

고려인들이 『홍범도』란 역사적인 서사를 통해 그 동안 말해지지 않
은 그들의 역사를 복원하려 한다는 사실은 1960년대 현재 고려인들이
이미 소련사회에서 이른바 '모델 마이너리티'의 지위에 있음을 의미한

---

13) "모델 마이너리티(model minority)"란 본래 1960년대 이후 미국의 백인 사회가 아시아
계 미국인들을 지칭한 개념이다.
백인사회는 아시아계 미국인들은 "숱한 정치적 경제적 어려움에도 불구하고 백인을
능가하는 수입을 올리고 성공한 중산층으로 살아가는데, 왜 다른 소수인종들은 스스
로 노력해서 성공할 생각을 하지 않고 사회와 정부를 비판하며 권리만 주장하느냐"
며 비아시아계 소수인종들을 비판하기 위한 개념으로 모델 마이너리티(model minority)
개념을 사용한다.
박정선, 「아시아계 미국인에 대한 타자화(他者化)와 그 문제점」, 『역사비평』58호, 2002,
봄, p.289.
14) 레이 초우, 심광현 옮김, 「종족 영략의 비밀들」, 『흔적』2, 2001. 12, p.71.
15) 이엔 앙, 최정운 옮김, 「모호성의 함정— 중국계 인도네시아인의 피해자 되기와 역사
의 잔해」, 『흔적』2, 2001. 12, p.27.

다. 물론 소련 사회에서 고려인이 차지하는 위치를 서구적 의미의 '모델 마이너리티'로 규정할 수 있는가는 논쟁거리이다. 하지만 노력영웅 김병화의 예에서 볼 수 있듯 여타 민족에 비해 인구대비 최소 3·5에서 12배에 달하는 노력영웅의 배출이나 다른 민족의 추종을 불허할 만큼 절대 다수를 점하고 있는 고등교육(전문학교 이상을 의미함) 이수자의 비율, 공산당 당원의 수 등은 고려인들이 소련 사회에 성공적으로 진입했음을 보여주는 증거들이다.[16]

원동에서 태어나 강제이주를 경험하고 당에 입당하여 성공한 작가 김세일의 삶은 이른바 성공한 고려인의 전형에 해당한다. 1912년 3월 14일 러시아 연해주 뽀시예트구역 박석골에서 농민의 아들로 출생한 김세일(세르게이 표로로위치)은 26살의 나이로 강제이주를 경험한다. 그는 한동안 일자리가 없어 농장에서 일을 하다가 조선어 교육이 폐지되고 러시아 과목이 개설되자, 조선학교에서 러시아어 교수로 재직한다. 이때부터 그는 이른바 성공을 위해 불철주야 노력한다. 많은 어려움 속에서도 소련공산당 중앙위원회 직속 고급 당학교(통신과정)를 수료했으며 까다로운 과정을 거쳐 당에 입당한 후, 한인 신문 ≪레닌기치≫의 기자가 된다.

김세일이 ≪레닌기치≫의 기자가 되었다는 것은 각별한 주의를 요한다. ≪레닌기치≫는 비록 고려인을 대상으로 한 1만부 내외의 한글로 발간된 작은 신문이었지만 어디까지나 카자흐스탄의 국영신문이었다. 이것은 ≪레닌기치≫가 소련의 대표적인 국영신문인 ≪프라우다≫

---

16) 고려인들은 구소련의 127개 구성 민족 중 28번째로 소수 민족으로서는 상위를 차지하고 있다. 하지만 고려인들이 집단적으로 거주하고 있는 각 공화국에서 차지하는 인구비율로 볼 때는 0.08%(투르크메니아)에서 0.92%(우즈베키스탄)에 이르는 등 여전히 소수자에 머물러 있는 것이 현실이다. 그렇지만 고려인들은 학자와 변호사, 언론인 등 다양한 전문직 종사자들을 다수 배출함으로써 현지인들보다 높은 사회적 위치를 점유하고 있다.
최협, 이광규 공저, 『이민족국가의 민족문제와 한인사회』, (집문당, 1998), pp.182~189.

의 경우를 통해 알 수 있듯이 본질적으로 '공산주의 이론과 정책을 교육'하기 위한 매체의 역할을 하였다는 것을 의미한다. 즉, ≪레닌기치≫는 고려인을 대상으로 당의 이론과 정책을 교육하여 궁극적으로 고려인들의 사상통일을 꾀하였다. 따라서 당원 겸 기자였던 김세일에게 있어 ≪레닌기치≫의 활동은 당의 최선두에서 당의 정책을 전달하는 일종의 '당세포'로서의 자질을 검증받는 시기라고도 할 수 있다. 그러던 그가 이른바 '조국수호 전쟁'기간 중 고려인들에게 금지되었던 군에 입대하여 대일전쟁에 참전하여 평양에 진주한다는 것은 그만큼 충실한 당원으로 활동했다는 것을 반증한다.

  (가) 우리의 은인이신 일리츠여!
  (나) 당신의 덕에 내 부모 노예의 멍에 벗고
  (다) 누더기 벗은 나의 붉은 수건 목에 매고
  (라) 삐오네르란 이름 지니던 그 시절부터
  (마) 자유로운 행복한 사람이 되여
  (바) 하늘 같이 높고 빛나는 당신의 이름을
  (사) 언제나 늘 가슴 속에 고이 간직하고 있노라.[17]

김세일에게 있어 레닌과 공산당은 생활과 투쟁의 모든 면에서 닮고 본받아야 할 존재였다.[18] 레닌처럼 살고 일하며 싸우기를 소원했던 김세일은 평양에서 10여년간 소련군 신문의 기자로 활동하다 1954년 모스크바로 귀환한다. 그후 그는 다시 ≪레닌기치≫로 복귀하여 '세르게이 표로로위치'라는 기자로 명성을 떨칠 뿐 아니라 「청춘의 대지여」, 「시월의 흐름」 등의 작품을 발표한 작가 김세일로 활동하기까지 한다.

---

17) 김세일, 「영생의 일리츠에게 불멸의 영광을」(1961년 작), 공동창작집, 『시월의 해빛』, (알마아따 작가출판사, 1970)
18) 김세일, 「레닌의 전기를 읽으며」(1970년 작), 공동작품집, 『씨르다리야의 곡조』, 1975, p.34.

그런데 이처럼 철저하게 구소련사회에 충성을 다했던 김세일은 스탈린이 사망하고 그에 대한 우상화가 당으로부터 공식적으로 제기되자 비로소 지금껏 잊고 지냈던 과거로 눈을 돌린다. 조선의 고전을 소개하는 한편 『십오만원사건』을 통해 잊혀진 고려인의 역사를 복원하려한 김준과 고려인 문학의 명맥을 계승하고자 했던 강태수 등 선배문인들의 활동이 일정한 영향을 끼쳤음을 물론이다. 그 결과 김세일은 고향을 발견한다. 김세일에게 있어 고향 원동은 신기하고 아름다운 산천경개를 가진 잊을 수 없는 장소이다. 그러나 그가 발견한 고향은 어느 정도 성공한 고려인인 그로서도 어쩔 수 없는, 너무나 멀리 있고 현실에서는 갈 수 없는 곳이었다. 그의 눈앞에 펼쳐진 현실은 여전히 차별 받는 소수민족의 일원인 고려인과 이런 그들을 의혹의 눈초리로 바라보는 소련 당국이 있었을 뿐이다. 현실에서 이룰 수 없는 소망을 작가는 꿈을 통해 해결한다. 그에게 있어 꿈은 현실의 아픔을 참아내는 방편이자 영혼만이라도 현실에서 해방되어 고향을 찾아가겠다는 자유를 향한 날갯짓이다.

> (가) 우리들이 꾸미던 옛 보금자리
> (나) 선렬들이 성전에 피 흘린 성지
> (다) 우리 로력의 영예 꽃 피던 동산
> (라) 아, 황천에 간들 내 어찌 잊으리
> (마) 생시면 맘속에 그려 두었다가도
> (바) 꿈이면 찾아가 반가히 봅니다.[19]

선열들이 피 흘린 '성지'이자 노동의 영광이 꽃피던 보금자리 고향을 발견한 김세일은 그곳에서 살았던 사람들을 찾아 나선다. 그는 고려인

---

19) 김세일, 「내고향 원동을 자랑하노라」 4연, (1962년 작), 공동창작집, 『시월의 해빛』, (알마아따 작가출판사, 1970)

사이에 전설처럼 입에서 입으로 전해오거나 그들의 의식 한 귀퉁이에 집단적으로 남아 있던 홍범도의 흔적들을 찾아내 이것이 함축하고 있는 의미를 재구성한다. 이러한 김세일의 일련의 행위는 고려인들이 홍범도로 대표되는 무장투쟁을 자신들의 잊혀진 역사로 간주하기 시작한다는 것을 의미한다. 그런데 이러한 역사 복원 작업은 단순히 역사적 진실을 밝히는 것만을 의미하지 않는다. 오히려 현재적 의미를 지닌다. 루카치는 역사소설에서의 '역사'를 '현재(現在) 역사의 구체적 前史'로 규정하면서 현재를 역사적 소산으로 보고 과거를 현재의 前身으로 파악하는 정신에 의해서 인식된 역사라고 규정한 바 있다.[20] 이러한 루카치의 견해에 따르면 역사소설에서 정작 중요한 것은 소설가가 선택한 과거 역사가 아니라 그것들이 소설로 구성되는 현재의 시점이라 할 수 있다.

우리가 장편소설 『홍범도』에서 홍범도를 항일무장투쟁사의 전설적인 인물이자 철저한 국제주의자(공산주의자)로 구성해야만 했던 고려인들의 욕망에 집중할 수밖에 없는 이유도 여기에서 비롯된다. 장편소설 『홍범도』는 이인섭으로 대표되는 1세대 고려인들이 자신들이 경험했지만 차마 불러올 수 없었던 기억을 불러내 어느덧 '모델 마이너리티'로 성장한 2세대 고려인들을 통해 3세대들에게 전달하려는 형식을 취하고 있다. 이런 점에서 장편소설 『홍범도』는 김세일 개인의 창작물이라기보다는 고려인들의 '집단적'[21]인 역사복원 욕망의 결과물이다. 고려인

---

20) 루카치, 『역사소설론』, (거름, 1984), p.177.

21) 답사기간 중 만난 고려인들은 필자에게 자신들이 알고 있는 홍범도에 관한 것들을 이야기 하는 과정에서 집단적인 서사를 창출하곤 했다. 예를 들어 어떤 사람에 의해 하나의 에피소드가 제시되면 주변에 있던 모든 사람들은 그와 비슷하거나 상반된 에피소드를 제시함으로써 종국에는 모두 합의할 수 있는 하나의 이야기를 만들었다. 물론 이와 같은 구술은 면담의 영향을 받기에 객관성을 의심받는 것이 일반적이지만 고려인들이 홍범도를 기억하는 행위를 통해 기쁨을 얻는다는 것은 적어도 고려인 사회에서 홍범도의 존재가 개인 이상이라는 것을 의미한다.
구술에 관한 보다 자세한 논의는 이용기의 「구술사의 올바른 자리매김을 위한 제언」

들은 집단적인 역사에 대한 의미화를 통해 어느덧 '모델 마이너리티'로 성장한 자신들이 어떠한 존재들이고, 자신들의 현재적 삶이 언제 어디에서부터 시작되어 왔으며, 어떠했는가를 증언한다.

3. 모델 마이너리티의 역사 기억 방식과 집단적 위안

필자는 앞서 『홍범도』를 집단적인 기억의 복원이라고 규정했다. 여기에서 우리는 의당 어떤 대상을 '기억'한다는 행위와 그것도 '집단적'으로 기억한다는 것을 문제 삼아야 한다. 왜냐하면 기억이란 망각과 왜곡 없이는 성립되지 않을 뿐더러 매 순간 현재적 해석에 의해 새롭게 구성되는 것이기 때문이다. 일반적으로 과거의 경험이 '기억'이란 형태를 통해 현재에 전달될 때는 망각, 왜곡은 물론이고 종종 현재의 위치에 따른 자기최면과 합리화 등 의식 · 무의식적 굴절을 겪게 된다. 더군다나 집단적 기억 행위에는 "권력에 의해 의도적으로 날조되는 허구"[22]마저 첨가되어 더욱 복잡한 양상을 띠게 된다.

본 장에서는 김세일의 장편소설 『홍범도』에 대한 텍스트 분석[23]을 통해 역사복원과 그것을 의미화 하는 방식 및 그 속에 내재된 자기 합리화에 대해 살펴보도록 하겠다.

(『역사비평』58호, 2002, 봄)을 참조할 것.

22) 위의 글, p.107.

23) 고려인 문학 작품의 텍스트 분석은 일정한 한계를 갖는다.
고려인 한글 문인들은 문학적인 훈련을 거쳐 작가로 데뷔한 게 아니라서 미숙한 문장들이 많으며, 특히 프로작가를 인정하지 않았던 고려인 문단의 특성으로 인해 아마추어적 성격이 강했다. 게다가 소련 당국의 문예정책은 고려인 문인들이 미학적 표현 기교보다는 사회주의 지향의 내용을 중시하게 만들었다. 따라서 통상적인 소설 미학적 분석은 일정한 한계를 낳게 마련이다.
이명재, 앞의 책, pp.18~22 참조.

1) 애국주의를 통한 혁명 영웅의 형상화

소설 『홍범도』는 홍범도의 탄생부터 1921년 모스크바에서 레닌을 만나고 돌아오는 장면까지를 다루고 있다. 항일무장투쟁과 러시아 혁명 과정에서 활약한 홍범도와 그 부대원들의 전설적인 투쟁을 중심으로 다룬 『홍범도』는 빈약한 무기와 적은 수의 의병(합방 이후 독립군)임에도 불구하고 비상한 능력과 계략으로 몇 배의 일본군과 싸워 승리한다는 점에서 고대의 영웅소설[24]을 닮아 있다. 소설 곳곳에 홍범도의 영웅적인 모습이 자연스럽게 표출되어 있는데, 이러한 모습은 점차 애국심을 바탕으로 한 집단적 영웅주의로 변모된다.

> '어느 심산벽지에 가서 숨어 농사질이나 하며 안일한 생활을 해야 한단 말인가?' 하는 자문을 하였다. 그리고 이에 대하여 곰곰이 생각해 본 다음 '아니다, 그렇겐 할 수 없다. 조금이라도 나한테 민족적 양심이 있다면 절대로 그렇게 할 수 없는 거다'—이렇게 자답하고 나니 '그러면 어떻게 해야 한단 말인가?'하는 자문이 또 꼬리를 물고 나온다. 범도는 마지막으로 이에 대한 대답으로 '인젠 별 수가 없다. 단독으로 나서서 싸우는 외엔 딴 도리가 없다. 인젠 혼자 총을 메고 나서 승냥이왜놈사냥, 개왜놈의 주구사냥을 해야 하겠다'고 결론을 지었다.[25]

김수협과 단 둘이서 거병을 하여 일본군과 싸우다가 김수협이 죽자 혼자서 일본군과 그 앞잡이들을 처단하기로 결심한 위의 장면은 홍범도의 영웅성을 유감없이 보여준다. 홍범도는 자신의 생각을 곧바로 실

---

24) 서대석은 영웅소설을 "영웅적 인물이 영웅적인 활약을 하는 작품군을 지칭하는 개념"으로 사용한다. 그에 따르면 영웅이란 개인적 가치보다는 집단의 가치를 우선하는 인물로 "민족의 고난을 해결하는 등 집단에 대한 공헌을 한 인물"을 의미한다.
서대석, 「영웅소설의 전개와 변모」, 성오 소재영 교수 환력기념논총 간행위원회 편, 『고소설사의 제문제』, (집문당, 1993), p.331.

25) 김세일, 『홍범도』1, 신학문사, 1989, p.126. 이하 인용은 권수와 쪽수만 표시하기로 함.

천에 옮겨 혼자서 2년 동안 536명이 넘는 친일 앞잡이와 일본군을 처단한다. 그런데 이러한 홍범도의 행위는 3일에 2명을 죽이는 것으로 좋게 판단하면 인간의 능력을 초월한 경이적인 홍범도의 능력을 보여주는 것이지만 어떤 측면에서는 피비린내 나는 살육의 향연에 불과한 모험주의적 행동이다. 그러나 작가는 이러한 홍범도의 행동을 모험주의로 그리기보다는 오히려 일제와 당시 조선 민중들에게 홍범도의 비범함만을 각인 시키는 결정적인 요소로 활용한다. 텍스트에 따르면 일제는 이 정체불명의 암살자를 잡기 위해 '궤멸적 소탕전'을 감행하지만 상상을 초월하는 홍범도의 대범한 행동에 번번이 실패하고 만다. 마침내 홍범도는 '나는 비적'이라는 새로운 명칭을 일제와 조선민중들로부터 동시에 부여받게 된다. 그 결과 홍범도는 민중들 사이에서 자연스럽게 불려진 민요 "홍 대장 가는 길에는 일월이 명랑한데/ 왜적군대 가는 길에는 눈과 비가 내린다/ 에헹야 에헹야 에헹야 에헹야"(1;236쪽)에서처럼 어느덧 민중의 영웅으로 형상화된다.

그런데 이러한 홍범도의 영웅 형상화는 일제의 침략에 의해 나라를 빼앗긴 공동체의 운명을 체현하고 있기에 집단적인 성격을 띤다. 그가 활동하는 조선과 만주는 개인적이고 일상화된 삶의 공간이라기보다는 일제에 항거하는 당위적이고 추상화된 공간이라 할 수 있다. 그러므로 홍범도의 개인적인 영웅주의가 애국심을 매개로 의병대라는 집단적인 영웅주의로 변화되는 것은 자연스럽다 하겠다.

우리 의병들은 모두 다 나라에게 길러낸 사람들이다. 오늘 아름다운 우리나라 강산이 왜적들의 발에 짓밟히고 있다. 위급한 이때 앉아서 멸망을 기다리는 것은 수치요 죄악이며, 원수와 싸우다가 죽은 것은 영광이요 자랑이다. 비록 적의 힘은 대단히 강하다 하더라도 정의는 우리 편에 있으니 우리는 백배의 힘을 낼 수 있다. 그리고 또 신령인들 어찌 우리를 돕지

아니하랴.(2;16쪽)

　스스로를 나라에서 길러낸 사람으로 칭하고 그런 나라를 위해 죽는
것이 '영광'이요, '자랑'이라고 인식하며 죽기를 각오하고 싸우는 의병
대의 힘은 상상을 불허한다. 게다가 그들은 자신들의 그러한 투쟁이 정
의로울 뿐만 아니라 신마저 돕는다고 생각한다. 때문에 그들은 우세한
적의 화력에도 굴하지 않고 용감하게 싸우다 "영웅답게 전사"(1;122쪽)
할 수 있었다. 홍범도의 비범한 능력과 애국심이 의병대를 그렇게 변화
시켰던 것이다. 이 과정에서 홍범도는 개인의 영웅적 행동보다는 점차
의병들이 지니고 있는 힘을 수렴하여 관리하는 위치로 이동하게 된다.
이러한 과정을 거쳐 홍범도는 집단을 지도하는 '수령'의 모습으로 형상
화된다.

　수령으로 형상화된 홍범도는 신출귀몰한 전략과 부하들을 사랑하는
너그러운 마음, 가족보다는 민족과 대의를 중시하는 자세 등으로 완전
무결한 영웅으로 거듭난다. 적의 포위망에 의병대가 갇히자 탈출구를
마련하고자 스스로 적의 포위망 속에 들어가 적을 유인한다거나 초인
적인 힘으로 포위망을 탈출하면서 다음 전투에 필요한 탄환을 거둬와
다른 독립군들에게 나눠주는 모습 등은 불가능을 모르는 영웅 그 자체
이다. 인간이 아닌 영웅이기에 각종 마을의 송사[26]까지도 언제나 공명
정대하게 판결할 것이란 믿음마저 준다.

---

26) 독립군 수령들은 자기네가 관할하는 지역에서 그곳에 사는 조선 사람들을 대상으로
군중문화사업, 아동교육사업, 후생사업과 민사사건 등을 처리하였다. 김승빈은 무장한
독립군 부대를 "봉건 영주"로 비유하기까지 한다.
김승빈, 「김세일 동무의 편지에 대하여」, 한국정신문화연구원 편, 『한국독립운동사자
료집- 홍범도편』, 1995, p.88 참조.
이 소설에 나타난 송사 장면은 다음과 같다.
"오륙년 전에 당신이 살인했다는 송사가 나한테 들어왔었는데 그동안에 나는 그것을
세밀히 조사했소, 그 결과 그것이 사실이라는 것이 판명되었소. 그래 내가 지금 이
자리서 당신을 살인범으로 재판하려고 하오."(2;66)

게다가 일본군의 심부름으로 투항을 권유하는 어머니의 가짜 편지를 가지고 온 아들을 향해 권총을 쏘는 행위나 그런 아들이 일본군과 전투에서 죽자, 중대장이기 때문에 무덤을 따로 만들자는 지휘부들의 제안을 "다른 의병들과 같이 한 무덤"(2;182쪽)에 묻으라며 거절하는 모습에서 우리는 개인의 문제를 초월한 진정한 영웅의 모습을 발견하게 된다.

그런데 홍범도의 영웅 형상화는 비단 항일무장투쟁에서 보여준 비범한 능력에서 뿐만 아니라 금수강산으로 대표되는 국토와 그 속에서 사는 생물 하나하나에 대한 애정에서도 발현된다. 조선 내에서 더 이상 의병활동을 할 수 없게 된 홍범도 부대는 백두산 밀영에서 지구전에 돌입하게 된다. 홍범도는 자신들이 주둔하고 있는 삼지연 부근 20리 이내에서 수렵활동을 금지하는데, 느닷없는 수렵금지를 이해할 수 없었던 의병들은 당황한다. 이에 홍범도는 의병들은 본래부터 애국자인 만큼 나라의 재부를 보호하고 간직할 책임이 있다면서 삼지연 부근에서 사냥하게 되면 짐승들이 "우리나라 강산을 저버리고 중국땅으로 넘어갈 수"(2;316쪽)있기 때문이라고 설명한다. 홍범도의 이러한 모습은 개인적인 문제보다는 민족의 대의를 더욱 중요하게 생각하는 '영웅의 전형'이라 할 수 있다.[27] 비범한 능력과 조국에 대한 뜨거운 애국심, 자신에 대한 엄격함으로 인해 홍범도는 어느새 신화나 설화 등에서나 등장할 법한 영웅의 모습으로 형상화된다.[28]

---

27) 서대석, 앞의 논문, pp.331~332.

28) 『홍범도』에 나타난 영웅주의에 대한 비판은 고려인 문인들 사이에서도 일정한 논란거리였다. 평론가 정상진은 「재소 고려인 문학의 특징과 발전 방향에 관한 학술발표회」(2003.8.22.카자흐스탄 알마띠 소재 고려일보 사무실)에서 김세일의 『홍범도』는 고려인 문학의 가장 빛나는 작품 중에 하나이지만 "홍범도를 사람이 아닌 신화에서나 등장하는 영웅으로 그림으로써 리얼리티를 상실한 점은 비판받아 마땅하다"고 주장한다.

오늘 왜놈들과 싸워 이긴 걸 보우. 우리보다 수효도 더 많고 대포요, 속사포요 하는 훌륭한 무기를 숱하게 가지고도 우리가 가만히 엎드려 드문 드문 총질하는 것만 보고도 겁나서 도망친 걸 보란 말이오 그건 확실히 홍범도 장군이 요술도 피우고 전술도 피워 그렇게 된 거란 말이오 그러기에 나는 홍범도 장군만 우리와 같이 있으면 겁나지 않고 싸운다 말이오.(2;158쪽)

영웅 형상화로 인해 홍범도는 일본군에는 공포를 독립군에게는 신출귀몰한 요술과 전술을 구사할 수 있는 지도자로 각인된다. 홍범도에 대한 독립군들의 믿음은 가히 절대적이라 할 수 있었다. 그러던 홍범도가 탄약 부족과 일제의 무자비한 토벌을 피해 로령으로 넘어가 그곳에서 러시아 빨치산과 함께 공동의 적인 일본 침략군에 맞서 싸운다는 것은 '역사적 사실' 이상의 의미를 지닌다. 로령으로 진출하여 새롭게 독립운동을 전개하려한 홍범도에 대해 많은 독립군 지도자들은 우려의 시선을 보낸다. 그러나 홍범도는 이들의 만류를 뿌리치고 로령으로 이주하여 그곳 한인들을 절대적인 지지를 바탕으로 '봉오골 전투'와 '청산리 전투' 등 무장독립운동사의 기념비적인 투쟁을 이끌어 낸다. 이러한 사실은 홍범도의 전술이 옳았다는 것을 증명하는 동시에 러시아 혁명의 정당성 또한 인정하는 것이다.

결국 고려인들은 홍범도라는 영웅적인 인물을 통해 항일무장투쟁과 러시아 혁명(내전)기간 동안 영웅적으로 투쟁했던 과거 자신들의 역사와 전통을 현재적으로 의미화 한다. 그런데 이러한 모습은 또 다른 측면에서 고려인들이 구소련 사회에서 받았던 심리적 압박을 드러낸 것이라 할 수 있다. 고려인들은 홍범도를 통해 자신들이 일제의 간첩이 아니라 조국과 동포를 사랑했던 애국자들이었다는 것을 확인했던 셈이다. 다시 말해 고려인들에게는 적국의 간첩이라는 굴레를 떨쳐 버리기 위해 홍범도라는 영웅이 필요했던 것이다.

2) 정치적 소아(小兒)의 자기 정당화 방식

『홍범도』를 읽다 보면 서사 전개와 직접적인 연관 없이 돌출적이라고 생각할 수밖에 없는 부분이 등장한다. 그 대표적인 장면이 김알렉싼드라29)의 죽음을 다룬 '위대한 여성 볼셰비키의 최후'편이다. 그 이외에도 유진언이란 홍범도 부대원이 러시아전선에서 볼셰비키 당원들로부터 레닌과 볼셰비키당에 대해 알아 가는 것도 여기에 포함된다.

김알렉싼드라는 실존 인물로서 원동소비에트 정부의 초대 외무대신을 역임한 여성 혁명가다. 그녀는 백파와 외세 무장 간섭군에 의해 원동소비에트 정권이 정치적·경제적으로 고립 위기에 처하자 뛰어난 외교력을 발휘하여 그 위기를 극복하는 데 결정적인 역할을 수행한다. 그러던 그녀는 이른바 반혁명군의 총공세에 밀려 후퇴하다 러시아 볼셰비키 당원 등과 함께 백파군에 포로로 잡히고 만다. 김알렉싼드라를 사로잡은 백파군은 갖은 고문과 협박으로 혁명운동을 포기한다고 약속하면 살려주겠다는 회유 하지만 끝내 그녀는 자신의 정치적 신념을 굽히지 않는다.

> 만일 내가 그렇게 한다면 이 땅에서 행복스럽게 살게 될 젊은 세대가 나를 용서하지 않을 것이며, 내가 첫째로 여자이고 둘째로 조선여자이기 때문에 비겁하여 끝까지 충실하지 못하였고 강인하지 못하였다고 말할 것이다. 내가 목숨을 바쳐 옹호하는 그 신념을 러시아에서만 아니라 조선에까지도, 그리고 조선에서만 아니라 세계의 어느 나라에서든지 승리할 것이다. 소비에트정권 만세! (3;145쪽)

---

29) 1885년 2월 22일 우시리스끄 시넬니꼬보에서 태어난 김 알렉싼드라(알렉산드라 뻬드로브나 김 또는 A.P.김)는 극동지역 한인 사회주의 운동사에서 빼놓을 수 없는 인물로 현재 하바로프스끄 마르크스 거리 24번지에 초상 기념패가 걸려 있고 소비에트 군사 중앙박물관과 하바로프스끄지역 연구 박물관에도 그녀에 관한 자료들이 보존되어 있다. 자세한 것은 마뜨베이 찌모페예비치 김 지음, 이준형 옮김,『일제하 극동시베리아의 한인 사회주의자들』(역사비평사, 1990, pp.111~119)을 참조할 것.

백파군의 포로로 잡힌 김알렉싼드라는 혁명운동을 포기하는 것은 역사에 대한 죄악이라며 단호히 거부한다. 멀지 않은 미래에 전 세계적으로 혁명이 승리할 것이기에 그녀는 그러한 승리의 확신을 버릴 수 없다고 주장한다. 그런데 그녀가 혁명운동을 포기할 수 없는 직접적인 이유로 '조선여자'라는 점을 강조하는 것은 매우 중요한 의미를 지닌다. 즉, 그녀는 자신이 만약 항복을 하게 되면 사람들은 조선 여자이기 때문에 비겁하여 끝까지 충실하지 못했다고 할 것이라며 완강히 거절한다. '여자'라는 것과 그것도 '조선' 여자라는 것 때문에 더더욱 강해야 하며 끝까지 신념을 지켜야 한다는 그녀의 발언에서 우리는 러시아 혁명 당시 혁명의 주체들이 고려인들을 어떻게 인식했었는가 하는 점을 유추해 볼 수 있다.

일반적으로 고려인들이 러시아에 대해 친근감을 보인데 반해 러시아 당국자들—제정러시아나 임시정부—은 고려인들을 러시아와 일본 양국 간의 관계를 악화시킬 수 있는 귀찮은 존재들로 규정했다. 제정 러시아 말기에는 우덕순과 안중근의 의병활동을 해산하였고, 임시정부 시절에는 조선독립운동을 노골적으로 방해하였다. 심지어 그들은 이동휘 같은 저명한 독립 운동가들을 체포하기까지 한다. 이러한 사실들은 러시아인들이 근본적으로 고려인들을 신뢰하지 않고 있다는 것을 행동으로 보여주는 예라 할 수 있다.

이러한 현실에 비춰봤을 때 러시아인들의 고려인에 대한 인식이 비록 소비에트정권이 들어서고 고려인들이 러시아 빨치산과 일본군에 대항해 싸웠다고 해서 근본적으로 사라질 수 있었을까? 필자는 아니라고 본다. 만약 그랬더라면 고려인들이 당했던 강제이주는 좀더 다른 방식을 띠었을 것이다. 냉철하고 앞을 내다볼 줄 알았던 혁명가로 형상화된 김알렉싼드라가 이 같은 사실을 몰랐을 리 만무하다. 그녀는 기꺼이 너

회들이 우리를 죽일 수 있지만 혁명의 위업은 죽이지 못할 것이라고 외친 후 "사회주의 10월 혁명만세!, 소비에트 정권 만세! 전세계 근로자들의 수령이며 스승인 레닌 동무 만세!"(3;146쪽)를 부르며 형장 한 가운데로 나선다. 그녀의 당당한 모습에 감동한 나머지 포로로 잡힌 헝가리인 군악대들마저 사형집행 순간 짜르 국가를 연주하라는 명령을 거부하고 대신 '인떼르나치오날'을 연주한다. 그녀는 수많은 사람들이 지켜보는 가운데 '인떼르나치오날'을 부르다 영웅답게 죽는 것으로 형상화된다.

물론 김알렉싼드라의 존재는 '설죽화'[30]에 비견될 만큼 영웅적으로 활약한 최초의 여성 의병인 '영란'과 더불어 남성 중심의 항일무장투쟁에서 상대적으로 소외되었던 여성들의 역할을 복원한다는 측면에서 유의미하다. 게다가 그녀의 존재로 인해 홍범도는 소비에트 정권을 다시 생각하게 된다. 홍범도는 "망국민족출신인 조선여자를 인민위원으로 등용"한 것을 보고는 소비에트 정권을 참된 인민정권이라 생각하고 "소비에트정권을 위하여 나도 목숨바쳐 싸우련다"(3;126쪽)고 결심한다. 항일독립군 지도자였던 홍범도를 혁명가(국제주의)로 변모하게 한 원인들 중의 하나라는 점에서 김알렉싼드라는 일정한 의의를 지니고 있다. 하지만 영란의 존재가 서사 전개와 긴밀히 맞물리는데 비해 그녀의 존재는 돌출적이라 할만큼 서사 전개에서 동떨어져 있다.

그렇다면 작가 김세일은 왜 서사의 필연성을 깨뜨리면서까지 굳이 김알렉싼드라의 활동을 담은 부분을 독립된 장으로 구성하여 서술한 것일까? 필자는 이것을 강제이주 이후 '정치적으로 어린아이'에 불과했던 고려인들의 열등감 극복을 위한 자기 최면이라고 생각한다. 스탈린

---

30) 홍범도는 남장男裝을 한 채 의병이 된 영란의 행동에 대해 고려 때 거란이 침입하자 남자로 변복한 채 강감찬 장군의 부대에 참여해 혁혁한 공을 세우다 전사 했다는 설죽화에 비견할 만 하다고 칭찬한다.(2;9장)

의 통치가 끝난 후에도 고려인들은 여타 부분에 비교했을 때 정치적으로 여전히 소외된 상태에 놓여 있었다. 정치적으로 어른이 될 수 없었던 고려인들에게 '정치적 어른'이었던 김알렉싼드라의 존재는 현실의 불평등을 잊게 하는 탈출구와도 같은 것이었다. 그녀를 통해 고려인들은 지금껏 자신을 짓눌러 왔던 뿌리 깊은 콤플렉스에서 벗어나 심리적인 안정을 찾게 된다. 소비에트 혁명 시기 혁명정부의 중심에 고려인이 있었다는 것을 애써 강조하고 그것으로 심리적 위안을 삼으려 한다는 것은 그만큼 현실의 그들이 정치적인 부분에서 여전히 소외당하고 있다는 것을 암시한다. 정치적 어린 아이의 정치적인 어른 불러내기와 이를 통한 위안의 욕망은 레닌을 만난 홍범도의 모습에서 절정에 달한다.

> 홍범도는 이 증정식에서 그의 이름을 새긴 권총과 군복 한 벌, 그리고 돈으로 금화 100루불리를 선물로 받게 되었다. 이것은 레닌 선생이 30여 년 동안 집 없이 의병운동과 독립운동에 헌신하여 일본 제국주의강점자들과 꾸준히 싸워왔으며 특히 마지막 시기에, 즉 러시아 연해주와 시베리아에서 일본출정군을 선두로 한 외래무력간섭자들과 러시아인민들이 결사적 투쟁을 전개하고 있던 시기에 만주 지역에서 자기 부대를 거느리고 활동하면서 시베리아와 연해주로 들어가는 일본출정군부대들과 싸워 조선독립운동에만 아니라 시베리아 연해주의 해방전쟁에도 적지 않은 기여를 한 홍범도의 전투적 업적을 표창하는 것이었다.(3;294쪽)

많은 소련 사람들의 존경과 사랑을 받는 '혁명의 수령'인 레닌으로부터 홍범도가 그간의 투쟁 경력을 인정받아 표창을 받는 위의 장면은 홍범도 개인은 물론이고 고려인 전체에도 중요한 의미를 지닌다. 먼저 홍범도는 레닌을 만나는 것을 계기로 "소비에트러시아의 붉은주권과 조선독립을 위하여 헌신적으로 싸울 것"(3;291쪽)을 맹세한다. 이것은 지금까지 홍범도가 견지했던 애국심의 대상이 조선에서 소련으로 이동한 것이자, 항일무장투쟁의 지도자에서 혁명가로의 변신을 의미한다.

다음으로 위 장면이 장편소설 『홍범도』를 읽는 고려인들에게 위의 장면은 어떻게 읽혔을까 하는 점이다. 레닌의 악수를 홍범도가 아닌 자신에게 한 것이라 생각하거나 홍범도가 받았던 100루블의 금화와 권총, 군복을 지금껏 수많은 어려움에도 불구하고 노동영웅으로 사회주의 건설에 이바지한 고려인들에게 내리는 것이라고 생각하지는 않았을까? 홍범도를 기억하는 고려인들의 태도[31]에 비추어 볼 때 이러한 가설은 상당한 설득력을 지닌다. 다시 말해 고려인들이 김알렉싼드라의 활동과 소련인들이 추앙하는 레닌과 홍범도가 악수를 하는 장면을 통해 정치적인 소외로부터 위안을 받고자 한다는 것은 소련 사회에서 정치적 어린아이에 불과했던 고려인들의 현재적 아픔을 상징적으로 보여주는 것이다. 결국 고려인들은 홍범도에 대한 레닌의 보상을 자신들에 대한 보상으로 치환하고 있는 셈인데, 이 지점에서 '집단적인 위안[32]'이 발생한다.

3) 민족적 정체성 부정을 통한 소련에의 동화

『홍범도』에서 가장 이해할 수 없는 부분은 민족반역자들을 대하는

---

31) 필자는 2003년 8월 중앙아시아 학술답사 중, 홍범도에 관한 고려인들의 기억에 대해 조사를 했다. 필자가 만난 대부분의 고려인들은 홍범도 하면 가장 먼저 레닌에게서 하사 받은 '권총'을 떠올렸다. 고려인들은 자신들이 들었거나 보았던 '권총'에 관한 갖가지 에피소드를 쏟아 놓았다. 필자는 고려인들의 '권총'에 대한 과도한(?) 집착을 매체를 통한 일종의 대리 만족으로 판단한다.

32) 홍범도의 존재가 고려인들에게 강한 '자기애'로 작용하고 있다는 점은 그의 사망 지점과 관련된 일련의 논쟁을 대하는 고려인의 태도를 보면 확인할 수 있다.≪사회와 사상≫(1988년 11호)은 홍범도가 소련에서 죽지 않고 1943년 북간도에서 74세를 일기로 사망했다는 연구 논문을 발표한다. 이러한 연변 조선족의 연구결과는 고려인 사회 전체를 들끓게 했는데, 고려인들은≪레닌기치≫(1989, 4.11) 한 면을 전부 할애하여 '문벌주의자의 파렴치한 준동'이라고 비판하면서 '장군의 존엄성'과 '고려인들의 명예'를 지키기 위해서라도 문벌주의자의 준동을 막아야 한다고 주장한다.

홍범도의 태도다. 이것은 김준의 장편소설 『십오만원 사건』에서도 동일한 경향을 보인다. 홍범도는 러시아 빨치산은 물론이고 홍의군과 심지어는 일본군의 처지까지도 이해했다. 반면 그는 유독 일진회 회원과 민족반역자들만큼은 무자비할 정도로 가차없이 처단한다. 친일단체인 일진회 회원이란 이유로 마을 사람 30여명을 죽이는 '치양동' 사건을 비롯해 작품 곳곳에서 민족반역자들에 대한 단죄가 나타난다.

물론 민족반역자들은 홍범도가 주장하듯 "왜놈의 개가 되어 조선사람 애국자들을 왜놈들께 잡아주어 죽이게 하고 나중엔 삼천리 강토와 이천만 동포를 죄다 왜놈들에게 팔아먹자구 드는 매국역도"(1;161쪽)들이다. 그러나 아무리 그렇다고 하더라도 한 마을에서 몇 년씩이나 얼굴을 맞대고 살았던 이웃들을 일진회에 가입했다는 이유만으로 아무런 갈등조차 느끼지 않고 죽일 수 있다는 것은 쉽게 이해되지 않는다.

> 우선 왜놈의 앞잡이 노릇을 하고 개질하는 일진회 회원놈들부터 없애버려야 하오 그러면 왜놈들한테서 눈을 뽑아버리는 것이나 다름없으니 앞으로 왜놈들과 싸우기도 쉽단 말이오(1;173쪽)

일제의 '총포급화약류단속법銃砲及火藥類團束法'이 공포되면서부터 합법적으로 사냥을 할 수 없게 된 홍범도는 의병의 길로 나아가게 된다. 그는 포수막에 들러 포수들과 작의 결의하고 의병대를 조직하는데, 그 첫 번째 임무로 일진회 회원들을 비롯한 민족반역자 처단으로 규정한다. 이러한 홍범도의 작전은 일견 타당성을 갖는다. 전투적으로 단련되지 않는 소수의 의병대가 정규군대와 처음부터 맞서 싸우기에는 아무래도 역부족이기에 실전 능력을 배양한다는 차원에서 의의가 있다.

> ─일진회군인놈들아! 내 말을 좀 들어봐라. 너희들이나 우리들이나 다 같은 조선사람들이다. 그런데 너희네는 무슨 일로 왜적들과 이 역적놈들을

섬기면서 우리 의병들을 반항하여 싸우느냐 말이다. 너희들 곁에 나앉은 저 왜놈군인들은 남의 나라 강토를 빼앗아내려는 강도들이니 그럴 수 얼마든지 있지만 그러나 너희들은 조선사람의 피와 조국강산의 정기를 타고난 놈들이 어찌 나라와 동포를 배반하고 반역행위를 한단 말이냐? 그러니 너희놈들도 도저히 용서할 수 없다.(1;238-239)

홍범도는 모든 조선 사람들이 일제와 맞서 싸워도 모자라는 마당에 일본군을 물리치고 나라를 찾겠다고 나선 의병대의 앞을 가로막는 민족반역자들의 행위는 반드시 단죄되어야 한다고 생각한다. 그는 '나라와 동포'를 배반하는 반역행위야 말로 가장 악질적인 범죄라고 단정하여 가차없이 처단한다. 그 중에는 자신과 몇 년 동안이나 포수생활을 했던 옛 동료까지 포함되어 있었다.

항일무장투쟁과 같은 민족서사를 중심으로 한 역사소설의 경우 민족반역자들에 대한 엄격한 처단을 통해 민족적 순결주의를 강조하는 게 일반적인 현상이다. 그러나 고려인 문학에 나타난 민족반역주의자들에 대한 적개심과 가차없는 처단은 좀더 세밀한 독법을 요구한다. 즉, 고려인 문학에서 보여지는 민족반역자들에 대한 단죄는 통상의 민족적 순결주의를 넘어선 것으로 일종의 자기 방어기제까지 내포하고 있다. 『홍범도』가 시종일관 민족 배반을 경계하고 배반자나 반역자들에 대해 그때마다 단죄하는 모습을 형상화하고 있다는 것은 그만큼 고려인들이 배반하는 행위자체에 강박되어 있음을 보여주는 것이라고도 할 수 있다. 이러한 강박은 무슨 일이 있어도 민족을 배반하는 일만큼은 하지 말아야 하며, 배반은 곧 죽음을 의미한다는 것을 암시한다. 배반에 대한 경계를 통해 작가는 민족배신자들로 인해 고통받았던 고려인들의 역사를 재현하고 있는데, 이러한 방식은 소련의 공식적 담론을 내면화한 것으로 일정한 문제점을 함유하고 있다.

고려인들의 내면 깊숙한 곳에는 '강제이주'로 인한 깊은 상처가 드리워져 있다. 그들은 자신들의 삶이 왜곡된 것을 강제이주 때문이라고 생각한다. 민족반역자들의 간첩행위에 대한 처벌인 강제이주와 그로 인한 공포들. 이러한 공포는 고려인 내면 깊숙이 두 번 다시는 반역을 되풀이해서는 안 된다는 논리를 심어준다. 결국 고려인들은 홍범도라는 영웅 창조를 통해 그 동안 겪어왔던 민족적인 열등감을 극복하려고 하지만 바로 그 영웅의 행위 – 민족 반역자의 단죄 – 에 의해 다시금 부끄러운 과거를 확인하는 역설을 낳고 만다. 이 과정에서 고려인들은 어떠한 경우에라도 조국을 배신해서는 안 된다고 논리를 내면화하게 된다. 그들이 배반하지 말아야 할 대상이 '사회주의 조국'인 소련을 의미함은 당연하다.

소련 당국의 공식적 담론을 내면화 한 고려인들은 역사적 사실에 대한 일정한 왜곡마저 자연스럽게 하도록 한다. 대표적인 사례가 김좌진과 조선독립운동사에서 가장 비극적인 사건의 하나로 기록된 '자유시 참변'에 대한 인식이다. 『홍범도』에 형상화된 김좌진의 모습은 한마디로 사기꾼에 불과하다. 전략과 전술에 무지했을 뿐만 아니라 권력욕에 사로잡혀 끝내 일제에 야합한 민족배신자일 뿐이다. 자유시 참변 또한 비록 비극적인 일이었지만 소수의 피해에 불과하다는 점을 누차에 걸쳐 강조하고 있다.

> 이리하여 조선혁명군을 배반하고 상해임시정부의 꾀임수에 걸려 중령지로 넘어가려고 서둘던 제3연대는 무장해제를 당하고 말았다. 그리고 일부 지휘부사람들은 자기 군인들을 운명의 농락에 맡겨버리고 도망하였고 일부 지휘관들은 도망치다가 붙잡혀 붉은군대 제 5군단 군사재판에 넘어가 감금형을 받게 되었다. 그런데 유감스럽게도 무장해제시에 사소한 희생자들도 있게 되었다. (3;286쪽)

공식적으로 소련 당국을 비판할 수 없었던 당시의 시대상황과 검열 등을 고려하면 소련당국을 난처하게 만들 수 있는 '자유시 참변'을 이렇게 묘사한 것이 어느 정도 이해된다. 그러나 홍범도와 함께 항일무장투쟁에 참여했던 노혁명가 김승빈의 비판은 역사 인식에 있어 고려인 1, 2세대간의 의식의 차이를 보여준다는 점에서 흥미롭다.

김승빈은 작가란 "볼세위크적 당성에 립각하여 사회의 현장, 인민의 생활, 조성된 환경, 발생된 사건들을 사실대로 반영하고 그를 옳게 분석하고 정당한 결론"을 내려 사회 발전을 촉진시키며 독자에게 깊은 감명과 "옳은 인식을 주는 것"이라고 역설한다. 그런데 김세일의 『홍범도』는 자유시 사건을 다루면서 "한편에 치우친 편견을 정당화하려는 수법"으로 쓰였을 뿐 아니라 역사적 사실까지 왜곡한다고 비판한다. 다시 말해 "박일리야 일파에게 대하여서는 실제에 없는 사실을 꾸며서 그들의 죄상을 첨중하고 오하묵 일파에 대하여서는 일언반사도 없을 뿐만 아니라 은연중 그들을 옹호하는 경향"을 보이고 있다는 것이다.[33]

'자유시 참변'은 상해파와 이르쿠츠파 등으로 대표되는 한인 무장단체들간의 대립이 소련의 일관되지 못한 정책으로 인해 증폭되어 폭발한 무장독립운동사의 최대 비극중의 하나이다. 소련 당국은 항일무장세력들간의 반목과 대립이 엄존했음에도 불구하고 자유대대측을 비호하였을 뿐만 아니라, 러시아 혁명을 지원하는 자율성을 갖는 외국인 부대라는 점을 무시한 채 일방적으로 무력을 통해 자신들의 주장을 관철하려 했다. 이러한 소련의 행위는 코민테른에서 제기한 피압박민족해방이라는 슬로건과도 부합하지 않은 잘못된 행동이었다.[34] 즉, 자유시 참변의 책임은 3연대의 지도부와 무작정 군대를 동원하여 무력으로 진압한

---

33) 김승빈, 앞의 책, p.103.
34) 한국독립유공자협회 엮음, 『러시아 지역의 한인사회와 민족운동사』, (교문사, 1994), pp.227~235 참조.

조선혁명군 지도부 및 이것을 방조한 소련 당국 모두에게 있다고 할 수 있다. 그런데 김세일은 조선혁명군 지도부와 소련 당국에 대해서는 단 한 마디 비판도 하지 않고 모든 잘못을 제 3연대에 돌리고 있다.

결국 김세일은 '자유시 참변'을 항일무장투쟁에 참여했던 '조선'인들의 입장이 아닌 소련의 공적 담론을 내면화한 고려인의 입장에서 다루고 있음을 볼 수 있다. 이러한 작가의 태도는 소련 당국에 의한 고려인의 박해를 지적함으로써 소련 당국을 곤혹스럽게 하거나 그들의 약속 불이행에 대한 비판 대신 침묵을 통한 타협을 모색했던 고려인 인텔리들의 내면풍경을 드러내는 것이라 할 수 있다. 여기서 우리는 『홍범도』가 왜 홍범도의 전 생애를 다루지 않고 레닌을 만나는 장면으로 ≪레닌기치≫에서 끝을 맺었어야 했으며, 작품이 완성되기까지 20년이란 세월이 필요했는가 하는 이유를 발견하게 된다.

레닌을 만나고 난 후 홍범도는 한인사회주의자들의 극심한 분열과 강제이주를 경험하게 된다. 그런데 이 두 사건은 작가 김세일이 언급할 수 있는 영역이 아니었다. 강제이주를 언급하는 것은 곧 소련을 배신하는 행위로 인식되었기 때문이다. 결국 강제이주는 1980년대 후반에 와서야 비로소 작품[35]의 대상이 될 수 있었다.

4. 맺음말

구한말 항일독립운동의 일환으로 포석 조명희에 의해 촉발된 고려인

---

35) 강제이주는 고려인들에게 엄청난 사건이었음에도 불구하고 고려인들은 '37년도'나 '강제이주'와 같은 말은 입 밖에도 꺼내지 못했을 뿐만 아니라 '민족언어'와 같은 어휘조차 반소련적인 언사로 비판받았다. 강제이주는 1990년에 발간된 한진의 「공포」를 통해 비로소 작품으로 형상화 된다.
한진, 「공포」, 『오늘의 빛』, (알마아따, 자수식, 1990)

한글문학은 강태수, 김준, 조기천, 김기철, 연성용, 김세일, 한진 등을 거치면서 지속적으로 발전해 왔다. 비록 스탈린의 강제이주와 한글말살 정책으로 인해 수많은 난관을 겪게 되지만 1970년대에 접어들면서는 "다민족 쏘베트문학의 일부분으로서 의심할바 없는 성과를"산출한다. 그 결과 고려인 한글문학은 "사회주의조국에서 전체 쏘련인민과 더불어 어떻게 공산주의사회를 건설하는가함에 대하여 믿음성있게 이야기" 하는 위치에까지 도달한다.[36] 그런데 이러한 고려인문학에 대한 평가는 고려인문학이 역설적이게도 생존을 위해 그들 스스로가 정체성을 포기하고 소비에트 공민이 되려한다는 결과를 낳았다.

장편소설 『홍범도』를 통해 김세일이 강조한 것은 홍범도 같은 전설적인 항일무장 투쟁의 영웅이 지금 현재 중앙아시아에서 거주하고 있는 고려인들의 직접적인 선조(동료)라는 것에 대한 일관된 자긍심이다. 이러한 자긍심을 통해 고려인들은 자신들이 간첩 의혹에 대한 보복으로 중앙아시아에 유폐된 존재들이 아니라 항일투쟁과 사회주의 혁명 투쟁에 적극적으로 참여한 사회주의 건설 과정의 당당한 일원이라는 점을 복원해 낸다. 고려인들이 자신들의 잃어버린 기억들을 복원해 낸다는 것은 분명 의미 있는 일이다. 왜냐하면 역사 복원은 그들을 '고려인'이라는 하나의 정체성으로 묶는 중요한 구실을 하기 때문이다. 물론이 복원에는 '망각과 왜곡'은 물론이고 고려인들의 현재적 위치 또한 작동하고 있다. 이런 점에서 『홍범도』는 이인섭으로 대표되는 1세대 고려인들에 의해 발생되는 망각과 왜곡은 물론이고 1960년대를 살아가는 고려인들의 현재적 해석에 의한 자기 합리화 또한 내재되어 있다고 봐야 한다. 따라서 어떤 측면에서 보면 『홍범도』는 구소련권 고려인들이 각종 민족적 차별을 극복하고 구소련권에서 성공하여 살아남은 고

---

36) 우 블라지미르, 「서문」, 공동창작집, 『씨르다리야의 곡조』, 알마따이, 1975, 5, p.7.

려인 자신들에 대한 헌사라고도 할 수 있다.

참고문헌

≪레닌기치≫
김세일, 『홍범도』1·2·3, 신문학사, 1989.
김준, 『십오만원사건』, 카자흐국영문학예술출판사, 1964.
공동창작집, 『시월의 해빛』, 알마아따 작가출판사, 1970.
공동창작집, 『씨르다리아의 곡조』, 알마따이, 1975.
공동창작집, 『오늘의 빛』, 알마아따, 자수석, 1990.

권희영, 『세계의 한민족-독립국가연합』, 통일원, 1996.
권희영·반병률, 『우즈베키스탄 한인의 정체성 연구』, 정신문화연구원, 2001.
김정원, 「토니 모리슨의 소설 연구- 미국흑인의 정체성 탐구와 역사인식」, 전남대
        박사논문, 2001.8.
박명진, 「고려인 희곡문학의 정체성과 역사성」, 『한국극예술연구』19집, 한국극예술학
        회, 2004.
이명재 편저, 『소련지역의 한글문학』, 국학자료원, 2002.
이원봉, 「중앙아시아 고려인 강제이주에 관한 연구」, 『아태연구』8권 1호, 경희대 아태
        지역연구원, 2001.
전경수 편, 『까자흐스딴의 고려인』, 서울대 출판부, 2002.
최협·이광규, 『이민족국가의 민족문제와 한인사회』, 집문당, 1998.
한국독립운동자협회 편, 『러시아 지역의 한인사회와 민족운동사』, 교문사, 1994.
한국정신문화연구원 편, 『한국독립운동사자료집-홍범도편』, 1995.

호주 지역

호주한인문학연구*

윤정헌**

1. 서론

白濠主義(White Australianism)를 표방하며 "앵글로 화이트"(Anglo White) 만의 낙원을 구가하던 오스트레일리아(이후 濠洲로 지칭)가 새로운 세계를 지향하며 그 굳은 빗장을 풀고 多民族多文化 社會로 전환한 지도 이제 언 30년이 되어간다.1) 실제로 濠洲의 거리를 걷다 보면 서로 다른 피부색의 인종들이 자연스레 어깨를 맞대고 활보하는 모습들을 얼마든지 목격할 수 있고, 사람들이 많이 모이는 어느 장소, 어느 직장에서도 세계 각국 출신의 이민자들이 독특한 억양의 영어를 구사하며 자기 관심사와 직무에 몰두하고 있는 광경들을 대할 수 있다.2)

---

* 이 논문은 재호 한인문인협회 김오 회장님 이하 재호 문인 여러분의 헌신적 협조에 힘입었음을 밝히며 지면을 빌어 감사의 말씀을 전해 올립니다.
** 경일대 교육문화콘텐츠학과 교수
1) 1851년 빅토리아주에서의 골드러시를 계기로 중국인 채광 노무자가 급격히 증가하자, 이에 대한 위기감에서 1860년 이래 白濠主義 정책을 펴 왔던 濠洲는, 노동력 부족을 절감하고 1973년부터 이를 정책적으로 폐지했으며, 1986년 이를 공식적으로 선언하기에 이른다.
2) 원래 영국의 식민지로서 아일랜드계 켈트족의 유배지로 시작되었던 호주의 이민사는 골드러시 이후, 비아일랜드계의 영국 본토 앵글로 화이트의 자유이민이 급증하면서 급격히 백인중심의 사회를 정착시키게 됨에 따라 백인계의 타국으로부터의 자유이민도 활발히 추진되었다. 백호주의 폐지 이후엔 아시아,아프리카를 비롯한 세계 각국에서의

이처럼 코스모폴리틱한 호주의 移民社會 속에서 우리의 韓人社會도 이제 그 당당한 일원으로서의 획을 그으며 잠재력을 행사하고 있다. 호주최대의 도시인 시드니(Sydney)를 비롯해 빅토리아주의 멜번(Melborne), 퀸즈랜드주의 브리즈베인(Brisbane)과 골드코스트(Gold Coast), 사우스오스트레일리아주의 애들레이드(Adelaide), 웨스턴오스트레일리아주의 퍼스(Perth), 그리고 태즈매니아주의 호바트(Horbat)와 수도 캔버라(Canberra)에 이르기까지 한인의 수는 줄잡아 4만여명에 이르고 있다.

이는 아직도 백호주의의 기세가 등등하던 1961년, 재호작가 돈오 김이 유학생의 신분으로 건너와 최초로 정착한 것을 효시로, 73년 白濠主義의 폐지후 일군의 지질학자, 헬리콥터 조종사, 교사 등 소수의 전문기술자 이민이 시도된 이래 실로 근 30년 만에 형성된 또 하나의 해외 한인촌으로, 우리의 근대 해외이민사 중에서도 단시일 내에 성공적으로 정착한 대표적 사례의 하나로 평가되고 있다.[3]

그간 한국과 호주 양국 간의 대외적 관계도 1965년 9월의 무역협정 체결에서부터 1997년 8월의 핵물질 재이전 교환각서에 이르기까지 점차 비중을 더해 왔고, 근자에 와선 한국이 대호주 수입실적에 있어 전

이민이 쇄도하고 특히 세계의 분쟁지역(베트남, 중동, 보스니아, 이디오피아, 구소련국가들 등) 출신의 긴급피난민의 유입도 상당하여서 문자 그대로 다민족 다문화 사회를 형성하게 되었다. 실제로 근래의 통계에 의하면 호주인 5명 중 1명은 외국 태생이고, 최소한 5명 중 1명은 부모나 그들 중 한 사람이 외국 출신이라고 한다.

3) 이후, 월남 패망 직전인 1974년부터 파월기술자 500여명이 휘트럼(Whitlam) 정권의 비자간소화 정책에 의거해 관광비자로 대거 입국한 것을 계기로, 75년엔 천 단위 이상으로 이민이 급증하였고 관광비자로 입국한 이들의 대부분이 76년의 사면령에 의해 영주권을 취득하고 한국 내 가족을 초청하였다. 그 후, 남미체류자 및 중동취업근로자들이 계속 입국하였고 이들이 80년의 사면령에 의해 영주권 취득 후 가족을 초청함에 따라 이민자의 수는 6,000명 수준으로 육박하였다. 80년대 이후엔 입양가족 초청이민과 취업 및 사업.투자이민, 유학 등 그 채널이 다양해짐에 따라 이민자의 수도 급증하여 1986년 경부터 만 단위 이상의 수준으로 증가하였다. 그러나 1990년대에 이르면서부터는 호주의 경기침체에 따른 이민 쿼터의 감소 및 이민심사 강화, 그리고 한국경제의 상대적 상승과 이에 따른 역이민 증가 등으로 최근의 몇 년간 이민의 감소 추세를 보이고 있다. ; 이상은 2000년 9월 현재, 시드니 주재 한국총영사관의 홈페이지(www.korconsyd.org.au) 중 「외교관계」편을 참고 하였음.

체 무역대상국 중 3위(98년 현재 유연탄, 귀금속, 철광 등을 포함해 $4,614,716,000어치)를 차지할 정도로 활발한 교역상을 보이고 있다. 그러나 이러한 외형적 수치의 성장과 관계의 지속적 진전에도 불구하고 아직 호주사회에서의 한국에 대한 인지도는 결코 만족할만한 수준에 이르지 못하고 있는데, 이는 우리에게 여러 가지를 示唆하고 있다.

즉 이에는 쌍방적 관점이 필요한 바, 호주당국 및 호주인들의 몰이해와 무관심에 못지 않게 우리 측의 소극적이고 비자주적 자세에서 기인한 결집력의 부족도 함께 지적되어야 할 것이라는 점이다. 그렇다면 저들의 문제는 외교채널을 비롯한 다각적 모색을 통해 해결한다손 치더라도, 우리 측의 문제는 우리 스스로 풀지 않으면 안 될 것이다. 이런 관점에서 濠洲韓人의 正體性 確立이 그 어느 때보다 요구되는 것이 오늘의 현실이다. 전술한 기조를 바탕으로, 본고에서는 이러한 호주한인의 정신적 현주소를 대변한다고 볼 수 있는 호주지역 한인문학의 실상을 고구함으로써 현상적 실체를 점검하고 나아가 새 시대의 바람직한 한인상을 정립케 하는데 일조하고자 한다.

2. 호주의 한인문학

1) 호주 한인문학의 형성배경

호주의 한인문학은 일천한 이 나라의 建國史 및 우리 移民史와 맞물려 오랫 동안 개별적 탐색의 도정에 머물러 있었다. 1961년 유학생의 자격으로 건너 온 돈오 김이 아시아인 최초로 영주권을 획득한 후, 호주의 유력지들에 영문으로 작품을 발표하다가 1968년 『내이름은 티안』(My name is Tian)이란 영문소설을 단행본으로 출간한 것을 호주 한인

문학의 공식적 출범으로 본다면 그 역사는 30여 년이 되는 셈이다. 70년대 중반 백호주의의 철폐 이후, 호주한인의 수가 급증하면서 각계 각층에서 활약하는 전문직 종사자의 수도 눈에 띄게 늘어 났지만 문필을 업으로 하는 전업 문인은 보기 어려웠고 그 나마도 가시적인 문단이나 한인문학의 집단적 권역을 형성한 단계에는 이르지 못한 극히 소박한 형태의 수준이었던 것이다.

그러다가 80년대 중반, 한국에서 이민 온 일부 문인들이 시드니를 중심으로 동인 성격의 모임을 가지게 된 것을 효시로 1989년 이무, 윤필립 등의 문인들에 의해 재호문인회가 결성되기에 이르렀고 이후, 회칙정비와 회원배가운동으로 내실을 도모한 끝에 1996년 7월 재호한인문인협회로 바뀌어 오늘에 이르고 있는 것이 호주한인문학의 문단적 윤곽인 셈이다.4)

일반적으로 移民者5)들의 정서적 전이과정은 4단계로 나뉘어 설명되어진다. 즉 이민직후의 들뜬 도취상태(Initial Euphoria)에서 이국적 상황의 이질성에 대한 위화감과 적의의 단계(Irritation and Hostility)와 점차적인 조정(Gradual Adjustment)의 단계를 거쳐 완전적응(Adaptation)의 단계로 들어선다는 4단계론6)이 바로 그것으로 대부분의 이민문학이 이

---

4) 재호한인문인협회는 96년 말부터 회원들의 작품들을 엮어 회지 「재호한인문인협회」를 발간, 현재 10여 호까지 나온 상태이나 이는 어디까지나 내부용의 뉴스레터(newsletter)에 불과했다. 이에 금년 연말 발간을 목표로 회원들의 연례 작품집 『재호한인문학』(단행본) 창간호가 현재 편집 단계에 있다. 그간 재호한인문인협회는 이무, 이효정, 윤필립 등 초창기 체제 정립에 애쓴 회장들을 거쳐 김오 시인을 현회장으로 맞아 새로운 도약을 기약하고 있다.

5) 이민이란 정치 경제 사회적인 이유로 한 나라에서 다른 나라로 옮겨 가는 행위, 혹은 그런 사람들을 말한다. 원래의 땅에서나 옮겨가는 땅에서나 이들을 보는 관점은 구세계로부터의 도망자이자 신세계의 발견자 혹은 항해자이자 모험가들이다. 호주한인들의 작품들에서는 이러한 일반적인 이민자상 {W.Q.Boelhower, 「The Brave New World of Immigrant Autobiography」 (The Society of the Multi-Ethnic Literature of U.S.A, 1982) p.11} 이 어떻게 변용되어졌는지 자못 흥미롭다.

6) L. Robert Kohls , 『Survival Kit for Overseas Living』, (Intercultural press, U.S.A, 1979) pp.64-67.

민에서 비롯된 심리적 공황과 정착의 과정을 형상화한 것이라 볼 때, 이민문학의 소재적 범주도 결국은 이러한 패러다임에서 크게 자유로울 수 없을 것으로 상정된다.

특히 이 도정에서 주목되어지는 것이 급격하고도 격렬한 심리적 정서적 혼란상을 일컫는 이른바 "문화적 충격"(Culture Shock)으로서 이민문학에서 가장 깊이있게 다뤄지는 부분이기도 하다.[7] 문제는 이민자들이 어떻게 이러한 위기를 극복하고 새로운 세계에 적응해 나갔으며, 또 그 위기의 성격과 정도는 어떠했는가를 문학적으로 예각화했느냐는 것인데 호주한인문학에 있어서도 이는 매우 중요한 의미를 가지는 것이다. 그것은 이들 한인작가들이 싫든 좋든 조국을 등지고 이국의 땅에 그들의 새로운 둥지를 틀었고 그 과정에서 숱한 내면적 풍경들을 축적했을 것이기 때문이다. 이제 항을 달리하여 이들의 내면적 풍경을 운문문학과 산문문학의 장르별로 나눠 살펴본다.

2) 호주한인의 운문문학

호주한인문학은 어쨌든 移民文學의 한 형태이다. 따라서 前言한 바처럼 이민자의 신세계에서의 정착과정이 호주한인문학의 주된 소재가 됨은 재론의 여지가 없다. 이런 점에서 호주한인의 운문문학처럼 이민자의 정서를 절실히 대변하는 장르는 다시 없을 것으로 상정된다.[8] 호주

---

7) 일반적으로 "문화적 충격"이란 용어는 부정적인 측면에서 조명되어 온 것이 사실이다. 그러나 근자에 와서 일부 심리학자들을 중심으로 새로운 세계에 편입되는 과정에서의 순기능적 측면이 새롭게 제기되고 있어 주목을 끈다. 미국의 심리학자 피터 애들러 (Peter Adler) 같은 이는 문화적 충격을 "고차원의 자각 및 개아 성장으로 이끄는 심오한 학습경험"(profound learning experience which leads to a high degree of self-awareness and personal growth)으로 해석한다. ;L . robert, Ibid 참조.

8) 시드니의 어느 한인단체 행사 팜플렛에 적힌 다음의 의미심장한 문구는 타국 땅에서 고군분투하는호주한인들의 정신적 현주소를 잘 나타내 주고 있다.;
"이 땅에 살기 위하여 떠밀려 왔더라도 떠밀려 살지 않기 위하여 씨뿌리는 마음으

의 한인이민은 일본이나 만주 혹은 중앙 아시아 지역의 이민1세대들의 경우와는 달리 대부분이 자발적인 경제이민들이다. 그럼에도 불구하고 移民이란 상황이 가져다 주는 원초적 乖離感은 이들에게 상당한 고통을 수반하게 했던 것으로 보인다.

> 시드니 항구의 탐조등이 내 등줄기를 훑을 때
> 난 알았지 이것이 운명의 갈림길이라는 것을
> 위장된 평화의 적막을 찢으며 사이렌이 울릴 때
> 배로 되돌아가기엔 너무 늦었어
> (중략)
> 포수의 총탄을 몸으로 받으며 매달리는
> 상처 입은 짐승의 처절한 자유를.[9]

쉽사리 신세계의 일원으로 동화될 수 없는 이민자의 방황을 불법체류자의 비애에 대비시키는 위의 시구는 정책적으로는 다민족 다문화주의를 표방하고 있지만 교묘히 유색 아시아 인종을 차별하는 호주당국의 이중성과 그로 인한 좌절감을 잘 형상화하고 있다. 노동력의 부족을 절감하고 백호주의를 철폐하여 유색인종의 무차별 이민을 허용하긴 했으나 유입된 이민들은 어디까지나 백인(Anglo White)들의 안정된 삶을 위한 방편으로서의 존재에 불과했다. 당연히 아시아계 이민들은 최하층 그룹을 형성하여 백인들이 기피하는 직종에 종사하며 허울 뿐인 다민족주의의 둘러리를 서야만 했다.

> (전략) 실제로는 세계 경제공황의 타격을 이유로 이민자의 수를 대폭 축

로 우리는 이제 새 맘으로 시작하여야 한다. 오천년의 쓰라린 역사 꺾이지 않는 질경이처럼 이 땅의 자랑스런 코리안으로 수 많은 형제들과 어깨를 걸고 당당하게 거대한 이 대륙에 꿋꿋이 서기 위하여 튼튼한 뿌릴 땅속 깊이 내려야 한다."

9) 황수환, 「무제」, 『시드니에 내리는 눈』(오늘의 책, 1997), p.37.

소시켰으며, 특히 비유럽 국가로부터의 이민은 거의 제한된 상태였다. 어쩌면 호주의 아시아화에 대한 지나친 염려가 반영되었다고 말할 수 있겠다. (중략) 실제적으로 이당시 동남아시아로부터 다수의 난민이 호주로 입국했다. 그것은 어쩌면 국제압력에 못 이긴 호주정부의 처사였지만, 다민족문화 확장사업은 소수민족 중산층의 보수정치 지향에 적당히 협조하면서 국민의료보험제도(Medibank) 삭제로 인한 물의를 무마시키기 위한 수단이었다는 논쟁도 있다. 즉 정치적 보수주의를 다문화진보주의로 둔갑시킴으로써 실제 소수민족 중산층들의 사회적 지위와 위상은 증가되었지만 중산층 이하의 노동하는 이들은 더욱 실업과 저임금 그리고 주택문제로 시달려야 했으며 호주 전체의 아시아인들에 대한 인식은 변화가 없었다는 것이다.[10)

다음의 시편들에서 이러한 저간의 상황을 더욱 구체적으로 읽을 수 있다.

> 일년에 단 며칠, 아니,
> 꼭 하루라도 좋아
> 시드니에도 펑펑 하얀 눈이 내렸으면….
> (중략)
> 그리운 이 모습 훔쳐보려 까치발 서던
> 옥분이네 사립문 안마당에 쌓이던
>
> 뭐 꼭 그런 눈이 아니라도 좋아
>
> 목수일 하다 2층에서 떨어져 허리 다친 박씨 아저씨
> 홀아비 냄새 풀풀 나는 캠시 하숙방 창가에
>
> 3년째 신발 공장서 일하다 어깨 결리고 머리 빠져

---

10) Centre for Multicultural Studies, 「The Construction of Ethnicity 1972 ~ 1987」, 『Mistaken Identity』(Woolongong University Press, 1990), pp.34-35.

드러누운 스트라스필드 정씨 아주머니
두고 온 자식 생각으로 뿌연 눈망울 속에

불법 체류 4년에 고향 길이 꿈길이 됐뿌렀다고
못 배운 놈은 쓰벌 어딜 가나 또옥 같다고
깡소주 몇 잔에 눈알 부라리는 동팔이 녀석
기름 때 엉겨 붙은 떠꺼머리 위에

살포시 내려앉은 하얀 눈이
시드니에도 하루쯤은 내려 줬으면…
(후략)11)

캠시에 내리는
어둠을 비켜가며 바람이 분다.
(중략)
오즈의 마법사를 찾아가던
허수아비, 우리도 이미 가슴을 잃고
넘어져 버린 허수아비
떠나고 또 떠나왔는데
캠시의 여름은 푸른 검정색
발이저리다. 어디선가
다른 꿈이 팔려가 수용되었다.
낙원은 더욱 멀다.
몇몇이 쫓겨가던 밤에
더 많은 몇몇이 김포를 떠나고 있다.
목적지 시드니 캠시
(후략)12)

---

11) 황수환, 「시드니에 내리는 눈」, Ibid, pp.40-41.
12) 김오, 「캠시」, 『월간문학』, 1993.8; 통권294호, pp.239-240.

위의 시에서 거론되고 있는 캠시와 스트라스필드는 시드니의 한인 밀집촌이며, 오즈의 마법사를 찾아 이민의 길을 택했던 한인들이 불법 체류의 멍에를 쓰고 쫓겨가는 서글픈 밤에 잠 못이루는 박씨 아저씨, 정씨 아주머니, 동팔이는 이민의 힘든 굴레를 벗어 던지려 몸부림치는 한인들이다. 이들에게 호주 시드니는 오페라 하우스의 곡선미가 아름답고, 하버 브리지의 야경이 찬란한 낭만적 이상향이 아니라 서울의 여느 달동네와 다름 없는 처절한 생의 공간일 따름이다.

> 나는 울었네
> 그해 겨울 따뜻한 나라에서
> 우리는 먼저 오페라 하우스를 돌아보고
> 그들의 철각 무직한 하버 브리지를 바라보며
> 역시 러키 컨트리죠 여긴 러키 컨트리예요
> 전반전에 그는 이민생활 8년의 아름다운 추억을
> 들추고 빛내고 시드니항이 유명하지만
> 진짜는 이 나라의 복지예요 복지
> (중략)
> 알 수 없습니다. 이들보다 우리는 몇 배 더 노동하고
> 밤잠을 줄이면서 노심초사하건만 …
> 도시의 변두리이건만 삶의 한가운데 선
> 노랑머리 두 젊은이가 입맞추는 뒤켠에 앉아
> 편지를 접고 다리를 접고 고개를 묻고
> 나는 울었네[13)]

복지국가, 이상향을 꿈꾸며 이민온 유색인종은 대로변 어디서나 장시간 포옹을 하며 격렬한 키스를 나누는 백인, 그들만의 파라다이스에 그림자를 드리운 밑그림에 불과하다. 일반적으로 빈곤과 식민상황으로부

---

13) 박철, 「눈물의 시드니」, 『밤거리의 갑과을』(실천문학사, 1993), pp.9-11.

터의 도피자들이었던 미주나 일본 그리고 만주 이민들과는 분명히 구별되는 호주 이민들에게 있어서도 신세계에서의 정착은 房外人으로서의 소외감과 좌절[14]을 거쳐서만 가능한 것이었다.

> '미래적 전망 없음'
> 허기진 20세기를 살다
> 내내 허기질 것 같은 21세기로
> 그냥, 떼밀려 건너왔을 뿐
> 먼동은 여태 트지 않았습니다.
> (중략)
> 해피 뉴 밀레니엄!
>
> 타오르다가__ 한순간에
> 스러지는 저 불꽃 속으로
> 당신은 오고 있습니까
> 외딴 방, 60촉 알전등 아래
> 불콰하게 취해버린 벗들과
> 마땅히 기댈 곳 없어, 서로
> 등 마주하고 있는 이웃들 위해
> 쾅! 쾅! 지축을 흔들며
> 당신은 오고 있습니까
> (후략)[15]

"뉴 밀레니엄"의 구호도 요란하게 CNN이 생중계하는 시드니 하버의 새 천년 맞이 불꽃놀이의 뒤안길에선 아직도 많은 가난한 이들이

---

14) 재호 시인 하란사는 그의 시 「흔들리는 행성」(『재호한인문인협회보』;1998.3)에서, 이방인으로서의 소외와 고독을 "달리 손쓸 새도 없이 무수한 원형이 변해 버린 실낙원의 파편들"로 상징화하고 있다.

15) 윤필립, 「새 천년의 메시아」, 『신동아』, 2000년 3월호, pp.458-459.

"60촉 알전등"16) 아래 "미래적 전망"을 회구하고 있으며 이들 중엔 안정된 삶을 위해 새벽부터 밤 늦도록 일하는 많은 한인들도 포함되어 있다.

> 낯선 나라에 와서 공부하고 일하면서 길을 간다는 게 쉽지 않았다. 한 그릇의 <밥>을 위해서 밤 새워 청소를 하고, 바다만큼이나 넓은 잔디밭을 깎아 내야만 했다. 문학을 계속해야겠다는 단 하나의 이유 때문에 선택했던 호주 이민이 생존이라는 어찌할 수 없는 현실 앞에서 무기력하게 넘어지려 하고 있었다.17)

문학에 대한 열정으로 "회귀선 너머 지구 반대쪽으로 도망쳐 왔던" 이 시인18)에게 있어서도 호주에서의 이민생활, 그것은 눈 앞에 닥친 생존의 몸부림이었고 자기 정체성의 재확인과정이기도 했다. 그러나 시인은 결코 포기하지 않는다. 이민의 먹구름을 헤치고 긴 터널을 빠져나와 밝은 햇살 속에서 비로소 희망을 보게 된다.

> 떠나온 사람들은 알고 있습니다. 그리운 것들 모두 채워두고 닫았던 문을 다시는 열어볼 수 있을지 아무도 장담할 수 없는 깊은 절망과 날이 선 후회와 안타까움을 떨치지 못하고 서둘러 결행했던 생의 한 고비의 상처가 화인처럼 남아 뜨겁습니다. 수평선을 바라보는 시야엔 모든 것들이 텅 비어 있습니다. 문도 그리움도 마을도 이웃도 인정도 고샅길까지 어디론가 숨어 버리고 맙니다. 그러나 이상합니다. 씩씩하게 자라난 상추 들깨 고추 등 푸성귀들이 철없는 아이들의 웃음만큼 싱그럽습니다. 울얕은 마당

---

16) 환경보호와 안정기의 소음방지를 위해 호주의 가정에선 형광등보다 전구의 사용이 일반적이다.

17) 윤필립, 「-책머리에」, 『시드니에는 시인이 없다』(고려원, 1995)

18) 윤필립 시인은 필자와의 방담에서, 온전히 詩作에 몰두할 수 없었던 서울에서의 직장생활의 중압감에서 벗어나 새로운 돌파구를 찾기 위해 호주 이민을 결심했다고 담담히 토로했다.

이 슬금슬금 고물 끝에 매달려 따라오고 있습니다.

아아, 우리는 깨달았습니다. 떠나와서야 비로소 돌아갈 수 있다는 희망

이 적도의 태양처럼 타오르고 있음을.[19]

고향을 떠나옴으로써 비로소 돌아갈 수 있는 진정한 고향을 깨닫게
된 시인의 역설적 자각은 미래에의 도전과 희망의 메시지와 함께 결코
쉽게 주저 앉지 않을 끈질긴 호주 한인들의 체험적 응집력을 잘 형상
화하고 있다. 이처럼 이민 정착의 4단계[20] 중 두 번째 단계에 속하는
"위화감과 적의의 상태"(Irritation and Hostility)에 드리운 그림자를 여
하히 해소하고 점차 적응의 단계로 들어서는지의 도정을 보여주고 있
는 것이 濠洲韓人 韻文文學의 현주소로서, 아직은 일천한 호주 한인문
학사를 고려할 때 "완전적응"(Adaptation)의 단계로 들어서기까지엔 일
정한 시간이 소요될 것으로 상정된다.

3) 호주한인의 산문문학

個我의 抒情性에 주력하는 운문문학에 비해 具體的 狀況의 敍事에
치중하는 산문문학의 장르적 특성상 호주 한인의 산문문학은 이민생활
에서의 다양한 모습과 이에서 기인한 사색의 표정을 보다 역동적으로
보여주고 있다.

호주에 터전을 두고 살아온 지 십여 년, 그간 여러 번 한국에 다녀왔지만
가장 긴 휴가철인 크리스마스 시즌을 이용하다 보니 한국의 가을을 못 본
것이 호주에 체재한 연수만큼이나 되게 되었다. 호주에서 살아가면서 내 정

---

19) 김오, 「안홍리 1」, 『자유문학』, 1999. 12, p.302.

20) 註 6)에서 언급한 바 있는 L. Robert Kohls의 이민 적응의 4단계론을 일컫는 것으로 도
취상태, 위화감과 적의의 상태, 점차적 조정의 상태 그리고 완전 적응의 상태의 4단
계가 바로 그것이다.

서가 무뎌졌다면 그것은 호주의 가을이 지나치게 짧음에서 온 것은 아닐까. 과문(寡聞)한 탓인지 모르지만 아직까지 한국의 가을 하늘만큼 높고 파아란 하늘을 본 적이 없다. 유감스럽지만 지금의 한국 도시에서는 심각한 대기 오염 때문에 이전의 맑은 하늘을 보기가 어렵다. 수차례 한국에 다녀올 때마다 잿빛으로 짙어가는 하늘을 보고 쓸쓸함을 느끼곤 했다.[21]

시드니의 가을 하늘에서 예전 한국의 청명한 산하를 떠올리는 작가의 순수와 자연에 대한 애착이 이민생활의 고달픔보다는 일상사의 토로를 통해 삶의 진정성과 조우하는 담백한 수필의 한 전형을 보는 듯하다. 수필이 일상생활과 인생체험에서 느끼고 생각한 바를 자유로운 형식으로 쓴 산문문학의 가장 보편적 형태임을 주지시키는 글이다. 호주의 자연은 한국과는 판이하다. 삭막한 콘크리트 공간에 갇혀 각종 가전제품의 조력을 받아 인공적 삶을 영위해야 하는 한국의 도시인들이 처음 호주에서 느끼는 감회는 세계가 부러워하는 호주의 아름다운 환경, 그에서 기인한 자연에의 敬畏感 바로 그것이다. 금방 구름 위로 차오를 것 같은 하버브리지와 두둥실 노 저어 갈 수 있을 것 같은 오페라하우스, 이민의 눈에 비친 신천지 호주는 문자 그대로 녹색 바다에 떠 있는 거대한 무지개요 환상의 끝에서 어른거리던 신기루이다.[22] 그러나 호주에 사는 한인작가의 마음 한 켠에는 두고 온 고국 산하의 옛적 모습과 낯익은 고향 골목이 쉽사리 지워지지 않는다.

그동안 나는 결코 내 생애에서 짧다고 할 수 없는 세월을 호주에서 살아왔다. 그럼에도 불구하고 돌이켜 보건대 호주를 한번도 내 나라라고 꿈 속에서나마 생각해 본 기억이 없는 것 같다. 호주 속에서 나라는 존재는 언제나 이방인이었다. (중략) 한국은 지금 한창 피어오르는 봄기운과 꽃샘

21) 조종춘, 「다시 시드니 가을에 서서」, 재호한인문인협회 『재호한인문인협회보』, 1998.6, p.5.
22) 윤필립, 『시드니에는 시인이 없다』(고려원, 1995), p.14.

추위가 실랑이를 벌이는 이른 봄이었다. 먼지 바람을 일으키며 정신없이 불어대는 봄바람에도 나는 훈훈함을 느낄 수 있었고 공해가 심하다는 도심의 인파 속에서도 나는 따뜻한 고국을 만끽할 수 있어서 모처럼 마음의 안온함에 즐겁기만 했다.[23]

모처럼 고국 나들이를 한 작가에게 한국은 더 없이 안온한 곳이다. 가는 곳마다 서툰 영어 때문에 눈치 볼 일 없이 어디에서고 "귀는 막힘 없이 번쩍번쩍 트여서 신이 나고" 왁자지껄한 재래시장의 아낙네들의 모습에서 "비록 가난의 때는 묻어 있어도 주눅들어 사는 듯한 눈치는 전혀 엿볼 수 없어" 왠지 마음까지 든든하다. 하지만 고국 나들이에서 얻은 이러한 安穩함은 오래 가지 않는다.

　　며칠 동안 신바람이 나서 외출이 잦았던 내게 이상현상이 온 것은 한국에 도착하고 1주일도 못되어서였다. 호주의 파란 하늘과 강렬한 태양빛이, 맑은 공기가, 마음놓고 들이킬 수 있는 수돗물이, 골목길이 아니고 확 트인 정갈한 주택가가, 핏대오르지 않고 소곤소곤 말을 하는 조용한 거리가, 공무원들의 친절이, 매사에 정확하고 속았다거나 속인다거나 하는 불안이 없는 합리적인 질서가, 노동일 한다고 깔보지 않는 사회가, 돈 있다고 뽐내지 않는 사람들이 나는 그리워지고 있었다.[24]

그리하여 그녀는 빨리 호주로 돌아 가고픈 마음에 "머리가 지근지근 아파오고 먹은 것은 소화가 안되어 배탈까지 나 기력을 잃은 초췌한 몰골로" 예정일자를 앞당겨 호주행 비행기에 오르고 만다. 이 쯤 되면 이민정착의 마지막 단계인 "완전적응"(Adaptation)의 상태에 이른 듯하다. 이민온 나라에 특별히 잘 적응한 이민의 경우, 실제로 이 단계에선

---

23) 이효정, 「조국 나들이」, 『시드니의 여름노래』(교음사, 1998), pp.74-75.

24) 이효정, Ibid, p.75.

호주 지역 665

"문화적 역충격"(reverse culture shock)을 경험하게 되며 이는 이민초기에 겪게 되는 신세계에서의 문화적 충격보다 더 큰 고뇌를 야기한다고 보기 때문이다.[25]

그러나 그녀는 돌아오는 비행기 안에서 비로소 자신의 실체를 깨닫는다. 그것은 결국 자신은 "호주에서도 자기 모국에서도 이젠 겉도는 사람이 되고 말았다"는 自愧感 어린 思惟에서 비롯된 것이다. 따라서 그녀의 이민성적표를 고려할 때, 아직은 문화적 역충격을 동반한 완전 적응의 상태에 이르지 못하고 있음을 알 수 있다. 호주에 돌아가서는 또 다시 한국의 흙 냄새와 소란스럽던 재래시장의 분위기를 그리워할 것이기 때문이다. 어쩌면 영원히 완전적응의 성적표를 기대하기 어려울는지 모른다. 그리고 그녀는 결코 그것을 바라지 않을 것이다. 작가에게 있어 이민생활의 완전적응이란 그녀의 소중한 한 부분의 영원한 상실을 의미하기 때문이다.

> 이민을 통해서 얻는 것과 잃는 것이 많이 있다고 하지만, 그중에서도 어린 시절을 같이 보냈던 친구들을 잃는 것처럼 쓸쓸한 것이 또 있을까? 호주에서도 사람들을 만나게 되고 친구를 사귀게 된다. 그러나 우리는 더 이상 어린 아이가 아니다. 어른이 되어서, 적당히 때가 묻은 가슴으로 만나는 이민 친구들이 고향 친구들과 똑 같을 수는 없다. 그저 빈 웃음으로 만나는 사람들은 매일 만나도 타인일 뿐이다. 기쁠 때 잔을 부딪칠 사람은 이민 사회에도 많이 있지만, 슬플 때 같이 울어 줄 사람은 거의 없는 것 같다.[26]

---

25) ＿indeed, to which you have in some degree acculturated, and you'll miss them when you pack up and
return home＿. You can also expect to experience "reverse culture shock" upon your return [to your home country]. In some cases, particularly where a person has adjusted exceptionally well to the host country, reverse culture shock may cause greater distress than the original culture shock. ; L.Robert Kohls, Ibid.
26) 윤필립, 『시드니에는 시인이 없다』, p.45.

말하자면 이민에서의 완전적응이란 이민 친구를 얻기 위한 고향 친구의 상실을 의미한다. 결국 그것은 自己正體性(Identity)의 손상에 다름 아니다. 순수한 이민의 입장에선 하루 빨리 이민사회에 적응하는 것이 급선무이며 그것은 그들의 생을 안정되게 하는 지름길이다. 그러나 고국에서의 정서적 영감에 기대어 내면세계의 은밀한 충동을 문학적으로 형상화함으로써 한국문학의 또 다른 주변부를 이뤄가고 있는 호주의 한인작가들에게 있어 이는 문학적 소재의 근원적 차단을 의미하는 것이기에 이민생활에서의 "완전적응"이란 영원히 이들과는 거리가 먼 세계의 이야기일 뿐이다.[27]

그러나 이러한 보편적인 한인작가들과는 달리 독특한 방식으로 이민문학을 일궈가고 있는 독보적인 한인 작가가 있다. 호주한인의 산문문학은 바로 이 소설가 돈오 김(Don'o Kim)을 빼곤 운위될 수조차 없을 것이다.

> 돈오 김은 고려대 영문과를 졸업하고 KBS에서 방송작가로 잠시 일하다가 1961년 호주로 오게 되었다. 아직 백호주의가 기승을 부리고 있을 때 그는 시드니 대학과 N.S.W 대학에서 영문학을 공부했다. 한동안 선생님이 되어서 여러 대학에서 가르치기도 했고, N.S.W 주립도서관에서 근무하기도 했다. 그러던 중 돈오 김이라는 필명으로 『내 이름은 티안(My Name is Tian)』이라는 장편소설을 발표하면서 최초의 아시아 출신 작가가 되었다. 이어서 『암호(Password)』라는 장편을 발표했고, 1984년에는 드디어 그의 대표작이라고 할 수 있는 『차이나맨(The Chinaman)』을 발표했다. (중략) 돈오 김은 호주 정부로부터 '71년과 '73년 「Commonwealth Literary Fellowship」 등 여러 차례 문학상을 받기도 했다.

---

27) 호주에 이민와서 첫 사랑의 분신과 극적으로 해후하는 장면을 그린 손성훈의 소설 「고통의 유산」과 이민생활의 고달픔을 그린 「이름 그리고 운명」, 호주 속의 아시아, 나아가 한국의 위상을 젊은 날의 호기와 절제된 관념으로 풀어 헤쳐본 한기웅의 단편 「백수광부의 노래」 등의 작품들에서도 재호 한인작가들의 끊을 수 없는 고국과의 고리를 절감케 한다.

제4회 해외문학 심포지움에서 주제 발표를 한 시드니 대학 영문과의 마이클 와일딩 교수는 "돈오 김의 장편『차이나맨』은 한 마디로 경이로운 작품"이라고 말했다. 와일딩 교수는 '88년 런던 대학에서 발표한 논문을 통해 "『차이나맨』은 호주문학이 이루어낸 쾌거로서 세계문학사에 길이 남을 작품이다"라고 격찬했다.[28]

그는 모든 작품을 영어로 발표하였고, 때문에 그의 작품들은 영국문학사에서 당당히 연방문학(Commonwealth Literature)의 일원으로 언급되어지고 있다. 뿐만 아니라 아시아 출신 작가로서는 보기 드물게 호주문학사에서도 비중있게 다뤄지고 있다. 비교적 짧은 시간 내에 호주 문학 속에서 돈오 김이 이처럼 굳건히 뿌리를 내릴 수 있었던 것은 원어민을 능가하는 출중한 영어실력에다, 아이러니컬하게도 그의 문학의 원천을 고국인 한국에 두지 않았기 때문이다. 이는 여느 한인작가들과 구별되는 돈오 김 문학의 두드러진 특색으로, 그만큼 그는 작품의 소재로부터 자유로울 수 있었던 것이다. 시드니 근교의 아름다운 포구 "파통카"에 은거하며 "한 그루의 나무처럼, 이름 모를 새처럼, 긴긴 세월을" 조탁해 빚어낸 그의 작품들은 열린 세계를 지향하는 호주문학의 코스모폴리틱한 본질에 부합하는 것이기도 했다.

월남전의 참화 속에서 성숙해 가는 한 소년의 비애를 통해 아시아문제를 절묘한 문체로 제기하고 있는

그의 호주문단 데뷔작『내 이름은 티안』(My Name is Tian; 1968, Angus&Robertson), 제2차 세계대전 무렵의 중앙아시아를 배경으로 열강의 각축을 긴박감있게 다룬『암호』(Password; 1974,Angus&Robertson), 그리고 대보초 해안(Great Barrier Reef)을 배경으로 청정사회 호주의 미래를 종교적 화두로 풀어내고 있는『차이나맨』[29](The Chinaman; 1984, Hale

---

28) 윤필립, 『시드니에는 시인이 없다』, pp.97-98.

&Iremonger)의 세 작품은 모두 작가의 고국인 한국과는 무관한 영문소설들이다.30)

'정치적 음모'(A Political Intrigue)란 부제가 붙어 있는 그의 대표작 『암호』에 눈길을 돌려보자.

2차대전 무렵 중국의 지배하에 있던 중앙아시아의 타타리아31)에 총독의 군사고문으로 부임하는 일본 유학생 출신의 엘리트 중국군 장교 '미스터 노'의 1인칭 시점을 통해 당시 제국주의 열강의 비열한 음모와 그 와중에서 정치적 희생물이 되고 마는 한 이상주의자의 좌절을 그리고 있는 이 작품은 무엇보다도 당대 정세에 정통한 작가의 해박한 지식과 번뜩이는 추리력이 돋보이는 정치소설이다.

> Closer to everyday realities, politicians called it an explosive pivot among Russia, China, Japan and, to a lesser extent , The British, as it was in the late 'thirties when they all tried to assume authority in the region with the ideologies then in fashion. Tartaria, apart from its strategic signifiance, had enormous un-derground resources to be exploited.32)

---

29) 특히 이 작품에 대해 호주 비평가들의 관심이 지대한 것은 영문으로 쓰여졌으나 아시아문제를 다룬 두 작품에 비해, 직접 호주를 배경으로 호주의 문제를 깊이있게 다뤘기 때문이다.

30) 따라서 돈오 김의 작품들을 한국문학의 범주에 포함시킬 것인가 하는 문제는 보다 신중한 논의를 요한다. 영문으로 쓰여졌더라도 한국을 배경으로 한국인의 사상과 정서를 다룬 것이라면 한국문학의 한 부분으로 수용하는데 별 무리가 없었을 것이다. 그러나 돈오 김이 한국 출신이 분명한 이상 그의 작품을 한인문학으로 분류하는데는 이론이 없을 것으로 상정된다.

31) 현재 러시아 연방의 자치공화국으로 남아 있는 타타리아(Tartaria)의 실제 지도상의 위치는 중앙아시아에서 훨씬 떨어진 유라시아 대륙의 서남부이다. 작가는 필자와의 대담에서 작품의 배경인 타타리아는 실제의 위치가 아니라 현재 중국의 위구르 자치주인 신장지역을 모델로 한 것이라고 밝힌 바 있다. 따라서 작품의 내용도 역사적 사실성과 작가의 상상력이 배합되었다는 것이다. 그는 작품의 서문에서도 다음과 같이 말하고 있다.;
The fact-curious mind would be able identify certain events and characters in these pages, but beyond that, I must warn, such effort would bear little fruit because Tartaria of Password existed only in my sense of reality and probably in no one else's.

대학시절의 은사,히시 교수의 강력한 추천으로 총독의 군사고문이 되려 남경을 떠나 타타리아로 날아가는 "나"의 뇌리엔 약소국의 독립을 돕기 위한 순수한 열정으로 충만하다. 한 때 세계를 호령했던 징키스칸의 후예들이 제국주의의 조류를 탄 주변강국의 틈바구니 속에서 약자로 전락해 방랑의 삶을 엮어가는 것이 그의 눈엔 못내 안쓰럽기까지하다.

> I thought of those who had wandered into Tartaria retreading the Khan's path from the Red Sea, the Black Sea and the Persian Gulf, across the Altai Rangers, the Gobi and beyond the Pamirs and the Himalayas, and they now included me, coming not in the hope of raising goats and sons and daughters in the new land but in the fear of my own dream, in the fear of all that seemed possible within me.[33]

다행히 그가 만나본 타타리아의 총독(The Tupan)은 남다른 개혁의지를 가진 중국군 장성이다. 총독은 주변열강의 세력을 적절히 견제, 이용하면서 내실을 다지자는 "나"의 전략적 견해에 공감하고 전폭적 후원을 약속한다. 그러나 팽배한 민족주의 감정과 일본군부의 원조를 등에 업고 중국정부의 타타리아 지배에 반기를 든 "리 장군"의 반군세력이 막강한 무력으로 밀어닥칠 기미를 보이자 "나"는 스탈린의 소련군부를 이용하려는 총독을 설득하여 "리"일당의 행보를 조절할 수 있는 유일한 끈인 일본군부의 힘을 빌리기로 하고 자청하여 만주로 간다. 만주 주둔 일본군 사령부에서 고급참모로 근무하는 대학동창 기또 대좌의 조력을 얻기 위해서였다. 그러나 끊임없이 "나"를 미행하는 중국정부의 밀정과 경찰을 따돌리는 와중에 중국 공산당 비밀조직의 포로가

---

32) Don'o Kim, 『Password』(1974,Angus&Robertson), - Author's Note -
33) Don'o Kim, Ibid, p.4.

되고 맘으로써 기또와의 접선은 실패로 끝나게 된다. 계파를 초월한 중국인들의 반일감정을 확인한 그가 우여곡절 끝에 다시 타타리아로 돌아 왔을 땐, 비밀리에 코민테른에 가입한 총독이 스탈린의 힘을 빌어 이미 "리"일당을 진압한 뒤였다. 이 모든 것이 중국인 혼혈 아내를 앞세운 러시아 공사 카렌스키의 치밀한 공작과 중국정부의 통제에서 벗어나 새로운 패권주의를 꿈꾸는 총독의 은밀한 야망에서 비롯된 정치적 음모였음을 뒤늦게 깨달은 "나"는 총독의 강력한 회유에도 불구하고 양측간의 조약체결을 반대하며 결국 총독과 결별한다. 그리고는 총독지지 세력과 민족주의 민중세력의 군중시위로 촉발된 소요의 와중에서 정체불명의 총탄에 맞아 쓰러진다.

> I felt the hot breath of the heat-wave over my face, then, amid the uproar of the crowd, I thought I heard a rifle shot. At the same moment, there was a flash between my eyes, and a sudden tremor in my spine. I dropped the gun. I hung onto the bridle in my hand. I reached out for the messenger's stooped back. But he was already moving out of my vision. ___ Then, I saw Kito looking down at me from the other side of the veil. I could no longer keep my eyes open but I raised my spread finger as high as I could reach. The clicking tongues grew louder and louder in my ears.[34]

"나"의 스러져가는 의식 속에서 대비되어지는 기또의 묘한 실루엣은 비정한 음모가 횡행하던 당대의 정치적 굴절상을 처연히 부각시키기에 족하다. 작가는 순수한 이상을 가진 한 젊은 휴머니스트를 무참히 짓밟은 아시아의 최근세사를 통해 고난에서 잉태된 반성적 사유의 메시지를 보내고 있다.[35]

---

34) Don'o Kim, Ibid, p.184.

이렇게 볼 때 호주한인의 산문문학은 떠나 온 고국에 소재적 근원을 두고 있는 경우와 과감히 이에서 벗어나 호주문학 속으로 뛰어드는 돈오 김의 경우로 뚜렷이 대별된다고 하겠다.

3. 결론

본고에서는 호주의 한인문학을 운문과 산문의 갈래로 나누어 살펴보았다. 어쩌면 호주의 한인문학에 대해 결론을 낸다는 것은 아직은 시기상조인지도 모른다. 그만큼 앞으로의 열린 가능성에 더 기대를 걸어야 할 무한한 잠재력을 담보하고 있는 까닭이다. 일천한 이민사에서 기인한 걸음마 단계에서 벗어나 새로운 도약을 준비 중인 호주의 한인문학이 찬란히 開花할 날을 고대하면서 지금까지의 논의를 요약해 본다.

첫째, 호주 한인의 운문문학 작품들은 이민에서 비롯된 심리적 공황과 정착의 과정을 호주사회의 특수성에 의탁해 내성적으로 형상화하고 있음을 알 수 있다. 이는 호주한인의 삶이 정착과정에서 드리워진 어두운 그림자를 해소하면서 점차 적응의 단계로 들어서는 도정에 위치하고 있음을 보여주고 있는 것으로, 현실의 정서적 반영에 충실함을 알수 있다.

둘째, 호주 한인의 산문문학은 운문문학의 서정성을 보다 역동적으로 전환시키면서 다양한 삶의 편린들을 보여주고는 있으나, 소박한 일상성의 굴레에서 벗어나 '서사적 허구'(plausibility)의 세계로 접어들지 못하는 한계를 나타내고 있다. 그런 가운데서도 호주문학 속으로 깊숙이 뿌

---

35) 『암호』는 훌륭한 주제의식과 치밀한 구성, 그리고 빼어난 문장력에도 불구하고 한국을 담보로 한 정신사적 배경이 근본적으로 결여된 점을 지적하지 않을 수 없다. 그러나 최근(2000.8.28) 필자와의 면담에서 돈오 김은 현재, 남북통일을 소재로 한 장편소설 『태극』(Cross Circle)이 거의 탈고단계에 있음을 시사해 기대를 모으게 한다.